도시와 개들

LA CIUDAD Y LOS PERROS
by Mario Vargas Llosa

세계문학전집
202

Mario Vargas Llosa : La ciudad y los perros

도시와 개들

마리오 바르가스 요사 장편소설

송병선 옮김

문학동네

일러두기

1. 번역 대본으로는 *La ciudad y los perros*(Mario Vargas Llosa, Punto de Lectura, 2006)를 사용했다.
2. 주석은 모두 옮긴이주이다.

차례 ▮

서문

    나는 1958년 가을에 마드리드의 메넨데스 이 펠라요 거리에 위치하며 레티로공원이 내다보이는 '후테'라는 술집에서 『도시와 개들』을 쓰기 시작했고, 1961년 겨울에 파리의 다락방에서 끝냈다. 그 이야기를 만들어내기 위해 나는 우선 어린 시절의 내가 되어야만 했다. 알베르토와 재규어, 산골 촌놈 카바와 노예, 레온시오 프라도 군사고등학교, 알레그레 동네의 미라플로레스 사람과 카야오에 있는 라페를라 동네의 사람들은 내 어린 시절의 요소들을 지니고 있다. 그리고 청년 시절의 나도 되어야만 했다. 수많은 모험소설을 읽고, 참여문학에 관한 사르트르의 주장을 믿으며, 말로의 소설을 탐독하고, '잃어버린 세대'의 모든 미국 소설가, 특히 그 누구보다 포크너를 무한한 존경으로 바라보던 시기였다. 이런 것들에다 약간의 환상과 젊은 시절의 꿈과 플로베르의 가르침이 더해져서 내 첫번째 소설의 진흙은 반죽되었다.

원고는 방황하며 고통받는 영혼처럼 이 출판사 저 출판사를 전전하다가 프랑스의 스페인어권 학자인 클로드 쿠퐁 덕분에 세익스 바랄 출판사를 이끄는 바르셀로나 사람 카를로스 바랄의 손에 들어가게 되었다. 그는 이 작품이 비블리오테카 브레베 상을 타게 만들어주었고, 프랑코 정권의 검열을 피하도록 협력했으며, 이 소설을 홍보했고 수많은 언어로 번역되게 해주었다. 이 작품은 내게 가장 커다란 놀라움을 주었으며, 이 책 덕분에 나는 반바지를 입던 어린 시절부터 꿔온 꿈, 그러니까 언젠가는 작가가 되겠다는 소망이 현실이 되고 있다고 느끼기 시작했다.

마리오 바르가스 요사
1997년 8월, 푸슐에서

제1부

킨: 우리는 겁쟁이라서 영웅 역할을 하고,
사악하기에 성인 역할을 합니다.
우리는 이웃을 죽이려 안달하기에 살인자 역할을 하고,
선천적으로 거짓말쟁이라서 연기를 합니다.

장 폴 사르트르

제1장

"4." 재규어가 말했다.

너울거리는 불빛 속에서 그들의 얼굴에 서려 있던 긴장이 풀렸다. 전구 불빛이 몇 개 안 되는 깨끗한 유리 입자를 통과해 그곳을 희미하게 비추고 있었다. 이제 포르피리오 카바를 제외한 모두가 위험에서 벗어났다. 구르다 멈춘 주사위들은 3과 1을 내보였다. 하얀 주사위는 더러운 바닥 타일과 대조를 이루었다.

"4야." 재규어가 다시 말했다. "누구지?"

"나야." 카바가 중얼거렸다. "내가 4라고 했어."

"좋아, 그럼 서둘러." 재규어가 대답했다. "너도 이미 알고 있겠지만, 왼쪽에서 두번째 거야."

카바는 추위를 느꼈다. 화장실은 막사 맨 끝의 얇은 나무문 뒤에 있었고, 유리창이 없었다. 지난 몇 년 동안 겨울바람은 부서진 창문과 벽의 틈 사이로 파고들어 생도들의 막사로만 들어왔다. 하지만 올해는 더욱 거세게 공격해대는 통에 학교의 그 어떤 구석도 바람에서 자유로운 곳이 없었다. 밤에는 화장실까지 침투해서 낮 동안 쌓인 악취를 쫓아주었지만, 따스한 온기도 흩어버렸다. 그러나 카바는 산지에서 태어나서 자랐으므로 그런 겨울 추위에는 익숙했다. 그의 몸에 소름이 돋은 것은 두려움 때문이었다.

"끝났어?" 왕뱀이 물었다. "자러 가도 돼?" 그는 커다란 몸에 목소리가 굵고 툭 튀어나온 머리에는 기름기가 줄줄 흐르는 머리카락이 헝클어져 있었다. 졸려서 그런지 그의 좁다란 얼굴에 붙은 눈은 움푹 기어들어가 있었다. 그는 입을 벌렸다. 삐죽 내민 아랫입술에는 담배꽁초가 매달려 있었다. 재규어는 고개를 돌려 다시 그를 쳐다보았다.

"난 한시에 보초를 서야 해." 왕뱀이 말했다. "조금이라도 잠을 자고 싶어."

"너희 둘은 가." 재규어가 말했다. "다섯시에 깨울 테니까."

왕뱀과 곱슬머리는 화장실에서 나갔다. 그들 중 한 사람이 문간을 지나다가 발이 걸려 넘어지면서 욕을 내뱉었다.

"돌아오면 즉시 나를 깨워." 재규어가 명령했다. "너무 오래 지체하지 않도록 해. 열두시가 다 됐어."

"응, 알았어." 카바가 말했다. 평상시 카바의 얼굴은 무표정했지만, 지금은 피로에 지친 것 같았다. "난 옷을 입으러 가야겠어."

그들은 화장실에서 나갔다. 막사는 어둠에 잠겨 있었지만, 카바는 두 줄로 늘어선 침상들 사이에서 눈을 감고도 제대로 방향을 잡을 수 있었다. 길고 천장이 높은 막사를 훤히 외우고 있었던 것이다. 지금 그곳은 침묵 속에 잠겨 있었다. 코 고는 소리나 잠꼬대하는 소리만이 간간이 들려올 뿐이었다. 그는 자기 침상으로 갔다. 오른쪽에서 두번째 열 하단 자리로, 입구에서 불과 1미터 정도 떨어져 있었다. 더듬거리며 사물함에서 바지와 카키색 셔츠, 그리고 군화를 찾는 동안, 얼굴 옆에서 담배에 전 숨 냄새가 났다. 위 침대에서 자는 바야노가 내뿜는 냄새였다. 그는 어둠 속에서 검둥이의 크고 새하얀 치열 두 줄을 보고 쥐를 떠올렸다. 천천히 아무런 소리도 내지 않고 그는 파란색 플란넬 파자마를 벗은 다음 옷을 입었다. 그리고 어깨 위로 모직재킷을 걸쳤다. 군화를 신으면 바닥에서 삐걱삐걱 소리가 나기 때문에 아주 조심스럽게 걸어서 막사 반대편 끝에, 그러니까 화장실 옆에 있는 재규어의 침대로 갔다.

"재규어."

"그래, 받아."

카바는 손을 내밀어서 두 개의 차가운 물건을 만졌다. 그중 하나는 꺼칠꺼칠했다. 그는 전등을 한 손에 들고, 손톱 다듬는 데 쓰는 줄을 재킷 주머니에 넣었다.

"누가 불침번이지?" 카바가 물었다.

"시인하고 나야."

"너라고?"

"노예가 나 대신 보초를 설 거야."

"그럼 다른 막사는?"

"겁나?"

카바는 대답하지 않았다. 그는 까치발로 문을 향해 살며시 다가갔다. 그리고 최선을 다해 조심스럽게 손잡이를 돌려 문을 열었지만, 경첩이 삐걱거리는 소리를 막을 수는 없었다.

"도둑이야!" 누군가가 어둠 속에서 소리쳤다. "죽여버려, 불침번!"

카바는 그게 누구의 목소리인지 알 수 없었다. 그는 밖을 내다보았다. 텅 빈 소운동장은 연병장의 불빛을 받아 희미하게 빛났다. 연병장을 중심으로 막사와 잡초가 우거진 들판이 나뉘어 있었다. 안개가 5학년 생도들이 기숙하는 세 개의 큼직한 시멘트 덩어리 주위를 떠다니면서 감싸고 있었고, 그래서 건물들은 비현실적으로 보였다. 그는 밖으로 나갔다. 막사 벽에 등을 기댄 채 그는 잠시 아무 생각도 없이 멍하니 서 있었다. 이제는 더이상 그 누구에게도 기댈 수 없었다. 재규어 역시 제비뽑기에서 무사히 빠져나갔기 때문이다. 그는 자고 있는 생도들, 운동장 저편의 막사에서 추위에 떨며 곱은 몸으로 잠든 병사들과 부사관들이 부러웠다. 그는 움직이지 않으면 두려움에 사로잡혀 온몸이 마비될 것임을 알았다. 거리를 쟀다. 소운동장과 연병장을 지나야만 했다. 그리고 들판의 어둠을 이용해 식당과 사무실, 장교 숙소 주변을 에돌아 또다른 소운동장을 지나가야만 했다. 바닥이 시멘트로 포장된 그 조그만 소운동장은 강의실 건물과 마주보고 있었다. 그곳까지만 무사히 가면 더이상 위험은 없었다. 순찰 불침번이 그곳까지 오는 경우는 거의 없었기 때문이다. 그는 자기의 의지와 상상이 사라지길 막연하게 바랐다. 그래야만 무감각하고 맹목적인 기계처럼 계획을 수행할 수 있었다. 결정을 내릴 때면 일상적인 일과만 수행하면서 며칠씩 차분하게 생각하곤 했고, 자기 자신도 거의 눈치채지 못할 정도로 서서히 행동으로 옮기곤 했다. 하지만 지금은 달랐다. 행동하라는 임무를 받은 것은 바로 오늘밤이었다. 그는 자기 머리가 유난히 명민해졌다고 느꼈고, 자기가 해야 할 일이 무엇인지도 잘 알고 있었다.

그는 벽에 바짝 붙어서 걷기 시작했다. 소운동장을 가로지르지 않고 주변을 에돌면서 5학년 막사의 굽은 벽을 따라갔다. 끝에 도착하자, 그는 초조하게 쳐다보았다. 연병장은 끝도 없이 광활하고 신비롭게 보였다. 연병장은 대칭으로 설치된 전등 불빛을 받아 윤곽을 드러냈고, 전등 주변으로는 안개가 모여들고 있었다. 그는 불빛이 닿지 않아 어둠에 잠긴, 잡초로 뒤덮인 들판을 머릿속으로 그렸다. 춥지 않을 때 보초들은 그곳에 드러눕기를 좋아했다. 그렇게 잠을 자거나 조그만 소리로 대화를 나누곤 했다. 하지만 오늘밤은 그들 모두 화장실에서 노름을 하고 있을 것이 분명했다. 그는 왼쪽 건물들 그림자의 비호를 받으며 불빛이 만든 얼룩을 피해 빠른 걸음으로 걸었다. 그의 군화가 내는 소리는 학교 운동장 한쪽과 접한 절벽에 부딪히는 파도 소리 때문에 제대로 들리지 않았다. 장교 건물에 도착하자, 그는 몸을 떨었고, 보다 빠르게 발걸음을 재촉했다. 그리고 연병장을 가로질러서 들판의 어둠 속에 파묻혔다. 그런데 생각지도 못하게 근처에서 갑작스럽게 무언가가 움직였다. 그러자 느닷없이 주먹을 맞은 것처럼 방금 전부터 힘들게 극복하기 시작했던 두려움이 다시 그의 몸을 엄습했다. 그는 잠시 머뭇거렸다. 1미터 떨어진 곳에서 비쿠냐*가 반딧불처럼 반짝거리는 눈을 크게 뜬 채 온화하게 그를 응시하고 있었다. 그는 화가

---

* 남아메리카에 사는 낙타과 동물로, 알파카나 야마와 흡사하게 생겼다.

치밀어 "여기서 꺼져!"라고 소리쳤다. 그러나 비쿠냐는 아랑곳하지 않은 채 그대로 있었다. 저 빌어먹을 놈은 밤에 잠도 안 자네, 카바는 생각했다. 먹지도 않는데, 왜 죽지 않는 거지? 그는 발길을 옮겼다. 이 년반 전에 고등학교 교육을 받기 위해 리마로 왔을 때, 그는 산에서만 사는 그 동물이 레온시오 프라도 군사고등학교의 습기로 얼룩진 회색 벽들 사이를 태연하게 걸어다니는 걸 보고 깜짝 놀랐다. 도대체 누가 비쿠냐를 학교로 데려온 것일까? 안데스산맥의 어느 곳에서 데려온 것일까? 생도들은 그 동물을 과녁으로 삼아 돌을 던졌지만 비쿠냐는 그런 공격에도 거의 움직이지 않았고 불안해하지도 않았다. 오히려 냉담한 표정으로 돌 던지는 학생들에게서 천천히 벗어나곤 했다. 마치 원주민들 같아, 라고 카바는 생각했다. 그는 교실로 향하는 계단을 올라갔다. 이제는 군홧발소리에 신경을 쓰지 않았다. 그곳에는 걸상과 칠판, 그리고 바람과 그림자 이외에는 아무도 없었기 때문이다. 그는 큰 걸음으로 성큼성큼 위층 휴게실을 가로질렀다. 그때 그는 발걸음을 멈추었다. 희미한 랜턴 불빛 덕분에 창문이 보였다. "왼쪽에서 두번째야"라고 재규어는 말했었다. 그랬다, 그의 말이 옳았다. 정말로 헐거웠다. 카바는 줄의 뾰족한 끝으로 창유리의 접합제를 뜯어내서는 다른 손에 놓았다. 자기 손이 축축하고 힘도 들어가지 않는 듯 느껴졌다. 그는 조심스럽게 유리창을 떼어내 타일 바닥에 놓았다. 그리고 나무창틀을 손으로 더듬어 작은 걸쇠를 찾았다. 창문이 활짝 열렸다. 그는 안으로 들어가서 사방으로 랜턴을 비추었다. 등사기 옆 책상에 종이 뭉치 세 개가 있었다. 거기서 '화학 중간고사. 5학년. 시험시간 사십 분'이라는 글자를 읽었다. 시험지는 그날 오후에 인쇄되었고, 그래서 아직도 잉크가 덜 말라 약간 축축했다. 그는 문제가 무엇을 의미하는지도 모른 채 급히 공책에 옮겨 적었다. 그러고는 랜턴을 끄고 다시 창문 쪽으로 돌아갔고, 그곳을 기어올라간 다음 펄쩍 뛰어내렸다. 그때 유리창이 그의 군화 아래서 산산조각나면서 동시에 수천 개의 소리가 났다. "빌어먹을!" 그는 투덜댔다. 그는 너무나 공포에 질린 나머지 벌벌 떨면서 웅크린 채 가만히 귀를 기울였다. 하지만 아무 소리도 들리지 않았다. 그가 예상했던 시끄럽고 떠들썩한 소리나 장교들의 권총 발사음 같은 목소리도 나지 않았다. 단지 두려움에 사로잡혀 헉헉거리며 숨을 몰아쉬는 소리만 들렸다. 그는 잠시 기다렸다. 그런 다음 랜턴을 사용하는 것도 잊은 채 타일 바닥에 흩어진 부서진 유릿조각을 최선을 다해 주워서는 주머니에 집어넣었다. 그러고는 최소한의 조치도 취하지 않은 채 막사로 향했다. 그는 가능한 한 빨리 돌아가 침대 속으로 들어가서 눈을 붙이고 싶었다. 들판을 지나면서 주머니에서 유릿조각을 꺼내 버리다가 유리에 손이 베였다. 막사 입구에서 잠시 걸음을 멈추고 숨을 내쉬었다. 어두운 형체가 그의 앞에 불쑥 모습을 드러냈다.

"잘 끝났어?" 재규어가 물었다.

"응."

"그럼 화장실로 가자."

재규어가 앞장서서 걸었고, 양쪽으로 여닫는 문을 양손으로 밀고 화장실로 들어갔다. 누런 불빛 아래서 카바는 재규어가 맨발이라는 것을 알았다. 그의 발은 크고 희멀겠으며, 발톱은 길고 더러웠다. 악취를 풍기고 있었다.

"유리창을 깨뜨렸어." 그는 목소리를 높이지 않고 말했다.

재규어의 두 손이 두 개의 하얀 발톱처럼 그를 향해 오더니 꾸깃꾸 깃한 재킷 옷깃을 움켜잡았다. 카바는 비틀거렸지만, 휘어진 속눈썹 아래로 노려보는 재규어의 눈에서 시선을 떼지 않았다.

"산골 촌놈." 재규어가 중얼거렸다. "그 누가 뭐래도 넌 산골 촌놈이야. 만일 걸리면, 하느님을 두고 맹세하는데……"

그는 계속해서 먹살을 움켜잡고 있었다. 그래서 카바는 재규어의 손에 자기 손을 올려놓았다. 그리고 점잖게 재규어의 손을 떼어내려고 했다.

"놔, 놓으란 말이야!" 재규어가 말했다. 카바는 얼굴에 침이 튀기는 걸 느꼈다. "이 산골 촌놈아!"

카바는 손을 풀어주었다.

"소운동장에는 아무도 없어." 그가 속삭이듯 말했다. "아무도 날 보지 못했어."

재규어 역시 그를 풀어주고 자기 손등을 물어뜯었다.

"내가 고자질쟁이가 아니란 걸 알잖아, 재규어." 카바가 중얼거렸다. "만약에 걸리면, 내가 모든 책임을 뒤집어쓸게. 그러니 걱정 마. 이제 됐지?"

재규어는 그를 아래위로 쳐다보았다. 그러고는 웃음을 터뜨렸다.

"겁쟁이 산골 촌놈." 그가 말했다. "무서워서 오줌이나 지리고. 네바지를 봐."

그는 막달레나 누에바의 살라베리 거리에 있는 집을 새까맣게 잊어버렸다. 리마에 처음 도착한 날 밤부터 산 곳이었다. 그리고 자동차로 열여덟 시간이 걸린 여행과 폐허가 되어버린 일련의 마을들, 죽어버린 들판들, 조그마한 계곡들도 잊어버렸고, 가끔씩 나타나던 바다와 면화밭, 마을과 모래로 변해버린 들판들도 잊었다. 그는 창문에 얼굴을 붙인 채 여행했고, '리마를 보러 가는 거야'라는 생각에 자기 몸이 말할 수 없이 흥분하는 걸 느꼈다. 때때로 어머니는 그를 자기 쪽으로 잡아당기면서 "리치, 리카르디토"라고 속삭였다. 어머니는 왜 울고 있을까, 그는 생각했다. 다른 승객들은 졸거나 무언가를 읽고 있었다. 그리고 운전사는 몇 시간 동안이나 계속해서 똑같은 노랫가락을 흥얼거렸다. 리카르도는 아침 내내, 오후 내내, 그리고 초저녁 내내 잠을 이겨내면서, 눈을 한시도 지평선에서 떼지 않았다. 그는 도시의 불빛이 뜻하지 않게 마치 횃불 행렬처럼 멀리서 나타나기를 기다리고 있었다. 피로 때문에 손발은 점차 기운이 빠졌고, 감각은 무뎌졌다. 몽롱한 상태에서 그는 이를 악물고 '잠들지 않을 거야'라고 재차 다짐했다. 그런데 갑자기 누군가가 다정하게 그를 흔들었다. "도착했어, 리치, 일어나." 그는 어머니의 치마폭에 있었고, 머리를 어머니의 어깨에 기댄 채였다. 추웠다. 낯익은 입술이 그의 입을 스쳤고, 그는 꿈속에서 자기가 새끼 고양이로 변한 것을 느꼈다. 자동차는 이제 천천히 앞으로 나아가고 있었다. 그는 희미한 집들과 불빛, 그리고 나무를 보고 있었다. 치클라요의 중심 도로보다 더 커다란 대로를 쳐다보고 있었다. 그는 몇 초가 지나서야 비로소 다른 승객이 이미 모두 차에서 내렸다는 걸 알았다. 운전사는 이제 별 의욕 없이 흥얼거렸다. '도대체 어떻게 생겼을까?' 그는 생각했다. 그리고 다시 사흘 전과 마찬가지로 심한 불안감을 느꼈다. 사흘 전에 어머니는 아델리나 이모가 듣지 못하도록 그를 따로 불러놓고 이렇게 말했다. "네 아버지는 죽지 않았어. 그건 거짓말이었어. 방금 전에 기나긴 여행에서 돌아와 리마에서 우리를 기다리고 있단다." 지금 어머니는 다시 이렇게 말했다. "도착했어." "살라베리 거리라고 그랬죠?" 운전사가 물었다. "그래요, 38번지예요." 어머니는 대답했다. 그는 눈을 감고 자는 척했다. 어머니가 그에게 키스했다. '왜 내 입에 키스를 하는 걸까?' 리카르도는 생각했다. 그의 오른손은 의자를 꽉 부여잡고 있었다. 자동차는 수없이 빙빙 돌더니 마침내 멈추었다. 그는 계속해서 눈을 감고 있었고, 어머니에게 몸을 기댄 채로 웅크렸다. 갑자기 어머니 몸이 딱딱해졌다. "베아트리스"라고 누군가가 말했다. 누군가가 차문을 열었다. 그는 자기 몸이 들리더니 아무것도 없는 맨바닥에 놓이는 걸 느끼면서 눈을 떴다. 어머니가 한 남자와 껴안은 채 키스를 나누고 있었다. 운전사는 이미 노랫가락을 흥얼거리지 않았다. 거리는 텅 비었고, 조용하기 그지없었다. 그는 두 사람을 뚫어져라 쳐다보았다. 그의 입술은 숫자를 세면서 시간을 재고 있었다. 마침내 어머니가 남자의 품에서 빠져나와 그에게 오더니 이렇게 말했다. "네 아빠야, 리치. 키스하렴." 다시 그가 알지 못하는 남자의 팔이 그를 번쩍 들었다. 어른의 얼굴이 그의 얼굴로 가까이 오더니 어느 목소리가 그의 이름을 중얼거렸고, 메마른 입술이 그의 뺨을 눌렀다. 그는 너무 놀라 옴짝달싹 못했다.

그는 또한 그날 밤의 나머지 것들도 잊었다. 그러니까 마음에 들지 않는 침대를 덮고 있던 시트의 차가운 기운, 방의 어둠 속에서 억지로 눈을 떠서 어렴풋한 빛이나 물건들을 구별하려고 애쓰면서 이겨내려고 했던 고독감, 그리고 그의 영혼 속에서 부지런히 돌아다니며 못처럼 찔러대며 괴롭히던 불안감도 잊었다. "세추라사막의 여우들은 밤이 되면 오는 악마들처럼 울부짖어. 왜 그런지 아니? 그건 침묵이 그들을 공포에 질리게 하기 때문이야." 언젠가 아델리나 이모는 말했었다. 그는 모든 게 죽은 것처럼 보이는 그 방에서 생명의 기운이 돋아나도록 소리를 지르고 싶었다. 그는 일어났다. 맨발이었고 반쯤 옷을 벗은 상태였다. 그는 누군가가 갑자기 방안으로 들어와 그가 서 있는 것을 본다면 얼마나 창피하고 당황스러울지 생각하면서 몸을 떨고 있었다. 그는 문으로 다가가서 얼굴을 문에 갖다댔다. 아무 소리도 들리지 않았다. 그는 다시 침대로 돌아와 양손으로 입을 막은 채 흐느꼈다. 햇빛이 방안으로 들어오고 거리가 시끄러운 소리로 활기를 띠었을 때에도 그는 여전히 눈을 뜨고 있었고, 방심하지 않고서 귀로 소리를 듣고 있었다. 한참 후 그는 그들의 목소리를 들었다. 그들은 조그만 소리로 말했고, 그에게 그 소리는 알아들을 수 없는 속삭임으로 다가왔다. 그러고는 웃음소리와 움직이는 소리가 들렸다. 얼마 후 그는 문이 열리는 소리와 발소리를 듣고, 누군가가 방안에 있는 인기척을 느꼈다. 그가 익히 알던 손이 침대 시트를 그의 목까지 덮어주었다. 그러더니 뺨에서 따스한 숨기운이 느껴졌다. 그는 눈을 떴다. 어머니가 미소 짓고 있었다. "잘 잤니?" 그녀가 다정하게 말했다. "엄마한테 아침 인사 안 할 거니?" "네, 하고 싶지 않아요." 그는 대답했다.

'그에게 가서 20솔*을 달라고 말할 수도 있지. 하지만 난 무슨 일이 일어났는지 몰라. 그 사람 눈에는 눈물이 가득 고일 테고, 내게 40이나

---

* 페루의 화폐 단위.

50솔을 주겠지만, 그건 당신이 내 엄마에게 했던 짓을 용서한다고, 나한테 용돈을 두둑하게 준다면 얼마든지 매춘부와 놀아나도 좋다고 말하는 것과 똑같아.' 어머니가 몇 달 전에 선물해준 양털목도리 아래로, 알베르토의 입술은 아무 소리도 내지 않고 조용히 움직인다. 재킷과 귀가 덮일 정도로 푹 눌러쓴 군인 모자 덕분에 그는 어떤 추위와도 맞설 수 있었다. 그의 육체는 권총의 무게에 익숙해져 있었고, 이제는 그 무게를 거의 느끼지 않는다. '그에게 가서 당신이 죄를 뉘우치고 집으로 돌아올 때까지 매달 생활비를 보내준다고 해도 양보와 타협을 받아들일 수는 없다고 말한들, 우리가 무엇을 얻을 수 있을까? 그러면 그는 눈물을 흘릴 거고, 우리의 주님처럼 자신의 십자가를 짊어지고 다녀야만 한다고 말할 거야. 심지어 그가 동의한다고 해도, 모든 게 제자리를 찾으려면 오랜 시간이 흘러야 할 거고, 나는 내일 20솔을 손에 넣지 못하겠지.' 규정에 따르면, 불침번을 서는 생도는 각 학년의 막사 앞에 있는 소운동장과 연병장을 순찰해야만 하지만, 그는 학교 정면을 지키고 있는 높고 색 바랜 울타리 옆에 있는 막사 뒤쪽을 어슬렁거리면서 자기에게 배정된 불침번 시간을 보낸다. 그곳에서는 얼룩말 옆구리를 떠올리게 하는 막대 사이로 울타리와 절벽 언저리를 따라 꾸불거리는 포장도로가 보인다. 그는 파도 소리를 들으며, 안개가 짙게 끼지 않은 날에는 멀리서 반짝이는 창 같은 라푼타 해수욕장의 제방을 볼 수 있다. 그 제방은 마치 방파제처럼 바다 쪽으로 뻗어 있다. 보이지 않는 만灣을 막고 있는 또다른 반대쪽에서는 그가 살던 동네인 미라플로레스에서 흘러나오는 부채꼴 모양의 빛을 볼 수 있다. 당직 장교는 두 시간마다 보초들을 점검한다. 한시에 장교는 제 위치에 있는 그를 볼 수 있을 것이다. 그런 생각을 하면서 알베르토는 토요일 외출을 계획한다. '아마 열 명쯤이 그런 영화를 꿈꾸고 있을 거야. 팬티만 걸친 여자들의 다리와 배를 실컷 본 다음, 나더러 그 여자들에게 보낼 이야기를 써달라고 조르겠지. 어쩌면 녀석들은 선불로 낼지도 몰라. 하지만 내일이 화학시험인데 언제 내가 그걸 써주겠어? 시험 문제를 알려주는 대가로 나는 재규어에게 돈을 지불해야만 한다고. 물론 내가 편지를 써준다는 조건으로 바야노가 답을 알려준다면 그렇지 않겠지만, 어떻게 검둥이를 믿을 수 있겠어. 녀석들이 내게 편지를 써달라고 부탁할 수도 있지만, 수요일이면 다들 라페를리타나 포커게임에서 마지막 남은 한푼까지 모두 써버리는데, 누가 주중 지금 같은 시기에 현금으로 돈을 지불하겠어? 혹시 외출금지 징계를 받은 생도들이 내게 담배를 부탁한다면, 난 20솔을 손에 넣어서 쓸 수도 있을 거야. 나중에 편지나 이야기를 써주어 갚으면 되니까. 아니, 식당이나 강의실 혹은 화장실에서 잃어버린 누군가의 지갑에서 20솔을 발견하거나, 지금 당장 개들이 있는 막사로 몰래 들어가 사물함으로 가서 연 다음 20솔을 찾는 게 더 나을지도 몰라. 아니면 여러 사물함에서 눈치채지 못하게 50센타보씩만 꺼내는 게 더 나은 방법일지도 모르고. 그렇게 하려면 사물함 마흔 개를 열어야 하네. 그 누구도 잠에서 깨지 않고, 모든 사물함에 50센타보가 있어야 하지만 말이야. 혹은 부사관이나 중위에게 가서 20솔만 빌려주세요, 나도 남자가 되었고 그래서 지금 황금발한테 가고 싶어요, 라고 말할 수도 있지만, 그러면 이런 빌어먹을 개자식, 이라고 소리치지 않을 사람이 누구일까.'

알베르토는 목소리를 확인하는 데 약간 시간이 걸린다. 그러고는 자기가 위치에서 너무 멀리 벗어났다는 걸 떠올린다. 그때 더욱 큰 소리가 들려온다. "저 생도에게 무슨 빌어먹을 일이 있는 거야?" 이번에는 그의 몸과 정신이 반응한다. 그는 고개를 들고 위병소의 담벼락과 벤치에 앉아 있는 몇몇 병사들, 칼집에서 뺀 칼로 안개와 어둠을 위협하는 영웅의 동상을 본다. 마치 그 동상이 회오리바람 한가운데 있는 것처럼 모든 게 그의 주변을 빙빙 돈다. 징계 목록에 자기 이름이 적힌걸 상상하자, 심장이 벌떡벌떡 뛴다. 그는 공포에 질리고, 그의 혀와 입술은 감지할 수 없을 정도로 미세하게 움직이며, 영웅의 동상과 자기 사이에서, 그러니까 5미터도 떨어지지 않은 곳에서 허리에 손을 얹고 뚫어지게 바라보는 레미히오 우아리나 중위를 쳐다본다.

"여기서 뭐하는 거지?"

중위는 알베르토를 향해 다가온다. 알베르토는 장교의 어깨 뒤로 영웅을 지탱하는 받침돌을 시커멓게 만들고 있는 이끼 낀 얼룩을 본다. 아니, 그렇게 짐작한다고 말하는 편이 낫다. 위병소의 불빛은 희미하고 멀리 떨어져 있기 때문이다. 아니면 그렇게 상상했을 뿐인지도 모른다. 바로 그날 당직 병사들이 주춧돌을 문질러 닦거나 물청소를 했을 가능성이 있기 때문이다.

"뭐야?" 중위가 그의 앞에서 말한다. "무슨 일이지?"

알베르토는 움직이지 않고 차려 자세로 서 있다. 오른손을 모자에 힘껏 대고 긴장한 채 온 신경을 곤두세우고 있다. 그는 속을 읽기 어려운 작은 체구의 남자 앞에서 침묵을 지키고 있고, 그 남자 역시 전혀 움직이지 않고 기다리면서 손을 허리에서 내리지 않는다.

"상의드릴 일이 있습니다. 중위님." 알베르토는 말한다. "중위님께 맹세하는데, 지금 복통으로 죽을 지경입니다. 아스피린 한 알이나 그 비슷한 진통제를 원합니다. 저희 어머니가 매우 위독합니다. 누군가가 비쿠냐를 죽였습니다. 중위님께 간곡히 부탁드리고 싶습니다…… 제가 말하고 싶은 건, 개인적인 충고를 원한다는 말입니다."

"도대체 무슨 소리를 지껄이는 거야?"

"문제가 있습니다." 알베르토는 긴장을 풀지 않고 그대로 서서 말한다. "제 아버지는 장군이며, 해군 소장이며, 육군 대장입니다. 솔직하게 말하는데, 제가 벌점을 받을 때마다 아버지 진급이 일 년씩 늦춰집니다. 제가 할 수 있는 일은…… 그건, 그건 개인적인 일입니다." 그는 말을 끊고 잠시 머뭇거리더니 거짓말을 한다. "대령님께서 언젠가 저희에게 장교님들에게 조언을 구해도 좋다고 말씀하셨습니다. 제 말은, 개인적인 문제에 대해 그럴 수 있다는 겁니다."

"관등성명을 대." 중위가 말한다. 그는 이미 허리에서 손을 내려놓았다. 그러자 더욱 연약하고 작아 보인다. 그는 한 발짝 앞으로 내딛고, 알베르토는 그를 보다 가까운 곳에서 내려다본다. 그의 뾰루퉁한 입술, 찌푸린 두꺼비의 눈 같지만 생기 없는 눈, 무자비하지만 애처로운 표정의 둥근 얼굴이 눈에 들어온다. 그가 만들어낸 방식대로 처벌받을 사람을 뽑으라고 지시할 때 짓는 바로 그 표정이다. "3으로 끝나는 번호와 3의 배수인 번호의 생도들에게 벌점 6점을 부과하라."

"알베르토 페르난데스, 5학년 1반입니다."

"좋아, 본론만 말해라." 중위가 말한다. "본론이 뭐지?"

"제가 아픈 것 같습니다, 중위님. 그러니까 몸이 아니라 머리가 아픈 것 같다는 말입니다. 매일 밤 저는 악몽을 꿉니다." 알베르토는 눈을 아래로 내리깔면서 겸손한 척 행동한다. 그리고 아주 천천히 말한다. 그는 멍한 상태다. 그래서 입술과 혀가 스스로 말하도록 놔두고, 그것들이 거미줄을, 즉 두꺼비 중위가 갈피를 잡지 못하게끔 미로를 짜도록 놔둔다. "끔찍스럽습니다. 중위님. 가끔씩 저는 사람을 죽이는 꿈을 꾸거나 종종 인간의 얼굴을 한 동물들에게 쫓기는 꿈을 꿉니다. 저는 식은땀을 흘리며 잠에서 깨어나 벌벌 떱니다. 정말 끔찍합니다, 중위님. 정말입니다."

장교는 생도의 얼굴을 자세히 쳐다본다. 알베르토는 두꺼비의 눈이 생기를 되찾았다는 것을 깨닫는다. 불신과 놀라움이 두 개의 꺼져가는 별처럼 그의 눈동자 속에서 모습을 드러낸다. "저는 웃을 수도 있고, 소리칠 수도 있고, 달릴 수도 있습니다." 우아리나 중위는 이제 면밀한 조사를 끝낸다. 그러더니 갑자기 한 발짝 뒤로 물러서서는 소리친다.

"제기랄, 난 신부가 아니야! 개인적인 문제는 네 아버지나 어머니와 상의해!"

"중위님을 귀찮게 하려던 것은 아니었습니다." 알베르토는 중얼거린다.

"잠깐만, 이 완장은 뭐지?" 장교는 주둥이를 가까이 들이대면서 눈을 크게 뜬다. "오늘밤 불침번인가?"

"예, 그렇습니다, 중위님."

"죽기 전까지는 결코 위치를 벗어나지 말아야 한다는 걸 모르나?"

"알고 있습니다, 중위님."

"개인적인 문제라고! 이런 빌어먹을 놈." 알베르토는 숨을 죽인다. 레미히오 우아리나 중위의 얼굴에서는 이미 찌푸린 인상이 사라졌다.

그의 입은 벌어졌고, 눈은 크게 뜨였으며, 이마에는 주름살이 잡혔다. 그는 웃고 있다. "넌 빌어먹을 놈이야. 제기랄! 어서 네가 있어야 할 곳으로 돌아가. 내가 너에게 벌점을 주지 않은 걸 감사하게 생각해."

"알겠습니다, 중위님."

알베르토는 경례하고 뒤로 돈다. 순간적으로 그는 벤치에 몸을 움츠리고 앉은 위병소 병사들을 본다. 그는 뒤에서 "제기랄, 우리는 신부가 아니야"라는 소리를 듣는다. 그의 앞에, 그러니까 왼쪽에 세 개의 시멘트 건물이 서 있다. 5학년, 그리고 4학년, 마지막으로 3학년 건물이다. 바로 개들의 막사이다. 그 너머로는 활기 없는 운동장이 있고, 축구장은 거친 잡초로 뒤덮여 있으며, 육상 트랙은 구멍과 팬 곳으로 가득하고, 목조 스탠드는 습기로 뒤틀려 있다. 운동장 반대편에, 그러니까 병사들의 숙소인 허름한 건물 뒤로는 희끄무레한 벽이 있다. 그곳에서 레온시오 프라도 군사고등학교의 세계가 끝나고 라페를라라는 커다란 들판이 시작된다. '만일 우아리나가 아래를 내려다보고서 내 군화를 보았다면, 그리고 재규어에게 화학시험 문제가 없다면, 아니 있다고 하더라도 나를 믿으려고 하지 않는다면, 내가 황금발한테 가서 난 레온시오 프라도 학교 학생이며, 처음 왔다고 말하면서 내가 당신에게 행운을 가져다줄 거라고 말한다면, 내가 우리 동네로 돌아가서 친구 중 하나에게 20솔을 빌린다면, 내가 그 친구한테 시계를 전당 잡힌다면, 만일 내가 화학시험지를 손에 넣지 못한다면, 만일 복장검열 시간에 군화 끈이 없어서 내일 곤경에 처한다면…… 그래, 적어도 그건 확실해.' 알베르토는 천천히 앞으로 나아가면서 약간 발을 끈다. 일주일 전부터 끈이 없는 군화는 발을 옮길 때마다 헐떡거린다. 그는 이미 영웅의 동상에서 5학년 막사까지의 거리를 반 이상 온 상태였다. 이 년 전에 막사는 다르게 배치되어 있었다. 5학년 생도들은 운동장 옆 막사를 차지했고, 개들은 위병소에서 가장 가까운 곳에 있었다. 4학년은 항상 가운데, 그러니까 적들 사이에 있었다. 교장으로 새로 부임한 대령이 현재처럼 배치하기로 결정한 것이었다. 그리고 연설에서 이렇게 설명했다. "우리의 위대한 영웅 근처에서 자는 특권은 스스로 획득해야만 한다. 앞으로 3학년 생도들은 가장 멀리 떨어진 막사를 차지할 것이다. 그리고 학년이 높아질수록 레온시오 프라도*의 동상에 가까워질 것이다. 나는 여러분이 이 학교를 졸업하면 이 영웅과 조금이라도 비슷해지길 바란다. 우리의 영웅은 페루가 아닌 다른 국가의 자유를 위해서도 싸웠다.** 생도들이여, 군대에서는 상징을 존중해야 한다. 알았나?"

'만일 아로스피데의 군화 끈을 훔친다면, 나는 미라플로레스에 사는 놈을 못살게 구는 염병할 놈이 되겠지. 우리 소대에는 거리에 나가는 걸 두려워하듯이 일 년 내내 처박혀 지내는 산골놈들도 많은데. 미라플로레스에 사는 놈 물건을 훔치다니 정말 염병할 짓인걸. 그놈들이 여러분의 끈을 가지고 있다 해도 말이야. 그러니 다른 놈 걸 훔치는 편이 나을 거야. 만일 패거리 중 한 놈에게서 훔친다면, 곱슬머리나 꾀죄죄한 굼벵이 왕뱀 걸 훔치면 어떨까? 하지만 시험은? 화학에서 또 낙제

---

* 페루의 전쟁 영웅. 쿠바와 필리핀에서 여러 전투에 참가해 스페인에 맞서 싸웠다. 태평양전쟁(포석전쟁) 우아마추코전투에서 전사했다.
** 안토파가스타 지역 영유권 문제로 칠레와 볼리비아 사이에 태평양전쟁이 발발하자, 볼리비아는 페루에 지원을 요청했고, 페루는 형제국 볼리비아를 적극적으로 지지하며 전쟁에 참가했다.

하기는 싫어. 만일 노예 걸 훔친다면, 정말 재미있을 거야. 바로 그렇게 바야노에게 말하긴 했어, 그건 사실이야. 하지만 네가 절망감에 사로잡혀 어찌할 바 모르는 상태가 아닌데도 이미 죽은 사람을 때린다면, 넌 너 자신이 퍽이나 용감한 놈이라고 생각할 테지. 바야노의 눈을 보면 그가 모든 검둥이처럼 겁쟁이라는 게 읽혀. 정말 일품인 눈이야, 정말로 두려움이 서린 눈, 정말로 언제라도 툭 튀어나올 눈 말이야. 내 파자마를 훔친 놈을 죽여버리겠어, 정말 죽여버릴 거야, 저기 중위가 와, 저기 부사관들이 오고 있어. 얼른 내 파자마를 돌려줘. 이번주에 외출해야 한단 말이야. 난 싸우고 싶지 않아, 난 네 엄마가 씨팔년이라고 말하는 게 아니야. 너한테 욕하고 싶지 않아. 단지 네게 무슨 일이 있는지만 묻는 거야. 하지만 검열 도중에 누군가가 네 파자마를 낚아채게 놔두어서는 안 돼. 가만히 있으면 안 된다고. 그것만은 안 돼. 노예한테 필요한 건 누군가가 개를 두드려패서 두려움을 없애주는 거야. 그래, 난 노예 대신 바야노 군화 끈을 훔쳐야겠어.'

그는 5학년 막사의 소운동장으로 향하는 조그만 복도에 이르렀다. 바닷소리 가득한 습기 찬 밤에, 알베르토는 시멘트벽 뒤로 침상에 웅크리고 있는 몸들과 막사를 분주히 오가는 그림자들을 상상했다. '막사에 있을 거야. 화장실에 있을지도 몰라. 아니면 풀밭에 있을까. 아니면 네가 몰래 들어갔던 곳에 죽어 있을지도 몰라.' 연병장 가로등 불빛에 희미하게 빛나는 텅 빈 소운동장은 마을의 조그만 광장처럼 보인다. 그 어떤 보초도 눈에 들어오지 않는다. '몇몇 놈들이 카드놀이를 하고 있는 거야. 나한테 동전 하나만 있어도, 염병할 놈의 동전 하나만 있어도 20솔, 아니 그 이상을 벌 수 있을 텐데. 틀림없이 카드놀이를 하고 있어. 재규어가 날 믿었으면 좋겠는데. 나는 너에게 몇 통의 편지와 허접한 이야기들을 써줄 거라고. 정말이지 지난 삼 년 동안 그는 내게 아무것도 부탁하지 않았단 말이지. 제기랄, 난 틀림없이 화학시험에 낙제할 거야.' 그는 로비를 지나가지만, 아무도 마주치지 않는다. 그는 1반과 2반 막사로 들어간다. 화장실은 텅 비어 있다. 그중 하나에서 악취가 풍긴다. 그는 다른 막사의 화장실도 살펴보면서 의도적으로 시끄러운 소리를 내며 복도를 지나가지만, 그 어떤 곳에서도 생도들의 차분하거나 뜨거운 숨소리에는 변화가 없다. 그는 5반을 지나 화장실 조금 앞에서 발길을 멈춘다. 누군가가 잠꼬대를 한다. 마구 중얼거리는 말 속에서 그는 여자 이름을 알아듣는다. "리디아." 리디아라고? 아레키파에서 온 그놈 여자친구 이름이 리디아였던 것 같은데. 받은 편지와 사진을 내게 보여준 놈이야. 그리고 자신의 슬픔과 괴로움을 털어놓으면서, 내가 무척 사랑하고 있으니 멋있게 써줘, 라고 말했지. 난 신부가 아니야, 빌어먹을 놈아. 넌 염병할 놈이야. 그 여자가 리디아라고? 화장실 옆에 위치한 7반에는 검은 그림자들이 둥글게 모여 앉아 있다. 모두가 웅크리고 있어 초록색 재킷 아래로 곱사등처럼 보인다. 소총 여덟 자루가 바닥에 마구 내팽개쳐져 있고, 다른 한 자루는 벽에 기대어져 있다. 화장실 문은 열려 있다. 알베르토는 멀리서, 그러니까 막사 입구에서부터 소총을 늘어놓은 꼬락서니를 본다. 그는 앞으로 나아간다. 그때 어느 그림자가 앞을 가로막는다.

"무슨 일이야? 누구야?"

"대령이다. 카드놀이 할 수 있다는 허락을 받았나? 너는 죽기 전까지는 절대로 자리를 이탈해서는 안 된다."

알베르토는 화장실로 들어간다. 피로에 지친 열두어 명의 얼굴이 그를 쳐다본다. 연기가 마치 불침번들의 머리 위에 드리운 차일처럼 그곳을 가득 메운다. 그가 아는 사람은 한 명도 없다. 모두가 어둡고 험상궂은 얼굴들이다.

"재규어 봤어?"

"아니, 여기 안 왔는데."

"무슨 카드놀이를 하는 거지?"

"포커야. 너도 할래? 하지만 먼저 십오 분 동안 망을 봐야 해."

"난 산골에서 온 촌놈들하고 카드놀이는 안 해." 알베르토는 이렇게 말하면서, 동시에 손을 자기 음경으로 가져가서는 노름꾼들을 겨냥한다. "그저 그놈들을 소탕하지."

"꺼져, 시인." 그들 중 하나가 말한다. "방해하지 마."

"대위에게 보고해야겠어." 알베르토는 말하면서 뒤로 돈다. "대위님, 산골 촌놈들이 불침번 시간에 포커를 하고 있어요, 라고 말이야."

그는 그들이 욕하는 소리를 듣는다. 그는 다시 소운동장에 있다. 그는 잠시 머뭇거린다. 그러다가 넓게 펼쳐진 들판을 향해 걸어간다. '내가 만일 잡초 위에서 잠을 자고 있다면, 그리고 그들이 내가 불침번을 서는 시간에 시험지를 훔친다면, 나는 개망신을 당했을 거야. 내가 담을 뛰어넘었다면, 그리고 만일……' 그는 들판을 지나 학교 뒷담에 도착한다. 문제아들은 그곳에서 뛰어내리곤 했다. 담 뒤쪽 바닥이 평평해서 뛰어내려도 다리가 부러질 위험이 없기 때문이다. 한때는 매일 밤 그 지점에서 벽을 뛰어넘고 새벽에 돌아오는 그림자들을 볼 수 있었다. 하지만 새 교장은 벽을 뛰어넘다가 걸린 4학년 생도 네 명을 퇴학시켰고, 그때부터 병사 두 명이 밤새 벽 반대편을 순찰한다. 문제아들은 줄어들었고, 이곳 벽을 타넘어 학교를 빠져나가려는 시도도 더이상은 없다. 알베르토는 제자리에서 빙 돈다. 멀리 희미하게 보이는 저 안쪽에 5학년 막사의 텅 빈 소운동장이 있다. 그때 들판 한가운데서 조그만 푸른색 불빛이 눈에 들어온다. 그는 그곳을 향해 간다.

"재규어?"

대답이 없다. 알베르토는 랜턴을 꺼낸다. 보초들은 소총 이외에도 랜턴을 가지고 있고 붉은색 완장을 찬다. 그는 랜턴을 켠다. 턱수염 없는 매끈한 피부에 수줍은 눈빛의 느즈러진 얼굴이 랜턴 빛 속에서 드러난다.

"너, 여기서 뭐하는 거야?"

노예는 한 손을 들어 랜턴 빛을 막는다. 알베르토는 랜턴을 끈다.

"보초를 서고 있어."

알베르토가 웃은 것일까? 소리가 어둠 속에서 흔들린다. 마치 갑작스러운 트림이 잠시 멈춘 것 같다. 그런 다음 다시 완전한 경멸, 모질고 음울한 경멸의 소리가 난다.

"재규어 대신 보초 서는구나." 알베르토가 말한다. "이런 모습을 보자니 슬프고 괴롭다, 야."

"그런데 넌 재규어의 웃음소리를 흉내내고 있잖아." 노예가 부드럽게 말한다. "그런 사실을 더 슬퍼하고 괴로워해야지."

"난 단지 염병할 것만 따라서 해." 알베르토가 말한다. 그는 어깨에 멘 총을 풀어서 풀 위에 놓고, 재킷의 옷깃을 올리고 손을 비빈 다음 노예 옆에 앉는다. "담배 있어?"

앞으로 내민 땀에 젖은 손이 그의 손을 스치더니 즉시 뒤로 물러난다. 그러자 담뱃가루가 빠져 양쪽 끝부분이 흐느적거리는 담배가 그의 손에 떨어진다. 알베르토는 성냥을 켠다. "조심해." 노예가 속삭인다. "순찰병이 널 볼 수도 있어." "제기랄, 손을 데었잖아." 알베르토가 말한다. 그들 앞으로 연병장이 넓게 펼쳐져 있다. 연병장은 마치 짙은 안개에 휩싸인 도시 중심가에 있는 커다란 대로처럼 빛난다.

"뭘 어떻게 해서 이렇게 오래 담배가 남아 있는 거야?" 알베르토가 묻는다. "난 기껏해야 수요일까지밖에 안 가는데."

"난 담배를 거의 안 피우거든."

"그런데 뭘 그렇게 겁먹는 거야?" 알베르토가 말한다. "재규어 대신 보초 서주는 게 창피하지 않아?"

"내가 하고 싶어서 하는 거야." 노예가 대답한다. "그런데 왜 나한테 관심을 보이는 거야?"

"그놈은 널 노예처럼 다뤄." 알베르토가 말한다. "모두가 널 노예처럼 다루잖아. 도대체 넌 왜 그렇게 무서워하는 거야?"

"너는 안 무섭다."

알베르토는 웃는다. 그러다 갑자기 그의 웃음이 끊어진다.

"정말이네." 그가 말한다. "난 재규어처럼 웃고 있어. 왜 다들 그 녀석 웃음을 흉내내는 걸까?"

"난 흉내내지 않아." 노예가 말한다.

"넌 그 인간 개나 다름없어." 알베르토가 말한다. "걔는 널 못살게 굴고 있어."

알베르토는 담배꽁초를 던진다. 담뱃불은 풀 위에서, 그러니까 그의 발 사이에서 잠시 깜빡거리다가 이내 꺼져버린다. 5학년 막사의 소운 동장에는 여전히 아무도 없다.

"그래." 알베르토가 말한다. "그놈은 널 못살게 굴었어." 그는 입을 벌렸다가 닫는다. 그리고 손가락을 혓끝으로 가져가더니 두 손가락으로 담배 한 개비를 집어낸다. 그런 다음 그 오라기를 손톱으로 두 동강 내고 입술에 가져가더니 뱉어버린다. "넌 한 번도 싸운 적 없지, 그렇지?"

"딱 한 번 있어." 노예가 말한다.

"여기서?"

"아니야, 여기 오기 전에."

"그래서 네가 괴롭힘을 당하는 거야." 알베르토가 말한다. "모든 사람이 네가 겁쟁이라는 걸 아니까. 가끔씩 주먹으로 때려야 다른 사람이 널 존중해. 그러지 않으면 그놈들이 계속 널 깔아뭉갤 거라고."

"난 군인이 되지 않을 거야."

"나도 마찬가지야. 하지만 여기서 넌 네가 원하지 않더라도 군인이야. 군대에서 중요한 건 진짜 남자다운 사람, 그러니까 강철 같은 불알을 지닌 사람이 되는 거야. 내 말이 무슨 뜻인지 알겠어? 다른 놈들이 널 괴롭히기 전에 네가 저쪽을 괴롭혀야 해. 그것밖에는 다른 방법이 없어. 난 괴롭힘을 당하고 싶지 않거든."

"난 싸우고 싶지 않아." 노예가 말한다. "그러니까, 나도 어떻게 해야 할지 모르겠어."

"그건 배워서 되는 게 아니야." 알베르토가 말한다. "용기와 배짱의 문제지."

"감보아 중위도 언젠가 그렇게 말했는데."

"그건 백 퍼센트 진실이야. 난 군인이 되고 싶지 않아. 하지만 여기서는 더욱 남자가 되어야 해. 자기를 방어하는 법도 배우고 삶이 어떤 건지도 알아야 해."

"하지만 넌 많이 싸우지 않잖아." 노예가 말한다. "그런데도 널 괴롭히지 않아."

"난 미친놈 흉내를 내거든. 그러니까 멍청한 짓을 한다는 말이지. 이런 것도 그놈들이 너를 마음대로 하지 못하게 하는 데 도움이 돼. 온 힘을 다해 필사적으로 네가 널 지키지 않으면, 그놈들이 당장 널 먹어치우지. 그게 밀림의 법칙이야."

"넌 시인이 될 거니?" 노예가 묻는다.

"지금 농담하는 거야? 난 기술자가 될 거야. 우리 아버지가 날 미국으로 공부하러 보내줄 거거든. 내가 편지와 이야기를 써주는 건 담배 살 돈을 구하기 위해서야. 그건 내 희망하고는 아무런 상관도 없어. 넌 뭐가 될 거야?"

"난 해군이 되고 싶었어." 노예가 말한다. "하지만 이젠 아니야. 군인생활이 마음에 안 들거든. 아마 나도 기술자가 되고 싶은 것 같아."

안개가 이미 짙어졌다. 연병장을 따라 줄지어 선 가로등은 갈수록 작아 보이고, 불빛은 갈수록 희미해진다. 알베르토는 자기 주머니를 뒤적인다. 이틀 전부터 담배는 동난 터였다. 하지만 담배를 피우고 싶을 때마다 그의 손은 기계적으로 그런 동작을 반복한다.

"담배 남았어?"

노예는 대답하지 않지만, 잠시 후 알베르토는 자기 배 옆에 노예의 팔이 있음을 느낀다. 그는 노예의 손을 건드린다. 노예의 손에는 거의 가득 든 담뱃갑이 들려 있다. 그는 담배 한 개비를 꺼내 입에 문다. 그리고 진하고 매운 담배 표면을 혀끝으로 핥는다. 그는 성냥을 켜고 노예의 얼굴에 성냥불을 가까이 갖다댄다. 성냥불은 찻종 모양을 한 그의 손에서 부드럽게 너울거린다.

"염병할! 왜 우는 거야?" 알베르토가 말하면서, 동시에 손을 펼쳐 성냥을 떨어뜨린다. "또 손을 뎄잖아. 빌어먹을!"

그는 다른 성냥을 켜서 담배에 불을 붙인다. 연기를 들이마시고 입과 코로 내뱉는다.

"무슨 일이야?" 그가 묻는다.

"아무 일도 아니야."

알베르토는 다시 연기를 들이마신다. 담뱃불이 다시 빨갛게 타오르고, 연기는 아주 낮게 깔린, 거의 땅바닥에 스칠 정도로 깔린 안개와 뒤섞인다. 5학년 막사의 소운동장은 이미 사라지고 없다. 막사 건물은 움직이지 않는 거대한 얼룩이 된다.

"그놈들이 너한테 무슨 짓을 했어?" 알베르토가 묻는다. "남자는 절대로 눈물을 보이지 말아야 해."

"내 재킷." 노예가 말한다. "내가 외출 못하게 만들었어."

알베르토는 고개를 돌린다. 노예는 카키색 셔츠 위로 소매 없는 밤색 스웨터를 입고 있다.

"내일 나가야만 하거든." 노예가 말한다. "그런데 외출하지 못하게 만들었어."

"누가 그랬는지 알아?"

"몰라. 사물함에서 꺼내 갔어."

"100솔을 달라고 할 거야. 아마 더 달라고 할지도 몰라."

"돈 때문에 그런 게 아니야. 내일 검열이 있거든. 감보아한테 걸리면 외출금지야. 난 벌써 이 주 동안 외출을 못 했어."

"몇시야?"

"열두시 사십오분." 노예가 대답한다. "곧 막사로 돌아갈 시간이야."

"기다려." 알베르토가 자리에서 일어나면서 말한다. "아직 시간이 있어. 재킷 하나를 훔치자."

노예는 스프링처럼 벌떡 일어나지만, 마치 마비된 것처럼 한 발짝도 내딛지 못하고 그대로 서 있다.

"서둘러." 알베르토가 말한다.

"보초들이……" 노예가 중얼거린다.

"제기랄." 알베르토가 말한다. "네게 재킷을 구해주려고 내가 외출을 금지당할지도 모르는 위험을 무릅쓰는 게 안 보여? 겁쟁이들을 보면 울화가 치민다니까. 보초들은 7반 화장실에 있어. 카드놀이가 벌어지고 있지."

노예가 그를 따라온다. 두 사람은 갈수록 짙어지는 안개를 헤치며 보이지 않는 막사를 향해 앞으로 나아간다. 군화의 징들이 축축한 풀을 밟자 사각거리는 소리가 난다. 그리고 파도 소리에 맞추어 이제는 바람소리가 뒤섞인다. 그 바람은 강의실과 장교 숙소 사이에 있는 창문도 없고 문도 없는 건물의 방안으로 침입한다.

"10반이나 9반으로 가자." 노예가 말한다. "그 난쟁이들은 흔들어도 깨지 않을 정도로 깊이 자고 있어."

"재킷이 필요한 거야, 아니면 러닝셔츠가 필요한 거야?" 알베르토가 묻는다. "3반으로 가자."

그들은 5학년 복도에 있다. 알베르토의 손이 부드럽게 문을 밀고, 그러자 아무 소리도 없이 문이 열린다. 그는 동굴 냄새를 맡는 동물처럼 고개를 들이민다. 어둠에 잠긴 막사에서는 평화롭게 숨쉬는 소리만 난다. 그들이 들어오자 문이 닫힌다. '이놈은 도망치기 시작하면 두려워서 떨지도 못할 거고, 울기 시작하면 도망도 못 치겠지. 재규어가 덮친다는 게 사실이라면 땀도 흘리지 못할 거야. 그런데 지금 불이 켜지면, 난 어떻게 튀지?' "안쪽으로." 알베르토는 입술을 노예의 귀에 갖다대고 속삭인다. "침대에서 멀리 떨어진 사물함이 하나 있어." "뭐라고?" 움직이지 않은 채 노예가 묻는다. "빌어먹을 놈, 따라와." 알베르토가 말한다. 발을 질질 끌면서, 두 사람은 양손을 내밀어 장애물을 피하면서 느릿느릿 막사를 가로지른다. '내가 앞을 보지 못한다면, 내 유리눈을 빼버릴 거야. 그리고 이렇게 말할 거야. 황금발, 네게 내 눈을 줄 테니 내 말을 믿어줘. 우리 아버지는 이미 창녀들과 놀 만큼 놀았어. 잘 알겠지만, 너는 죽지 않는 한 네가 하는 일을 절대 포기하지 못해.' 두 사람은 사물함 옆에서 발길을 멈춘다. 알베르토의 손가락이 나무를 따라 미끄러진다. 그는 손을 주머니에 넣더니 곁쇠를 꺼낸다. 그리고 다른 손으로는 자물쇠의 위치를 찾으려고 한다. 그는 눈을 감고 이를 악문다. '내가 걸리면 이렇게 말해야 해. 맹세합니다, 중위님, 저는 화학 교과서를 찾으러 왔습니다. 내일 시험이 있는데 낙제하고 싶지 않거든요. 그리고 맹세하는데, 우리 엄마를 울게 한 대가로 결코 널 용서하지 않을 거야. 노예야, 만일 네가 재킷 때문에 내 계획을 엉망으로 만든다면 말이야.' 곁쇠가 쇠자물쇠에 흠을 내더니 열쇠 구멍으로 들어간다. 그리고 앞뒤로, 왼쪽과 오른쪽으로 움직이더니 조금 더 깊이 들어간다. 그러다가 움직임을 멈추더니 딱 소리를 내며 자물쇠가 열린다. 알베르토는 곁쇠를 빼려고 힘을 준다. 사물함 문이 움직이기 시작한다. 내무반 어느 지점에서 갑자기 성난 목소리가 나더니 앞뒤가 맞지 않는 소리를 중얼거린다. 노예가 손으로 알베르토의 팔을 잡는다. "가만히 있어." 알베르토가 속삭인다. "안 그러면 죽여버린다." "뭐라고?" 노예가 묻는다. 알베르토의 손은 조심스럽게 사물함 내부를 뒤진다. 마치 사랑하는 여인의 머리카락이나 얼굴을 애무하듯이, 마치 곧 접촉할 기쁨을 음미하면서 그저 그녀의 분위기와 숨소리를 느끼듯이, 털이 북슬북슬한 재킷의 표면에서 몇 밀리미터 떨어진 곳을 더듬는다. "군화 끈을 빼내." 알베르토가 말한다. "그게 필요하거든." 노예는 알베르토의 팔에서 손을 떼고 구물구물 움직이기 시작한다. 알베르토는 옷걸이에서 재킷을 벗겨내고, 쇠에 자물쇠를 걸고, 소리를 죽이기 위해 손으로 그걸 감싸쥔다. 그런 다음 문을 향해 살그머니 움직인다. 문가에 도착한 노예는 다시 그를 잡는다. 이번에는 그의 어깨를 잡는다. 그리고 그들은 밖으로 나간다.

"이름 새겨져 있어?"

노예는 랜턴을 비추면서 조심스럽게 재킷을 살핀다.

"아니."

"화장실로 가서 얼룩이 있는지 보도록 해. 그리고 단추도 제대로 달려 있는지 확인하고. 단추가 다른 색일 수도 있으니 조심해서 살펴봐."

"벌써 한시가 다 됐어." 노예가 말한다.

알베르토는 고개를 끄덕인다. 1반 문에 도착하자, 그는 동료를 향해 고개를 돌린다.

"군화 끈은?"

"한쪽밖에 못 찾았어." 노예가 말한다. 그는 잠시 머뭇거린다. "미안해."

알베르토는 그를 뚫어지게 쳐다보지만, 욕도 하지 않고 웃지도 않는다. 단지 어깨만 들었다 내린다.

"고마워." 노예가 말한다. 그는 다시 알베르토의 팔을 잡더니, 미소로 환해진 수줍은 얼굴에 아첨하는 빛을 띠며 그를 쳐다본다.

"장난삼아 해본 말이야." 알베르토가 말한다. 그러더니 급히 덧붙인다. "시험지 있어? 난 화학은 젬병이야. 하나도 몰라."

"아니." 노예가 말한다. "하지만 왕초 그룹은 틀림없이 갖고 있어. 얼마 전에 카바가 나가서 강의실 쪽으로 갔거든. 아마 지금쯤 문제를 풀고 있을 거야."

"난 돈이 없어. 재규어는 도둑놈이야."

"내가 빌려줄까?" 노예가 묻는다.

"돈 있어?"

"조금."

"20솔만 빌려줄 수 있어?"

"20솔 정도는 가능해."

알베르토는 그의 어깨를 손바닥으로 툭 치면서 말한다.

"고마워, 정말 고마워. 난 지금 한 푼도 없거든. 네가 원한다면, 이야기를 써줘서 갚을 수도 있고."

"싫어." 노예가 말한다. 그는 눈을 아래로 향한다. "그것보다는 편지를 써줘."

"편지라고? 정말이야? 너한테 애인이 있다고? 너한테?"

"아직은 없어." 노예가 말한다. "하지만 곧 생길 것 같아."

"좋아, 친구. 내가 스무 통 써줄게. 하지만 그 여자애에 대해 전부 나한테 가르쳐줘야 해. 그래야 그 여자가 좋아할 편지를 쓸 수 있으니까."

막사는 활기를 되찾은 듯했다. 5학년의 여러 반에서 발소리와 사물함을 여닫는 소리, 심지어 농담까지 들린다.

"벌써 교대시간이야." 알베르토가 말한다. "자, 어서 가자."

그들은 막사로 들어간다. 알베르토는 바야노의 침대로 가서 몸을 숙이고는 그의 군화 한 짝에서 끈을 뺀다. 그런 다음 양손으로 검둥이를 흔든다.

"염병할, 빌어먹을." 바야노가 미친듯이 소리친다.

"한시야." 알베르토가 말한다. "네가 보초 설 시간이야."

"시간도 되기 전에 깨웠다면, 넌 죽었어."

막사 반대편 끝에서 왕뱀은 방금 전에 그를 깨운 노예에게 소리지른다.

"저기 소총과 랜턴이 있어." 알베르토가 말한다. "원한다면 그냥 계속 자든가. 하지만 미리 알려주는데, 당직 장교는 2반에 있어."

"정말이야?" 바야노가 앉으면서 말한다.

알베르토는 자기 침대로 가서 옷을 벗는다.

"여기는 모든 사람이 아주 친절하고 다정해. 아주 상냥하지." 바야노가 말한다.

"무슨 일 있었어?" 알베르토가 묻는다.

"군화 끈을 훔쳐갔어."

"조용히 해!" 누군가가 소리친다. "불침번, 저 개자식들에게 입 닥치고 있으라고 해."

알베르토는 바야노가 까치발로 걷는 걸 느낀다. 그런 다음 고자질하는 소리를 듣는다.

"녀석이 군화 끈을 훔쳐갔다고." 그가 소리친다.

"며칠 내로 네 얼굴을 박살내주지, 시인." 바야노가 하품하면서 말한다.

몇 분 후, 당직 장교의 휘파람소리가 밤의 적막을 깬다. 알베르토는 잠들어버려 그 소리를 듣지 못한다.

디에고 페레 거리는 길이가 300미터도 되지 않아서 처음 그 길에 들어선 사람은 누구라도 막다른 골목길로 여기게 된다. 실제로 그 길이 시작되는 라르코 대로의 길모퉁이에서 본다면, 초록색 난간으로 둘러싸인 조그만 정원을 지닌 이층집이 두 블록 너머에서 길을 막고 있는 걸 볼 수 있다. 그러나 멀리서 보면 디에고 페레 거리에 담을 치고 있는 것처럼 보이는 그 집은 실제로 디에고 페레 거리와 교차하면서 그 거리를 막아버리는 포르타라는 좁은 길에 있다. 포르타 거리와 라르코 대로 사이에는 두 개의 골목길이 평행으로 나 있는데 콜론 거리와 오차란 거리이다. 그 거리들도 디에고 페레 거리와 교차한다. 디에고 페레 거리와 교차한 후, 그 거리들은 서쪽으로 200미터 지점에 있는 레세르바 방파제에서 갑자기 끝나버린다. 그곳은 붉은 벽돌 벨트로 미라플로레스 지역을 에워싸고 있는 꾸불꾸불한 길이다. 그 길은 리마만의 깨끗하면서도 잿빛을 띤 시끄러운 바다 위로 솟아난 절벽 주변을 따라 났기에, 도시의 경계를 표시한다.

라르코 대로, 방파제와 포르타 거리 사이에는 여섯 블록쯤 있다. 거기에는 수백 채의 집과 두세 개의 식품점, 약국 하나, 음료수 판매대 하나, 차고와 불룩 튀어나온 벽 사이에 거의 숨겨져 있는 신발 수선집 하나, 그리고 비밀 세탁소로 사용되는 벽으로 둘러싸인 부지가 있다. 교차로들의 도로 양쪽에는 가로수가 늘어서 있다. 그러나 디에고 페레 거리는 그렇지 않다. 그 거리들이 지나는 대부분의 동네는 가난하다. 그 동네에는 이름이 없다. '클럽 테라사스'가 매년 주최하는 선수권대회에 출전하기 위해 조그만 축구팀을 창설했을 때, 그 동네 아이들은 '알레그레 동네'라는 이름으로 참가했다. 그러나 선수권대회가 끝나자, 그 이름은 더이상 사용되지 않았다. 게다가 범죄를 다루는 사회면 기자들은 창녀들의 거리인 '우아티카 데 라 빅토리아'에 길게 늘어선 집들을 지칭하기 위해 기쁨의 동네라는 의미를 지닌 '알레그레 동네'라는 이름을 사용했다. 그래서 그건 다소 당황스러운 명칭이기도 했다. 그런 탓에 아이들은 이 동네에 관해 말하려고 하지 않는다. 누군가가 미라플로레스 지역의 다른 동네들, 그러니까 '7월 28일 거리' '레둑토' '프랑스 거리' '알칸포레스' 동네와 구별하기 위해 어떤 동네냐고 물으면, '디에고 페레 거리의 동네'라고 말한다.

알베르토의 집은 디에고 페레 거리 왼쪽 보도의 두번째 블록에서 셋째 집이다. 그가 처음으로 그 집을 본 건 밤이었다. 그가 살던 산이시드로의 집에 있던 가구가 이미 그 집으로 거의 다 옮겨졌을 때였다. 그에게는 전에 살던 집보다 더 커 보였다. 그리고 아주 확실한 장점이 두 가지 있었다. 그의 침실이 부모님이 사용할 안방에서 가장 멀리 떨어져 있다는 점과 안마당이 있으니 어쩌면 부모님이 개를 기르게 해줄지도 모른다는 점이었다. 그러나 새로운 주거지는 역시 불편한 점도 있었다. 산이시드로에 살 때는 학급 친구의 아버지가 두 사람을 매일 아침 라사예 학교까지 데려다주곤 했다. 그러나 앞으로 그는 직행버스를 타고 윌슨 대로에 있는 정류장에서 내려, 그곳에서 아리카 대로까지 적어도 열 블록은 걸어가야만 했다. 라사예는 유복한 가정의 아이들이 다니는 학교였지만, 흑인과 원주민의 혼혈이나 노동자가 우글거리는 브레냐 동네의 중심부에 있었다. 그는 더욱 일찍 일어나야만 하고, 아침을 먹자마자 학교로 가야만 할 것이었다. 산이시드로의 집 앞에는 서점이 있었는데, 서점 주인은 카운터 뒤에서 그가 『페네카스』와 『빌리켄』 같은 도색잡지를 읽게 해주었고, 종종 더럽히지 말고 구기지 말라면서 하루 동안 빌려주곤 했다. 또한 그는 이사를 하면서 흥분되는 취미도 잃어버리게 될 것이었다. 바로 지붕으로 올라가 나하르 가족의 집을 지켜보는 일이다. 그 집 사람들은 매일 아침 테니스를 쳤고, 해가 비치는 좋은 날이면 울긋불긋한 파라솔을 펴고 정원에서 아침을 먹었으며, 밤에는 춤을 추곤 했다. 그는 남의 눈을 피해 테니스장으로 숨어들어 키스를 하는 커플들을 몰래 훔쳐보곤 했다.

이삿날 그는 일찍 일어났고 기분좋게 학교로 갔다. 점심때 그는 새집으로 곧장 왔다. 살라사르공원 정류장에 이르자 직행버스에서 내렸고 — 그때까지도 그는 바다 위로 걸린 것 같은 잔디 산책길의 이름을 몰랐다― 텅 빈 디에고 페레 거리로 올라가서 집으로 들어갔다. 어머니는 하녀에게 만일 산이시드로에서 그랬던 것처럼 이웃집 요리사들이나 운전사들과 시시덕거리면 해고할 거라고 위협하고 있었다. 점심식사가 끝나자, 아버지가 말했다. "나는 나가봐야 해. 중요한 일이 있어." 어머니가 소리쳤다. "당신 또 거짓말을 하는군요! 그러면서 어떻게 내 눈을 쳐다볼 수 있어요?" 그런 다음 하인과 하녀의 도움을 받아 그녀는 이사하다 분실되거나 망가진 것이 없는지 확인하기 위해 꼼꼼하게 조사하기 시작했다. 알베르토는 자기 방으로 올라가서 침대에 벌렁 드러누웠다. 그러고는 아무 생각 없이 책표지에 낙서를 했다. 얼마 후 아이들 목소리를 들었는데, 그 목소리는 창문으로 그가 있는 곳까지 이르렀다. 그런데 목소리가 멈추었고, 공 차는 소리와 공이 문에 부딪혀 되튀면서 내는 시끄러운 소리가 갑자기 귀를 때렸다. 그러더니 즉시 목소리들이 다시 들렸다. 그는 침대에서 벌떡 일어나 발코니를 내다보았다. 한 아이는 붉고 노란 줄무늬가 그려진 불타는 듯한 셔츠를 입고 있었다. 그리고 다른 아이는 단추 풀린 흰색 실크셔츠를 입고 있었다. 불타는 듯한 셔츠를 입은 아이가 더 컸다. 그 아이는 금발이었고 목소리와 눈빛과 몸짓이 무례하기 그지없었다. 다른 아이는 키가 작고 통통했고, 머리카락은 검고 곱슬거렸으며, 매우 날렵했다. 금발의 아이는 차고에서 골키퍼를 하고 있었고, 검은 머리의 아이는 새 축구공을 차면서 이렇게 소리질렀다. "이걸 막아봐, 플루토." 극적일 정도로 인상을 찌푸린 채 상체를 숙이고서 플루토는 손등으로 이마와 코를 닦고는 공을 향해 몸을 날리는 시늉을 했다. 그리고 공을 막아내면 소란스럽게 웃음을 터뜨렸다. "넌 젬병이야, 티코. 나는 손가락 하나로도 네가 찬 공을 막을 수 있어." 검은 머리카락의 아이는 발로 노련하게 공을 멈추더니, 공 위치를 조정하고 거리를 쟀다. 그리고 공을 찼고, 찰 때마다 대부분 골로 이어졌다. "그걸 손이라고 달고 다니냐!" 티코가 비아냥거렸다. "계집애 같은 놈아. 이번에는 어디로 찰지 가르쳐주지. 오른쪽 구석을 폭격할 거야." 처음에 알베르토는 그다지 관심 없이 그들을 지켜보았고, 그들은 그가 쳐다본다는 사실을 눈치채지 못한 게 분명했다. 점차 알베르토는 엄격하게 스포츠에만 관심을 보였다. 티코가 골을 넣거나 플루토가 공을 막으면, 그는 마치 경험 많은 축구팬처럼 웃지도 않고 고개만 끄덕였다. 그런 다음 두 아이가 주고받는 농담에 관심을 기울이면서 그들이 짓는 표정을 그도 따라 지었고, 축구하던 아이들도 그가 지켜본다는 것을 알고 있다는 표시를 했다. 그들은 마치 그를 심판으로 지명한 양 그를 향해 고개를 돌렸던 것이다. 그들은 이내 서로 미소 지으며 쳐다보고는 고개를 끄덕이면서 밀접하게 공모했다. 그때 갑자기 플루토가 발로 티코의 슛을 막았고, 공은 거리를 따라 굴러갔다. 티코가 공을 주우러 뛰어갔다. 플루토는 알베르토를 향해 눈을 들었다.

"안녕." 그가 말했다.

"안녕." 알베르토가 화답했다.

플루토는 손을 주머니에 넣고 있었다. 프로축구 선수들이 경기 시작 전에 몸을 풀기 위해 제자리에서 뛰듯이, 그도 제자리에서 펄쩍펄쩍 뛰었다.

"여기서 살 거야?" 플루토가 물었다.

"응, 오늘 이사 왔어."

플루토는 고개를 끄덕였다. 티코가 이미 가까이 와 있었다. 그는 공을 어깨 위에 올려놓고 한 손으로 받치고 있었다. 그는 알베르토를 쳐다보았다. 그들은 서로 웃었다. 플루토가 티코에게 고개를 돌렸다.

"방금 전에 이사 왔어." 그가 말했다. "여기서 살 거래."

"아, 그래." 티코가 말했다.

"너희도 이 동네에 사니?" 알베르토가 물었다.

"얘는 디에고 페레 거리에 살아." 플루토가 대답했다. "첫번째 블록에 살지. 나는 길모퉁이 근처에, 그러니까 오차란 거리에 살고."

"우리 동네에 또래가 한 명 더 생겼네." 티코가 말했다.

"내 이름은 플루토야. 그리고 이쪽은 티코. 공을 기가 막히게 차."

"네 아버지는 좋은 사람이니?" 티코가 물었다.

"응, 대체로 그런 편이지." 알베르토가 대답했다. "왜 그런 걸 물어봐?"

"이 거리에 사는 사람들은 항상 우리를 내쫓거든." 플루토가 말했다. "우리 공을 빼앗아. 축구를 못 하게 해."

티코는 마치 농구공처럼 축구공을 탁탁 튀기기 시작했다.

"내려와." 플루토가 말했다. "페널티킥을 같이 차자. 다른 애들이 오면 축구경기를 할 거야."

"좋아." 알베르토가 말했다. "하지만 미리 말해두는데, 난 축구를 잘 못해."

카바는 우리에게 병사들 막사 뒤에 닭장이 있다고 말했어. 넌 지금 거짓말하고 있어, 산골 촌놈아, 그건 사실이 아니야. 그러자 카바는,

맹세하는데, 내가 두 눈으로 분명히 봤어, 라고 말했지. 그래서 저녁식사 후에 우리는 그곳으로 갔어. 막사를 가로지르지 않고 빙 돌아갔지. 그것도 훈련 때처럼 포복을 해서. 넌 그 닭장 봤어? 너희는 봤냐고? 염병할 놈이 묻더라고. 갖가지 색 암탉이 들어 있는 하얀 닭장 봤어? 너희는 뭘 더 원하는 거야? 뭘 원하냐고? 검은 암탉을 잡을까, 아니면 노란 암탉을 잡을까? 노란 암탉이 더 통통해. 뭘 기다려, 이 바보야? 내가 저 닭을 잡아서 날개를 붙잡고 있을게. 넌 주둥이를 붙잡아, 왕뱀. 하지만 그건 그리 쉬운 일이 아니었어. 닭은 잡히지 않았지. 도망치지 마, 귀여운 암탉아, 자, 이리 와, 이리 와. 암탉은 그를 두려워하고, 그를 못마땅하게 쳐다보고, 그에게 꽁지를 내밀고 있어, 잘 봐, 라고 염병할 놈이 말했지. 그러나 사실 병아리는 내 손가락을 쪼았어. 운동장으로 가자. 그리고 당장 저 주둥이를 묶어버려. 곱슬머리가 계집애 같은 녀석을 덮치면 어떻게 될까? 최선은 다리와 주둥이를 꽁꽁 묶는 거야, 라고 재규어가 말했어. 그럼 날개는? 암탉이 날개를 퍼덕거리다가 누군가의 불알을 쪼아버리면, 내게 무슨 소리를 할까? 뭐라고 말할까? 암탉은 너와 아무것도 하고 싶어하지 않아, 왕뱀. 넌 그걸 잘 알고 있어, 산골 촌놈아. 너도 그렇지? 아니야, 하지만 난 내 두 눈으로 분명히 봤다고. 그런데 뭘로 묶지? 짐승 같은 놈, 넌 짐승처럼 무식해, 적어도 암탉은 작아, 그래서 장난치는 것처럼 보이지. 하지만 넌 야마 같아! 곱슬머리가 계집애 같은 녀석을 덮치면 어떻게 되지? 우리는 강의동 화장실에서 담배를 피웠어, 성냥불을 아래로 향하게 해, 이 박쥐 같은 놈들아. 재규어는 변기 위에서 섹스라도 하는 양 용을 쓰고 있어. 재규어, 어떻게 됐어? 나왔어? 입 닥쳐, 헷갈린단 말이야, 난 정신을 집중해야 해. 부리는? 우리가 저 뚱보를 괴롭히면 어떨까? 곱슬머리가 말했다. 누구? 9반에 있는 뚱보 말이야. 넌 그놈 한 번도 안 건드렸어? 맙소사. 나쁜 생각은 아니지만, 그가 과연 그렇게 하도록 놔둘까, 아니면 그러지 못하게 할까? 나는 라냐스가 불침번을 설 때 그 자식과 섹스한다는 말을 들었어. 맙소사, 드디어 그랬군. 잘했어, 제대로 했어? 염병할 놈이 물었어. 누가 먼저 하지? 암탉이 소리를 질러대는 바람에 난 하고 싶은 마음이 싹 사라졌거든. 여기에 주둥이를 묶을 끈이 하나 있어. 산골 촌놈아, 풀어주면 안 돼, 그러면 날아가버릴 테니까. 자원자 있어? 카바는 암탉을 겨드랑이에 끼고 있었고, 곱슬머리는 암탉에게 주둥이를 움직이지 말라고 사정하면서, 어쨌거나 넌 당하고 말 것이라고 말했어. 나는 암탉의 다리를 묶었어. 그러면 제비를 뽑는 게 좋을 것 같아. 누가 성냥 가지고 있지? 성냥개비 머리를 자르고 나머지를 보여줘. 난 너무 늙어서 그 어떤 속임수에도 넘어가지 않거든. 아마도 곱슬머리가 걸릴 거야. 이봐, 그가 널 놔줄 거라고 생각해? 난 그렇게 생각하지 않아. 그 작은 웃음소리는 빈정거림처럼 들려. 제비뽑기를 받아들일게, 곱슬머리, 단지 게임으로만 받아들이는 거야. 그런데 그가 너에게 허락하지 않으면? 조용히 해, 부사관 냄새가 나, 그가 가까이 오지 않아서 천만다행이야. 난 진짜 남자거든. 우리가 부사관을 따먹어버리면 어떨까? 왕뱀은 암캐도 먹어, 라고 염병할 놈이 말했어. 그런데 사람인 뚱보를 먹지 않을 이유는 없잖아? 방금 전에 식당에서 봤어. 왕뱀은 외출금지 명단에 올라갔어. 난 부사관이 테이블에서 개 여덟 마리를 들볶는 걸 봤단 말이야. 그러니 아마도 너도 놔두지 않을 가능성이 높아. 내가 두려워한다고 말한 사람이 누구지? 누가 그렇게 말했지? 나는 그 계집애 같은 놈들로 이루어진 소대를 한 명씩 다 따먹을 수 있고, 그러고도 양상추처럼 싱싱할 거야. 자, 그럼 계획을 세우자, 그게 더 쉬울 거야, 라고 재규어가 말했어. 짧은 성냥개비는 누구에게 가야 하지? 암탉은 바닥에 가만히 누운 채 숨을 헐떡이고 있어. 산골 촌놈 카바지. 그놈이 벌써 자기 손으로 하고 있는 게 안 보여? 개는 혼자서 놀기를 좋아해, 게다가 이미 죽었고. 차라리 왕뱀이 나을 거야. 그놈은 행진하면서도 자지를 세우거든. 이미 우리는 제비를 뽑았고, 더이상 할 것은 없어. 네가 암탉과 섹스를 할래, 아니면 우리가 네마을 야마들처럼 너를 굴릴까? 너희는 그 이야기 안 읽어봤어? 시인을 데려와서 네 자지가 벌떡 서게 만들 그 이야기 중 하나를 들려달라고 할까? 얘들아, 그건 순전히 거짓말이야. 나는 정신을 집중하면 내걸 발딱 세울 수 있어. 그건 의지의 문제거든. 그런데 내가 성병에 걸리면? 도대체 왜 그래, 무슨 일이야? 이 산골 촌놈아, 왕뱀이 절름발이년과 섹스한 후로는 네 엄마보다 더 깨끗하다는 걸 몰라? 네가 어떻게 그런 미친 생각을 하게 되었는지 모르겠군. 넌 암탉이 암캐보다 더 깨끗하고 위생적이라는 말을 못 들었어? 좋아, 우리가 현장에서 걸리는 한이 있더라도, 우리는 그걸 해야겠어. 그럼 순찰대는? 우아리나가 당직 장교야. 그 자식은 얼간이야. 토요일이 되면 순찰대는 아무짝에도 소용없어. 그런데 문제가 생기면? 왕초 그룹 모임이야, 넌 섹스한 생도에다 밀고자라고. 그런데도 넌 네가 어쩔 수 없이 섭했다고 말할 수 있어? 자, 나가자, 곧 조용히 하라고 문을 두드릴 거야. 그런데 성냥불을 내리란 말이야, 빌어먹을. 그래, 알았어, 그런데 암탉이 스스로 일어났는데, 나한테 줘, 라고 염병할 놈이 말했어. 네가 가져. 내가 말이야?

그래, 너. 암탉들에게도 구멍이 있다는 게 정말이야? 이 멍청한 것이 처녀가 아니라면 그렇지. 움직이고 있어, 봐, 아마도 수탉인 것 같아, 게이 수탉인가봐. 제발 부탁이니 비웃지 말고 말하지도 마. 제발 부탁이야. 빌어먹게 은근슬쩍 웃지 말란 말이야. 봤어, 저 산골 촌놈 손 봤어? 넌 암탉을 지금 손으로 느끼고 있어, 이 개자식아. 난 찾고 있는 거야, 날 밀지 마, 방금 찾았단 말이야. 이봐 친구, 지금 저놈이 뭐라고 말한 거야? 구멍이 있어, 제발 입 닥치고 있어. 모든 성인들을 봐서, 웃지 말라고. 내 코끼리만한 기둥에 기운이 빠진단 말이야. 이런 멍청이! 우리 형이 그랬는데, 산골 촌놈들은 세상에서 가장 고약한 놈들이야. 배신자에 겁쟁이, 영혼까지 일그러진 작자들이라고. 저 주둥이를 막아, 더러운 새끼. 감보아 중위님, 여기에 암탉을 괴롭히는 놈이 있습니다. 열시이거나 거의 그쯤 되었어, 열시 십오분이 지났어, 라고 곱슬머리는 말했어. 보초들이 있는지 봤어? 난 보초 중 하나도 따먹어버릴 거야. 네가 나머지 모두 먹어. 난 그저 쳐다만 보고 있을 테니까. 끝내주게 먹겠군. 사랑하는 네 엄마는 따먹지 않겠다고 맹세할 수 있어? 우리 막사에는 더이상 징계받은 놈들이 없지만, 2반에는 그런 놈들이 있어. 우리는 신발을 신지 않고 나갔지. 나는 추워서 얼어죽을 것만 같아. 아마 감기에 걸릴지도 모르겠는걸. 솔직하게 말하겠는데, 만일 호각소리가 나면, 난 싸고 말 거야. 계단은 위병소에서 보이니까 기어서 올라가도록 하자. 정말이야? 우리는 천천히 막사로 들어갔어. 재규어, 어떤 개새끼가 두 명만 외출을 금지당했다고 했어? 저기 열 명이 난쟁이처럼 코를 골고 있잖아. 그런데 저것들은 싸고 있는 건가? 누구 말이야? 너도 어떤 게 그놈 침대인지 알지. 자, 네가 먼저 가. 우리는 그 새끼 말고 딴 놈을 따먹고 싶지는 않아. 세번째 침대에서 게걸스러운 호모 냄새가 진동하지 않아? 암탉에게서 깃털이 빠지고 있어. 내가 보기에는 죽어가는 거야. 넌 벌써 끝냈어? 자, 얘기해봐. 넌 항상 그렇게 빨리 싸는 거야, 아니면 암탉하고 할 때만 그런 거야? 저 암탉 좀 봐, 불쌍한 것. 내가 보기에 산골 촌놈이 저 암탉을 죽였어. 내가? 암탉이 숨을 헉헉거리고 있고, 구멍이 다 닫혀버렸어. 저게 조금이라도 더 움직이면, 죽은 시늉을 하는 거야. 너희는 동물들도 느낀다고 생각해? 뭘 느낀다는 거야, 개자식아? 영혼이라도 갖고 있다는 얘기야? 내 말은 여자들처럼 암탉들도 그 짓을 하느냐는 거야. 물론이지, 저것들도 그렇게 해. 여자처럼 말이야. 왕뱀, 널 보면 토할 것 같아. 세상일은 그런 거야. 그런데 암탉이 일어나고 있어. 그게 좋았던 모양인데, 더 원하나봐. 기가 막히네. 술 취한 것처럼 비틀비틀 걷잖아. 그런데 정말로 지금 저거하고 섹스할 참이야? 저 암탉은 임신할 거야. 저 산골 촌놈이 암탉 안에 돌멩이만한 걸 남겨두었다는 사실을 잊지 말라고. 난 암탉을 어떻게 죽여야 하는지 모르는데. 입 다물어, 불로 병균을 죽일 수 있거든. 암탉 목덜미를 붙잡고 공중에서 비틀어. 왕뱀, 저걸 좀 조용히 시켜. 내가 본보기를 보여줄 테니, 잘 보도록 해. 그래, 우리 아주 잘 봤다, 아주 훌륭한 발놀림이었어. 이제 암탉은 죽었어. 하지만, 맙소사, 엉망이 되었잖아, 이 멍청아. 이렇게 흙냄새와 오물 냄새가 나면 누가 먹으려고 하겠어. 불이 병균을 죽이는 거 확실해? 자, 그럼 모닥불을 피우자. 하지만 저곳, 좀더 은밀하게 숨을 수 있는 담 뒤가 좋을 것 같아. 조용히 해, 그렇지 않으면 널 찢어 죽일 거야. 자, 지금 당장 그 위에 올라타. 손발을 뻗고 누워 있잖아, 이 바보야. 저놈은 이미 준비되어 있

다고. 맙소사, 저 난쟁이가 발길질하는 것 좀 봐. 어떻게 발길질하는지
봐. 그런데 어서 기어오르지 않고 뭘 기다리는 거야? 저놈이 죽은 듯이
자고 있는 거 안 보여? 이봐, 왕뱀, 입을 그렇게 막지 마. 잘못하면 질
식할 수도 있거든. 지금 놈이 날 아래로 밀어내고 있어서, 내 걸 문지
르는 거 말고는 못하겠어, 라고 곱슬머리가 말했어. 가만히 있어, 아니
면 죽여버릴 거야. 난 너와 섹스를 하는 거야. 내가 너한테 내 물건을
주고 있는데 도대체 뭘 더 원하는 거야, 멍청아? 자, 얼른 가자, 난쟁이
들이 모두 일어나고 있어. 빌어먹을, 내가 말하지 않았어? 난쟁이들이
일어나고 있고, 그러면 여기에는 피가 물밀듯이 흐르게 될 거야. 불을
켠 놈은 배짱이 두둑한 작자인걸. 우리 동료가 당하고 있어, 이봐 모두
싸워야 해, 라고 소리친 놈 역시 대단한 불알을 지닌 새끼야. 저놈들은
저 불빛으로 나를 놀라게 만들었지. 그런데 그래서 내가 입을 놀린 것
일까? 형제들이여, 날 좀 살려줘! 이런 비명은 우리 어머니가 형에게
의자를 던졌을 때밖에 못 들어봤어. 난쟁이들아, 도대체 일어나서 무
슨 짓을 하는 거야? 누가 너희한테 불을 켜라고 했어? 저 새끼가 반장
이었나? 우리는 너희가 쟤랑 그런 짓을 하게 놔두지 않을 거야. 너희
는 염병할 게이들이라고. 난 미쳤어, 난 꿈을 꾸고 있어. 도대체 언제
부터 생도들과 그렇게 말하는 거지? 차렷 하지 못해! 그런데 넌 왜 소
리지르는 거야? 농담인지 모르겠어? 내가 난쟁이 몇 놈을 마구 두드려
팰 테니 기다려. 그런데 재규어는 여전히 웃고 있었어. 나는 난쟁이들
을 때리는 동안 그가 어떤 미소를 지었는지 잘 기억하고 있어. 이제 그
만 가자. 하지만 내 말을 잘 듣고 잊지 말도록 해. 만일 한 놈이라도 입
을 열면, 정말로 우리는 너희 반 전체를 가만두지 않을 거야. 난쟁이들

과는 문제를 만들지 않는 게 좋아. 이 녀석들은 모두 소심하고 겁이 많고, 농담을 못 알아듣거든. 계단을 내려가려면 우리는 또다시 몸을 굽혀 기어야 하는 거야? 젠장, 그걸 빨아보니 고깃덩이에서 털이 탄 맛이나, 라고 곱슬머리가 말했어.

제2장

  새벽바람이 라페를라로 몰아닥치면서 안개를 바다로 밀어내서 거두면, 레온시오 프라도 군사고등학교의 영내는 더욱 선명해진다. 마치 방금 전에 창문을 연 훈제소처럼 보인다. 어느 이름 모를 병사가 막사 입구에서 하품을 하면서 모습을 드러내더니, 눈을 비비면서 생도들의 막사로 걸어간다. 그의 몸이 움직일 때마다 손에 든 나팔이 앞뒤로 움직이면서, 희미하고 창백한 햇빛 속에서 우중충하게 빛난다. 3학년 건물에 도착하자, 그는 정확하게 소운동장 한가운데에서 발길을 멈춘다. 그러니까 소운동장을 에워싼 건물의 네 모퉁이까지 거리가 전부 동일한 자리에 위치를 잡은 것이다. 녹색 군복을 입은 그의 모습은 마지막으로 남은 안개 때문에 흐려져서 마치 유령 같다. 잠시 그는 움직이지 않은 채 서 있다. 그러다가 천천히 정신을 차리고는 손을 비비고 침을 뱉는다. 그런 다음 나팔을 분다. 그는 자기가 부는 나팔의 메아리를 듣고, 얼마 후 기상을 알리는 그에게 분노를 폭발시키는 개들의 욕지거리를 듣는다. 나팔수는 희미해져가는 욕을 들으면서 발걸음을 4학년 건물로 옮긴다. 마지막 불침번을 서던 몇 명은 3학년 건물의 개들을 깨운 기상나팔 소리를 듣고 이미 4학년 건물 문 앞으로 나와 있다. 그들은 그에게 비아냥거리며 욕을 퍼붓고 가끔씩은 돌을 던지기도 한다. 병사는 5학년 건물을 향해 걷는다. 그는 이제 완전히 잠에서 깼고, 발걸음은 더욱 기운차다. 그곳에서는 아무 반응이 없다. 고참 생도들은 이미 기상나팔을 불고 나서 정렬하여 점호를 받으라는 호각소리가 날 때까지 십오 분이 있으며, 아직 그 시간의 반가량을 침대에서 사용해도 문제가 없다는 사실을 너무나 잘 알고 있다. 병사는 막사로 되돌아오면서 손을 비비고 침을 내뱉는다. 그는 개들의 저주나 4학년의 욕지거리에 그다지 놀라지 않는다. 그는 그런 소리를 거의 신경쓰지 않는다. 그러나 토요일은 예외다. 토요일은 야전훈련이 있기에 기상나팔은 평소보다 한 시간 일찍 울리며, 나팔수는 그날 당번이 되는 걸 두려워한다. 나팔이 울리는 다섯시는 아직 칠흑 같은 밤이며, 잠과 분노에 취한 생도들은 창문에서 온갖 것을 던지면서 나팔수에게 폭격을 가한다. 그래서 토요일만 되면 나팔수들은 규정을 어기면서 소운동장에서 멀리 떨어진 곳, 그러니까 연병장에서 나팔을 불고, 그것도 규정을 어겨가며 아주 빠르게 분다.

토요일에 5학년 생도들은 겨우 이삼 분만 더 침대에 머무를 수 있다. 세수하고 옷 입고 침대를 정리하고 정렬하는 데 십오 분 대신 팔 분밖에 주어지지 않기 때문이다. 하지만 이번 토요일은 예외이다. 5학년 생도들에게는 화학시험이 있는 관계로 야전훈련이 취소되었던 것이다. 고참 학생들이 여섯시에 기상나팔 소리를 들을 때, 개들과 4학년 생도들은 이미 학교 문으로 줄을 지어 행진하면서 라페를라와 카야오 사이의 들판으로 나가고 있다.

  기상나팔이 울리고 잠시 후, 알베르토는 아직 눈을 뜨지 못한 채 생각한다. '오늘은 외출하는 날이야.' 그때 누군가가 말한다. "다섯시 사십오분이야. 저 염병할 나팔수를 돌로 쳐죽여야 해." 막사는 다시 침묵 속에 잠긴다. 그는 눈을 뜬다. 창문으로 희뿌옇고 희미한 햇빛이 실내로 들어온다. "적어도 토요일에는 날씨가 맑아야 해." 그때 화장실 문이 열린다. 알베르토는 노예의 창백한 얼굴을 본다. 걸어오면서 그의 얼굴은 이층침대들에 가려진다. 그는 이미 면도도 했고 머리도 빗은 상태다. '가장 먼저 정렬하려고 기상나팔을 불기도 전에 일어난 거야.' 알베르토는 생각한다. 그는 노예가 자기 침대 옆에서 발걸음을 멈추고 그의 어깨를 툭툭 치는 걸 느낀다. 그는 살며시 눈을 뜬다. 파란색 파자마에 파묻힌 깡마른 몸 꼭대기에 노예의 머리가 우뚝 솟아 있다.
  "감보아 중위가 오늘 당직이야."
  "나도 알아." 알베르토가 말한다. "아직 시간은 충분해."
  "그럼 됐어." 노예가 말한다. "네가 자고 있다고 생각했거든."
  그는 미소를 띠더니 그곳을 떠난다. '친구가 되고 싶은 거야.' 알베르토는 생각한다. 그는 다시 눈을 감고 께느른하게 누워 있다. 디에고 페레 거리의 포장도로는 이슬이 맺혀 빛난다. 포르타 거리와 오차란 거리의 보도는 밤바람을 맞아 떨어진 잎사귀들로 뒤덮여 있다. 우아한 청년이 그곳을 걸으면서 체스터필드 담배를 피운다. "맹세컨대, 오늘은 창녀들이 있는 곳으로 가겠어."

"칠 분 남았어!" 바야노가 막사 문가에서 크게 소리친다. 그러자 동요하기 시작한다. 침대들은 녹슬어 삐걱거린다. 사물함들은 끽끽 소리를 내고, 군화 굽들은 타일 바닥을 때린다. 생도들은 투덜대면서 서로 스치거나 부딪치고, 그들의 몸은 둔탁한 소리를 낸다. 하지만 욕설과 헛된 맹세는 그 어떤 소리보다 크다. 그건 마치 연기 구름 속에서 날름거리는 불길과 같다. 기관총처럼 그들은 계속해서 집단적으로 목에서 욕을 내뱉지만, 그 욕은 어떤 구체적인 대상을 목표로 삼지는 않는다. 단지 하느님이나 장교들, 다른 생도들의 어머니처럼 추상적인 대상에게 하는 욕이라, 의미가 있다기보다는 그저 음악소리와 더 흡사하다.

알베르토는 침대에서 뛰어내려 양말과 군화를 신는다. 아직도 그의 군화에는 끈이 없다. 그는 욕을 내뱉는다. 그가 군화 끈구멍에 끈을 모두 맸을 때, 대부분의 생도는 이미 침상 정리를 마치고 옷을 입기 시작한다. "노예야!" 바야노가 소리친다. "노래 한 곡 불러봐. 세수하는 동안 듣고 싶거든." "불침번!" 아로스피데가 포효한다. "내 군화 끈을 도둑맞았어. 네 책임이야." "넌 벌점을 받게 될 거야, 개자식아." "노예가 그랬어." 누군가가 말한다. "정말로 맹세해, 이 두 눈으로 분명히 봤어." "대위에게 고발해야 해." 바야노가 제안한다. "우리는 막사에서 도둑놈과 함께 있고 싶지 않아." "아아!" 어느 쉰 목소리가 소리친다. "우리 불쌍한 검둥이년이 도둑놈을 두려워하네." "아! 아!" 여러 목소리가 동시에 노래한다. "아아아!" 막사 전체가 짖어댄다. "너희는 모두 개새끼들이야." 바야노가 말한다. 그는 나가면서 문을 쾅 닫아버린다. 알베르토는 옷을 입는다. 그리고 화장실로 달려간다. 옆 세면대에서 재규어는 머리 빗기를 마친다.

"화학시험에서 50점을 맞아야 해." 알베르토는 치약이 잔뜩 묻은 입으로 말한다. "얼마면 돼?"

"넌 낙제할 거야, 시인." 재규어는 거울을 바라보면서 자기 머리카락을 매만지려고 하지만 모두 허사가 된다. 빗질을 하면 그 순간에만 제자리로 갈 뿐, 고집 센 금발은 이내 다시 뾰족하게 선다. "우리한테 시험지 없어. 안 훔쳤거든."

"시험지를 손에 못 넣었다고?"

"그래. 그런 시도도 안 했고."

호각소리가 난다. 화장실과 막사에서 계속 들려오는 왁자지껄한 소리가 더욱 커지다가 갑자기 잠잠해진다. 감보아 중위의 목소리가 천둥소리처럼 소운동장에서 들려온다.

"반장들, 꼴찌로 나오는 세 명을 적는다!"

다시 작게 떠드는 왁자지껄한 소리가 난다. 알베르토는 뛰기 시작한다. 그는 주머니에 칫솔과 빗을 집어넣고, 재킷과 셔츠 사이에 마치 허리띠처럼 수건을 두른다. 대열은 반 정도 정리되어 있다. 그는 자기 앞에 있던 생도와 부딪치고, 누군가가 뒤에서 그를 붙잡는다. 알베르토는 바야노의 허리를 잡은 다음 깡충깡충 뛰면서 방금 도착한 생도들이 걸어차지 못하도록 피한다. 조금 늦게 도착한 생도들은 중간에 끼어들기 위해 걸어차면서 줄을 흐트러뜨리려고 하기 때문이다. "더듬지 마, 개자식아." 바야노가 소리친다. 조금씩 앞에 있는 생도들이 똑바로 정렬하고, 반장들은 집합한 생도의 숫자를 세기 시작한다. 뒤에서는 무질서와 버둥질이 계속된다. 거의 꼴찌로 도착한 생도들은 팔꿈치로 밀고 위협하면서 앞자리를 차지하려고 애쓴다. 감보아 중위는 연병장 주변에서 정렬한 대열들을 주의깊게 살펴본다. 그는 키가 크고 몸집이 크다. 모자를 거만하게 한쪽으로 삐딱하니 쓰고 있다. 그는 아주 천천히 머리를 이쪽저쪽으로 흔들면서, 비아냥거리는 미소를 짓는다.

"조용히!" 그가 소리친다.

생도들은 입을 다문다. 중위는 손을 엉덩이에 대고 있다. 그는 몸 옆으로 손을 내린다. 그러자 양손이 잠시 앞뒤로 움직이더니 이내 움직이지 않는다. 그는 대대를 향해 걷기 시작한다. 까무잡잡하고 엄숙한 그의 얼굴은 이제 굳어 있다. 세 발짝 정도 거리를 두고, 부사관인 바루아, 모르테, 페소아가 그를 따라온다. 감보아는 발길을 멈춘다. 그리고 시계를 본다.

"삼 분이군." 그가 말한다. 그러고는 대열의 한쪽 끝에서 반대쪽 끝까지 쭉 살펴본다. 마치 자기 가축떼를 점검하는 목동 같다. "개들은 대열 정리에 이 분 삼십 초밖에 안 걸렸다!"

일련의 숨죽인 웃음소리가 대대에서 흘러나온다. 감보아는 머리를 들고 이맛살을 찌푸린다. 그러자 즉시 다시 조용해진다.

"내 말은 3학년 생도들이 그랬다는 말이다."

또다시 숨죽인 웃음소리가 들리지만, 이번에는 더욱 대담하다. 생도들의 얼굴은 진지함을 유지하고 있고, 웃음은 그들의 뱃속에서 태어나 입술 언저리에서 죽는다. 그래서 생도들의 표정에는 변화가 없다. 감보아는 한 손을 급히 허리로 가져간다. 다시 칼로 찌르는 것처럼 순간적으로 침묵이 흐른다. 부사관들은 최면술에 걸린 것처럼 감보아를 쳐다본다. "오늘은 기분이 좋군." 바야노가 중얼댄다.

"반장들, 소대장들!" 감보아가 말한다. "소대별로 점검하라."

그는 '소대별'이라는 단어를 강조하고, 그 단어를 길게 말하는 동안 그의 눈매가 희미하게 가늘어진다. 대대의 뒤에 있던 생도들이 안도의 한숨을 내쉬며 희미하게 웅성댄다. 즉시 감보아는 앞으로 한 발짝을 내민다. 그의 눈은 부동자세를 취한 생도들의 대열을 뚫어지게 내려다 본다. 그가 덧붙인다.

"꼴찌 세 명을 잊지 마라."

대대 끄트머리에 서 있는 생도들이 들릴까 말까 한 소리로 두런댄다. 소대장들은 손에 연필과 종이쪽지를 들고 각 소대가 정렬한 줄로 들어간다. 두런거림이 끈끈한 거미줄에서 도망치려고 안간힘을 쓰는 해충떼처럼 진동한다. 알베르토는 곁눈으로 1소대의 세 희생자가 누구 인지 본다. 우리오스테, 누녜스, 레비야이다. 레비야의 속삭이는 목소 리가 그의 귀에 들린다. "이봐, 원숭이, 나랑 자리 바꿔. 넌 어차피 한 달 동안 외출금지잖아. 그러니 벌점 6점을 더 받아도 아무것도 안 달라 지고." "10솔"이라고 원숭이가 말한다. "돈이 없어. 괜찮다면 나중에 줄게." "안 돼, 그럼 당해봐."

"거기서 떠드는 놈이 누구야?" 중위가 소리친다. 두런거림은 수그 러들어 희미해지지만 계속 공중을 떠다닌다.

"조용히!" 감보아가 고함을 지른다. "조용히 하란 말이야, 개자식들."

이번에는 그의 말이 제대로 먹힌다. 소대장들은 줄에서 나와 부사관 들과 2미터 떨어진 곳에 차려 자세로 서서 군화 굽 소리를 내며 경례 한다. 명단을 제출한 다음, 그들은 작은 소리로 이렇게 말한다. "대열로 복귀해도 되겠습니까, 부사관님?" 부사관은 고개를 끄덕이거나 "좋다"라고 대답한다. 반장들은 빠른 걸음으로 소대로 돌아간다. 그런 다음 부사관들은 그 명단을 감보아에게 제출한다. 감보아는 군화로 크게 딱 소리를 내며 그만의 독특한 방식으로 경례한다. 손을 눈썹이 아니라 이마로 가져가는 탓에 손바닥이 오른쪽 눈을 거의 덮는다. 생도들은 명단이 제출되는 장면을 부동자세로 지켜본다. 종이에 적힌 명단이 감보아의 손에서 마치 부채처럼 흔들린다. 왜 행진하라는 지시를 내리지 않는 것일까? 도대체 뭘 기다리는 것일까? 그의 눈이 즐거운 표정을 지으며 대대 생도들을 훔쳐본다. 그리고 갑자기 미소 짓는다.

"6점인가 아니면 직각인가?" 그가 말한다.

그러자 박수가 터진다. 몇몇 생도가 소리친다. "감보아 만세."

"내가 미친 것인가, 아니면 누군가가 대열에서 떠드는 것인가?" 중위가 묻는다. 생도들은 다시 조용해진다. 감보아는 허리에 양손을 올려놓은 채 소대장들 앞을 오간다.

"꼴찌로 도착한 세 놈은 이곳으로 나와!" 그가 소리친다. "소대별로, 즉각 실시!"

우리오스테, 누녜스와 레비야는 대열에서 뛰어나온다. 바야노는 그들이 지나가자 말한다. "감보아가 오늘 당직인 게 정말 다행이야, 좆같은 새끼들." 세 생도는 중위 앞에 정렬한다.

"너희는 뭘 원하는가?" 감보아가 말한다. "직각인가 아니면 6점인가. 마음대로 선택하라."

세 명 모두 "직각입니다"라고 대답한다. 중위는 고개를 끄덕이고서 어깨를 으쓱한다. "나는 너희를 내 자식처럼 잘 알고 있다." 그의 입술이 중얼거린다. 그리고 누네스와 우리오스테, 그리고 레비야는 감사의 미소를 짓는다. 감보아가 명령한다.

"직각 자세."

세 개의 몸이 경첩처럼 몸을 굽혀 상체가 바닥과 수평을 이루게 한다. 감보아는 그들을 주시한다. 팔꿈치로 레비야의 머리를 조금 더 숙이게 만든다.

"너희 불알을 가려." 그가 지시한다. "양손으로."

그런 다음, 체구는 작지만 근육질이고 주둥이가 육식동물처럼 커다란 페소아 부사관에게 신호를 보낸다. 그는 축구를 아주 잘하고 그가 찬 공은 엄청나게 빠르게 날아간다. 페소아는 거리를 재고 한쪽으로 약간 움직인다. 그의 발이 전광석화처럼 올라가더니 쾅 하고 찬다. 레비야는 신음소리를 낸다. 감보아는 그 생도에게 제자리로 돌아가라고 지시한다.

"제기랄!" 감보아가 말한다. "페소아, 넌 지금 살살 차고 있다. 저놈은 꼼짝도 하지 않았잖은가."

부사관의 얼굴이 백지장으로 변한다. 그의 가느다란 눈은 이제 누네스를 노려보고 있다. 이번에는 있는 힘을 다해 군화 끝부분으로 내리친다. 생도는 앞으로 튀어나오면서 비명을 지르고, 2미터쯤 비틀거리며 걷더니 푹 쓰러진다. 페소아는 불안한 표정으로 감보아의 얼굴을 쳐다본다. 감보아는 미소 짓는다. 생도들도 웃는다. 이제 바닥에서 일어난 누네스는 양손으로 엉덩이를 비비더니 마찬가지로 씩 웃는다. 페소아는 다시 온 힘을 모은다. 우리오스테는 1소대에서 가장 힘이 센 생도이고, 아마도 학교 전체를 통틀어서도 그럴 것이다. 그는 균형을 보다 잘 유지하기 위해 다리를 조금 벌린 상태다. 발로 내리치지만 그는 거의 흔들리지도 않고 움직이지도 않는다.

"2소대." 감보아가 명령한다. "꼴찌로 도착한 세 놈."

그런 다음 다른 소대의 생도들에게 벌을 내린다. 체구가 작은 생도들이 모인 8반, 9반, 10반의 생도들은 부사관들이 발길질을 하자 연병장 언저리까지 떼굴떼굴 굴러간다. 감보아는 모든 처벌 대상 생도들에게 잊지 않고 직각을 원하는지, 벌점 6점을 원하는지 물어본다. 그는 모두에게 "선택할 자유가 있다"라고 말한다.

알베르토는 직각 처벌을 받은 처음 몇 명에게만 관심을 기울였다. 그러고는 마지막 몇 번의 화학수업을 떠올리려고 노력한다. 그의 기억 속에는 희미한 공식 몇 개와 산만한 용어 몇 개가 떠다닌다. "바야노가 공부했을까?" 재규어는 그의 옆에 서 있다. 누군가의 자리를 빼앗은 것이다. "재규어." 알베르토는 속삭인다. "적어도 20점만이라도 맞게 해줘." "몇 점이라고? 미쳤군." 재규어는 대답한다. "우리는 시험지를 안 갖고 있다고 이미 말했잖아. 화학시험 얘기는 더이상 하지 마. 모두 너를 위해서야."

"소대별로 행진하여 해산하라." 감보아가 명령한다.

대열은 식당으로 우르르 몰려가면서 해체된다. 생도들은 재잘거리거나 고함을 치면서 밀치락달치락 자기들 자리로 가고 있다. 한 테이블에 열 명이 앉는데 상석은 5학년 생도들 몫이다. 3학년 생도들이 들어오자, 취사반장이 호각을 분다. 그러자 생도들은 의자 앞에서 부동자세를 취한다. 두번째 호각소리가 나자 그들은 자리에 앉는다. 다른 식사 시간에는 확성기를 통해 군가나 페루 음악, 혹은 왈츠와 해안지방의 대중음악, 또는 안데스의 민요가 거대한 식당에 울려퍼진다. 하지만 아침식사 시간 동안에는 단지 생도들의 목소리만 울린다. 그것은 끝없는 혼란의 재잘거림이다. "나는 세상은 바뀌어간다고 말하고 싶다. 생도, 그런데 너 혼자 이 쇠고기 스테이크 조각을 모두 먹을 작정인가? 우리에게 그 조각 일부라도 남겨주는 게 좋을 거야, 생도. 내 말은 세상일 역시 우리처럼 그다지 좋지 않다는 말이야. 이봐, 페르난데스, 왜 나한테는 밥과 고기를 조금 주는 거야? 왜 젤라틴도 이렇게 적어? 이봐, 음식에 침 뱉지 마. 이봐, 내가 이 빌어먹을 주둥이를 갖고 있는 게 안 보여? 이봐, 생도, 난 농담하는 게 아니야, 장난치는 게 아니란 말이야. 내 말을 개똥같이 여기지 마. 만일 개들이 내 수프를 싹 핥아먹으면, 아로스피데와 나는 그 새끼들에게 오리걸음을 시킬 거야. 개골개골 울 때까지 말이야. 훌륭한 개들아, 생도님, 쇠고기 스테이크를 더 많이 원하십니까? 누가 오늘 내 침대를 정리하지? 접니다, 생도님. 누가 오늘 내게 담배를 줄 거지? 접니다, 생도님. 누가 오늘 라페를리타에서 잉카 콜라*를 사줄 거지? 접니다, 생도님. 오늘 누가 내 엉덩이를 핥을 거지, 그게 누구야?"

그때 5학년이 들어와 자리에 앉는다. 테이블 가운데 사분의 삼이 텅 비어 있고, 그래서 식당은 더욱 커 보인다. 1반은 테이블 세 개를 차지한다. 창문으로 반짝반짝 빛나는 들판이 보인다. 비쿠냐는 풀밭에서

---

* 페루에서 만든 콜라로, 노란색을 띠며 일반적인 콜라보다 단맛이 더 강하다.

움직이지 않은 채 그대로 서서, 귀를 쫑긋 세운다. 축축하고 커다란 눈은 허공을 멍하니 쳐다본다. '아마도 넌 아니라고 생각하겠지만, 나는 네가 내 옆에 앉으려고 다른 사람들을 밀어버리는 걸 봤어. 넌 아니라고 생각하겠지만, 바야노가 자기 음식을 누가 가져올 거냐고 말하자, 모두가 노예라고 소리쳤잖아. 나는 왜 염병할 너희가 하지 않느냐고 물었지. 그 이유를 알고 싶었거든. 그러자 그 녀석들이 아아아, 라고 노래 불렀고. 나는 네가 한 손을 내리고 내 무릎을 쳐서 제지하려고 했다는 걸 알고 있어.' 여덟 개의 목소리가 고음을 내면서 계속해서 여자들처럼 예이, 예이, 예이라고 노래한다. 흥분한 몇 명은 엄지손가락과 둘째손가락으로 원을 만들고서 알베르토에게 내민다. "내가 짐승하고 하는 놈이라고?" 알베르토는 묻는다. "내가 바지를 내리면 어쩔래?" "예이, 예이, 예이." 노예는 일어서서 그들의 컵을 가득 채운다. 그러자 합창하는 목소리들이 그를 위협한다. "좆물을 잔뜩 주지 않으면, 네 불알을 잘라버리겠어." 알베르토는 바야노에게 고개를 돌린다.

"화학 좀 알아?"

"아니."

"답 좀 알려줄 수 있어? 얼마면 돼?"

바야노의 퉁방울 같은 눈이 의심스럽다는 듯이 그를 쳐다본다. 그는 목소리를 낮춘다.

"편지 다섯 통."

"네 불알은 어떤데?" 알베르토가 묻는다. "괜찮냐?"

"응." 바야노가 대답한다. "내 제안이 괜찮으면 알려줘."

노예는 자리에 앉는다. 그는 한 손을 뻗어 빵을 집으려고 한다. 아로스피데가 그의 손을 찰싹 때리고, 빵은 식탁을 가로질러 바닥으로 떨어진다. 깔깔거리고 웃으면서 아로스피데는 몸을 숙여 빵을 집는다. 웃음이 그친다. 다시 그의 얼굴이 모습을 드러낸다. 심각한 표정이다. 그는 자리에서 일어나 한쪽 팔을 뻗고, 손으로 바야노의 목덜미를 움켜쥔다. "날이 환하게 밝았는데도 색깔을 구분 못할 정도면 넌 정말 염병할 정도로 멍청한 놈인 게 틀림없어. 아니면 불행의 별자리를 타고난 놈, 그러니까 개 같은 운명을 지닌 놈이 분명하든가. 내 말은 도둑놈이 되려면 머리가 있어야 한다는 거야. 군화 끈을 훔치거나 다른 무언가를 훔칠 때도 머리를 써야 한다고. 만일 아로스피데가 주먹으로 네 대갈통을 후려친다면, 무슨 일이 일어날까? 검은색이야, 흰색이야?" "난 그게 검은색인지 몰랐어." 바야노는 말하면서, 자기 군화에서 끈을 빼낸다. 아로스피데는 이제 마음을 가라앉히고 그 끈을 받는다. "만일 순순히 주지 않았다면, 널 박살내버렸을 거야, 검둥아." 그가 말한다. 다시 가성으로 장단을 맞추어 "예이, 예이, 예이!"라고 합창하는 소리가 울린다. "젠장." 바야노가 말한다. "잘 들어. 올해가 끝나기 전에 네 사물함을 텅텅 비워놓겠어. 지금 난 군화 끈이 필요하다고. 카바, 나한테 하나만 팔아. 넌 이곳의 행상꾼이잖아. 야, 내 말이 말 같지 않아? 도대체 무슨 일이 있는 거야?" 카바는 갑자기 텅 빈 잔에서 눈을 들더니 공포에 사로잡힌 채 바야노를 쳐다본다. "뭐라고?" 그가 묻는다. "뭐라고 했어?" 알베르토는 노예를 향해 몸을 숙인다.

"어젯밤에 진짜 카바를 본 거야?"

"응." 노예가 대답한다. "분명히 그 녀석이었어."

"걔를 봤다는 말은 아무에게도 하지 않는 게 좋겠어. 분명히 무슨 일이 있었던 거야. 재규어는 내게 시험지가 없다고 했거든. 저 산골 촌놈 얼굴 좀 봐."

호각소리를 듣자, 모든 생도가 자리에서 벌떡 일어나 운동장으로 달려나간다. 감보아는 가슴 위로 팔짱을 낀 채 그들을 기다린다. 그리고 그의 입에는 호각이 물려 있다. 갑작스럽게 생도들이 몰려오자, 비쿠냐는 놀란 나머지 황급히 도망친다. "그놈들이 너 때문에 나를 화학시험에서 낙제시키려고 했다는 거 알지? 난 너 때문에, 네가 말한 황금 발 때문에 정신을 못 차리겠어. 자, 노예가 빌려준 20솔을 줄게. 그리고 네가 원한다면 편지도 써주고. 하지만 그렇게 만들지는 마. 내가 화학시험에 낙제하게 하지는 말아달라고. 너도 알다시피 재규어는 내게 한 문제도 정답을 안 가르쳐주려고 한단 말이야. 그리고 너도 알겠지만, 난 절름발이년보다 더 가난해." 소대장들은 다시 병력 수를 세기 시작하고, 부사관들에게 보고한다. 그리고 부사관들은 그걸 감보아 중위에게 보고한다. 이미 아주 가느다란 빗방울이 떨어지기 시작했다. 알베르토는 발로 바야노의 다리를 건드린다. 바야노는 흘낏 그를 쳐다본다.

"편지 세 통 어때, 검둥이."

"네 통."

"좋아, 네 통."

바야노는 고개를 끄덕이면서, 빵부스러기를 없애려고 자기 입술을 혓바닥으로 핥는다.

1반 교실은 새 건물 이층에 있다. 하지만 그 건물은 습기로 색이 바래고 얼룩졌다. 그 건물 옆에는 일주일에 한 번 생도들에게 영화를 상영하는 강당이 서 있다. 가랑비는 연병장을 깊이를 알 수 없는 거울로 바꾸어놓았다. 군화들이 반짝이는 연병장을 밟고 있다. 군화는 호각소리에 맞추어 올라갔다 내려간다. 생도들이 계단 아래에 도착하자, 행진 대열은 해체되고 서로 먼저 올라가려고 아우성친다. 진흙이 묻은 군화는 계단에서 미끄러지고, 부사관들은 욕을 퍼붓는다. 교실 한쪽으로는 시멘트로 뒤덮인 소운동장이 보인다. 그곳에서는 어떤 날이든 4학년 생도들과 3학년 개들은 5학년 생도들이 내뱉는 침과 그들이 던지는 돌의 소나기 아래로 행진해야만 한다. 검둥이 바야노는 언젠가 나뭇조각을 던지기도 했다. 그러자 비명이 들렸고, 그런 다음 어느 개가 양손으로 귀를 덮은 채 별똥별처럼 소운동장을 가로질렀다. 그의 손가락 사이로 한줄기 피가 흘러내렸고, 그 피를 흡수한 재킷에는 시커먼 얼룩이 졌다. 그 반 학생들은 모두 이 주 동안 외출을 금지당했지만, 죄를 지은 당사자는 발각되지 않았다. 외출 첫날 바야노는 서른 명의 생도에게 각각 담배를 두 갑씩 가져왔다. "제기랄, 이건 너무 많아." 검둥이는 툴툴댔다. "두당 한 갑씩이면 충분하잖아." 재규어와 그 일당은 그에게 경고했다. "각각 두 갑씩이야. 아니면 우리 왕초 그룹 모임을 열겠어."

"딱 20점이야." 바야노가 알베르토에게 말한다. "1점도 더 안 돼. 편지 네 통에 내 목을 거는 위험을 감수할 수는 없어."

"안 돼." 알베르토가 대답한다. "적어도 30점은 되어야 해. 내가 손가락으로 문제를 가리킬게. 그리고 나한테 답을 불러줄 필요는 없어. 그냥 네 시험지만 보여줘."

"내가 답을 불러줄게."

각각의 책상에는 두 사람씩 앉게 되어 있다. 마지막 줄인 알베르토와 바야노 앞에는 왕뱀과 카바가 앉는다. 그들은 어깨가 넓어 감독의 눈을 피할 수 있는 완벽한 가리개이다.

"지난번처럼 말이야? 넌 고의로 나한테 오답을 불러줬잖아."

바야노가 웃는다.

"편지 네 통이야." 그가 말한다. "각각 두 장짜리로."

페소아 부사관이 시험지 뭉치를 들고 교실 문 앞에 모습을 드러낸다. 작고 짓궂은 눈으로 생도들을 쳐다본다. 그리고 가끔씩 혓바닥으로 가느다란 콧수염을 적신다.

"책을 꺼내거나 다른 사람의 시험지를 쳐다보는 사람은 자동으로 낙제다." 그는 말한다. "그리고 벌점 6점이 부과된다. 소대장, 시험지 나눠줘."

"쥐새끼잖아."

부사관은 움찔하더니 얼굴이 빨개진다. 그의 눈은 마치 두 개의 흉터처럼 가늘다. 어린아이 같은 그의 손이 셔츠의 주름을 편다.

"계약 취소." 알베르토가 말한다. "쥐새끼가 감독일지 몰랐어. 난 책을 베낄래."

아로스피데가 시험지를 나눠준다. 부사관은 시계를 쳐다본다.

"지금은 여덟시다. 시험 시간은 사십 분이다."

"저런 쥐새끼."

"여기에는 남자다운 놈이 한 명도 없구나!" 페소아가 으르렁거린다. "쥐새끼라고 말하는 용감한 놈의 얼굴을 보고 싶다."

책상들이 활기를 띠기 시작한다. 바닥에서 몇 센티미터 올라가더니 내려오면서 쾅 소리를 낸다. 처음에는 무질서한 소리를 냈지만, 이내 가락을 맞춘다. 그동안 여러 목소리가 "쥐새끼, 쥐새끼" 하면서 합창한다.

"조용히 해, 겁쟁이들!" 부사관이 소리친다.

교실 문 앞에 감보아 중위와 비쩍 마르고 신경질적으로 보이는 화학 선생이 모습을 드러낸다. 키가 크고 근육질인 감보아의 옆에 있으니, 체구에 비해 너무 커다란 사복을 걸친 그가 하찮고 보잘것없어 보인다.

"무슨 일인가, 페소아?"

부사관이 경례한다.

"약간의 소란이 있었습니다, 중위님."

모두가 부동자세이다. 교실에는 절대적인 침묵이 흐른다.

"아, 그래?" 감보아가 말한다. "2반으로 가라, 페소아. 내가 이 녀석들을 직접 감독하겠다."

페소아는 다시 경례하고 교실에서 나간다. 화학 선생이 그를 따라 나간다. 군복을 입은 사람들 사이에 있으니 겁을 집어먹은 것 같다.

"바야노." 알베르토가 속삭인다. "계약 유효."

그를 쳐다보지도 않은 채, 검둥이는 고개를 가로젓고 단두대처럼 한쪽 손가락으로 목을 자르는 시늉을 한다. 아로스피데는 시험지 배포를 끝낸다. 생도들은 시험지 위로 고개를 숙인다. '15 더하기 5, 더하기 3, 더하기 5, 빈칸, 더하기 3, 빈칸 젠장 또 빈칸, 더하기 3, 아니 빈칸, 모두 얼마? 31, 이 말이 목구멍까지 나오다가 들어가. 황금발아, 그가 중간에 나간다면, 그를 호출한다면, 무언가 일이 생겨서 급히 달려나가야만 한다면 좋겠어. 알베르토는 인쇄체 글씨로 천천히 답을 쓴다. 감보아의 구두 굽이 타일 바닥에 부딪혀 소리를 낸다. 어느 생도가 시험지에서 고개를 들면 항상 중위의 비아냥대는 눈길과 마주치고 이런 소리를 듣는다.

"내가 답을 불러주길 바라는 건가? 고개 숙여. 나를 쳐다볼 수 있는 사람은 내 아내와 하녀뿐이다."

알고 있는 문제에 모두 답한 후, 알베르토는 바야노를 쳐다본다. 검둥이는 혓바닥을 깨물면서 급하게 답을 쓴다. 그는 매우 조심스럽게 교실을 둘러본다. 몇몇 생도는 펜을 시험지 위에 올려놓고 바삐 움직이며 무언가를 쓰는 척한다. 알베르토는 시험지를 다시 읽고 어림짐작으로 두 문제에 대한 답을 적는다. 멀리서 들려오는 듯한 희미하고 불분명한 소리가 시작된다. 생도들은 불안한 표정으로 의자에서 몸을 움직인다. 분위기가 점차 긴장되어간다. 무언가 눈에 보이지 않는 게 숙인 머리 위로 떠다닌다. 감지하기 어려운 따스한 것, 모호함, 어렴풋한 감정, 혹은 이슬 같은 것이다. 어떻게 해야 잠시라도 중위의 신중한 눈길을 피할 수 있을까?

감보아는 그들을 보고 웃는다. 그는 걷는 걸 멈추고 교실 중앙에 서 있다. 그는 팔짱을 끼고 있다. 크림색 셔츠 아래로 근육이 보인다. 그의 눈은 단 한 번의 시선으로도 모든 걸 훑어본다. 마치 그들이 각개훈련을 받을 때와 같다. 그는 손가락으로 딱 소리를 내거나 호각을 짧게 부는 것만으로 중대를 진흙탕으로 보내고, 잡목지대나 돌바닥 위를 박박 기게 만든다. 그의 지휘를 받는 생도들은 항상 매복당하거나 포위되거나 또는 참패하는 다른 중대들의 장교나 생도들의 분노나 좌절을 볼 때면, 그를 자랑스럽게 여긴다. 아침햇살에 빛나는 군모를 쓴 감보아가 손가락으로 높은 벽돌담을 가리키면서, 산 정상과 인근의 협곡, 심지어 절벽 너머의 일부 해변을 점령하고 있는 눈에 보이지 않는 적을 마주보면서 침착하고 대담하게 "벽을 넘어라, 새들아"라고 외치면, 1중대 생도들은 총알처럼 앞을 향해 전진하고, 총에 고정된 총검을 하늘을 향해 들이댄다. 그럴 때면 그들의 심장은 무한한 용기로 가득찬다. 그렇게 그들은 밭고랑의 식물들을 밟아 뭉갠다. 마치 식물들이 칠레인이나 에콰도르 사람의 머리인 것처럼, 마치 군화 밑창 아래로 피가 뿜어져나오는 것처럼, 마치 적들을 죽이는 것처럼, 마구 뭉개버린다. 그렇게 그들은 숨을 헐떡거리고 굳게 맹세하면서 벽돌담 아래에 도착하고, 소총을 어깨에 걸머메고 부어오른 손을 뻗으며 손톱을 벽돌 틈에 집어넣는다. 그러고서 벽에 몸을 바짝 붙여 수직으로 기어오르고 벽 꼭대기를 향해 시선을 유지한다. 그런 다음 뛰어내리고 공중에서 몸을 웅크리며 바닥으로 떨어진다. 그럴 때면 그들의 욕지거리, 그리고 그들의 관자놀이와 흥분된 심장에서 사정없이 고동치는 피 소리 밖에는 들리지 않는다. 그러나 감보아는 이미 그들 앞에 있다. 그는 긁힌 자국도 거의 없이 커다란 바위 위에 서 있고, 코를 킁킁거리며 바닷바람 냄새를 맡으며 생도들의 숫자를 센다. 쭈그리고 앉거나 드러누운 채 생도들은 그를 유심히 살핀다. 삶이냐 죽음이냐가 그의 입술에 달려 있기 때문이다. 갑자기 그의 시선이 분노하면서 그들을 쳐다보고, 그러면 새들은 구더기가 된다. "흩어져! 너희는 무슨 거미들처럼 다 모여 있지 않나!" 구더기들은 자리에서 일어나 흩어진다. 수천 번이나 기운 생도들의 낡은 전투복은 바람에 펄럭이고, 기워놓은 헝겊조각과 솔기는 딱지나 상처처럼 보인다. 그들은 다시 진흙탕 속으로 들어가고 잡초 속에 파묻히지만, 유순하고 탄원하는 듯한 그들의 눈은 감보아가 왕초 그룹을 박살내버렸던 그 지겹고 싫었던 밤처럼 한시도 감보아에 게서 떨어지지 않는다.

왕초 그룹은 생도들의 삶과 함께 태어났다. 사복을 벗고 군사학교 이발사들이 이발기로 머리를 박박 밀어버린 덕에 모두 똑같아진 후 당시에는 새것이었던 카키색 군복을 입고 나서, 처음으로 호각소리와 거친 목소리가 내리는 명령을 받아 연병장에 집합한 후 사십팔 시간이 지나서였다. 그날은 여름의 마지막 날이었고, 리마의 하늘은 석 달 동안 해안의 불덩이처럼 이글거린 후 구름 낀 잿빛을 띠었다. 마치 기나긴 회색 꿈의 시작인 것 같았다. 그들은 페루 방방곡곡에서 왔다. 그전에 서로 만난 적도 없었지만, 이제는 모두 하나로 뭉쳐서 아직 내부가 어떤지 알지도 못하던 시멘트 건물 앞에 줄지어 서 있었다. 가리도 대위의 목소리가 그들에게 이제 앞으로 삼 년간 민간인으로의 삶은 끝났고, 여기에서 그들은 진정한 남자가 될 것이라고 알려주고 있었다. 그러면서 그는 군인정신은 세 가지 단순한 요소로 이루어지는데, 바로 복종과 용기와 노력이라고 설명했다. 하지만 왕초 그룹은 그후에 탄생했다. 군사학교에서 첫번째 점심식사를 마친 후, 그리고 마침내 그들이 장교와 부사관의 감독과 지휘에서 해방되고서, 약간 궁금해하면서도 동시에 약간 다정한 눈으로 그들을 의심스럽게 바라보던 4학년과 5학년 생도들과 뒤섞여 식당으로 달려간 다음의 일이었다.

노예는 혼자서 식당 계단을 내려와 운동장으로 가고 있었다. 그때 두 개의 팔이 그의 팔을 꽉 잡았고, 누군가가 그의 귀에 대고 속삭였다. "우리를 따라와, 개야." 그는 미소를 지으며 순순히 두 사람을 따라갔다. 그의 주변에서는 그가 그날 아침에 만났던 많은 학급 동료들이 붙잡힌 채, 잡초가 무성한 풀밭을 지나 4학년 막사 건물 쪽으로 끌려가고 있었다. 그날은 수업이 없었다. 개들은 점심시간부터 저녁시간까지 거의 여덟 시간 동안 4학년 생도들의 손에 내맡겨져 있었다. 노예는 자기가 어느 반으로 끌려갔는지, 누구에게 잡혀 끌려갔는지 기억하지 못한다. 하지만 막사는 담배 연기와 군복을 입은 생도들로 가득했고, 그는 웃음소리와 비명소리를 들었다. 입가에 미소를 띤 채 문을 지나자마자, 그는 누군가가 등을 강하게 때리는 것을 느꼈다. 그는 바닥에 쓰러져 한 바퀴 빙 돌면서 벌렁 드러누웠다. 일어나려고 했지만 그럴 수가 없었다. 어느 발이 그의 복부를 짓눌렀던 것이다. 열 명의 얼굴이 마치 그가 벌레인 것처럼 무감각하게 쳐다보고 있었고, 그래서 그는 천장을 볼 수도 없었다. 어느 목소리가 말했다.

"우선 '나는 개다'를 멕시코 민요 리듬에 맞춰서 백 번 노래하는 것으로 시작한다."

그는 그렇게 할 수 없었다. 너무나 깜짝 놀라 어안이 벙벙했으며, 눈은 금방이라도 튀어나올 것 같았고, 목은 불타는 것 같았기 때문이다. 발이 그의 배를 조금 더 세게 눌렀다.

"하고 싶지 않은 모양인데." 그 목소리가 말했다. "이 개는 노래를 부를 생각이 없나봐."

그러자 얼굴들이 입을 열더니 일제히 그에게 침을 뱉었다. 그가 눈을 감아야만 했을 때까지 한 번이 아니라 수없이 뱉었다. 침 뱉는 일이 끝나자, 누구인지 알 수 없는 똑같은 목소리가 마치 나사가 돌듯이 반복했다.

"'나는 개다'를 멕시코 민요 리듬에 맞춰서 백 번 노래해."

이번에 그는 그 말대로 했고, 〈커다란 목장〉이라는 노랫가락에 지시한 말을 붙여 쉰 목소리로 억지로 불렀다. 그건 쉬운 일이 아니었다. 원래 가사가 빠지자, 노랫가락은 종종 목 쉰 비명이 되었던 것이다. 그러나 그들은 그런 것에 개의치 않고, 주의깊게 그의 노래를 들었다.

"됐어." 어느 목소리가 말했다. "이제는 볼레로 리듬에 맞춰서 불러."

그런 다음에는 맘보와 왈츠 리듬에 맞춰 불러야만 했다. 그러고 나서는 그에게 이렇게 지시했다.

"일어나."

그는 일어나서 한 손으로 얼굴을 훔친 다음 손을 엉덩이에 닦았다. 목소리가 물었다.

"누가 네 주둥이를 닦으라고 했지? 아니, 개야, 아무도 그런 말을 안 했는데."

입들이 다시 열렸고, 그는 반사적으로 눈을 감고는 침 뱉는 것이 끝나기를 기다렸다. 목소리가 말했다.

"지금 네 옆에는 두 생도가 있어, 개야. 차려 자세로 서! 그래, 아주 잘했어. 이 생도들은 내기를 걸었고, 너는 심판이다."

오른쪽에 있는 생도가 먼저 때렸고, 노예는 팔을 불똥으로 지진 듯한 느낌을 받았다. 그 직후 왼쪽 생도도 그렇게 했다.

"그럼 이제 어떻게 생각하는지 말해봐." 목소리가 말했다. "누가 더 세게 때렸지?"

"왼쪽입니다."

"아, 그래?" 목소리가 어조를 바꾸면서 말했다. "그러니까 내가 염병할 놈이라는 거지? 자, 그럼 다시 해볼 테니, 잘 비교해봐."

노예는 두 사람의 주먹을 차례로 맞자 비틀거렸지만, 넘어지지는 않았다. 그를 에워싸고 있던 생도들이 손으로 그를 붙잡아 다시 원위치로 복귀시켰기 때문이다.

"그럼 이제는 어떻게 생각하냐? 누가 더 세게 때렸지."

"똑같습니다."

"그럼 무승부란 말이네." 목소리가 말했다. "그렇다면 승부를 가려야지."

잠시 후 잔인하기 그지없는 목소리가 물었다.

"여담 하나 하지, 개야. 팔이 아프냐?"

"아닙니다." 노예가 말했다.

그건 사실이었다. 그는 이미 신체와 시간 감각을 잃어버린 상태였다. 그의 정신은 푸에르토 에텐의 잔잔한 바다를 떠올리면서, 어머니가 "노랑가오리를 조심해, 리카르도"라고 말하는 소리를 듣고 있었다. 그러면서 어머니는 무지막지한 햇빛 아래서 긴 팔을 내밀어 그를 보호해주었다.

"거짓말." 목소리가 말했다. "아프지 않은데, 왜 우는 거야, 개야?"

그는 생각했다. '이제 끝난 거야.' 하지만 그건 단지 시작에 지나지 않았다.

"넌 개냐, 사람이냐?" 목소리가 물었다.

"개입니다, 생도님."

"그런데 왜 두 발로 서 있는 거야? 개들은 네 발로 기어다녀."

그는 몸을 숙였고, 손을 바닥에 대는 순간 팔에 아주 강한 통증을 느꼈다. 그때 그는 자기 옆에 다른 학생이 있다는 것을 알았다. 그도 역시 손발로 기고 있었다.

"됐어." 목소리가 말했다. "개 두 마리가 거리에서 만나면 뭘 하지? 대답해, 개야. 지금 너에게 말하고 있잖아."

노예는 엉덩이를 발로 차였고, 즉시 대답했다.

"모르겠습니다, 생도님."

"싸우지." 목소리가 말했다. "짖으면서 서로 달려들어. 그리고 물어뜯지."

노예는 자기와 함께 신고식을 시작한 학생의 얼굴을 기억하지 못한다. 체구가 작은 걸로 볼 때 뒤쪽 반 학생임이 분명했다. 두려움으로 그의 얼굴은 일그러져 있었고, 목소리가 입을 다물자마자 마구 짖으면서 그를 덮치고는 입으로 거품을 내뱉었다. 곧 노예는 성난 개가 어깨를 무는 걸 느꼈고, 그러자 그의 온몸이 반응했다. 그는 짖고 물어뜯는 동안, 자기 피부가 거친 털로 뒤덮였으며, 입은 뾰족한 주둥이가 되고, 등 위로는 꼬리가 채찍처럼 찰싹 소리를 내고 있다고 확신했다.

"이제 됐어." 목소리가 말했다. "네가 이겼어. 반면에 난쟁이는 우리를 속였는걸. 저건 수캐가 아니라 암캐잖아. 너희는 수캐와 암캐가 거리에서 만나면 뭘 하는지 아나?"

"모르겠습니다, 생도님." 노예가 대답했다.

"서로 핥아. 우선 다정하게 상대방의 냄새를 맡고, 그런 다음 서로 핥지."

그러고서 그들은 두 사람을 막사에서 끌어내 운동장으로 데려갔다. 그는 여전히 대낮이었는지, 아니면 밤이 드리웠는지 기억할 수 없었다. 그곳에서 그들은 그의 옷을 벗겼고, 목소리는 수영을 하라고, 육상 트랙을 따라 배영을 해서 축구장을 돌라고 지시했다. 그런 다음 다시 4학년의 어느 막사로 데려갔다. 그는 수많은 침대를 정리했고, 사물함 위에서 노래를 부르고 춤을 추었으며, 영화배우 흉내를 냈고, 베개와 섹스를 하고, 오줌을 마셨다. 하지만 그 모든 건 현기증이 날 정도로 몹시 급박하게 일어났고, 이내 그는 자기 반으로 돌아가 침대에 누워 이렇게 생각했다. '맹세컨대, 도망치고 말 거야. 내일 당장.' 막사는 조용했다. 학생들은 서로를 쳐다보았는데, 얻어터지고 침으로 범벅이 되고 더럽혀지고 오줌으로 젖었지만, 엄숙하고 공손해 보였다. 바로 그날 밤, 소등나팔이 울린 다음, 왕초 그룹이 탄생했다.

그들은 잠자리에 누워 있었지만, 잠을 자는 사람은 아무도 없었다. 나팔수가 소운동장을 막 떠난 때였다. 갑자기 어느 그림자가 침대에서 내려오더니 막사를 가로질러 화장실로 들어갔다. 한쪽 문짝이 흔들거렸다. 잠시 후 그 막사 학생들은 그가 구역질하면서 몹시 요란하게 토하는 소리를 들었다. 거의 모두가 침대에서 뛰쳐나와 맨발로 화장실로 달려갔다. 키가 크고 비쩍 마른 바야노는 누런 화장실 한가운데에서 자기 배를 문지르고 있었다. 아무도 가까이 접근하지 않았고, 그가 토하는 동안 긴장된 검은 얼굴을 뚫어지게 쳐다보고만 있었다. 마침내 바야노가 세면대로 다가가서 입을 헹궜다. 그러자 반 학생들은 보기 드물게 흥분한 표정으로 말하기 시작했고, 모두가 동시에 입에 담지 못할 최악의 욕을 4학년 생도들에게 퍼붓기 시작했다.

"이렇게 당하고만 있을 수는 없어. 뭔가 해야 해." 아로스피데가 말했다. 그의 하얀 얼굴은 구릿빛 피부의 각진 얼굴을 지닌 동료들 사이에서 눈에 확 띄었다. 그의 눈은 분노로 이글거렸고, 그의 주먹은 허공 속에서 부르르 떨었다.

"재규어라는 놈을 데려오자." 카바가 제안했다.

그들은 처음으로 그 이름을 들었다. "누구라고?" 몇몇 동료가 물었다. "우리 반이야?"

"그래." 카바가 대답했다. "침대에 그냥 누워 있어. 화장실에서 제일 가까운 침대에 있는 녀석이야."

"왜 재규어가 필요한 거지?" 아로스피데가 물었다. "우리만으로도 충분하지 않아?"

"안 돼." 카바가 말했다. "우리만으로는 안 돼. 걔는 달라. 그놈들은 걔한테는 신고식을 치르게 하지 않았거든. 내가 다 봤어. 그 녀석은 그놈들이 그럴 시간조차 주지 않았다니까. 걔는 나랑 같이 막사 뒤쪽에 있는 연병장으로 끌려갔거든. 그런데 그놈들 면전에서 실실 웃으면서 말하더라고. '내게 신고식을 치르게 할 작정이지, 그렇지? 그래, 어디 한번 보자고.' 면전에서 웃었다니까. 열 명 정도 됐는데."

"그래서 어떻게 됐어?" 아로스피데가 물었다.

"그놈들이 약간 놀란 표정으로 걔를 쳐다보더라고." 카바가 말했다. "잘 들어봐. 열 명쯤 됐어. 그런데 그건 그놈들이 우리를 연병장으로 데려갔을 때야. 그곳에서 더 많은 다른 생도들이 우리 주변으로 몰려들었지. 스무 명이나 그 이상이었을걸. 걔가 그놈들을 비웃은 거야.

'내게 신고식을 치르게 하겠다고? 좋아, 아주 좋은 생각이군.'"

"그래서?" 알베르토가 물었다.

"'넌 깡패냐, 개냐?'라고 그놈들이 물은 거야. 잘 들어봐. 걔가 그놈들을 덮쳤어. 웃으면서. 이건 정말인데, 거기에는 열 명 아니 스무 명 아니 어쩌면 그보다 더 많은 4학년 생도들이 있었어. 그런데 걔를 붙잡지도 못했어. 몇몇은 허리띠를 풀어서 멀리서 휘두르더라. 하지만 맹세코 말하건대, 걔한테 가까이 다가가지는 못했지. 성모님을 두고 말하는데, 모두 겁에 질려 있었다니까. 그런데 나는 몇 명이 불알을 움켜쥐거나 얼굴을 다쳐서 바닥으로 쓰러지는 것도 봤어. 걔가 그놈들을 비웃으면서 소리치더라. '그래, 내게 신고식을 치르게 하겠다고, 좋아, 아주 좋은 생각이고말고.'"

"그런데 넌 왜 걔를 재규어라고 부르는 거야?" 아로스피데가 물었다.

"내가 아니야." 카바가 말했다. "걔가 자기 입으로 그랬어. 걔를 에워싼 4학년 생도들은 내가 있다는 것조차 까맣게 잊고 있었거든. 허리띠로 걔를 위협했는데, 그러자 걔가 욕을 내뱉기 시작했어. 시팔새끼들. 개자식들이라면서 모두에게 욕하더라고. 그때 누군가가 말했어. '이 개자식을 감바리나한테 데려가야 해.' 얼굴이 험상궂고 체구가 거대한 생도를 그렇게 불렀어. 역도 선수래."

"뭐 때문에 데려가려고 한 거지?" 알베르토가 물었다.

"왜 걔를 재규어라고 부르는 거야?" 아로스피데가 다시 물었다.

"싸우게 하려고 했던 거지." 카바가 대답했다. "그놈들이 이렇게 말하더라고. '이봐, 개야. 너 제법 용감한데, 너 같은 놈이 여기에 한 명 있거든.' 그러니까 걔가 이렇게 대답했어. '내 이름은 재규어야. 나를 개라고 부를 때는 꽤나 몸조심해야 할 거야.'"

"그놈들이 비웃었어?" 누군가가 물었다.

"아니." 카바가 말했다. "두 사람이 싸울 자리를 마련해주더라. 걔는 계속 비웃고. 심지어 싸울 때도 그랬어."

"그런데 어떻게 됐어?" 아로스피데가 물었다.

"싸움이 오래가지는 않았어." 카바가 대답했다. "왜 이름이 재규어인지 알겠더라. 아주 날렵해. 믿을 수 없을 정도로 날쌨어. 아주 힘이 세다고는 생각하지 마. 근데 꼭 뱀장어 같았어. 감바리나는 걔를 붙잡을 수 없으니까 절망에 빠져서는 미치려고 하더라. 감바리나의 눈이 튀어나오는 줄 알았지 뭐야. 반면에 상대방은 머리와 발로 계속 공격했어. 재규어는 공격하고 또 공격했지만, 감바리나는 걔를 한 대도 못 때렸지. 결국 이러더라고. '이제 오늘은 충분히 운동했어. 난 피곤해.' 하지만 우리 다 그놈이 실컷 얻어맞았다는 걸 알았지."

"그다음에는 어떻게 됐는데?" 알베르토가 물었다.

"더 이상 아무 일도 없었어." 카바가 말했다. "걔는 가게 놔두고 나한테 신고식을 시작했지."

"불러와." 아로스피데가 말했다.

그들은 웅크린 채 둥그렇게 둘러앉아 있었다. 누군가가 이미 담배에 불을 붙였고, 여러 사람이 그 담배를 돌려가면서 피웠다. 화장실은 연기로 가득차기 시작했다. 재규어가 카바를 따라 화장실에 들어왔을 때, 모든 사람은 카바가 거짓말했다는 것을 알았다. 재규어의 턱과 광대뼈에는 맞은 흔적이 역력했고, 또한 불도그의 코처럼 넓적한 그의 코도 마찬가지였다. 그는 둥근 원 가운데 섰다. 그는 긴 금빛 속눈썹과 보기 드물 정도로 파랗고 광포한 눈을 가지고 있었다. 그런 눈으로 그는 그들을 쳐다보았다. 그는 고의로 거만한 자세를 취하면서 그들을 한 명씩 천천히 주시하는 것 같았다. 마찬가지로 입술의 냉소도 억지로 짓는 것 같았다. 그의 예리한 미소도 마찬가지였다. 갑자기 그의 웃음소리가 화장실 안에서 울려퍼졌다. 하지만 아무도 그의 웃음을 막지 않았다. 그들은 움직이지 않은 채 자신들에 대한 점검과 자신들을 비웃는 웃음이 그치기를 기다렸다.

"신고식은 한 달 동안 지속된다고 하던데." 카바가 말했다. "우리는 오늘처럼 매일매일을 그렇게 보낼 수는 없어."

재규어가 고개를 끄덕였다.

"그래, 맞아." 그가 말했다. "우리는 우리 자신을 지켜야 해. 4학년 생도들에게 복수해야 한다고. 그놈들이 장난에 값비싼 대가를 치르도록 해야 해. 중요한 것은 그놈들 얼굴을 기억하는 거야. 가능하면 몇 반에 있는지, 그리고 이름이 무엇인지도 알아내야 해. 또한 항상 무리를 지어서 다니고. 그리고 취침나팔이 울린 다음, 밤에 모임을 가지자고. 아참, 우리 그룹에게 어울리는 이름도 지어야지."

"송골매 어때?" 누군가가 소심하게 제안했다.

"아니야." 재규어가 말했다. "그건 애들이 장난하는 것처럼 들려. 우리를 '왕초 그룹'이라고 부르는 게 좋겠어."

수업은 다음날부터 시작됐다. 휴식시간에 4학년 생도들이 개들에게 거만하게 다가와서는 오리걸음을 시켰다. 열 명 혹은 열다섯 명이 한 줄로 정렬하여 손을 엉덩이에 놓은 채 무릎을 굽히고 구호에 따라 어기적어기적 앞으로 나아가면서 오리의 동작을 흉내내고 목소리를 높여 꽥꽥거리는 울음소리를 따라 했다. 제대로 걷지 못해 뒤처진 개들은 직각 자세를 당해야만 했다. 4학년 생도들은 개들의 소지품을 검사하고 돈과 담배를 빼앗았을 뿐만 아니라, 소총용 윤활유와 기름, 그리고 비누를 섞어 칵테일을 만들었고, 희생자인 개들은 단숨에 그걸 마시고 컵을 이빨로 물고 있어야만 했다. 그러나 왕초 그룹은 이틀 후부터 반격을 가하기 시작했다. 아침식사가 끝나고 얼마 후였다. 세 개 학년의 생도들은 식당에서 시끄럽게 떠들며 떼를 지어 나오면서, 마치 얼룩이 번지듯이 운동장으로 흩어졌다. 그때 갑자기 돌들이 모자를 쓰지 않은 머리 위로 우박처럼 떨어지더니, 어느 4학년 생도가 신음소리를 내며 바닥을 뒹굴었다. 이미 정렬한 3학년 학생들은 부상 입은 생도가 동료들의 부축을 받아 의무실로 가는 걸 보았다. 다음날 밤에 풀밭에서 자던 어느 4학년 생도 한 명이 복면을 쓴 그림자들에게 공격을 받았다. 해가 뜰 무렵 나팔수는 벌거벗겨진 채 꽁꽁 묶인 그를 발견했다. 추위로 기운이 빠진 그의 몸에는 커다란 멍자국이 여러 개 나 있었다. 다른 생도들은 돌에 맞거나 구타당했다. 하지만 가장 대담한 일격은 주방으로 침입해서 4학년의 수프 솥에 봉지에 담은 똥을 부어버린 사건이었다. 이것 때문에 많은 4학년 생도들이 복통을 이기지 못해 의무실을 찾아가야만 했다. 누군지도 모르는 저학년의 보복을 받자, 화가 치민 4학년 생도들은 더욱 잔인하게 신고식을 수행했다. 매일 밤 왕초 그룹은 모여서 여러 계획을 논의했고, 재규어는 그중 하나를 골라 세부사항까지 완성하고는 지시를 내렸다. 외출이 금지되어 막사에 갇혀 지내야만 했던 달은 요란한 흥분과 동요 속에서 빠르게 지나갔다. 신고식으로 인한 긴장감과 왕초 그룹의 행동 이외에도 이내 새로운 소동이 더해졌다. 첫 외출일이 임박했고, 이미 그들의 남색 제복은 제작되어 있었다. 장교들은 거리에서 군복을 입은 생도들이 어떻게 행동해야 하는지에 대해 매일 한 시간씩 교육을 실시했다.

"군복은 말이야." 바야노는 탐욕스럽게 눈알을 굴리면서 말했다. "꿀처럼 계집애들을 유혹해."

'다들 말하는 것만큼 그렇게 힘들었던 달은 아니었어. 당시에 내가 생각했던 것만큼 힘들었던 달도 아니었고. 감보아가 소등나팔이 울린 후 화장실에 들어왔을 때만 제외하곤 말이야. 외출금지 지시가 떨어진 다른 일요일들과 그달을 비교할 수는 없어. 비교가 안 되지.' 그달 일요일에 3학년은 학교의 주인이었다. 점심때는 영화가 상영되었고, 오후에는 가족들이 면회를 왔다. 걔들은 그들을 끔찍하게 사랑하는 친척과 가족에게 둘러싸여 연병장과 들판, 운동장과 소운동장을 산책했다. 첫 외출이 있기 일주일 전에, 그들은 짙은 남색 바지, 금박 단추가 달린 검은색 재킷, 흰색 모자로 이루어진 모직제복을 입어보았다. 머리카락은 천천히 자랐고, 외출을 기다리는 그들의 열망 역시 갈수록 커졌다. 왕초 그룹의 모임이 끝난 다음, 반에서 생도들은 첫번째 외출 계획에 관한 대화를 나누었다. '그런데 감보아는 그걸 어떻게 알게 되었을까? 순전히 우연일까 아니면 누군가가 밀고했을까? 만일 그날 우아리나나 코보스 중위가 당직이었다면 어떻게 되었을까? 그래, 적어도 그렇게 빨리 알지는 못했을 거야. 갑자기 이런 생각이 드는데, 왕초 그룹이 발각되지 않았다면 우리 반이 그렇게 빨리 쓰레기 취급을 받지는 않았을 거고, 우리는 떠들면서 즐겁게 지내고 있었을 거야.' 재규어는 서서 어느 4학년 생도에 대해, 그러니까 4학년 반장에 대해 설명하고 있었다. 나머지는 평소처럼 쭈그리고 앉아 그의 말을 듣고 있었다. 담배꽁초가 손에서 손으로 건너가고 있었다. 연기는 위로 올라가서 천장에 부딪히더니 다시 바닥으로 내려와 마치 불투명하고 다양한 모습의 괴물처럼 화장실 바닥을 맴돌았다. "하지만 그놈이 그런 짓을 했다고 하더라도, 사람을 몰래 죽일 정도의 일은 아니야, 재규어." 바야노가 말했다. "복수하는 것까지는 그렇다 쳐도 사람을 죽일 일은 아니야." 우리오스테가 말했다. "이 계획에서는 고약한 냄새가 나는데, 그놈이 애꾸가 될 수도 있다는 거야." 파야스타가 말했다. "뭔가를 찾는 사람은 그걸 손에 넣게 되는 법이야." 재규어가 말했다. '하지만 무슨 일이 일어날지 그 누가 알았겠어? 문이 쾅 하는 소리가 먼저 날지, 아니면 비명이 먼저 날지 누가 알았겠느냐고?' 감보아 중위는 양손으로 문을 마구 두드렸거나 아니면 발로 차서 열었을 것이다. 하지만 그곳에 쭈그리고 앉은 생도들은 문이 쾅 하고 열리는 소리를 듣지 못했고, 아로스피데의 비명도 듣지 못했다. 그들은 바닥에 정체된 연기가 열린 문의 틈새를 통해 막사의 어둠 속으로 빠져나가는 것만 지켜보고 있었다. 열린 문틈은 감보아 중위가 거의 가로막고 있었는데, 그는 양손으로 문을 잡고 있었다. 담배꽁초들이 연기를 내뿜으면서 바닥으로 떨어졌다. 학생들은 맨발이었고, 그래서 꽁초를 발로 비벼서 끌 수 없었다. 모두가 정면을 바라보면서, 지나칠 정도로 군인다운 자세를 취하고 있었다. 감보아는 담배꽁초를 발로 짓이긴 다음, 생도들의 숫자를 셌다.

"서른둘이라." 그가 말했다. "이 반 생도가 모두 있군. 누가 소대장이지?"

아로스피데가 한 발짝 앞으로 나아갔다.

"왜 이런 장난을 하고 있었는지 자세하게 설명해봐." 감보아가 차분한 목소리로 말했다. "처음부터. 하나도 빠뜨리지 말고 모두 말하도록."

아로스피데는 동료들을 흘낏 곁눈으로 쳐다보았고, 감보아 중위는 나무처럼 전혀 움직이지 않은 채 기다렸다. "저희가 어떻게 불평을 털어놔야 하겠습니까?" 그런 다음 그는 이렇게 말했다. "저희가 아무리 우는소리를 하더라도 저희는 모두 중위님의 부하입니다. 이렇게 말하는 것 자체가 창피한 일입니다만. 중위님, 중위님은 4학년 생도들이 저희에게 어떤 신고식을 치르게 했는지 모르실 겁니다. 그런 짓에서 자신을 방어하는 것이야말로 남자로서 해야 할 일 아닙니까? 정말 창피한 일이지만, 그들은 저희를 때렸습니다, 중위님. 정말로 저희에게 상처를 입혔고, 저희 어머니에게 욕을 해댔습니다. 몬테시노스에게 무슨 일이 있었는지 한번 보십시오. 직각 자세를 너무 많이 해서 그의 엉덩이가 만신창이가 되었습니다, 중위님." 감보아는 마치 빗물을 바라보듯이 멍하니 천장을 바라볼 뿐 아무 말도 하지 않았다. 그러더니 잠시 후 이렇게 지적했다. "구체적인 사실만 이야기하고, 그 어떤 의견도 밝히지 마라. 한 명씩 차례대로 말하라. 소란을 피우면 다른 반 학생들이 잠에서 깰 테니까." 그러고는 이렇게 의견을 열거하기 시작했다. "정말 창피한 일이다. 이곳에는 규정이 있다. 나는 이 반의 모든 학생을 퇴학시켜야 마땅하지만, 군대는 아량을 베풀 줄 알고, 아직 군생활을 모르는 강아지들을 이해해준다. 너희는 상관과 상급생을 존경해야 하며, 전우애를 함양해야 한다. 난 더이상 이런 장난을 원치 않는다." "알겠습니다, 중위님." "나는 너희의 행동을 보고하지 않겠다. 처음이자 마지막이다." "예, 알겠습니다, 중위님." "단지 너희의 첫번째 외출을 금지하는 것으로 모든 것을 마무리하겠다.""예, 알겠습니다, 중위님.""난 너희가 진정한 남자로 행동하는지 지켜볼 것이다.""예, 중위님.""다시 이런 일이 일어나면, 너희는 장교위원회에 회부될 것이다.""예, 알겠습니다, 중위님.""다음주 토요일에 외출하고 싶으면, 규정을 달달 외우도록 하라. 지금은 모두 자러 가라. 그리고 보초들은 각자 위치로! 오 분 후에 점검하겠다.""예, 알겠습니다, 중위님."

왕초 그룹은 다시는 모임을 갖지 않았다. 그러나 나중에 재규어는 자기 패거리에 동일한 이름을 붙였다. 6월의 그 첫번째 토요일에 녹슨 난간을 따라 흩어져 있던 그 반 생도들은 흥분해서 우쭐대는 다른 반의 개들을 보았다. 개들은 폭우처럼 코스타네라 대로로 마구 흘러나왔고, 거리를 화려한 군복과 새하얀 모자, 그리고 반짝이는 가죽가방으로 물들였다. 그들은 그 개들이 엉망이 되어버린 방파제에 모여 시끄러운 소리를 내는 바다를 등지고, 미라플로레스와 카야오를 오가는 버스를 기다리는 것을 보았다. 어떤 개들은 팔메라스 대로를 향해 도로 중앙으로 걸어내려가기도 했다. 프로그레소 대로로 가기 위해서였다. 그 도로는 조그만 농장들을 가로질러 브레냐 거리를 거쳐 리마로 들어가는데, 반대 방향으로 향하면 부드럽고 널찍한 커브길을 따라 내려가 베야비스타와 카야오에 이른다. 그들은 개들이 사라지는 걸 보았고, 포장도로가 다시 텅 비고 안개로 축축해질 때까지 난간에 코를 박고 쳐다보고 있었다. 그런 다음 점심을 먹으라는 나팔소리를 들었고, 아무 말 없이 천천히 식당을 향해 걸어가면서, 영웅의 동상에서 멀어졌다. 그 동상은 보이지 않는 눈으로 그곳에서 외출한 생도들의 기쁨이 어떻게 폭발하는지, 그리고 외출허가를 받지 못한 생도들의 고통이 어떻게 납빛 건물들 사이로 사라지는지 지켜보았다.

　이날 오후, 비쿠냐의 께느른한 시선을 받으며 식당에서 나오자, 그 반의 첫번째 싸움이 벌어졌다. '내가 그냥 당하고만 있었을 것 같아? 카바가 가만히 있었을 것 같아? 아로스피데가 그냥 있었을까? 누가 가만히 있었겠어? 아무도 안 그랬을 거야. 걔만 그럴 수 있었지. 재규어 는 신이 아니거든. 걔가 말대꾸만 했다면, 모든 게 달라졌을 거야. 그 냥 비웃어버리거나, 아니면 돌이나 막대기를 집었다면, 하다 못해 도 망쳤다면 모든 게 달라졌을 거라고. 결코 겁먹고 벌벌 떨어서는 안 돼. 그건 남자가 해서는 안 되는 일이야.' 그들은 웅성거리면서 계단을 내 려가고 있었다. 그런데 갑자기 어수선해지더니 두 사람이 갑자기 비틀 거리면서 풀밭 위로 넘어졌다. 넘어진 사람들은 일어났다. 계단이 관 람석인 것처럼 서른 쌍의 눈이 계단에서 두 사람을 지켜보았다. 아무 도 두 사람을 말리지 않았고, 심지어 무슨 일이 일어났는지조차 곧바 로 이해하지 못했다. 재규어가 궁지에 몰린 고양이처럼 획 돌더니 상 대방을 가격했다. 아무런 예고도 없이 직접 얼굴을 때린 것이다. 그런 다음 상대방을 덮쳤고, 계속해서 그의 머리와 얼굴과 등을 때렸다. 생 도들은 쉬지 않고 움직이는 두 개의 주먹을 보았다. 심지어 그들은 맞 는 생도의 신음소리나 비명소리도 듣지 못했다. "미안해, 재규어. 널 민 건 우연이었어. 맹세하는데, 일부러 그런 게 아니었어." '그러나 그 녀석은 절대로 무릎만은 꿇지 말았어야 했어. 그것만은 해서는 안 되 는 일이거든. 게다가 양손을 모은 모습은 구일기도를 드리는 우리 어 머니 같았어. 아니면 교회에서 첫영성체를 받는 어린아이의 모습 같 든가. 재규어는 주교 같았고, 그 녀석은 고해하는 신자 같았지. 아직도 잘 기억나'라고 로스피글리오시가 말했지, 그 모습을 보자 뱃속이 뒤집히는 것 같았다고. 재규어는 서서 무릎을 꿇은 생도를 경멸하듯이 쳐다보았고, 그 멍든 얼굴 위로 다시 내려칠 것처럼 여전히 주먹을 높이 들고 있었다. 나머지 생도들은 입을 다물고 있었다. "널 보면 토할 것 같아." 재규어가 말했다. "배알도 없는 놈. 넌 노예야."

"여덟시 반이다." 감보아 중위가 말한다. "십 분 남았다."

교실에서 순간적으로 투덜대는 소리가 들리고, 학생들은 의자에 앉은 채 몸을 움직인다. '화장실에 가서 담배 한 대 피워야겠어'라고 생각하면서 알베르토는 시험지에 이름을 적는다. 그 순간 조그맣게 돌돌만 종이가 그의 책상에 떨어지더니, 그가 보는 앞에서 몇 센티미터 굴러가고, 그는 팔로 그걸 막는다. 그 종이를 잡기 전에, 그는 사방을 빙 둘러본다. 그런 다음 눈을 든다. 감보아 중위가 그에게 미소 짓는다. '눈치챘을까?' 알베르토는 그렇게 생각하면서, 눈을 내리깐다. 그 순간 중위가 말한다.

"생도! 방금 전에 네 책상에 착륙한 것을 내게 건네주겠나? 나머지는 조용히 하라!"

알베르토는 일어난다. 감보아는 돌돌 만 종이를 쳐다보지도 않고 받는다. 그리고 그것을 펴서 햇빛이 비치는 곳으로 높이 들어 읽는다. 그의 눈은 메뚜기처럼 종이에서 책상을 여러 차례 재빨리 오간다.

"여기에 적힌 게 뭔지 아나, 생도?" 감보아가 묻는다.

"모릅니다, 중위님."

"다름 아니라 시험 답안이야. 이걸 어떻게 생각하나? 누가 네게 이 선물을 주었는지 아냐?"

"모릅니다, 중위님."

"네 수호천사지." 감보아가 말한다. "그게 누구지?"

"모릅니다, 중위님."

"네 시험지를 제출하고 자리에 앉아." 감보아가 시험지를 좍좍 찢어버리고, 그 하얀 조각들을 교탁에 올려놓는다. 그리고 이렇게 덧붙인다. "삼십 초 줄 테니, 수호천사는 일어나라."

생도들은 서로의 얼굴을 쳐다본다.

"십오 초 지났다." 감보아가 말한다. "난 분명히 삼십 초라고 말했다."

"접니다, 중위님." 희미한 목소리가 말한다.

알베르토는 뒤를 돌아본다. 노예가 서 있다. 몹시 창백하게 질린 채, 나머지 학생들의 웃음소리도 듣지 못하는 것 같다.

"이름." 감보아가 말한다.

"리카르도 아라나입니다."

"각각의 생도가 스스로 시험 문제에 대한 답안을 써야 한다는 것을 알고 있나?"

"예, 중위님."

"좋아." 감보아가 말한다. "그럼 내가 토요일과 일요일 네 외출을 금지해야 한다는 것도 알고 있겠군. 군인생활은 그런 거야. 그 누구에게도 호의를 베풀면 안 된다. 심지어 천사에게도 말이야." 그는 시계를 보고 말한다. "시험 끝났다. 시험지 제출하라."

제3장

　　나는 사엔스 페냐 거리에 있었어. 그곳을 떠날 때면 걸어서 베야비스타로 돌아오곤 했고. 가끔씩 우리 형 친구인 말라깽이 이게라스와 만났어. 페리코가 군대에 가기 전이었지. 그는 항상 내게 묻곤 했어. "그 녀석한테 아무 소식 없어?" "없어. 밀림으로 간 다음부터 편지 한 통 안 보내네." "어딜 그리 급하게 가는 거야? 잠시 이리 와서 대화나 하자." 나는 가능한 한 빨리 베야비스타로 돌아가고 싶었지만, 이게라스는 나보다 나이가 많았어. 하지만 나를 자기 또래처럼 대하는 호의를 베풀었지. 나를 술집으로 데려가 이렇게 묻더라고. "뭘 마실래?" "모르겠어, 아무거나. 형이 마시는 걸로." "알았어." 말라깽이 이게라스는 말했어. "이봐, 두 잔!" 그런 다음 내 등을 손바닥으로 툭툭 쳤어. "조심해, 잘못하면 취해." 피스코*를 마시면 목구멍이 불타는 것 같았고, 눈물도 났어. 그는 이렇게 말하곤 했어. "레몬을 조금 빨아먹어. 그러면 조금 순해져. 그리고 담배를 피워." 우리는 축구와 학교생활, 그리고 우리 형 얘기를 했어. 그는 내게 페리코에 대해 많은 걸 들려주었어. 나는 우리 형이 온화한 성격이라고 믿었지만, 실제로 그는 싸움닭이었어. 심지어 어느 날 밤에는 여자 때문에 칼싸움을 벌이기도 했지. 게다가 상상을 초월할 정도로 바람둥이였고. 이게라스한테 형이 어느 여자아이를 임신시켰고, 그것 때문에 강제로 결혼할 뻔했다는 말을 듣고, 나는 할말을 잃고 말았어. "그래, 사실이야." 그가 말했어. "너한테는 지금쯤 네 살 정도 된 조카가 있어. 이 말을 들으니 네가 늙은 것 같지 않아?" 하지만 그와 그런 말을 오래 주고받지는 않았어. 그런 다음에는 아무 핑계나 대서 그와 헤어졌거든. 집에 들어올 때면 나는 몹시 초조했어. 우리 어머니가 그런 사실을 알게 되면 얼마나 창피해할까 생각했거든. 나는 책을 꺼내고는 이렇게 말하곤 했어. "옆집으로 공부하러 갈게요." 그러면 어머니는 대답도 하지 않은 채, 고개만 끄덕였어. 어떤 때는 고개도 끄덕이지 않았고. 옆집은 우리집보다 훨씬 컸지만, 훨씬 낡았어. 초인종을 누르기 전에, 나는 손이 빨개질 때까지 비벼댔지만, 그래도 손은 땀에 젖어 있기 일쑤였어. 어떤 때는 테레사가 문을 열어주었어. 그녀를 보면 기운이 났지. 하지만 거의 항상 그녀의 이모가 문을 열어주었어. 우리 어머니의 친구였지만, 나를 그다지 탐탁지 않게 여겼어. 사람들 말에 따르면, 내가 어렸을 때 그녀를 항상 못살게 굴었대. 그녀는 얼굴을 찌푸리고 나를 집안으로 들이면서 "부

---

* 페루 피스코에서 만들기 시작한 브랜디. 페루를 비롯해 남미 지역에서 매우 대중적인 술로, 도수는 30도에서 45도 정도이다.

엌에서 공부해라. 거기가 햇빛이 많이 드니까"라고 말하곤 했지. 우리는 함께 공부하기 시작했고, 그동안 그녀의 이모는 음식을 준비했어. 부엌은 양파와 마늘 냄새로 가득했어. 테레사는 항상 모든 걸 능숙하게 정리정돈했어. 그녀의 공책과 책에 씌워놓은 산뜻한 커버와 작고 고른 글씨체를 볼 때면 난 감탄을 금치 못했지. 거기엔 얼룩이라곤 없었고, 모든 제목에는 두 가지 색깔로 밑줄이 그어져 있었거든. 나는 그녀에게 "넌 화가가 될 거야"라고 말했고, 그러면 그녀는 웃었어. 그녀는 내가 입을 열 때마다 웃었어. 절대로 잊을 수 없도록 웃었어. 그녀는 정말로 웃었어. 깔깔거리며 박수를 치면서 웃었지. 이따금 나는 학교에서 돌아오는 그녀를 보았는데, 그 누구라도 그녀가 다른 여자아이들과는 다르다는 걸 알 수 있었어. 머리카락이 헝클어지거나, 손에 잉크가 묻은 적이 한 번도 없었거든. 내가 그녀에게서 가장 좋아한 것은 얼굴이었어. 다리는 날씬했고, 그때까지만 해도 가슴이 솟아오르지 않았어. 어쩌면 가슴이 봉긋했을 수도 있지만, 나는 그녀의 다리나 가슴을 한 번도 생각한 적이 없고, 오로지 그녀의 얼굴만 생각했어. 밤에 침대에서 내 것을 만질 때는 문득 그녀를 떠올렸고, 그러면 창피한 나머지 오줌을 누러 갔어. 하지만 그녀에게 키스를 해야겠다는 생각은 머릿속에서 지우지 못했지. 언제라도 눈을 감으면 그녀가 보였어. 우리 두 사람이 커서 결혼한 모습도 봤고. 우리는 매일 오후 함께 공부했어. 두 시간쯤 공부했는데, 어떤 때는 더 오래했어. 나는 항상 "해야 할 숙제가 많아"라고 거짓말을 했지. 그건 우리가 부엌에서 조금 더 오래 있기 위한 술책이었어. 내가 "네가 피곤하면 난 우리집으로 갈게"라고 말하더라도, 그녀는 절대로 피곤해하지 않았지. 그해에 나는 학교에서 아주 좋은 성적을 받았고, 선생님들은 나를 잘 대해주었어. 모범생으로 대하면서, 내게 칠판 앞으로 나와서 문제를 풀라고 시켰어. 그리고 종종 나를 도우미로 지명했고, 사옌스 페냐의 아이들은 나를 선생님의 애완견이라고 불렀어. 나는 학급 친구들과 그다지 많은 시간을 보내지 않았어. 학교에 있을 때는 그 아이들과 대화를 나누었지만, 학교를 나오면 곧장 그들과 헤어졌어. 오로지 이게라스하고만 어울렸지. 나는 그를 베야비스타광장 한쪽 구석에서 만날 수 있었고, 그는 나를 보자마자 내게 다가오곤 했어. 그 시절에 나는 오로지 다섯시가 되기만을 기다렸고, 유일하게 싫어하던 날은 일요일이었어. 우리는 토요일까지 함께 공부했지만, 일요일이 되면 테레사는 이모와 함께 리마로, 그러니까 친척들 집으로 갔거든. 난 하루종일 집안에 처박혀 있거나 아니면 포타오로 가서 2부 리그 팀들의 경기를 구경했어. 우리 어머니는 나한테 돈을 주는 법이 없었고, 아버지가 돌아가시면서 남긴 연금이 너무 적다고 항상 불평했어. "그이는 삼십 년 동안 정부를 위해 일했어. 그걸 생각해봐." 어머니는 말하곤 했어. "정부처럼 배은망덕한 존재는 없단다." 연금은 월세를 내고 먹을 것을 사면 동나버렸어. 나는 학교 친구들과 가끔씩 영화관에 갔지만, 그해에는 그 어떤 곳에도 전혀 가지 않았던 것 같아. 축구를 보러 가지도 않았고, 그 무엇도 보러 가지 않았어. 반면에 다음해에는 수중에 약간의 돈이 생겼지만, 나는 테레사와 매일 오후 어떻게 공부했는지 떠올리면 항상 쓸쓸한 마음을 감출 수 없었어.

하지만 영화관 작전이 암탉이나 난쟁이와 있는 것보단 낫지. 가만히 있어, 절름발이년아. 날 그만 물어뜯어. 훨씬 나아. 우리가 4학년일 때였어. 감보아가 왕초 그룹을 해체시킨 후 일 년이 지났지만, 재규어는 계속해서 이렇게 말했어. "언젠가는 우리 모두가 다시 뭉칠 거야. 그러면 우리 넷은 두목이 되는 거지." 과거보다는 훨씬 나은 상태였어. 우리가 개였을 때 왕초 그룹은 한 반뿐이었지만, 이번에는 우리 학년 전체가 왕초 그룹인 것 같았어. 우리는 실제로 그 그룹을 이끄는 사람들이었지. 재규어는 나머지보다 더 높은 존재였고. 어느 개의 손가락이 부러진 적이 있었는데, 그때 마침 함께 있던 우리 반 생도 전부가 우리를 지지한다는 걸 알 수 있었어. "사다리로 올라가, 개야." 곱슬머리는 말했어. "어서 올라가라고, 안 그러면 내가 엄청 화를 낼 거야." 그 아이가 어떻게 우리를 쳐다보았는지 알아? "생도님들, 저는 높은 곳에 올라가면 어지러워요." 재규어는 배꼽을 잡고 웃기 시작했고, 카바는 얼굴이 시뻘게졌어. "너 지금 누굴 놀리고 있는지 아냐, 개야?" 그래서 그는 하는 수 없이 올라갔지만, 엄청나게 두려워하는 것 같았어. "기어올라가, 어서 올라가라고, 강아지야." 곱슬머리는 말했어. "이젠 노래를 불러." 재규어가 말했어. "가수처럼 손을 움직이면서 말이야." 그는 원숭이처럼 사다리에 달랑달랑 매달려 있었고, 사다리는 타일 위에서 삐거덕 소리를 냈어. "떨어지면 어떻게 해요, 생도님?" "그럼 떨어지면 되지"라고 나는 말했어. 그는 떨리는 몸을 다잡고 곧추세우더니, 노래를 부르기 시작했어. "이젠 저놈 대가리가 부서질 거야." 카바가 말하자, 재규어는 배꼽을 잡고 웃었어. 그러나 그가 있는 곳은 그리 높지 않았어. 난 각개훈련을 받을 때 거기보다 더 높은 곳에서 뛰어내렸거든. 그런데 세면대를 왜 그렇게 잡고 있는 거지? "아마도 손가락이 찢어졌나봐." 재규어는 그의 손에서 피가 흘러내리는 걸 보고 말했어. "한 달 혹은 그 이상 외출금지"라고 매일 밤 대위는 말했어. "범인들이 나타날 때까지." 급우들은 아무도 고자질하지 않았고, 재규어는 그들에게 이렇게 말했어. "너희는 그토록 남자다운데 왜 왕초 그룹에 다시 들어오려고 하지 않는 거지?" 개들은 모두 유순했는데, 그게 바로 그들의 문제점이었어. 신고식을 당하는 것보다는 우리가 한편이 되어 5학년에 맞서 전투를 벌이는 편이 더 나았어. 죽어도 나는 그해를 잊지 못할 거야. 특히 영화관에서 일어났던 일은 잊을 수 없지. 모든 게 재규어를 위해 준비되었어. 그는 내 옆에 있었는데, 그래서 나는 등뼈가 부러질 뻔했다니까. 개들은 운이 좋았어. 그때는 우리가 5학년과 싸우는 데 정신이 팔려서 그 녀석들을 거의 건드리지 않았거든. 복수란 달콤한 것이지. 그건 맞는 말이야. 그날 나는 내가 개였을 때 신고식을 치르게 했던 염병할 놈이 내 앞에 있는 걸 봤어. 나는 운동장에서 그날처럼 즐겼던 적이 없었어. 제적을 당할 뻔했지만, 그럴 만한 가치가 있었다니까. 정말이지 그랬어. 4학년이 3학년을 괴롭히는 신고식은 장난에 지나지 않아. 진짜 싸움은 5학년과 4학년 사이에서 벌어지거든. 우리가 치른 신고식을 누가 잊어버리겠어? 우리는 영화관에서 5학년과 3학년 개들 사이에 앉았어. 우리가 의도적으로 일을 벌이기 위해서였지. 모자를 빼앗는 계략도 재규어가 꾸민 거야. 만일 5학년 새끼 한 명이 오는 걸 보면, 난 그가 가까이 오도록 놔둬. 그리고 1미터쯤 앞에 있을 때, 나는 마치 경례를 하는 것처럼 손을 머리로 가져가지. 그러면 5학년도 인사를 하는데, 그때 재빨리 그의 모자를 빼앗아. "너, 지금 날 놀리는 거야?" "아닙니다, 생도님. 저는 단지 제 머리를 긁는 겁니다. 비듬이 많거든요." 그건 진짜 전쟁이었어. 아주 분명하게 알 수 있었다니까. 줄다리기할 때 그랬고, 그전에는 영화관에서 그랬지. 후텁지근한 날이었어. 겨울이었지만, 얇은 양철지붕 아래 수많은 생도가 가득 수용되어 있었기에 질식할 정도였어. 우리가 그곳으로 들어갔을 때 난 그놈 얼굴을 못 봤어. 단지 목소리만 들었지만, 목소리를 들어보니 산골 촌놈이더라고. "왜 이리 사람이 많아. 난 엉덩이가 너무 커서 의자에는 못 앉겠다"라고 재규어는 말했지. 재규어는 4학년 맨 끝줄에 있었고, 시인은 누군가에게 빚 독촉을 하고 있었어. "이봐, 내가 공짜로 일해준 거라고 생각하는 거야? 아니면 네 얼굴이 예뻐서 해줬다고 생각해?" 이미 날은 어두워졌고, 누군가가 그에게 말했어. "입 닥쳐, 아니면 우리가 네 입을 닥치게 해주지." 나는 재규어가 자기 자리에 벽돌을 놓았다는 걸 알았지. 하지만 그건 5학년의 시야를 가리려는 게 아니라 자기가 더 잘 보기 위해서였어. 나는 몸을 웅크리고 성냥을 켜다가 어느 5학년 새끼의 목소리를 듣고는, 손에서 담배를 떨어뜨렸어. 나는 무릎을 굽히고 담배를 찾았는데, 그때 모든 일이 일어나기 시작했어. "이봐, 생도, 네 자리에서 벽돌을 치워. 난 영화를 제대로 보고 싶단 말이야." "저 말입니까, 생도님?" 내가 물었어. "아니, 네 옆에 있는 놈 말이야." "저에게 말씀하셨습니까?" 재규어가 물었어. "너 말고 누군데?" 그러자 재규어가 대답했어. "부탁이니 입다물고 저 카우보이 영화를 마음 편히 보게 해주십쇼." "저 벽돌들 치우지 못해?" "아마 안 치울 겁니다." 재규어는 대답했어. 그때 나는 더이상 담배를 찾지 않고 자리에 앉았어. 찾을 수 없었거든. 여기서 일이 터지기 시작했어. 나는 허리띠를 단단히 맸지. "내 말이 말 같지 않냐?" 5학년 생도가 말했어.

"그렇습니다. 내가 왜 치워야 합니까?" 재규어가 말했어. 재규어는 그를 괴롭히면서 즐기고 있었어. 그러자 뒷줄에 있던 생도들이 휘파람을 불기 시작했어. 시인은 "예이, 예이, 예이"라고 노래를 불렀고, 반의 나머지 학생들이 그를 따라했어. "너희, 지금 날 놀리는 거냐?" 5학년 생도가 물었어. "그런 것 같습니다, 생도님." 재규어가 대답했지. 어둠 속에서 서서히 일이 벌어지고 있었어. 그건 정말이지 거리나 광장으로 가서 말해도 될 만한 일이라니까. 어둠 속에서, 그것도 강당에서 그때까지만 해도 보지도 듣지도 못했던 일이 진행되고 있었던 거야. 나중에 재규어는 자기가 먼저 공격했다고 말했지만, 내 기억에 따르면, 그러니까 정말로 무슨 일이 벌어졌는지 두 눈으로 똑똑히 지켜본 나는 상대방이 먼저 공격했다는 걸 알고 있어. 그놈 아니면 그 일에 쓸데없이 참견한 그 5학년 생도의 친구였겠지. 그는 너무나 화가 치민 나머지 아무런 경고도 없이 재규어를 덮쳤어. 그놈들이 너무 소리를 질러대서 아직도 귀가 먹먹해. 모두 자리에서 일어났어. 나는 내 몸 위에서 그림자들을 보았고, 동시에 그들은 내게 발길질을 하기 시작했어. 그래, 그건 기억나지만, 영화는 기억나지 않아. 막 시작했다는 것만 기억나. 그런데 시인은? 그들이 정말로 그를 마구 때리고 있었을까? 아니면 그가 미친 척하면서 소리를 질러댄 걸까? 우아리나 중위의 목소리도 들렸어. "불 켜, 부사관, 불 켜. 내 말 안 들리나?" 개들은 소리지르기 시작했어. "불, 불 켜." 무슨 일이 일어났는지 몰랐던 개들은, 어둠을 틈타 상급생 두 명이 우리를 덮쳤다고 말했지. 담배가 공중으로 날아다녔어. 우리 모두가 담배를 자유롭게 피우고 싶었지만, 담배를 피우다가 걸리긴 싫었거든. 화재가 나지 않은 건 기적이었어. 절호의 기회야,

자, 한 명도 성하게 놔두지 마, 이제 복수의 시간이 온 거야. 난 재규어가 어떻게 살아서 그곳에서 나왔는지 모르겠어. 그림자들이 내 옆을 지나가고 또 지나갔고, 그들을 심하게 두들겨팬 나머지 손발이 아렸어. 나는 4학년도 몇 명 때렸을 거라고 확신해. 그런 어둠 속에서 누가 누구인지 분간할 수 있는 사람은 없거든. "염병할 불빛은 어떻게 된 거야, 바루아 부사관?" 우아리나는 소리쳤어. "이 빌어먹을 놈들이 서로 죽고 죽이는 게 안 보여?" 사방에서 주먹질을 하고 있었어. 그건 정말 사실이야. 심각하게 다친 사람이 없다는 건 정말로 행운이었어. 마침내 불이 켜졌을 때는 단지 호각소리만 들을 수 있었어. 우아리나는 어디로 갔는지 보이지 않았지만, 3학년 담당 중위와 5학년 담당 중위와 부사관들이 우리에게 소리지르고 있었어. "비켜, 길을 열란 말이야, 염병할 놈들아. 비켜!" 하지만 빌어먹게도 아무도 그 새끼들을 지나가게 해주지 않았어. 마침내 그들은 화를 냈고, 아무에게나 팔을 휘둘렀지. 쥐새끼가, 그러니까 페소아가 내 배를 너무 세게 때려서 숨을 쉴 수 없었던 일을 내가 어떻게 잊겠어? 나는 이리저리 둘러보면서 재규어를 찾았어. 만일 그가 맞았다면 나도 맞을 거라고 생각했지. 하지만 그는 그 누구보다 멀쩡한 모습으로 거기에 있었고, 깔깔거리면서 주먹을 날리고 있었어. 그는 고양이보다 더 날렵하고 기운차더라고. 그런 다음 얼마나 기막히게 아무 짓도 하지 않은 척했는지 몰라. 장교들과 부사관들을 못살게 굴 때는 모든 생도가 놀라울 정도로 하나가 되었어. 여기에서는 아무 일도 없었습니다. 우리는 모두 친구입니다. 저는 싸움에 대해서는 아무것도 모릅니다. 그리고 5학년 생도들에게도 똑같이 말했어. 그들도 공평하게 대해야 하니까. 그런 다음 개들을 나가게 했어. 걔들은 너무 놀라서 사색이 됐더라. 그리고 5학년을 나가게 했지. 강당에는 우리 4학년만 남았고, 우리는 "예이, 예이, 예이"라고 노래하기 시작했어. "놈이 그렇게나 불평했던 벽돌로 놈에게 한 방 먹인 것 같아." 재규어가 말했지. 그러자 모두가 말하기 시작했어. "5학년 생도들은 정말로 화가 났어. 우리가 걔들 앞에서 개망신을 쳤으니까. 오늘밤 4학년 막사를 급습할 거야." 장교들은 마치 쥐들처럼 이쪽저쪽으로 걸어다니면서 이렇게 물었지. "이런 혼란이 어떻게 시작된 거지?" "말해, 그러지 않으면 감방에 처넣겠어." 그러나 우리에게 그런 질문은 들리지도 않았어. "그놈들은 올 거야, 틀림없이 올 거라고. 막사에서 그놈들이 급습하는 걸 그냥 당하고만 있을 수는 없어. 들판으로 나가 그놈들을 기다리자고." 재규어는 사물함 위에 앉아 있었고, 우리 모두는 우리가 개였을 때 이야기와 왕초 그룹이 복수를 계획하기 위해 화장실에서 모이곤 했다는 이야기를 들었어. "우리 자신을 지켜야 해. 준비된 사람은 그렇지 않은 사람보다 두 배는 제 몫을 해낼 수 있거든. 보초들은 연병장으로 가서 망보라고 해. 놈들이 가까이 오면 소리를 쳐서 우리를 부르고. 던질 수 있는 걸 준비하고, 화장지로 둘둘 말아서 손에 꼭 쥐고 있도록 해. 그럼 너희 주먹은 노새 뒷발질만큼 세질 거야. 면도날은 너희 군화 끝에 붙들어 매. 마치 콜로세움의 싸움닭처럼 말이야. 그리고 주머니를 돌로 가득 채워. 보호구 착용 잊지 말고. 남자는 자기 영혼보다 불알을 더 조심해야 하거든." 모두가 그의 말에 복종했고, 곱슬머리는 침대에서 껑충껑충 뛰었어. "왕초 그룹이 있었을 때 같아. 단지 차이라면 지금은 4학년 모두가 참여하고 있다는 거야. 다른 반에서도 역시 대격전을 벌이기 위해 준비하고 있어." "젠장, 돌이 모자라." 시인이 말했어. "보도블록을 몇 개 떼어내야겠어." 모두가 담배를 돌려가며 피웠고, 서로 껴안으면서 사기를 진작시켰어. 우리는 군복을 입은 채 잠자리에 들었고, 몇몇은 군화도 신고 있었지. "지금 오고 있어? 지금 오고 있냐고?" "시끄러워, 입 닥쳐, 염병할 놈아. 함부로 지껄이지 마, 개자식아." 평소에는 조용히 있던 암캐조차 흥분해서 짖으며 펄쩍펄쩍 뛰었어. "염병할 절름발이년아, 넌 비쿠냐랑 잠이나 자. 난 5학년 새끼들이 난데없이 들이닥치지 못하도록 우리를 지켜야 하니까."

디에고 페레 거리의 두번째 블록 끝과 오차란 거리가 교차하는 곳에 위치한 길모퉁이 집은 두 거리에 접해 있었고, 거기에는 각각 높이가 1미터이고 길이가 10미터인 하얀 벽이 있다. 정확하게 두 벽이 만나는 지점, 그러니까 길모퉁이 근처의 보도 모서리에는 전신주가 있다. 나란히 서 있는 전신주와 벽은 동전 던지기에서 이긴 팀의 골대로 이용되었다. 진 팀은 그곳에서 50미터 떨어진 곳에, 그러니까 오차란 거리에 돌 한 개를 놓거나 보도 가장자리에 재킷을 쌓아올려 골대를 만들어야만 했다. 비록 골대가 보도 넓이밖에 되지 않았지만, 경기장은 그 거리 전체였다. 그들이 벌이는 경기는 축구였다. 그들은 테라스 클럽의 경기장에서와 마찬가지로 농구화를 신었고, 공이 너무 높이 튀지 않도록 공기를 빵빵하게 주입하지 않곤 했다. 일반적으로 그들은 바닥으로 깔리게 공을 찼으며, 아주 짧은 패스를 했고, 골대에서 아주 가까운 곳에서 그리 강하지 않게 슛을 찼다. 골라인은 분필로 그려졌지만, 경기를 시작한 지 몇 분만 지나도 그들의 농구화와 축구공에 그 선은 지워지기 일쑤였고, 그들은 골이 제대로 들어갔는지 아닌지 판정하기 위해 뜨거운 말다툼을 벌이곤 했다. 경기는 조심스럽고 두려워하는 분위기 속에서 치러졌다. 최대한 조심했지만, 몇 번은 플루토나 다른 사람이 살살 차야 한다는 걸 잊어버리고 너무 세게 공을 차거나 세게 헤딩했다. 그러면 공은 경기장을 따라 늘어선 어느 집의 담 위로 날아가서 정원으로 들어가 제라늄을 으끄러뜨리곤 했다. 그리고 정말로 세게 차면, 문이나 창문에 부딪히곤 했다. 최악의 경우였다. 공은 문을 덜걱덜걱거리게 만들거나 유리창을 박살냈다. 그러면 선수들은 축구공을 영원히 잊어버리고서 크게 소리지르며 도망쳤다. 그들은 마구 달렸고, 달리는 도중에 플루토는 "우리를 쫓아와, 쫓아오고 있어"라고 소리치곤 했다. 아무도 고개를 돌려 그 말이 사실인지 확인하려고 하지 않았지만, 모두가 전속력으로 달리면서 반복해서 이렇게 말했다. "빨리 달려, 우리를 쫓아와, 경찰에 신고했어." 바로 그때 가장 앞에서 뛰던 알베르토는 숨을 헉헉거리면서 이렇게 소리쳤다. "절벽으로, 절벽으로 가!" 그러면 모두가 "그래, 그래, 절벽으로"라고 말하면서 그를 따라갔다. 그는 주변에서 친구들의 가쁜 숨소리를 느꼈다. 플루토의 숨소리는 불규칙적이었고 동물 같았다. 티코의 숨소리는 짧고 안정되어 있었다. 베베의 숨소리는 갈수록 멀어졌는데, 그가 가장 느리게 달렸기 때문이다. 에밀리오의 숨소리는 과학적으로 자신의 체력을 측정하면서 코로 숨을 들이쉬고 입으로 내뱉는 육상선수처럼 차분했다. 에밀리오의 옆에 있는 파코와 소르비노의 숨소리는 다른 모든 선수의 숨소리처럼 씩씩 소리를 내면서 기운찼다. 다른 아이들은 그를 에워싸고 기운을 북돋우면서 디에고 페레 거리의 두번째 블록으로 계속 속도를 내서 달렸고, 콜론 거리의 길모퉁이에 도착하면 벽에 붙어 오른쪽으로 돌아 커브의 이점을 활용하라고 말해주곤 했다. 그 구간이 되면 달리기는 더 쉬워졌다. 콜론 거리는 내리막길이었을 뿐만 아니라, 한 블록도 떨어지지 않은 곳에서 방파제와 빨간 벽돌이 보였는데, 벽돌 너머로는 수평선과 뒤섞이는 회색 바다가 있었으니까. 그곳 해변에 도착하는 데는 별로 시간이 걸리지 않았다. 동네 아이들은 알베르토를 놀려댔다. 플루토의 집에 있는 조그만 사각형 잔디밭에 드러누워 계획을 논의할 때면 알베르토가 항상 "절벽으로 가자"라고 제안했기 때문이다. 절벽으로 가는 길은 길고 험했다. 그들은 콜론 거리 끝에서 벽돌담을 뛰어넘었고, 작은 공터의 흙바닥에 서서 어떻게 내려가야 할지 궁리하면서, 진지하고 숙련된 눈으로 절벽의 가파른 비탈을 응시했고, 어떤 길을 따라가야 할지 논의했으며, 그들이 있는 곳과 돌투성이 해변 사이에 놓인 장애물들을 찾아냈다. 알베르토는 가장 열정적인 전략가였다. 그는 절벽에서 눈을 떼지 않은 채 짧은 말로 자기가 좋아하는 경로를 설명하면서, 영화 주인공들의 몸짓과 말투를 모방했다. "저쪽으로, 우선 저 아래에 있는 바위로, 깃털 모양 바위로. 단단하거든. 거기서는 1미터만 뛰어내리면 돼. 잘 들어봐. 그런 다음 저 검은 바위들을 따라 내려가. 그 바위들은 모두 평평해. 그게 더 쉬울 거야. 반대편으로 가면 이끼가 덮여서 미끄러질 수도 있어. 잘 봐, 저 길은 우리가 한 번도 못 가본 해변까지 뻗어 있어." 누군가가 반대하면, 가령 우두머리 기질이 있던 에밀리오가 반대하면, 알베르토는 열정적으로 자기 생각을 변호했고, 그러면 그들은 두 패로 갈리곤 했다. 그들의 활발한 토론은 미라플로레스의 축축한 아침을 뜨겁게 달구었다. 그들 뒤로, 그러니까 방파제로 끊이지 않는 자동차 행렬이 지나갔다. 가끔씩 어느 승객이 차창 밖으로 고개를 내밀고 그들을 쳐다보기도 했다. 그게 남자아이일 때, 그의 눈은 질투와 부러움으로 가득찼다. 알베르토의 의견이 항상 이기곤 했다. 그런 토론에서 그는 확신에 차 고집을 부렸기에 다른 아이들이 지쳐버렸기 때문이다. 그들은 아주 천천히 조심스럽게 내려갔다. 그럴 때면 이미 모든 논쟁은 잊어버린 상태였고, 서로 주고받는 시선과 미소와 격려의 말에서는 완전한 우정으로 하나가 되었다는 것을 엿볼 수 있었다. 그들 중 한 사람이 장애물을 극복하거나 위험하게 뛰어내리는 행동을 성공시킬 때마다, 나머지 친구들은 박수를 쳤다. 시간은 아주 천천히, 그리고 긴장과 흥분으로 점철되어 흘러갔다. 목표물에 접근함에 따라, 그들은 더욱 과감해졌다. 그들은 밤마다 미라플로레스에 있는 그들의 침대까지 들려오던 이상한 그 소리를 이제 아주 가까운 곳에서 들을 수 있었다. 바닷물이 바위에 부딪히면서 내는 귀청이 터질 것 같은 굉음이었다. 소금과 깨끗한 바닷조개 냄새가 코끝에 풍겨왔다. 이내 그들은 해변에 있었다. 절벽과 해안 사이의 조그만 부채꼴 모양인 그곳에서 그들은 지쳐 쓰러지면서 농담했고, 내리막길에 산재했던 위험을 비웃었으며, 와자지껄 떠들면서 서로 밀치는 시늉을 했다. 아침이 아주 춥지 않거나 뜻하지 않게 잿빛 하늘에 미적지근한 태양이 얼굴을 내밀 때면, 알베르토는 신발과 양말을 벗었고, 다른 아이들의 외침에 기운을 내서 바지를 무릎 위까지 걷은 다음 바닷가로 뛰어들었다. 그렇게 그는 다리에서 차가운 물과 반들반들한 돌들의 표면을 느꼈고, 거기에서부터 자기 바지를 한 손으로 잡은 채 다른 한 손으로 아이들에게 물을 튀겼다. 아이들은 한 명씩 차레로 무자맥질했고, 그러면서 동시에 신발과 양말을 벗고 그를 만나러 바다로 들어갔으며, 그를 물에 빠뜨렸다. 그렇게 커다란 전투가 시작되었다. 나중에 뼈까지 물이 스며들 정도로 흠뻑 젖은 채, 그들은 다시 해변으로 돌아와서 모였고, 돌 위에 드러누워 올라갈 길을 논의했다. 오르막길은 어렵고 힘들었다. 동네에 도착하면, 그들은 플루토의 정원에 큰대자로 드러누워 길모퉁이 가게에서 구입한 비세로이스 담배를 피웠다. 그곳에서 그들은 담배 냄새를 제거하기 위해 박하사탕도 함께 사곤 했다.

축구를 하지 않고 절벽으로 내려가지도 않고 자전거를 타고 동네를 돌아다니며 시합하지도 않을 때면, 그들은 영화관으로 갔다. 토요일마다 그들은 무리를 이루어 '엑셀시오르'나 '리카르도 팔마' 영화관의 주간 상영 영화를 보러 갔으며, 대개는 이층 좌석에 앉곤 했다. 그들은 첫번째 줄에 앉아서 시끄럽게 떠들었고, 아래층 관객들에게 불붙인 성냥을 던지기도 했으며, 영화 장면들에 관해 목청 높여 토론하기도 했다. 아침에 그들은 미라플로레스에 있는 참파냐트 학교의 미사에 가야만 했다. 에밀리오와 알베르토만 리마에서 공부했다. 대개 그들은 교복을 입은 채로 아침 열시에 중앙공원에서 모였다. 그리고 벤치에 앉아 교회로 들어가는 사람들을 지켜보거나 다른 동네 아이들과 말다툼을 벌였다. 오후가 되면 그들은 영화관에 갔다. 이번에는 근사하게 옷을 입고 멋지게 머리를 빗은 채 아래층에 자리를 잡았다. 다들 가족이 입으라고 강요한 풀 먹여 빳빳해진 셔츠 칼라와 넥타이 때문에 숨이 막혀 죽을 지경이었다. 몇몇은 감시인 자격인 여동생이나 누나와 함께 다녀야 했다. 다른 아이들은 라르코 대로로 그들을 쫓아가면서, 유모나 게이라고 불러댔다. 남자아이들만큼이나 많은 동네 여자아이들 역시 빈틈없는 무리를 이루었고, 남자들 무리에게 심한 적대감을 보였다. 두 무리는 끝없는 전투를 벌였다. 남자아이들이 모여 있다가 어느 여자아이를 보면 뛰어가서 에워싸고는 여자아이가 울음을 터뜨릴 때까지 머리카락을 잡아당겼고, "이제 얘는 우리 아버지에게 일러바칠 거고, 우리 아버지는 얘를 제대로 지켜주지 못했다면서 나를 야단칠 거야"라고 투덜대는 그녀의 남동생이나 오빠에게 야유를 보냈다. 반대로 남자아이 중 하나가 혼자 나타나면, 여자아이들은 혓바닥을 내밀어 조롱하면서 온갖 종류의 별명을 붙여주었고, 남자아이는 그 모욕을 참아야만 했다. 창피해서 얼굴은 붉어졌지만, 여자들을 무서워하는 겁쟁이가 아니라는 것을 보여주기 위해 걸음도 재촉할 수 없었다.

하지만 그들은 오지 않았어. 장교들 잘못 때문이야. 틀림없어. 우리는 그들이 왔다고 생각하고 침대에서 뛰어내렸지만 보초들이 우리를 멈추게 했어. "가만히 있어, 병사들이야." 장교들은 한밤중에 산골 촌놈들을 깨웠고, 마치 전쟁터로 가듯이 완전군장으로 연병장에 집합시켰어. 거기에는 중위들과 부사관들도 있었어. 이상한 냄새가 난다는 걸 알고 있었던 거지. 그러나 그들은 오려고 하지 않았어. 나중에 안 사실이지만, 그들은 준비를 하면서 그날 밤을 보냈어. 들리는 말에 따르면, 심지어 새총과 암모니아 폭탄까지 만들었대. 우리는 병사들에게 엄청나게 욕을 퍼부었고, 화가 난 병사들은 우리에게 총검을 들이밀었어. 결코 이 일은 잊을 수 없을 거야. 들리는 말에 따르면 대령은 "우아리나, 넌 얼간이야"라고 말하면서 거의 그를 때릴 뻔했대, 아니, 아마도 때렸는지도 몰라. 우리는 장관 앞에서, 대사들 앞에서 그를 개망신시킨 거지. 들리는 말에 따르면 그는 거의 울려고 했다나. 아마도 다음 날 그 축제가 없었다면, 그렇게 모든 게 마무리되었을 거야. 그 축제는 대령의 멋진 작품이었어. 그런데 왜 우리를 원숭이처럼 전시한 것일까? 대주교 앞에서는 시범훈련을 실시하고 점심 만찬을 베풀고, 장군들 앞에서는 체조 시범과 필드 경기를 벌이고 점심 만찬을 베풀고, 대사들 앞에서는 정식 사열식을 열고 연설을 하고 점심 만찬을 베푼 이유가 뭘까? 아주 멋진 작품이었어. 정말 멋진 작품이었어. 우리 모두는 무슨 일이 벌어질 것이라는 사실을 알고 있었어. 그럴 분위기였거든. 재규어는 이렇게 말했어. "이제 운동장에서 우리는 모든 시합을 이겨야 해. 하나도 지면 안 돼. 자루경주나 달리기를 비롯해 모든 경기를 깨끗이 휩쓸어야 한다고." 하지만 그런 시합은 거의 하나도 열리지 않았어. 단지 줄다리기시합만 있었지. 줄을 너무 세게 잡아당겨서 아직도 팔이 아파. 우리는 목청껏 외쳤어. "힘내, 왕뱀." "더 세게, 왕뱀." "더 세게, 더 세게." "으쌰 으쌰." 아침에, 그러니까 아침식사를 하기 전에 그들은 우리오스테와 재규어, 그리고 내가 있는 곳으로 와서 이렇게 말했어. "죽도록 끌어당기고, 절대로 뒤로 물러서지 마. 반을 위해 반드시 그렇게 해야 해." 그 냄새를 맡지 못한 유일한 사람이 우아리나였어. 정말 바보였지. 반면에 쥐새끼는 냄새를 맡았어. "대령님 앞에서 그 어떤 수상한 짓도 하지 않도록 조심해. 대령님 앞에서 날 비웃을 생각일랑 하지 마. 내가 왜소해 보이겠지만 유도대회에서 메친 놈이 너무 많아서 기억도 못할 지경이니까." 가만히 있어. 이제 그 빌어먹을 이빨로 그만 물라고, 절름발이년아. 운동장은 사람들로 가득했

110

지. 병사들은 식당에서 의자를 가져왔고, 의자를 가지러 다시 식당으로 갔어. 하지만 어쨌거나 그곳은 사람들로 북적대고 있었어. 군복을 입은 사람이 너무 많아서 누가 멘도사 장군인지도 분간할 수 없었다니까. 거기에 훈장을 가장 많이 달고 있는 사람이 있었어. 대령이었지. 그 마이크를 떠올리면 웃겨 죽을 것 같아. 최악의 불행 그 자체였거든. 우리는 대령 덕분에 얼마나 즐거웠는지 몰라. 조금만 더 웃었다간 오줌을 지릴 것 같아. 감보아가 있다면 내 목을 자르려고 했겠지. 어쨌거나 그 마이크를 떠올리면, 너무 웃겨서 배가 터질 것 같아. 누가 그토록 중요한 사람이라고 생각이나 했겠어! 하지만 5학년들이 어쩌고 있는지 한번 봐. 눈에 불을 켜고 우리를 바라보고 있잖아. 우리에게 욕설을 퍼붓는 것처럼 입술을 움직이고 있어. 우리도 역시 그들에게 씨팔 새끼들, 좆같은 놈들이라고 조그만 소리로 천천히 욕하기 시작했어. 준비되었나, 생도들? 호각에 정신을 집중하라. "명령 없이 호각에 따라 시범훈련 실시!"라는 소리가 마이크로 울려퍼졌어. "방향과 보폭 전환, 앞으로 가!" 그다음 체조 시범. 난 너희가 깨끗하게 몸을 닦았으리라고 믿는다. 더러운 놈들아. 하나, 둘, 셋. 구보로 가서 경례한다. 난쟁이는 빌어먹게도 훌륭한 체조선수야, 근육이 거의 없었지만, 얼마나 날렵했는지 몰라. 대령 또한 안 보이는 자리에 있었지만, 안 보여도 상관없었어. 난 그를 달달 외울 정도로 잘 알고 있으니까. 왜 그렇게 돼지털 같은 머리카락에 기름을 많이 발라댈까? 군인의 태도에 관해서는 내게 말하지 마. 나는 대령을 생각할 때면, 그가 허리띠를 풀면 배가 바닥으로 쿵 하고 떨어진다는 걸 알고 있거든. 그가 어떤 표정을 짓는지 떠올리면 웃음이 나와. 아마도 그가 유일하게 좋아하는 건 과시와 사열일걸. 마치 그는 이렇게 말하는 것 같았어. "내 생도들이 얼마나 일사불란하게 정렬해 있는지 보십시오. 짠, 짠, 이제 서커스가 시작합니다. 이제 내 훈련된 개들과 훈련된 벼룩들과 밧줄 위를 걷는 코끼리들이 등장합니다. 짜잔." 내 목소리가 그렇게 가냘프다면, 나는 목이 쉴 때까지 담배를 피울 거야. 그건 군인의 목소리가 아니거든. 난 야전 훈련에서 한 번도 그를 보지 못했어. 그가 참호에 있는 모습은 상상도 안 돼. 그러나 갈수록 많아지는 과시용 전시는 기억나. "세번째 줄이 휘어 있다. 생도들. 장교들, 주의깊게 살펴라! 군기가 빠졌고, 군인다운 태도가 결여되어 있다, 이 멍청한 놈들아!" 줄다리기를 보고 그가 어떤 표정을 지었는지 넌 상상도 못할걸. 사람들 말에 따르면, 장관은 땀을 흘리고 있었고, 대령에게 "저놈들이 지금 제정신인가? 아니면 뭐지?"라고 말했어. 우리는, 그러니까 4학년생과 5학년생은 그때 바로 그의 앞에 있었어. 축구장 한가운데였지. 다들 얼마나 흥분했는지, 자리에 앉아 있었지만 뱀처럼 몸을 비비 꼬아댔어. 다른 편에는 개들이 앉아서 아무것도 이해하지 못한 채 쳐다보고 있었어. 잠깐만 기다리면 멋진 것을 보게 될 거야. 우아리나는 우리 옆에서 서성이면서 말했어. "할 수 있을 거라고 생각하나?" "저희가 이기지 못하면 일 년 동안 제 외출을 금지하셔도 됩니다." 재규어가 그에게 말했어. 하지만 난 그리 확신하지 못하고 있었어. 그들은 거구의 짐승들을 데리고 있었거든. 감바리아, 리수에뇨, 카르네로는 정말로 거구의 짐승들이었다고. 나는 그 이전부터 팔이 아팠는데, 그냥 긴장한 탓이긴 했어. "재규어를 앞에 놔." 스탠드에서 소리쳤어. 또 "왕뱀, 넌 우리의 희망이야"라는 말도 들렸어. 우리 반 생도들은 "예이, 예이, 예이"라고 노래하기 시작했고,

우아리나는 웃었어. 하지만 그게 5학년 생도들을 비아냥거리기 위해서란 걸 알고는 "도대체 지금 뭘 하는 거야, 빌어먹을 놈들아"라고 말하면서 자기 머리카락을 쥐어뜯기 시작했지. "저기 멘도사 장군님과 대사님, 대령님이 계신단 말이야. 도대체 뭘 하는 거야." 그의 눈에서는 눈물이 흘러나왔지. 나는 대령이 "줄다리기가 근육의 문제라고 생각하지 마라. 그건 또한 지성과 지혜의 문제, 혹은 협력적 전략의 문제이기도 하다. 너희의 힘을 동등하게 조정하는 건 쉬운 일이 아니다"라고 한 말을 떠올리면 저절로 웃음이 나온다고. 정말로 배꼽이 빠질 정도로 웃음이 나와. 동료들은 우리에게 박수를 쳤어. 한 번도 들어보지 못한 우레와 같은 박수였지. 마음이 있는 사람이라면 감동하는 법이거든. 5학년생은 이미 검은색 운동복을 입고 축구장에 나와 있었고, 그들에게도 역시 박수를 쳐주었어. 어느 중위가 선을 긋고 있었고, 우리는 이미 시합에 돌입한 것 같았어. 응원단은 "4학년, 4학년 이겨라!" "4학년 만세, 만만세!" "좋든 싫든 4학년이 이긴다"라고 외쳤어. "넌 왜 소리치고 있어?" 재규어가 내게 말했어. "그렇게 외치면 금방 지친다는 걸 몰라?" 하지만 너무 흥분되는 순간이었단 말이야. "오늘은 승리의 날, 만세! 승리를 향하여, 만세! 4학년 만세! 4학년 이겨라!" "좋아." 우아리나는 말했어. "이제 우리 차례다. 지시한 대로만 하고 4학년의 이름을 드높여라, 제군." 그는 무슨 일이 닥칠지 의심조차 하지 못했어. 뛰어, 뛰란 말이야, 제군, 재규어 앞으로, 이기자, 이기자, 우리오스테, 가자, 가자, 왕뱀, 달려, 달려, 로하스, 덤벼, 덤비란 말이야, 토레스, 때려, 때려버려, 리오프리오, 파야스타, 페스타나, 쿠에바스, 사파타, 자, 이기자, 이겨, 1센티미터라도 내주면 죽어! 죽을 각오로 덤벼.

입 벌리지 말고 달려, 사열대가 코 앞에 있어. 자, 어서 멘도사 장군님의 얼굴을 보자, 토레스가 셋이라고 말하면, 당기는 거야. 보이던 것보다 더 많은 사람들이 있고, 모든 군인이 누군가와 배석했어. 장관의 수행원인 것 같아. 나는 대사들 얼굴을 보고 싶어. 그들이 어떻게 박수를 치는지 보고 싶거든. 하지만 아직 시합은 시작되지 않았지. 이제 뒤로 돈 중위는 이미 줄다리기 밧줄 준비를 완료한 것 같아. 하늘에 계신 아버지, 제발 매듭이 단단하게 매여 있게 해주소서, 라고 나는 기도해. 5학년생들이 얼마나 못된 표정을 짓는지 한번 봐봐. 하지만 난 그런 걸 봐도 겁먹지 않고 두려움에 떨지도 않지. 이제 차렷. "으, 으!" 그때 감바리나가 조금 가까이 다가왔어. 중위가 밧줄을 펼치고는 매듭을 세고 있었지만 그는 그런 것에 한 치의 관심도 기울이지 않았어. 그가 말했어. "똑똑한 너희 개자식들은 우리를 망신시키겠다고 생각하고 있겠지. 불알이 날아간 채 끝날 수도 있으니 조심해." 그러자 "어머니 잘 계시냐?" 하고 재규어가 물었어. "나중에 단둘이 얘기 좀 하자." 감바리나는 대답했어. "이제 농담은 그만!" 중위가 말했어. "양팀 주장들은 이곳으로 와서 정렬하라. 그리고 호각을 불면 경기를 시작한다. 그 누구라도 선을 넘으면 나는 다시 호각을 불 것이고, 그러면 너희는 멈춘다. 두 번 이긴 쪽이 승자다. 나는 공평한 사람이니 내게 불평하지 마라." 체조선수들, 체조선수들, 입다물고 뛰어, 어이구, 저 응원단 좀 봐. 왕뱀을 연호하는 목소리가 재규어를 외치는 소리보다 더 커, 아니면 내가 미친 걸까? 제기랄, 왜 호각 불기를 기다리는 거야? "준비됐지?"라고 재규어가 말했어. "다른 생각일랑 하지 마." 그때 감바리나가 밧줄에서 손을 떼고 우리에게 주먹을 보여주었지. 그들은 절대로 패배하지 않을 것처럼 모두 손목을 움직였어. 나머지 4학년 학생들이 우리를 응원하자, 우리는 더욱 기운이 솟구쳤어. 나는 그 함성을 머리와 팔에서 느꼈고, 그래서 있는 힘을 다했어. 좋아, 하나, 둘, 셋, 아니야, 오, 하느님, 오, 주님, 넷, 다섯, 밧줄은 마치 뱀처럼 보였지. 나는이미 염병할 매듭이 충분히 굵지 않다는 걸 알고 있었어. 손으로 꼭 잡으라고, 다섯, 여섯, 빌어먹을 손에서 미끄러지잖아, 일곱, 우리가 앞으로 나가서 저들을 쳐부수지 않으면 난 죽고 말 거야, 땀 때문에 눈을 못 뜨겠네. 그래, 진짜 남자들은 그렇게 땀흘리는 거야, 아홉, 으쌰, 으쌰, 일 초만 더 당겨, 자, 힘내, 조금만 더, 호각소리, 젠장, 됐어. 5학년생들은 소리지르기 시작했어. "이건 속임수예요, 중위님." "우리는 선을 안 넘었다고요, 중위님." 만세, 만세! 4학년생들은 이미 일어나서 환호하고 있었어. 환호의 물결이 메아리쳐. 그들이 왕뱀을 연호하네? 그들은 노래하며 울며 외치고 있었어, 페루 만세, 5학년에게 죽음을, 그렇게 오만상 찌푸리지 마, 너무 웃겨서 죽을 것 같거든, 만세, 만세. "징징대지 마라." 중위가 말했어. "4학년이 1대 0으로 이기고 있다. 자, 두번째 시합을 준비하라." 힘내, 친구들, 4학년 응원단 좀 봐, 저거야말로 으르렁거리는 거야. 난 너를 보고 있다. 카바, 이 산골 촌놈아. 그리고 곱슬머리, 소리쳐, 그래야 몸이 풀린단 말이야, 난 지금 비 오듯 땀을 흘리고 있어, 내 손에서 빠져나가지 마, 빌어먹을 밧줄아, 가만히 있어, 이 절름발이년아, 날 물어뜯지 말란 말이야. 발, 그래, 그게 최악이야, 우리 발이 롤러스케이트처럼 잔디 위에서 미끄러지고 있어, 내 몸 안에서 뭔가가 부러질 것 같아, 내 목덜미 혈관이 터질 것 같다고, 도대체 어떤 놈이 밧줄을 헐겁게 잡는 거야, 웅크리지 마, 그런데 누가 밧줄을 손에서 놔버리는 배신자냐? 밧줄을 세게 잡아, 4학년을 생각해, 넷, 셋, 자, 힘내라고, 어, 그런데 응원단에서 무슨 일이 생긴 거지? 염병할 재규어, 비기고 말았어. 하지만 저들은 우리보다 더 힘을 썼지, 저들은 무릎을 꿇고 말았어, 그리고 큰대자로 바닥에 드러누워 짐승처럼 거친 숨을 몰아쉬면서 땀을 흘렸어. "양팀이 비겼다." 중위는 말했어. "벌렁 드러눕지 마라, 꼭 계집애들 같다." 그때 그들은 우리의 사기를 떨어뜨리기 위해 욕을 퍼붓기 시작했어. "시합 끝나면 너희는 죽을 줄 알아." "하늘에 하느님이 있으니, 기도나 열심히 해. 너희를 박살내줄 테니." "주둥이 닥쳐, 아니면 지금 당장 개망신시켜줄 테니." 그러자 중위가 그들에게 호통쳤어. "빌어먹을 놈들, 너희가 말하는 게 스탠드까지 들리는 걸 몰라? 시합만 끝나면 너희를 가만두지 않겠다." 그러자 비 오듯이 사방에서 씨팔놈, 개새끼, 만세! 같은 말이 난무했어. 이번에는 환호성이 더 빠르고 더 컸어. 모두가 목의 힘줄이 터져라고, 핏줄이 빨개질 때까지 고함을 질러댔어. "4학년, 4학년, 휙익, 쾅, 4학년!" "좋든 싫든 4학년이 이긴다, 4학년 만세!" 이제 한 번만 더 시합하면, 우리는 그들에게 먼지를 먹이게 될 거야. 그때 재규어가 말했어. "저놈들은 우리를 덮칠 거야. 스탠드에 장군들이 있건 말건 상관없이 말이야. 이번 시합은 세기의 명승부가 될 거야. 감바리나가 날 어떻게 처다보는지 봤어?" 응원단의 욕설이 축구장 위로 마구 날아다녔어. 멀리서 우아리나가 이쪽저쪽으로 뛰어다니는 게 보였어. 대령과 장관은 전부 다 들었고, 반장들은 반별로 네 명, 다섯 명, 열 명의 이름을 적어내려갔고, 한 달, 두 달이라고 그 옆에 외출금지 기간을 명시하고 있었어. 잡아당겨, 마지막 힘을 내, 젖 먹던 힘까지 내. 이제 누가 진정한 레온시오 프라도의 생도인지 보여주자. 누가 황소처럼 힘이 센지 보여주자. 우리는 밧줄을 잡아당겼어. 나는 그때 얼룩을 보았지. 빨간 점들이 박힌 커다란 검은 구름 같은 얼룩이었는데, 5학년생 스탠드에서 내려오고 있었어. 그 얼룩은 갈수록 커져갔어. "5학년생들이 와." 재규어가 소리치기 시작했어. "몸조심해, 스스로 자기 몸을 지켜." 감바리나가 밧줄을 놓자, 밧줄을 당기고 있던 다른 5학년생들은 갑자기 쓰러지더니 선을 넘었어. 우리가 이겼어, 라고 나는 소리질렀어. 재규어와 감바리나는 이미 바닥에서 싸움을 벌이고 있었고, 우리오스테와 사파타는 헉헉거리고 혀를 내밀면서 내 옆을 지나가더니, 5학년생들을 주먹으로 때리기 시작했어. 5학년생들의 숫자는 갈수록 불어났어. 그때 파야스타가 검은색 운동복을 벗더니 4학년생 스탠드에 손짓을 했어. 어서 이리 와, 저들이 우리를 가만 안 두려는 꼴이 안 보여? 중위는 재규어와 감바리나를 떼어놓으려고 했지만, 자기 뒤에서 무슨 일이 일어나는지는 알지 못했어. 염병할 자식들, 저기 대령님이 계신 게 안 보이냐? 그런데 또다른 무리가 내려오기 시작했어. 저기 우리 편이 와, 4학년생 모두가 왕초 그룹 같아. 혼혈인 카바야, 넌 어디에 있었어? 여기 우리 형제 곱슬머리도 있어. 자, 이제 우리 모두가 다시 모였어. 이번에는 모두가 왕초 그룹이야. 그때 갑자기 대령의 찍찍거리는 가냘픈 목소리가 사방에서 들려왔어. 장교들, 장교들, 이 소동을 당장 중지시켜. 이건 학교의 수치이자 불명예다. 바로 그때 내게 신고식을 치르게 했던 개자식의 얼굴이 보인 거야. 그놈은 크고 시커먼 주둥이를 내밀며 나를 쳐다보고 있었어. 개새끼, 조금만 기다려, 우리는 해결해야 할 문제가 아직 남아 있잖아. 우리 형이 나를 보면 좋겠어. 그는 항상 안데스 산지 출신 촌놈들을 미워했어. 헤벌어진 커다란 입과 두려움에 가득한 커다란 눈을 특히 싫어했거든. 그런데 갑자기 그들이 우리에게 채찍질을 하기 시작했어. 장교들과 부사관들이 허리띠를 풀었고, 사람들 말에 따르면 초대 손님으로 단상에 있던 몇몇 장교도 스탠드를 내려와 마찬가지로 허리띠를 풀었어. 그들은 학교에서 일하는 사람들이 아니었는데도 그랬던 걸 보면, 비열한 놈들임이 틀림없어. 나는 내가 가죽에 맞은 게 아니라 버클에 맞았다고 생각해. 그래서 내 등에 보기에도 끔찍한 상처 자국이 난 거지. "장군님, 이건 사전에 계획된 음모입니다. 하지만 저는 반드시 저놈들을 처벌하고 말겠습니다." "음모라고? 웃기는 소리는 그만해. 저놈들이 싸움을 멈추게 조치를 취해." "죄송합니다, 대령님, 마이크가 켜져 있으니 끄도록 하십시오." 호각소리와 채찍질이 이어졌고, 중위들이 총출동했지만, 난 그들을 보지 못해. 그들이 내 등을 너무 세게 내리쳐서 등이 화끈화끈해. 재규어와 감바리나는 마치 한쌍의 문어처럼 풀밭 위에 엉겨붙어 있었어. 하지만 우리는 그나마 운이 좋았어, 절름발이년아, 네 이빨 치우지 못해, 빌어먹을 년. 우리는 다시 정렬했어. 그런데 몸이 아려오기 시작했어. 피로가 겹친 거지! 나는 바로 그곳 축구장에 드러누워 잠시 숨을 돌리고 싶었어. 아무도 말하지 않았어. 그렇게 조용하다는 게 믿기지 않았어. 가슴들은 거칠게 오르내리고 있었어. 누가 외출을 생각이나 했겠어? 맹세하는데, 그때 우리가 원했던 유일한 것은 침대 속으로 들어가 낮잠을 자는 거였어. 이제 우리는 완전히 망한 거야. 장관은 연말까지 우리에게 외출을 금지할 게 분명했어. 그런데 가장 재미있던 것은 개들의 얼굴이었어. 개들은 아무 짓도 하지 않았는데, 왜 그토록 겁먹은 얼굴이었는지 모르겠어. 좋아, 집으로 가도 좋지만 너희가 본 것을 잊지 않도록 해. 그런데 중위들은 개들보다 더 겁을 집어먹고 있었어. 우아리나는 얼굴이 백지장처럼 하얬지. '거울을 보면 자기 얼굴이 지옥에서 나온 꼴 같다는 걸 알게 될 거야.' 그때 곱슬머리는 내 옆에서 말했어. "파란색 옷을 입은 여자 옆에 있는 저 뚱보가 멘도사 장군일까? 난 저치가 보병이라고 생각했는데, 저 새끼는 붉은 기장을 했더라고. 그러니까 분명 포병이야." 대령은 분노를 간신히 참고 마이크를 들었지만, 어떤 말로 시작해야 할지 몰라 이렇게 찍찍거렸어. "제군!" 그러고는 잠시 멈추더니 다시 말했어. "제군!" 다시 목소리가 더욱 찍찍댔고, 나는 웃음을 참을 수 없었어. 그런데 모두가 조용히 부동자세로 벌벌 떨고 있었지. 절름발이년아, 그가 뭐라고 말했는지 알아? 그는 "제군, 제군, 제군"이라면서 똑같은 말을 반복했을 뿐만 아니라. "우리는 우리끼리 이 문제를 해결할 것입니다. 저는 모든 학생의 이름으로, 모든 장교의 이름으로, 그리고 제 이름으로 고명하신 손님들에게 충심으로 사죄의 말을 하고 싶습니다. 나는 여러분에게 이런 일은 여태까지 일어난 적이 없으며, 다시 일어나는 법도 결코 없을 거라고 자신합니다. 우리 모두는 이 고명하신 부인이 우리를 용서해주실 것을 바라고 있습니다"라고 했다고. 누가 시작했는지는 모르지만, 우리는 오 분가량 박수를 쳤어. 어쨌거나 나도 손이 아릴 정도로 쳤지. 그녀는 우리 모두가 손이 부러질 정도로 박수를 치는 것을 보자, 몹시 감동해서 눈물을 흘렸고, 모든 사람에게 키스를 해주기 시작했어. 유감스럽게도 나는 너무 멀리 떨어져 있어서, 그녀가 예쁜지 못생겼는지, 젊은지 늙었는지 알 수가 없었어. 이 절름발이년아, 이제 날 그만 할퀴라고. 그런데 그때 대령은 이렇게 말했어. "3학년 생도들은 제복으로 갈아입어도 된다, 4학년과 5학년 생도들은 막사 안에서 그대로 대기하라." 이 암캐야, 넌 왜 아무도 움직이지 않았는지 알아? 장교들도, 반장들도, 손님들도, 개들도 움직이지 않았어. 그건 악마가 정말로 존재하기 때문이야. 그러자 그녀가 벌떡 일어나 "대령님!"이라고 말했어. 그러자 대령은 "존경하는 부인"이라고 말했어. 그녀는 대사 부인이었거든. 모두가 움직였어. 그런데 도대체 무슨 일이 벌어지는 것일까? "부탁이 있어요, 대령님." "존경하는 부인, 저는 할말이 없습니다." "마이크를 좀 꺼주시겠어요? 제발 부탁이에요, 대령님." 그런 상황이 얼마나 지속되었을 것 같아, 절름발이년아? 그리 오래 계속되지 않았어. 모두가 뚱보와 마이크 그리고 여자를 쳐다보았고, 두 사람은 동시에 말하고 있었지. 그리고 우리는 곧 그녀가 미국 여자라는 걸 알았어. "제게 개인적인 호의를 베풀어주시겠어요?" 침묵이 축구장 위를 떠다녔고, 모두가 부동자세로 있었어. "제군, 제군, 우리는 이 수치스러운 사건을 잊도록 하자, 하지만 결코 이런 일이 반복되어서는 안 된다. 너희는 처벌을 받아 마땅하다는 걸 알고 있으며, 군대의 관점에서 본다면 절대적으로 그렇다. 그러나 무한히 자비로우신 부인이 너희를 보호하셨다." 그러면서 부인에게 경례를 했어. 사람들 말에 따르면, 감보아는 나중에 이렇게 말했어. "여기가 수녀원인 줄 아는 모양이야. 여자가 군대에서 명령을 내리다니 얼마나 수치스러운 일인지!" 우리는 너무나 고마운 나머지 그녀에게 계속해서 박수를 쳐댔어. 누가 박수를 치겠다고 생각했는지 모르겠어. 그 박수 기차는 천천히 출발했어. 짝, 하나 둘 셋 넷 다섯, 짝, 하나 둘 셋, 짝, 하나 둘 셋, 짝, 하나 둘, 짝, 하나,

짝, 짝짝. 그리고 다시 짝짝짝 박수가 시작되었고, 그게 끝나면 또 반복되었지. 과달루페 학생들은 체육대회를 벌이는 도중에 들린 우리 응원 소리와 짝짝짝 박수소리를 몹시 못마땅하게 여겼어. 우리는 대사 부인에게 만세! 만세! 하고 외쳐야만 했어. 심지어 개들도 박수를 치기 시작했지. 중위들과 부사관들은 멈추지 말고 계속해, 짝짝짝, 이라고 말했고, 대령님에게서 눈을 떼지 마, 라고 덧붙였어. 대사 부인과 장관은 그곳을 떠나려고 했어. 그런데 장관이 다시 고개를 뒤로 돌리더니, 너희는 아주 영리하고 잘났다고 생각하겠지만, 나는 너희와 함께 바닥청소를 하겠어, 라고 말한 거야. 하지만 이내 웃음을 터뜨렸고, 멘도사 장군과 대사들, 그리고 장교들과 손님들 역시 짝짝짝 박수를 쳐. 우리는 세상에서 최고입니다. 만세, 만세, 우리 모두는 백 퍼센트 레온시오 프라도 생도입니다. 페루 만세! 생도들, 언젠가 조국이 우리를 부르면, 우리는 그곳에 있을 겁니다. 용감한 정신과 고결한 마음으로 기꺼이 달려갈 겁니다. "키스해주고 싶은데 감바리나는 어디에 있지?" 재규어는 물었어. "내가 그놈 머리를 바닥에 세게 박아버렸는데, 아직도 살아 있는지 알고 싶거든." 여자는 박수갈채를 받자 눈물을 흘렸어. 절름발이년아, 군사학교 생활은 매우 고되고 많은 희생을 요구해. 하지만 그에 걸맞은 보상을 받지. 왕초 그룹이 예전과 같지 않다는 것은 정말 유감이야. 우리 서른 명이 화장실에 모였을 때, 내 심장은 가슴속에서 터질 것만 같았거든. 악마는 털이 숭숭한 뿔을 달고 항상 모든 것에 참견하기 마련이야. 그런데 우리 모두가 산골 촌놈인 카바 때문에 망하면 어떻게 될까? 그 염병할 유리창 때문에 그가 퇴학당하면, 우리도 퇴학당하지는 않을까? 제기랄, 이빨로 나를 물어뜯지 말란 말이야, 염병할

년아, 쌍년아.

그는 이후의 단조롭고 굴욕적인 며칠을 잊어버렸다. 그는 일찍 일어
났고, 수면 부족으로 몸이 결렸지만, 가구도 거의 없는 낯선 집의 침실
들을 돌아다녔다. 지붕 위에 만들어진 일종의 옥탑방 같은 곳에서 그
는 수북이 쌓인 낡은 잡지와 신문을 발견했고, 매일 아침과 오후 내내
즐거운 마음으로 그것들을 읽었다. 그는 부모와 만나는 걸 피했고, 그
들에게 단답형으로만 대답했다. "아빠를 어떻게 생각하니?" 어느 날
어머니가 물었다. "그냥 그래요." 그는 대답했다. "대단한 것 같지는
않아요." 그리고 어느 날은 "행복하니, 리치?"라고 물었고, 그는 "아니
요"라고 말했다. 리마에 도착한 다음날, 아버지는 그의 침대로 와서 미
소를 머금고 키스해달라면서 뺨을 갖다댔다. "안녕히 주무셨어요?" 리
카르도는 침대에서 움직이지 않은 채 말했다. 아버지의 눈빛에 어두운
기색이 스쳤다. 바로 그날 눈에 보이지 않는 전쟁이 시작되었다. 리카
르도는 아버지가 현관문을 닫고 나가는 소리가 들릴 때까지 침대에서
그대로 머물렀다. 점심시간에 아버지를 만나면, 재빨리 "안녕하세요?"
라고 중얼거리고 옥탑방으로 달려갔다. 가끔씩 그들은 점심을 먹고 오
후에 그와 드라이브를 했다. 혼자 자동차 뒷좌석에 앉아 리카르도는
공원과 대로들과 광장에 커다란 관심을 보이는 척했다. 그는 입을 열
지는 않았지만, 부모님이 하는 모든 말에 귀를 기울였다. 가끔씩 그는
그들이 뭘 암시하는지 의미를 제대로 이해할 수 없었다. 그런 날이면
밤에 전혀 잠을 이룰 수 없었다. 그는 항상 경계를 게을리하지 않았다.
뜻하지 않게 그들이 말을 걸면, 그는 "네?" "정말이요?"라고 대답했

다. 어느 날 밤 그는 옆방에서 그들이 자기에 관해 말하는 소리를 들었다. "이제 겨우 여덟 살이에요." 어머니가 말했다. "곧 당신에게 익숙해질 거예요." "충분하고도 남을 만한 시간이 지났어." 아버지가 대답했는데, 목소리가 평소와 달랐다. 쌀쌀하고 단호한 말투였다. 그러자 어머니가 대꾸했다. "당신은 그 아이가 어땠는지 모르잖아요. 시간문제예요." "당신이 애 교육을 잘못 시켰어." 아버지가 나무랐다. "그렇게 된 데는 당신 잘못이 커. 무슨 계집애 같잖아." 그런 다음 두 사람의 목소리는 속삭임으로 바뀌었다. 며칠 후 그는 심장이 벌떡벌떡 뛸 정도로 놀랐다. 부모님이 전과는 전혀 다른 태도를 취했고, 그들의 대화는 수수께끼 같아진 것이다. 그는 보다 조심스럽게 두 사람을 몰래 살폈다. 그는 사소한 몸짓이나 시선 혹은 행동도 놓치지 않았다. 하지만 스스로의 힘으로 그 수수께끼를 해결할 단서를 찾을 수는 없었다. 어느 날 아침, 어머니가 그를 다정하게 껴안으면서 말했다. "여동생이 생기면 어떨 것 같니?" 그는 생각했다. '내가 목숨을 끊으면, 그건 부모님의 잘못이니까 부모님은 지옥으로 갈 거야.' 그때는 여름의 마지막 시기였다. 그의 가슴은 초조하기 그지없었다. 4월이 되면 그는 학교에 가게 될 것이고, 하루의 상당 시간을 집밖에 있어야만 하기 때문이었다. 어느 날 오후, 옥탑방에서 한참을 생각한 후, 그는 어머니가 있는 곳으로 가서 말했다. "날 기숙학교에 보내주면 안 될까요?" 그는 최대한 자연스러운 말투로 말하려고 애썼지만, 어머니는 눈물 가득한 눈으로 그를 쳐다보았다. 그는 양손을 주머니에 넣고서 덧붙였다. "난 공부를 별로 안 좋아해요. 아델리나 이모가 치클라요에서 말한 거 기억하시죠. 그리고 아버지는 그걸 못마땅하게 생각할 거예요. 하지만 기숙학교에서는 억지로라도 공부하게 만들잖아요." 어머니는 그를 삼킬 듯이 쳐다보았고, 그는 어리둥절했다. "그럼 누가 네 엄마와 함께 있어주지?" "그애가 그렇게 할 거예요." 리카르도는 주저하지 않고 말했다. "여동생 말이에요." 그러자 어머니의 얼굴에서는 걱정과 불안의 표정이 사라졌고, 눈에서는 이제 피곤한 기색이 흘러나오고 있었다. "네게는 여동생이 생기지 않을 거야." 그녀가 말했다. "말해준다는 걸 잊어버렸구나." 그는 하루종일 자기가 실수했다고 생각했다. 그리고 자기 생각을 드러내고 말았다는 사실에 괴로워했다. 그날 밤 침대에서 그는 어둠 속에서 눈을 크게 뜨고 자기 실수를 바로잡을 방법을 고민했다. 부모님과 주고받는 말을 가능한 한 최소한으로 줄일 것이고, 더 많은 시간을 옥탑방에서 보내는 게 그 해답이었다. 그런데 그의 생각은 거기서 멈춰야만 했다. 점점 커져가는 소리가 들렸던 것이다. 이내 그의 방은 천둥 같은 목소리와 그가 한 번도 들어보지 못했던 단어로 가득찼다. 그러자 그는 공포에 사로잡혔다. 그는 무서울 정도로 선명한 욕설을 듣고 있었다. 그런데 순간적으로 아버지의 고함과 욕설 사이로 어머니의 목소리가 희미하게 들렸다. 애원하는 소리였다. 그러자 잠시 시끄러운 소리가 멈추었고, 요란하게 찰싹 때리는 소리가 났다. 그리고 동시에 어머니가 "리치!"라고 외치는 소리가 들렸다. 그는 이미 일어나 있었고, 문을 향해 달려가서 문을 열고는, 소리를 지르면서 옆방으로 뛰어들어갔다. "우리 엄마 때리지 마요." 그는 나이트가운을 입은 어머니를 볼 수 있었다. 얼굴은 협탁 램프의 갓에서 나온 빛 때문에 일그러져 있었다. 그는 어머니가 뭐라고 중얼거리는 소리를 들었지만, 그때 눈앞에 하얗고 커다란 실루엣이 나타났다. 그는 '저 사람이 벗고 있어'라고 생각했고, 공포에 사로잡혔다. 아버지는 손바닥으로 그를 때렸고, 그는 비명도 지르지 못한 채 쓰러졌다. 그러나 그는 즉시 일어났다. 모든 게 천천히 그의 주변을 빙빙 돌기 시작했다. 그는 자기가 그 누구에게도 맞은 적 없으며, 그런 일은 있을 수도 없다고 말하려고 했지만, 그 말을 하기도 전에 아버지는 다시 그를 때렸고, 그는 또다시 바닥에 쓰러지고 말았다. 그곳에서 그는 얼떨떨한 상태로, 침대에서 뛰어내리는 어머니를 보았고, 그녀를 붙잡아 어렵지 않게 침대로 밀어버리고는 노호하면서 자기에게 다가오는 아버지를 보았다. 그리고 아버지가 그의 몸을 공중으로 들어올리는 걸 느꼈다. 그는 이내 어둠에 잠긴 자기 방에 있게 되었고, 어둠 속에서 유난히 하얗게 보이던 그 남자는 다시 그의 얼굴을 때렸다. 그는 남자가 문을 지나 방으로 들어오던 어머니를 가로막고 팔을 붙잡더니 마치 너덜너덜한 걸레처럼 그녀를 끌고 가는 걸 보았다. 그런 다음 방문이 닫혔고, 그는 거친 악몽 속으로 빠져들었다.

제4장

그는 알칸포레스 버스 정류장에서 내려 집까지 세 블록을 큰 걸음으로 걸어갔다. 그중 한 거리를 건너면서 그는 조그만 아이들이 모여 있는 걸 보았다. 어느 아이가 비아냥거리듯이 말했다. "초콜릿 파냐?" 그러자 다른 아이들이 웃었다. 몇 년 전에 그와 동네 아이들 역시 군사학교 생도들에게 "초콜릿"이라고 외치곤 했다. 하늘은 희뿌연 색을 띠었지만 춥지는 않았다. 알칸포레스의 집은 텅 빈 것 같았다. 어머니가 문을 열어주고 그에게 키스했다.

"늦었구나." 그녀가 말했다. "무슨 일 있었어, 알베르토?"

"카야오 전차는 항상 만원이에요. 엄마. 게다가 삼십 분에 한 대만 지나가고요."

어머니는 그의 가방과 군모를 받았고, 그를 따라 그의 방으로 갔다.

일층 집은 작았지만, 깨끗했고 반짝반짝 빛났다. 알베르토는 재킷을 벗고 넥타이를 풀어 의자 위로 던졌다. 어머니가 옷가지들을 집어 조심스럽게 갰다.

"지금 점심 먹을래?"

"목욕 먼저 할래요."

"엄마 보고 싶었니?"

"그럼요, 아주 많이 보고 싶었어요."

알베르토는 셔츠를 벗었다. 바지를 벗기 전에 그는 실내복을 입었다. 어머니는 생도가 된 이후부터 그의 벌거벗은 모습을 보지 못했다.

"군복을 다려줄게. 흙먼지투성이구나."

"예." 알베르토가 말했다. 그는 실내화를 신었다. 그리고 옷장 서랍을 열어서 깃이 달린 셔츠와 속옷, 양말을 꺼냈다. 그런 다음 침대 머리맡의 작은 테이블에서 반짝거리는 검은 신발을 꺼냈다.

"오늘 아침에 내가 닦아놨어." 어머니가 말했다.

"그러면 손이 상할지도 몰라요. 앞으로는 그런 일 하지 마세요, 엄마."

"내 손이 상한들 누가 관심이나 갖겠니?" 그녀가 한숨을 내쉬면서 말했다. "나는 이제 버림받은 불쌍한 여자야."

"오늘 아침에 힘든 시험을 치렀어요." 알베르토가 어머니의 말을 가로막았다. "그런데 잘 치지 못했어요."

"아, 그래?" 어머니가 대답했다. "욕조에 물 채워줄까?"

"아니에요, 샤워하는 게 나을 것 같아요."

"그럼 점심을 준비해놓을게."

어머니는 뒤로 돌았고, 문을 향해 걸어갔다.

"엄마."

그녀는 문간에서 발걸음을 멈추었다. 그녀는 체구가 자그마했고, 피부는 아주 희었으며, 눈은 움푹 들어가고 힘이 없었다. 화장하지 않은 맨얼굴이었고, 머리카락은 헝클어져 있었다. 치마 위에는 색 바랜 앞치마를 두르고 있었다. 알베르토는 상대적으로 멀지 않은 시절을 떠올렸다. 어머니는 거울 앞에서 오랜 시간을 보냈고, 주름에 크림을 문질렀으며, 눈에 아이라인을 그렸고, 얼굴에 분을 바르곤 했다. 매일 오후 미용실에 갔고, 그곳에서 나올 때면 어떤 옷을 입어야 할지 생각하면서 신경을 곤두세우곤 했다. 하지만 아버지가 집을 버리고 떠난 이후, 그녀는 완전히 바뀌었다.

"아버지랑 만난 적 없어요?"

그녀는 다시 한숨을 내쉬었고, 뺨이 불그스레해졌다.

"화요일에 왔단다." 그녀가 말했다. "난 누구인지도 모르고 문을 열어줬지뭐니. 최소한의 염치도 없더구나, 알베르토. 넌 그가 어떤 상태인지 짐작조차 못 할 거야. 네가 그를 만나러 왔으면 좋겠다고 하더구나. 다시 나한테 돈을 주겠다고 했어. 나를 괴롭혀서 죽이려고 작정했나봐." 그녀는 눈을 들더니 목소리를 낮추었다. "네가 그 일을 받아들이는 수밖에 없을 것 같아, 아들아."

"샤워해야겠어요." 그가 말했다. "지금 몸이 너무 더럽거든요."

그는 어머니 앞을 지났고, 그녀의 머리카락을 어루만지면서 생각했다. '우리는 이제 비렁뱅이 생활로 돌아가지는 않을 거야.' 그는 샤워기 아래서 한참을 있었다. 꼼꼼하게 비누칠을 한 다음, 그는 양손으로 몸을 문질렀고, 여러 번 찬물과 더운물을 번갈아가며 몸을 씻었다. '술에서 깨는 것 같은 기분이야.' 그는 생각했다. 그리고 옷을 입었다. 다른 토요일과 마찬가지로 사복을 입으니 이상하게 느껴졌다. 너무 부드러워 보였다. 그는 벌거벗고 있다는 인상을 받았다. 그의 피부는 거친 카키색의 촉감을 그리워했다. 어머니는 식당에서 그를 기다리고 있었다. 그는 아무 말 없이 점심을 먹었다. 빵 한 조각을 다 먹자, 어머니는 조마조마한 표정으로 빵 바구니를 건네주었다.

"외출할 거니?"

"예, 엄마. 외출 못한 친구 심부름을 해줘야 해요. 금세 돌아올게요."

어머니는 여러 번 그에게 눈을 깜박여 보였고, 알베르토는 그녀가 울음을 터뜨릴까봐 두려워졌다.

"너를 통 볼 수가 없구나." 그녀가 말했다. "너는 나가면, 하루종일 거리에서 보내잖아. 엄마가 불쌍하지도 않니?"

"한 시간이면 돼요, 엄마." 알베르토가 불편한 심기를 드러내면서 말했다. "그보다 적게 걸릴지도 몰라요."

그는 허기를 느끼며 식탁에 앉았지만, 이제 음식은 아무 맛도 없었고 아무리 먹어도 끝이 날 것 같지 않았다. 그는 일주일 내내 외출하는 날을 꿈꾸었지만, 집에 들어오자마자 화가 치밀었다. 어머니의 과도한 관심은 학교에 틀어박혀 있는 것만큼이나 참기 힘들었던 것이다. 게다가 그가 익숙해지기 어려운 새로운 점도 있었다. 예전에 그녀는 아무 핑계나 대서 그를 거리로 내보냈다. 매일 오후 카드놀이를 하기 위해 찾아온 수많은 친구들과 마음껏 즐기기 위해서였다. 하지만 이제는 오직 그만 붙들고 늘어졌고, 그에게 자유시간을 전부 자기에게 바치고,

자신의 비극적 운명에 대한 불평을 여러 시간 동안 들어달라고 요구했다. 그녀는 계속해서 인사불성으로 하느님을 불렀고 큰 소리로 기도했다. 이것도 바뀐 점이었다. 예전에는 미사를 잊어버리기 일쑤였고, 알베르토는 그녀가 신부와 독실한 신자들에 관해 친구들과 킬킬거리면서 말하는 모습을 자주 보았었다. 하지만 이제는 거의 매일 교회에 갔고, 영적인 지도자를 두고 있었으며, 그 예수회 사제를 '성인'이라고 불렀고, 온갖 종류의 구일기도에도 참석했다. 어느 토요일에 알베르토는 자기 협탁에서 리마의 로사 성녀에 관한 전기를 발견했다. 어머니는 그릇을 치우고 식탁에 떨어진 빵조각을 손으로 주워모았다.

"다섯시 전에 돌아올게요." 그가 말했다.

"너무 늦지 마, 아들아." 그녀가 대답했다. "차와 함께 먹을 과자를 사놓을 테니까."

여자는 뚱뚱하고 피둥피둥하며 더러웠다. 뻣뻣한 머리카락이 시시각각 이마 위로 떨어졌고, 그러면 그녀는 왼손으로 머리카락을 뒤로 넘기면서 그 기회를 이용해 머리를 긁었다. 다른 손에는 네모난 마분지 한 조각이 쥐여 있었고, 그녀는 그 마분지로 너울거리는 불꽃에 부채질을 했다. 밤이 되면 숯에 습기가 배다보니 불이 붙으면 연기가 났다. 부엌의 벽은 검댕투성이였고, 여자의 얼굴은 재로 더러워져 있었다. "난 장님이 되고 말 거야." 그녀는 중얼거렸다. 연기와 불꽃 때문에 눈은 눈물로 가득찼다. 그녀의 눈꺼풀은 항상 부어 있었다.

"뭐라고 했어요?" 다른 방에서 테레사가 말했다.

"아무것도 아니야." 여자는 볼멘소리를 하면서 냄비 위로 고개를 숙였다. 수프는 아직도 끓지 않았다.

"뭐라고요?" 테레사가 물었다.

"귀먹었니? 내가 눈이 멀 거라고 말했어."

"도와드릴까요?"

"넌 어떻게 하는지도 모르잖아." 여자가 쌀쌀맞게 말했다. 이제 그녀는 한 손으로 냄비를 저었고, 다른 한 손으로는 콧구멍을 후볐다. "넌 아무것도 할 줄 몰라. 요리도 바느질도, 아무것도 할 줄 모르지. 불쌍한 것."

테레사는 대답하지 않았다. 그녀는 퇴근해서 집으로 막 돌아와 집안을 정리하고 있었다. 주중에는 이모가 집안일을 했지만, 토요일과 일요일에는 그녀가 해야만 했다. 아주 힘든 일은 아니었다. 집에는 침실 두 개와 부엌밖에 없기 때문이다. 좀더 정확하게 말하면, 침실 한 개와 부엌이자 거실, 그리고 바느질방으로 쓰이는 또다른 방이었다. 낡고 망그러질 것 같은 집이었고, 가구도 거의 없었다.

"오늘 오후에 네 작은아버지 집에 다녀와라." 여자가 말했다. "그 사람들이 지난달처럼 인색하게 굴지 않았으면 좋겠구나."

거품이 일어 냄비 표면이 흔들리기 시작했다. 여자의 눈동자가 약간 반짝였다.

"내일 갈게요." 테레사가 말했다. "오늘은 못 가요."

"왜?"

여자는 부채로 사용하던 마분지를 미친듯이 흔들어댔다.

"안 돼요. 약속이 있어요."

마분지가 도중에 멈추었고, 여자는 눈을 들었다. 놀라서 몇 초 동안 멍하니 있다가 이내 그녀는 다시 불길에 부채질을 했다.

"약속이라고?"

"예." 테레사는 바닥을 쓸다가 이미 멈추었고, 빗자루를 바닥에서 몇 센티미터 들어올린 채 그대로 있었다. "영화를 보러 가자고 초대받았거든요."

"영화라고? 누가 초대했지?"

수프가 끓고 있었다. 여자는 그 사실을 잊고 있는 것 같았다. 그녀는 테레사가 있는 옆방으로 건너와 걱정된다는 듯 꼼짝도 않고 테레사의 대답을 기다렸다. 그녀의 머리카락이 흘러내려 다시 이마를 덮었다.

"널 초대한 사람이 누군데?" 그녀는 다시 물었다. 그리고 급히 얼굴에 부채질을 시작했다.

"길모퉁이에 사는 애예요." 테레사가 바닥에 빗자루를 놓으며 말했다.

"무슨 길모퉁이?"

"이층 벽돌집이요. 이름이 아라나예요."

"그게 이름이야? 아라나라고?"

"예."

"군복 입고 다니는 애 말이야?" 여자가 꼬치꼬치 캐물었다.

"예. 군사학교에 다녀요. 오늘이 외출하는 날이래요. 여섯시에 날 데리러 올 거예요."

여자는 테레사에게 다가갔다. 부어오른 눈을 크게 뜨고 있었다.

"걔는 유복한 가정 출신이구나." 그녀가 말했다. "옷도 잘 차려입지. 그 집에는 자동차도 있어."

"그래요." 테레사가 말했다. "파란색이에요."

"그 차 타봤어?" 여자가 귀에 거슬리게 물었다.

"아니요. 이 주 전에 그애랑 딱 한 번 대화해봤어요. 지난주 일요일에 나올 예정이었는데, 그럴 수가 없었대요. 나한테 편지를 보냈더라고요."

갑자기 여자는 뒤로 돌더니 부엌으로 달려갔다. 불이 꺼졌지만, 수프는 계속해서 끓고 있었다.

"넌 열여덟 살이 거의 다 됐어." 여자가 자꾸만 이마를 가리는 머리카락을 다시 뒤로 넘기면서 말했다. "하지만 이제는 네가 알아야 할 시간이야. 난 눈이 멀 거고, 네가 뭐라도 하지 않으면 우리는 굶어죽게 될 거야. 그 남자애를 놓치지 마. 그애가 너한테 관심을 보였다는 건 커다란 행운이야. 네 나이에 나는 이미 애를 배고 있었어. 그런데 하느님은 왜 내게 애들을 주셨을까? 나중에 그애들을 나한테서 빼앗아갈 거였으면서 말이야. 젠장!"

"그래요, 이모." 테레사가 말했다.

바닥을 쓸면서 그녀는 굽이 높은 회색 신발을 쳐다보았다. 더럽고 낡았다. 만일 아라나가 그녀를 영화관에 데려간다면?

"군인이야?" 여자가 물었다.

"아니요. 지금 레온시오 프라도 군사학교에서 공부하고 있어요. 다른 학교와 같은 곳이에요. 단지 군인들이 지도한다는 것만 다르고요."

"고등학교에 다닌단 말이야?" 여자는 화를 내며 대답했다. "어엿한 남자인 줄 알았더니. 제기랄. 내가 늙어가건 말건 넌 하나도 신경 안쓰지. 네가 원하는 건 내가 얼른 죽어서 영원히 내게서 벗어나는 것뿐이야."

알베르토는 넥타이를 매고 있었다. 그 깨끗하게 면도한 얼굴, 그 단정하게 잘 빗은 머리, 그 하얀 셔츠, 그 밝은색 넥타이, 그 회색 재킷, 그 재킷 가슴 주머니로 살며시 고개를 쳐든 손수건, 그 욕실 거울에 나타난 청결하고 우아한 사람, 그 모든 게 정말 그일까?

"아주 근사해 보여." 어머니가 거실에서 말했다. 그러더니 슬픈 표정으로 덧붙였다. "네 아버지처럼 보이는구나."

알베르토는 욕실에서 나왔다. 그리고 어머니에게 키스하기 위해 고개를 숙였다. 그녀는 이마를 갖다댔다. 그녀의 얼굴이 그의 어깨에 닿았고, 알베르토에게는 어머니가 너무 연약하게 느껴졌다. 머리카락이 하얗게 세었다. '이제는 염색도 안 하시는군.' 그는 생각했다. '훨씬 더 늙은 것 같아.'

"그 사람이 왔어!" 어머니가 말했다.

정말로 잠시 후에 초인종이 울렸다. "문 열어주지 마." 알베르토가 현관문으로 다가가자 어머니가 말했다. 하지만 그를 제지하지는 않았다.

"안녕하세요, 아빠." 알베르토가 말했다.

아버지는 키가 작고 건장했으며 머리가 약간 벗어졌다. 나무랄 데 없는 파란색 양복을 입고 있었고, 알베르토는 그의 뺨에 키스하면서 독한 향수 냄새를 맡았다. 아버지는 미소 지으면서 그를 손바닥으로 툭툭 두 번 친 다음, 방을 둘러보았다. 어머니는 욕실과 연결된 복도에 서서 완전히 체념한 듯한 표정을 지었다. 머리는 숙이고, 눈꺼풀은 거의 닫혔으며, 양손을 치마 위에 포갰고, 마치 사형집행인의 일을 거들려는 듯이 목을 약간 앞으로 내밀고 있었다.

"잘 지냈어, 카르멜라?"

"어쩐 일이에요?" 어머니가 자세를 바꾸지 않은 채 속삭였다.

전혀 당황하지 않은 채 남자는 현관문을 닫고 가죽 서류가방을 일인용 소파로 던졌다. 그리고 한시도 미소를 잃지 않고 느긋하게 의자에 앉으면서, 알베르토에게 자기 옆에 앉으라는 몸짓을 했다. 알베르토는 어머니를 쳐다보았다. 그녀는 내내 움직이지 않았다.

"카르멜라." 아버지가 명랑한 목소리로 말했다. "이리 와서 앉아. 잠시 대화 좀 하지. 이제 알베르토도 어엿한 남자니까, 알베르토 앞에서 말하고 싶어."

알베르토는 기분이 좋아졌다. 어머니와 달리 아버지는 더 젊고 더 건강하며 더 강인해 보였다. 그의 태도와 목소리, 표정에는 밖으로 드러내놓고 싶어서 안달하는 무언가가 서려 있었다. 그가 행복하기 때문일까?

"우리가 같이 이야기할 건 아무것도 없어요." 어머니가 말했다. "단한 마디도."

"진정해." 아버지가 말했다. "우리는 배운 사람들이야. 마음을 가라앉힌다면 해결하지 못할 게 하나도 없어."

"당신은 잔인하고 못된 사람이에요! 악마라고!" 갑자기 자세를 바꿔 어머니가 소리쳤다. 아버지를 향해 주먹을 흔들었고, 표정에서 평상시의 유순함은 어디론가 사라지고 없었다. 붉어진 얼굴은 일그러졌으며, 눈에서는 불똥이 튀었다. "여기서 나가요! 이건 내 집이에요. 내

돈으로 월세를 내는 집이란 말이에요!"

아버지는 싱글거리면서 손으로 귀를 가렸다. 알베르토는 손목시계를 보았다. 어머니는 이미 울음을 터뜨리고 있었다. 흐느끼면서 부들부들 떨었다. 눈물을 닦지도 않았다. 눈물은 뺨을 타고 흘러내리면서, 금색 솜털을 보여주었다.

"카르멜라." 아버지가 말했다. "진정해. 난 당신과 다투고 싶지 않아. 약간만 마음을 가라앉혀. 당신은 계속 이렇게 살 수 없어. 이건 어리석은 짓이야. 당신은 이런 허름한 집에서 나와서 식모도 데리고 제대로 살아야만 해. 당신 스스로 당신 삶을 엉망으로 만들어서는 안 돼. 당신 아들을 위해 그래야 한다고."

"여기서 나가요!" 어머니가 소리쳤다. "이건 깨끗한 집이에요. 당신은 이 집을 더럽힐 자격이 없어. 그 염병할 년들이 있는 곳으로 가란 말이에요. 우리는 당신에 대해 아무것도 알고 싶지 않아요. 당신 돈도 받고 싶지 않고. 내가 가진 것만으로도 내 아들을 교육시키는 데 아무 문제 없단 말이에요."

"당신은 지금 거지처럼 살고 있어." 아버지가 말했다. "이제는 자존심도 잃어버렸어? 내가 돈을 주겠다는데 왜 안 받는 거야?"

"알베르토!" 어머니는 격분하여 소리쳤다. "저 사람이 날 모욕하지 못하도록 해! 모든 리마 사람들 앞에서 나를 망신시킨 것으로도 부족해서 이제는 날 죽이려고 하잖니. 얘야, 어떻게 좀 해봐!"

"아빠, 제발……" 알베르토가 힘없이 말했다. "서로 싸우지 마세요."

"입다물어라." 아버지가 말했다. 그는 매우 엄숙하고 거만한 표정을 지었다. "넌 너무 젊어. 언젠가는 이해하게 될 거야. 인생은 그리 단순하지 않거든."

알베르토는 웃고 싶었다. 언젠가 그는 리마 중심가에서 아버지가 아주 아름다운 금발 여자와 함께 있는 걸 보았다. 아버지도 그를 보았지만, 이내 눈길을 다른 곳으로 돌렸다. 그날 밤 그는 알베르토의 방으로 와서 방금 전과 똑같은 표정을 지었고 방금 전과 똑같은 말을 했다.

"내가 여기에 온 건 한 가지 제안을 하기 위해서야." 아버지가 말했다. "잠시만 내 말을 들어봐."

어머니는 얼어붙더니 다시 비극적인 동상 같은 자세를 취했다. 그러나 알베르토는 어머니가 눈꺼풀을 내리깐 채 조심스럽게 아버지를 살펴보는 모습을 보았다.

"당신이 정말로 걱정하는 건," 아버지가 말했다. "남의 입에 오르내리는 거지. 난 당신을 이해해. 사회적 규범을 존중해야 하니까."

"비꼬지 마요!" 어머니가 소리친 다음 다시 고개를 숙였다.

"내 말 끊지 마. 당신이 원한다면, 우리는 다시 함께 살 수 있어. 우리는 여기 미라플로레스에서 훌륭한 집을 빌릴 거야. 어쩌면 우리가 살던 디에고 페레의 집을 다시 얻을 수도 있어. 아니면 산안토니오에서 살 수도 있고. 당신이 원하는 곳이면 어디든 살 수 있단 얘기야. 단한 가지만 요구하고 싶어. 나는 완전한 자유를 누리고 싶어. 나 자신의 삶을 살고 싶다고." 아버지는 차분하게 정상적으로 말하고 있었다. 그의 눈에서는 알베르토를 소스라치게 놀라게 했던 광채가 반짝였다. "물론 더이상 소란은 피우지 말아야 해. 우리는 교양 있는 집안에서 태어났으니, 그에 맞게 행동해야겠지."

이제 어머니는 소리 높여 울었다. 흐느끼면서 아버지에게 새된 소리로 욕을 퍼부었고, "간통한 놈, 타락한 놈, 더러운 쓰레기 같은 놈"이라고 불렀다. 알베르토가 말했다.

"미안해요, 아빠. 저는 지금 나가서 친구 심부름을 해줘야 해요. 나가도 되죠?"

아버지는 잠시 당황하는 것 같았지만, 금방 다정한 미소를 지으면서 고개를 끄덕였다.

"그래, 아들아." 그가 말했다. "난 네 어머니를 설득하려고 애써보마. 그게 최고의 해결책이니까. 너무 걱정하지 마. 열심히 공부해. 네 앞에는 커다란 미래가 펼쳐져 있다. 너도 알겠지만, 시험 성적이 좋으면 다음해에 널 미국으로 보낼 생각이다."

"내 아들의 미래는 내가 알아서 할 거예요." 어머니가 소리쳤다.

알베르토는 부모님에게 키스하고 나온 다음, 급히 현관문을 닫았다.

테레사는 설거지를 마쳤다. 이모는 옆방에서 휴식을 취하고 있었다. 테레사는 수건과 비누를 꺼냈고, 까치발로 살그머니 거리로 나갔다. 그녀의 집 옆에는 색 바랜 노란색 벽이 있는 좁은 주택이 있었다. 그녀는 초인종을 눌렀다. 아주 가냘프지만 생글거리는 어린 여자아이가 문을 열어주었다.

"안녕, 테레사."

"안녕, 로사. 샤워해도 될까?"

"들어와요."

그들은 어두운 복도를 지났다. 벽에는 잡지와 신문에서 스크랩한 사진들이 붙어 있었다. 영화배우들과 축구선수들이었다.

"이것 좀 봐요." 로사가 말했다. "오늘 아침에 선물받은 거예요. 글렌 포드예요. 그 사람이 나오는 영화 봤어요?"

"아니, 하지만 보고 싶어."

복도 끝에는 식당이 있었다. 로사의 부모님은 아무 말 없이 식사를 하고 있었다. 의자 중 하나에는 등받이가 없었는데, 거기에는 로사의 어머니가 앉아 있었다. 로사의 아버지는 접시 옆에 펼쳐진 신문에서 눈을 들더니 테레사를 쳐다보았다.

"아, 테레사구나." 그는 자리에서 일어나면서 말했다.

"안녕하세요?"

아랫배가 불룩 튀어나오고 다리가 굽었으며 눈이 게슴츠레한 초로의 남자는 미소 지으면서, 다정하게 테레사의 얼굴을 향해 한 손을 내밀었다. 테레사는 한 발 뒤로 물러났고, 그의 손은 허공에서 흔들리더니 아래로 떨어졌다.

"샤워 좀 하려고 왔어요, 부인." 테레사가 말했다. "괜찮을까요?"

"그래." 여자가 차갑게 대답했다. "1솔이야, 돈 있니?"

테레사는 손을 내밀었다. 동전은 반짝거리지 않았다. 너무 오랫동안 손으로 만지작거린 나머지 빛이 바래고 눅눅해진 1솔짜리 동전이었다.

"너무 오래하지 마라." 여자가 말했다. "물이 별로 없어."

욕실은 1제곱미터 정도 되는 어둡고 외진 공간이었다. 바닥에는 끈적거리는 닳아빠진 판자가 하나 있었다. 벽에는 그리 높지 않은 곳에 수도관이 있는데, 그것을 종종 샤워기로 사용했다. 테레사는 문을 잠그고 수건을 손잡이에 올려놓으면서, 열쇠 구멍을 제대로 수건으로 덮었는지 확인했다. 그러고서 옷을 벗었다. 호리호리하고 우아한 곡선을 지닌 몸매였고, 피부는 까무잡잡했다. 그녀는 물을 틀었다. 물은 차가웠다. 비누칠을 하는 동안 여자가 외치는 소리를 들었다. "거기서 나오지 못해, 추접한 늙은이야!" 남자의 발걸음이 멀어졌고, 두 사람이 말다툼하는 소리가 들렸다. 그녀는 옷을 입고 욕실에서 나왔다. 남자는 식탁에 앉아 있었고, 테레사를 보자 한쪽 눈을 꿈쩍거렸다. 여자는 인상을 찌푸리더니 중얼거렸다.

"바닥이 축축해지잖니."

"금방 갈게요." 테레사가 말했다. "고마워요, 부인."

"다음에 보자." 남자가 말했다. "언제든지 와도 괜찮아."

로사가 현관문까지 그녀를 배웅해주었다. 복도에서 테레사는 조그만 소리로 말했다.

"로사, 부탁 하나만 할게. 파란색 리본 하나만 빌려줘. 토요일에 달았던 것 말이야. 오늘밤에 돌려줄게."

로사는 고개를 끄덕이고 알듯 말듯 한 표정을 지으며 한쪽 손가락을 입에 갖다댔다. 그러고는 복도 안쪽으로 사라지더니 잠시 후 살그머니 걸어왔다.

"여기 있어요." 그녀가 말하면서 행복한 공범자의 눈길로 테레사를 바라보았다. "이게 왜 필요한 거예요? 어디 가는데?"

"데이트가 있어." 테레사가 말했다. "어떤 남자애가 같이 영화를 보자고 했거든."

그녀의 눈이 반짝거렸다. 행복해 보였다.

천천히 내리는 이슬비에 알칸포레스 거리의 가로수 나뭇잎들이 흔들거렸다. 알베르토는 길모퉁이 가게로 들어가 담배 한 갑을 사고 라르코 대로로 걸어갔다. 자동차가 많이 지나다녔다. 어떤 것은 거의 새 자동차였다. 밝은색이라 희끄무레한 하늘과 대조를 이루었다. 행인도 많았다. 그는 검은 바지를 입은 키가 크고 나긋나긋한 여자아이가 시야에서 사라질 때까지 쳐다보았다. 직행버스는 평소처럼 늦었다. 알베르토는 미소 짓고 있는 두 남자아이를 바라보았다. 그리고 몇 초 후에야 그들이 누구인지 알아보았다. 얼굴을 붉히면서 그는 중얼거렸다. "안녕." 그러자 두 아이는 양팔을 벌리면서 그에게 달려왔다.

"도대체 그동안 어디에 있었던 거야?" 한 아이가 말했다. 그는 캐주얼웨어를 입었고 머리카락은 마치 수탉 볏처럼 끝을 세웠다. "정말 너 맞아?" 그가 알베르토에게 물었다.

"우리는 네가 이제 미라플로레스에 안 사는 줄 알았어." 다른 아이가 말했다. 그는 키가 작고 땅딸막했다. 뒤축 없는 모카신과 밝은색 양말을 신고 있었다. "이 동네에서 너를 본 지 몇백 년은 족히 지난 것 같아."

"지금은 알칸포레스에 살고 있어." 알베르토가 말했다. "난 레온시오 프라도에서 공부하거든. 그래서 토요일에만 나올 수 있어."

"군사학교에서?" 머리 끝을 세운 아이가 물었다. "도대체 뭘 잘못했기에 널 그런 데로 보낸 거야? 거긴 정말 끔찍할 것 같아."

"아주 나쁘지는 않아. 사람은 환경에 차차 적응하는 법이니까. 그곳에서 지내는 게 그렇게 끔찍하지는 않더라."

직행버스가 도착했다. 빈 좌석이 없었다. 그들은 서서 머리 위의 손잡이를 잡아야만 했다. 알베르토는 토요일에 라페를라나 리마와 카야오를 오가는 전차 안에서 만나던 사람들을 생각했다. 그들은 울긋불긋한 넥타이를 맸고 땀과 먼지 냄새를 풍겼다. 직행버스 안에서는 깨끗한 옷을 입고 점잖은 얼굴로 미소를 짓는 사람들이 보였다.

"네 자동차는?" 알베르토가 물었다.

"내 자동차?" 모카신을 신은 아이가 말했다. "그건 우리 아버지 거야. 이제는 나한테 안 빌려주지만. 내가 사고를 냈거든."

"뭐라고? 아직도 몰라?" 다른 아이가 몹시 흥분하면서 말했다. "방파제에서 경주를 벌인 이야기 못 들었어?"

"응, 난 전혀 모르는데."

"넌 도대체 어떤 세상에서 살고 있는 거야? 티코 이 녀석은 진짜 끝내주는 놈이야." 다른 아이가 기분좋은 미소를 지으면서 말했다. "프랑스 거리에 사는 미친 훌리오와 내기를 했어. 걔 누군지 기억나? 방파제 거리를 따라 케브라다까지 경주하는 거였어. 비가 내리는데 두 바보가 시합을 벌였다니까. 내가 티코의 조수였어. 고속도로 순찰대가 미친놈을 붙잡았지만, 우리는 도망쳤지. 우리는 파티에서 막 나온 참이었거든. 그러니 어떤 상태였는지 상상할 수 있겠지?"

"그런데 사고라니?" 알베르토가 물었다.

"그건 나중 얘기야. 티코가 잠시 아토콩고 거리에서 후진으로 운전하면 멋지겠다고 생각한 거야. 그러다가 전봇대와 부딪혔지. 이 상처 보여? 하지만 이 자식은 아무런 상처도 입지 않았다니까. 너무 불공평해. 정말 운좋은 놈!"

티코는 기뻐하면서 활짝 웃었다.

"넌 정말 괜찮은 친구야." 알베르토가 말했다. "동네 애들은 어때?"

"잘 지내." 티코가 말했다. "이제 우리는 주중에는 안 모여. 계집애들이 시험기간이라 토요일과 일요일에만 외출하거든. 모든 게 바뀌었어. 이제는 부모님들도 여자애들이 우리와 데이트하도록 놔둬. 영화관이나 파티에 가는 것도 허락하고. 여자애들 엄마들은 개화돼서, 이제는 애인을 만들어도 된다고 허락해. 플루토가 지금 엘레나랑 사귀는 건 알아?"

"네가 엘레나랑 사귄다고?" 알베르토가 물었다.

"내일이면 사귄 지 한 달이 돼." 머리카락을 세운 아이는 얼굴을 붉히면서 말했다.

"너와 데이트하라고 놔둬?"

"물론이지. 가끔씩 그애 어머니가 점심식사에 날 초대하기도 하는걸. 이봐, 너 걔를 정말로 좋아했지?"

"내가?" 알베르토가 말했다. "절대 아니야."

"아니야, 분명히 좋아했어!" 플루토가 말했다. "그랬어. 넌 걔 때문에 미쳐 있었다고. 에밀리오네 집에서 우리가 너한테 춤추는 법을 가르쳐주었을 때 기억나? 너한테 어떻게 사랑을 고백해야 하는지 얘기해줬잖아."

"그때 그랬지." 티코가 말했다.

"거짓말이야." 알베르토가 대답했다. "새빨간 거짓말이라고."

"이봐." 플루토가 직행버스 뒷좌석에서 발견한 것에 정신을 팔면서 말했다. "내가 지금 보고 있는 게 보여?"

플루토는 뒷좌석으로 걸어갔다. 티코와 알베르토는 그를 따라갔다.

직감적으로 위험을 감지하고, 여자아이는 고개를 돌려 차창으로 대로의 가로수를 바라보는 척했다. 예쁘고 통통했다. 그녀는 토끼의 코처럼 꿈틀거리는 코를 유리창에 바짝 붙이고 있었다. 그녀의 숨 때문에 유리창에 김이 서렸다.

"안녕, 아가씨." 플루토가 말했다.

"내 애인 괴롭히지 마." 티코가 말했다. "안 그러면 널 죽여버리겠어."

"난 죽음 따위에 연연하지 않아." 플루토가 말했다. "이 여자라면 기꺼이 내 목숨도 내줄 수 있거든." 그는 연설하듯 팔을 벌렸다. "난 이 여자를 사랑해!"

티코와 플루토는 폭소를 터뜨렸다. 여자아이는 계속해서 가로수를 바라보기만 했다.

"저놈 말은 신경쓰지 마." 티코가 말했다. "저놈은 야만인이야. 플루토, 어서 아가씨에게 미안하다고 말해."

"그래, 네 말이 맞아." 플루토가 말했다. "난 야만인이야. 그렇게 행동한 걸 후회하고 있어. 제발 날 용서해줘. 날 용서해준다고 말해줘. 그러지 않으면 소란을 피울 거야."

"진심이라고는 없냐?" 티코가 물었다.

알베르토 역시 창문을 바라보았다. 가로수들은 축축이 젖었고, 포장도로는 반짝반짝 빛났다. 반대편 차로로 꼬리에 꼬리를 물고 자동차들이 지나가고 있었다. 직행버스는 오란티아와 다양한 색깔의 커다란 집들을 이미 지나쳤다. 이제 집들은 작고 우중충했다.

"이거야말로 창피한 일이야." 어느 여자가 말했다. "저 아이를 그냥 놔두지 못해!"

티코와 플루토는 계속 웃어댔다. 여자아이는 잠시 가로수에서 눈길을 떼고는 다람쥐처럼 밝은 눈으로 재빠르게 자기 주변을 둘러보았다. 그녀의 얼굴에 미소가 새겨졌다가 이내 사라졌다.

"만나서 반갑습니다, 아가씨." 티코가 말했다. 그러고는 여자아이를 향해 몸을 돌리면서 덧붙였다. "아가씨에게 용서를 빌고 있습니다."

"난 여기서 내릴게." 알베르토는 한 손을 그들에게 내밀면서 말했다. "나중에 만나."

"우리랑 같이 가자." 티코가 말했다. "우리는 영화관에 가는 길이거든. 너에게 소개해줄 애가 있어. 괜찮은 여자아이야."

"그럴 수가 없어." 알베르토가 말했다. "약속이 있거든."

"린세에서?" 플루토가 짓궂게 웃으면서 말했다. "아, 데이트 계획이 있구나, 빌어먹을 놈! 성공을 빈다. 그리고 몰래 사라지지 마. 동네로 오도록 해. 다들 널 기억하니까."

'짐작한 대로 못생겼네.' 그는 그녀의 집 현관 계단에서 그녀를 만나자마자 생각했다. 그러고는 서둘러 말했다.

"안녕하세요. 테레사 있나요?"

"나예요."

"아라나, 리카르도 아라나의 메시지를 가져왔어요."

"들어와요." 여자아이는 수줍은 목소리로 말했다. "앉아요."

알베르토는 의자에 걸터앉아서 몸을 경직시켰다. 의자가 내 몸무게를 제대로 지탱할 수 있을까? 그는 의문을 품었다. 침실 두 개 사이에 있는 커튼 틈으로 그는 침대 모서리와 어느 여자의 시커멓고 커다란 발을 보았다. 여자아이는 그의 옆에 있었다.

"아라나는 오늘 외출할 수 없었어요." 알베르토가 말했다. "재수가 없었거든요. 오늘 아침에 외출 허락을 받지 못했어요. 나한테 오늘 당신과 약속이 있다고 말하고는 미안하다는 말을 전해달라고 했고요."

"외출을 금지당했다고요?" 테레사가 물었다. 그녀의 얼굴에 실망의 빛이 새겨졌다. 목덜미쯤에서 머리카락이 파란색 리본으로 묶여 있었다. '두 사람이 키스를 했을까?' 알베르토는 생각했다.

"모든 생도에게 종종 일어나는 일이에요." 그가 말했다. "행운의 문제거든요. 다음 토요일에 당신을 만나러 올 거예요."

"거기 누구지?" 기분이 언짢은 듯한 목소리가 물었다. 알베르토는 주변을 살펴보았다. 발이 사라졌다. 잠시 후, 얼굴에 기름이 번들번들 흐르는 여자가 커튼 위로 모습을 보였다. 알베르토는 자리에서 일어났다.

"아라나의 친구예요." 테레사가 말했다. "이름이……"

알베르토는 자기 이름을 말했다. 그리고 두툼하고 흐느적거리며 땀에 젖은 손을 잡고 악수를 했다. 연체동물 같았다. 여자는 과장된 미소를 짓더니 쉴새없이 말하기 시작했다. 그녀가 지절대는 소리는 그가 어렸을 때부터 들었던 점잖은 체하는 은어들, 그러니까 화려하지만 내용 없는 형용사로 치장된 은어들을 풍자하는 것처럼 들렸다. 그리고 그는 가끔씩 그녀가 자기에게 존칭을 사용하거나 신사를 대하듯 군다는 사실을 눈치챘다. 그녀는 그에게 수많은 질문을 던졌지만 그의 대답을 기다리지 않았다. 그는 자기가 말의 그물에 걸렸으며, 소리의 미로에 빠졌다는 걸 깨달았다.

"앉아요, 앉아." 여자는 이렇게 말하면서 의자를 가리켰고, 거대한 포유동물이 인사하듯 그에게 몸을 굽혔다. "나 때문에 불편해하지 말아요. 편안하게 있도록 해요. 가난한 집이지만 나는 정직하게 살아요. 이게 무슨 말인지 알겠죠? 나는 하느님이 지시한 대로 이마에 땀을 흘리면서 매일매일 빵값을 벌었어요. 평생을 그렇게 살았지요. 나는 재봉사인데, 테레사를 훌륭하게 교육시킬 수 있었답니다. 테레사는 내 조카예요. 이 아이는 고아예요. 이 아이는 모든 걸 내게 빚지고 있지요. 자, 앉아요, 알베르토 씨."

"아라나는 외출을 못 나왔대요." 테레사가 말했다. 그녀는 알베르토와 자기 이모를 바라보지 않았다. "이분은 아라나의 전언을 갖고 왔고요."

'이분이라고?' 알베르토는 생각했다. 그리고 여자아이의 눈을 찾았지만, 여자아이는 이제 바닥을 내려다보고 있었다. 여자는 자리에서 일어나 양팔을 벌렸다. 그녀의 미소는 얼어붙었지만, 두꺼운 입술과 납작한 코와 눈밑의 처진 살에는 아직 미소의 흔적이 그대로 있었다.

"불쌍해라." 여자가 말했다. "불쌍한 청년, 그 청년 어머니는 얼마나 괴로워할까? 내게도 아들들이 있었고, 그래서 어머니의 고통을 잘 알죠. 내 아들들은 죽었어요. 주님이 그렇게 하셨고, 이제 나는 그 이유를 이해하려고 하지 않아요. 그렇지만 그 청년은 다음주에는 외출하겠죠. 누구에게나 인생은 참으로 힘든 거예요. 나는 그걸 잘 알아요. 당신은 젊으니까 아직 인생에 대해 생각하지 않는 게 좋을 거예요. 그런데 테레사를 어디로 데려갈 거죠?"

"이모." 여자아이가 초조한 표정으로 말했다. "말을 전해주려고 오셨을 뿐이에요. 이분은……"

"나는 신경쓰지 말아요." 여자는 인자하고 이해심 많게, 그리고 희생한다는 듯한 말투로 덧붙였다. "젊은이들은 단둘이 있을 때 더 행복해하지요. 나 역시 젊었을 때는 그랬어요. 이제는 늙었지만, 그런 게 인생이랍니다. 하지만 두 사람도 곧 걱정과 근심을 갖게 될 거예요. 나이가 들면 더 많은 고통과 고뇌를 갖게 되거든요. 당신은 내 눈이 멀고 있다는 걸 알아요?"

"이모." 여자아이가 다시 말했다. "제발……"

"허락하신다면," 알베르토가 말했다. "저희는 영화관에 가겠습니다. 그래도 괜찮으시다면요."

여자아이는 다시 시선을 아래로 향했다. 그녀는 아무 말도 하지 않았고, 손을 어디에 둬야 할지 모르는 듯했다.

"이 아이를 일찍 집으로 돌려보내도록 해요." 그녀의 이모가 말했다. "알베르토 씨, 젊은이들은 너무 늦게까지 집밖에 있으면 안 된답니다." 그러고는 뒤를 돌아 테레사를 바라보았다. "잠깐만 날 따라오렴. 미안해요."

그녀는 테레사의 팔을 잡고 다른 방으로 데려갔다. 여자의 말은 강풍에 날아다니는 듯 그의 귀까지 띄엄띄엄 간헐적으로 들려왔다. 그는 따로 떨어진 말들은 알아들었지만, 그 말들을 어떻게 조립해야 하는지는 몰랐다. 그러나 모호하게나마 그는 여자아이가 그와 나가는 걸 거부했음을 눈치챘다. 또한 여자가 조카의 말에 대답도 하지 않고, 알베르토에 관해, 그러니까 그녀의 눈에 이상적으로 보인 그에 관해, 모든 게 포함된 장대한 초상화를 그려내고 있다는 것도 깨달았다. 여자는 그를 부자이며 근사하고 우아하며 탐나는 사람, 이 세상의 위대한 인물로 보고 있었다.

커튼이 열렸다. 알베르토는 웃었다. 여자아이는 못마땅한 표정으로 손을 비볐다. 그리고 전보다 더 수줍어했다.

"함께 나가도 좋아요." 여자가 말했다. "내가 이 아이를 얼마나 애지중지 키웠는지 알아요? 나는 아무 청년과 데이트를 하도록 놔두지는 않아요. 이 아이는 아주 열심히 일한답니다. 그리고 보기와는 달리 그다지 마르지도 않았지요. 두 사람이 잠시 즐거운 시간을 보낼 거라고 생각하니 나도 기쁘네요."

여자아이는 현관문까지 가더니 알베르토가 먼저 나가도록 옆으로 한 발짝 비켜섰다. 이슬비는 멈췄지만, 공기에서는 축축한 냄새가 났고, 빗물에 반짝거리는 보도와 거리는 미끌미끌했다. 알베르토는 테레사에게 보도 안쪽으로 걷게 했고, 자기가 보도 바깥쪽으로 걸었다. 그는 담배를 꺼내 불을 붙였다. 그리고 그녀를 곁눈으로 쳐다보았다. 당황한 표정을 한 채 그녀는 앞만 바라보면서 잰걸음으로 빠르게 걸었다. 서로 아무 말 없이 길모퉁이에 도착하자, 테레사는 걸음을 멈추었다.

"난 여기 있겠어요." 그녀가 말했다. "다음 블록에 내 친구가 살거든요. 고마웠어요."

"고마워할 필요 없어요. 왜 고맙다는 거죠?" 알베르토가 물었다. "이유가 뭔가요?"

"이모를 용서해주세요." 테레사가 말했다. 그녀는 이제 그의 눈을 쳐다보고 있었다. 마음이 좀 가라앉은 것 같았다. "아주 좋은 분이세요. 내가 데이트에 나갈 수 있도록 모든 걸 다 해주는 분이죠."

"맞아요." 알베르토가 말했다. "아주 다정하고 친절하시더군요."

"말이 너무 많긴 하지만요." 테레사가 말하면서 깔깔거리고 웃었다.

'못생겼지만 치아는 아주 예뻐.' 알베르토는 생각했다. '노예는 어떻게 이 여자 남자친구가 되었을까?'

"당신이 나와 데이트하면, 아라나가 화낼까요?"

"그애는 내 남자친구가 아니에요." 그녀가 말했다. "우린 처음으로 데이트를 하려고 했던 거예요. 그 얘기는 안 하던가요?"

"그런데 왜 나한테 존댓말을 써요?" 알베르토가 물었다.

그들은 아직 길모퉁이에 있었다. 주변 거리에서 멀리 사람들이 보였다. 다시 비가 내리기 시작했다. 가느다란 안개가 그들 위로 내려왔다.

"좋아요." 테레사가 말했다. "그럼 반말을 해요."

"좋아." 알베르토가 말했다. "존댓말 쓰는 게 몹시 거북했거든. 게다가 그런 건 나이든 사람들이나 사용하는 말투잖아."

그들은 잠시 침묵을 지켰다. 알베르토는 담배를 던지더니 발로 불을 껐다.

"좋아." 테레사가 손을 내밀며 말했다. "그럼 다음에 만나."

"안 돼." 알베르토가 말했다. "네 친구는 다음에 만나도 되잖아. 영화관에 가자."

그녀는 심각한 표정을 지었다.

"억지로 나랑 영화관에 안 가도 돼." 그녀가 말했다. "정말이야. 지금 할일이 없어서 그래?"

"할일이 있어도 너랑 영화 볼 거야." 알베르토가 대답했다. "그런데 솔직하게 말하면, 할일이 없긴 해."

"좋아." 그녀가 말했다. 그녀는 한 손을 내밀더니 손바닥을 위로 돌렸다. 그러고는 하늘을 쳐다보았고, 알베르토는 그녀의 눈이 반짝거리는 것을 확인했다.

"비가 오네."

"안 오는 거나 마찬가지 같은데."

"직행버스를 타자."

두 사람은 아레키파 대로를 향해 걸었다. 알베르토는 다시 담배에 불을 붙였다.

"방금 전에 피웠잖아." 테레사가 말했다. "담배 많이 피워?"

"아니. 외출하는 날만 피워."

"학교에서는 담배 못 피우게 해?"

"금지되어 있어. 하지만 숨어서 피우긴 해."

대로가 가까워지면서 집들은 더욱 커졌고, 이제는 골목들이 보이지 않았다. 행인들이 무리를 이루어 지나갔다. 긴소매 셔츠를 입은 아이 몇몇이 테레사에게 뭐라고 소리쳤다. 알베르토는 그들을 뒤쫓아가려고 했지만, 테레사가 그를 붙잡았다.

"신경쓰지 마." 그녀가 말했다. "항상 쓸데없는 말만 하니까."

"남자와 함께 있는 여자아이를 괴롭혀서는 안 돼." 알베르토가 말했다. "그건 오만불손한 행동이야."

"너희, 그러니까 레온시오 프라도 학생들은 싸움을 좋아하나봐."

그는 행복해서 얼굴이 시뻘게졌다. 생도들은 계집애들에게 정말로 깊은 인상을 준다는 바야노의 말이 맞았다. 미라플로레스의 계집애들에게는 아니지만, 린세의 여자애들에게는 그랬다. 그는 학교에 관해, 각 학년 사이에 존재하는 경쟁의식에 관해, 각개훈련과 비쿠냐, 그리고 절름발이 암캐에 관해 말했다. 테레사는 그의 말을 주의깊게 듣더니 그의 이야기가 몹시 재미있다고 말했다. 그러고서 그에게 자기는 시내 중심가의 사무실에서 일하고 있으며, 그전에는 속기와 타자를 학원에서 배웠다고 말했다. 두 사람은 라이몬디 학교 정류장에서 직행버스를 탔고, 산마르틴광장에서 내렸다. 플루토와 티코가 아케이드 아래에 있었다. 그들은 두 사람을 아래위로 훑어보았다. 티코가 알베르토에게 미소를 지으며 윙크했다.

"영화관에 간다고 하지 않았어?"

"바람맞았어." 플루토가 말했다.

그들은 헤어졌다. 알베르토는 자기 뒤에서 속삭이는 그들의 말을 들을 수 있었다. 그는 온 동네의 못되고 짓궂은 시선들이 마치 빗물처럼 이내 모두 자기에게 떨어지는 듯한 느낌을 받았다.

"뭘 보고 싶어?" 알베르토가 물었다.

"모르겠어." 그녀가 대답했다. "아무거나."

알베르토는 신문을 사서 크고 젠체하는 목소리로 영화 광고를 읽었다. 테레사는 웃었고, 아케이드 아래로 지나가던 사람들은 고개를 돌려 그들을 쳐다보았다. 그들은 메트로 영화관으로 가기로 했다. 알베르토는 아래층 좌석 표를 두 장 구입했다. '나한테 빌려준 돈이 어떻게 사용되었는지 아라나가 안다면'이라고 그는 생각했다. '이제 황금발이 있는 데로는 못 가겠네.' 그는 테레사에게 미소 지었고, 그녀 역시 그를 보고 살며시 웃었다. 아직 이른 시간이어서 영화관은 거의 비어 있었다. 알베르토는 말을 많이 했다. 이 여자아이가 친근하게 느껴졌기 때문에, 그는 동네에서 수없이 들었던 농담이나 멋진 말, 그리고 거만한 말을 모두 써먹을 수 있었다.

"메트로 영화관은 예쁘네." 그녀가 말했다. "아주 우아해."

"한 번도 안 와봤어?"

"응. 시내 중심가 영화관에는 와본 적이 거의 없어. 늦게 퇴근하거든. 여섯시 반에."

"영화 좋아하지 않아?"

"응, 아주 좋아해. 매주 일요일마다 영화 보러 가. 하지만 우리집에서 가까운 영화관으로 가."

영화는 총천연색이었고, 많은 무용수가 등장했다. 남자무용수는 코미디언이기도 했다. 그는 사람들의 이름을 혼동했고, 엉덩방아를 찧었으며, 얼굴을 찌푸렸고 눈알을 빙빙 돌렸다. '멀리서 봐도 틀림없이 게이야.' 알베르토는 그렇게 생각하면서 고개를 돌렸다. 테레사는 영화에 푹 빠진 얼굴이었다. 그녀의 입술은 살포시 열려 있었고, 눈에는 무언가를 갈망하는 시선이 배어 있었다. 나중에, 그러니까 그들이 영화관에서 나왔을 때, 그녀는 마치 알베르토가 영화를 보지 않은 것처럼 영화에 관해 말했다. 그녀는 여배우의 의상과 보석에 관해 재잘댔으며, 우스꽝스러운 상황을 떠올리면서 환하고 순수한 미소를 지었다.

"기억력이 좋네." 그가 말했다. "어떻게 그런 세세한 걸 모두 기억할 수 있지?"

"말했잖아, 영화를 무척 좋아한다고. 영화를 보면, 모든 걸 잊어버려. 내가 다른 세상에 있는 것 같아."

"그래, 맞아." 그가 말했다. "널 봤는데, 최면에 걸린 여자 같더라."

그들은 직행버스를 탔고 함께 앉았다. 산마르틴광장은 영화관에서 나와 가로등 아래를 걷는 사람들로 가득했다. 광장 사방으로 자동차들이 온통 엉켜 있었다. 라이몬디 학교 정류장에 도착하기 조금 전에 알베르토는 하차벨을 눌렀다.

"집까지 데려다주지 않아도 돼." 그녀가 말했다. "혼자서 갈 수 있어. 이미 네 시간을 많이 빼앗았어."

그는 괜찮다면서 그녀를 데려다주겠다고 우겼다. 린세 지역의 중심으로 향하는 거리는 어둠에 잠겨 있었다. 몇몇 커플이 지나갔다. 다른 커플들은 어둠 속에 발걸음을 멈추고 누군가가 그들을 쳐다볼 때면 다정한 속삭임을 멈추거나 키스를 멈추었다.

"정말로 할일 없었어?" 테레사가 물었다.

"맹세하는데, 아무것도 할일이 없었어."

"네 말을 못 믿겠어서."

"정말인데. 왜 내 말을 안 믿는 거야?"

그녀는 머뭇거렸다. 그러더니 마침내 말했다.

"넌 애인 없어?"

"응, 없어." 그가 대답했다.

"거짓말하는 거 다 알아. 아마 너한테는 애인이 많았을걸."

"많지는 않았어." 알베르토가 말했다. "그냥 몇 명 있었지. 넌 애인 많이 사귀어봤어?"

"나? 한 명도 없었어."

'만일 내가 지금 사랑을 고백한다면?' 알베르토는 생각했다.

"사실이 아니잖아." 그가 말했다. "넌 족히 수십 명은 사귀어봤을 것 같은데."

"날 못 믿겠어? 한 가지만 분명히 말해둘게. 남자가 나한테 영화보러 가자고 한 건 이번이 처음이야."

아레키파 대로와 끊이지 않고 이어지는 두 줄의 자동차 행렬은 이미 멀어졌다. 거리는 좁아졌고 어둠은 더욱 짙어졌다. 물방울은 감지할 수 없을 정도로 살며시 보도로 떨어지고 있었다. 오후의 가랑비 때문에 가로수 가지와 나뭇잎에 맺혀 있던 물방울이었다.

"아마도 네가 애인을 사귀려고 하지 않아서 그랬던 건 아닐까?"

"그게 무슨 말이야?"

"너한테 애인이 없는 이유가 그 때문일지도 모른다고." 그는 잠시 머뭇거렸다. "예쁜 여자아이들은 모두 자기가 원하는 만큼 애인을 두고 있으니까 말이야."

"아." 테레사가 말했다. "하지만 난 예쁘지 않아. 내가 그 사실을 모를 줄 아니?"

알베르토는 강하게 반론을 제기하면서 이렇게 말했다. "너는 내가 본 여자애 중에서 가장 예쁜 애 중 하나야." 테레사가 고개를 돌려 그를 쳐다보았다.

"날 비웃는 거야?" 그녀가 중얼거렸다.

'난 바보야.' 알베르토는 생각했다. 그는 포석이 깔린 길에서 테레사의 잰걸음소리를 들었다. 그가 한 발짝 내디딜 때마다 그녀는 두 발짝을 내디뎠다. 그는 그녀를 흘낏 쳐다보았다. 테레사는 고개를 약간 숙이고, 가슴에 팔짱을 낀 채 입을 굳게 다물고 있었다. 파란색 리본은 머리카락에 파묻혀 검은색처럼 보였다. 가로등 아래를 지나갈 때는 눈에 띄었지만, 이내 어둠 속에 파묻히곤 했다. 두 사람은 아무 말 없이 그녀의 집에 도착했다.

"고마워." 테레사가 말했다. "정말 고마워."

그들은 악수를 했다.

"잘 있어."

알베르토는 뒤로 돌았고, 몇 발짝을 옮기다가 다시 현관으로 되돌아갔다.

"테레사."

그녀는 손을 들어 초인종을 누르려던 참이었다. 그녀가 놀라서 뒤를 돌아보았다.

"내일 할일 있어?" 알베르토가 물었다.

"내일?" 그녀가 말했다.

"응, 같이 영화관에 가자. 어때?"

"좋아, 내일 할일 없어. 정말 고마워."

"다섯시에 데리러 올게." 그가 말했다.

집안으로 들어가기 전에 테레사는 알베르토가 시야에서 사라질 때까지 쳐다보았다.

어머니가 문을 열어주자, 알베르토는 인사하기도 전에 미안하다고 말하기 시작했다. 그녀의 눈은 비난과 질책으로 가득했다. 그녀는 한숨을 내쉬었다. 두 사람은 거실에 앉았다. 어머니는 아무 말도 하지 않고 못마땅하게 그를 쳐다보았다. 알베르토는 너무나 진절머리가 났다.

"죄송해요." 그는 다시 한번 용서를 빌었다. "화내지 마세요, 엄마. 정말이지 일찍 도착하려고 애를 썼지만, 날 놔주지 않았어요. 난 지금 좀 피곤해요. 자러 가도 될까요?"

어머니는 대답하지 않았다. 화가 난 표정으로 그를 계속 노려볼 뿐이었다. 그는 스스로에게 '언제 시작하려나?' 하고 물었다. 그리 오래 걸리지는 않았다. 갑자기 그녀는 두 손을 얼굴로 가져가더니, 잠시 후 조용히 흐느끼기 시작했다. 알베르토는 그녀의 머리카락을 쓰다듬었다. 어머니는 왜 자기를 그토록 힘들고 고통스럽게 하느냐고 물었다. 그는 무엇보다, 그리고 그 누구보다 그녀를 사랑한다고 맹세했고, 그녀는 그에게 빈정댄다고, 아버지의 아들이 아니랄까봐 똑같다고 말했다. 크게 한숨을 내쉬고 하느님을 부르면서, 그녀는 자기가 길모퉁이 가게에서 과자와 케이크를 샀으며, 그것도 가장 좋은 것으로 골랐다고 말했다. 또한 식은 채 식탁에 놓여 있는 차에 대해서도 언급했고, 자기가 얼마나 외로웠는지 얘기하며, 주님이 불굴의 정신과 희생정신을 시험하기 위해 사기에게 비극과 슬픔을 주셨다고 말했다. 알베르토는 손으로 어머니의 머리를 만지면서 고개를 숙여 그녀의 이마에 키스했다. 그러면서 그는 생각했다. '다음주에도 황금발에게 못 가고 그냥 집에 있어야겠군.' 그러자 어머니는 마음의 안정을 되찾고 손수 준비한 음식을 맛보라고 권했다. 알베르토는 그렇게 했고, 야채수프를 먹는 동안 어머니는 그를 껴안고 말했다. "너는 내가 이 세상에서 유일하게 기댈 수 있는 버팀목이야." 그러고는 아버지가 한 시간 정도 집에 머무르면서 온갖 종류의 제안을 했다고, 그러니까 외국여행이나 겉치레에 불과한 화해, 이혼, 우호적인 별거를 제안했지만, 단호하게 모두 거부했다고 말했다.

　그러고 나서 두 사람은 거실로 돌아왔고, 알베르토는 담배를 피워도 괜찮겠느냐고 물었다. 어머니는 고개를 끄덕였지만, 그가 담배에 불을 붙이는 모습을 보자 울음을 터뜨리면서 얼마나 시간이 빨리 흘러가는지, 작은 아이들이 얼마나 빨리 자라서 어른이 되는지, 인생이란 얼마나 덧없는지에 대해 말했다. 자기의 어린 시절과 유럽여행, 학교 친구들, 화려했던 청춘 시절, 그녀에게 구혼했던 남자들, 이제 유일한 목표는 그녀를 파멸시키는 것뿐인 그 남자와 결혼하기 위해 거부했던 수많은 젊은 남자들을 떠올렸다. 그게 끝나자 그녀는 목소리를 낮추고 우수에 잠긴 표정을 지으면서, 남편에 관해 말하기 시작했다. 그녀는 계속해서 "내가 그를 만났던 젊은 시절에는 지금과 달랐어"라는 말을 반복했으며, 그가 스포츠에 능했고, 모든 테니스대회를 휩쓸었고, 우아하기 그지없었고, 브라질로 신혼여행을 가서 한밤중에 손을 잡고 이파네마 해변을 산책하던 사람이었음을 떠올렸다. "그 사람이 나쁜 남편이 된 건 친구들 때문이야." 그녀는 소리쳤다. "리마는 세상에서 가장 타락한 도시야. 하지만 내 기도가 그의 영혼을 구원해줄 거야!" 알베르토는 조용히 어머니의 말을 들으면서 황금발을 떠올렸고, 다음주 토요일에는 그녀를 만나지 못하겠다고 생각했으며, 자기가 테레사와 영화관에 갔다는 사실을 알면 노예가 어떤 반응을 보일지도 생각했다. 그리고 엘레나와 함께 있는 플루토, 군사학교, 삼 년 전부터 자주 들르지 않았던 동네에 대해서도 생각했다. 그때 어머니가 하품을 했다. 그는 일어났고 어머니에게 안녕히 주무시라고 인사했다. 그는 자기 방으로 갔다. 옷을 벗기 시작하다가, 그는 협탁에서 인쇄체로 자기 이름이 적힌 봉투를 보았다. 그 봉투를 열어 50솔짜리 지폐를 꺼냈다.

"네게 그걸 남기고 갔어." 방문 입구에서 어머니가 말했다. 어머니는 한숨을 내쉬었다. "내가 유일하게 받아들인 건 그것뿐이야. 불쌍한 내 아들! 너까지 희생하는 것은 공평하지 못해!"

그는 어머니를 껴안고 번쩍 들어올렸다. 그리고 그녀를 팔에 안고 빙 돌면서 말했다. "언젠가는 모든 게 해결될 거예요, 엄마. 엄마가 원하는 걸 다 해드릴게요." 그녀는 기쁨에 찬 미소를 짓더니 "우리는 그 누구도 필요하지 않아"라고 말했다. 서로 어루만지고 껴안는 동안, 그는 외출을 허락해달라고 부탁했다.

"몇 분이면 충분해요." 그가 말했다. "시원한 공기를 좀 쐬고 싶어요."

얼굴이 약간 어두워졌지만, 어머니는 허락했다. 알베르토는 다시 넥타이를 매고 재킷을 걸쳤고, 머리카락을 빗으로 빗은 다음 나갔다. 창가에서 어머니가 그에게 이렇게 상기시켜주었다.

"잠자기 전에 꼭 기도하도록 하렴."

막사에서 그녀의 별명을 언급한 사람은 바야노였다. 어느 일요일 한밤중이었다. 생도들이 외출복을 벗고는 당직 장교를 비웃으며 몰래 가져온 담뱃갑을 군모 안에서 꺼내고 있었다. 그때 바야노는 작은 목소리로 우아티카 거리의 네번째 블록에 있는 어느 여자에 관해 혼잣말을 했다. 퉁방울 같은 그의 두 눈은 자력을 띤 둥근 원 속의 쇠구슬처럼 눈구멍에서 빙빙 돌았다. 그가 쓰는 말과 그 말투가 매우 흥분했음을 보여주었다.

"조용히 해, 이 어릿광대야." 재규어가 말했다. "입 닥치란 말이야."

그러나 그는 침대를 정리하면서 계속 중얼댔다. 침대에 있던 카바가 물었다.

"이름이 뭐라고 했지?"

"황금발이야."

"새로 온 여자인가보네." 아로스피데가 지적했다. "난 그 네번째 블록에 있는 여자를 모두 알고 있는데, 그 이름은 들어본 적이 없거든."

다음주 일요일, 카바와 재규어, 그리고 아로스피데 역시 그녀에 관해 말했다. 그들은 서로 팔꿈치로 밀치면서 웃었다. "내가 말하지 않았어?" 바야노가 우쭐거리며 말했다. "항상 내 조언대로 따르란 말이야." 일주일 후, 학급의 반 이상이 그녀를 알게 되었고, 황금발이라는 이름은 친숙한 음악처럼 알베르토의 귀에 울려퍼지기 시작했다. 그는 모호하지만 매우 암시적인 말을 생도들의 입을 통해 들었고, 그 말은 그의 상상력을 자극했다. 꿈에서 그 이름은 이상야릇하고 관능적이며 모순적인 속성을 가진 존재로 나타났다. 여자는 항상 동일하면서도 다른 사람이었다. 그녀를 만지려고 하거나 그녀의 얼굴을 드러내려고 할 때면, 그녀의 모습은 사라지곤 했다. 또한 그녀는 그의 가장 엉뚱한 충동을 불러일으키거나 그를 너무나 무한한 사랑의 세계로 빠져들게 하곤 해서, 그는 자기가 초조함을 못 이겨 죽지 않을까 생각하기도 했다.

알베르토는 그 반에서 황금발에 대해 가장 많이 떠드는 사람 중 하나였다. 그가 우아티카 거리와 그 주변을 소문으로만 알고 있다는 사실을 아무도 의심하지 않았다. 그가 그곳과 관련된 일화를 수없이 반복했고, 온갖 종류의 이야기를 꾸며댔기 때문이다. 하지만 그는 마음속의 욕구불만을 떨쳐버릴 수 없었다. 그가 사랑의 모험을 더 많이 설명할 때마다 동료들은 웃으면서 추잡하게 손을 바지 주머니 속으로 넣었다. 그러나 그런 모험을 이야기할수록, 그는 자기가 꿈속을 제외하면 그 어떤 여자와도 결코 침대에 함께 있을 수 없을 거라는 확신을 더욱 강하게 느꼈다. 그러면 그는 의기소침해졌고, 20솔을 훔치는 한이 있더라도, 그리고 매독에 걸리는 한이 있더라도 다음번 외출에 반드시 우아티카로 가겠다고 마음속으로 굳게 다짐했다.

   그는 윌슨 거리와 7월 28일 거리가 만나는 길모퉁이 정류장에서 내리면서 생각했다. '난 열다섯 살이 되었지만, 나이가 더 많이 들어 보여. 그러니 초조해할 필요는 없어.' 그는 담배에 불을 붙이고 두어 모금 빨다가 던져버렸다. 7월 28일 거리로 나아가자, 거리는 더욱 붐볐다. 리마와 초리요스를 오가는 전차 철로를 건너자, 그는 자신이 노동자와 식모 무리 사이에 놓였음을 알게 됐다. 모두가 곱슬거리지 않는 생머리의 메스티소거나 마치 춤을 추듯이 걷는 유연한 몸매의 삼보, 또는 구릿빛 피부의 원주민이거나 생글거리는 촐로였고,* 다들 피부가 까무잡잡했다. 그러나 대기 중에 잔뜩 떠다니는 토속 음식과 음료 냄새 때문에 그는 자기가 빅토리아 동네에 있다는 것을 알 수 있었다. 돼지비계 튀김과 피스코, 소시지와 땀, 맥주와 더러운 발로 이루어진, 눈에 보일 듯한 냄새였다.
   사람들로 가득한 드넓은 빅토리아광장을 지나면서 수평선을 가리키는 잉카의 석상을 보자, 그는 영웅을 떠올렸다. 언젠가 바야노가 이렇

---

* 메스티소는 백인과 원주민의 혼혈, 삼보는 흑인과 원주민의 혼혈, 촐로는 백인과 원주민의 혼혈 중에서도 외양에 원주민의 특징이 두드러지게 보이는 사람을 말한다.

게 말했다. "망코 카팍*은 뚜쟁이야. 손가락으로 우아티카로 가는 길을 가리키고 있거든." 너무나 북적거려서 그는 천천히 걸어야만 했다. 질식할 것만 같았다. 일부러 희미하게 켠 듯한 가로등은 띄엄띄엄 떨어져 있었다. 마치 보도를 따라 줄지어 있는 똑같은 모양의 조그만 집들에 달린 창문을 살펴보면서 걷는 사람들의 음산한 옆모습을 강조하려는 듯이 말이다. 7월 28일 거리와 우아티카 거리가 만나는 길모퉁이에 있는 난쟁이 일본인이 경영하는 식당에서 알베르토는 합창하듯이 욕을 내뱉는 소리를 들었다. 그는 술병으로 가득한 테이블 주변에서 심하게 말다툼을 하는 남자들과 여자들을 보았다. 그는 길모퉁이에서 잠시 어슬렁거렸다. 양손을 주머니에 넣고, 자기를 둘러싸고 있는 사람들의 얼굴을 몰래 살펴보았다. 몇몇 사람들은 눈이 흐리멍덩했고, 다른 사람들은 몹시 기뻐서 흥분한 듯했다.

그는 재킷을 똑바로 입고서 가장 좁고 북적거리는 거리의 네번째 블록으로 들어갔다. 그의 얼굴에서는 으스대는 미소가 희미하게 빛나고 있었지만, 시선은 불안과 초조함으로 가득차 있었다. 단지 몇 미터 걷는 것으로 충분했다. 황금발이 이층에 산다는 것을 너무나 잘 알고 있었던 것이다. 문에는 세 남자가 줄을 서 있었다. 알베르토는 창문으로 안을 살펴보았다. 붉은 전등 불빛을 받은 조그만 거실과 의자 하나가 있었고, 벽에는 색 바래고 도저히 알아볼 수 없는 사진 한 장이 걸려 있었다. 창문 아래에는 조그만 벤치가 있었다. 그는 실망감을 감추지 못한 채 '그 여자는 작달막한 게 틀림없어'라고 생각했다. 어느 손

---

* 잉카 문명을 세운 시조. 빅토리아광장에 그의 동상이 있다.

이 그의 어깨를 건드렸다.

"젊은이." 양파냄새를 풍기는 목소리가 말했다. "자네는 장님이야, 아니면 얌체야?"

가로등은 거리의 중앙 부분만 밝게 비출 뿐, 붉은 전구의 희미한 불빛은 창문까지는 이르지 못했다. 알베르토는 남자의 얼굴을 볼 수 없었다. 그제야 그는 그 블록에 있던 남자들 무리가 벽에 바짝 붙어서 움직인다는 걸 알아차렸다. 그들은 거의 어둠에 잠겨 있었다. 거리는 텅 비어 있었다.

"이거 원!" 남자가 말했다. "대답해봐."

"뭐가 문제입니까?" 알베르토가 그에게 물었다.

"네 녀석이 누구든 난 전혀 개의치 않아." 남자가 말했다. "하지만 난 바보천치가 아니야. 그 누구도 내 입에 손가락을 마음대로 처넣게 놔두지는 않는다고. 그것만 알아둬. 그 어느 곳에서도 말이야."

"네." 알베르토가 말했다. "그런데 무슨 말을 하고 싶으신 겁니까?"

"줄을 제대로 서란 말이야. 약아빠진 방법은 쓸 생각일랑 말고."

"좋아요." 알베르토가 말했다. "알았으니 화내지 마시죠."

그는 창문에서 얼굴을 돌렸고, 남자의 손은 그를 잡으려고 하지 않았다. 그는 줄 맨 끝에 서서 벽에 기대고는 담배를 넉 대 연속으로 피웠다. 그의 앞에 있던 남자가 들어갔다가 곧 나왔다. 그는 높은 생활비에 대해 구시렁대면서 그곳을 떠났다. 문 안쪽에서 어느 여자의 목소리가 들렸다.

"들어와요."

그는 텅 빈 거실을 가로질렀다. 거실과 다른 방은 반투명 유리문으로 분리되어 있었다. '이제는 두렵지 않아. 나는 남자야.' 그는 생각했다. 그는 문을 밀었다. 방은 거실처럼 자그마했다. 역시 붉은 전구가 달려 있었지만, 더 밝고 더 조잡했다. 방은 장식품으로 가득했고, 알베르토는 어디로 가야 할지 몰라 잠시 머뭇거렸다. 그의 시선은 그 무엇에도 고정되지 못한 채 아무것이나 쳐다보며 두리번댔다. 그가 침대 위에 누워 있는 여자를 쳐다보았을 때, 그녀의 얼굴은 그저 하나의 얼룩처럼 보일 뿐이었다. 그녀의 실내복을 장식한 어둡고 희미한 무늬만이 보였다. 꽃 같기도 하고 새 같기도 한 어두운 그림자였다. 갑자기 그는 마음의 안정을 되찾았다. 여자는 이미 침대에서 일어나 앉아 있었다. 실제로 그녀는 키가 작았다. 발이 간신히 바닥에 닿을 정도였다. 염색한 머리카락은 무질서한 금색 파마머리 아래로 검은 뿌리를 드러내고 있었다. 진하게 화장한 얼굴이 그에게 빙긋 미소 지었다. 그는 고개를 숙였고 두 개의 진주색 물고기를 보았다. 밀려드는 우쭐함과 함께 발코니의 여자들이 자기를 보고 느끼는 흥분을 느낄 수 있었다. 그것들이 매달려 흔들거리는 포동포동한 몸과 흐느적거리는 굼뜬 입, 그리고 그를 응시하는 생기 없는 눈은 정말로 이상하기 짝이 없었다.

"너 레온시오 프라도 학생이지?" 그녀가 말했다.

"그래요."

"5학년 1반이고?"

"맞아요." 알베르토가 말했다.

그녀는 깔깔거리며 웃었다.

"오늘만 해도 벌써 여덟 명이나 왔어." 그녀가 말했다. "지난주에는 몇 명이나 왔는지 기억이 안 나네. 내가 너희 마스코트가 됐지 뭐니."

"난 처음 오는 거예요." 알베르토가 얼굴을 붉히며 말했다. "나는……"

그녀가 다시 웃음을 터뜨리면서 그의 말을 막았다. 이번에는 더 요란한 웃음소리였다.

"난 미신 같은 건 안 믿어." 그녀가 웃음을 멈추지 않고 말했다. "난 공짜로 일하지 않고, 나이도 제법 먹어서 그런 이야기에는 혹하지 않아. 여기 처음 온다고 말하는 사람들은 매일 있거든. 그런 뻔뻔스러움을 좋아하긴 하지만."

"그런 이유가 아니에요." 알베르토가 말했다. "난 돈이 있어요."

"그게 바로 내가 좋아하는 거야." 그녀가 대답했다. "협탁 위에 놓도록 해. 그리고 어서 서둘러, 생도 청년."

알베르토는 천천히 옷을 벗고 자기 옷을 하나씩 갰다. 그녀는 무심하게 그를 쳐다보았다. 알베르토가 알몸이 되자, 그녀는 그리 내키지 않는다는 자세로 다시 침대에 누웠고, 잠옷을 벌렸다. 알몸이었지만, 붉은색 브래지어를 하고 있었다. 약간 내려와 있어서 젖꼭지가 슬쩍 보였다. '진짜 금발이야'라고 알베르토는 생각했다. 그는 그녀 옆에 펄썩 누웠고, 그녀의 등에 팔을 두르고는 끌어당겼다. 그는 자기의 배 아래서 그녀의 배가 움직이는 걸 느꼈다. 보다 적절한 위치, 그러니까 보다 밀착할 수 있는 공간을 찾고 있었다. 다음 순간 여자의 다리가 위로 올라오더니 공중에서 다리를 굽혔다. 그는 물고기들이 부드럽게 자기 엉덩이에 앉아서 잠시 그대로 멈췄다가 허리로 나아가는 것을 느꼈다. 그 물고기들은 그의 엉덩이와 허벅지로 내려와서는 천천히 오르내리기 시작했다. 잠시 후 그의 어깨 아래에 있던 그녀의 손이 그 움직임에 가세했고, 발과 동일한 리듬으로 허리부터 어깨까지 더듬었다. 여자의 입은 그의 귀 옆에 있었는데, 아주 작은 중얼거림과 속삭임이 들리더니 이어 욕설이 들렸다. 그녀의 손과 물고기가 움직이지 않았다.

"낮잠이라도 자려는 거야? 도대체 뭐야?" 그녀가 말했다.

"화내지 말아요." 알베르토가 중얼댔다. "나도 나한테 무슨 일이 일어나고 있는지 모르겠단 말이에요."

"난 알지." 그녀가 말했다. "넌 자위를 즐기는 놈이야."

그는 싱겁게 웃고는 추잡한 말을 내뱉었다. 여자는 다시 저속하게 깔깔대더니, 한쪽으로 몸을 비켜 침대에서 일어났다. 그녀는 침대에 앉아 짓궂은 눈으로 그를 바라보았다. 그때까지 알베르토가 한 번도 보지 못한 눈이었다.

"아무래도 넌 정말 숫총각인가보네." 여자가 말했다. "어서 누워."

알베르토는 침대에 드러누웠다. 그는 자기 옆에 무릎을 꿇은 황금발을 보았다. 그녀 뒤에 있는 전등이 그녀의 창백한 피부를 붉게 물들이고, 머리카락을 어두운색으로 만들었다. 그에게는 그녀가 박물관의 석상, 밀랍인형, 어느 서커스에서 보았던 공연자처럼 여겨졌다. 그는 그녀의 손, 부지런히 움직이는 그녀의 손을 의식하지 못했다. 또한 멍청이이고 변태라고 그를 부르는 그녀의 넌더리 난다는 듯한 목소리도 듣지 못했다. 그런 다음 장식품들과 상징들이 사라졌고, 그를 감싸고 있는 붉은 불빛과 커다란 불안과 걱정만이 남았다.

산마르틴광장 앞에 설치된 콜메나의 시계탑 아래로 하얀 군모를 쓴 생도들의 파도가 넘실거리고 있다. 그곳이 바로 카야오로 가는 전차 정류장이기 때문이다. 볼리바르호텔과 로마노 술집 앞의 보도에서 신문팔이와 운전사, 거지와 경찰 들이 끝없이 밀려드는 생도들을 쳐다본다. 그들은 무리를 지어서 사방에서 도착하고, 전차를 기다리며 시계탑 아래에 운집한다. 몇몇은 인근 술집에서 나온다. 그들은 통행을 방해한다. 그리고 길을 비켜달라고 요구하는 자동차 운전자들에게 욕을 퍼붓고, 그 길모퉁이를 감히 지나려고 하는 배짱 두둑한 여자들에게 공격적인 소리를 내뱉으며, 자기들끼리 서로 욕하고 장난치면서 이쪽저쪽으로 움직인다. 전차는 도착하자마자 금방 생도들로 가득찬다. 시민들은 줄 끝에 선다. 3학년생들은 전차에 오르려고 발을 내디딜 때마다 작은 소리로 욕을 내뱉는다. 그럴 때마다 목덜미에서 어떤 손을 느끼면서 "생도들이 먼저고, 개들은 나중에 타"라는 말을 듣기 때문이다.

"열시 반이야." 바야노가 말했다. "마지막 버스가 떠나지 않았으면 좋으련만."

"아직 열시 이십분이야." 아로스피데가 말했다. "제시간에 도착할 수 있어."

전차는 만원이었다. 두 사람은 서서 가야만 했다. 일요일이면 학교 버스가 생도들을 수송하기 위해 베야비스타로 오곤 했다.

"저기 봐." 바야노가 말했다. "개 두 마리. 저놈들 서로 어깨동무를 하고 자기들이 몇 학년인지 모르게 하려고 계급장을 가리고 있네. 정말 교활한 새끼들."

"실례." 아로스피데가 말하면서, 3학년생이 앉아 있는 자리를 향해 길을 열며 나아갔다. 그들은 생도들이 오는 것을 보자 대화를 하기 시작했다. 전차는 이미 5월 2일 광장을 지나 눈에 보이지 않을 정도로 작은 땅뙈기에 선 원주민농장 사이로 지나가고 있었다.

"안녕, 생도들." 바야노가 말했다.

두 3학년생은 그의 말을 듣지 못한 척했다. 아로스피데가 그들 중 한 사람의 머리를 톡톡 쳤다.

"우리가 지금 몹시 피곤하거든." 바야노가 말했다. "일어나!"

3학년생들은 그의 말에 복종했다.

"너 어제 뭐했어?" 아로스피데가 물었다.

"그다지 한 일은 없어. 토요일에는 파티가 있었는데, 결국 거기서 밤을 새워버렸지. 누군가의 생일이었던 것 같아. 내가 도착했을 때는 벌써 무지막지한 싸움이 벌어졌더라고. 나한테 문을 열어준 그 집 부인이 '의사와 신부를 불러와!' 하고 소리쳤어. 나는 총알처럼 재빠르게 나가야만 했다니까. 정말이지 엄청난 싸움이었어. 아, 그리고 또 우아티카로 갔어. 말이 나왔으니 말인데, 시인에 관해 우리 반 생도들에게 들려줘야 할 말이 있어."

"뭔데?" 아로스피데가 물었다.

"우리가 다 같이 있을 때 들려줄게. 정말 끝내주는 이야기야."

그러나 그는 막사에 도착할 때까지 기다릴 수 없었다. 학교로 향하는 마지막 버스가 팔메라스 대로를 따라 라페를라의 절벽을 향해 내려갔다. 가방 위에 앉아 있던 바야노가 말했다.

"이봐, 이건 우리 반 특별 버스 같아. 거의 다 타고 있는데."

"그래, 맞아. 검둥이 계집년아." 재규어가 말했다. "조심해. 우리가 널 강간할 수도 있으니."

"너, 그거 알아?" 바야노가 말했다.

"뭔데?" 재규어가 말했다. "벌써 강간당했어?"

"아직은 아니거든." 바야노가 말했다. "시인 얘기야."

"무슨 일인데?" 버스 뒤 한쪽 구석에 끼어 있던 알베르토가 물었다.

"어이, 너 여기 있었구나. 넌 굉장한 놈이야. 토요일에 황금발이 있는 곳에 갔는데, 그년이 넌 돈을 주고도 너 혼자 자위나 했다고 하더라."

"맙소사!" 재규어가 말했다. "나 같으면 그런 서비스는 너한테 공짜로 해줬을 텐데."

정중하면서도 내키지 않는다는 듯한 웃음소리가 들렸다.

"황금발과 바야노가 침대에 있으면, 무슨 밀크커피 같을 거야." 아로스피데가 말했다.

"그리고 시인이 그 위에 올라가면, 틀림없이 검은 빵으로 만든 샌드위치, 아니면 핫도그 같겠는데." 재규어가 덧붙였다.

"모두 내려!" 부사관 페소아가 소리쳤다. 버스는 이미 학교 정문 앞에 멈춰 있었고, 생도들은 흙바닥으로 뛰어내렸다. 학교로 들어가려는 순간, 알베르토는 담배를 숨기지 않았다는 것을 떠올렸다. 그는 한 발짝 뒤로 물러섰지만, 그 순간 놀랍게도 위병소에는 단지 병사 두 명만 있다는 사실을 알았다. 장교는 한 명도 없었다. 정말 놀라운 일이 아닐 수 없었다.

"중위들이 모두 죽기라도 했나?" 바야노가 물었다.

"제발 하느님이 네 기도를 들으면 좋겠다." 아로스피데가 대답했다.

알베르토는 막사 건물로 들어갔다. 어둠에 잠겨 있었지만, 화장실의 열린 문으로 희미한 빛이 들어왔다. 사물함 옆에서 옷을 벗고 있는 생도들은 기름을 바른 것처럼 보였다.

"페르난데스." 누군가가 말했다.

"안녕!" 알베르토가 말했다. "왜 그래?"

노예는 파자마 차림으로 그의 옆에 서 있었다. 얼굴이 이상하게 일그러져 있었다.

"몰라?"

"응. 무슨 일인데?"

"화학시험지를 도둑맞았다는 게 밝혀졌거든. 창문이 깨져 있었대. 어제 대령이 왔어. 식당에서 장교들에게 고함지르고 난리를 쳤어. 모두가 성난 맹수 같더라. 외출 못한 우리는 금요일 밤에……"

"그래서?" 알베르토가 말했다. "어떻게 됐어?"

"범인이 누구인지 밝혀질 때까지 외출을 금지한대."

"빌어먹을." 알베르토가 말했다. "개자식!"

제5장

　어느 날 난 생각했어. '그애와 단둘이 있었던 적이 없네. 그애 학교
로 가서 그애가 나오기를 기다리면 어떨까?' 하지만 용기가 나지 않았
어. 무슨 말을 해야 할까? 어디서 데이트에 필요한 돈을 구할 수 있을
까? 테레사는 리마의 학교 근처에 있는 친척 집에서 점심을 먹을 예정
이었어. 나는 점심때 가서 그녀의 친척 집까지 데려다줄 생각이었지.
그러면 한참을 함께 걸을 수 있을 테니까. 지난해에 어느 녀석에게 광
고지를 만들어주고 15레알을 받은 적이 있지만, 그건 순식간에 할 수
있는 일은 아니니까. 나는 돈을 어떻게 구할지 생각하면서 몇 시간을
보냈어. 그러다가 어느 날 말라깽이 이게라스에게 1솔을 빌려야겠다는
생각이 떠오른 거야. 항상 나한테 밀크커피나 피스코 한 잔, 혹은 담배
를 사주는 그에게, 1솔은 그리 큰돈이 아니었거든. 그날 오후 베야비스

타광장에서 그를 만나자, 나는 그렇게 부탁했어. "물론이지." 그는 대답했어. "당연하지, 친구는 그래서 있는 거야." 나는 내 생일에 갚겠다고 약속했고, 그는 빙긋 웃더니 말했다. "물론이지. 네가 갚을 수 있을 때 갚아. 자, 받아." 주머니에 그 돈을 넣자 나는 너무나 행복한 나머지 그날 밤 제대로 잠을 이루지 못했어. 다음날 수업시간 내내 하품을 했지. 사흘 후 나는 어머니에게 말했어. "추쿠이토에서 점심을 먹기로 했어요. 그곳에 친구가 있거든요." 학교에서는 선생님에게 삼십 분만 일찍 나가게 해달라고 요청했고, 나는 모범생이었기 때문에 선생님은 그렇게 하라고 허락했어.

전차는 거의 텅 비어 있었어. 그래서 전차에 몰래 탈 수 없었지. 하지만 운좋게도 운전사가 요금의 반만 받았어. 나는 5월 2일 광장에서 내렸어. 언젠가 알폰소 우가르테 대로를 지나 내 대부에게 가는 도중에, 어머니는 이렇게 말하셨어. "저 커다란 건물에서 테레사가 공부하고 있어." 나는 그걸 결코 잊지 않았고, 그 거리를 다시 보게 되면 즉시 알아볼 거라고 믿었어. 그런데 알폰소 우가르테 대로를 못 찾겠더라고. 이제 생각해보니 콜메나 거리에 있었던 것 같아. 그 사실을 알자마자, 나는 광장으로 급히 되돌아갔고, 그제야 볼로네시광장 근처에 있는 검은 건물을 발견할 수 있었어. 때마침 하교시간이었지. 크고 작은 여학생들이 많았고, 나는 말로 다 할 수 없이 창피해졌어. 나는 뒤로 돌아 길모퉁이로 가서, 어느 가게 입구에 서 있었어. 그곳 진열창 뒤에 반쯤 몸을 숨기고 훔쳐보았지. 겨울이었는데도 땀이 나더라고. 멀리서 그녀를 보자 나는 가게로 들어갔어. 용기가 나지 않았던 거야. 그러나 잠시 후 나는 다시 그곳에서 나와, 볼로네시광장을 향해 가는 그녀의 뒷모습을 보았어. 그녀는 혼자였지만 난 그녀에게 다가가지 못했지. 그녀가 내 시야에서 사라지자, 나는 5월 2일 광장으로 돌아왔고, 화가 난 채 학교로 돌아가는 전차를 탔어. 학교는 닫혀 있더라고. 아직 끝날 시간이 아니었거든. 50센타보가 남았지만, 먹을 것은 하나도 사지 않았어. 나는 하루종일 몹시 기분이 언짢았고, 오후가 되어 테레사와 공부하는 동안, 거의 아무 말도 하지 않았어. 그녀는 내게 무슨 일이 있었느냐고 물었고, 나는 얼굴을 붉혔지.

다음날, 갑자기 수업중에 다시 그녀의 학교로 가야 한다는 생각이 떠올랐고, 선생님에게 가서 다시 조퇴를 허락해달라고 요청했어. "좋아." 그리고는 선생님은 이렇게 덧붙이더라고. "하지만 네가 계속 학교에서 일찍 나가면 네 공부에 지장이 있을 거라고 네 어머니께 알려드릴 거다." 나는 이미 길을 알고 있었기에, 하교시간이 되기 전에 그곳에 도착했어. 여학생들이 모습을 보이자, 나는 전날과 똑같은 느낌을 받았어. 하지만 마음속으로 다짐했지. '가까이 가겠어, 가까이 갈 거라고.' 그녀는 꼴찌로 나온 학생 중 하나였지. 혼자더라고. 나는 그녀가 약간 멀어지길 기다렸고, 그녀 뒤를 따라 걷기 시작했어. 볼로네시광장에서 나는 발걸음을 재촉해서 그녀에게 다가갔어. 그리고 "안녕, 테레사"라고 말했어. 그녀가 약간 놀라더군. 나는 그녀의 눈에서 그런 기색을 보았어. 하지만 그녀는 내게 "안녕, 여기서 뭐해?"라고 대답했지. 너무나 자연스럽게 말해서, 나는 무슨 말을 해야 할지 모르겠더라. 결국 나는 간신히 이렇게 말했어. "너보다 조금 일찍 학교에서 나왔는데, 이리로 오면 널 만날 수 있겠단 생각이 들었거든. 그런데 뭐 하느냐고는 왜 물어봐?" "딱히 이유는 없어. 그냥 물어본 거야." 그녀는 대답했어. 나는 그녀에게 친척 집으로 가는 거냐고 물었고, 그녀는 그렇다고 했지. "그럼 넌?" 그녀가 덧붙였어. "갈 곳은 없어." 나는 그렇게 말하고, 괜찮다면 그녀를 그곳까지 데려다주겠다고 했어. 그러자 그녀가 말했어. "좋아, 여기서 가까워." 그녀의 이모와 이모부는 아리카 대로에 살고 있었어. 우리는 걸으면서 거의 말하지 않았어. 그녀는 내가 묻는 것에 대해서는 모두 대답했지만, 나를 쳐다보지는 않았어. 우리가 길모퉁이에 도착하자, 그녀는 말했어. "우리 이모와 이모부는 다음 블록에 살거든. 그러니 여기까지만 함께 가는 게 좋을 것 같아." 나는 그녀에게 미소 지었고, 그녀는 내게 손을 내밀었어. 나는 "잘 가, 저녁때 공부할까?"라고 물었어. 그녀는 "그래, 그러자, 공부할 게 엄청 많으니까"라고 대답했어. 그리고 잠시 후 이렇게 덧붙였지. "여기까지 데려다줘서 정말 고마워."

라페를리타는 들판 끝에, 그러니까 식당과 강의실 사이에 있다. 학교 뒷담과 가까운 곳이다. 커다란 창문이 있는 조그만 시멘트 건물인데, 그 창문은 판매대로 사용된다. 오전과 오후에 혼혈인 파울리노의 무서운 얼굴이 보인다. 일본인처럼 가늘게 찢어진 눈에 검둥이처럼 두꺼운 입술, 원주민의 구릿빛 피부와 불룩 튀어나온 광대뼈, 머리카락은 곧게 뻗었다. 파울리노는 판매대에서 콜라와 과자, 커피와 핫초코와 음료수, 사탕과 쿠키를 판다. 안쪽에는 방이 있는데, 그곳은 벽으로 둘러싸인 지붕 없는 은신처와 다름없다. 뒷벽과 맞붙은 그곳은 야간순찰이 시작되기 전 뛰어넘기에는 이상적인 장소이다. 거기서 그는 거리에서 파는 가격의 두 배를 받고 담배와 피스코를 판다. 파울리노는 벽 옆에 있는 밀짚 매트리스에서 잠을 잔다. 그래서 밤마다 개미들이 마치 해변을 돌아다니듯 그의 몸 위를 산책한다. 매트리스 아래에는 구멍이 있는데, 나무판자로 덮어놓았다. 그 구멍은 파울리노가 손수 판 것으로, 학생들이 학교로 몰래 반입하는 피스코 병과 '나시오날' 담뱃갑 들을 숨겨놓는 은밀한 은닉처로 사용된다.

　외출을 하지 못한 생도들은 토요일과 일요일이면 점심식사 후에 의심을 사지 않도록 조그맣게 무리를 이루어 그 은닉처로 간다. 그들은 파울리노가 그 은닉처를 여는 동안 바닥에 엎드려 납작한 돌로 개미들을 으깨 죽인다. 혼혈인은 인자하면서도 짓궂다. 그는 외상을 주지만, 그전에 자기에게 애원하고 자기를 웃기라고 요구한다. 파울리노의 소굴은 크지 않다. 그곳에는 기껏해야 스무 명 남짓한 학생만 들어간다. 들어갈 공간이 없으면, 늦게 도착한 학생들은 들판에 앉아 비쿠냐를 표적 삼아 돌을 던지며 장난하면서 안에 들어간 학생들이 나오길 기다린다. 3학년 생도들은 이런 모임에 참석할 기회를 거의 얻지 못한다. 4학년과 5학년 생도들이 그들을 내쫓거나 아니면 망을 보게 시키기 때문이다. 모임은 두 시간 동안 지속된다. 점심식사 후에 시작해서 저녁식사 시간에 끝난다. 일요일 외출금지 징계를 당한 학생들은 그 처벌을 보다 잘 참고 견딘다. 하지만 토요일만 해도 그들은 아직 희망을 간직한 채, 당직 장교를 설득할 수 있는 멋진 거짓말이나 환한 대낮에 담을 뛰어넘거나 정문으로 도망치려는 무모한 행동으로 학교 밖으로 나가려고 모든 노력을 아끼지 않는다. 그러나 외출을 금지당한 학생 중에서 매주 열 명 혹은 스무 명 남짓만 나가는 데 성공한다. 나머지는 학교의 텅 빈 소운동장을 어슬렁거리거나, 막사 침대에 처박혀 있거나,

아니면 눈을 뜬 채 멍하니 허공을 바라보며 자기들이 밖에 있다고 상상하면서 지겹고 끔찍한 권태와 지루함과 싸우려고 애쓴다. 돈이 있는 학생들은 파울리노의 은닉처로 가서 담배를 피우고 피스코를 마시며 개미의 먹이가 된다.

일요일 아침, 아침식사 후에는 미사가 있다. 학교 군종신부는 금발에 명랑한 사제이다. 그는 애국심에 불타는 강론을 하고, 거기서 애국지사들의 흠잡을 데 없는 삶과 하느님과 페루에 대한 사랑을 이야기하고 규율과 질서를 찬미한다. 그리고 군인과 선교사, 영웅과 순교자, 군대와 교회를 비교한다. 생도들은 군종신부를 존경한다. 그가 진정한 남자라고 여기기 때문이다. 그들은 그가 사복을 입고 술냄새를 풍기며 음란한 눈빛을 한 채 카야오의 싸구려 술집들을 느릿느릿 배회하는 모습을 수없이 보았다.

다음날 역시 그는 잠에서 깨어나고도 한참 동안 눈을 감은 채 자기가 침대에 있다는 사실을 잊어버리고 있었다. 문이 열렸을 때 그는 공포가 자기 몸으로 들어와 자리를 잡은 듯 느껴졌다. 그래서 숨을 죽이고 마음을 졸였다. 그는 아버지가 그를 때리러 오는 것이라고 확신했다. 하지만 어머니였다. 어머니는 매우 심각한 표정으로 그를 뚫어지게 쳐다보았다. "아버지는?" "갔단다. 벌써 열시가 지났어." 그는 숨을 깊이 들이마시고 침대에서 일어났다. 방으로 햇빛이 가득 들어왔다. 이제는 단지 거리에서 들려오는 소리, 그러니까 시끄러운 전차 소리와 자동차 경적 소리만 들렸다. 그는 마치 길고 힘든 병에서 회복되어 가는 것처럼 자기 몸에 기운이 하나도 없다는 느낌이 들었다. 그리고

서 어머니가 무슨 일이 있었는지 이야기해주길 바랐다. 그러나 그녀는 그렇게 하지 않았다. 이쪽저쪽으로 서성거리고, 의자를 움직이고 커튼의 위치를 바꾸면서 방을 정리하는 시늉을 할 뿐이었다. "치클라요로 가요." 그가 말했다. 어머니가 다가오더니 그를 어루만지기 시작했다. 긴 손가락이 그의 머리를 쓰다듬었고, 자연스럽게 그의 머리카락 속으로 들어가더니, 이내 등을 향해 내려왔다. 따스하고 기분좋은 느낌을 받자 그는 과거를 떠올렸다. 지금 가느다란 폭포수처럼 그의 귀에 들려오는 목소리는 그가 어린 시절부터 아는 달콤한 목소리였다. 그는 어머니가 하는 말에 주의를 기울이지 않았다. 사랑스럽고 다정한 것이 말 안의 음악에 담겨 있었기에, 말 자체는 불필요했던 것이다. 그런데 어머니는 이렇게 말했다. "이제 우리는 치클라요로 돌아갈 수 없어. 넌 지금부터 네 아버지와 함께 살아야 해." 그는 고개를 돌려 어머니를 쳐다보았다. 어머니가 양심의 가책을 이기지 못해 주저앉을 것이라고 확신했지만, 그녀는 아주 차분했고, 심지어 미소까지 짓고 있었다. "아버지와 함께 사느니 차라리 아델라 이모와 살겠어요!" 그는 소리쳤다. 어머니는 표정을 바꾸지 않은 채 그를 진정시키려고 했다. "문제는 말이야." 그녀가 조용하고 진중한 목소리로 말했다. "네가 예전부터 아버지를 몰랐다는 거야. 그이도 역시 너를 몰랐고. 하지만 이제 모든 게 바뀔 거란다. 곧 알게 될 거야. 두 사람이 서로 알고 이해하게 되면, 모든 가정에서 그렇듯이 서로 몹시 사랑하게 될 거야." "어젯밤에 날 때렸어요." 그가 쉰 목소리로 말했다. "마치 내가 다 큰 어른이라도 된 것처럼 주먹으로 후려쳤다고요. 난 아버지와 함께 살고 싶지 않아요." 어머니는 계속해서 한 손으로 그의 머리를 어루만졌지만, 이제 그 감촉은 더이상 귀여워 어루만지는 손길이 아니라, 참을 수 없는 압력으로 다가왔다. "성질이 좀 고약하긴 해. 하지만 마음은 따스하고 좋은 사람이야." 어머니가 말했다. "넌 그이를 어떻게 대해야 하는지 알아야 해. 네게도 어느 정도 잘못이 있어. 그이를 이기려고 하지 마. 네 아버지는 어제 일 때문에 몹시 화가 나 있어. 너는 아직 어린애라 이해 못할지도 몰라. 하지만 곧 내 말이 옳다는 걸 알게 될 거야. 나중에 깨닫게 될 거란다. 오늘 그이가 집에 돌아오면, 방으로 들어간 건 잘못했다고 용서를 빌렴. 네가 화해를 청해야 해. 그것만이 그이를 즐겁고 행복하게 해줄 수 있는 유일한 방법이니까." 그는 자기 심장이 유달리 고동치는 것이 느껴졌다. 마치 치클라요 집의 채소밭에 우글거리던 눈 달린 흐느적거리는 고깃덩이 같은 커다란 두꺼비처럼 느껴졌다. 그 두꺼비들의 배는 부풀었다가 꺼지기를 반복했는데, 지금 그의 심장이 꼭 두꺼비 배 같았다. 그때 그는 깨달았다. '엄마는 아버지 편이야. 아버지와 공모자야.' 그리고 그는 이제 최대한 조심하기로 결심했다. 이제는 더이상 어머니도 믿을 수 없었다. 그는 혼자가 되었던 것이다. 점심 때 현관문이 열리는 소리가 들리자 그는 계단을 내려가 아버지를 만났다. 그는 아버지의 눈을 쳐다보지 않고 말했다. "어젯밤에는 제가 잘못했어요. 용서해주세요."

"그리고 그애가 또 뭐라고 말했어?" 노예가 물었다.

"그게 전부라고." 알베르토가 대답했다. "너 지금 일주일 내내 똑같은 질문만 하잖아. 다른 얘기는 못하겠냐?"

"미안해." 노예가 말했다. "하지만 바로 오늘이 토요일이란 말이야.

그애는 날 거짓말쟁이라고 생각할 게 분명해."

"왜 그렇게 생각하겠어? 그 여자애한테 편지 썼잖아. 게다가 그애가 뭐라고 생각하든 그게 뭐 그리 중요해?"

"난 그 여자아이를 사랑하거든." 노예가 말했다. "난 그애가 날 나쁘게 생각하지 않았으면 좋겠어."

"충고하는데, 다른 생각을 하는 게 좋을 것 같아." 알베르토가 말했다. "우리가 언제까지 외출금지를 당할지는 아무도 몰라. 아마 몇 주 동안 지속될지도 모른다고. 그러니 여자 생각은 하지 않는 게 좋아."

"난 너와 달라." 노예가 겸손하게 말했다. "그렇게 정신력이 강하지 않거든. 나도 그애를 떠올리지 않을 수 있으면 좋겠어. 하지만 자꾸만 생각나는데 어떻게 하겠어? 다음주 토요일에도 외출하지 못하면, 난 미쳐버릴 거야. 그런데 그애가 나에 관해 물어봤어?"

"빌어먹을." 알베르토가 대답했다. "난 그 여자애랑 겨우 오 분 같이 있었어. 그것도 현관에서 말이야. 내가 그애하고 아무 이야기도 안 했다고 몇 번이나 말해야겠냐? 그 여자애 얼굴을 제대로 쳐다볼 시간도 없었단 말이야."

"그런데 넌 왜 그애한테 보낼 편지를 써주지 않는 거야?"

"마음이 안 내키니까." 알베르토가 말했다. "안 하고 싶어."

"내가 보기에는 조금 이상해." 노예가 말했다. "다른 애들한텐 다 편지를 써주잖아. 그런데 왜 내게는 써주지 않는 거야?"

"다른 여자아이들은 내가 만난 적이 없거든." 알베르토가 말했다. "게다가 지금은 편지를 쓰고 싶지 않아. 이제는 돈이 필요하지 않으니까. 내가 몇 주나 여기에 처박혀 있어야 할지도 모르는 염병할 신세인데, 뭣 때문에 돈이 필요하겠어?"

"다음주 토요일에는 무슨 수를 쓰더라도 외출하고 말 거야." 노예가 말했다. "벽을 타넘는 한이 있더라도."

"그러든가." 알베르토가 말했다. "하지만 지금은 파울리노 가게로 가자. 다 지긋지긋해서 술에 취하고 싶거든."

"너나 가." 노예가 말했다. "난 그냥 막사에 있을래."

"무서워?"

"아니. 하지만 놀림받고 싶지는 않아."

"아무도 널 놀리지 않을 거야." 알베르토가 부추겼다. "함께 술이나 마시자. 널 제일 먼저 놀리는 놈의 얼굴을 후려갈기면 모든 게 해결돼. 자, 일어나, 어서 가자."

막사는 점차 텅 비어갔다. 점심식사 후 외출하지 못한 반 동료 열 명은 침대에 드러누워 담배를 피웠다. 그런 다음 왕뱀이 몇몇에게 라페를리타로 가자고 부추겼다. 그리고 바야노를 비롯한 몇 명이 외출하지 못한 2반 학생들이 시작한 카드놀이에 가담했다. 알베르토와 노예는 자리에서 일어나 사물함을 잠그고 막사에서 나갔다. 각 학년 막사 건물의 소운동장과 연병장, 그리고 들판은 텅 비어 있었다. 그들은 두 손을 주머니에 넣은 채 아무 말도 없이 라페를리타로 걸어갔다. 바람도 없고 햇빛도 없는 고요한 오후였다. 그때 갑자기 웃음소리가 들렸다. 몇 미터 떨어진 잡초 속에서 그들은 모자를 눈이 가릴 정도로 푹 눌러 쓴 생도 하나를 발견했다.

"나를 못 본 걸로 해, 생도들." 그가 웃으면서 말했다. "난 너희 두 명 모두 죽일 수도 있어."

"상급생에게 인사할 줄도 몰라?" 알베르토가 말했다. "빌어먹을, 똑바로 서!"

그 학생은 벌떡 일어나 경례했다. 그의 표정은 엄숙하고 진지했다.

"파울리노 가게에 애들 많아?" 알베르토가 물었다.

"그다지 많지는 않습니다, 생도님. 열 명 정도입니다."

"어서 다시 드러누워." 노예가 말했다.

"걔, 담배 피우나?" 알베르토가 물었다.

"그렇습니다, 생도님. 하지만 저는 담배를 갖고 있지 않습니다. 못 믿으시겠다면 제 몸을 검사해보십시오. 저는 벌써 이 주 전부터 외출하지 못했습니다."

"불쌍한 놈." 알베르토가 말했다. "내가 너를 불쌍히 여기겠다. 자, 받아." 그는 주머니에서 담뱃갑을 꺼내 보여주었다. 3학년 개는 믿지 못하겠다는 눈으로 쳐다보면서 손을 내밀 엄두도 내지 못했다.

"두 개비만 꺼내." 알베르토가 말했다. "내가 얼마나 좋은 사람인지 보여주마."

노예는 그들을 멍하니 바라보았다. 개는 알베르토에게 눈을 떼지 않은 채 머뭇거리면서 손을 내밀었다. 그리고 담배 두 개비를 집더니 미소 지었다.

"정말 고맙습니다, 생도님." 그가 말했다. "정말 좋으신 분입니다."

"천만에." 알베르토가 말했다. "내가 호의를 베풀었으니 보답을 해야지. 오늘밤 내 침대를 정리하도록 해. 난 1반이야."

"알겠습니다, 생도님."

"그럼 이만 가자." 노예가 말했다.

파울리노의 소굴 입구인 양철문은 벽에 기대여 있었다. 문은 고정되지 않아서, 센 바람이 불면 쉽게 쓰러질 수도 있었다. 알베르토와 노예는 근처에 그 어떤 장교도 없다는 것을 확인한 후 그곳으로 접근했다. 웃음소리가 밖으로까지 새어나왔고, 왕뱀의 쉰 목소리도 들렸다. 알베르토는 노예에게 조용히 하라고 지시하고는 까치발로 다가갔다. 그는 양손을 문 위에 놓고 밀었다. 금속성의 소리가 났고, 다음 순간 그들은 열린 틈으로 공포에 질린 열두어 명의 얼굴을 보았다.

"너희 모두 체포한다." 알베르토가 말했다. "주정뱅이, 호모, 변태, 용두질이나 하는 놈, 너희 모두 철창행이다."

그들은 문지방에 있었다. 노예는 알베르토 뒤에 서 있었는데, 그의 얼굴에는 이제 순종과 복종의 표정이 새겨졌다. 그때 원숭이처럼 생긴 얼굴이 바닥에 서로 포개진 채 누워 있던 생도들 사이에서 날렵하게 벌떡 일어나더니 알베르토 앞으로 달려왔다.

"어서 들어와, 어서." 그가 말했다. "서둘러. 아니면 들킬 수도 있다고. 그리고 이런 장난 좀 하지 마, 시인. 언젠가는 너 때문에 우리 다 망할 거야."

"나한테 함부로 말하지 마, 이 더러운 혼혈놈." 알베르토는 문지방을 지나면서 말했다. 생도들은 고개를 뒤로 돌려 파울리노를 바라보았다. 그는 얼굴을 찌푸리고 있었다. 그의 부어오른 커다란 입술이 대합조개처럼 열렸다.

"무슨 일이야, 흰둥이?" 그가 물었다. "내가 너에게 인사라도 하길 바라냐? 아니면 뭐야?"

"아니면 뭐냐니?" 알베르토는 바닥에 털썩 주저앉으면서 말했다.

노예는 그의 곁에 드러누웠다. 파울리노는 온몸을 비틀며 깔깔대고 웃었다. 그의 입술은 마구 떨렸고, 고르지 못하고 이도 듬성듬성 빠진 치열이 순간순간 보였다.

"그래서 네 염병할 계집년을 데려왔구나." 그가 말했다. "우리가 네 계집을 강간하면 어떻게 할 건데?"

"좋은 생각이네." 왕뱀이 소리쳤다. "노예를 따먹는 게 어때?"

"원숭이 파울리노가 더 낫지 않아?" 알베르토가 말했다. "더 통통하니까."

"너 지금 나한테 싸움 거는 거냐." 파울리노가 어깨를 으쓱대면서 말했다. 그는 왕뱀 옆에 드러누웠다. 누군가가 다시 문을 제자리로 돌려놓았다. 알베르토는 그곳에 모인 육체들 사이에서 피스코 병을 발견했다. 그는 손을 내밀었지만, 파울리노가 그 손을 움켜잡았다.

"한 모금에 5레알*이야."

"도둑놈." 알베르토가 말했다.

그는 지갑을 꺼내 5솔짜리 지폐를 주었다.

"열 모금." 그가 말했다.

"너 혼자 마시는 거야, 아니면 네 계집년 몫까지 포함이야?" 파울리노가 물었다.

"우리 두 사람 몫이야."

왕뱀이 요란하게 웃었다. 술병은 여러 생도의 손을 거쳤다. 파울리노는 몇 모금인지 계산했다. 누군가가 정해진 것보다 더 마시면, 그는

─────────────

* 19세기에 사용된 페루의 화폐 단위. 1863년에 솔로 대체되었으나(1솔은 10레알) 사람들 사이에서는 한동안 계속 사용되었다.

즉시 술병을 낚아챘다. 술을 마신 후 노예는 기침을 했고, 눈은 눈물로 가득찼다.

"이 두 사람은 일주일 전부터 한순간도 떨어지질 않더라." 왕뱀이 알베르토와 노예를 가리키면서 말했다. "둘 사이에 무슨 일이 있었는지 알고 싶은걸."

"좋아." 머리를 왕뱀의 어깨에 기대고 있던 어느 생도가 말했다. "내기 거는 게 어때?"

파울리노는 극도의 흥분 상태에 들어갔다. 그는 웃으며 모든 생도들을 손바닥으로 툭툭 치면서 "시작하자, 빨리 시작하자고" 하고 부추겼고, 생도들은 그가 흥분한 틈을 이용해 피스코를 쭉 들이켰다. 몇 분 지나지 않아 술병은 텅 비었다. 알베르토는 팔짱을 낀 채 노예를 쳐다보았다. 조그만 붉은 개미가 그의 뺨으로 기어가고 있었지만, 그는 아무것도 느끼지 못하는 듯했다. 그의 눈은 축축이 젖어 빛났고, 얼굴은 창백했다. '이제 혼혈이 지폐나 술병 혹은 담배 한 갑을 꺼내겠지. 그런 다음 악취가 풍길 거고. 마치 똥덩어리 한가운데에 있는 것처럼. 나는 내 바지 지퍼를 열 거고, 너도 지퍼를 열 것이며, 그놈도 지퍼를 열 거야. 혼혈은 부르르 떨기 시작할 거고, 우리 모두 부르르 떨기 시작하겠지. 나는 감보아가 이곳에 머리를 디밀고 여기에서 날 냄새를 맡았으면 좋겠어.' 웅크리고 앉은 파울리노는 손가락으로 흙바닥을 파고 있었다. 잠시 후 그는 조그만 자루를 들고 다시 자리에서 일어났다. 그가 자루를 움직이자, 동전소리가 들렸다. 그의 얼굴 전체가 그가 엄청나게 흥분했음을 드러내고 있었다. 콧구멍이 벌렁거렸고, 크게 벌린 자줏빛 입술은 먹이를 찾는 것처럼 앞으로 튀어나왔고, 관자놀이는 고

동쳤으며, 뺨은 달아올라 땀으로 젖어 있었다. '그럼 이제 저놈은 앉을 거고, 말이나 개처럼 숨을 쉬기 시작할 거고, 턱으로는 침이 줄줄 흘러내릴 거고, 손은 미친듯이 움직일 거고, 목소리는 갈라질 거야. 이 더러운 놈아, 나한테서 손 치우지 못해! 그리고 허공으로 발길질을 할 거고, 잇새로 혀를 넣어 휘파람을 불 거고, 노래를 부르면서 소리칠 거고, 개미들 위로 뒹굴 거고, 머리카락은 이마 위로 떨어질 거야. 손 치우지 않으면 네 불알을 떼어버리겠어. 그리고 흙바닥에 누울 거고, 머리를 흙과 잡초 사이에 묻을 거고, 울 거고, 손과 몸을 꼼짝 못한 채 죽어갈 거야.'

"여기 50센타보짜리 동전으로 10솔 정도가 있어." 파울리노가 말했다. "저 아래에 더 마실 수 있는 또다른 술병이 있거든. 하지만 이긴 사람은 다른 사람들한테 술을 사줘야 해."

알베르토는 머리를 팔로 감쌌다. 그의 눈은 어둠에 잠긴 조그만 세상을 살펴보고 있었다. 그의 귀는 몸들이 드러눕거나 웅크리며 내는 소리, 킥킥대는 웃음소리, 파울리노의 발광한 숨소리처럼 흥분에서 비롯된 떠들썩한 소리를 감지하고 있었다. 그는 그 자리에서 뒤로 돌아서, 흙바닥에 머리를 댔다. 그는 양철지붕 일부와 회색 하늘의 조각을 보았다. 두 개 모두 똑같은 크기였다. 노예는 그의 옆에 누웠다. 그는 얼굴뿐만 아니라 목과 손도 창백했다. 그리고 하얀 피부로 푸른 혈관이 드러났다.

"가자, 페르난데스." 노예가 속삭였다. "여기서 나가자."

"싫어." 알베르토가 말했다. "난 저 돈 자루를 갖고 싶다고."

이제 왕뱀은 성난 듯이 웃고 있었다. 머리를 약간 돌리자 알베르토는 왕뱀의 커다란 군화와 두꺼운 다리, 그리고 카키색 셔츠 자락 사이로 드러난 배와 단추를 푼 바지, 굵은 목과 동태 같은 눈을 볼 수 있었다. 몇몇 생도는 바지를 내렸고, 다른 생도들은 단지 바지 단추만 풀었다. 입술에 침을 축축이 적시며 파울리노는 둥그렇게 모인 몸뚱이들 주변을 빙빙 돌았다. 한 손에는 딸랑딸랑 소리를 내는 돈 자루가 들려 있었고, 다른 손에는 피스코 병이 들려 있었다. "왕뱀은 절름발이년을 데려오고 싶대." 누군가가 말했지만, 아무도 웃지 않았다. 알베르토는 눈을 지그시 감은 채 천천히 단추를 풀었다. 황금발의 얼굴과 몸과 머리카락을 떠올리려고 했지만, 그 이미지는 금방 도망치기 일쑤였고, 사라질 때면 다른 모습으로 대체되었다. 까무잡잡한 여자의 모습이었는데, 그것 역시 사라졌다가 되돌아오곤 했다. 그는 그 여자아이의 손과 얇디얇은 입술을 볼 수 있었다. 이슬비가 떨어지면서 그녀의 옷을 적셨고, 우아티카의 붉은 불빛은 그녀의 검은 눈 깊은 곳에서 빛났다. 그는 염병할, 이라고 말했고, 그러자 황금발의 희고 포동포동한 허벅지가 모습을 드러냈다가 사라졌다. 아레키파 대로는 라이몬디 정류장 옆을 지나는 자동차로 가득했고, 그 정류장에서 그와 여자아이가 전차를 기다리고 있었다.

"그런데 뭘 기다리는 거야?" 화가 난 파울리노가 말했다. 노예는 이미 바닥에 누워 양손으로 머리를 감싼 채 꼼짝하지 않았다. 혼혈인은 그의 앞에 서 있었고, 그래서 엄청나게 커 보였다. "먹어버려, 파울리노"라고 왕뱀이 소리쳤다. "시인의 애인을 따먹으라고. 맹세하는데, 시인이 움직이면, 내가 그놈 목을 부러뜨려버릴 거야." 알베르토는 바닥을 바라보았다. 시커먼 점 몇 개가 밤색 흙을 가르며 나아가는 것을 보았지만, 그 어디에서도 돌을 찾을 수 없었다. 그의 몸이 경직되었다. 그는 주먹을 불끈 쥐었다. 파울리노는 몸을 숙이고서, 노예의 다리 양편으로 무릎을 벌리고 있었다.

"만일 그 녀석을 건드리면, 네 얼굴을 박살내버린다." 알베르토가 말했다.

"저 녀석, 노예를 사랑하는구먼." 왕뱀이 말했지만, 그의 목소리는 이미 파울리노와 알베르토에게 관심이 떨어졌음을 드러내고 있었다. 힘이 빠져 희미했던 것이다. 혼혈인은 웃고서 입을 벌렸다. 혓바닥으로 자기 입술에 묻어 있던 거품을 핥았다.

"아무것도 안 할 거야." 그가 말했다. "단지 그 녀석이 너무 기운 없고 흥분을 못하니까 조금만 도와주려고."

파울리노가 허리띠를 풀고 바지 단추를 푸는 동안, 노예는 꼼짝하지 않고 계속 지붕만 바라보았다. 알베르토는 고개를 돌려 바라보았다. 양철은 흰색이었고 하늘은 회색이었으며, 그의 귀로 음악이 들려왔다. 그리고 붉은 전등이 있는 지하의 미로에서 붉은 개미들이 나누는 대화도 들렸다. 그 미로는 붉은 색깔 때문인지 모든 것이 어둡게 보였다. 심지어 사랑스러운 조그만 발의 끝부분부터 염색한 머리카락의 뿌리까지 붉은 불빛이 삼켜버린 여자의 시뻘건 피부마저도 어두웠다. 벽에는 커다란 얼룩이 있었고, 그 소년은 마치 시계추처럼 박자를 맞추듯 몸을 흔들면서 시간을 재고 있었다. 그는 바닥의 은닉처에 시선을 고정하면서, 바람에 실려 우아티카 거리의 붉은빛을 받아 소용돌이치며, 그러니까 꿀과 우유 같은 그 허벅지 위로 떨어지지 않으려고 애썼다. 여자아이는 이슬비를 맞으며 가볍고 빠르고 우아한 발걸음으로 걸어가고 있었다. 그러나 이번에는 화산의 용암이 이곳으로 흘러나왔고, 결정적으로 그의 영혼의 한 지점에 자리잡았다. 그것은 커지기 시작했고, 촉수를 펼쳐 그의 몸을 비밀스럽게 지나갔으며, 그의 기억과 핏속에 있던 여자아이를 내쫓으면서, 지금 그의 손이 애무하던 배 아래로 향내와 액체와 거품을 분비시켰다. 그러자 갑자기 뜨겁고 굴욕적인 것이 솟아나왔고, 그는 쾌감을 보고 듣고 느낄 수 있었다. 그 느낌은 무럭무럭 김을 뿜으며 뼈와 허벅지와 신경 들 사이로 펼쳐지면서 무한을 향해, 즉 붉은 개미들이 결코 들어갈 수 없는 천국을 향해 나아가고 있었다. 하지만 그때 그는 한눈을 팔았다. 파울리노가 너무나 크게 숨을 헐떡거리면서 멀지 않은 곳에 쓰러졌기 때문이다. 왕뱀은 띄엄띄엄 몇 마디를 말했다. 그는 다시 자기 등에서 흙바닥을 느꼈고, 고개를 돌려 바라보았을 때 그의 눈은 마치 바늘에 찔린 것처럼 따가웠다. 파울리노는 왕뱀 옆에 있었고, 왕뱀은 그가 자기 몸을 더듬게 놔두면서도 그에게 전혀 관심을 보이지 않았다. 혼혈인은 숨을 헐떡이면서 자그만 비명을 내뱉고 있었다. 왕뱀은 눈을 감고 몸을 비틀었다. '이제 냄새가 풍기기 시작할 거고, 술병은 몇 초도 안 되어 비어버릴 거야. 우리는 노래를 부르기 시작할 거고, 누군가가 음탕한 농담을 늘어놓을 거야. 혼혈은 이내 슬픈 표정을 지을 거고, 내 입은 갈증을 느낄 거고, 담배를 피우면 토하고 싶은 생각이 들 거야. 나는 잠을 자고 싶어질 거고, 그러면 머리가 아파질 거고, 언젠가 결핵에 걸리고 말 거야. 게라 박사가 자위하는 건 한 여자와 일곱 번을 계속해서 사랑을 나누는 것만큼 해롭다고 했거든.'

　그는 왕뱀의 비명을 들었지만, 움직이지 않았다. 그는 이제 장밋빛

조개 안에서 잠든 조그맣고 하찮은 존재에 불과했다. 그것은 바람이나 불, 혹은 물도 침투할 수 없는 그의 소굴이었다. 그러고서 그는 현실로 돌아왔다. 왕뱀은 파울리노를 바닥에 눕혀놓고 따귀를 때리며 소리쳤다. "날 물어뜯었어, 이 빌어먹을 혼혈놈. 이 염병할 산골 촌놈아. 널 죽여버리고 말겠어." 몇몇은 이미 일어나서 풀죽은 눈으로 그 장면을 지켜보았다. 파울리노는 자신을 방어하지 않았고, 잠시 후 왕뱀은 그를 놓아주었다. 혼혈인은 힘들게 일어나서 입을 닦고는 바닥에서 돈자루와 피스코 병을 집어들었다. 그런 다음 왕뱀에게 돈을 주었다.

"내가 두번째 끝냈어." 카르데니스가 말했다.

파울리노는 술병을 들고 그에게 갔지만, 알베르토 옆에 있던 절름발이 비야가 그의 발걸음을 멈추게 했다.

"거짓말이야." 그가 말했다. "그놈이 한 게 아니야."

"그럼 누군데?" 파울리노가 물었다.

"노예."

왕뱀은 농전을 세다 멈추고 조그만 두 눈으로 노예를 바라보았다. 노예는 바닥에 드러누워 있었고, 팔은 양쪽으로 뻗어 있었다.

"누가 짐작이나 했겠어!" 왕뱀이 말했다. "진짜 남자의 자지를 갖고 있네."

"그리고 네 자지는 노새 같지." 알베르토가 말했다. "바지 단추나 잠가, 이 색골아."

왕뱀은 폭소를 터뜨렸고, 손으로 자기 자지를 잡고서 배를 깔고 엎드린 몸들을 타넘으며 은닉처 안에서 뛰어다니면서 소리쳤다. "네놈들한테 오줌을 갈길 거야. 그렇게 내가 너희를 다 먹는 거지. 내가 왕뱀이라고 불리는 데는 이유가 있어. 나는 딱 한 번만 싸도 여자를 죽일 수 있거든." 다른 사람들은 자기 몸을 닦고 옷을 입었다. 노예는 이미 피스코 병을 땄고, 길게 쭉 들이켜더니 침을 뱉고는 알베르토에게 병을 건네주었다. 모두가 술을 마시고 담배를 피웠다. 파울리노는 풀죽은 채 슬픈 표정으로 한쪽 구석에 앉아 있었다. '이제 나가서 손을 씻고, 그런 다음 휘파람을 불면서 대열을 이루어 식당으로 행진하자. 하나, 둘, 하나, 둘. 그리고 밥을 먹고 식당에서 나와 막사로 들어갈 거야. 누군가가 시합, 이라고 외치면, 다른 누군가는 이미 우리는 혼혈놈 가게에 있었고 왕뱀이 이겼다, 라고 말하도록 해. 그러면 왕뱀은 노예도 거기에 갔다, 라고 말할 거고, 시인이 그 녀석을 데려왔고 우리는 그 녀석을 따먹을 수 없었고, 심지어 그 녀석이 시합에서 2등을 차지했다고 말할 거야. 그러면 취침나팔이 울릴 거고, 우리는 잠들겠지. 그러면 내일과 월요일이 올 거고. 그런데 얼마나 많은 주말을 이렇게 보내야 하지?'

에밀리오가 그의 어깨를 치면서 말했다. "저기 있어." 알베르토는 고개를 들었다. 엘레나는 상체를 로비 난간으로 내밀고 있었다. 그녀는 그를 보자 웃었다. 에밀리오가 팔꿈치로 그를 쿡쿡 찌르면서 다시 말했다. "저기 있어, 어서 가, 어서." 알베르토는 중얼거렸다. "조용히 좀 해, 인간아. 저애가 아나와 함께 있는 거 안 보여?" 난간으로 몸을 내민 금발 옆에 다른 까무잡잡한 여자가 모습을 드러내고 있었다. 아나, 에밀리오의 동생이었다. "걱정하지 마, 쟤는 내가 책임질게." 에밀리오는 말했다. 알베르토는 고개를 끄덕였다. 두 사람은 테라사스 클럽의 계단으로 올라갔다. 로비는 젊은이들로 가득했다. 클럽 반대편에 있는 홀에서 아주 경쾌하고 발랄한 음악이 흘러나오고 있었다. "하지만 무슨 이유가 있대도 우리 근처에 있지 마." 그들이 계단을 올라가는 동안 알베르토가 속삭였다. "네 동생이 우리를 방해하면 안 돼. 그러고 싶으면 우리를 쫓아와도 되지만, 거리는 충분히 두라고 해." 그들이 가까이 다가가자, 두 여자아이는 웃었다. 엘레나가 언니 같았다. 날씬하고 상냥하며 찬란했으며, 첫눈에 봐서는 그녀가 대담하다는 사실을 전혀 눈치챌 수 없었다. 하지만 동네 남자아이들은 그녀를 알고 있었다. 다른 여자아이들은 길을 가는 도중에 남자아이들이 접근해 말을 걸면 울음을 터뜨리면서 시선을 아래로 떨어뜨리고 당황하거나 두려움에 사로잡혀 벌벌 떨었지만, 엘레나는 다가오는 남자아이들을 정면으로 쳐다보았고, 불타오르는 눈을 한 맹수처럼 그들에게 도전했으며, 힘차고 분명한 목소리로 빈정거림을 빈정거림으로 일일이 받아치거나 아니면 먼저 주도권을 잡고 가장 모욕적인 별명으로 남자아이들을 부르면서 으르대기도 했다. 그녀는 자신만만한 표정을 짓고 몸을 똑바로 세워 다부진 자세를 취하면서 공중으로 주먹을 휘둘렀으며, 남자아이들에게 둘러싸여도 꿈쩍하지 않은 채 개선장군 같은 표정으로 그 포위망을 뚫고 떠나가곤 했다. 그러나 그건 예전 일이었다. 그 누구도 언제부터, 어느 계절에 그리고 어느 달에 남자아이들과 여자아이들 사이의 적대적 관계가 사라지기 시작했는지 정확히 알지 못했다. (아마도 티코의 부모님이 남학생과 여학생을 함께 초대해서 아들의 생일파티를 열어주었던 7월의 방학이었던 것 같다) 이제 남자아이들은 여자아이들이 지나가는 길에서 기다렸다가 깜짝 놀라게 하면서 즐거워하지 않았다. 반대로 여자아이 중 하나가 모습을 나타내면 남자아이들은 기뻐하면서도 소심하게 말을 더듬으며 정중한 태도를 취했다. 한편 여자아이들은 라우라나 아나의 집 발코니에서 남자아이가 지나가는 것을 보면, 일상적인 목소리로 말하는 것을 멈추고 서로 귀엣말로 비밀스럽게 속삭였으며, 그의 본이름을 불러 인사를 하곤 했다. 그러면 남자아이는 마음속으로 밀려드는 우쭐함과 함께 발코니의 여자아이들이 자기를 보고 느끼는 흥분을 느낄 수 있었다. 에밀리오 집의 정원에 드러누울 때면, 그들의 대화는 다른 방향으로 나아갔다. 그 누구도 더이상 축구경기나 달리기경주, 절벽을 통해 해변으로 내려가기 등에 관해서는 말하지 않았다. 거의 쉬지 않고 줄담배를 피우면서(이제는 그 누구도 연기에 숨막혀하지 않았다), 열다섯 살 이상만 관람 가능한 영화를 보러 몰래 들어갈 방법이 있는지 연구했으며, 다음 파티가 어떨지, 부모님들이 전축을 틀어 춤을 추도록 허락할지, 한밤중에 끝난 마지막 파티처럼 오래 지속될지 추측하곤 했다. 그리고 각자 동네의 여자아이들과 만나 나눈 대화를 들려주었다. 남자아이들과 여자아이들의 부모가 어떻게 행동하느냐는 매우 중요했다. 아나의 아버지와 라우라의 어머니처럼 몇몇 부모님은 모든 아이에게 존경받았다. 그들은 남자아이들에게 인사를 하고, 자기 딸들과 대화하도록 허락했으며, 학업에 관해 물어보기도 했기 때문이다. 반면에 티코의 아버지나 엘레나의 어머니 같은 다른 부모들은 엄하기 그지없었고, 자식이 자신의 소유라는 의식이 너무 강해서 아이들을 위협하거나 쫓아내곤 했다.

"오후에 영화관에 갈 거야?" 알베르토가 물었다.

그들은 단둘이 방파제 쪽으로 걸었다. 그는 뒤따르는 에밀리오와 아나의 발걸음을 느꼈다. 엘레나는 고개를 끄덕이면서 말했다. "그래, 레우로 영화관으로." 알베르토는 기다리기로 마음을 굳혔다. 극장의 어둠 속에서 부탁하는 게 더욱 쉬웠기 때문이다. 티코는 며칠 전에 이미 그녀의 생각을 떠봤고, 그녀는 이렇게 말했었다. "그건 결코 알 수 없는 일이야. 만일 나한테 제대로 고백하면, 어쩌면 받아들일지도 모르지." 화창한 여름 아침이었다. 태양은 파란 하늘 안에서, 그리고 근처의 바다 위에서 빛나고 있었다. 그는 잘될 것 같은 느낌을 받았다. 징조가 좋았던 것이다. 그는 동네 여자아이들을 대할 때 결코 불안했던 적이 없었고, 그래서 멋진 농담을 하거나 진지하게 대화를 나누곤 했다. 그러나 엘레나는 대화하기 힘든 아이였다. 그녀는 모든 일에 자기 의견을 분명하게 밝혔다. 심지어 가장 단순한 말에도 시시비비를 가렸다. 그녀는 결코 재미삼아 말하는 법이 없었으며, 항상 단호하게 자기 의견을 말했다. 언젠가 한번 알베르토는 신부의 강론이 끝난 후에야 미사에 도착했다고 말했다. "그러면 안 돼." 엘레나는 차갑게 대답했다. "네가 오늘밤에 죽으면, 넌 지옥에 가게 될 거야." 또 언젠가는 아나와 엘레나가 발코니에서 축구경기를 지켜보고 있기에 나중에 알베르토는 그녀에게 축구경기가 어땠느냐고 물었다. 그러자 그녀가 "넌 정말 못하더라"라고 대답했다. 그러나 일주일 전 미라플로레스공원에서 동네 남자아이들과 여자아이들이 모여 리카르도 팔마 거리 주변을 산책했을 때는 좋았다. 그때 알베르토는 엘레나 옆에서 걸었는데, 엘레나는 매우 다정하게 그를 대했다. 그러자 나머지 아이들은 고개를 돌려 그들을 보면서 이렇게 말했다. "정말 근사한 커플이야."

그들은 방파제를 지나 후안 파닝 거리를 거쳐 엘레나의 집으로 걸었다. 이제 알베르토의 귀에 에밀리오와 아나의 발걸음 소리는 들려오지 않았다. "우리 나중에 영화관에서 만날까?" 그는 그녀에게 물었다. "너도 레우로 영화관에 갈 거야?" 엘레나는 너무 순진한 질문을 던졌다. "응." 그는 대답했다. "좋아, 그럼 거기서 만나자." 집 근처의 길모퉁이에서 엘레나는 그에게 손을 내밀었다. 콜론 거리, 그러니까 디에고 페레와 교차하며 동네의 중심이라고 말할 수 있는 곳은 완전히 텅 비어 있었다. 남자아이들은 해변에 있거나 테라사스 클럽의 수영장에 있었다. "정말 레우로 영화관으로 올 거지?" 알베르토가 말했다. "응." 그녀가 대답했다. "특별한 일이 없으면." "무슨 특별한 일이 일어날 수 있는데?" "나도 몰라. 지진이나 뭐 그런 거." 그녀가 말했다. "영화관에서 너한테 들려줄 말이 있어." 알베르토가 말했다. 그리고 그녀의 눈을 쳐다보았다. 그녀는 눈을 깜빡거렸는데, 몹시 놀란 것처럼 보였다. "나한테 할말이 있다고? 뭔데?" "영화관에서 말해줄게." "왜 지금 얘기 안 하고?" 그녀가 말했다. "뭐든 가능한 한 빨리 하는 게 좋아." 그는 얼굴을 붉히지 않으려고 노력했다. "넌 내가 무슨 말을 하려는지 이미 알아." 그가 말했다. "아니야"라고 그녀는 대답했지만, 더욱 놀란 표정을 지었다. "뭔지 전혀 짐작도 안 가는걸." "네가 원한다면 지금 말할게." 알베르토가 말했다. "좋아, 한번 용기를 내봐." 그녀는 말했다.

'우리는 지금 나갈 거고, 좀 이따 호각소리가 들릴 거야. 우리는 대열을 이루어 식당으로 가게 될 거야. 하나, 둘, 하나, 둘. 그리고 우리는 텅 빈 식탁에 둘러싸여 식사를 할 거고, 텅 빈 소운동장으로 나갈 것이며, 텅 빈 막사로 되돌아올 거야. 그러면 누군가가 시합, 이라고 외칠 거고, 나는 우리가 이미 혼혈놈네 가게에 있었고 왕뱀이 이겼다고, 항상 왕뱀이 이긴다고 말할 거야. 그런 다음에는 취침나팔이 울릴 거고, 우리는 잠을 잘 거고, 일요일과 월요일이 올 거야. 그리고 외출했던 놈들이 돌아올 거고, 우리는 그 녀석들에게 담배를 살 거고, 나는 편지나 이야기를 써주면서 그 값을 치를 거야.' 알베르토와 노예는 텅 빈 막사에 있는 두 개의 인접한 침대에 누워 있었다. 왕뱀을 비롯해 외출을 하지 못한 학생들은 라페를리타로 막 떠난 상태였다. 알베르토는 꽁초를 피웠다.

"올해 말까지 계속 이어질 수도 있어." 노예가 말했다.

"뭐가?"

"외출금지."

"왜 자꾸 외출금지 얘기를 하는 거야? 입다물고 있거나 잠이나 자. 너만 외출 못한 게 아니잖아."

"나도 알아. 하지만 어쩌면 우리는 연말까지 여기 갇힐지도 모른다고."

"그래." 알베르토가 말했다. "범인이 카바라는 걸 밝히지 않으면 그럴 수 있지. 하지만 어떻게 그걸 밝혀낼 수 있겠어?"

"이건 공평하지 못해." 노예가 말했다. "그 산골 촌놈은 토요일마다 아무런 걱정도 없이 외출하잖아. 그런데 우리는 그놈이 저지른 잘못 때문에 여기 학교 안에 갇혀 있어야 해."

"삶은 너무 잔인한 법이야." 알베르토가 말했다. "정의란 존재하지 않지."

"내가 외출하지 못한 게 오늘로 한 달째야." 노예가 말했다. "이렇게 오래 외출을 못한 적은 없었어."

"이제 곧 익숙해질 거야."

"테레사가 나한테 답장을 안 보내." 노예가 말했다. "난 이미 두 통이나 보냈는데."

"그런데 그게 뭐 그리 중요해?" 알베르토가 말했다. "세상은 여자들로 가득하다고."

"하지만 난 그애가 마음에 들어. 다른 여자한테는 관심 없단 말이야. 몰랐어?"

"아니, 알아. 네가 너무 괴로워하니까 위로하려고 했던 거야."

"내가 그애를 어떻게 알게 되었는지 모르지?"

"응, 내가 그걸 어떻게 알겠어?"

"난 매일 그애가 우리집 앞으로 지나가는 걸 봤어. 창문에서 그애를 바라보다가 가끔씩 인사도 했고."

"그애를 생각하면서 자위한 거야?"

"그런 거 아니야. 그냥 그애를 쳐다보는 게 좋았어."

"정말 낭만적이시군."

"어느 날 그애가 오기 조금 전에 내려가서 길모퉁이에서 기다렸어."

"슬쩍 꼬집기라도 했어?"

"가까이 다가가서 손을 내밀었어."

"그리고 뭐라고 했는데?"

"내 이름을 말했어. 그 여자애한테 이름이 뭐냐고도 물어보고. 그리고 만나서 반갑다고 했어."

"이 바보 멍청이야! 그런데 그애는 뭐라고 했는데?"

"그애도 자기 이름을 말해주더라."

"그애에게 키스했어?"

"아니. 데이트도 한번 못 해봤어."

"이 염병할 거짓말쟁이야. 자, 결코 그애한테 키스한 적 없다고 맹세해봐."

"너 왜 그러는 거야?"

"아니, 아무것도 아니야. 난 거짓말하는 사람이 싫거든."

"내가 왜 너한테 거짓말을 하겠어? 넌 내가 키스할 마음이 없었다고 생각하는 거야? 하지만 난 그애랑 그냥 길거리에서 함께 있었던 게 다야. 서너 번 정도. 그런데 이 빌어먹을 학교 때문에 그애를 만날 수 없게 됐지. 어쩌면 지금쯤 다른 놈이 그애에게 사랑을 고백했을지도 몰라."

"그게 누군데?"

"그걸 내가 어떻게 알겠어? 누군가 그랬을 거야. 아주 예쁘거든."

"그리 예쁘다고는 못하겠던데. 내가 보기에는 못생겼어."

"내가 보기에는 예뻐."

"풋내기 자식. 내가 여자들을 좋아하는 건 함께 자기 위해서야."

"그런데 난 이 여자애를 사랑하는 것 같아."

"너무 감동적이라 눈물이 다 나오네."

"내 공부가 끝날 때까지 기다려준다면, 난 그애랑 결혼할 거야."

"그 여자애는 다른 놈팡이와 바람피울 것 같은데. 하지만 네가 걔를 사랑한다면 그런 건 안 중요하지. 내가 결혼식 증인이 되어줄게."

"왜 그런 말을 하는 거야?"

"네가 오쟁이 진 남편 같은 얼굴을 하고 있거든."

"어쩌면 그애는 내가 보낸 편지 두 통을 못 받았을지도 몰라."

"그래, 충분히 그럴 수 있어."

"그런데 넌 왜 나한테는 편지를 안 써주는 거야? 이번주만 해도 여러 통 썼잖아."

"별로 마음이 안 내켰다니까."

"나한테 뭐 못마땅한 거라도 있어? 왜 그렇게 화를 내는 거야?"

"처박혀 있으니 기분이 나빠져. 외출 못해서 지겨워하는 사람이 너 하나뿐인 거 같아?"

"넌 왜 레온시오 프라도에 들어왔어?"

알베르토는 웃으면서 말했다.

"우리 가족의 명예를 구하기 위해."

"왜 한 번도 진지하게 이야기하질 않는데?"

"난 진지하게 이야기하고 있어, 노예야. 우리 아버지가 내가 가족의 전통을 짓밟고 있다고 했거든. 내 태도와 행동을 고치려고 여기에 집어넣은 거야."

"입학시험을 엉망으로 치렀으면 되잖아?"

"여자 때문이야. 낙심하고 실망했거든. 내 말 이해하겠어? 나는 여자애와 우리 가족 때문에 더러운 이 돼지우리로 들어온 거라고."

"그 여자애를 사랑했어?"

"응. 정말 마음에 들었어."

"예뻤어?"

"응."

"이름이 뭐야? 무슨 일이 있었는데?"

"엘레나야. 아무 일도 없었어. 내 사생활 이야기를 남에게 들려주기도 싫고."

"하지만 난 내 이야기를 다 해주잖아."

"그거야 네가 들려주고 싶어서 그런 거지. 하기 싫으면 아무 말 안 해도 괜찮아."

"담배 있어?"

"아니. 이제 슬슬 구해볼까?"

"난 한 푼도 없어."

"나한테 2솔 있어. 자, 일어나서 파울리노 가게로 가자."

"난 라페를리타가 지겨워. 왕뱀과 혼혈놈만 보면 토할 것 같아."

"그럼 잠이나 자고 있어. 나 혼자 갈 테니."

알베르토는 일어났다. 노예는 그가 모자를 쓰고 넥타이를 매는 모습을 지켜보았다.

"너한테 뭐 하나 말해줄까?" 노예가 말했다. "너는 곧 나를 놀리게 될 거야, 난 알아. 하지만 상관없어."

"왜 그런 소릴 하는 거야?"

"넌 내 유일한 친구야. 전에는 친구도 없었지. 그저 아는 사람들만 있었을 뿐이야. 얼굴만 알고 지내는 사람들 말이야. 하지만 여기에는 그나마도 없어. 넌 내가 함께 있고 싶은 유일한 사람이야."

"이건 무슨 게이의 사랑 고백처럼 들리는걸." 알베르토가 말했다.

노예는 웃었다.

"넌 짐승이야." 그가 말했다. "하지만 착한 녀석이지."

알베르토는 막사에서 나갔다. 문가에서 그는 말했다.

"담배를 구하면 너한테도 한 개비 갖다줄게."

소운동장은 축축했다. 알베르토는 막사에서 대화를 나누는 동안 비가 내리는지 전혀 알아채지 못했다. 멀리서 그는 풀 위에 앉은 어느 생도를 보았다. 지난 토요일에 망을 보던 바로 그 학생일까? '이제 난 파울리노의 가게에 들어가서 시합을 벌일 거야. 왕뱀이 이길 거고 그 악취가 또 풍기겠지. 그런 다음 우리는 텅 빈 소운동장으로 나와 막사로 들어갈 거고, 누군가가 시합을 벌였다고 떠들 거고, 나는 우리가 파울리노의 가게에 있었는데 왕뱀이 이겼다고 말할 거야. 다음주 토요일 역시 왕뱀이 이길 거고, 취침나팔이 울리면 우리는 잠을 잘 거야. 그러면 일요일과 월요일이 될 거야. 얼마나 많은 주를 이렇게 보내야 할까?'

제6장

그는 고독과 모욕은 얼마든지 참을 수 있었다. 어릴 때부터 익히 알던 것이었다. 그것들은 단지 그의 영혼에만 상처를 입히곤 했다. 하지만 외출을 금지당해 처박혀 있어야 하는 건 끔찍했다. 이런 엄청난 고독은 그가 선택한 것이 아니라, 마치 구속복처럼 타인이 그에게 강요한 것이었다. 그는 중위의 방 앞에 있었다. 아직도 손을 들어 방문을 두드리지 못했다. 그러나 그는 자기가 그렇게 할 것이고, 결심하는 데 삼 주나 보냈다는 것을 잘 알고 있었다. 이제는 두려움도 걱정도 없었다. 그를 배신하는 것은 그의 손이었다. 손은 바지 옆에서 축 처진 채 움직이지 않았다. 죽어 있는 손 같았다. 그런 일은 처음이 아니었다. 살레지오회 학교에서 그는 계집애라고 불렸다. 그는 수줍었고 모든 것에 놀라기 일쑤였다. "울어, 울어, 계집애야" 하고 동급생들은 쉬는 시간에 그를 에워싸고 소리쳤다. 그는 등이 교실 벽에 붙을 때까지 뒷걸음질쳤다. 그럴 때면 그들의 얼굴이 가까이 다가왔고, 목소리들은 더욱 커졌으며, 입들은 마치 그를 물어뜯으려는 주둥이처럼 보였다. 그러면 그는 울음을 터뜨렸다. 언젠가 그는 '내가 뭔가 해야 해'라고 생각했다. 그는 교실 한가운데서 그 학년에서 가장 힘이 센 학생에게 도전했다. 그러나 이제 그는 그애의 이름과 얼굴, 심지어 그애의 정확한 주먹과 씩씩거림도 잊어버렸다. 그가 쓰레기장에서 학년의 우두머리와 싸우기 위해 맞서자, 불안해하면서도 호기심을 이기지 못한 구경꾼들이 둥그렇게 모였다. 그는 한가운데에 있었지만 그때 역시 두려움이나 흥분은 느껴지지 않았다. 단지 실망과 체념만 느꼈을 뿐이다. 그의 몸은 상대방의 주먹에 대응하지도 않았고 주먹을 피하지도 않았다. 그는 상대방이 때리는 데 지치기를 기다려야만 했다. 그것은 레온시오 프라도 입학시험에 합격하기 위해 노력했던 자기의 비겁한 육체를 벌주기 위한 일이었다. 바로 그런 이유로 그는 그 기나긴 스물네 달도 참았던 것이다. 이제 그에게는 아무런 희망이 없었다. 그는 결코 항상 폭력을 통해 타인을 지배하는 재규어처럼 될 수는 없었다. 또한 다른 학생들이 자신을 희생양으로 삼지 못하도록 약삭빠르게 굴고 연기에 능한 알베르토처럼 될 수도 없었다. 그들은 그가 어떤 사람인지 즉시 알아보았다. 그는 자신을 방어할 힘도 없는 나약한 노예였다. 이제 그가 원하는 것은 자유뿐이었다. 고독을 스스로 알아서 해결하고, 그녀를 영화관에 데려가고, 그녀와 어딘가에 틀어박히기 위해서였다. 그는 손을 들었고, 문을 세 번 두드렸다.

우아리나 중위는 잠이라도 자고 있던 것일까? 퉁퉁 부은 눈은 둥그런 얼굴 속에서 두 개의 커다란 종기처럼 보였다. 머리카락은 헝클어져 있었다. 중위는 그가 안개 속에 있기라도 한 것처럼 그를 쳐다보았다.

"말씀드릴 게 있습니다, 중위님."

장교의 세상에서 레미히오 우아리나 중위는 생도들 사이 그의 위치와 동일했다. 즉 부적응자였다. 작고 비쩍 말랐으며, 그가 명령하는 목소리는 웃음을 자아내기에 충분했다. 그가 화를 내도 아무도 놀라지 않았으며, 부사관들은 그 앞에서는 차려 자세를 취하지도 않고서 보고서를 제출했고, 그를 우습다는 눈초리로 쳐다보곤 했다. 그의 중대는 가장 조직화되지 않았고, 그래서 가리도 대위는 공개적으로 그를 힐책하곤 했다. 생도들은 반바지를 입고 자위하는 그의 모습을 벽에 그렸다. 그리고 그가 바리오스 알토스 동네에 조그만 가게를 가지고 있는데, 거기서 그의 아내가 사탕과 과자를 판다는 소문도 돌았다. 그런데 왜 그는 군사학교에 들어온 것일까?

"뭐지?"

"들어가도 되겠습니까? 아주 중요한 일입니다, 중위님."

"나와 면회를 하고 싶다면, 규정된 절차를 따라야 해."

생도들만 감보아 중위를 모방하는 것이 아니었다. 그와 마찬가지로 우아리나도 규정에 관해 언급할 때면 엄격한 자세를 견지했다. 그러나 그 가냘픈 손과 코에 달랑달랑 달린 조그만 얼룩 같은 웃기지도 않는 콧수염을 가진 사람이 과연 누군가를 속일 능력이 있을까?

"이 사실을 철저히 비밀에 부쳐주시기 바랍니다, 중위님. 아주 중요하고 심각한 건입니다."

중위는 한쪽으로 비켰고, 그는 방으로 들어갔다. 침대는 흐트러져 있었다. 곧바로 수도원의 독방이 떠올랐고, 노예는 그곳도 가구 하나 없이 음산하고 다소 불길한 이곳과 비슷하리라고 생각했다. 바닥에는 담배꽁초로 가득한 재떨이가 있었고, 어느 꽁초에서는 아직도 연기가 피어오르고 있었다.

"무슨 일인가?" 우아리나가 다시 물었다.

"유리창과 관련된 것입니다."

"관등성명은?" 우아리나가 급히 말했다.

"리카르도 아라나 생도입니다. 5학년 1반입니다."

"유리창과 관련된 무슨 일이 있나?"

이제 그의 혀는 겁쟁이가 되었다. 혀는 움직이기를 거부했고, 입술은 바싹 말랐다. 그는 자기 혀가 마치 거친 돌덩이처럼 느껴졌다. 두려움 때문일까? 왕초 그룹은 그에게 항상 적대적이었다. 재규어 다음으로 그를 가장 괴롭힌 사람이 카바였다. 그의 담배와 돈을 빼앗기 일쑤였고, 언젠가는 그가 자는 동안 그에게 오줌을 싸기도 했다. 그는 어느 정도 복수할 권리가 있었고, 학교의 모든 학생은 그런 복수를 높이 평가했다. 그러나 마음속 깊은 곳에서는 무언가가 그를 비난했다. '나는 왕초 그룹만 배신하는 게 아니야.' 그는 생각했다. '전 학년, 그리고 모든 생도를 배신하는 거야.'

"무슨 일이지? 어서 말해봐." 우아리나 중위는 벌컥 화를 내며 말했다. "내 얼굴을 보러 온 것인가? 나를 처음 보나?"

"카바였습니다." 노예는 말하면서 시선을 떨어뜨렸다. "이번주 토요일에 외출할 수 있습니까?"

"뭐라고?" 중위가 물었다. 우아리나는 아직 제대로 알아듣지 못했다. 그는 여전히 노예가 거짓말을 해서 외출하려 든다고 여겼다.

"유리창을 깬 범인은 카바입니다." 그가 말했다. "그가 화학시험지를 훔쳤습니다. 저는 그가 교실 건물로 가는 걸 봤습니다. 이제 외출금지는 해제되는 겁니까?"

"아니다." 중위가 말했다. "그 건에 관해서는 나중에 결정하겠다. 우선 네가 말한 걸 다시 반복하라."

우아리나의 얼굴은 더욱 둥그레졌고, 입가 근처 뺨에는 주름이 몇 가닥 졌다. 입술은 벌어진 채 가볍게 떨렸다. 그러나 그의 눈은 만족스럽다는 듯이 빛나고 있었다. 노예는 자기가 차분해지는 것을 느꼈다. 그는 이미 학교나 외출 그리고 미래에 관심을 두지 않았다. 우아리나 중위는 내게 고마워하지 않는 것 같아, 라고 그는 생각했다. 어쨌거나 그건 당연한 일이었다. 그는 다른 세상에 살고 있기 때문이다. 그는 아마도 노예를 경멸하는 듯했다.

"써." 우아리나가 말했다. "지금 당장. 여기 종이와 연필이 있다."

"뭘 말입니까, 중위님?"

"내가 불러주겠다. 나는 생도를 목격했습니다, 라고 적어. 그런데 이름이 뭐라고 했지? 그래, 카바라고 했지. 그의 관등성명과 날짜, 시각을 쓰도록 해. 이제 불러주겠다. '저는 카바가 화학시험지를 불법적으로 탈취하기 위해 강의동으로 향하는 걸 목격했습니다.' 글씨를 또박또박 쓰도록 해. '저는 절도의 주범을 밝혀냈고 또한 제가 가담했다는 사실을 알게 된 레미히오 우아리나 중위의 요청에 따라 이 진술을 하며……'"

"중위님, 저는……"

"'저는 이 사건에 본의 아니게 가담하게 되었습니다.' 서명해. 그리고 네 이름을 큰 글자로 분명하게 써."

"저는 도둑질하는 건 보지 못했습니다." 노예가 말했다. "단지 그가 강의동으로 가는 것만 봤습니다. 저는 사 주 전부터 외출하지 못했습니다, 중위님."

"걱정 마. 내가 모든 걸 알아서 처리할 테니. 겁먹지 마."

"두렵지 않습니다." 노예가 소리쳤고, 중위는 놀라서 눈을 들었다. "제가 외출하지 못한 게 벌써 사 주째입니다, 중위님. 이번 토요일이면 오 주가 됩니다."

우아리나는 고개를 끄덕였다.

"종이에 서명해." 그가 말했다. "수업이 끝나면 오늘 외출하도록 허락하겠다. 열한시까지 돌아와."

노예는 서명했다. 중위는 진술서를 읽었고, 그러는 동안 두 눈은 눈구멍 안에서 춤추었다. 그는 입술을 움직이면서 읽었다.

"이제 그를 어떻게 처리합니까?" 노예가 물었다. 그러나 그건 바보 같은 질문이었고, 그도 그걸 알고 있었다. 하지만 무슨 말이라도 해야 했기에 어쩔 수 없이 한 질문이었다. 중위는 손가락 끝으로 진술서를 잡고 있었다. 구겨지지 않도록 조심하는 것이다.

"이 사건에 관해 감보아 중위에게 말했나?" 순간적으로 그의 부드럽고 둥근 얼굴에서 생기가 사라졌다. 그는 걱정스러운 표정을 지으며 노예의 대답을 기다렸다. 우아리나의 기쁨과 행복을 망쳐버리고 개선장군처럼 구는 그의 태도에 찬물을 끼얹는 것은 누워서 떡 먹기였다.

그저 예, 라고 대답만 하면 되었기 때문이다.

"아닙니다, 중위님. 아무에게도 말하지 않았습니다."

"알았다. 한마디도 하지 마." 중위가 말했다. "내 지시를 기다려라. 수업이 끝난 후 외출용 정복을 착용하고 나를 만나러 와라. 내가 위병소까지 데려다주겠다."

"알겠습니다, 중위님." 노예는 잠시 머뭇거리다가 이렇게 덧붙였다. "생도들이 제가 말했다는 사실을 알지 못했으면……"

"남자라면 자기 행동에 책임을 져야 한다." 우아리나가 다시 단호하고 준엄한 목소리로 말했다. "그게 바로 군대에서 가장 먼저 배워야 하는 교훈이다."

"알겠습니다, 중위님. 하지만 제가 일러바쳤다는 사실을 알게 되면……"

"나도 알고 있다." 우아리나가 네번째로 다시 진술서를 읽으면서 말했다. "너를 가만두지 않겠지. 하지만 걱정하지 마라. 장교위원회는 항상 비밀을 지켜주니까."

'아마 나도 퇴학시킬지 몰라.' 노예는 생각했다. 그는 우아리나의 방에서 나왔다. 아무도 자기를 보지 못했을 것이라고 생각했다. 점심식사 후 생도들은 침대에 눕거나 아니면 운동장의 잡초 위에 드러눕기 때문이다. 들판에서 그는 비쿠냐를 보았다. 아무 움직임 없이 그 가냘픈 동물은 공기 냄새를 맡고 있었다. '슬픈 짐승이야.' 그는 생각했다. 그는 무척 놀랐다. 흥분하거나 겁먹었다고 느껴야만 했다. 신체적인 동요가 일어나 그에게 자신이 밀고했다는 사실을 떠올려주어야만 했다. 그는 범죄를 저지른 후 범인들은 마치 최면에 걸린 듯 멍한 상태에 빠질 것이라고 생각했다. 그러나 다만 자기가 그 모든 것에 무관심하다는 느낌만 받을 뿐이었다. 그는 생각했다. '여섯 시간 후면 나는 거리에 있을 거야. 그애를 만나러 가겠지만 무슨 일이 있었는지는 한마디도 못하겠지.' 아, 그에게 이런 속마음을 털어놓을 친구가 있다면, 내 마음을 이해해주거나 적어도 들어줄 사람이 있다면 얼마나 좋을까! 그가 과연 알베르토를 믿을 수 있을까? 그는 테레사에게 편지를 써주지 않겠다고 했을 뿐만 아니라, 최근 며칠 동안 계속 그를 화나게 했다. 물론 그건 단둘이 있을 때 얘기다. 다른 사람들 앞에서는 그를 변호해주었으니까. 마치 그에게 불만이 있는 것 같았다. '난 아무도 믿을 수 없어.' 그는 생각했다. '그런데 왜 모두가 내 적일까?'

손이 희미하게 떨렸다. 그것이 막사 손잡이를 밀면서 카바를 보았을 때 그의 몸이 보인 유일한 반응이었다. 카바는 사물함 옆에 있었다. '만일 나를 쳐다보면, 내가 방금 자기 뒤통수를 쳤다는 걸 알게 될 거야.' 그는 생각했다.

"무슨 일 있어?" 알베르토가 물었다.

"아니, 아무 일 없어. 왜?"

"네 얼굴이 백지장처럼 창백하잖아. 의무실로 가는 게 좋겠어. 틀림없이 의무실에 있게 해줄 거야."

"난 괜찮아. 아픈 거 아니야."

"상관없어." 알베르토가 말했다. "어차피 외출도 못했으니, 의무실에 있는 게 제일 나아. 나도 너처럼 창백했으면 원이 없겠다. 의무실에서는 잘 먹을 수 있고 편히 쉴 수도 있으니까."

"하지만 외출을 못할 수도 있잖아." 노예가 말했다.

"무슨 외출? 외출하려면 아직도 멀었어. 여기서 오랫동안 있어야 할걸. 물론 다음주 일요일에 전체 외출이 있을지도 모른다는 말이 돌긴 하더라. 대령의 생일이거든. 어쨌건 그런 말이 돌아. 그런데 왜 웃어?"

"아니야. 그냥 웃음이 나왔어."

그런데 알베르토는 어떻게 그토록 차분하고 무관심하게 외출금지 얘기를 할 수 있을까? 어떻게 외출하지 못할 수도 있다는 생각에 그토록 빨리 익숙해질 수 있을까?

"네가 벽을 타넘고 싶지 않다면 말이야." 알베르토가 말했다. "그런데 의무실에서 몰래 나가는 게 더 쉬워. 밤에는 감시하는 사람이 없거든. 그래, 넌 코스타네라 대로 쪽으로 내려가서 아무 일도 없는 것처럼 슬쩍 쇠창살 사이로 빠져나가면 돼."

"이제는 거의 아무도 벽을 타넘지 않아." 노예가 말했다. "야간 순찰이 시작된 후부터는."

"예전이 더 쉬웠어." 알베르토가 말했다. "하지만 아직도 그렇게 나가는 애들이 많아. 혼혈놈 우리오스테는 월요일에 나갔다가 새벽 네시에 돌아왔다니까."

어쨌거나 왜 의무실로 가지 않는 걸까? 왜 밖으로 나가려고 하지 않는 걸까? 군의관님, 눈앞이 가물가물해요, 머리가 아파요, 심장이 마구 뛰어요, 식은땀이 나요, 나는 두려워요, 라고 말하지 않는 걸까? 외출이 금지되면 생도들은 의무실에 들어가려고 애썼다. 그곳에서는 파자마 차림으로 아무것도 하지 않으면서 빈둥빈둥 시간을 보낼 수 있었고, 음식은 항상 부족함이 없었다. 그러나 군사학교 간호사들과 군의관은 갈수록 더욱 엄격해졌다. 고열이 나는 정도로는 충분하지 않았다. 그들은 두어 시간 정도 이마에 바나나껍질을 올려놓으면, 체온이 39도까지 올라간다는 것을 잘 알고 있었다. 그리고 곱슬머리와 재규어가 사용했던 속임수가 들키면서 임질도 먹히지 않게 됐다. 그들은 연유를 자지에 흠뻑 바르고는 의무실로 가곤 했던 것이다. 재규어는 또한 숨을 참는 방법도 사용했었다. 의사가 검사하기 전에 눈물이 나올 때까지 숨을 참는 짓을 여러 번 반복하면, 맥박이 빨라지고, 마치 북처럼 쿵쿵 울리기 시작한다. 그러면 간호사들이 말하곤 했다. "심박급속증으로 입원을 허락한다."

"난 한 번도 벽을 타넘은 적 없어." 노예가 말했다.

"별로 이상한 일은 아니군." 알베르토가 말했다. "나는 지난해 여러 번 했는데. 한번은 아로스피데와 함께 라푼타에서 열린 파티에 갔다가 기상나팔을 불기 조금 전에 돌아오기도 했지. 4학년 때가 더 나았어."

"시인," 바야노가 외쳤다. "너 살레지오회 학교에서 공부했었지?"

"응." 알베르토가 대답했다. "그런데 그걸 왜 물어?"

"곱슬머리 말로는 살레지오회 학교 남자아이들은 다 게이 같다던데. 정말이야?"

"아니야." 알베르토가 말했다. "살레지오회 학교에는 검둥이가 없거든."

곱슬머리가 빙긋 웃었다.

"네가 당했어." 곱슬머리가 바야노에게 말했다. "시인이 너한테 한 방 먹였는데."

"난 검둥이지만, 너희 같은 놈들보다 훨씬 더 남자다워." 바야노가 말했다. "시험해보고 싶은 놈이 있으면 앞으로 나와."

"어휴, 무서워라." 누군가가 말했다. "예이, 엄마!"

"예이, 예이, 예이." 곱슬머리가 노래했다.

"노예." 재규어가 외쳤다. "자, 어서 시험해봐. 그런 다음 저 검둥이가 정말로 그토록 남자다운지 우리한테 얘기 좀 해줘."

"노예 정도는 두 동강 내버릴 수 있어." 바야노가 말했다.

"예이, 엄마!"

"너도 마찬가지야." 바야노가 소리쳤다. "자, 용기 내서 이리 와보라고. 난 준비됐거든."

"무슨 일이야?" 막 잠에서 깬 왕뱀이 쉰 목소리로 말했다.

"검둥이가 너보고 호모라고 했어, 왕뱀." 알베르토가 말했다.

"네가 게이인 게 너무나도 확실하다고 말했어."

"그래, 그렇게 말했어."

"한 시간 넘게 네 얘기를 했어."

"거짓말이야. 모두 거짓말이라고." 바야노가 말했다. "내가 당사자가 없을 때 뒷말이나 하는 놈 같냐?"

다시 웃음이 터졌다.

"저놈들이 널 비웃는 거야." 바야노가 덧붙였다. "아직 모르겠어?" 그가 목소리를 높였다. "이봐 시인, 나한테 또 그런 농담을 했다가는 가만 안 둔다. 경고하는 거야. 빌어먹을 너 때문에 저 아이와 싸울 뻔했잖아."

"어이구 무서워." 알베르토가 말했다. "왕뱀, 들었어? 너한테 아이라고 하는데."

"나랑 한번 해보자는 거야, 검둥이?" 쉰 목소리가 말했다.

"아니야." 바야노가 대답했다. "우리 친구잖아."

"그렇다면 나한테 아이라고 하지 마."

"시인, 맹세하는데, 널 가만두지 않겠어."

"짖는 검둥이는 물지 않지." 재규어가 말했다.

노예는 생각했다. '사실 쟤들은 모두 친구야. 서로 욕하고 항상 말다툼을 벌이지만, 실제로는 함께 즐기고 있어. 쟤들은 나만 이상한 벌레처럼 쳐다보지.'

"다리는 통통하고 희고 털이 없었다. 정말이지 뇌쇄적이라 물어뜯고 싶었다." 알베르토는 그 문장을 물끄러미 쳐다보면서, 얼마나 관능적으로 보이는 장면일지 생각했다. 그러자 그 글이 괜찮은 글이라는 걸 알게 됐다. 햇빛은 정자의 더러운 유리창으로 들어오면서, 바닥에 누워 있던 그의 위로 떨어졌다. 한 손으로는 턱을 괴고 있었고, 다른 한 손으로는 반쯤 적은 종이 몇 센티미터 위로 연필을 들고 있었다. 먼지와 담배꽁초와 타버린 성냥으로 뒤덮인 바닥에는 다른 종이들이 떨어져 있었다. 몇몇 종이에는 글이 적혀 있었다. 수영장이 딸린 조그만 정원에 있는 정자는 학교가 세워질 때 함께 만들어졌다. 항상 물이 없는 수영장은 이끼로 뒤덮였고, 그 위로는 모기떼가 맴돌았다. 틀림없이 그 누구도, 심지어 대령 자신도 그 정자가 어떤 목적으로 건설되었는지 모르는 게 분명했다. 콘크리트 기둥 네 개가 받치고 있는 정자는 땅에서 2미터가량 되는 높이에 서 있었고, 구불구불하고 좁은 계단을 통해 올라가야 했다. 재규어가 반 학생 전체의 도움을 받아 만든 특수 만능열쇠로 굳게 닫힌 문을 열었을 때까지, 그 어떤 장교나 생도도 정자로 들어온 적이 없는 것 같았다. 그 반 학생들은 고독한 정자가 어떤 용도로 사용될 수 있는지 잘 알았다. 바로 수업에 가는 대신 낮잠을 자려는 학생들의 은신처였다. "침실은 마치 지진이 일어난 것처럼 진동했다. 여자는 신음소리를 내뱉었고, 머리카락을 쥐어뜯으면서 '이제 그만, 이제 됐어'라고 말했다. 하지만 남자는 그녀를 놓아주지 않았다. 그는 흥분한 손으로 그녀의 몸을 계속 답사하면서 그녀를 할퀴고 그녀 안으로 파고들었다. 여자가 죽은 것처럼 조용해지자 남자는 웃음을 터뜨렸다. 그의 웃음은 마치 짐승의 울부짖음 같았다." 그는 연필을 입에 대고 그 글을 처음부터 끝까지 모두 다시 읽었다. 그리고 마지막 문장을 덧붙였다. "여자는 마지막으로 깨문 것이 모든 것 중에서 가장 훌륭했다고 생각했고, 그 남자가 다음날 다시 자기를 찾아오리라는 것을 알고 행복해했다." 알베르토는 파란색 글자로 뒤덮인 종이들을 다시 살펴보았다. 두 시간도 안 지났지만, 그는 이미 이야기 네 편을 썼던 것이다. 게다가 내용도 괜찮았다. 수업 종료를 알리는 종이 울리려면 아직도 몇 분 남아 있었다. 그는 제자리에서 돌아 머리를 바닥에 댄 다음 완전히 긴장이 풀린 몸을 눕히고는 그대로 있었다. 태양은 그의 얼굴을 비추고 있었지만, 눈을 감아야 할 정도는 아니었다. 햇빛이 그리 강하지 않았던 것이다.

태양은 점심시간에 모습을 드러냈다. 그러자 갑자기 식당이 환하게 빛났고, 머리가 어지러울 정도의 중얼거림은 갑자기 멈춰버렸다. 천오백 명의 머리가 일제히 들판을 향해 고개를 돌렸다. 풀은 황금색으로 물들었고, 옆 건물들은 그림자를 드리웠다. 알베르토가 입학한 후 10월에 태양이 나타나는 건 처음이었다. 그러자 즉시 그는 '정자로 가서 글을 써야겠어'라고 생각했다. 정렬했을 때, 그는 노예에게 속삭였다. "출석 부르면 대신 대답 좀 해줘." 교실에 도착하자, 장교가 한눈파는 틈을 이용해 그는 화장실로 몰래 들어갔다. 그는 생도들이 교실에 들어갈 때까지 기다렸다가 몰래 빠져나와 정자로 갔다. 그는 네 페이지짜리 이야기를 거의 쉬지 않고 썼다. 마지막 페이지를 쓸 때에야 비로소 그는 졸음이 온몸을 엄습한다는 것을 깨달았고, 연필을 놓고 이런저런 몽상에 빠져들고 싶은 유혹에 빠졌다. 담배는 이미 며칠 전에 동났으므로, 그는 정자에서 발견한 일그러진 담배꽁초를 피우려고 했다. 하지만 기껏해야 두어 모금이 전부였다. 오래돼서 담배가 딱딱해진데다, 담배에 묻은 먼지를 들이마셔서 기침을 했기 때문이다.

'다시 읽어봐, 바야노. 마지막 부분을 다시 읽어. 자, 어서 다시 읽으라고, 검둥이야, 버림받은 불쌍한 우리 어머니는 수많은 혼혈놈들에게 둘러싸인 자기 아들을 생각했지만, 그 시기에 자기 아들이 여기에서 우리와 함께 『엘레오도라의 쾌락』을 듣고 있다고 하더라도 그리 놀라진 않았을 거야. 다시 읽어봐, 바야노, 이제 신고식은 끝났고, 우리는 이미 첫번째 외출을 했고, 거기서 돌아왔어. 너는 가장 약아빠진 놈이야. 넌 『엘레오도라의 쾌락』을 가방에 넣어 가져왔지, 나는 고작 음식만 몇 가지 가져왔는데. 나도 미리 알았다면 그랬을 거야.' 학생들은 침대나 사물함에 앉아 조용히 넋을 잃은 채 바야노의 입술을 주의깊게 바라본다. 바야노는 흥분한 목소리로 읽는다. 가끔씩 그는 멈추고, 책에서 눈을 떼지 않은 채 기다린다. 그러면 즉시 시끌벅적해지면서 항의하는 목소리로 가득찬다. '다시 읽어봐, 바야노. 내가 시간을 어떻게 보내야 하고 어떻게 몇 푼이라도 벌 수 있을지 좋은 생각이 떠오르고 있단 말이야. 우리 어머니는 토요일과 일요일에 모든 성인과 하느님에게 기도해. 저놈은 우리 모두를 파멸의 길로 끌고 가고 있지. 우리 아버지는 엘레오도라 이야기에 푹 빠졌단 말이야.' 종이가 누렇게 변한 조그만 책을 서너 번 읽은 다음 바야노는 자기 재킷 주머니에 보관하고, 자기를 부러운 눈으로 쳐다보는 동료들을 흘낏 한번 쳐다본다. 그러자 한 사람이 용기를 내서 말한다. "빌려줘." 다섯 명, 열 명, 열다섯 명의 생도가 그를 에워싸며 소리친다. "빌려줘, 검둥이야, 친구, 형제." 바야노는 미소 지으면서 커다란 입을 벌린다. 그의 눈이 반짝반짝 광채를 내고 춤추면서, 미친듯이 기뻐한다. 그의 코는 벌렁거린다. 그는 마치 개선장군 같은 자세를 취하고, 막사의 모든 생도가 그를 에워싸고 간절히 부탁하며 아부한다. 그는 그들에게 욕을 퍼붓는다. "용두질만 하는 놈들, 더럽고 추잡한 놈들, 왜 성경이나 『돈키호테』는 읽으려고 하지 않는 거야?" 생도들은 그에게 아첨하고 다정하게 손바닥으로 치면서 말한다. "검둥이야, 넌 정말 똑똑해, 정말 예리하다고." 갑자기 바야노는 그 상황을 이용할 수 있다는 것을 깨닫는다. 그는 "좋아, 돈 받고 빌려줄게"라고 말한다. 그러자 그들은 그를 밀면서 위협하고, 한 사람은 그에게 침을 뱉고, 다른 사람은 "이기적인 놈, 개자식"이라고 소리친다. 그는 폭소를 터뜨리고, 침대에 드러누워 주머니에서 『엘레오도라의 쾌락』을 꺼내서는, 원한으로 번득거리는 수많은 눈 앞에서 그 책을 들고 음탕하게 입술을 움직이면서 책을 읽는 척한다. '담배 다섯 개비, 담배 열 개비, 바야노, 사랑스러운 검둥이, 나한테 엘레오도라 좀 빌려줘. 지금 자아아아위를 하고 싶단 말이야. 검둥이가 읽는 동안 왕뱀이 빌어먹을 좆을 긁는 것으로 봐서 그놈이 가장 먼저 쌀

게 분명했어. 당시 그건 울부짖으며 조용히 기다리고 있었지. 그러자 난 시간도 죽이고 약간의 수입도 챙길 수 있는 멋진 생각을 떠올렸어. 나한테는 수많은 쓸거리가 있었어. 나한테 부족한 건 그걸 쓸 기회뿐이었지.' 알베르토는 부사관이 직접 그들이 서 있는 대열을 향해 오는 것을 본다. 부사관은 곁눈질로 곱슬머리가 계속해서 책 읽기에 푹 빠져 있다는 것을 확인한다. 그는 자기 앞에 있는 생도의 재킷에 바싹 달라붙어 있다. 글자가 작기 때문에 그는 엄청난 노력을 기울여 책을 읽고 있는 게 틀림없다. 알베르토는 부사관이 다가온다는 사실을 그에게 알려줄 수 없다. 부사관은 두 사람에게 눈을 떼지 않으면서 마치 먹잇감을 향해 오는 맹수처럼 살금살금 다가온다. 그가 부사관의 눈에 띄지 않고 발이나 팔꿈치를 움직이기는 불가능한 상황이다. 부사관은 몸을 웅크리더니 곱슬머리를 덮치고, 곱슬머리는 비명을 지른다. 부사관은 그에게서 『엘레오도라의 쾌락』을 빼앗는다. '하지만 부사관은 그걸 짓밟고 태우지 말았어야 했어. 우리 아버지는 집을 버리고 창녀들 꽁무니를 쫓아다니지 말았어야 했어. 우리 엄마를 버리지 말았어야 했어. 우리는 디에고 페레 거리에 있는 정원 있는 커다란 집을 떠나지 말았어야 했어. 나는 그 동네나 엘레나를 알지 말아야 했어. 부사관은 곱슬머리에게 2주 외출금지 징계를 내리지 말아야 했어. 나는 이야기를 쓰지 말아야 했어. 난 미라플로레스에서 나오지 말아야 했어, 나는 테레사를 만나지도 말고 사랑하지도 말아야 했어. 바야노는 웃고 있지만, 실망감과 그리움과 쓸쓸함을 숨길 수는 없어. 가끔씩 그는 심각한 표정을 지으며 이렇게 말해. "염병할, 난 정말로 엘레오도라를 사랑했어. 곱슬머리, 너 때문에 나는 사랑하는 계집년을 잃어버렸다고." 생도들은 "예이, 예이, 예이"라고 노래하고, 룸바를 추는 여자들처럼 엉덩이를 흔들고, 바야노의 뺨과 엉덩이를 꼬집어대. 재규어는 악마에 홀린 놈처럼 노예에게 달려들어 그를 번쩍 들어올려. 그러자 모두가 입을 다물고 물끄러미 쳐다봐. 그는 노예를 바야노에게 던지면서 말해. "이 창녀를 너한테 선물로 줄게." 노예는 일어나서 옷매무새를 고치고 그곳을 떠나려고 해. 그때 왕뱀이 뒤에서 그를 잡아 번쩍 들어. 그는 용을 쓰느라 얼굴이 시뻘게지고 핏줄이 불거지며 목은 퉁퉁 붓지. 왕뱀은 몇 초쯤 그를 허공에 들고 있다가 자루를 내려놓듯이 그를 떨어뜨려. 노예는 절룩거리면서 천천히 막사를 나가. "빌어먹을"이라고 바야노는 말해. "맹세하는데, 난 너무나 슬퍼서 죽을 것 같아." 그러자 나는 말해. "담배 반 갑만 주면『엘레오도라의 쾌락』보다 훨씬 멋진 이야기를 써주겠다고 말했잖아." 그리고 그날 아침 나는 무슨 일이 있었는지 알게 되었어. 정신적 텔레파시 혹은 하느님의 은총이었어. 나는 그 사실을 알았고, 엄마, 아빠에게 무슨 일이 생긴 거지? 하고 물었지. 그리고 바야노는 정말이야? 반문하더니. 자, 종이와 연필을 집어, 천사들이 너한테 멋진 영감을 불러일으켰으면 좋겠어, 라고 말했어. 그러자 그녀는 애야, 용기를 가져야 해, 우리에게 커다란 불행이 닥쳤단다, 그 인간은 구제불능이야, 우리를 버렸어, 라고 말했어. 그러자 나는 검둥이가 책을 읽는 동안 반 학생 모두가 에워쌌을 때와 마찬가지로 그들에게 둘러싸여 사물함에 앉아 글을 쓰기 시작했어.' 알베르토는 떨리는 손으로 글씨를 쓴다. 여섯 명의 머리가 그의 어깨 너머로 글을 읽으려고 한다. 그는 글쓰기를 멈추고 연필과 고개를 들어 써놓은 걸 읽는다. 그들은 그의 멋진 글솜씨를 추켜세우고, 몇 명이 몇 가지 제안을 하지만 그는 거부한다. 글이 진행되면서 그는 더욱 대담해진다. 거칠고 추잡한 말이 관능적이고 멋진 비유에 길을 양보하지만, 행위는 그다지 많지 않고 반복적이다. 전희, 애무, 정상적인 사랑, 항문성교, 구강성교, 수음, 절정, 경련, 발기한 성기들 사이에 벌어지는 무기 없는 전투, 그리고 다시 전희, 등등이다. 공책 양면으로 열 페이지 분량쯤 되는 글이 끝나자 알베르토는 번뜩 영감을 받아 제목을 '육체의 죄'라고 붙인다. 그리고 흥분한 목소리로 자기 작품을 읽는다. 반 전체가 경외심에 압도되어 그의 글을 듣는다. 그리고 그들은 간헐적으로 웃음을 터뜨린다. 그런 다음 박수를 치며 그를 껴안는다. 누군가가 말한다. "페르난데스, 넌 시인이야." 그러자 다른 학생들도 말한다. "맞아, 넌 시인이야.' '그날 우리가 세수를 하는 동안 왕뱀이 의뭉스러운 표정으로 나에게 다가왔어. 그는 말했지. 그거 같은 또다른 이야기를 써줘, 내가 살게. 너는 좋은 친구야, 왕뱀, 넌 훌륭한 수음자야, 넌 내 첫번째 고객이고 난 영원히 널 기억할 거야. 내가 페이지당 50센타보라고 말했을 때, 넌 투덜댔어. 그래, 넌 이내 고집을 버리고 운명을 받아들였고, 우리는 이사했어. 그러자 정말로 나는 그 동네와 친구들, 그리고 진정한 미라플로레스에서 멀어졌어. 나는 소설가로서의 삶을 시작했고, 돈을 떼어먹은 놈들도 많았지만 어쨌건 쏠쏠하게 돈을 벌었지.'

6월 중순 토요일이다. 풀밭에 앉아 알베르토는 가족에게 둘러싸여 연병장을 산책하는 생도들을 쳐다본다. 몇 미터 너머로 역시 3학년이지만 다른 반인 학생이 있다. 그의 손에는 편지가 쥐여 있고, 그는 걱정스러운 얼굴로 그 편지를 읽고 또 읽는다. "취사병이야?" 알베르토가 묻는다. 학생은 고개를 끄덕이면서 '취사병'이란 글자가 새겨진 자줏빛 완장을 보여준다. "이건 외출금지를 당하는 것보다 더 나빠." 알베르토는 말한다. "그래, 맞아"라고 다른 학생이 대답한다. '그런 다음 나중에 우리는 6반으로 함께 걸어갔고, 우리는 거기서 드러누워 잉카 담배를 피웠어. 그는 내게 말했어. "난 이카 출신인데, 우리 아버지가 날 군사학교로 보냈어. 내가 형편없는 집안 어느 여자애를 사랑했거든." 그러고서 내게 그녀의 사진을 보여주면서, 이 학교를 졸업하면 애랑 결혼할 거야, 라고 말했어. 바로 그날 어머니는 화장도 그만두었고, 보석을 걸치지도 않았고, 친구들과 만나서 카드놀이 하는 것도 그만두었어. 매주 토요일 외출할 때마다, 나는 어머니가 나이보다 더 늙어 보인다고 생각했어.'

"이제는 안 좋아해?" 알베르토가 묻는다. "그 여자애 얘기를 하면서 왜 그런 표정을 짓는 건데?"

학생은 목소리를 낮추고 마치 혼잣말하듯이 대답한다.

"난 글을 쓸 줄 몰라."

"왜?" 알베르토가 묻는다.

"왜냐고? 그냥 모르니까 모르는 거지. 그애는 아주 똑똑하고 나한테 멋진 편지도 쓰는데."

"편지 쓰는 건 쉬워." 알베르토가 말한다. "이 세상에서 가장 쉬운 일이야."

"아니. 나한테는 안 그래. 내가 뭘 말하고 싶은지는 쉽게 알겠는데, 그걸 말하려니까 어려워."

"절대 그렇지 않아!" 알베르토가 말한다. "난 연애편지를 한 시간에 열 통도 쓸 수 있다고."

"정말이야?" 학생이 그를 뚫어지게 바라보면서 묻는다.

'그래서 난 그에게 편지를 몇 통 써주었고, 여자아이는 내게 답장을 보냈어. 취사병은 내게 라페를리타에서 담배와 콜라를 사줬지. 그러던 어느 날 내게 8반의 어느 학생을 데려왔어. 얘 애인이 이키토스에 있는데, 그 계집애한테 편지 좀 써줄 수 있어? 나는 엄마에게 아버지를 만나서 이야기하고 싶어요? 하고 물었어. 그녀는 내게 하느님에게 기도하는 것밖에는 아무것도 할 수 없으며, 그래서 미사와 구일기도에 가기 시작했다고 말했어. 그러고는 알베르토, 넌 믿음을 가져야 하고 하느님을 많이 사랑해야 한다고, 그래야 커서 아버지처럼 유혹에 굴복하지 않을 것이라고 충고했어. 난 좋다고, 하지만 돈을 내야 한다고 말했지.'

알베르토는 생각했다. '벌써 이 년 전 일이네. 시간이 너무나 빨리 흘러.' 그는 눈을 감았다. 그리고 테레사의 얼굴을 떠올렸고, 그러자 그의 몸은 불안으로 가득찼다. 그날 그는 처음으로 아무런 걱정이나 근심 없이, 외출하지 못한 날을 이겨내고 있었다. 심지어 여자아이에게 받은 편지 두 통도 외출에 대한 욕망을 부추기지는 못했다. 그는 생각했다. '싸구려 종이에 편지를 썼고, 글씨도 형편없네. 나는 얘 글씨보다 더 예쁜 글씨로 쓴 편지들도 읽어봤는데.' 그는 편지 두 통을 여러 번 읽었다. 항상 몰래 숨어서 읽었다. 그리고 그것들을 일요일에 학교로 가져오던 담배들처럼 모자 안쪽에 숨겨 보관했다. 그는 테레사의 편지를 받은 첫 주에 즉시 답장을 쓰려고 했지만, 날짜를 쓴 다음 갑자기 자신감을 잃어버렸고 정신적 동요를 느꼈다. 뭐라고 말해야 할지 알 수 없었다. 그가 생각할 수 있었던 모든 말이 거짓 같았고 쓸모

없는 것 같았다. 그는 여러 번 편지를 쓰기 시작했다가 찢어버렸고, 마침내 아주 간단하게 몇 줄만 적어서 답장하기로 결심했다. "문제가 생겨서 우리는 외출할 수 없게 됐어. 언제 여기서 나갈 수 있을지 모르겠어. 네 편지를 받아 얼마나 기쁜지 몰라. 난 항상 너만을 생각해, 외출하면 무엇보다 가장 먼저 너를 만나러 갈게." 노예는 그가 가는 곳마다 졸졸 쫓아다녔고, 그에게 담배나 과일, 샌드위치 등을 주면서 속마음을 털어놓았다. 식당에서 밥을 먹을 때건, 대열로 정렬할 때건, 영화를 볼 때건 그는 알베르토 옆에 있으려고 했다. 알베르토는 그의 창백한 얼굴, 그의 기백 없는 표정, 그의 순진한 미소를 떠올리면서, 그를 증오했다. 노예가 가까이 다가오는 모습을 볼 때마다, 그는 토할 것 같았다. 이런저런 이야기를 하다가도 결국 대화는 테레사에 대한 이야기로 돌아갔으며, 알베르토는 철저히 냉소적으로 보이려고 하면서 자기 마음을 숨겼다. 또 어떤 때는 다정스럽게 행동하면서, 노예에게 현명한 충고를 해주었다. "편지로 사랑을 고백하는 건 소용없어. 그런 건 얼굴을 정면으로 쳐다보며 하는 거야. 그래야 반응을 볼 수 있거든. 외출하게 되면, 그애 집으로 가서 네 마음을 털어놔." 기운 빠진 표정으로 노예는 알베르토의 말을 심각하게 들으면서, 그 어떤 반대 의견도 없이 고개를 끄덕였다. 알베르토는 생각했다. '우리가 외출하는 첫날, 학교 문 앞에서 이 녀석에게 이야기하겠어. 녀석은 지금도 괴로워서 견디질 못하잖아. 난 이애를 더욱 괴롭게 하고 싶지 않아. 이렇게 말해야겠어. '미안해, 하지만 난 그 여자아이가 마음에 들어. 네가 그애를 만나러 가면, 네 얼굴을 박살내버릴 거야. 이 세상에 넘치는 게 여자잖아.' 그런 다음 나는 그애를 만나서 네코체아공원으로 데려가야지.' 공원은 레세르바 방파제 끝, 미라플로레스의 바닷물이 요란하게 부딪는 가파른 황토색 절벽 위에 있었다. 겨울이 되면 그 절벽 모서리에서는 안개 사이로 환영 같은 장면을 바라볼 수 있었다. 바로 커다란 돌들이 외롭게 늘어선 텅 빈 해변이었다. 그는 생각했다. '나는 하얀 통나무로 만든 난간 옆 마지막 벤치에 앉을 거야.' 태양은 이미 그의 얼굴과 몸을 따스하게 해주었다. 하지만 눈을 뜨면 그런 모습이 사라질 것 같았다.

잠에서 깨어났을 때, 태양은 이미 사라져 있었다. 그는 다시 흐린 잿빛 한가운데 있었다. 그는 그곳에서 몸을 움직였다. 등이 아렸고, 머리가 무겁다는 것을 깨달았다. 나무 바닥에서 잠을 자는 게 몸에 좋지 않다는 걸 그는 잘 알고 있었다. 아직도 졸렸고, 제대로 설 수가 없었다. 그는 여러 번 눈을 깜빡거리면서, 담배를 피우고 싶다고 생각했다. 그런 다음 굼뜨게 몸을 일으켰고, 몰래 살펴보았다. 정원은 텅 비어 있었고, 교실이 있는 시멘트 건물에도 사람이 없는 것 같았다. 도대체 지금이 몇시일까? 식당으로 가라는 호각소리는 일곱시 반에 울렸다. 그는 조심스럽게 주변을 둘러보았다. 학교는 죽은 것 같았다. 그는 정자에서 내려가 그 누구의 눈에도 띄지 않도록 급히 정원과 건물을 가로질렀다. 연병장에 도착해서야 그는 비쿠냐 뒤를 쫓아다니는 생도들을 보았다. 그는 연병장 저쪽, 그러니까 1킬로미터는 족히 떨어진 소운동장에서 초록색 코트를 입은 생도들이 마당에서 두 명씩 짝을 지어 걷고 있으며 막사에서 왁자지껄한 소리가 새어나올 것이라고 짐작했다. 담배를 피우고 싶은 마음이 간절했다.

5학년 소운동장에서 그는 걸음을 멈추었다. 그곳을 지나가는 대신 그는 위병소로 되돌아갔다. 수요일이었기에 편지가 와 있을 수도 있었다. 생도 여러 명이 위병소 문에서 그를 막았다.

"들어가게 해줘." 그가 말했다. "오늘 당직 장교가 나를 호출했단 말이야."

아무도 움직이지 않았다.

"줄 서." 누군가가 말했다.

"난 편지를 찾으러 온 게 아니야." 알베르토가 말했다. "중위가 날 만나자고 했단 말이야."

"개소리하지 말고 줄이나 서."

그는 기다렸다. 한 생도가 나오자 줄이 앞으로 움직였다. 모두가 먼저 들어가려고 안달했다. 그는 문에 이르렀고, 시간을 죽이기 위해 문에 붙은 공지사항을 읽었다. "5학년. 담당 장교: 페드로 피탈루가 중위. 부사관: 호아킨 모르테. 총인원: 360명. 의무실 입원자: 8명. 특별지시: 9월 13일부터 실시중인 외출금지 조처 해제. 서명: 5학년 담당 대위." 그는 다시 마지막 부분을 읽었다. 두 번, 세 번 다시 읽었다. 그는 큰 소리로 소리쳤고, 그러자 위병소 담당 부사관인 페소아가 투덜댔다.

"누가 여기서 함부로 소리치는 거야?"

알베르토는 막사로 급히 달려갔다. 그 소식을 전해주고 싶은 마음이 간절한 나머지 심장이 터질 것만 같았다. 문에서 그는 아로스피데를 만났다.

"외출금지가 해제됐어." 알베르토가 소리쳤다. "대위가 미쳤나봐."

"아니야." 아로스피데가 말했다. "아직 몰라? 누군가가 밀고했거든. 카바는 지금 영창에 있어."

"뭐라고?" 알베르토가 물었다. "카바를 고발했다고? 누가?"

"그래." 아로스피데가 말했다. "우리가 그걸 밝혀내려는 중이야."

알베르토는 막사 안으로 들어갔다. 큰일이 일어났을 때처럼, 그곳 분위기는 바뀌어 있었다. 쥐죽은 것처럼 조용한 막사 안에서 쿵쿵거리는 군화 소리는 이상하게 들렸다. 침대에 누운 많은 눈이 그를 계속 쳐다보았다. 그는 자기 침대로 갔다. 그리고 막사를 둘러보았다. 재규어도, 곱슬머리도, 왕뱀도 그곳에 없었다. 옆 침대에서 바야노는 만화책을 읽고 있었다.

"누가 일러바쳤는지 알아?" 알베르토가 물었다.

"곧 알게 되겠지." 바야노가 대답했다. "카바가 퇴학당하기 전에 알아내야만 해."

"다른 애들은 어디에 있어?"

바야노는 고개를 움직여 화장실을 가리켰다.

"뭘 하는 거야?"

"지금 모여 있어. 뭘 하는지는 나도 몰라."

알베르토는 일어나 노예의 침대로 갔다. 텅 비어 있었다. 그는 화장실 손잡이 하나를 밀었다. 그리고 머리 뒤로 모든 반 동료들의 시선이 느껴졌다. 그들은 한쪽 구석에 웅크리고 앉아 있었고, 그들 한가운데 재규어가 있었다. 그들이 그를 쳐다보았다.

"왜 온 거야?" 재규어가 물었다.

"오줌 누러." 알베르토가 대답했다. "오줌 좀 눠도 돼?"

"아니." 재규어가 말했다. "어서 꺼져."

알베르토는 막사로 되돌아와서 노예의 침대로 갔다.

"어디에 있어?"

"누가?" 바야노가 만화책에서 눈을 떼지 않고 물었다.

"노예 말이야."

"외출했어."

"뭐라고?"

"수업이 끝난 후에 나갔어."

"밖으로? 틀림없어?"

"밖이 아니면 어디겠어? 어머니가 편찮으신 것 같아."

'고자질쟁이, 거짓말쟁이. 난 그 표정을 보고 이미 알았어. 어떻게 그 자식이 외출허가를 받았겠어? 아마 그 녀석 어머니가 세상을 하직하고 있을 수도 있겠지. 그런데 내가 화장실에 들어가 재규어에게 노예가 고자질했다고 말한다면, 그놈들이야 벌떡 일어나겠지만 그건 아무런 쓸모도 없는 일이야. 그 녀석은 이미 외출했고, 자기 어머니가 위독하다고 모든 사람이 믿게 만들었으니까. 하지만 너무 절망할 필요는 없지. 시간은 빨리 흘러가니까. 나도 왕초 그룹에 들어가게 해줘. 나도 산골 촌놈 카바의 복수를 하고 싶거든.' 그러나 카바의 얼굴은 안개 속으로 사라지고, 왕초 그룹과 막사에 있는 나머지 생도들의 얼굴도 마찬가지로 안개에 덮여버린다. 그러자 방금 전 절정에 이르렀던 분노와 경멸도 흐려진다. 하지만 안개가 옅어지면서 거짓 미소를 짓고 있던 창백한 얼굴이 마음속에 나타난다. 알베르토는 침대로 가서 드러눕는다. 주머니를 뒤적거리지만, 단지 담배꽁초 몇 개만 발견할 뿐이다. 그러자 욕을 내뱉는다. 바야노는 만화책에서 눈을 들고 잠시 그를 쳐다본다. 알베르토는 팔로 얼굴을 가린다. 마음이 괴롭고 산란하며, 신경이 피부를 뜨끔뜨끔 들이쑤시고 있다는 느낌을 받는다. 그는 누군가가 어떻게든 자기 육체 속에 똬리를 튼 지옥을 발견할 것이라는 막연한 두려움을 느끼고, 그래서 그걸 숨기기 위해 요란하게 하품한다. 그는 '나는 바보야' 하고 생각한다. '오늘밤 그 녀석은 나를 깨우러 오겠지, 나는 그 녀석이 어떤 표정을 지을지 이미 알고 있어. 난 그 녀석이 이미 온 것처럼, 그의 표정을 보고 있어. 마치 내게 빌어먹을 놈, 그러니까 넌 그 여자애한테 영화를 보러 가자고 했고, 이제는 그애에게 편지를 쓰고, 그애도 네게 답장하는데, 내게 아무 말도 하지 않고서 내가 그애 얘기를 계속하게 놔둔 거지, 그래서 그랬던 거야, 왜 말해주질 않은 거지, 왜 말하지 않았던 거야, 라고 말하는 것 같아. 하지만 아니야. 그놈은 입을 열 시간은 고사하고 나를 깨울 시간도 없을 거야. 그놈이 날 건드리기 전에, 그러니까 내 침대에 다가오기 전에 내가 걔를 덮쳐서 바닥으로 내팽개치고, 인정사정없이 두들겨팰 테니까. 그러고는 모두 일어나, 지금 내가 멱살을 잡고 있는 놈이 카바를 밀고한 염병할 고발자야, 라고 외칠 거야.' 하지만 이런 생각은 다른 생각과 뒤섞인다. 그는 막사에 계속 침묵이 흐르고 있다는 사실에 마음이 무겁다. 눈을 뜨면 그는 셔츠 소맷부리와 몸 사이의 좁은 틈으로 막사 창문과 지붕의 일부를 볼 수 있다. 거의 어두워진 하늘과 연병장 주변의 불빛도 보인다. '그 녀석은 지금 거기에 있을 거야. 버스에서 내려 린세 동네의 거리를 걸어다니고 있겠지. 이미 그 여자아이를 만나 역겨운 얼굴로 사랑을 고백하고 있을지도 몰라. 난 제발 그 작자가 돌아오지 않았으면 좋겠어, 엄마. 버림받은 채 알칸포레스 거리의 집에 있는 엄마, 나역시 엄마를 버리고 미국으로 갈 거야. 아무도 내 소식을 듣지 못할 거야. 하지만 그전에 나는 버러지 같은 녀석의 얼굴을 박살내버리고 짓밟은 다음, 모든 급우에게 저 고자질쟁이가 어떻게 되었는지 쳐다보라고, 저놈 냄새를 맡고 만지고 느껴보라고 말할 거야. 그러고서 난 린세로 가서 그애에게 넌 불쌍한 싸구려 여자야, 내가 방금 전에 두들겨팬 그 고자질쟁이에게 딱 맞는 여자 말이야, 라고 말할 거야.' 그는 삐걱거리는 좁은 침대 위에 꼼짝도 하지 않고 누워 있다. 그는 윗침대 매트리스를 뚫어지게 쳐다본다. 그 매트리스는 아래에서 그걸 지탱하고 있는 마름모꼴 철망을 금방이라도 부수고서 그의 위로 떨어져 그를 짓눌러 뭉갤 것 같다.

"몇시야?" 바야노가 묻는다.

"일곱시."

그는 일어나 나간다. 아로스피데는 주머니에 손을 넣은 채 아직도 문가에 그대로 서 있다. 그는 소운동장 한가운데서 소리치며 말다툼을 벌이는 두 생도를 재미있다는 얼굴로 바라본다.

"아로스피데."

"왜 그래?"

"난 나갈 거야."

"그래, 지나가."

"담을 타넘을 거란 소리야."

"네가 그렇게 하든 말든 나와는 상관없어." 아로스피데가 말한다. "가서 보초에게나 말해."

"밤에 타넘겠다는 소리가 아니야." 알베르토가 대답한다. "지금 당장 나갈 거야. 그 인간들이 식당으로 갈 때 말이야."

이번에는 아로스피데가 관심을 보이며 쳐다본다.

"난 나가야만 해." 알베르토가 말한다. "아주 중요한 일이 있거든."

"데이트야, 파티야?"

"내가 있는 것처럼 해줄 수 있지?"

"그건 나도 몰라." 아로스피데가 말한다. "만일 네가 걸리면, 나도 혼나거든."

"딱 한 번 정렬하는 것만 남았어." 알베르토가 굽히지 않고 부탁한다. "넌 그저 빠진 사람이 없다면서 '이상 무'라고만 보고하면 돼."

"그렇다면 좋아." 아로스피데가 말한다. "하지만 한 번만이야. 혹시 또다시 정렬하라고 하면, 난 네가 빠졌다고 보고할 거야."

"고마워."

"운동장으로 나가는 게 좋을 거야." 아로스피데가 충고한다. "이제 곧 호각소리가 날 테니, 지금 당장 가서 거기에 숨어 있도록 해."

"알았어." 알베르토가 말한다. "그래야 한다는 건 나도 알아."

그는 막사로 돌아가서 사물함을 열었다. 2솔이 있었다. 버스 요금으로 충분했다.

"첫번째하고 두번째 보초가 누구야?" 바야노가 물었다.

"바에나랑 곱슬머리야."

그는 바에나와 말했고, 바에나는 그가 제 위치에 있는 것처럼 보고 해주겠다고 말했다. 그런 다음 화장실로 갔다. 세 명이 계속 웅크리고 있었다. 그를 보자 재규어가 일어났다.

"내 말이 말 같지 않아?"

"곱슬머리하고 잠깐 할말이 있어."

"개소리하지 마. 어서 여기서 꺼져."

"난 지금 담을 타넘을 거야. 곱슬머리가 막사에 아무 이상 없다고 보고해줬으면 좋겠어."

"지금 말이야?" 재규어가 물었다.

"응."

"좋아." 재규어가 말했다. "혹시 카바한테 무슨 일이 있었는지 알아? 그게 누구였는지?"

"어떤 놈이 밀고했는지 알았다면, 난 그놈을 가만두지 않았을 거야. 도대체 너는 날 뭐라고 생각하는 건데? 설마 날 밀고자라고 생각하지는 않겠지?"

"나도 네가 아니었으면 좋겠어." 재규어가 말했다. "너를 위해서 말이야."

"누구라도 범인을 건드리면 내가 가만두지 않겠어." 왕뱀이 말했다. "내가 그놈을 처리할 거니까."

"입 닥쳐." 재규어가 말했다.

"잉카 담배를 가져오면 네가 있는 것처럼 보고할게." 곱슬머리가 말했다.

알베르토는 고개를 끄덕였다. 막사로 들어가자 그는 호각소리와 정렬하라고 소리치는 부사관의 목소리를 들었다. 그는 뛰기 시작했고, 모여드는 생도들 사이로 번개처럼 소운동장을 지나갔다. 그는 손으로 학년 계급장을 가리고 연병장으로 뛰어갔다. 다른 학년 담당 장교가 가로막을 수도 있기 때문이다. 3학년 막사 건물에서는 대대가 이미 정렬해 있었고, 알베르토는 달리기를 멈추었다. 그는 자연스럽게 성큼성큼 걸었다. 3학년 담당 장교 앞을 지나가면서 그에게 경례했다. 중위는 기계적으로 답례했다. 막사 건물에서 멀리 떨어진 운동장에 도착하자 그는 깊은 안도의 한숨을 내쉬었다. 그런 다음 병사 숙소를 지나면서, 그들이 말하고 욕하는 소리를 들었다. 그는 학교 담에 바짝 붙어 벽들이 직각을 이루는 구석으로 뛰어갔다. 예전에 담을 타넘을 때 사용되었던 벽돌과 흙벽돌이 아직 그곳에 그대로 쌓여 있었다. 그는 바닥에 엎드렸고, 사각형의 드넓은 초록색 축구장 너머에 있는 막사 건물들을 천천히 쳐다보았다. 거의 아무것도 보이지 않았지만, 호각소리는 들을 수 있었다. 대대들은 식당으로 행진하고 있었다. 병사 숙소 근처에는 아무도 보이지 않았다. 그는 일어나지 않은 채 벽돌을 집어 벽 아래에 차근차근 쌓았다. 기어오를 기운이 없으면 어떻게 하지? 그는 항상 반대쪽 벽으로, 그러니까 라페를리타와 맞닿은 벽으로 뛰어내렸었다. 그는 마지막으로 주변을 살펴보고는 벌떡 일어나 벽돌 위로 올라가서 두 팔을 뻗었다.

벽의 표면은 거칠다. 알베르토는 허리를 펴고 눈을 들어 벽 꼭대기를 쳐다본다. 그는 이제 거의 어둠에 잠겨 있는 텅 빈 들판을 바라본다. 그리고 들판 너머로 산뜻하게 줄지어 서서 프로그레소 대로를 보호하는 것 같은 야자수들을 본다. 잠시 후 약간 미끄러진 탓에 벽만 눈에 들어오지만, 그의 손은 아직도 벽 꼭대기를 잡고 있다. '그래, 맞아, 하느님을 두고 맹세하는데, 넌 내게 대가를 치러야 해, 노예야, 넌 그 애 앞에서 대가를 치르게 될 거야. 내가 떨어지면 다리가 부러질 거고, 그러면 학교는 우리집에 전화를 걸 거고, 우리 아버지가 달려오겠지. 그러면 나는 무슨 일이 있었는지 이야기할 거야. 나는 벽을 넘은 잘못으로 학교에서 퇴학을 당하겠지만, 당신은 우리집을 버리고 창녀들 뒤 꽁무니만 쫓아다녔다고, 그게 더 나쁜 거라고 말하겠어.' 발과 무릎이 거칠거칠한 벽 표면에 바짝 붙는다. 그는 틈과 움푹 튀어나온 곳을 디 뎌 자세를 고정하고서 기어오른다. 위에 올라가자 알베르토는 원숭이 처럼 몸을 웅크린 채 충분한 시간을 들여 바닥이 평평한 지점을 고른 다. 그리고 뛰어내린다. 그는 땅바닥에 부딪히면서 뒹굴뒹굴 구른다. 그는 눈을 감고 성난 듯이 머리와 무릎을 마구 문지르면서 앉는다. 그 런 다음 그 자리에서 움직이면서 몸을 일으킨다. 그는 달린다. 쟁기로 간 들판을 지나면서 새싹들을 짓밟는다. 그의 발은 부드러운 흙속에 푹푹 빠지고 어린 가지들은 발목을 따끔하게 찌른다. 몇몇 줄기가 그 의 군화 아래서 부러진다. '난 정말 바보야, 그 누구든 날 볼 수 있고, 내 모자와 계급장을 보면 내가 누군지를, 그러니까 도망치는 생도라 는 걸 금방 알 수 있잖아. 난 우리 아버지처럼 도망치고 있어. 황금발 이 있는 곳으로 간다면 어떻게 될까? 내가 엄마, 이제 그만해요, 제발 현실을 받아들여요, 어쨌거나 엄마는 이제 늙었고, 아직 신앙심을 갖 고 있는 것만으로도 최선을 다한 거지만, 엄마와 아빠 때문에, 그리고 변변치 않은 재봉사이며 뚜쟁이이고 마녀이며 빌어먹을 여자인 테레 사의 이모 때문에 퇴학당할 거라고 말한다면 어떻게 될까?' 버스 정류 장에는 아무도 없다. 버스는 그와 거의 동시에 도착하고, 그는 펄쩍 뛰 어 버스에 오른다. 다시 마음이 가라앉는다. 그는 사람들 사이에 꽉 끼 여서 간다. 밖은, 즉 차창 너머로는 아무것도 보이지 않는다. 방금 전 에 밤이 온 세상을 뒤덮었기 때문이다. 하지만 그는 버스가 들판과 조 그만 농장들, 두어 개의 공장들, 함석과 판지로 지은 집들로 가득한 가난한 동네, 그리고 투우장을 지나간다는 걸 알고 있다. '그는 들어갔고, 비겁한 자의 미소를 지으면서 인사했어. 그녀는 그에게 잘 지냈느냐고 인사했고, 앉아, 라고 말했지. 그 늙은 마녀는 나오더니 재잘거리기 시작했고, 그에게 깍듯이 말했으며, 밖으로 나가면서 단둘이 있게 자리를 피해주었어. 그러자 그는 말했어. 내가 이곳으로 온 이유는, 그러니까 내 말은, 네가 짐작하는지 모르겠지만, 그게 말이야, 알베르토에게 내 메시지를 전해달라고 했어. 아, 알베르토, 그래, 그가 나를 영화관으로 데려갔지만, 그게 전부야. 그래, 내가 그에게 편지를 보내긴했지. 그런데 난 널 정말 미치도록 좋아해. 그런 다음 그들은 키스했고, 지금도 키스하고 있고, 앞으로도 키스할 거야. 오, 하느님, 제가 그곳에 도착할 때 그들이 키스하고 있게 해주세요. 입을 맞대고 말이에요. 그들이 벌거벗은 채 있게 해주세요, 하느님.' 그는 알폰소 우가르테 대로에서 내려서 볼로네시광장 쪽으로 걸어간다. 그곳에는 카페테리아에서 나오거나 길모퉁이에 서서 무리를 이룬 공무원과 회사원이 가득하다. 그는 자동차들이 한시도 쉬지 않고 꼬리를 물고 달려오는 사차선 도로를 건너 광장에 도착한다. 그곳 한가운데에는 기둥처럼 솟은 또다른 영웅의 동상이 있다. 가로등에서 멀리 떨어진 탓에 그 동상은 어둠 속에 잠겨 있고, 칠레인들의 총알로 벌집이 되어 있다. '조국의 성스러운 깃발에, 우리 독립투사들의 피에 충성을 맹세하라. 우리는 절벽을 통해 해변으로 내려가고 있었어. 바로 그때 플루토는 저 위를 쳐다보라고, 그곳에 엘레나가 있다고 말했어. 우리는 굳게 맹세했고, 장관은 코를 풀고, 코를 후볐어. 아, 불쌍한 우리 어머니, 이제는 더이상 카드놀이도 하지 않고 파티나 만찬 모임에도, 여행도 가지 않아.

아빠, 날 축구장에 데려가줘요. 그건 검둥이들의 스포츠가 아니에요. 애야, 다음해에 난 널 요트클럽 회원으로 가입시킬 거다. 그럼 인기를 한몸에 받게 될 거야. 하지만 그후 아버지는 테레사 같은 계집애들의 치마를 졸졸 쫓아다니며 우리를 떠났지.' 그는 콜론 거리를 걸어간다. 그곳은 마치 다른 세상의 거리인 것처럼 텅 비어 있다. 그곳은 19세기에 지어진 사각형 집들만큼이나 시대에 뒤떨어져 있다. 이제 그곳에는 훌륭한 가문인 체하는 사람들만 살고 있다. 집의 정면 외관은 글자로 가득하다. 자동차도 다니지 않고, 망가진 벤치와 석상들만 존재하는 거리다. 다음으로 그는 냉장고 내부처럼 환하고 반짝거리는 미라플로레스 직행버스에 오른다. 그의 주변에는 웃지도 않고 조용히 있는 사람들뿐이다. 그는 라이몬디 학교 정류장에서 내려 린세 동네의 음산한 거리들을 걷는다. 조그만 가게가 드문드문 있고, 가로등 불빛은 꺼질 듯 희미하고, 집들은 어둠에 잠겨 있다. '그러니까 남자애와 한 번도 데이트를 하지 않았단 말이구나. 하느님이 주신 그대로의 얼굴로 말해봐. 그래, 메트로 영화관이 좋겠어. 나한테 아무 말도 하지 마. 노예가 시내 중심가 영화관에서 상영하는 오후 영화를 보러 너를 데려갈 것 같아? 난 너를 공원으로, 해변으로, 미국으로 데려갈 거고, 일요일마다 초시카로 데려갈 거야. 그게 바로 네가 생각하고 있는 거구나. 그래요, 엄마, 엄마한테 말할 게 있어요. 난 어느 계집애와 사랑에 빠졌어요. 아버지가 엄마한테 했듯이, 그 계집애도 바람을 피웠죠. 하지만 우리가 결혼하기 전에, 내가 사랑을 고백하기 전에, 그 어떤 말도 하기 전에 있던 일이었어요.' 그는 테레사의 집이 있는 길모퉁이에 도착한다. 그는 벽에 바짝 달라붙어 그림자 속에 몸을 숨긴다. 사방을 둘러본다. 거리에는 인적이 없다. 그의 뒤로, 그러니까 집안에서 가구 옮기는 소리가 들린다. 누군가가 서두르지 않고 체계적으로 옷장을 자리에 놓거나 아니면 원래 있던 자리에서 옮기는 모양이다. 그는 손을 머리로 가져가 머리카락을 매만지고, 가르마에 한 손가락을 대고 똑바른지 확인한다. 그는 손수건을 꺼내 이마와 입을 닦는다. 그리고 셔츠를 단정하게 하고, 한쪽 구두 끝을 바짓자락으로 문지른다. 그리고 다른 발도 똑같이 한다. '들어가야지. 그애한테 웃으면서 악수를 청하자. 갑자기 찾아와서 미안해, 하지만 잠깐이면 돼. 테레사, 내가 보낸 편지 두 통을 돌려줘, 부탁이야. 여기 네가 보낸 편지들이 있어. 자, 받아. 너, 노예, 넌 가만히 있어. 너하고는 나중에 대화하고 싶어. 이건 남자들끼리의 문제야. 테레사 앞에서 소동을 피울 필요는 없잖아? 자, 말해봐, 넌 남자지?' 알베르토는 현관 앞에 있다. 시멘트로 만들어진 세 단짜리 계단 발치에 있다. 그는 소리를 들으려고 하지만 아무 소용 없다. 하지만 그들은 그곳에 있는 게 틀림없다. 한줄기 빛이 현관문의 윤곽을 드러낸다. 몇 초 전에 그는 공기처럼 가벼운 촉감을 느꼈다. 아마도 무언가를 잡으려고 하던 손인 것 같았다. '나는 컨버터블 자동차를 타고, 미국제 신발을 신고, 실크셔츠를 입고, 황금 필터 담배를 입에 물고, 가죽재킷을 입고, 새빨간 깃털이 달린 모자를 쓰고 가서 경적을 울릴 거야. 그리고 그 둘에게 차에 타라고, 난 어제 미국에서 도착했다고 말하고서, 드라이브를 하자고 할 거야. 오란티아에 있는 우리집으로 가자고, 내 아내를 소개해주겠다고, 미국 여자인데 영화배우였다고 말할 거야. 자, 가자, 어서 올라타, 노예야, 어서 타, 테레사. 가는 동안 라디오 들을래?'

234

알베르토는 문을 두 번 두드린다. 두번째는 보다 세게 두드린다. 잠시 후 현관에서 어느 여자의 모습이 보인다. 얼굴도 없고 목소리도 없는 실루엣이다. 안에서 비추는 빛은 희미해서 여자의 어깨와 목만 겨우 보인다. "누구세요?" 그녀가 묻는다. 알베르토는 대답하지 않는다. 테레사가 약간 왼쪽으로 비키자, 알베르토는 얼굴에 닿는 은은한 불빛을 느낀다.

"안녕." 알베르토가 말한다. "걔하고 잠시 말하고 싶어. 아주 급한 문제야. 부탁이니 그애를 좀 불러줘."

"안녕, 알베르토." 그녀가 말한다. "널 못 알아봤어. 자, 들어와. 깜짝 놀랐네!"

그는 들어가면서, 심각한 표정을 짓는다. 그러면서 동시에 빈방을 재빨리 살핀다. 다른 방을 가리고 있던 커튼이 너울거리자, 그는 엉망이 된 커다란 침대와, 그 옆의 보다 작은 침대를 본다. 그는 표정을 부드럽게 풀고 뒤로 돈다. 테레사는 그에게 등을 돌리고 문을 닫는다. 알베르토는 그녀가 돌기 전에 손으로 재빠르게 자기 머리카락을 매만진 다음 치마의 주름을 펴는 걸 본다. 이제 그녀는 그의 앞에 있다. 갑자기 알베르토는 최근 몇 주 동안 학교에서 수없이 떠올렸던 얼굴이 지금 자기가 옆에서 보는 얼굴과는 달리 매우 경직되어 있었다는 걸 깨닫는다. 지금 보는 얼굴은 그가 메트로 영화관에서 보았고 작별인사를 할 때 현관에서 보았던 얼굴, 그를 제대로 쳐다보지도 못하는 것 같았고, 여름 햇빛에 눈이 부신 것처럼 계속 깜빡거리던 수줍은 눈을 지닌 소심하고 겁 많은 얼굴이다. 테레사는 미소 짓고 있지만 당황한 기색이 역력하다. 그녀는 두 손을 맞잡았다가 풀고, 엉덩이 옆으로 떨어뜨렸다가 벽에 갖다댄다.

"학교에서 도망쳤어." 그가 말한다. 그는 얼굴을 새빨갛게 붉힌 채 시선을 아래로 떨어뜨린다.

"도망쳤다고?" 테레사는 입을 열지만, 더이상 아무 말도 하지 않고, 걱정스러운 눈으로 그를 쳐다보기만 한다. 그녀는 두 손을 다시 맞잡았고, 이제 그 손들은 알베르토에게서 불과 몇 센티미터 떨어진 곳에 있다. "무슨 일이 있었어? 자, 이야기해봐. 일단 먼저 앉아. 여기엔 아무도 없어. 우리 이모는 외출했거든."

그는 고개를 들고 말한다.

"노예랑 만났어?"

그녀는 눈을 둥그렇게 뜨고 그를 쳐다본다.

"누구?"

"그러니까 리카르도 아라나 말이야."

"아." 그녀는 안심하듯이 말한다. 다시 미소 짓는다. "그 아이는 길 모퉁이에 살아."

"널 만나러 오지 않았어?" 그가 다시 묻는다.

"나를?" 그녀가 말한다. "아니. 그런데 왜 묻는 거야?"

"사실대로 말해줘." 그가 큰 소리로 말한다. "나한테는 거짓말하지 않아도 돼. 그러니까……" 그는 말을 멈추고 뭐라고 중얼거리다가 입을 다문다. 테레사는 아주 심각하게 그를 바라보면서, 머리를 가볍게 흔든다. 그녀의 손은 가만히 있지만, 눈은 새로운 빛을 띠고 있다. 아직 불확실하긴 하지만, 의심하는 듯한 눈빛이다.

"왜 그걸 나한테 물어보는 거야?" 그녀의 목소리는 아주 부드럽고 느리며, 약간의 아이러니가 스며 있다.

"노예가 오늘 오후에 외출했거든." 알베르토가 말한다. "난 너를 만나러 왔을 거라고 생각했어. 걔는 자기 어머니가 몹시 편찮으시다는 핑계를 댔지만."

"왜 여기로 와야 하는 건데?" 그녀가 묻는다.

"걔가 널 사랑하거든."

이번에는 테레사의 얼굴 전체가 붉어진다. 뺨과 입술, 그리고 머리카락 몇 가닥이 너울거리는 반들반들한 이마까지 모두 붉어진다.

"난 몰랐어." 그녀가 말한다. "그애하고는 단지 잠깐만 대화를 나누었을 뿐이야. 그런데……"

"그래서 내가 벽을 넘어 도망친 거야." 알베르토가 말한다. 그는 잠시 입을 벌린 채로 침묵을 지킨다. 그리고 마침내 덧붙인다. "질투가 났거든. 나 역시 널 사랑해."

제7장

그녀는 항상 아주 깔끔하고 우아해 보였어. 난 생각하곤 했어. 왜 다른 여자들은 그렇게 보이지 않는 걸까? 그녀가 자주 옷을 갈아입어서 그런 게 아니야. 오히려 그녀에게는 옷이 그다지 많지 않았거든. 우리가 공부할 때, 그녀는 손에 잉크가 묻으면 책을 바닥에 던지고서 손을 씻으러 갔어. 종이에 잉크가 한 방울이라도 묻어 얼룩지면, 그녀는 종이를 찢어버리고 다시 썼어. "그러면 너무 시간 낭비잖아." 나는 말했어. "긁어내고 다시 쓰는 게 나아. 자, 면도칼을 빌려주면, 하나도 차이가 없다는 걸 내가 보여줄게." 하지만 그녀는 내 제안을 받아들이지 않았어. 그녀가 유일하게 화를 냈을 때가 내가 이렇게 말했을 때였지. 그녀의 관자놀이가 떨리기 시작했어. 그녀의 검은 머리카락 아래서 마치 심장처럼 천천히 움직였지. 그리고 그녀는 입을 삐죽거렸어. 하지만 화장실에서 돌아올 때는 다시 웃고 있었어. 그녀의 교복은 파란색 치마와 흰색 블라우스였어. 종종 나는 그녀가 학교에서 오는 걸 보면서 생각했어. '주름도 하나 없고, 얼룩도 하나 없어.' 또한 그녀는 체크무늬 원피스를 하나 가지고 있었어. 어깨를 덮고 목에서 리본으로 묶는 거였지. 민소매였는데, 그녀는 그 위에 붉은빛이 감도는 밤색 재킷을 입었어. 맨 위 단추 하나만 잠갔는데, 걸어갈 때면 재킷의 양쪽 끝부분이 산들바람에 펄럭이곤 했어. 그럴 때면 정말 예쁘고 멋있어 보였지. 그것이 일요일에 외출해서 친척들을 만나러 갈 때 입는 옷이었어. 일요일은 내게 최악의 날이었어. 나는 일찍 일어나 베야비스타광장으로 가곤 했어. 나는 벤치에 앉거나 영화 포스터들을 보면서도, 한시도 그 집에서 눈을 떼지 않았어. 내 눈에 띄지 않고는 아무도 그 집에서 나올 수 없었단 이야기야. 주중에 테레사는 영화관 근처에 있는 중국인 틸라우네 빵집으로 빵을 사러 나왔어. 그러면 나는 이렇게 말했어. "정말 우연이네. 우리는 항상 만나더라." 사람들이 많으면 테레사는 밖에서 기다렸고, 나는 사람들을 밀치며 그녀에게 길을 내주었어. 틸라우는 항상 내 주문을 가장 먼저 받았어. 우리는 서로 친하게 지냈거든. 언젠가 틸라우는 우리가 들어오는 것을 보자 말했어. "아, 애인들이 도착했네. 평소에 사던 대로 살 거지? 두 사람이 각각 따뜻한 창카이* 두 개씩?" 그러면 빵을 사던 사람들은 웃었고, 그녀의 얼굴은 빨개졌어. 나는 "이제 그만해요, 틸라우, 농담 그만하고 빵이나 주세요"라고 말했어. 그런데 일요일에는 빵집을 열지 않았거든. 나는 베야비스타 영화

---

* 페루에서 대중적으로 먹는 달콤한 빵. 밀가루로 반죽하고 참깨와 아니스로 향을 낸다.

관 입구나 벤치에서 그녀와 이모를 지켜보곤 했어. 그들은 코스타네라 대로로 가는 버스를 기다렸지. 몇 번은 지켜보지 않는 척했어. 나는 주머니에 손을 넣고 휘파람을 불면서 돌이나 병뚜껑을 발로 차면서 그들 옆을 지나갔고, 발걸음을 멈추지 않은 채 그들에게 인사했어. "안녕하세요, 부인. 안녕, 테레사." 그러고서 앞으로 계속 나아갔고, 그대로 우리집으로 돌아가거나 아니면 사엔스 페냐까지 그냥 걸었어.

그녀는 월요일 밤마다 체크무늬 원피스와 재킷을 입었어. 그녀의 이모가 베야비스타 영화관의 여성전용일에 영화를 보러 그녀를 데려갔거든. 나는 우리 어머니에게 잡지를 빌려달라고 부탁하고는, 광장으로 가서 영화가 끝날 때까지 기다렸다가 그녀가 이모와 함께 영화 이야기를 나누면서 가는 모습을 지켜보았어.

다른 날에는 밤색 치마를 입었어. 약간 색이 바래고 오래된 치마야. 가끔씩 나는 치마를 수선하는 그녀의 이모를 보았어. 정말이지 일을 잘하는 분이야. 기운 부분이 거의 눈에 띄지 않았거든. 그 누구와도 비교할 수 없는 훌륭한 재봉사였어. 치마를 수선할 때면, 테레사는 방과 후에도 교복을 계속 입은 채로 옷이 더러워지지 않도록 의자에 신문을 깔고 앉았어. 밤색 치마 위에는 흰 블라우스를 입곤 했어. 블라우스에는 단추가 세 개 달려 있었는데, 그녀는 항상 아래 두 개만 채웠어. 그래서 블라우스 칼라는 약간 열려 있었고, 그녀의 길고 까무잡잡한 목은 그대로 드러났지. 겨울에는 흰 블라우스 위에 붉은빛이 감도는 밤색 재킷을 걸쳤고, 단추를 하나도 잠그지 않았어. 나는 생각했지. '옷 입는 데 일가견이 있어.'

신발은 두 켤레뿐이었는데, 신발 신는 재주는 그다지 신통하지 않앉어. 남자 신발처럼 보이는 끈 달린 검은 신발을 학교에 신고 왔지만, 발이 작아서 그다지 눈에 띄지 않긴 했어. 그녀의 신발은 항상 윤이 났고, 먼지도 없었고 더럽지도 않았지. 집으로 돌아가면 틀림없이 신발을 벗어 닦았을 거야. 그녀가 검은 신발을 신고 들어가는 걸 봤는데, 잠시 후 내가 공부하러 그 집에 도착하면 이미 흰 신발을 신고 있었고, 검은 신발은 마치 거울처럼 반짝거리면서 부엌 문가에 놓여 있었거든. 나는 그녀가 매일 구두에 구두약을 발랐으리라고는 생각하지 않지만, 적어도 마른걸레로는 닦은 게 분명해.

그녀의 흰 신발은 낡았어. 그녀가 잠시 방심해서 다리를 꼬고 한 발을 공중에서 흔들거릴 때면, 구두창 여러 군데가 닳았다는 걸 알 수 있었지. 언젠가 한번은 그녀가 식탁에 발끝을 부딪혀 비명을 질렀어. 그녀의 이모가 와서 신발을 벗기고는 발을 주물러주기 시작했지. 그녀의 신발 안에 마분지를 여러 겹으로 접은 깔창이 있는 게 보였어. 그래서 나는 '신발 밑창에 구멍이 난 거야' 하고 생각했지. 언젠가는 그녀가 흰 신발을 닦는 걸 보았어. 마치 학교 숙제를 하듯이 온 정성을 다해서 분필로 칠하고 있었어. 그래서 항상 새 신발처럼 유지했던 거야. 하지만 그건 잠시뿐이었지. 신발이 어디 스치기만 해도, 분필이 지워졌으니까. 그러면 얼룩이 잔뜩 보였지. 그래서 언젠가 나는 이렇게 생각했어. '테레사에게 분필이 많다면, 신발이 항상 새것 같을 거야. 분필을 주머니에 넣고 다니다가, 신발 한쪽에 칠한 게 지워지면 다시 칠하면 되니까.' 우리 학교 앞에 서점 겸 문구점이 하나 있었어. 어느 날 오후 나는 그곳으로 가서 분필 한 통이 얼마인지 물었어. 커다란 것은 6솔이고, 조그만 것은 4솔 50센타보라더군. 그렇게 비싸리라고는 상상도 못했어. 난 말라깽이 이게라스에게 다시 돈을 빌려달라고 하기가 부끄러웠어. 전에 빌려준 돈도 아직 갚지 못했거든. 어쩌다 한 번씩 항상 똑같은 싸구려 술집에서 만나는 정도였지만, 이미 우리는 더 친한 사이가 되어 있었어. 그는 내게 이런저런 이야기를 했고, 학교생활에 관해 물었고, 담배도 주었어. 어떻게 담배 연기로 도넛을 만드는지, 어떻게 연기를 들이마시고 참다가 코로 내뱉는지 같은 것들도 가르쳐줬고. 어느 날 난 용기를 냈고, 4솔 50센타보를 빌려달라고 말했어. "물론이지, 친구. 네가 원하는 만큼 빌려줄게." 그는 대답했어. 그리고 무엇 때문에 돈이 필요하냐고 묻지도 않고 돈을 주었어. 나는 서점으로 달려가서 분필 한 통을 샀어. 나는 "너에게 주는 선물이야, 테레사"라고 말할 참이었어. 그녀의 집에 들어섰을 때만 해도, 그렇게 말하려고 생각했지. 그런데 그녀를 보자마자 난 후회했고, 단지 이렇게 말하는 게 고작이었어. "학교에서 이걸 받았는데, 난 분필 필요 없거든. 혹시 가질래?" 그러자 그녀가 말했어. "물론이야, 잘 쓸게."

　나는 악마가 존재한다는 걸 믿지 않지만, 가끔씩 재규어는 내게 악마가 존재할지도 모르겠단 생각을 품게 해. 그는 믿지 않는다고 말하지만, 그건 새빨간 거짓말이야. 성녀 로사*를 좋지 않게 말했다면서 그가 아로스피데를 때렸을 때 알았지. "우리 어머니는 성녀 로사를 끔찍이 믿는 분이야. 성녀 로사의 험담을 하는 것은 우리 어머니를 욕하는 것과 마찬가지야." 그건 새빨간 거짓말이야. 악마는 재규어의 얼굴

---

* '리마의 로사'라고도 불리는 페루의 수호 성녀.

을 하고, 재규어처럼 웃고, 뾰족한 뿔을 갖고 있는 게 분명해. "그놈들이 카바를 데려가려고 오고 있어." 그는 말했어. "이제 모든 게 밝혀졌어." 그러고는 웃음을 터뜨렸어. 반면에 곱슬머리와 나는 무슨 말을 해야 할지도 모르겠더라. 어떻게 알아냈을까? 나는 항상 그의 뒤로 다가가서 그를 바닥에 쓰러뜨리고, 바닥에 쓰러진 그를 사정없이 퍽퍽 마구 두들겨패는 꿈을 꿔. 그리고 그가 정신을 차리면 어떻게 행동할지 지켜보고 싶어. 곱슬머리 역시 그렇게 생각하는 게 틀림없어. 재규어는 짐승이야, 왕뱀, 이 세상에 둘도 없는 무식하고 야만적인 놈이라고, 라고 곱슬머리가 오늘 오후에 나한테 말했거든. 그런데 재규어가 산골 촌놈에 관한 걸 어떻게 추측하는지, 그가 어떻게 웃는지 봤어? 그렇게 고통받는 사람이 나였더라도, 틀림없이 그는 바지에 오줌을 지릴 정도로 폭소를 터뜨렸을 거야. 그는 미친놈 같았지만, 그건 산골 촌놈 때문이 아니라, 바로 그 자신 때문이었어. "그놈들은 바로 나한테 그런 짓을 한 거야. 그놈들은 누구와 상대하는지 모르고 있어"라고 말했어. 하지만 위병소 영창에 갇힌 건 카바야. 만일 주사위가 날 선택했다면 어떻게 되었을까 생각만 해도 머리카락이 쭈뼛쭈뼛 서. 나는 재규어가 영창에 처박혔으면 좋겠어. 그러면 그놈이 어떤 표정을 짓는지 보고 싶거든. 아무도 그를 못살게 굴지 않아. 이게 바로 날 가장 화나게 해. 그는 모든 걸 앞서서 추측해. 흔히 동물들은 냄새로 사물을 감지할 수 있다고 하잖아. 동물들이 그냥 코를 킁킁거리곤 하는데, 그게 바로 무슨 일이 일어날지 냄새를 맡는 거야. 우리 어머니는 이렇게 말씀하셨어. "1940년 지진이 일어나던 날, 난 무슨 일이 일어나겠다는 걸 알았어. 동네 개들이 미친듯이 마구 날뛰면서 짖어댔거든. 꼭 뿔이 달리고 털이 철사처럼 뾰족한 악마를 본 것처럼 말이야. 그리고 얼마 후 땅이 흔들리기 시작했어." 재규어도 마찬가지야. 그는 미친 것 같은 표정을 지으며 말했어. "어떤 놈이 불었어. 성모님을 두고 맹세하는데, 바로 그런 일이 벌어진 거야." 우아리나와 모르테는 카바를 보지도 못했고, 발소리도 못 들었어. 전혀 눈치 못 챘다고. 정말 말로 다할 수 없는 수치스러운 일이야. 그 어떤 장교도 산골 촌놈이 그런 짓을 하는 걸 보지 못했고, 그 어떤 부사관도 보지 못했어. 만일 그랬다면 한참 전에 그를 가두었을 거야. 그리고 이미 삼 주 전에 퇴학을 당했을 거고. 이건 정말 수치스러운 일이야. 어느 생도가 고자질한 게 분명해. 어느 개거나 4학년 중 하나일 거야. 4학년 역시 개들이야. 좀더 크고 좀더 교활하지만, 본질은 개거든. 우리는 완전히 개가 된 적은 없었어. 모두 왕초 그룹 덕분이야. 왕초 그룹이 그들이 우리를 존중하게 만들었으니까. 물론 그렇게 하는 건 보통 힘든 일이 아니었지. 우리가 4학년이었을 때, 5학년 중에서 우리를 데려가 침대 정리를 시켜야겠다고 생각한 사람이 있었어? 그랬다면 난 그를 바닥에 쓰러뜨리고 침을 뱉었을 거야. 그리고 재규어, 곱슬머리, 산골 촌놈 카바를 불러서, 그 염병할 5학년을 두들겨패는 바람에 내 손이 아프니 도와달라고 했을걸. 심지어 10반 난쟁이들도 괴롭힘당하지 않았잖아. 이 모든 게 재규어 덕분이야. 그는 유일하게 신고식을 치르지 않았지. 그는 진짜 남자가 무엇인지 본보기를 보여주었어. 하지만 지금 그런 말을 한다고 무슨 소용이 있겠어? 우리는 멋진 시간을 보냈어. 이후에 일어난 그 어떤 일보다 멋졌지. 하지만 나는 시간을 거슬러가고 싶지는 않아. 오히려 정반대로 그런 것에서 얼른 벗어나고 싶어. 난 우리 모두가 산골 촌놈 카바 일 때문에 망하지 않기를 바라고 있어. 카바가 겁을 집어먹고 우리 뒤통수를 친다면, 난 그놈을 가만두지 않을 거야. "녀석에게 모든 걸 걸게." 곱슬머리는 말했어. "뜨겁게 달군 쇠로 고문한다고 해도, 그 녀석은 절대로 입을 열지 않을 거야." 기말고사 직전에 하찮은 유리창 때문에 망한다는 건 엄청난 불행일 거야. 난 다시 개가 되고 싶지 않아. 여기서 다시 삼 년을 보낸다는 건 생각만 해도 끔찍해. 이곳이 어떤 곳인지 이미 경험했기에 더욱 그래. 군인이 되겠다고, 조종사가 되겠다고, 해군이 되겠다고 말하는 개들이 있어. 희끄무레한 놈들은 모두 해군이 되고 싶어하지. 좋아, 몇 달만 기다려봐. 그때 다시 만나서 말하자고.

방은 형형색색의 꽃들로 가득한 넓은 정원과 맞닿아 있었다. 창문은 활짝 열려 있었고, 축축한 풀냄새가 그들이 있는 곳까지 풍겼다. 베베는 똑같은 음반을 네번째로 올려놓고서 지시했다. "어서 일어나, 잔꾀부리지 마. 모두 널 위해서야." 알베르토는 피로를 이기지 못해 일인용 소파에 이미 풀썩 주저앉아 있었다. 플루토와 에밀리오는 관객 자격으로 수업에 참여했는데, 농담을 하고 넌지시 추파를 던지고 엘레나의 이름을 입에 올리며 시간을 보내고 있었다. 얼마 후 알베르토는 베베의 품에 안겨 아주 엄숙하게 몸을 흔들어대는 자신의 모습을 거실의 커다란 거울에서 보게 될 것이다. 그의 육체는 전과 마찬가지로 경직될 것이고, 플루토는 이렇게 말할 것이다. "이제 그만해. 너 또 로봇처럼 춤추고 있거든."

그는 자리에서 일어났다. 에밀리오는 이미 담배에 불을 붙였고, 플루토와 번갈아가면서 담배를 피웠다. 알베르토는 그들을 보았다. 그들은 소파에 앉아 미국 담배가 더 좋은지 아니면 영국 담배가 더 좋은지 논쟁을 벌이고 있었다. 에밀리오와 플루토는 그에게 관심을 보이지 않았다. "준비됐지?" 베베가 말했다. "이제는 네가 리드해봐." 그들은 다시 춤추기 시작했다. 처음에는 아주 천천히 춤추면서, 오른쪽으로 한 스텝, 왼쪽으로 한 스텝, 이렇게 돌고, 저렇게 도는 등 페루의 토속 왈츠 리듬을 꼼꼼하게 따르기 위해 애썼다. "이제 조금 나아졌어." 베베가 말했다. "하지만 음악에 맞춰서 조금 더 빨리 스텝을 밟아야 해. 잘 들어봐. 딴-딴, 딴-딴, 돌고, 딴-딴, 딴-딴, 돌고." 실제로 알베르토는 훨씬 더 긴장이 누그러지고 편안해진다는 느낌을 받았다. 이제 그는 스텝에 관해 생각하지 않았지만, 그래도 그의 발이 베베의 발과 부딪치거나 엉키지 않았다.

"잘하고 있어." 베베가 말했다. "하지만 그렇게 딱딱하게 추지 마. 춤이란 스텝만 제대로 밟으면 되는 게 아니야. 돌 때는 약간 몸을 굽혀야 해. 잘 봐, 이렇게." 베베는 그에게 어떻게 하는지 보여주었다. 그의 희멀건 얼굴에 부자연스러운 미소가 나타났고, 몸은 구두 굽 위에서 빙 돌았다. 회전이 끝나자 그는 원래 자세로 돌아왔고, 미소는 얼굴에서 사라졌다. "이건 속임수야. 스텝을 바꾸거나 묘기를 부리는 거나 마찬가지지. 하지만 이건 나중에 배우자고. 지금은 넌 네 파트너를 올바르게 리드하는 법을 배워야 해. 겁먹지 마. 그러면 여자아이도 바로 눈치채니까. 네 손을 여자아이의 어깨 위에 다정하면서도 힘있게 올려놔. 네가 볼 수 있도록 내가 잠시 리드할게. 이제 알았어? 왼손으로 그애 손을 잡고 있다가, 춤을 추는 도중에 그애가 원한다는 걸 눈치채면 네 손가락을 그애 손가락에 끼고, 네 오른손으로 여자아이를 끌어당기면서 조금씩 거리를 좁혀. 하지만 천천히, 부드럽게 해야 해. 그렇게 하려면 처음부터 네 손이 올바른 위치에 있어야 해. 내가 보여준 것처럼, 손가락 끝뿐만 아니라 네 손 전체가 그 여자애 어깨 아래에 있어야 해. 그런 다음 천천히 손을 아래로 내리는 거야. 마치 전혀 의도하지 않은 것처럼, 네가 돌 때마다 네 손이 저절로 흘러내리는 것처럼 말이야. 만일 여자아이가 못마땅해하거나 뒷걸음질치면, 얼른 아무 말이나 해. 말하고 또 말하고, 웃고 또 웃어야 해. 하지만 손을 느슨하게 풀면 안 돼. 끌어당겨서 가까이 오게 해야 해. 그래서 많이 돌아야 하는 거야. 항상 동일한 방향으로 돌아야 해. 오른쪽으로 돌면 현기증을 안 느끼거든. 연속으로 쉰 번도 돌 수 있어. 하지만 여자아이는 왼쪽으로 돌기 때문에 이내 머리가 빙빙 돌게 돼. 네가 여자아이를 몇 번만 돌려도, 넌 그애가 안정감을 찾기 위해 자연스럽게 네게 머리를 기대게 된다는 것을 곧 알 수 있을 거야. 그러면 너는 아무런 두려움도 느끼지 않고서 손을 그애 허리까지 내리고 그애와 손깍지를 낄 수 있게 될 거야. 심지어 네 뺨을 그 여자아이 뺨에 갖다댈 기회도 얻을 거고. 알아들었지?"

왈츠는 끝났고, 전축은 단조롭고 귀에 거슬리게 찍찍거리는 소리를 내고 있다. 베베가 전축을 끈다.

"저건 세상의 쓴맛 단맛을 모두 아는 놈이야." 에밀리오가 베베를 가리키면서 말한다. "교활하기 그지없어!"

"이제 그만해." 플루토가 말한다. "이제 알베르토는 춤을 출 줄 알게 됐잖아. '알레그레' 놀이나 하자."

그 동네의 옛 이름인 '알레그레'는 지금은 사용되지 않는 이름이었다. 그 이름이 우아티카 거리의 홍등가도 의미하기 때문이었다. 그런데 몇 달 전에 티코가 테라사스 클럽에서 만들어낸 새로운 카지노 게임 때문에 그 이름이 부활하게 되었다. 네 명에게 카드를 골고루 나눠주고, 딜러는 조커카드를 지정한다. 그 게임은 두 사람씩 짝을 지어 진행된다. 그 놀이가 생기면서부터 동네에서는 모든 사람이 그 카드놀이만 했다.

"하지만 알베르토는 왈츠와 볼레로밖에 안 배웠어." 베베가 말한다. "아직 맘보는 못 가르쳤다고."

"오늘은 그만하자." 알베르토가 말한다. "다음에 가르쳐줘."

그들이 오후 두시에 에밀리오의 집에 들어왔을 때, 알베르토는 기운이 넘쳐서 다른 아이들의 농담에 모두 대꾸해줬다. 하지만 네 시간 동안 춤 강습을 받자 그는 지쳐버렸다. 아직도 기운을 잃지 않은 건 베베뿐인 듯했다. 다른 아이들은 지겨워하고 있었다.

"마음대로 해." 베베가 말했다. "하지만 파티는 내일이야."

알베르토는 몸을 떨며 긴장했다. 그는 생각했다. '그래, 사실이야. 게다가 그 파티는 아나네 집에서 열려. 밤새 맘보 음악을 틀 거야.' 베베처럼 아나도 춤에 일가견이 있었다. 묘기를 부렸고 새로운 스텝도 만들어냈으며, 다른 아이들이 춤을 멈추고 그녀 주위에 둘러서서 쳐다보면 그녀의 눈은 기쁨으로 충만하여 반짝반짝 빛났다. '다른 아이들이 엘레나와 춤을 추는 동안, 나는 구석에 앉아 파티 시간을 보내야 할까? 동네 아이들만 있다면 좋으련만!'

사실 언젠가부터 동네는 더이상 섬이 아니었다. 다시 말해, 성으로 둘러싸인 성채가 아니었던 것이다. 외부인들 ― 미라플로레스의 아이들, 7월 28일, 레둑토, 프랑스 거리, 케브라다, 산이시드로의 아이들, 심지어 바랑코에서 온 아이들 — 이 갑자기 이 동네 거리에 모습을 드러냈다. 그들은 여자아이들을 귀찮게 했고, 여자아이들 집 현관에서 대화를 나누었으며, 동네 남자아이들의 적개심을 무시하거나 오히려 도전하곤 했다. 그들은 동네 남자아이들보다 더 나이가 많았으며, 종종 그들을 위협하기도 했다. 그건 모두 여자아이들의 잘못이었다. 여자아이들이 그들을 유혹했고, 그런 침입을 부추기면서 만족하는 것 같았기 때문이다. 플루토의 사촌인 사라는 산이시드로에서 온 어느 아이의 여자친구가 되었다. 그 아이는 가끔씩 친구를 한두 명 데려왔는데, 아나와 라우라는 그들과 대화를 나누곤 했다. 침입자들은 특히 파티가 있는 날에 모습을 드러냈다. 마치 마법 같았다. 오후부터 그들은 파티가 열리는 집 주변을 배회했고, 그 집 여주인과 농담을 주고받으면서 주인을 치켜세웠다. 그런데도 초대를 받지 못하면, 그들은 밤늦게까지 동네에 머무르며 창가에 얼굴을 갖다대고 춤추는 커플들을 열심히 쳐다보았다. 그들은 온갖 제스처를 취했고 얼굴을 찌푸렸으며 농담을 해댔다. 그들은 여자아이들의 관심을 끌고 동정을 사기 위해 온갖 계략과 속임수를 썼다. 가끔씩 어느 여자아이, 특히 가장 춤을 추지 않던 여자아이가 주인에게 침입자들을 들여보내달라고 부탁했다. 그렇게 시작했다. 그러면 몇 분도 지나지 않아 방은 외부인으로 가득찼고, 그들은 결국 동네 남자아이들을 내쫓고 전축과 여자아이들을 차지했다. 특히 아나는 눈에 띌 정도로 열성적이지 않았으며, 한동네 사람이라는 의식은 희박했다. 아니, 거의 없었다. 그녀는 근처에 사는 남자아이들보다 침입자들에게 더욱 관심을 보였다. 외부인이 초대를 받지 못하면, 그녀가 그들을 집안으로 들여보내도록 만들었다.

"그래." 알베르토가 말했다. "네 말이 맞아. 맘보도 가르쳐줘."

"좋아." 베베가 말했다. "하지만 먼저 담배 한 대 피우게 해줘. 그동안 플루토와 추고 있어."

에밀리오는 하품을 하더니 플루토를 팔꿈치로 슬쩍 찌르면서 말했다. "자, 네 솜씨를 보여줄 시간이야, 맘보 춤꾼아." 플루토는 웃었다. 그는 멋진 미소의 소유자였다. 어쨌거나 그는 깔깔거리고 웃으면서 온몸을 흔들었다.

"보여줄 거야, 말 거야?" 알베르토가 기분 상한 듯이 물었다.

"화내지 마." 플루토가 말했다. "보여줄 테니."

그는 자리에서 일어나 음반을 고르러 갔다. 베베는 이미 담배에 불을 붙였고, 기억나는 어느 음악의 리듬에 맞춰 발장단을 맞추었다.

"이봐." 에밀리오가 말했다. "내가 이해 안 되는 게 있어. 가장 먼저 춤을 추기 시작한 게 너잖아. 그러니까 내 말은 우리가 여자아이들과 함께 모이게 되면서 동네에서 열리기 시작한 파티에서 춤을 춘 거 말이야. 잊어버린 거 아니지?"

"그건 춤이라고 말할 수 없는 거였지." 알베르토가 대답했다. "그냥 깡충깡충 뛰는 거에 불과했어."

"우리 다 그렇게 뛰면서 시작했어." 에밀리오가 말했다. "하지만 그런 다음에 춤추는 법을 배웠지."

"그런데 이 녀석은 오랫동안 파티에 나오지 않았어. 기억 안 나?" 플루토가 말했다.

"그래, 맞아." 알베르토가 말했다. "그래서 이렇게 엉망이 된 거야."

"난 네가 신부가 되려는 줄 알았어." 플루토가 말했다. 그는 음반을 골라서 손으로 빙글빙글 돌렸다. "넌 집에서 거의 안 나왔잖아."

"흥." 알베르토가 말했다. "그건 내 잘못이 아니야. 엄마가 못 나가게 했다고."

"그런데 지금은?"

"지금은 허락해. 아버지랑 관계가 조금씩 나아지고 있거든."

"이해가 안 되네." 베베가 말했다. "그게 너랑 무슨 상관 있는 거야?"

"알베르토의 아버지는 돈 후안이거든." 플루토가 말했다. "몰랐어? 쟤네 아버지가 밤에 도착하면 집에 들어가기 전에 손수건으로 입 닦는 거 못 봤어?"

"그래, 봤어." 에밀리오가 대답했다. "언젠가 한번 에라두라에서 아저씨를 본 적 있어. 차에 보기 드물게 근사한 여자를 태우고 있더라. 아저씨는 진짜 여자 킬러야."

"아저씨는 정말 근사하게 생겼어." 플루토가 말했다. "게다가 아주 우아하잖아."

알베르토가 만족한 표정으로 고개를 끄덕였다.

"그런데 그게 네가 파티에 가도 된다고 허락하는 거랑 무슨 관련 있는데?" 베베가 물었다.

"아버지가 화를 내기 시작하면 말이야……" 알베르토가 말했다. "우리 엄마는 내가 커서 아버지처럼 되지 않게 나를 집안에만 두려고 하거든. 내가 여자 뒤꽁무니만 쫓아다니는 바람둥이가 될까봐 걱정된다고."

"훌륭한 생각이야." 베베가 말했다. "네 어머니 생각이 옳아."

"우리 아버지도 여자를 좋아해." 에밀리오가 말했다. "가끔씩 외박도 하고, 손수건에는 항상 립스틱 자국이 묻어 있거든. 하지만 우리 어머니는 신경 안 써. 웃으면서 그냥 '음탕한 늙은이'라고 하지. 잔소리를 하는 건 아니뿐이야."

"이봐." 플루토가 말했다. "언제 춤출 거야?"

"잠깐 기다려봐, 친구." 에밀리오가 대답했다. "잠시 대화나 하자. 파티에서 지겹도록 출 거잖아."

"파티 얘기만 하면, 알베르토는 얼굴이 백지장이 된다니까." 베베가 말했다. "바보짓 하지 마. 이번에 엘레나는 너와 데이트하고 싶다고 말할 거라니까. 네가 원하는 만큼 걸어도 좋아."

"그렇게 생각해?" 알베르토가 물었다.

"머리끝에서 발끝까지 온통 사랑에 빠져 있구나." 에밀리오가 말했다. "너처럼 몸이 달아오른 사람은 여태까지 한 번도 못 봤어. 난 죽어도 이 녀석처럼 될 수는 없을 것 같아."

"내가 어쨌는데?" 알베르토가 말했다.

"스무 번이나 사랑을 고백했잖아."

"아니야, 세 번이야." 알베르토가 말했다. "왜 과장하는 거야?"

"저 녀석이 잘하는 거야." 베베가 말했다. "여자가 마음에 든다면, 여자가 좋다고 할 때까지 계속 쫓아다녀야 해. 그리고 나중에 여자한테 고통을 선사하면 되지."

"하지만 넌 자존심도 없어?" 에밀리오가 물었다. "난 여자한테 바람맞으면, 즉시 다른 여자를 찾아."

"이번에는 그애가 네 말을 들어줄 거야." 베베가 알베르토에게 말했다. "언젠가 우리가 라우라네 집에서 대화를 나누고 있었는데, 엘레나가 너에 관해 물었거든. 그런데 티코가 보고 싶으냐고 묻자, 얼굴이 새빨개졌다니까."

"정말이야?" 알베르토가 물었다.

"개처럼 몸이 달아 있어." 에밀리오가 말했다. "눈이 얼마나 반짝이는지 한번 봐."

"그런데 말이야……" 베베가 말했다. "아마도 넌 사랑을 고백하는 데 문제가 있는 것 같아. 그 여자애한테 감명을 주려고 노력해봐. 뭐라고 말할지 생각해놨어?"

"대충." 알베르토가 말했다. "적어도 한 가지는 생각해놨어."

"그게 가장 중요한 거야." 베베가 말했다. "네가 할말을 모두 준비해놔야 해."

"그건 사람에 따라 달라." 플루토가 말했다. "나는 즉흥적으로 하는 게 좋거든. 마음에 드는 애를 만나면 처음에는 좀 초조해. 그런데 말하기 시작하면 수천 가지 생각이 떠오르지. 내 목소리가 내게 영감을 주는 것 같아."

"아니야." 에밀리오가 말했다. "베베 말이 맞아. 나도 할말을 다 준비해. 그래서 시간이 되면 그걸 어떻게 말할지만 걱정하면 돼. 그리고 그애를 어떤 눈으로 바라봐야 할지, 언제 손을 잡아야 할지만 생각하면 되고."

"모든 말을 머릿속에 담고 있어야 해." 베베가 말했다. "그리고 가능하면 거울 앞에서 한 번 정도는 연습해봐."

"알았어." 알베르토가 말했다. 그는 잠시 머뭇거렸다. "그런데 넌 뭐라고 말하는데?"

"항상 같지는 않아." 베베가 대답했다. "여자아이가 누구냐에 따라 다르지." 에밀리오가 수긍한다는 듯이 고개를 끄덕였다. "엘레나에게는 내 여자친구가 되고 싶으냐고 직접적으로 물으면 안 돼. 우선 걔 마음부터 풀어놔야지."

"아마도 그래서 내가 퇴짜를 맞았나봐." 알베르토가 털어놓았다. "지난번에 내 애인이 되고 싶지 않느냐고 덜컥 물었거든."

"바보짓을 했구나." 에밀리오가 말했다. "게다가 무슨 아침에 그런 말을 하냐. 그것도 거리에서. 미치지 않고서는 그 누구도 그렇게 안 한다!"

"난 언젠가 미사 때 어느 여자아이에게 그런 적 있는데." 플루토가 말했다. "그런데 성공했지."

"아니, 아니야." 에밀리오가 말을 끊었다. 그러고는 알베르토에게 고개를 돌렸다. "이봐. 내일 걔랑 춤을 추도록 해. 악단이 볼레로를 연주할 때까지 기다려. 맘보 음악이 나올 때 고백하면 안 된다. 낭만적인 음악이 나올 때 해야 해."

"그건 걱정하지 마." 베베가 말했다. "만반의 준비가 끝나고 결심이 서면, 나한테 신호를 보내. 내가 책임지고 레오 마리니의 〈널 사랑해〉를 틀 테니까."

"그거 내가 좋아하는 볼레로인데!" 플루토가 소리쳤다. "난 항상 그 음악이 나올 때 애인이 되어달라고 말해. 그러면 한 명의 예외도 없이 좋다고 대답하지. 절대로 실패한 적이 없다니까."

"알았어." 알베르토가 말했다. "너한테 신호를 보낼게."

"엘레나와 춤을 추면서 그애를 꼭 붙잡고 있어야 해." 에밀리오가 말했다. "그리고 그애가 눈치채지 못하게 한쪽 구석으로 가. 그래야 다른 커플들이 네 말을 들을 수 없거든. 그리고 귀엣말로 이렇게 말해. '엘레나, 너 없이는 살 수 없어.'"

"이런 무식한 놈!" 플루토가 소리쳤다. "또 딱지 맞게 하고 싶어?"

"왜? 그 말이 어때서?" 에밀리오가 물었다. "난 항상 그렇게 고백하는데."

"아니야." 베베가 말했다. "그건 너무 조잡하고 솜씨 없는 고백이야. 우선 넌 아주 심각한 표정을 짓고 이렇게 말해야 해. '엘레나, 너한테 꼭 하고 싶은 중요한 말이 있어. 난 널 좋아해. 너를 사랑하고 있어. 내 여자친구가 되어주겠니?'"

"그런데도 그애가 가만히 있으면," 플루토가 덧붙였다. "이렇게 말해. '엘레나, 나한테 전혀 관심이 없니?'"

"그러고는 엘레나의 손을 꼭 잡아." 베베가 말했다. "천천히, 아주 사랑스럽게."

"창백한 얼굴 하지 마." 에밀리오가 말하면서, 알베르토의 등을 툭툭 쳤다. "걱정하지 마. 이번에는 잘될 거야."

"그래." 베베가 말했다. "그렇다는 걸 너도 곧 알게 될 거야."

"네가 사랑을 고백하면," 플루토가 말했다. "우리가 네 주변으로 가서 〈여기 사랑하는 두 사람이〉라는 노래를 불러줄게. 내가 그건 책임지지. 맹세한다."

알베르토는 웃었다.

"하지만 지금은 맘보를 배워야 해." 베베가 말했다. "자, 저기 네 파트너가 기다리고 있어."

플루토는 연극을 하듯이 팔을 활짝 벌렸다.

카바는 자기가 군인이 될 테지만, 보병이 아니라 포병이 되겠다고 말하곤 했어. 최근에는 그 얘기는 하지 않았지만, 그렇게 생각하고 있던 게 확실해. 산골 촌놈들 고집은 보통이 넘거든. 머릿속에 무언가가 박히면, 그것만 생각하는 사람들이야. 거의 모든 군인이 산골 촌놈들이지. 군인이 되려는 해안가 출신은 없을 거라고 난 생각해. 카바는 산골 촌놈이자 군인의 얼굴을 하고 있어. 그런데 이제 그는 모든 걸 망쳤어. 학교뿐만 아니라 미래의 직업도 물거품이 된 거야. 아마도 그게 그를 가장 가슴 아프게 하겠지. 산골 촌놈들은 운이 없어. 그들에게는 항상 무슨 일이 일어나거든. 그를 고자질한 놈이 누구인지 우리는 결국 알아낼 수 없었지만, 그 고자질쟁이는 더러운 혀 때문에 모든 생도가 보는 앞에서 계급장이 뜯겨나갈 거야. 그 광경이 벌써 눈에 선하고, 너무 두려워 소름이 돋을 지경이야. 그날 밤 내가 걸렸다면, 지금 영창에 있는 사람은 나겠지. 하지만 나라면 유리창을 깨지 않았을 거야. 유리창을 깨다니 멍청이가 아니고는 할 수 없는 일이야. 산골 출신들은 약간 얼간이 같거든. 카바가 겁쟁이라서 놀란 건 아니야. 하지만 놀라긴 했지. 그래야 그가 유리창을 깬 것이 설명되거든. 또한 운도 나빴어. 산골 촌놈들은 항상 운이 따르지 않아. 그들에게는 가장 좋지 않은 일들만 일어나지. 내가 산골에서 태어나지 않은 건 행운이야. 그런데 최악은 그가 발각되리라고는 예상 못했다는 거야. 아무도 그가 그렇게 되리라고는 예상하지 못했어. 그는 몹시 행복해했어. 그는 계속해서 게이 같은 폰타나를 괴롭히면서 즐거워했지. 프랑스어 수업시간에는 모두가 즐거워해. 그런데 그놈, 폰타나는 정말 특이한 놈이야. 그 산골 촌놈은 폰타나에게 모든 면에서 만들어지다가 만 놈이라고 놀렸어. 키도 어중간하고, 머리카락도 어중간하게 금발이고, 하는 짓도 어중간하게 남자야. 그는 재규어보다 눈이 더 파랗지만, 어중간하게 심각하게, 어중간하게 비웃듯이 쳐다봐. 들리는 말에 따르면, 그는 프랑스 사람이 아니래. 페루 사람인데, 프랑스 사람처럼 보이려고 노력하는 거래. 그건 그가 씨팔놈이라는 뜻이야. 난 조국을 배신하는 것보다 더 비겁한 행동은 없다고 생각해. 하지만 아마도 그건 거짓말일지도 몰라. 폰타나에 관해 그토록 많은 말이 도는데, 그게 다 어디서 나왔을까? 매일 새로운 말이 들려. 갑자기 난 그가 게이도 아닐 거라는 생각이 들어. 그런데 왜 그토록 높은 톤으로 말하고 그의 뺨을 꼬집고 싶게 만들 만한 몸짓을 하는 걸까? 그가 프랑스 사람처럼 보이려고 한다는 게 사실이라면, 내가 그를 죽도록 패준 게 기쁜걸. 그리고 우리가 항상 그를 때린다는 사실도 마음에 들어. 나는 그의 수업을 듣는 마지막날까지 그를 계속 괴롭힐 거야. 폰타나 선생, 똥더미가 프랑스어로 뭐지? 가끔씩 난 그를 불쌍하게 여기기도 해. 그는 나쁜 놈은 아니거든. 단지 조금 이상할 뿐이야. 언젠가 그는 울음을 터뜨렸어. 난 그게 질레트 면도날 때문이었다고 생각해. 웅, 웅, 웅. 모두 면도날을 교실로 가져와 책상 사이에 고정한 다음 손가락으로 그걸 웅웅 울게 만들어, 라고 재규어가 말했어. 그러자 폰타나는 입을 열었다가 닫기를 반복하면서 웅, 웅, 웅 소리를 냈어. 다들 웃지 마, 리듬이 깨진단 말이야. 그 게이는 계속해서 입을 움직이면서 웅, 웅, 웅 소리를 냈어. 그 소리는 점점 커졌고 점점 비슷해졌어. 누가 먼저 지치는지 지켜보았어. 우리는 그렇게 사십오 분 정도, 아니 그 이상 있었어. 누가 이길까, 누가 먼저 지칠까? 폰타나는 아무 일도 없다는 듯이 태연한 척했어. 마치 벙어리처럼 입을 움직였고, 그 교향곡은 점점 아름다워졌고, 갈수록 멋진 화음을 이루었어. 그때 그는 눈을 감았고, 눈을 떴을 때는 울고 있었어. 그는 게이야. 하지만 그는 계속 입을 움직였어. 얼마나 지독했는지 몰라. 웅, 웅, 웅. 그러고는 교실을 떠났고, 모두가 이렇게 말했어. "중위를 부르러 가나봐. 그럼 우리는 처벌받을 텐데." 하지만 다행인 것은 그가 입을 다물었다는 사실이야. 매일 우리는 그를 때리지만, 그는 결코 장교들에게 고자질하지 않아. 그랬다가는 또 우리가 그를 때릴까봐 두려워하는 게 분명해. 그런데 좋은 점은 그가 겁쟁이처럼 보이지 않는다는 거야. 가끔씩은 매 맞는 걸 즐기는 것처럼 보여. 게이들은 정말 이상해. 그는 착하고 훌륭한 놈이야. 시험에서도 결코 낙제점을 주는 법이 없어. 우리가 그를 때리는 건 전적으로 본인 책임이야. 진짜 남자들만 우글거리는 학교에서 그런 목소리로 말하고 게이 같은 몸짓을 하면서 도대체 그는 뭘 하는 걸까? 산골 촌놈은 그를 한시도 가만히 놔두지 않고 괴롭혀. 정말로 그를 미워해. 그가 들어오는 것만 봐도 산골 촌놈은 시작해. 이봐, 선생, 게이를 프랑스어로 뭐라고 하지? 자지에 운을 내고 싶지 않아? 선생은 아주 예술적일 것 같아, 그러니 선생의 사랑스럽고 귀여운 목소리를 이용해 프랑스어로 노래를 한 곡 불러주지 않겠어, 폰타나 선생? 선생 눈은 리타 헤이워스의 눈과 똑같아. 그러면 게이는 가만히 있지 않고 항상 대답해. 그것도 항상 프랑스어로. 이봐,

선생, 너무 건방지게 굴지 마, 우리에게 욕하지 말라고. 난 선생과 권투 글러브를 끼고 시합을 벌이고 싶어. 재규어, 그렇게 무례하게 굴지 마. 문제는 우리가 그를 못살게 굴었고, 그는 우리가 시키는 대로 했다는 거야. 언젠가 한번은 그가 칠판에 글씨를 쓰는 동안 우리 모두가 침을 뱉어 그의 뒤통수를 침으로 뒤덮어버렸어. 정말 역겨워, 라고 카바는 말했어. 그는 교실에 오기 전에 틀림없이 샤워를 했을 거야. 아, 그래, 그때는 장교를 불렀어. 그때 딱 한 번 그랬어. 그리고 웃음거리가 되었지. 그래서 다시는 장교를 부르지 않은 거야. 감보아는 정말로 대단한 사람이야. 그때 우리는 감보아가 어떤 사람인지 알게 되었어. 감보아 중위는 그를 아래위로 훑어보았어. 긴장된 순간이었어. 아무도 숨소리조차 내지 않았지. 내가 뭘 해드리면 좋겠습니까, 선생님? 이 반은 중위님이 담당하고 계십니다. 다른 학생들이 선생님을 존중하게 만드는 법은 아주 쉽고 간단합니다. 자, 잘 보십시오. 그러면서 그는 잠시 우리를 쳐다보더니, 차렷, 이라고 말했어. 빌어먹을, 그러자 순식간에 우리는 벌떡 일어나 정렬했어. 무릎 꿇어! 염병할, 순식간에 우리는 바닥에 무릎을 꿇었어. "제자리에서 오리걸음!" 그러자 우리는 모두 양다리를 벌린 채 뒤뚱뒤뚱 걸었어. 아마 십 분 이상 지속되었던 것 같아. 마치 다리를 쇠지레로 사정없이 맞은 것처럼 느껴졌어. 하나둘, 하나둘, 아주 심각하게 우리는 오리처럼 걸었어. 감보아는 차렷, 이라고 외쳤고, 나와 남자 대 남자로 겨뤄보고 싶은 사람이 있나, 하고 물었어. 파리 새끼 한 마리도 움직이지 않았어. 폰타나는 그를 쳐다보았고, 믿을 수 없다는 표정을 지었어. 선생님이 직접 이놈들이 선생님을 존중하도록 만들어야 하는 겁니다. 이놈들은 예의를 존중할 줄 모르니,

거칠게 다뤄야 합니다. 이놈들 모두에게 외출을 금지하길 원하십니까? 아닙니다, 너무 신경쓰지 마십시오, 라고 폰타나는 말했어. 너무 신경 쓰지 마십시오, 중위님, 그건 정말 훌륭한 대답이었어. 중위가 떠나자 우리는 입술을 움직이지 않은 채 그를 '귀여운 호모'라고 부르기 시작했어. 오늘 오후에 카바가 했던 말이 바로 그거야. 그는 거의 복화술사 같거든. 산골 촌놈은 주둥이나 눈을 움직이지 않지만, 목소리는 아주 분명하게 흘러나와. 아마 두 눈으로 직접 봐도 믿을 수 없을 거야. 카바가 그러고 있는데 재규어가 말했어. "이미 모든 게 밝혀졌어. 카바를 데리러 오고 있어." 그러고서 웃음을 터뜨렸고, 카바는 사방을 둘러보았어. 그리고 곱슬머리와 난 무슨 일이냐고 물었어. 그때 우아리나가 문가에 모습을 드러내더니 말했어. "카바, 따라와라. 죄송합니다, 폰타나 선생님, 하지만 이건 중요한 일입니다." 산골 촌놈은 좋은 애였어. 그는 자리에서 일어나 우리를 쳐다보지도 않고 나갔어. 그러자 재규어는 "지금 저들은 누구를 상대하는지 몰라"라고 말했고, 카바에게 욕을 퍼붓기 시작했어. "염병할 촌놈, 너무 멍청해서 이런 일을 당하는 거라고, 산골 촌놈은 바보야." 마치 그가 퇴학당할 경우, 그 잘못은 바로 그에게 있다는 듯 말했지.

어머니도 믿을 수 없다는 사실을 깨달은 이후 그는 일상을 이루는 사소하고 반복되는 일들을 잊어버렸다. 하지만 자기 마음을 가득 채우고 있는, 그 시기의 밤마다 느꼈던 실망과 괴로움, 원한과 두려움은 잊지 않았다. 그런데 더욱 나쁜 건 그렇지 않은 척하는 것이었다. 전에 그는 아버지가 나가기를 기다리면서 침대에서 일어나지 않았다. 그러나 어느 날 아침 아직 그가 잠을 자고 있을 때 누군가가 침대에서 시트를 끌어당겼다. 그는 추위를 느꼈고, 새벽의 밝은 햇살 때문에 눈을 떠야만 했다. 그때 그의 심장이 멈추었다. 아버지가 침대 옆에서 그날 밤처럼 눈에 불을 켜고 있었던 것이다. 그는 들었다.

"너 지금 몇 살이지?"

"열 살이에요." 그가 말했다.

"네가 남자냐? 대답해봐."

"예." 그가 말을 더듬었다.

"그럼 당장 침대에서 나와." 아버지가 말했다. "낮에 침대에 누워 시간을 보내는 건 여자들이나 하는 짓이야. 여자들은 그다지 할일이 없으니 그럴 권리가 있지. 여자들은 그런 존재거든. 그런데 넌 계집애처럼 자랐구나. 하지만 이제부터는 내가 널 남자로 만들어주마."

그는 이미 침대에서 나와 옷을 입고 있었지만, 너무 서두르는 바람에 치명적인 실수를 범했다. 신발을 잘못 신었고, 셔츠를 거꾸로 입었으며, 단추도 잘못 채웠고, 허리띠가 어디에 있는지도 찾지 못했다. 손을 심하게 덜덜 떨어서 신발끈도 제대로 맬 수 없었다.

"매일 내가 아침식사를 하러 내려올 때면, 네가 식탁에 앉아 나를 기다리는 모습을 보고 싶구나. 깨끗하게 샤워하고 머리를 단정히 빗은 모습으로 말이다. 내 말 잘 들었지?"

그는 아버지와 함께 아침식사를 했고, 아버지의 기분에 따라 적절한 태도를 취했다. 아버지가 싱글거리면서 웃는 표정인데다 눈빛도 차분할 때면, 그는 아버지에게 아첨하는 질문을 했고, 아주 주의를 기울이면서 그의 말을 듣고 고개를 끄덕였으며, 눈을 크게 뜨고 자동차를 세

차해놓을까요? 하고 물었다. 반면에 심각한 표정을 짓고 그의 인사에도 답하지 않을 때는, 마치 뉘우치는 사람처럼 고개를 푹 숙인 채 잠자코 아버지가 내뱉는 위협적인 말을 들었다. 점심시간이 되면 긴장감은 조금 완화되었다. 어머니가 함께 점심을 먹으면서 아버지를 즐겁게 해주었기 때문이다. 부모님은 자기들끼리 말했고, 그는 아무것도 듣지 못한 척했다. 밤이면 그런 고통이 끝났다. 아버지는 밤늦게 귀가했다. 아버지는 밖에서 저녁을 먹고 왔다. 일곱시부터 그는 어머니 뒤를 졸졸 쫓아다니면서, 피곤하고 졸리고 머리가 아파서 기운이 없다고 투덜댔다. 그는 급히 저녁을 먹고 자기 방으로 달려갔다. 가끔은 옷을 벗는 동안 아버지의 자동차가 멈추는 소리를 들었다. 그러면 불을 끄고 침대 안으로 들어갔다. 한 시간 후, 그는 침대에서 살며시 일어나 미처 벗지 못했던 옷을 벗고 파자마로 갈아입었다.

종종 그는 아침에 산책하러 나가기도 했다. 열시경 살라베리 대로는 한적했다. 가끔씩 승객이 반쯤 찬 전차가 지나갔다. 그는 브라질 대로까지 내려가 길모퉁이에서 걸음을 멈추었다. 으리으리하고 널찍한 찻길은 절대 건너가지 않았다. 어머니가 금지했기 때문이다. 그는 도시 중심부를 향해 멀리 사라지는 자동차들을 지켜보면서, 그 대로의 끝에 있는 볼로네시광장을 생각했고, 부모님이 드라이브하면서 그곳으로 데려갔을 때를 생생하게 떠올렸다. 자동차와 전차가 가득 모여들어 소란스럽기 그지없었으며, 보도는 수많은 행인으로 가득했고, 거울 같은 자동차 지붕들은 번쩍거리는 네온사인 광고판에 달린 이해할 수 없는 원색의 화려한 글자들과 선들을 모두 반사하고 있었다. 그는 리마가 무서웠다. 리마는 너무 큰 도시라 길을 잃으면 집으로 돌아가는 길을 찾을 수 없을지도 모른다고 생각했다. 그리고 행인들은 그가 전혀 모르는 사람들이었다. 치클라요에서 그는 혼자 나가서 산책하곤 했다. 그럴 때면 행인들은 그의 머리를 쓰다듬어주었고, 그의 이름을 불러주었다. 그러면 그는 그들에게 미소 지었다. 그가 집이나 야외 연주회가 있을 때 무기광장에서, 그리고 일요일 미사나 에텐 해변에서 많이 본 사람들이었다.

그런 다음 그는 브라질 대로 끝으로 걸어내려갔고, 그곳에 자리잡은 반원 모양의 조그만 공원에 있는 벤치에 앉았다. 그 공원은 절벽 언저리에, 그러니까 막달레나 해변의 잿빛 바다 위에 있었다. 몇 개 없어서 그가 모두 외울 정도로 잘 알고 있던 치클라요의 공원들 역시 이 공원처럼 아주 오래되었지만, 벤치는 녹슬지 않았고, 이끼도 끼지 않았으며, 고독과 잿빛 풍경과 바다의 우수에 찬 중얼거림이 자아내는 슬픔도 배어 있지 않았다. 이따금 그는 바다를 등지고 앉아, 눈앞에 활짝 펼쳐진 브라질 대로를 바라보면서 그를 리마로 데려왔던 북부 고속도로를 떠올렸고, 그러면 마구 소리치며 울고 싶어졌다. 그는 아델라이모를 기억했다. 그녀는 가게에서 물건을 사고 돌아오면서, 눈웃음을 지으며 다가와 이렇게 묻곤 했다. "내가 뭘 찾아냈는지 알아맞혀볼래?" 그러고는 봉지에서 캐러멜 한 갑이나 초콜릿 한 개를 꺼냈고, 그는 그걸 얼른 그녀의 손에서 낚아채곤 했다. 그는 태양을 기억했다. 일년 내내 도시의 거리를 흠뻑 적시고 도시에 따스하고 쾌적한 기운을 선사하던 바로 그 햇빛을 떠올렸다. 그리고 일요일이면 느끼던 흥분과 에텐 해변으로의 여행, 이글거리는 노란 모래, 구름 한 점 없이 맑은 하늘도 생각했다. 그는 눈을 들었다. 사방이 다 희뿌연 잿빛 구름뿐이었다. 맑은 하늘은 한 점도 보이지 않았다. 그는 늙은이처럼 발을 질질 끌면서 천천히 걸어 집으로 돌아왔다. 그러면서 생각했다. '나중에 어른이 되면 치클라요로 돌아갈 거야. 그리고 다시는 리마에 발을 들여놓지 않을 거야.'

제8장

 감보아 중위는 눈을 떴다. 방 창문으로 멀리 떨어진 연병장의 어슴 푸레한 불빛이 스며들었다. 하늘은 아직 시커먼 어둠 속에 잠겨 있었 다. 몇 초 후에 자명종이 울렸다. 그는 일어나서 눈을 비볐고, 더듬거 리며 수건과 비누와 면도기, 그리고 칫솔을 찾았다. 복도와 화장실은 어두웠다. 옆방에서는 그 어떤 소리도 나지 않았다. 평소와 마찬가지 로 그는 가장 먼저 잠자리에서 일어난 사람이었다. 십오 분 후, 머리를 빗고 면도한 얼굴로 침실로 돌아오면서, 그는 다른 자명종들이 울리는 소리를 들었다. 이제 날이 밝아오기 시작했다. 멀리서, 가로등의 누런 광채 뒤로 파란 빛이 점점 커지고 있었지만, 여전히 어스레한 정도였 다. 그는 전혀 서두르지 않고 전투복을 입었다. 그러고서 방에서 나갔 다. 그는 생도들의 막사 건물을 가로지르는 대신, 들판을 지나 위병소로 갔다. 약간 쌀쌀했지만, 그는 재킷을 걸치지 않은 채였다. 그를 보자 당직 병사들이 경례를 했고, 그도 그들의 경례에 화답했다. 당직 중위인 페드로 피탈루가는 양손으로 머리를 감싸고 의자에 쭈그린 채 졸고 있었다.

"차렷!" 감보아가 소리쳤다.

장교는 벌떡 자리에서 일어났지만, 눈은 아직도 감겨 있었다. 감보아는 씽긋 웃었다.

"장난치지 마." 피탈루가는 이렇게 말하면서 다시 의자에 앉았고, 머리를 긁었다. "피라냐인 줄 알았어. 피곤해 죽을 지경이야. 지금 몇 시지?"

"다섯시 다 되었어. 사십 분 남았네. 그리 긴 시간은 아니지. 그런데 왜 다시 자려는 거야? 오히려 그게 더 안 좋은 결과를 가져올 수 있다고."

"나도 알아." 피탈루가가 하품하면서 말했다. "규정을 어긴 거지."

"그래." 감보아가 웃으면서 대답했다. "하지만 난 그 얘기를 한 게 아니야. 앉아서 잠을 자면 나중에 몸이 아주 찌뿌듯해진다고. 차라리 뭐라도 하는 게 나아. 그러면 너도 모르게 시간이 빨리 지나가거든."

"근데 뭘 하지? 병사들과 잡담이라도 하라고? 좋은 방법이기도 하고 그렇지 않기도 하지. 병사들은 아주 잘 놀아. 그런데 네가 한마디만 건네도, 그치들은 휴가를 달라고 조를걸."

"난 당직 때 공부를 했어." 감보아가 말했다. "밤은 공부하기에 둘도 없이 좋은 시간이거든. 낮에는 공부를 못 하잖아."

"물론이지." 피탈루가가 말했다. "모범 장교시군. 말이 나왔으니 말인데, 왜 이렇게 일찍 일어났어?"

"오늘은 토요일이야. 잊었어?"

"야전훈련이 있는 날이군." 피탈루가가 기억했다. 그는 감보아에게 담배 한 대를 주었지만, 감보아는 받지 않았다. "그나마 위병소에 있는 덕에, 난 그 훈련은 면제야."

감보아는 군사학교에서 그와 함께 보냈던 시절을 떠올렸다. 피탈루가는 같은 반 동료였다. 그는 열심히 공부하지는 않았지만 훌륭한 사격수였다. 언젠가 한번은 매년 실시하는 군사훈련에서 그는 말과 함께 물이 불어난 강으로 뛰어들었다. 물은 그의 어깨까지 왔고, 말은 화들짝 놀라 울부짖었으며, 생도들은 돌아오라고 사정했다. 그러나 피탈루가는 물살을 무사히 견뎌냈고, 물에 흠뻑 젖은 채 행복한 표정을 지으며 개울 반대편에 도착했다. 학년 담당 대위는 생도들 앞에서 그를 칭찬하면서 "넌 진짜 남자다"라고 말했다. 그러나 이제 피탈루가는 당직과 야전훈련에 관해 불평을 늘어놓고 있었다. 병사들과 생도들처럼 그도 단지 외출과 휴가만 생각했다. 다른 이들에게는 적어도 그럴듯한 핑계가 있었다. 그들은 군대에 정해진 기간만 복무하니까. 병사들은 대부분 강제로 산지 마을에서 끌려나와 입대했고, 생도들은 대부분 가족이 그들에게서 잠시나마 해방되기 위해 학교로 보냈다. 그러나 피탈루가는 직업으로 군인을 선택한 사람 아닌가. 하지만 피탈루가만 그런 것도 아니었다. 우아리나는 이 주마다 아내가 병에 걸렸다는 핑계를 대고 외출 허락을 얻으려고 했고, 마르티네스는 위병소에서 근무할 때면 몰래 숨어서 술을 마시는데, 그의 커피 보온병에 피스코가 가득 담겨 있다는 사실을 모르는 사람은 없었다. 왜 그들은 제대를 요청하지 않는 것일까? 피탈루가는 갈수록 살이 쪘고, 결코 공부하는 법이 없었으며, 거리에서 술에 취해 귀대하곤 했다. '중위로 오랫동안 있게 될 거야.' 감보아는 생각했다. 그러나 즉시 생각을 정정했다. '적어도 영향력 있는 사람이 없다면 말이야.' 그는 군생활을 사랑했지만, 그 이유는 바로 다른 사람들이 군생활을 증오하는 이유이기도 했다. 즉, 규율과 계급, 그리고 야전훈련이었다.

"전화를 걸어야겠어."

"이 시간에?"

"응." 감보아가 말했다. "아내가 이미 일어나 있을 거야. 여섯시에 여행을 떠나거든."

피탈루가는 어정쩡한 자세를 취했다. 껍질 속으로 머리를 집어넣는 거북이처럼, 그는 다시 양팔 사이로 고개를 묻었다. 전화를 거는 감보아의 목소리는 작고 부드러우며 다정했다. 그는 이런저런 것을 물어보면서, 멀미약과 감기약을 언급했고, 자기에게 전보를 보내라고 신신당부했다. 그러면서 여러 번 반복해서, 괜찮아? 하고 물은 다음, 간략한 말로 작별인사를 했다. 피탈루가는 무의식중에 팔을 양쪽으로 벌렸고, 그러자 그의 머리는 마치 종처럼 달랑거렸다. 그는 몇 번 눈을 깜빡거리더니 눈을 떴고, 의례적인 미소를 지으면서 말했다.

"마치 신혼부부 같네. 갓 결혼한 사람처럼 아내에게 말하는걸."

"석 달 전에 결혼했어." 감보아가 말했다.

"난 일 년 됐어. 염병할, 아내랑 말하고 싶어 죽겠어. 한 성질하는 여자지. 장모와 똑같아. 이 시간에 전화하면 아마도 소리지르면서 나한테 온갖 욕을 퍼부을 거야."

감보아는 빙긋 웃었다.

"내 아내는 아주 젊어." 그가 말했다. "열여덟 살밖에 안 됐지. 곧 아이가 생길 거야."

"미안해." 피탈루가가 말했다. "난 전혀 몰랐네. 아무 문제도 생기지 않도록 조심해."

"난 아들을 갖고 싶어."

"물론 그렇겠지." 피탈루가가 대답했다. "이제야 알겠어. 군인으로 만들고 싶은 거구나."

감보아는 놀란 표정을 지었다.

"아들을 군인으로 만들길 원하는지는 나도 모르겠어." 그가 중얼거렸다. 그는 머리끝에서 발끝까지 피탈루가를 훑어보았다. "어쨌거나 너 같은 군인은 안 되면 좋겠다."

피탈루가는 벌떡 일어났다.

"도대체 무슨 농담을 그렇게 해?" 그가 몹시 부아를 내며 물었다.

"어렵쇼?" 감보아가 말했다. "내가 한 말은 잊어버려."

그는 뒤로 돌아 위병소를 나갔다. 보초들이 다시 그에게 경례했다. 한 사람은 귀가 덮일 정도로 모자를 푹 눌러쓰고 있었다. 감보아는 그에게 주의를 줘야겠다고 생각했지만 참았다. 피탈루가와 서로 감정 상하는 일을 해서 좋을 게 없었기 때문이다. 피탈루가는 머리카락이 헝클어진 머리를 다시 양팔 사이에 묻었지만, 이번에는 꾸벅꾸벅 졸지 않았다. 그는 욕을 내뱉고는 어느 병사에게 커피잔을 가져오라고 소리쳤다.

감보아가 5학년 막사 건물의 소운동장에 도착했을 때는 이미 3학년과 4학년 건물에 기상나팔이 울려퍼졌고, 나팔수는 마지막 학년의 막사 건물 앞에서 나팔을 불려는 참이었다. 그는 감보아를 보더니 입술에 대고 있던 나팔을 내렸고, 차려 자세를 취하고서 경례했다. 학교의 병사들과 생도들은 감보아가 레온시오 프라도 학교에서 부하들의 경례를 받으면 군인답게 답례하는 유일한 장교라는 사실을 잘 알고 있었다. 다른 장교들은 그저 고개를 끄덕이거나 심지어 그마저도 하지 않았다. 감보아는 팔짱을 끼고서 나팔수가 기상나팔 불기를 마칠 때까지 기다렸다. 그는 시계를 쳐다보았다. 막사 문 앞에는 몇몇 생도가 보초를 서고 있었다. 그는 그들을 한 명씩 주의깊게 살폈다. 그가 앞으로 다가오자, 보초들은 차려 자세를 취했고, 모자를 제대로 쓰고 바지와 넥타이를 똑바로 하고서 손을 이마로 가져가 경례를 했다. 그런 다음 보초들은 뒤로 돌아 막사 건물 안으로 모습을 감추었다. 일상적으로 들려오는 떠드는 소리가 이미 시작되었다. 잠시 후 부사관 페소아가 나타났다. 그는 뛰어왔다.

"안녕하십니까, 중위님?"

"잘 잤나? 무슨 일이지?"

"아무 일도 없습니다, 중위님. 그런데 왜 물으시는 겁니까?"

"자네는 나팔수와 함께 소운동장에 있어야만 한다. 자네 임무는 막사를 돌아다니면서 생도들을 재촉하는 것이다. 그걸 모르나?"

"아닙니다, 중위님."

"그런데 여기서 뭘 하는 거지? 어서 막사로 달려가지 못해! 칠 분 내로 해당 학년이 제대로 정렬하지 않으면, 귀관에게 책임을 묻겠다."

"알겠습니다, 중위님."

페소아는 앞 반들을 향해 쏜살같이 뛰어갔다. 감보아는 계속 소운동장에 서서 가끔씩 시계를 쳐다보았다. 그는 생기가 넘치는 웅성거림을 느꼈다. 그 소리는 소운동장 사방에서 솟아나더니 마치 서커스의 당김 밧줄들이 중앙 버팀목을 향해 끌려오듯이 그를 향해 모여들고 있었다. 그는 막사에 들어가지 않고도 생도들이 느끼고 표현하는 모든 감정을 감지할 수 있었다. 그들은 이른 시간에 달콤한 잠에서 깨어나는 데 분노하고 있었고, 최소한의 시간 내에 침대를 정리하고 옷을 입어야 한다는 데 격분하고 있었다. 또한 그는 사격과 전쟁놀이를 좋아하는 생도들의 흥분과 초조함, 마지못해 의무감에 들판으로 나가 버둥거릴 게으른 학생들의 불쾌한 감정, 야전훈련이 끝나면 운동장을 지나 공동욕실에서 샤워를 하고서 급하게 검푸른 색깔의 모직 제복을 입고 거리로 나갈 생도들이 느끼는 마음속의 행복을 느낄 수 있었다.

다섯시 칠분에 감보아는 길게 호각을 불었다. 즉시 그는 욕설과 투덜대는 소리를 들었지만, 거의 동시에 막사 건물의 문이 열렸고, 어두운 입구에서 초록색 군복 차림의 생도들이 마구 밀려나왔다. 학생들은 서로 밀쳤고, 멈추지 않고 달리면서 한 손으로는 소총을 들고 한 손으로 군복을 똑바로 입었다. 욕설을 퍼붓고 서로 몸을 부딪치는 가운데서 정렬된 대열들이 그의 주변에 요란하게 모습을 드러냈다. 10월 둘째 주 토요일의 새벽은 아직도 희끄무레했다. 그때까지의 다른 토요일과 다른 각개훈련일과 별로 다르지 않았다. 그때 갑자기 그는 강한 첫 소리와 욕설을 들었다.

"총을 떨어뜨린 생도는 앞으로 나와." 그가 소리쳤다.

웅성거리던 소리는 즉시 잠잠해졌다. 모두가 앞을 바라보았고, 모두가 소총을 몸에 밀착시키고 있었다. 부사관 페소아는 까치발로 걸어 중위 쪽으로 다가와 옆에 섰다.

"난 총을 떨어뜨린 생도에게 앞으로 나오라고 말했다." 감보아가 다시 말했다.

군화 소리에 침묵이 깨졌다. 전 대대의 눈들이 감보아를 향했다. 중위는 생도의 눈을 쳐다보았다.

"이름은?"

학생은 자기의 관등성명을 더듬거리며 말했다.

"총을 검사해봐, 페소아." 중위가 지시했다.

부사관은 급히 그 생도 쪽으로 가서 으스대면서 총을 검사했다. 그는 천천히 눈으로 살펴보면서 총을 이쪽저쪽으로 돌려보았고, 마치 비뚤어진 곳을 찾듯이 총을 하늘로 들어 살폈다. 그리고 노리쇠를 열고 닫은 다음, 가늠쇠의 위치를 확인했고, 방아쇠를 조사했다.

"개머리판에 긁힌 자국이 있습니다, 중위님." 그가 말했다. "그리고 제대로 기름칠이 되어 있지 않습니다."

"군사학교에서 얼마나 있었나, 생도?"

"삼 년입니다, 중위님."

"그런데 아직도 총을 잡는 법을 배우지 못했단 말인가? 무슨 일이 있어도 무기를 땅에 떨어뜨려서는 안 된다는 것도 모르나? 손에서 무기를 떨어뜨리느니 차라리 네 두개골이 부서지는 편이 낫다. 군인에게 무기는 네 불알처럼 중요한 것이다. 너는 네 불알이 다치지 않도록 최선을 다하나?"

"예, 그렇습니다, 중위님."

"좋아." 감보아가 말했다. "네 불알을 보살피듯 네 총도 보살펴야 한다. 자, 그럼 대열로 복귀. 페소아, 벌점 6점을 기록해."

부사관은 수첩을 꺼내 혓바닥으로 연필심에 침을 묻히면서 생도의 관등성명을 적었다.

감보아는 행진하라고 명령했다.

5학년의 마지막 반이 식당으로 들어가자, 감보아는 장교식당으로 향했다. 아무도 없었다. 잠시 후 중위들과 대위들이 도착하기 시작했다. 5학년 담당 장교들 ― 우아리나, 피탈루가와 칼사다 ― 은 감보아와 함께 앉았다.

"어서 가져와, 자식아." 피탈루가가 말했다. "장교들이 들어오자마자 즉시 식사를 가져와야 하는 거야."

그러자 식사 당번병은 죄송하다고 중얼거렸다. 그러나 감보아는 그 말을 듣지 못했다. 어느 비행기 엔진 소리가 새벽을 갈랐고, 중위들의 눈은 축축한 잿빛 하늘을 살펴보고 있었기 때문이다. 그런 다음 그는 시선을 아래쪽으로 돌려 들판을 쳐다보았다. 생도들의 소총 천오백 자루가 각각 네 개씩 무리를 이루어 나란히 정렬되어 있었다. 그 소총들은 서로 총구끼리 맞대어 지탱하면서 피라미드 모습을 한 채 안개 속에 있었다. 비쿠냐는 그런 소총들 사이로 돌아다니면서 냄새를 맡고 있었다.

"장교위원회가 결정을 내렸어?" 칼사다가 물었다. 네 명 중에서 가장 뚱뚱한 그는 빵을 씹으면서 입안에 음식물을 가득 담은 채 말했다.

"어제 결정났어." 우아리나가 대답했다. "열시가 넘어서 아주 늦게 끝났다니까. 대령이 몹시 화를 냈지."

"그 사람은 항상 화를 내잖아." 피탈루가가 말했다. "무언가를 찾아내도 화를 내고, 찾지 못해도 화를 내지." 그는 우아리나를 팔꿈치로 슬쩍 찔렀다. "그러니 불평하지 마. 이번에 너는 행운아였어. 그건 네복무 기록에 남을 정도의 대단한 행운이었다고."

"그래, 맞아." 우아리나가 말했다. "쉽지 않은 일이었지."

"그 생도 계급장을 언제 뗄 거야?" 칼사다가 물었다. "재미있는 광경이 되겠는걸."

"월요일 열한시."

"그놈들은 타고난 범죄자들이야." 피탈루가가 말했다. "그놈들은 그어떤 벌을 받아도 제대로 배우지 못한다니까. 이번 일이 그 증거야. 그것도 유리창을 부수고 도둑질을 하다니! 내가 여기에 있는 동안 생도여섯 명이 이미 퇴학 조치를 받았어."

"생도들은 타의에 의해, 본인은 원하지 않는데도 군사고등학교로 오기 때문이야." 감보아가 말했다. "그게 문제야."

"맞아." 칼사다가 말했다. "그놈들은 자기가 시민이라고 생각하지."

"그리고 가끔씩 우리를 신부라고 생각하기도 해." 우아리나가 지적했다. "어느 생도는 심지어 내게 고해를 하고 싶다면서, 조언을 부탁하기도 했다니까. 믿기지 않는 일이야!"

"생도들은 절반은 부모가 보내서 이리로 와. 깡패가 되지 않게 말이지." 감보아가 말했다. "그리고 나머지 반은 계집애처럼 되지 말라고 이리로 보내지."

"아마도 군사학교가 교정소라고 생각하는 것 같아." 피탈루가가 식탁을 쾅 치면서 말했다. "페루에서는 제대로 되는 게 하나도 없어. 모든 게 도중에 중단되고 만다고. 그래서 이 모양인 거야. 군대에 오는 병사들은 더럽고 추잡하고, 이가 득실거리고, 싹 다 도둑놈들이야. 하지만 몽둥이찜질을 받아 문명화되지. 원주민이라 해도 군대에서 일 년만 있으면 얼굴만 원주민이지 모든 게 바뀌어. 하지만 여기서는 정반대야. 생도들은 시간이 흐를수록 더욱 나빠져. 5학년생들은 개들보다 못해."

"매를 아끼면 자식을 버리는 법이지." 칼사다가 말했다. "아이들을 때릴 수 없다는 건 정말 유감스러운 일이야. 우리가 손만 올려도 그놈들은 불평하고 항의하면서 난리를 부리잖아."

"저기 피라냐가 오네." 우아리나가 중얼거렸다.

네 명의 중위는 자리에서 일어났다. 가리도 대위는 머리를 숙여 그들에게 인사했다. 그는 키가 크고 피부가 희멀건했으며, 광대뼈는 약간 푸르스름했다. 그의 별명이 '피라냐'가 된 이유는 아마존강의 식인 물고기처럼 크고 하얗게 반짝이는 두 줄의 치아가 입술에서 불쑥 튀어나온데다 턱이 항상 움직이기 때문이다. 그는 네 중위에게 각각 종이를 한 장씩 나눠주었다.

"야전훈련 지시사항이다." 그가 말했다. "5학년은 경작지 뒤쪽으로, 즉 언덕 반대편의 들판으로 간다. 서둘러야 한다. 그곳에 도착하려면 적어도 사십오 분 이상 행진해야 한다."

"정렬시킬까요, 아니면 대위님이 올 때까지 기다릴까요?" 감보아가 물었다.

"정렬시켜서 그곳으로 가도록 해." 대위가 대답했다. "내가 곧 따라가겠다."

네 명의 중위는 함께 식당에서 나갔고, 들판에 도착하자 직선으로 흩어졌다. 그리고 호각을 불었다. 식당에서 점점 아우성이 커졌고, 잠시 후 생도들이 전속력으로 뛰쳐나오기 시작했다. 학생들은 자기 자리에 도착해서 소총을 잡고는 연병장을 향해 달리면서 반별로 대열을 정돈했다.

잠시 후 대대는 보초들이 차려 자세를 취하고 있던 학교 정문을 지나 코스타네라 거리로 들어갔다. 아스팔트 도로는 깨끗하고 반짝반짝 빛나고 있었다. 3열 종대를 이루고 있던 생도들이 대열을 넓혔고, 왼쪽과 오른쪽 대열은 도로 양쪽으로, 가운데 대열은 도로 중앙으로 행진했다.

대대가 팔메라스 대로에 도착하자, 감보아 중위는 베야비스타 쪽으로 회전하라고 지시했다. 커다란 나무의 우거진 잎 아래로 경사로를 내려가는 동안, 생도들은 반대쪽에서 불분명한 형체를 볼 수 있었다. 해군 병기고와 카야오항구의 건물들이었다. 옆쪽으로는 라페를라 지역의 크고 오래된 집들이 늘어서 있었다. 넝쿨식물로 뒤덮인 벽들과 녹슨 쇠창살이 크기가 서로 다른 정원을 지키고 있었다. 대대가 프로그레소 대로 가까이에 도착했을 무렵, 아침이 활기를 띠기 시작했다. 야채바구니와 봉지를 든 맨발의 여자들이 모습을 드러내더니 걸음을 멈추고 누덕누덕한 옷을 입은 생도들을 쳐다보았다. 한 무리의 개들이 대대를 포위하고는 펄쩍펄쩍 뛰고 짖어댔다. 더럽고 비쩍 마른 어린애들은 바다에서 돌고래들이 배를 호위하듯이 대대를 호위하며 따라왔다.

프로그레소 대로에서 대대는 행진을 멈추었다. 자동차와 버스가 쉴 새없이 지나다녔다. 감보아의 신호를 받자, 부사관 모르테와 페소아는 도로 한복판에 서서 교통을 통제했고, 그러는 동안 대대는 대로를 건 넜다. 화가 치민 몇몇 운전사들이 경적을 울렸고, 그러자 생도들은 그 들에게 욕을 퍼부었다. 대대의 선두에서 감보아는 손을 들어 항구 쪽 으로 나아가는 대신 평야를 가로질러 이제 싹을 틔우기 시작한 면화 경작지 주변으로 지나가라고 지시했다. 대대 모두가 풀로 뒤덮인 땅에 이르자, 감보아는 부사관들을 불렀다.

"언덕이 보이나?" 그는 손가락으로 면화 경작지 끝에 희미하게 솟 은 것을 가리켰다.

"예, 중위님." 모르테와 페소아가 동시에 대답했다.

"저것이 목표물이다. 페소아, 생도 여섯 명과 함께 먼저 가도록 해. 한 군데도 빼놓지 말고 철저히 살펴보고, 그곳에 사람이 있으면 내쫓 아버려. 언덕뿐만 아니라 그 근처에 한 사람도 있어서는 안 된다. 알아 들었나?"

페소아는 고개를 끄덕이고 뒤로 돌았다. 그는 1반으로 갔다.

"자원자 여섯 명."

아무도 앞으로 나오지 않았다. 생도들은 앞쪽을 보지 않고 시선을 좌우로 돌리기만 했다. 감보아가 가까이 다가왔다.

"맨 앞 여섯 명, 어서 대열에서 나와." 그가 말했다. "부사관과 함께 가라."

주먹을 꽉 쥔 오른팔을 올리고 내리면서 페소아는 생도들에게 속보 로 따라오라는 신호를 보냈다. 그러고는 목화밭으로 달리기 시작했다. 감보아는 몇 발자국 뒤로 물러나 나머지 중위들과 합류했다.

"페소아를 보내 그 지역 장애물들을 제거하라고 했어."

"그래." 칼사다가 말했다. "하지만 거기 문제는 없을 거야. 나는 내 생도들과 이곳에 있겠어."

"나는 북쪽에서 공격을 감행하지." 우아리나가 말했다. "항상 가장 힘든 일은 내 몫이라니까. 나는 아직도 4킬로미터를 더 걸어가야 한다고."

"정상에 도착하는 데 한 시간쯤 걸린다면, 시간이 많지 않아." 감보아가 말했다. "생도들을 빠르게 올라가도록 해야 해."

"표적이 잘 고정되어 있으면 좋겠네." 칼사다가 말했다. "지난달에는 바람에 휩쓸려가는 바람에 구름을 쳐다보면서 조준해야 했다고."

"걱정하지 마." 감보아가 말했다. "이번 표적은 마분지가 아니라 직경 1미터짜리 천이거든. 병사들이 어제 설치해놓았어. 200미터 내에 도달할 때까지는 사격을 시작하지 말라고 지시해."

"알았습니다요, 장군님." 칼사다가 말했다. "우리한테 그런 것까지 가르칠 셈이야?"

"탄환을 낭비할 필요는 없지." 감보아가 말했다. "어쨌거나 네 중대는 단 한 발도 명중 못 시킬 테니까."

"내기할까, 감보아 중위?" 칼사다가 말했다.

"50솔."

"돈 관리는 내가 맡지." 우아리나가 제안했다.

"좋아." 칼사다가 말했다. "조용히 하고 저길 봐. 피라냐가 온다."

대위가 그들에게 다가왔다.

"뭘 기다리나?"

"모든 준비가 끝났습니다." 칼사다가 말했다. "대위님을 기다리고 있었습니다."

"위치가 어딘지 알고 있나?"

"예, 대위님."

"목표 지역에 아무도 없는지 확인하도록 사람을 보냈나?"

"예, 대위님. 부사관 페소아를 보냈습니다."

"좋아. 그럼 모두 시계를 맞추도록 하라." 대위가 말했다. "아홉시 정각에 시작한다. 그리고 아홉시 반에 사격을 개시한다. 접근전이 시작되면 사격은 즉시 멈추어야 한다. 알았나?"

"예, 대위님."

"열시에는 모두 정상에 있어야 한다. 그곳에는 대대가 전부 있을 공간이 있다. 중대를 속보로 각자 위치로 이동시켜라. 그래야 생도들의 몸이 풀리니까."

장교들은 그곳을 떠났지만 대위는 그대로 머물렀다. 그는 중위들이 명령하는 소리를 들었다. 감보아의 중대는 가장 키가 크고 가장 힘이 셌다. 잠시 후 대위는 그곳에 혼자 남았다. 대대는 이미 세 중대로 나뉘어 언덕을 포위하기 위해 서로 다른 방향으로 진격하고 있었다. 생도들은 뛰면서도 잡담을 멈추지 않았다. 대위는 왁자지껄한 소리 속에서 몇 마디를 알아들을 수 있었다. 중위들은 각 중대의 선두에 서 있었고, 부사관들은 측면에 있었다. 가리도 대위는 쌍안경을 들어 눈으로 가져갔다. 언덕 한가운데에 4, 5미터 간격으로 표적이 보였다. 표적은 완벽한 원형이었다. 그는 또한 표적을 향해 사격하는 모습도 보고 싶었지만, 이번 사격은 생도들의 몫이었다. 그에게 훈련은 따분한 일이었다. 그는 그들을 관찰하는 것 이외에 그다지 할일이 없었다. 그는 검은 담뱃갑을 열어서 담배 한 개비를 꺼냈다. 성냥을 여러 개비 그은 후에야 담배에 불을 붙일 수 있었다. 바람이 많이 불었기 때문이다. 그런 다음 1중대 뒤를 따라서 성큼성큼 걸었다. 감보아가 전투를 벌이는 모습을 보는 건 흥미로웠다. 그는 실전처럼 아주 심각하고 진지하게 훈련을 했기 때문이다.

언덕 기슭에 도착하자, 감보아는 생도들이 정말로 지쳤다는 사실을 확인했다. 몇몇은 얼굴이 창백해진 채 입을 벌리고 헉헉거리며 뛰고 있었다. 모든 학생의 눈이 감보아에게 집중되었다. 그들의 눈빛에서 감보아는 그들이 멈추라는 명령을 애타게 기다리고 있음을 감지했다. 하지만 그는 그런 지시를 내리지 않았다. 그는 원형의 하얀 표적들, 목화밭을 향해 내려가는 황토색의 헐벗은 경사면, 그리고 표적에서 몇 미터 위에 있는 툭 튀어나온 언덕 꼭대기를 쳐다보았다. 크고 단단하며 굽은 정상이 그들을 기다리고 있었다. 그는 계속 뛰어갔다. 먼저 언덕 기슭을 따라 달렸고, 그런 다음에는 있는 힘을 다해 전속력으로 들판을 향해 달렸다. 그 역시 심장과 폐가 입을 커다랗게 벌려 한 모금의 공기를 달라고 요구한다는 것을 느꼈지만, 입을 열지 않으려고 무진 애를 썼다. 목의 힘줄이 불거졌고, 머리끝부터 발끝까지 그의 피부는 식은땀으로 축축해졌다. 그는 마지막으로 뒤를 돌아보았다. 생도들이 표적에서 약 천 미터 내로 접근했는지 알아보기 위해서였다. 그러고서 그는 눈을 감았고, 보다 큰 보폭으로 뛰고 팔로 허공을 가르면서 더욱 빠르게 달렸다. 그렇게 목화밭 바깥에 있는 황무지에서 뒤엉켜 자라는 잡초 덤불에 도착했다. 야전훈련 지시서에 1중대의 진지 경계선으로 지정된 관개수로 옆이었다. 그곳에서 그는 멈추었고, 그제야 비로소 입을 열고 양팔을 크게 벌린 채 숨을 들이마셨다. 뒤로 돌기 전에 그는 얼굴의 땀을 훔쳤다. 그 역시 지쳤다는 사실을 생도들이 알지 못하게 하기 위해서였다. 1중대 진지에 가장 먼저 도착한 사람들은 부사관들과 학생 소대장 아로스피테였다. 그다음 나머지 생도들이 완전히 무질서한 상태로 도착했다. 대열은 온데간데없었고, 흩어진 무리들만 남아 있었다. 잠시 후 3개 소대는 다시 집합하여 감보아를 둘러싸면서 U자형으로 정렬했다. 감보아는 소총을 땅에 피라미드 형태로 세워놓은 생도 백이십 명의 거친 숨소리를 들었다.

"학생 소대장들 앞으로!" 감보아가 말했다. 아로스피테와 다른 두 소대장이 대열에서 나왔다. "중대원들, 휴식!"

중위는 몇 발짝 걸어서 대열을 빠져나왔다. 그러자 부사관들과 학생 소대장 세 명이 그를 따라왔다. 그는 쭈그리고 앉아 땅에 십자가와 선을 그리고서, 공격의 여러 단계를 자세히 설명했다.

"병력 배치를 이해했나?" 감보아가 묻자, 그의 설명을 듣던 다섯 명이 고개를 끄덕였다. "좋아. 그럼 전투 소대들은 진격 명령이 떨어짐과 동시에 부채꼴 대형으로 펼친다. 부채꼴로 나아간다는 것은 양들처럼 떼를 지으라는 게 아니라 같은 선상에 있지만 흩어져 있어야 한다는 뜻이다. 이해했나? 좋아, 우리 중대는 남쪽 전선을 공격한다. 우리 앞에 있는 곳이다. 보이나?"

부사관들과 학생 소대장들은 언덕을 보고 말했다. "예, 보입니다."

"진격하는 데 필요한 지시사항이 있습니까, 중위님?" 모르테가 물었다. 학생 소대장들은 고개를 돌려 그를 쳐다봤고, 모르테 부사관은 얼굴을 붉혔다.

"이제부터 설명할 것이다." 감보아가 말했다. "10미터씩 진격한다. 진격했다가 멈추고 진격하는 방식이다. 생도들은 전속력으로 10미터를 달려가 바닥에 엎드린다. 소총을 땅에 박는 놈은 내가 발길질로 엉덩이를 박살내버리겠다. 제1선 병사들이 모두 엎드리면, 내가 호각을 불 것이고, 그러면 제2선 병사들은 사격한다. 단 한 발만 쏜다. 알았나? 사격을 마치면 전부 전속력으로 10미터를 달려가 엎드린다. 그러면 제3선이 사격하고 진격한다. 그런 다음 처음부터 똑같이 반복한다. 모든 행동은 내 지시에 따른다. 그렇게 목표물에서 100미터 떨어진 곳까지 도달한다. 그곳에서 각 소대는 다른 중대들의 작전 지역을 침범하지 않도록 약간 밀집해야 한다. 마지막 공격은 세 소대가 동시에 실시한다. 그때쯤이면 고지는 단지 적진의 몇몇 지점을 제외하곤 대부분 점령되었을 것이다."

"목표물 점령에 주어진 시간은 얼마입니까?" 모르테가 물었다.

"한 시간이다." 감보아가 말했다. "그러나 그건 내가 결정할 문제다. 부사관들과 소대장들은 병사들의 간격이 너무 넓지도 않고 좁지도 않게 되도록 신경써라. 그리고 뒤에 처지는 사람이 아무도 없도록 하고, 내가 너희를 필요로 할 경우가 있을지 모르니 항상 나와 연락을 유지하라."

"우리 소대장들이 앞장섭니까, 아니면 뒤에 있어야 합니까?" 아로스피데가 물었다.

"너희는 앞에 있고, 부사관들은 뒤에 있을 것이다. 다른 질문 있나? 좋아, 그럼 가서 각 분대의 분대장들에게 작전을 설명하라. 십오 분 내로 행동을 개시한다."

부사관들과 소대장들은 빠른 걸음으로 그곳을 떠났다. 감보아는 가리도 대위가 오는 것을 보고 자리에서 일어나려고 했지만, 피라냐는 손짓을 하면서 그냥 그대로, 그러니까 웅크리고 앉아 있으라고 지시했다. 두 사람은 소대들을 지켜보았다. 소대들은 각각 열두 명씩 3개 분대로 나뉘어 있었다. 생도들은 허리띠를 졸라맸고, 군화 끈을 단단히 맸으며, 철모를 깊숙이 눌러썼고, 소총에서 먼지를 떨어내면서 소총 멜빵의 조임쇠를 점검했다.

"생도들은 야전훈련을 좋아하지." 대위가 말했다. "얼간이들. 저놈들 좀 봐, 마치 무도회에 와 있는 것 같아."

"그렇습니다." 감보아가 말했다. "실제 전투를 하는 거라고 믿습니다."

"언젠가 정말로 싸워야 할 날이 오면……" 대위가 말했다. "저놈들은 탈영하거나 겁을 집어먹을걸. 하지만 여기서 군인들이 총을 쏘는 건 단지 훈련할 때뿐이다. 저놈들에게는 천만다행한 일이지. 난 페루가 진짜 전쟁을 벌이리라고는 결코 생각하지 않아."

"하지만 대위님." 감보아가 대답했다. "우리는 적들에게 둘러싸여 있습니다. 대위님은 에콰도르와 콜롬비아가 일부 밀림 지역을 빼앗기 위해 적당한 순간이 오기를 호시탐탐 노린다는 사실을 알고 계십니다. 아직도 우리는 칠레로부터 아리카와 타라파카를 되찾지 못했습니다."

"말만 그렇게 할 뿐이야." 대위가 회의적인 몸짓을 해 보이며 말했다. "오늘날 모든 건 강대국들이 해결해. 1941년에 나는 에콰도르와 벌어진 전투에 참가했다. 우리는 키토까지 진격할 수도 있었네. 하지만 강대국들이 개입해서 외교적 해결책을 찾아냈지. 정말 짜증나는 일이야. 민간인들이 모든 걸 결정하면서 해결하거든. 페루에서 군인이 된다는 것은 정말 빌어먹을 선택이야."

"전에는 달랐습니다." 감보아가 말했다.

페소아와 생도 여섯 명이 뛰어서 되돌아왔다. 대위가 그를 불렀다.

"고지 전체를 둘러보았나?"

"예, 대위님. 완전히 텅 비었습니다."

"곧 아홉시가 됩니다, 대위님." 감보아가 말했다. "시작해야 할 것 같습니다."

"그렇게 하게." 대위가 말했다. 그러고는 갑자기 언짢은 표정을 지으며 덧붙였다. "이 게으른 굼벵이들의 때를 벗기게."

감보아는 중대로 다가갔다. 그는 한쪽 끝에서 다른 쪽 끝까지 오랫동안 그들을 살펴보았다. 마치 그들의 숨겨진 가능성과 인내의 한계, 용기의 정도를 측정하는 듯했다. 그는 머리를 약간 뒤로 기울였다. 바람에 그의 전투복 셔츠와 철모 아래로 삐죽 드러난 검은 머리카락이 펄럭거렸다.

"염병할! 조금 더 벌려!" 그가 소리쳤다. "모두 몰살당하고 싶어 안달하는 거냐? 사람과 사람 사이 간격은 적어도 5미터가 되어야 한다. 지금 미사에라도 간다고 생각하는 거냐?"

그러자 공격 1선, 2선, 3선의 전투대원들이 부들부들 떨었다. 각 분대장들은 대열에서 나와 소리를 지르면서 생도들에게 보다 넓게 간격을 벌리라고 명령했다. 세 개의 대열은 탄력성 있게 보다 길어졌고 개인 간의 간격도 더 넓어졌다.

"지그재그로 전진한다." 감보아는 끝에 있는 생도들도 들을 수 있도록 젖 먹던 힘까지 다해 큰 소리로 말했다. "제군이 벌써 삼 년 동안이나 배워온 일이다. 한 사람씩 차례대로 움직이지 마라. 이건 행진이 아니다. 내가 명령을 내렸을 때, 서 있거나 앞으로 곧장 나아가거나 혹은 뒤로 물러서는 사람은 시체와 다름없다. 시체들은 토요일과 일요일에 외출하지 못하고 학교에 남아 있게 될 것이다. 알겠나?"

그는 가리도 대위를 향해 뒤로 돌았지만, 대위는 한눈을 파는 것 같았다. 그는 눈동자를 이리저리 돌리면서 지평선을 바라보고 있었다. 감보아는 호각을 입술로 가져갔다. 대열 속에서 잠시 동요가 일었다.

"공격 1선. 행동 준비! 소대장들은 앞으로, 부사관들은 후미로!"

그는 시계를 보았다. 아홉시 정각이었다. 그는 길게 호각을 불었다. 예리한 호각소리가 대위의 귀를 불쾌하게 만들었는지, 그는 깜짝 놀랐다는 동작을 했다. 그리고 잠시 자기가 야전훈련장에 있다는 사실을 잊어버렸다는 것을 깨닫자 자신이 잘못했다는 느낌이 들었다. 그는 공격 작전이 어떻게 진행되는지 살펴보기 위해 씩씩하게 걸어서 중대 뒤에 있는 덤불 옆으로 위치를 이동했다.

금속성의 호각소리가 그치기도 전에, 가리도 대위는 세 개 분대로 나뉜 공격 1선이 동시에 앞으로 튀어나가는 모습을 보았다. 세 개 분대는 부채꼴 모양으로 벌어지더니 전속력으로 앞으로 달려나갔다. 마치 자신의 멋진 꼬리깃을 세우는 공작새 같았다. 소대장들을 따라 생도들은 소총을 지면에 수직이 되게 오른손으로 쥔 채 몸을 구부리고서 뛰었다. 총구는 하늘을 향했고, 개머리판은 바닥에서 몇 센티미터 떨어져 있었다. 그런 다음 두번째 호각소리가 들렸다. 첫번째 소리보다 길지 않았지만 보다 먼 곳에서 보다 날카롭게 들려왔다. 감보아 중위 역시 전진 기동작전을 일일이 통제하기 위해 한쪽으로 달려갔기 때문이다. 그리고 즉시 눈에 보이지 않는 총탄 세례에 가루가 되어버린 것처럼 1선 공격대가 풀 사이로 사라졌다. 대위는 총탄을 맞아 쓰러지는 사격장의 장난감 병정들을 떠올렸다. 그때 그는 아침 공기를 찢어발기는 감보아의 고함소리를 들었다. "왜 저 분대가 전진하는 거지? 로스 피글리오시, 이 개자식아, 적군이 네 대가리를 날려버리길 바라는 거야? 총구가 땅에 닿지 않도록 조심해!" 그리고 다시 호각소리가 들렸고, 1선이 수풀 속에서 모습을 드러내더니 다시 전속력으로 달려갔다. 잠시 후 또다른 호각소리가 나자 그들은 다시 시야에서 사라졌다. 감보아의 목소리는 갈수록 희미해지면서 들리지 않았다. 대위는 더러운 욕설과 알지 못하는 이름을 듣고 있었고, 1선 병사들이 앞으로 나아가는 모습을 보았다. 그는 잠시 다른 생각을 했다. 그러는 동안 중간 소대와 후위 소대가 시끄럽게 떠들기 시작했다. 생도들은 대위가 옆에 있다는 사실도 잊은 채, 목청껏 소리 높여 말했고, 감보아와 함께 전진하는 생도들을 비웃었다. "검둥이 바야노는 마치 부대자루처럼 털썩 엎드려. 아마도 뼈가 고무로 만들어진 모양이야. 그리고 염병할 노예 좀 봐. 얼굴에 상처라도 날까 무서운가보네."

그때 갑자기 감보아 중위가 가리도 대위 앞에 나타나더니 소리쳤다. "공격 2선. 행동 준비!" 각 분대장들은 오른팔을 들었고, 서른여섯 명의 생도는 부동자세를 취했다. 대위는 감보아를 쳐다보았다. 차분한 표정을 지으며 두 주먹을 불끈 쥐고 있었다. 끊임없이 움직이는 그의 시선만이 유일한 예외였다. 그의 눈은 한쪽 끝에서 다른 쪽 끝으로 갑자기 이동하면서 고무되었다가 분노하기도 했으며 미소를 띠기도 했다. 2선이 앞으로 돌격했다. 생도들의 모습은 갈수록 작아졌고, 중위는 손에 호각을 들고 고개를 돌려 공격 대열을 쳐다보면서 뛰고 있었다.

이제 대위는 들판에 펼쳐진 두 개의 선을 보고 있었다. 번갈아가면서 땅에서 솟아나왔다가 다시 엎드려 모습을 감추면서, 죽은 것 같은 들판에 삶을 가득 불어넣고 있었다. 그는 생도들이 규정된 방식으로 제대로 연습하는지, 즉 바닥에 닿기 전에 왼쪽으로 몸을 기울여 왼쪽 발과 왼쪽 옆구리와 왼쪽 팔로 넘어지면서 소총이 흙바닥이 아닌 그들의 갈비뼈와 부딪히게 하는지 제대로 볼 수 없었다. 또한 공격선이 간격을 유지하고 있는지, 전투 분대들이 응집력을 발휘하고 있는지, 그리고 선봉대처럼 소대장들이 계속 선두에 있으면서 중위에게서 눈을 떼지 않는지도 볼 수 없었다. 전선은 수백 미터에 이르렀고, 공격 거리는 갈수록 길어졌다. 갑자기 감보아가 그의 앞에 다시 모습을 드러냈다. 그의 얼굴은 좀전처럼 차분했지만 눈에는 불길이 이글거렸다. 그는 호각을 불었고, 그러자 마지막 소대가 언덕을 향해 쏜살같이 달려갔고, 부사관들이 그 뒤를 쫓아갔다. 이제는 1선과 2선과 3선이 앞으로 진격했고, 갈수록 대위에게서 멀어졌다. 그는 이제 가시덤불 옆에 혼자 남아 있었다. 그는 몇 분 동안 그곳에 머무르면서, 병사들이나 사관학교 생도들과 비교하면 저 생도들이 얼마나 느리고 굼뜬지 생각했다.

그런 다음 그는 중대 뒤로 걸어가면서, 가끔씩 쌍안경을 이용해 살펴보았다. 멀리서 보니 그 군사작전은 동시에 후퇴했다가 전진하는 것처럼 보였다. 1선 부대가 엎드리면, 2선 부대가 전속력으로 진격하면서 1선 부대와 소대장이 있는 지점을 지나갔다. 그때 3선 부대가 2선

부대를 대체했다. 다음 진격에서는 세 소대가 처음 순서로 돌아갔지만, 잠시 후 그들의 대열이 흩어지면서 단 한 개의 선을 형성했다. 감보아는 손을 흔들면서 소리쳤다. 마치 몇몇 생도들을 향해 손가락으로 조준하여 쏘는 것처럼 보였다. 가리도 대위는 그의 목소리를 들을 수 없었지만, 그가 어떤 명령을 내리고 어떤 평을 하는지 어렵지 않게 추측할 수 있었다.

그런데 갑자기 총소리가 들렸다. 그는 시계를 보았다. '정확하군' 하고 생각했다. '정확히 아홉시 반이야.' 그는 쌍안경으로 살폈다. 실제로 1선은 지시받은 위치에 있었다. 그는 표적을 보았지만, 어떤 것이 적중되었는지 분간할 수 없었다. 그는 20미터가량 달려갔고, 이번에는 원들에 구멍이 십여 개 뚫렸음을 확인했다. '병사들이 더 나아.' 그는 생각했다. '그런데 이 생도들은 예비 장교로 졸업하지. 그러니 이건 정말 수치스러운 일이야.' 그는 얼굴에서 거의 쌍안경을 떼지 않은 채 계속 앞으로 나아갔다. 진격 거리도 더 짧았다. 각 소대는 한 번에 10미터씩 나아갔다. 2선 부대가 사격했다. 총성의 메아리가 잦아들자마자 호각소리는 1선 부대와 후위 부대에게 진격하라고 명령했다. 지평선 저쪽에서 생도들은 갈수록 작게 보였다. 마치 제자리에서 뛰었다가 엎드리는 것처럼 보였다. 다시 호각소리가 울렸고, 엎드려 있던 부대가 사격했다. 사격이 끝날 때마다 대위는 표적을 점검했고 적중한 탄알의 숫자를 추산했다. 중대가 고지를 향해 접근하면서, 그들은 보다 정확하게 사격했다. 원형 표적이 이제는 구멍투성이가 된 것이다. 그는 사격수들의 얼굴을 살펴보았다. 앳되고 수염도 나지 않은 불그스레한 얼굴로, 한쪽 눈을 감고 다른 한쪽 눈을 가늠쇠에 고정하고 있었다. 개머리판 반동의 충격으로 어린 몸들이 흔들렸다. 아직 어깨가 아렸지만, 그들은 일어나서 몸을 숙인 채 뛰어가서 다시 엎드려 사격을 해야만 했다. 폭력적인 분위기에 휩싸여 있었지만, 사실 그것은 가상훈련에 불과했다. 가리도 대위는 실제 전투는 그렇지 않다는 것을 잘 알고 있었다.

바로 그때 그는 초록색 실루엣을 보았다. 제때 보지 못했다면 밟고 지나갔을 수도 있었다. 그리고 총신이 기괴하게 땅에 파묻힌 소총을 보았다. 무기를 조심히 다뤄야 한다는 지시사항을 완전히 어긴 것이었다. 그는 바닥에 있는 몸과 무기가 무엇을 의미하는지 제대로 이해할 수 없었다. 그는 몸을 구부렸다. 생도의 얼굴은 고통으로 일그러져 있었고, 눈과 입은 크게 벌어져 있었다. 머리에 총상을 입은 것이다. 한 줄기 피가 목으로 흘러내렸다.

대위는 손에 들고 있던 쌍안경을 내려놓았다. 그리고 한쪽 팔을 다리 아래에 넣고 다른 팔로는 어깨를 받쳐 학생을 안고는 언덕을 향해 허둥지둥 뛰기 시작하면서 소리쳤다. "감보아 중위! 감보아 중위!" 그러나 그의 목소리가 들리려면 그는 많은 거리를 달려야만 했다. 표적을 향해 비탈길을 오르는 초록색 풍뎅이 같은 1중대 생도들은 감보아의 명령과 오르막을 달리는 데 온 정신을 집중하고 있었기 때문에, 뒤를 돌아볼 겨를이 없었다. 대위는 감보아의 밝은 초록색 군복이나 부사관 중 하나가 어디에 있는지 위치를 파악하려고 했다. 그런데 갑자기 풍뎅이들이 멈추었고, 고개를 돌려 주변을 살펴보았다. 대위는 십여 명의 생도가 자기를 지켜보고 있다는 걸 알았다. "감보아, 부사관!" 그는 소리쳤다. "어서 이리 와!" 이제 생도들은 전속력으로 언덕을 내려왔고, 그는 생도를 팔에 안고 있는 자기 모습이 우스꽝스럽게 느껴졌다. '재수가 개 같군.' 그는 생각했다. '대령은 내 복무 기록에 이 일을 적어넣을 거야.'

그가 있는 곳으로 가장 먼저 달려온 사람은 감보아였다. 그는 놀란 눈으로 생도를 보았고, 고개를 숙여 그를 살펴보았다. 하지만 대위는 소리쳤다.

"어서 의무실로 옮겨. 가능한 한 빨리."

부사관 모르테와 페소아가 생도를 넘겨받아 급히 들판으로 달리기 시작했고, 대위와 중위, 그리고 몇몇 생도가 그 뒤를 쫓아갔다. 사방에서 달려온 학생들은 아래위로 흔들거리는 얼굴을 충격에 사로잡혀 지켜보았다. 모두가 익히 알고 있는 창백하고 여윈 얼굴이었다.

"더 빨리." 대위가 말했다. "더 빨리 뛰어."

그때 갑자기 감보아 중위가 부사관들에게서 그 생도를 낚아채 어깨에 걸머메더니 속도를 높여 달렸다. 몇 초 후 그는 이미 다른 사람들보다 몇 미터 앞서 있었다.

"생도들!" 대위가 소리쳤다. "지나가는 자동차를 세워!"

생도들은 부사관들 곁을 떠나 들판을 가로질렀다. 대위는 모르테와 페소아와 함께 뒤에 처져 있었다.

"1중대 소속인가?" 대위가 물었다.

"그렇습니다, 대위님." 페소아가 말했다. "1반입니다."

"이름이 뭔가?"

"리카르도 아라나입니다, 대위님." 그는 잠시 머뭇거리더니 덧붙였다. "노예라고 불리는 학생입니다."

제2부

나는 스무 살이다. 그 누구도
스무 살이 인생에서 가장 아름다운 나이라고
말하지 못하게 할 작정이다.

폴 니장

제1장

불쌍한 절름발이년 때문에 슬픔을 억누를 수가 없어. 어젯밤에 그 암캐는 울고 또 울었지. 나는 담요를 덮어주었고, 그런 다음 심지어 베개도 놓아주었지만, 암캐의 길고 긴 울부짖음은 끊어지지 않았어. 가끔씩 암캐는 목이 메어 질식이라도 할 듯이 끔찍하게 울었어. 그 소리는 우리 반 막사에 있는 모든 생도의 잠을 깨웠어. 예전이었다면 그냥 지나쳤을 거야. 하지만 지금은 모두가 신경이 예민하다보니 다들 욕을 하기 시작했고, "여기서 당장 치우든지 아니면 다른 방법을 찾아"라고 말했어. 나는 내 침대에서 여러 명과 거친 말을 주고받아야만 했어. 하지만 한밤중이 되자 다른 방법이 없더라고. 잠이 몰려왔고, 절름발이년은 갈수록 더욱 심하게 울어댔으니까. 몇 명이 자리에서 일어나 손에 군화를 들고 내 침대로 왔어. 우리 반 전체와 싸울 정도의 일은 아니었어. 다들 몹시 혼란에 빠지고 의기소침했으니까. 그래서 나는 개년을 내 침대에서 꺼내 소운동장으로 데려가서 그곳에 놔두었어. 하지만 되돌아오는데, 절름발이년이 나를 쫓아온다는 것을 알아차렸고, 나는 아주 못되게 고함쳤어. "이 염병할 암캐야, 거기 그대로 있어. 너무 울어대서 거기에 놔둔 거니까, 거기에 그대로 있으란 말이야." 하지만 절름발이년은 계속 나를 뒤쫓아왔어. 불편한 다리를 움츠려 바닥에 닿지 않도록 하고서. 나를 따라오려고 애쓰는 모습은 눈 뜨고 볼 수 없을 정도로 가엾고 불쌍했지. 그래서 나는 다시 안아서 잡초 위에 놓아주고는 잠시 목덜미를 긁어주었어. 그러고서 되돌아왔지. 이번에는 나를 쫓아오지 않더라. 그러나 잠을 설쳤어. 아니, 잠을 이룰 수 없었지. 잠이 쏟아지려 하다가도, 눈이 저절로 뜨이는 거야. 젠장. 그리고 나는 그 암캐를 생각했을 뿐만 아니라, 재채기를 하기 시작했어. 암캐를 소운동장으로 데려갔을 때, 나는 신발을 신지 않았고, 파자마에는 구멍이 잔뜩 나 있었거든. 내 생각에는, 바람이 많이 불었고, 아마도 비가 내렸던 것 같아. 불쌍한 절름발이년은 밖에서 추위에 떨고 있었지. 그 암캐는 항상 추위를 몹시 탔는데. 잠잘 때면 나는 뒤척이며 담요를 차버려서 여러 번 암캐를 화나게 만들었지. 그러면 암캐는 화가 나서 몸도 못 가누면서 으르렁거리면서 일어나, 이빨로 담요를 끌어당겨 다시 덮거나, 아니면 침대 깊숙한 곳으로 들어가서 내 발의 온기를 느끼곤했어. 개들은 매우 충성스러워. 친척들보다 더 나아. 그 점은 의심의 여지가 없다니까. 절름발이년은 똥개야. 그러니까 온갖 종의 피가 뒤섞인 잡종개지만, 마음만은 그 무엇과도 비교할 수 없이 따스하고 깨끗해. 나는 그 개가 언제 학교로 왔는지는 기억 못해. 누가 데려온 개는 아닌 게 분명해. 이리저리 오가다가 들어와서 살펴보기로 마음먹고, 학교가 좋아서 그대로 머물렀을 거야. 우리가 입학했을 때, 이미 암캐는 학교에 있었을 것이라는 생각이 들어. 어쩌면 이곳에서 태어났을지도, 그러니까 레온시오 프라도 출생일지도 몰라. 내가 암캐를 처음 보았을 때는 아주 작았거든. 우리 신고식 시기부터 항상 우리 반으로 들어와 어슬렁거렸어. 마치 우리 반을 자기 집처럼 편안하게 느끼는 것 같았지. 4학년 생도가 들어올 때마다, 암캐는 그의 발로 달려들어 짖어댔고, 마구 물려고 했어. 용감하고 완강했다니까. 4학년 생도들이 발길질로 날려버려도, 암캐는 다시 일어나 돌진하면서 이빨을 드러내며 짖어댔어. 아주 어린 암캐의 조그만 이빨이었지. 이제는 다 컸고, 세 살 이상은 되었을 거야. 이미 개치고는 늙은 나이지. 동물들은 그다지 오래 살지 못하거든. 특히 똥개이거나 적게 먹을 경우는 더욱 그렇지. 절름발이년이 많이 먹는 걸 본 적이 없는 것 같아. 가끔씩 나는 먹다 남은 음식을 던져주는데, 그것이 암캐에게는 최고의 식사야. 암캐는 풀을 먹지 않아. 입에 넣고 씹다가 즙만 빨아먹고 뱉어버리거든. 입에 풀을 약간 넣고는 마치 원주민들이 코카를 씹듯이 여러 시간 동안 씹고 또 씹어. 암캐는 항상 우리 반에 들어와 있었고, 몇몇은 암캐에 벼룩이 있다면서 막사에서 쫓아냈어. 그렇지만 절름발이년은 항상 되돌아왔어. 수없이 쫓아냈지만, 몇 분 후면 문에서 삐걱거리는 소리가 났고, 문 아래쪽에, 그러니까 주둥이를 거의 바닥에 붙인 채 개는 나타났어. 우리는 암캐의 집요함에 웃음을 참지 못했고, 종종 우리 막사로 들어서는 함께 장난을 쳤지. 누가 암캐에게 절름발이년이라는 별명을 붙일 생각을 했는지 난 몰라. 그런 별명들이 어디서 나오는지는 결코 알 수 없거든. 우리 반 놈들이 나를 왕뱀이라고 부르기 시작하자, 처음에는 웃었지만, 나중에는 화가 치밀어 모든 생도에게 누가 그 별명을 지어냈느냐고 물었어. 그런데 다들 누가 그러더라는 말만 했고, 이제 나는 그 별명과 떼려야 뗄 수 없는 사이가 됐다니까. 심지어 우리 동네에서도 나를 그렇게 불러. 내 생각엔 바야노 같아. 그놈이 항상 이렇게 말했거든. "허리띠 위로 오줌 싸는 모습 한번 보여줘." "네 무릎까지 내려오는 그 자지 한번 보여줘." 하지만 정말 바야노였는지 확신할 순 없지.

알베르토는 누군가가 자기 팔을 잡는다는 느낌을 받았다. 그는 교활한 얼굴을 보았지만, 그 얼굴이 누구인지는 기억이 나지 않았다. 하지만 그 아이는 마치 아는 사이인 것처럼 그에게 미소 지었다. 그의 뒤로, 그보다 작은 다른 생도가 서 있었다. 그는 그들을 제대로 볼 수 없었다. 저녁 여섯시였지만, 때 이른 안개가 끼어 있었던 것이다. 그들은 5학년 소운동장에, 그러니까 연병장 근처에 있었다. 생도들이 여러 무리를 지어 소운동장 한쪽에서 다른 쪽으로 오갔다.

"기다려, 시인." 그 아이가 말했다. "너는 뭐든 알잖아. 여자들에게는 난소가 불알이랑 똑같다는 게 정말이야?"

"팔 놔." 알베르토가 말했다. "난 바빠."

"그러지 마." 그 아이는 물러나지 않았다. "시간이 걸리는 문제도 아니잖아. 우리는 내기를 걸었단 말이야."

"노래에 관한 거야." 더 작은 아이가 가까이 오면서 말했다. "볼리비아 노래 말이야. 이 녀석은 볼리비아 피가 섞여서, 그곳 노래를 잘 알거든. 아주 이상한 노래들이야. 야, 한번 불러봐. 내 말이 맞나 틀리나

재가 알 수 있게."

"이 팔 놓으라고 말했어." 알베르토가 말했다. "난 가야 해."

팔을 놓는 대신, 그 생도는 더욱 힘을 주어 팔을 잡았다. 그리고 이렇게 노래했다.

난소에서
심한 통증이 느껴져.
바로 곧 이 세상에 태어날
어린아이 때문이지.

키가 더 작은 생도가 웃었다.

"이제 놓을 거야?"

"안 돼. 먼저 두 개가 같은 건지 말해줘."

"그렇게 하면 무효야." 작은 생도가 말했다. "지금 넌 은연중에 답을 강요하고 있잖아."

"그래, 둘 다 똑같은 거야." 알베르토가 소리치고서 단숨에 팔을 뺐다. 그는 그곳에서 빠져나왔고, 두 생도는 남아서 말다툼을 벌였다. 그는 아주 빠르게 장교 건물까지 걸어갔고, 그곳에서 모퉁이를 돌았다. 그는 의무실에서 불과 10미터 거리에 있었지만, 의무실 벽을 거의 볼 수 없었다. 안개가 문과 창문을 지워버린 것 같았다. 복도에는 아무도 없었고, 조그만 수위실에도 아무도 없었다. 그는 이층을 향해 한 걸음에 두 계단씩 올라갔다. 출입구에 하얀 앞치마를 두른 사람이 한 명 있었다. 그는 손에 신문을 들고 있었지만 그걸 읽고 있지는 않았다. 그는 심술궂은 표정으로 벽을 바라보고 있었다. 그리고 알베르토의 인기척을 느끼자 자리에서 일어났다.

"여기서 나가, 생도." 그가 말했다. "여긴 출입금지 구역이야."

"아라나 생도를 만나고 싶어요."

"안 된다고 했잖아!" 남자는 화를 내며 고함쳤다. "어서 꺼져. 그 누구도 아라나 생도를 못 만나. 격리 수용되어 있으니까."

"급한 일이에요." 알베르토는 물러서지 않았다. "제발 부탁이에요. 당직 의사와 말하게 해주세요."

"내가 당직 의사야."

"거짓말하지 마요. 간호사잖아요. 난 의사와 말하고 싶단 말이에요."

"네 태도가 영 마음에 안 드는데." 그 남자가 말했다. 신문은 이미 바닥에 떨어져 있었다.

"의사를 부르지 않으면, 내가 직접 찾아보겠어요." 알베르토가 말했다. "당신이 허락하든 하지 않든 간에, 들어갈 거라고요."

"왜 그러는 거야, 생도? 지금 제정신이야?"

"어서 의사를 불러달란 말이에요, 젠장." 알베르토가 소리쳤다. "빌어먹을, 의사를 부르란 말이야."

"이 학교 놈들은 다 무식하고 거칠다니까." 남자가 말했다. 그는 자리에서 일어나더니 복도로 사라졌다. 벽은 흰색이었다. 아마도 최근에 칠한 듯했다. 하지만 습기 때문에 이미 군데군데 회색 얼룩이 있었다. 잠시 후 간호사가 안경을 쓴 키가 큰 남자와 함께 모습을 드러냈다.

"무얼 원하는 거지, 생도?"

"아라나 생도를 만나고 싶어요, 의사 선생님."

"안 돼." 어쩔 수 없다는 몸짓을 하며 의사가 말했다. "병사가 이곳으로 올라오면 안 된다고 말하지 않았나? 생도는 이 일로 징계를 받을 수도 있어."

"어제 세 번이나 왔었어요." 알베르토가 말했다. "그런데 병사가 들어오지 못하게 했어요. 하지만 오늘은 없더라고요. 제발 부탁이에요, 의사 선생님. 일 분이라도 좋으니 만나게만 해주세요."

"몹시 유감이네. 하지만 그건 내 권한이 아니야. 생도는 규정을 잘 알고 있을 거야. 아라나 생도는 격리 수용되어 있네. 그 누구와도 면회는 금지야. 생도는 아라나와 친척인가?"

"아닙니다." 알베르토가 말했다. "하지만 그와 말할 게 있어요. 아주 급한 일이에요."

의사는 알베르토의 어깨에 한 손을 올려놓고는 측은하게 쳐다보았다.

"아라나 생도는 그 누구와도 말할 수 없어." 그가 말했다. "의식이 없는 상태거든. 곧 회복될 거야. 그러니 이제 그만 여기서 나가도록 해. 장교를 부르는 일이 없도록 해주게."

"그럼 막사 최고 책임자인 대위님의 명령서를 가져오면 될까요?"

"아니." 의사가 말했다. "대령님 명령서가 있어야 만날 수 있어."

나는 일주일에 서너 번 그녀가 다니는 학교 문 앞에서 그녀를 기다리려고 했지만, 항상 그곳으로 갈 수 있었던 것은 아니었어. 어머니는 혼자 점심을 먹는 데 익숙해졌지. 그러나 어머니가 정말로 친구네 집에 간다고 했던 내 말을 믿었는지는 모르겠어. 어쨌거나 어머니에게는 내가 집에 없는 편이 더 나았어. 그러면 식비가 덜 나가니까. 가끔 어쩌다 내가 점심때 집으로 돌아오는 것을 보면, 불쾌한 표정으로 나를 보면서 "오늘은 추쿠이토 집에 안 가니?"라고 물었거든. 나는 개인적으로 매일 그녀의 학교로 가서 그녀를 기다리고 싶었지만, 5월 2일 학교는 내게 수업이 끝나기 전에 학교를 나가도 좋다고 허락하지 않았어. 하지만 월요일에는 그렇게 하기가 쉬웠지. 체육수업이 있었고, 나는 쉬는 시간에 기둥 뒤에 숨어서 우리 반 학생들이 사파타 선생님과 함께 나갈 때까지 기다렸다가 정문으로 도망치면 됐거든. 사파타 선생님은 젊었을 때 복싱 챔피언이었지만, 이제는 늙어서 일하기 싫어했고 출석을 부르는 경우는 한 번도 없었어. 그는 우리를 운동장으로 데려가서 이렇게 말하곤 했지. "축구를 해라. 그건 다리를 튼튼하게 만드는 아주 좋은 운동이야. 하지만 너무 멀리 가지는 말고." 그러고서 그는 풀밭에 앉아 신문을 읽었어. 화요일에는 하교시간 이전에 나갈 수 없었어. 수학 선생님이 우리 모두의 이름을 달달 외우고 있었거든. 반면에 수요일에는 미술과 음악 시간이 있었고, 시구에냐 선생님은 달이나 그 비슷한 곳에 살고 있는 것처럼 항상 몽롱했어. 열한시 쉬는 시간 후에 나는 뒷문으로 나와 학교에서 반 블록 떨어진 곳에서 전차를 탔어.

말라깽이 이게라스는 계속해서 내게 돈을 주었고, 항상 베야비스타 광장에서 기다리다가 나를 술집으로 데려가 담배를 피우게 해주었어. 그러고는 우리 형과 여자들을 비롯해 수많은 얘기를 했어. "이제 너도 남자야. 백 퍼센트 완벽한 남자 말이야." 그는 말하곤 했지. 이따금 그는 내가 부탁하지도 않는데 돈을 주곤 했어. 많은 돈은 아니었어. 매번 50센타보 혹은 1솔이었지만, 교통비로는 충분했어. 나는 5월 2일 광장으로 가서 알폰소 우가르테 거리를 걸어내려가 그녀의 학교로 갔어. 나는 항상 길모퉁이 가게에서 발길을 멈추고 그녀를 기다렸지. 가끔씩 그녀는 내게 다가와 "안녕, 오늘도 일찍 나왔어?"라고 말했고, 그런 다음 이런저런 이야기를 했고, 나도 그렇게 했어. '아주 똑똑해. 내가 쩔쩔매지 않도록 대화 주제를 바꾸잖아.' 나는 생각했어. 우리는 약 여덟 블록 떨어진 그녀의 친척집을 향해 걸어갔고, 나는 보폭을 좁히거나 발길을 멈추어 쇼윈도를 보면서 최대한 천천히 걸어가도록 노력했지만, 결코 삼십 분 이상 걸리지는 않았어. 우리는 똑같은 것에 관해 대화를 나누었어. 그녀는 자기 학교에서 있었던 일을 내게 이야기했고, 나 역시 우리가 오후에 무엇을 공부할지, 언제 시험을 볼 것인지, 과연 우리가 시험을 무사히 통과할 수 있을지 따위에 관해 말했지. 나는 그녀 반 학생들 이름을 모두 알고 있었고, 그녀 역시 우리 반 학생들의 별명과 선생님들의 별명을 비롯해 5월 2일 학교에서 가장 똑똑한 학생들에 관한 소문을 모조리 알고 있었어. 언젠가 한번 나는 '어젯밤에 우리가 성인이 되어 결혼하는 꿈을 꾸었어'라는 말을 하려고 구상한 적이 있어. 나는 그녀가 여러 질문을 할 것이라고 확신하고서, 내가 입을 다물지 않고 대화를 계속 이어나갈 수 있을 만한 온갖 대답을 연습했지. 다음날 우리가 아리카 대로를 걷는 동안, 나는 불쑥 말했어. "있잖아, 어젯밤에 꿈을 꿨는데……" 그러자 그녀가 "뭘? 무슨 꿈을 꿨는데?"라고 묻더군. 나는 그저 "우리 두 사람이 무사히 학년말 시험을 통과하는 꿈이었어"라고만 말했어. 그러자 그녀가 대답했어. "제발 그 꿈이 이루어졌으면 좋겠다."

내가 그녀와 함께 있을 때, 우리는 항상 엷은 갈색 교복을 입은 라사예 학교 학생들과 마주쳤는데, 그네들은 우리의 또다른 대화 주제였어. "게이 같아." 나는 그녀에게 말했어. "쟤들은 5월 2일 전투*를 시작할 용기조차 없는 놈들이야. 희멀건 얼굴도 여자들처럼 축구하는 카야오의 마리스타 수사회 학교 학생들과 비슷하잖아. 발길에 차이면 엄마를 부르며 야단법석 떨걸. 얼굴만 봐도 알 수 있어." 그녀는 웃었고, 나는 계속 그들에 관해 말했어. 하지만 마침내 화제가 떨어지자 나는 '우리는 곧 도착할 거야'라고 생각했어. 나를 가장 초조하게 만든 것은 항상 똑같은 얘기만 늘어놓는 내 말을 들으면서 그녀가 따분해하지 않을까 하는 점이었어. 그러나 그녀 역시 내게 수없이 똑같은 얘기를 했지만 나는 결코 지루하거나 따분하지 않았음을 떠올리면서 마음을 놓았어. 그녀는 여성전용일인 월요일마다 자기 이모와 함께 보았던 영화 이야기를 두 번, 아니 세 번까지 들려주었어. 바로 우리가 영화에 관해 말하던 도중에 나는 용기를 내서 그녀에게 진지하게 말했어. 그녀는 내게 그 영화를 보았느냐고 물었어. 무슨 영화였는지는 기억이 나지 않아. 어쨌건 나는 아니라고 대답했어. "영화관에 절대 안 가지, 그렇지?" 그녀가 물었어. "지금은 자주 안 가지만 작년에는 매주 한 번씩은 갔어." 5월 2일 동네의 두 아이와 함께 우리는 매주 수요일 오후마다 공짜로 영화를 볼 수 있었어. 내 친구 사촌이 지방경찰이었고, 그래서 근무할 때면 우리를 몰래 들어가게 해주었거든. 영화관의 불이 꺼지자마자, 우리는 일층 일등석으로 내려가서 가장 좋은 자리를 차지했

---

* 1866년 5월 2일에 스페인 함대와 카야오항구의 페루 수비대 사이에 일어난 전투로, '카야오전투'라고도 한다.

어. 그곳에는 나무난간이 있었지만, 그 누구라도 쉽게 뛰어넘을 수 있었어. "한 번도 붙잡히지 않았어?" 그녀가 물었고, 나는 "지방경찰이 내 친구 사촌인데 누가 우리를 붙잡겠어?"라고 대답했어. 그러자 그녀는 "왜 올해에는 그렇게 하지 않는 거야?"라고 다시 물었고, 나는 "이제는 매주 목요일에 간대. 지방경찰인 걔 사촌의 근무시간이 바뀌었거든"이라고 대답했어. 그녀는 "왜 너는 안 가?"라고 물었어. 나는 아무 생각 없이 "너희 집에 가서 너와 함께 있는 게 더 좋으니까"라고 대답했어. 그 말을 하자마자 나는 해서는 안 될 말을 했다는 사실을 깨닫고 입을 다물었지. 실제로 그건 커다란 실수였어. 그녀가 아주 심각한 표정으로 나를 쳐다봤으니까. 나는 그녀가 화났다고 생각하고 얼른 덧붙였어. "그래도 조만간 걔들이랑 함께 갈 거야. 사실대로 말하자면, 난 영화를 그다지 좋아하지 않긴 해." 그리고 다른 이야기로 넘어갔지만 그 순간 그녀의 표정은 잊을 수가 없었어. 평소와는 전혀 다른 얼굴이었거든. 내 말을 듣고 그녀는 내가 생각하고 있었지만 감히 말로 표현할 수 없었던 모든 것을 짐작한 듯했어.

언젠가 한번 말라깽이 이게라스가 내게 1솔 50센타보를 주더라. "이 정도면 담배 여러 갑을 살 수 있을 거야. 여자아이 문제로 괴롭다면 술에 취할 수도 있을 거고." 그는 말했어. 다음날 우리는 아리카 대로를 걷고 있었어. 브레냐 영화관 근처였어. 그러다 우연히 어느 빵집 쇼윈도 앞에 발길을 멈추었어. 초콜릿 케이크가 몇 개 있었고, 그녀는 "정말 맛있겠다!"라고 말했지. 주머니에 돈이 있다는 것이 떠오르더라. 그런 행복감에 사로잡힌 적은 그다지 많지 않았어. 나는 그녀에게 말했어. "잠깐 기다려. 1솔이 있으니까 내가 하나 사줄게." 그러자 그녀가

"아니, 아니야, 쓸데없이 돈 낭비하지 마. 그냥 농담으로 해본 말이야"
라고 말했어. 하지만 나는 가게 안으로 들어가 점원에게 하나 달라고
했어. 너무나 흥분한 나머지 잔돈을 기다리지도 않고 그곳에서 나왔
지 뭐야. 하지만 아주 정직한 종업원은 나를 불러 잔돈을 주면서 이러
더군. "손님, 잔돈 받는 걸 잊어버리셨어요. 자, 여기 있어요." 내가 케
이크를 건네자, 그녀는 말했어. "하지만 내가 이걸 어떻게 혼자 다 먹
겠어. 나눠 먹자." 나는 그러고 싶지 않았고, 그녀에게 별로 배고프지
않으며 먹고 싶은 생각이 없다고 확실하게 말했어. 그러나 그녀는 재
차 함께 먹자고 권하다가, 마침내 이러더군. "그럼 한입만이라도 먹어
봐." 그리고 손을 뻗어 내 입에 케이크를 넣어주었어. 나는 조금 베어
물었고, 그녀는 웃었지. "얼굴이 초콜릿 범벅이 됐네." 그녀는 말했어.
"내가 바보짓을 했어. 내 잘못이야. 내가 닦아줄게." 그러고는 다른 손
을 들어 내 얼굴에 갖다댔어. 나는 가만히 있었지. 그녀가 나를 건드리
자 내 미소가 얼어붙었고, 그녀의 손가락이 내 입 위로 지나갔을 때 나
는 숨도 제대로 쉴 수 없었어. 나는 아마도 입술을 움직였을 거야. 그
리고 그녀는 내가 그녀의 손에 키스하고 싶어한다는 것을 눈치챘을 거
야. 이제 됐어, 라고 그녀가 잠시 후 말했고, 우리는 한마디도 하지 않
은 채 라사예 학교 방향으로 걸어갔어. 나는 방금 전에 일어난 일 때문
에 정신이 멍한 상태였어. 난 그녀가 내 입술 위로 손가락을 아주 천천
히 움직였거나 여러 번 내 입술을 스친 것이라고 확신했지. 그래서 마
음속으로 이렇게 중얼거렸어. '아마도 일부러 그렇게 했을 거야.'

　게다가 절름발이년은 벼룩을 옮긴 매개체가 아니었어. 나는 그 암캐

가 학교에서 벼룩에 옮았다고, 그러니까 산골 촌놈들이 가져온 벼룩에 옮았다고 생각해. 언젠가 재규어와 곱슬머리는 그 불쌍한 암캐에게 이를 모아 던졌어. 정말 염병할 놈들이야! 재규어가 어디에 처박혀 있다 돌아왔는지 난 몰라. 아마도 우아티카 거리 첫번째 블록 돼지우리에 있었던 것 같아. 엄청나게 커다란 이가 몇 마리 붙어 있었거든. 그는 이들을 떼어내어 변소 타일 바닥을 돌아다니게 했는데, 그 이들은 개미만큼 컸어. 곱슬머리는 재규어에게 말했어. "이 이들을 누군가에게 던져버리는 게 어때?" 절름발이년은 그런 불행이 자기에게 떨어질지도 모른다는 생각에 사로잡혀 그들을 쳐다보았어. 그리고 정말로 불행은 절름발이년에게 떨어졌지. 목을 붙잡히자 암캐는 마구 발버둥쳤고, 재규어는 양손으로 그 이들을 암캐에게 놓았어. 그러고서 두 사람은 흥분했고, 재규어는 이렇게 소리쳤어. "아직도 이가 많이 남아 있어. 누구에게 신고식을 실시할까?" 그러자 곱슬머리가 "노예"라고 소리쳤지. 나는 그들과 함께 갔어. 그는 잠들어 있었어. 내가 그의 머리를 붙잡고서 그의 눈을 가렸고 곱슬머리가 양다리를 붙잡았다는 걸 잘 기억하고 있어. 재규어는 머리카락 사이로 이들을 집어넣었고, 나는 그에게 이렇게 소리쳤어. "좀더 조심해, 빌어먹을 놈아. 지금 내 소매에 집어넣고 있잖아." 만일 그에게 이런 일이 일어날 줄 알았더라면, 나는 그때 그의 머리를 붙잡지 않았을 것이고, 그를 그토록 못살게 굴지도 않았을 거야. 그래도 그는 큰 문제 없이 이를 제거했어. 반면에 절름발이년은 심한 고통을 겪었지. 이들이 죽일 듯이 마구 물어뜯는 바람에 암캐는 털이 몽땅 빠졌고, 쉴새없이 벽에 몸을 비벼댔어. 몸에 커다란 상처가 난 더럽고 불결한 꼴이 영락없는 떠돌이 개였지. 많이 물렸던 게 분명해. 쉬지 않고 막사 벽에 몸을 비벼댔거든. 특히 까칠까칠한 벽에 비벼댔어. 암캐의 등은 마치 페루 국기 같았어. 붉고 희거나 아니면 희고 붉었거든. 석회와 피가 범벅이 된 것 같았어. 그러자 재규어가 말했어. "고춧가루를 뿌리면 아마도 사람처럼 말하기 시작할 거야." 그러고서 내게 지시했어. "왕뱀, 주방에서 고춧가루 조금만 훔쳐와." 나는 주방으로 갔고, 요리사는 내게 여러 가지 매운 양념을 주었어. 우리는 그것들을 타일 바닥에 놓고는 돌로 갈았고, 산골 촌놈은 "서둘러, 서둘러"라고 재촉했어. 그런 다음 재규어는 "저걸 잡아서 붙들고 있어. 내가 치료할 테니까"라고 말했어. 정말이지 암캐는 거의 말을 하다시피 하더라. 사물함이 있는 곳까지 펄쩍펄쩍 뛰었고, 뱀처럼 몸을 비비 꼬았으며, 끔찍하게 짖어댔지. 시끄러운 소리에 놀라서 부사관 모르테가 달려왔다가, 절름발이년이 펄쩍펄쩍 뛰는 광경을 보고는 배꼽을 잡고 웃으면서 말했어. "이 미친놈들, 미친놈들 같으니라고." 그런데 정말 이상한 것은 암캐가 치유되었다는 사실이야. 다시 털이 났고, 심지어 내가 보기에는 살도 조금 더 찐 것 같았어. 틀림없이 암캐는 내가 자기를 치료하기 위해 고춧가루를 뿌렸다고 믿었을 거야. 동물들은 별로 똑똑하지 못하거든. 암캐의 머릿속에 어떤 생각이 자리잡고 있는지 누가 알겠어. 그런데 그날부터 암캐가 항상 내 뒤를 졸졸 쫓아다닌 거야. 훈련받을 때는 내 발 사이로 들어와서 제대로 행진할 수 없을 정도였지. 식당에서는 내 의자 아래에 자리를 잡았고, 내가 빵 껍질이나 부스러기를 던져주면 꼬리를 흔들었어. 암캐는 교실 문 앞에서 나를 기다렸고, 쉬는 시간에는 내가 나오는 걸 보면 코와 귀를 디밀면서 내게 인사했어. 밤에는 내 침대 위로 기어올라와 내 얼굴을 온통 핥으려고 했고. 나는 취미 삼아 암캐를 때리곤 했어. 그러면 내 곁을 떠났지만 항상 되돌아와서 눈으로 내 생각을 읽었어. 이번에는 나를 때릴까 안 때릴까, 내가 조금 더 가까이 다가갈까, 다시 뒤로 물러나는 게 나을까, 이번에도 나한테 발길질을 할까, 하고 가늠하는 것 같았어. 정말 똑똑한 동물이잖아. 그러자 모두가 나를 놀리면서 "암캐와 자는 놈, 이 짐승, 이 도둑놈"이라고 말하기 시작했어. 하지만 그건 사실이 아니야. 심지어 아직도 암캐랑 해볼 생각은 한 적도 없다고. 처음엔 죽어라고 쫓아다니는 암캐 때문에 화가 치밀었지만, 종종 아무 생각 없이 나는 개의 머리를 쓰다듬어주었고, 그러면서 암캐가 얼마나 그걸 좋아하는지 알게 되었어. 밤이 되면 암캐는 내 몸 위로 올라와 뒹굴면서 나를 잠들게 놔두지 않았어. 나는 손가락을 암캐의 목덜미에 갖다대고 약간 긁어주곤 했지. 그러면 암캐는 가만히 있었어. 암캐가 움직이는 소리를 들으면 모두가 나를 놀리기 시작했어. "이제 그만해, 왕뱀. 그 동물 좀 가만히 놔둬. 목이라도 졸라 죽이려는 것 같아." 자, 이리 와, 빌어먹을 개야, 이게 바로 네가 좋아하는 거지, 그렇지? 자, 이리 와, 도둑개야, 내가 머리와 배를 긁고 쓰다듬어줄게. 그러면 암캐는 곧바로 돌처럼 가만히 멈췄는데, 내 손을 통해 암캐가 좋아서 떠는 것이 느껴졌어. 그러나 잠시라도 긁어주지 않으면, 펄쩍 뛰어올랐고, 어둠 속에서 주둥이를 벌리고 너무나 하얀 이빨을 드러내는 걸 볼 수 있었어. 나는 개들 이빨이 왜 그토록 하얀지 잘 몰라. 하지만 모든 개의 이빨이 그래. 이빨이 시커먼 개는 한 번도 본 적이 없고, 개가 이빨이 빠졌다거나 충치가 생겨 발치해야만 했다는 말도 들어본 기억이 없어. 이런 건 개들의 진기한 측면이야. 또다른 진기한 면은 잠을 자지 않는다는 사실이지. 나는 절름발이년만 잠을 자지 않는다고 생각했는데, 나중에 모든 개가 마찬가지로 밤새 깨어 있다는 말을 들었어. 처음에 나는 그러는 걸 좀 걱정했고, 약간 놀라기도 했어. 눈을 뜨면 바로 거기서 나를 쳐다보는 암캐를 보았거든. 가끔씩 나는 암캐가 한순간도 눈을 감지 않은 채 내 옆에서 밤을 보낼 것이라는 생각에 잠을 이루지 못했어. 사실 자기가 누군가에게 염탐을 당하고 있다는 느낌은 그 누구라도 불안하게 만들거든. 비록 그 스파이가 아무것도 이해하지 못하는 암캐라 할지라도. 그런데 종종 그 암캐는 무언가를 이해하는 것처럼 보이기도 했어.

알베르토는 뒤로 돌아 내려갔다. 계단이 시작되는 층계참에 이르렀을 때, 그는 나이가 지긋한 남자와 마주쳤다. 남자의 얼굴은 수척했고, 눈은 걱정과 불안으로 가득차 있었다.

"아저씨." 알베르토가 말했다. 남자는 이미 그를 지나쳐 계단 몇 단을 올라가고 있었다. 그는 걸음을 멈추더니 뒤로 돌았다.

"죄송합니다." 알베르토가 말했다. "혹시 리카르도 아라나 생도의 친척이신가요?"

남자는 그를 자세하게 쳐다보았다. 마치 그를 기억해내려고 애쓰는 것 같았다.

"내가 그애 아버지야." 남자가 말했다. "그런데 왜 물은 거지?"

알베르토는 두 계단을 올라갔다. 이제 그들의 눈은 같은 높이에 있었다. 아라나의 아버지는 그를 뚫어지게 쳐다보았다. 남자는 눈밑이 거뭇했고, 눈동자는 근심 때문에 제대로 잠을 자지 못했다는 것을 드러내고 있었다.

"아라나가 어떤 상태인지 말해주실 수 있을까요?" 알베르토가 물었다.

"격리 수용되어 있다." 남자가 쉰 목소리로 대답했다. "아무도 들여보내주지 않는구나. 심지어 부모까지 말이야. 그자들은 그렇게 할 권리가 없는데. 그런데 넌 아라나의 친구니?"

"저희는 같은 반이에요." 알베르토가 말했다. "저도 들어갈 수 없었어요."

남자는 고개를 끄덕였다. 완전히 절망에 사로잡힌 표정이었다. 수염은 듬성듬성했지만 며칠간 못 깎은 탓인지 뺨과 턱을 시커멓게 덮었고, 셔츠 칼라는 얼룩이 묻은 채 구겨져 있었으며, 넥타이는 헐겁게 풀려 한쪽으로 기울어 있었다. 넥타이의 매듭은 우스울 정도로 작았다.

"그애를 아주 잠시밖에 볼 수 없었어." 남자가 말했다. "그것도 문에서. 그 사람들은 우리에게 그러면 안 돼."

"어때요?" 알베르토가 물었다. "의사가 뭐라고 했어요?"

남자는 두 손을 이마로 가져갔다가 손가락 마디로 입을 닦았다.

"나도 모르겠구나." 그가 말했다. "두 번 수술을 했어. 걔 엄마는 거의 정신이 나갔고, 그런 일이 어떻게 일어날 수 있는지 이해가 안 돼. 그것도 졸업하기 직전에 말이야. 그래, 그런 생각은 하지 않는 게 더 낫지. 그저 바보 같은 생각일 뿐이니까. 단지 기도만 해야 해. 하느님께서는 그애를 이런 시험에서 구해주실 거다. 그애 엄마는 지금 예배당에 있단다. 의사는 아마도 우리가 오늘밤에 면회를 할 수 있을 거라고 하더구나."

"괜찮을 거예요." 알베르토가 말했다. "학교 의사들은 우리 나라 최고의 의료진이에요, 아저씨."

"그래, 맞아." 남자가 말했다. "대위님이 우리에게 많은 희망을 주셨어. 아주 다정한 사람이더구나. 가리도 대위라고 했던 것 같아. 심지어 대령님의 안부 인사까지 전해줬지."

남자는 다시 손으로 얼굴을 매만졌다. 그리고 주머니를 뒤적여서 담뱃갑을 꺼냈다. 담배 한 개비를 알베르토에게 주었지만, 알베르토는 받지 않았다. 남자는 다시 손을 주머니에 넣었지만, 성냥을 찾지 못했다.

"잠깐만 기다리세요." 알베르토가 말했다. "성냥을 구해올게요."

"같이 가자꾸나." 남자가 말했다. "말 상대도 없이 이곳 복도에 계속 앉아 있고 싶지 않거든. 이렇게 이틀을 보냈어. 이제는 초조하고 두려워. 제발 돌이킬 수 없는 일이 일어나지 않게 해달라고 하느님에게 빌 뿐이야."

그들은 의무실에서 나갔다. 입구의 조그만 사무실에 경비병이 있었다. 그는 알베르토를 보더니 놀란 표정을 지었고, 머리를 앞으로 조금 내밀었지만, 아무 말도 하지 않았다. 이미 어두워져 있었다. 알베르토는 공터로, 그러니까 라페를리타가 있는 쪽으로 방향을 잡았다. 멀리서 막사의 불빛이 눈에 들어왔다. 강의실 건물은 어둠에 잠겨 있었다. 아무 소리도 나지 않았다.

"그 일이 일어났을 때, 아라나와 함께 있었니?" 남자가 물었다.

"예." 알베르토가 대답했다. "하지만 가까이 있지는 않았어요. 저는 반대편 끝에 있었거든요. 그애를 발견한 사람은 대위님이었어요. 저희는 이미 언덕을 오르고 있었고요."

"이건 공정하지 못해." 남자가 말했다. "이건 부당한 처벌이야. 우리는 정직한 사람들이라고. 우리는 일요일마다 교회에 가고, 그 누구에게도 나쁜 짓을 하지 않았어. 그애 엄마는 항상 자선을 베풀고. 그런데 왜 하느님은 이런 불행을 우리에게 주시는 거지?"

"저희 반 생도 모두가 몹시 걱정하고 있어요." 알베르토가 말했다. 침묵이 흘렀고, 마침내 그가 덧붙였다. "저희는 그애를 몹시 아끼고 사랑해요. 아주 훌륭한 동료거든요."

"그래." 남자가 말했다. "절대 나쁜 아이가 아니야. 이건 다 내 잘못이야. 내가 그애를 너무 엄하게 다뤘거든. 하지만 그건 모두 리카르도를 위해서였어. 그애를 남자답게 만드느라고 너무 힘들었단다. 그애는 외아들이야. 나는 그애의 미래를 위해 모든 것을 했단 말이다. 리카르도에 관해 말해다오. 그애가 학교에서 어떻게 보냈는지. 그애는 아주 말이 없었어. 우리한테 거의 아무 말도 하지 않았지. 하지만 종종 그다지 만족스럽지 않은 것처럼 보이더구나."

"군사학교 생활은 조금 힘들거든요." 알베르토가 말했다. "그런 삶에 익숙해지는 건 쉽지 않아요. 처음에는 아무도 만족스러워하지 않죠."

"하지만 그것이 그애를 바람직하게 만들었어." 남자는 열의에 차서 말했다. "그애를 변화시켰고, 그애를 다른 사람으로 만들었다고. 그건 그 누구도 부정할 수 없어, 그 누구도. 넌 그애가 어땠는지 모를 거다. 이곳 군사학교가 용기와 배짱을 갖게 만들어줬어. 더욱 남자답고, 더욱 개성 있는 사람, 그게 바로 내가 원했던 거야. 게다가 그애는 이 학교를 그만두고 싶었다면 내게 말했을 거야. 나는 그애한테 이 학교에 입학하라고 권했고, 그애는 그걸 받아들였어. 내 잘못이 아니야. 나는 모든 걸 아이의 미래를 생각하면서 했을 뿐이라고."

"진정하세요, 아저씨." 알베르토가 말했다. "걱정 마세요. 최악의 순간은 이미 지나간 게 확실해요."

"그애 엄마는 모든 걸 내 탓으로 돌려." 마치 알베르토의 말을 듣지 않은 것처럼 남자가 말했다. "여자들은 다 그래. 부당하지. 여자들은 이해하지 않으려고 하거든. 하지만 나는 양심에 거리끼지 않아. 난 그애가 남자가 되길, 훌륭한 사람이 되길 원했을 뿐이야. 다만 앞날을 내다보지는 못했지. 너도 내가 잘못했다고 생각하니?"

"모르겠어요." 알베르토는 어리둥절해하면서 대답했다. "그러니까 아니라는 말이에요. 중요한 것은 아라나가 회복되는 거예요."

"난 지금 몹시 초조하단다." 남자가 말했다. "그러니 내 말에 신경쓰지 말거라. 가끔씩 나 자신이 통제가 안 되거든."

두 사람은 라페를리타에 도착했다. 파울리노가 카운터에 있었다. 그는 양손으로 턱을 괴고 있었다. 그는 마치 알베르토를 모르는 사람처럼 쳐다보았다.

"성냥 한 갑 줘요." 알베르토가 말했다.

파울리노는 아라나의 아버지를 미심쩍게 바라보았다.

"없어." 그가 말했다.

"내가 아니라 아저씨가 쓸 거예요."

아무 말 없이 파울리노는 카운터 아래서 성냥갑 하나를 꺼냈다. 남자는 담배에 불을 붙이려고 성냥을 세 개비나 태웠다. 순간적으로 타오른 불빛 속에서 알베르토는 남자의 손이 떨리는 걸 보았다.

"커피 한잔 줘요." 아라나의 아버지가 말했다. "너도 뭘 좀 마실래?"

"커피는 없습니다." 파울리노가 귀찮다는 목소리로 말했다. "콜라는 있어요."

"좋아요." 남자가 말했다. "콜라나 다른 마실 것이 있으면 아무거나 줘요."

그는 그 맑은 정오를 잊고 있었다. 이슬비도 내리지 않고 햇빛도 없었다. 그는 리마와 산미겔을 오가는 전차를 탔고 브라질 극장 정류소에서 내렸다. 집에서 한 정류장 전이었다. 그는 비가 내리더라도 항상 그곳에서 내려 쓸데없이 열 블록을 걷곤 했다. 피할 수 없는 만남의 시간을 최대한 늦추기 위한 방법이었다. 그날은 그의 마지막 통학길이었다. 시험은 이미 지난주에 끝나서 성적표가 발송되었고, 학교는 죽었다가 석 달 후에 부활할 것이었다. 급우들은 방학을 생각하며 즐거워했지만, 그는 두려움을 느꼈다. 학교는 그의 유일한 도피처였다. 이제 그는 부모 때문에 위험한 무력증에 빠져 여름을 보낼 수밖에 없을 것이다.

살라베리 거리로 꺾는 대신, 그는 브라질 거리를 따라 공원까지 갔다. 그리고 벤치에 앉아 양손을 주머니에 넣고는 몸을 약간 움츠린 채 가만히 있었다. 그는 자신이 늙었다고 느껴졌다. 즉 그 어떤 동기부여도 없고 무거운 짐도 없는 자신의 삶이 단조롭게 여겨진 것이다. 수업시간에 급우들은 선생님이 뒤로 돌면 그를 놀리곤 했다. 그들은 장난을 쳤고, 종이를 접어서 던졌으며, 서로 씽긋 웃었다. 그는 급우들을 아주 심각하고 언짢게 주시했다. 왜 그는 그들처럼 걱정 없이 살지 못하며, 그를 배려하고 보살피는 친구들과 친척들을 갖지 못한 것일까? 그는 한참 동안 눈을 감은 채, 치클라요와 아델리나 이모, 즐겁고 행복한 마음으로 초조하게 여름이 오기를 기다리던 어린 시절을 생각했다. 그러고서 자리에서 일어나 꾸물거리며 집으로 향했다.

집에 도착하기 한 블록 전에 그의 심장은 마구 뛰었다. 파란색 자동차가 문 앞에 주차해 있었던 것이다. 시간 감각을 잃은 것은 아닐까? 그는 지나가는 사람에게 몇 시냐고 물었다. 열한시였다. 아버지는 한시 이전에 결코 집으로 돌아오는 법이 없었는데. 그는 발길을 서둘렀다. 대문 앞에 도착하자, 부모님 목소리가 들렸다. 서로 언쟁을 벌이고 있었다. '전차가 탈선해서 막달레나 비에하부터 걸어와야 했다고 말해야겠어.' 그는 초인종에 손을 갖다대면서 생각했다.

아버지가 문을 열어주었다. 그는 웃고 있었고, 눈에는 조금의 분노도 엿보이지 않았다. 이상하게도 아버지는 팔을 다정스럽게 툭툭 치면서 거의 즐거워 보이는 표정으로 말했다.

"드디어 도착했구나. 마침 지금 네 어머니와 네 문제에 관해 말하고 있었다. 자, 들어오거라, 들어와."

그는 다소 안심이 되었다. 즉시 그의 얼굴은 주책없게, 그가 가진 최고의 방패인 바보 같고 무력하며 비정한 미소를 지었다. 어머니는 거실에 있었다. 그녀는 그를 다정스럽게 안아주었고, 그는 약간 불안감을 느꼈다. 어머니의 과도한 감정 분출이 아버지의 좋은 기분을 바꿀 수 있기 때문이다. 최근 몇 달 동안 아버지는 그에게 가족 문제에서 심판이나 증인으로 행동하도록 강요했었다. 그건 굴욕적이고 끔찍한 일이었다. 아버지가 그에게 던진 호전적인 질문에 그는 항상 '예'라고 대답해야만 했기 때문이다. 그런데 그런 질문에는 종종 낭비가 심하다느니 아니면 무능하고 타락했다느니 따위의 어머니에 대한 심각한 비난이 담겨 있곤 했다. 이번에는 무엇을 증언해야 할까?

"얘야." 아버지가 다정하게 말했다. "저기 탁자 위에 너한테 주려고 가져온 게 있다."

그의 눈은 탁자로 향했다. 책자 표지에서 그는 어느 커다란 건물의 흐릿한 정면을 보았고, 그 밑에서 대문자로 쓰인 내용을 읽었다. "레온시오 프라도 학교는 직업군인으로 가는 통로만이 아니다." 그는 손을 뻗어 그 책자를 집고는 깜짝 놀란 표정으로 지으며 대충 읽어보았다. 거기에는 축구장, 반짝반짝 윤이 나는 수영장, 식당, 아무도 없는 깨끗하고 잘 정돈된 막사 사진도 있었다. 가운데 페이지의 앞면과 뒷면에는 사열대 앞을 지나가는 완벽한 대오를 이룬 행렬을 찍은 컬러사진이 실려 있었다. 생도들은 총검을 장착한 소총을 들고 있었다. 군모는 흰색이었고, 깃발은 노란색이었다. 게양대 꼭대기에서는 깃발이 나부꼈다.

"정말 멋있지 않니?" 아버지가 말했다. 목소리는 아직도 따뜻했지만, 그는 아버지의 목소리를 아주 잘 알고 있었다. 미세한 억양과 말투의 변화만 있어도 그것은 경고를 암시했다.

"예." 그가 재빠르게 대답했다. "멋있어 보입니다."

"물론이지!" 아버지가 말했다. 그는 잠시 말을 멈추고 고개를 돌려 어머니를 바라보았다. "봤어? 그 누구보다 먼저 열정적으로 동의할 사람이 우리 아들이라고 말했잖아?"

"난 별로 탐탁지 않아요." 어머니가 아버지를 쳐다보지도 않은 채 희미한 목소리로 대답했다. "당신이 바라는 게 우리 아들이 그곳에 들어가는 거라면, 당신 생각대로 해요. 하지만 내 의견을 구하지는 말아요. 난 이 아이가 군사고등학교 기숙생으로 가는 데 동의하지 않으니까."

그가 눈을 들었다. "군사고등학교 기숙생이라고요?" 그의 눈동자는 빛나고 있었다. "엄마, 그건 정말 좋은 거예요. 정말 마음에 들어요."

"아, 여자들은 말이야." 아버지가 불쌍하다는 투로 말했다. "다 똑같아. 멍청하고 감상적이지. 아무것도 이해 못한다니까. 자, 애야, 네 엄마한테 군사고등학교에 입학하는 게 네게 가장 유익하다는 걸 설명해봐라."

"이 아이는 그게 어떤 것인지도 몰라요." 어머니가 중얼댔다.

"알아요." 그가 흥분해서 말했다. "나한테 가장 좋은 거예요. 엄마한테도 기숙학교 생도가 되고 싶다고 말했잖아요. 아버지 말이 맞아요."

"얘야." 아버지가 말했다. "네 어머니는 너를 논리적으로 사고할 능력이 없는 바보로 여기고 있어. 이제 네 어머니가 너한테 얼마나 많은 해를 끼쳤는지 알겠니?"

"아주 멋질 거예요." 그가 재차 말했다. "아주 멋진 일이에요."

"그럼 됐어." 어머니가 말했다. "더이상 왈가왈부할 필요가 없으니 나는 입을 다물겠어. 하지만 내가 그 결정을 좋아하지 않는다는 것만은 알아두렴."

"난 당신 생각이 어떠냐고 묻지 않았어." 아버지가 말했다. "이런 문제는 내가 알아서 결정하는 거야. 이건 내 결정을 당신에게 통보하는 것뿐이라고."

어머니는 자리에서 일어나 거실에서 나갔다. 아버지는 즉시 마음의 평정을 되찾았다.

"준비할 시간이 두 달 있다." 아버지가 말했다. "입학시험은 아주 어려울 거야. 하지만 넌 바보가 아니니까 아무런 어려움 없이 통과할 수 있을 거다. 그렇지?"

"열심히 공부할게요." 그가 약속했다. "최선을 다해 입학하도록 할게요."

"그래, 그거야." 아버지가 말했다. "군사학교에 입학원서를 제출하고, 너한테 기출문제집을 사주마. 학비가 많이 들겠지만, 그럴 만한 가치가 있을 거다. 이 모든 게 너의 미래를 위해서야. 거기서 넌 진정한 남자가 될 거다. 지금이 너를 고치기에 적당한 시기야."

"틀림없이 합격할 겁니다." 그가 말했다. "틀림없습니다."

"좋아, 더이상 말하지 않겠다. 이제 됐지? 삼 년간 군인처럼 생활하면 너는 다른 사람이 될 거다. 군인들은 어떻게 해야 하는지 아는 사람들이거든. 그 사람들은 네게 강인한 정신과 육체를 갖게 해줄 거다. 내가 네 미래를 걱정하듯이, 나도 내 미래에 걱정해줄 사람이 있다면 좋겠구나."

"예, 고맙습니다." 그가 말했다. 그리고 잠시 후 처음으로 이렇게 말했다. "아빠."

"오늘은 점심을 먹은 후 영화관에 가도 좋다." 아버지가 말했다. "용돈으로 10솔을 주마."

절름발이년은 토요일마다 슬퍼해. 전에는 그렇지 않았는데. 지금과는 반대로 암캐는 우리와 함께 훈련장으로 갔고, 자기 머리 위로 총알이 지나가며 소리를 낼 때마다 마구 달리거나 펄쩍펄쩍 뛰었지. 그리고 구석구석마다 돌아다니면서 다른 날보다 더 흥분했어. 그러나 나중에 내 애완견이 되면서 태도를 바꾸었어. 매주 토요일마다 암캐는 약간 이상하게 행동했는데, 찰거머리처럼 내게서 떨어지지 않는 거야. 내 발에 달라붙어 걸어다니면서 나를 핥고, 크고 축축한 눈으로 나를 쳐다보았지. 오래전에 눈치채긴 했어. 내가 야전훈련을 받고 돌아와 샤워를 하러 가거나, 샤워를 끝내고 막사로 돌아와 외출복으로 갈아입을 때면, 암캐는 내 침대 아래로 기어오거나 아니면 내 사물함에 숨어서 낑낑거리며 울기 시작하거든. 내가 외출하는 게 슬퍼서 우는 소리야. 우리가 정렬할 때까지도 울지. 마치 고통받는 영혼처럼 고개를 푹 숙인 채 걸어서 나를 따라와. 그러고는 학교 정문 앞에서 발길을 멈추고 콧등을 들어 나를 쳐다보기 시작해. 멀리 떨어져 있어도 암캐가 느껴지지. 심지어 팔메라스 거리에 도착할 무렵에도 나는 절름발이년이 학교 문 앞에, 그러니까 위병소 앞에 계속 있으면서 내가 떠난 거리를 보며 돌아오기를 기다린다는 걸 느낄 수 있어. 그래, 절름발이년이 왜 학교 밖으로 나와서 나를 따라오려고 하지 않았는지 나는 모르겠어. 암캐에게 학교 안에 머물러 있어야 한다고 말한 사람은 아무도 없거든. 아마도 자기 나름대로 행동반경을 통제하는 방식이었던 것 같아. 그것 역시 이상하기는 마찬가지지만 말이야. 하지만 일요일 밤에 돌아올 때면, 암캐는 정문 앞에서 아주 초조하게 나를 기다리면서, 귀교하는 생도들 사이로 이리저리 뛰어다녀. 암캐의 콧등은 한시도 가만히 있지 않고 움직이면서 냄새를 맡아. 나는 암캐가 멀리서부터 나를 느낀다는 것을 알고 있어. 그 개가 마구 짖고 꼬리를 흔들면서 내게 달려오는 소리가 들리거든. 그리고 나를 보자마자 펄쩍펄쩍 뛰고, 온몸은 기쁨으로 전율해. 아주 충성스러운 동물이야. 암캐에게 상처준 것을 미안하게 생각하긴 해. 사실 내가 항상 암캐에게 잘 대해준 것은 아니거든. 여러 번 나는 기분이 나빠서 또는 그냥 장난으로 암캐에게 고통을 주었어. 나는 절름발이년이 결코 내게 화를 내지 않았다고 자신 있게 말할 수 있어. 아니, 오히려 그걸 즐기는 것 같았어. 틀림없이 그런 행동을 사랑이라고 믿었을 거야. "절름발이년아, 뛰어내려, 겁먹지마!"라고 말하면, 암캐는 사물함 위에서 으르렁거리며 짖어댔고, 계단꼭대기에 놓인 개처럼 놀란 표정으로 나를 쳐다보지. "뛰어, 뛰어내려, 절름발이년아." 하지만 암캐는 결정하지 못했고, 그러면 나는 뒤로 다가가서 살짝 밀었어. 암캐는 털이 쭈뼛쭈뼛 선 채로 뛰어내렸고, 바닥에서 튕겨올랐어. 하지만 그건 장난이었어. 나는 암캐를 불쌍하게 여기지 않았고, 절름발이년도 통증을 느꼈겠지만 그다지 못마땅하게 생각하지 않았다고. 하지만 달랐어. 오늘은 장난이 아니었다는 얘기야. 난 일부러 그렇게 했어. 물론 내가 모든 잘못의 원인이라고 말할 수는 없어. 그동안 일어났던 일을 염두에 두어야 하니까. 불쌍한 산골 촌놈, 카바. 그건 그 누구라도 불안하고 초조하게 만들기에 충분한 일이잖아. 그리고 노예는 납조각이 머리에 박혀 있었지. 당연히 우리는 안절부절못했어. 게다가 여름 햇빛이 쏟아지던 바로 그날, 왜 우리에게 파란색 군복을 입으라고 지시했는지 그 이유를 모르겠다니까. 우리 모두는 땀을 줄줄 흘렸고, 토할 것만 같았어. 몇시에 그가 풀려날까? 어떤 모습을 하고 있을까? 오랫동안 갇혀 있는 바람에 다른 사람이 되었을까? 틀림없이 야위었을 거야. 아마도 빵과 물만 먹었을 거야. 그리고 하루종일 감금되어 있었을 거야. 단지 장교들이 엄한 신문을 진행할 때만 감방에서 나왔을 테지만, 곧 대령과 대위들 앞에서 부동자세를 취해야만 했을 거야. 나는 그가 어떤 질문을 받고, 어떤 고함소리를 들었는지 상상할 수 있어. 그는 엄한 처벌을 받았을 거야. 그는 산골 촌놈이지. 하지만 남자답게 행동했을 거야. 그는 다른 사람들 이야기는 한 마디도 하지 않았을 거야. 그는 장교들에게 자기가 모든 잘못을 저질렀다고 말했을 거야. "제가 했습니다. 제가 화학시험지를 훔쳤습니다. 제가 혼자 했습니다. 아무도 저를 도와주지 않았고, 이 일은 아무도 몰랐습니다. 제가 유리창을 깼고, 아직도 유리에 긁힌 상처가 손에 남아 있습니다. 이 자국을 보십시오." 그러고는 다시 영창으로 돌아가 병사가 창문으로 음식을 건네주기를 기다렸을 테지. 난 그게 어떤 음식인지 알아. 졸병들이 먹는 음식과 같은 거야. 그리고 자기가 산골로 돌아가 "퇴학당했습니다"라고 말하면 그의 아버지가 어떻게 할지 생각했을 거야. 그의 아버지는 사납고 모질 거야. 산골 촌놈들은 모두 아주 무식하고 사납거든. 푸노에서 온 학교 친구가 있었는데, 종종 그는 아버지가 허리띠로 때려서 생긴 끔찍한 상처 자국을 달고 학교로 돌아오곤 했어. 산골 촌놈 카바는 아주 어두운 나날을 보냈을 거야. 정말 불쌍해. 분명 그를 다시는 볼 수 없겠지. 그게 인생이야. 우리는 삼 년 동안 동고동락했지만, 이제 그는 산속으로 돌아갈 거고, 더이상 공부하지 못할 거야. 그는 원주민들과 야마와 함께 살 거고, 무식한 일꾼이 될 거야. 그게 이 학교의 가장 나쁜 점이야. 퇴학당한 학생들에게는 여기에서 수료한 학년을 하나도 인정해주지 않거든. 이 개자식들은 사람을 괴롭히는 방법을 아주 잘 고안해냈어. 산골 촌놈은 요 며칠을 아주 힘들게 보냈음이 틀림없어. 파란색 군복을 입고 뜨거운 햇볕을 맞으며 소운동장에서 그를 데려오길 기다리면서 서 있었을 때, 우리 반 생도 모두가 나처럼 그 생각을 하고 있었어. 고개를 들 수가 없었어. 눈에서 눈물이 났거든. 우리는 기다리고 또 기다렸지만, 아무 일도 일어나지 않더라고. 그러다가 마침내 중위들이 번지르르한 제복을 입고 도착했고, 그런 다음 막사 책임자인 소령이 도착했고, 그러고서 갑자기 대령이 도착했어. 그러자 우리는 차려 자세를 취했어. 중위들은 대령에게 보고서를 제출했지. 우리는 덜덜 떨었어. 대령이 말하기 시작했을 때는 쥐죽은듯이 조용했어. 우리는 기침도 제대로 할 수 없었다니까. 하지만 우리가 그저 놀라고 두려움에 사로잡혔던 것만은 아니었어. 또한 슬픔도 느꼈거든. 특히 1반 생도들이 그랬어. 무엇보다 우리는 우리와 오랜 시간을 함께 생활했던 누군가가 잠시 후에 우리 앞에 서리라는 것을 알았으니까. 우리와 많은 것을 함께한 동료 말이야. 그러니 마음속으로 무언가를 느끼지 않는다면, 돌처럼 아무 감정도 없는 사람일 거야. 이미 대령은 동성애자 같은 목소리로 말하기 시작했어. 분노로 그의 얼굴은 하얘져 있었어. 그는 산골 촌놈, 1반, 5학년, 그리고 모든 사람에 관해 끔찍한 것들을 이야기했어. 그리고 그때 나는 절름발이년이 내 신발을 씹어대며 괴롭힌다는 것을 눈치챘어. 꺼져, 절름발이년아, 여기서 꺼지란 말이야, 염병할 개새끼야. 씹어대려면 대령의 군화 끈이나 씹으라고. 가만히 있지 못해, 이 순간을 틈타 내 인내심을 시험하지 마. 암캐가 꺼지도록 부드러운 발길로 톡톡 칠 수도 없었어. 우아리나 중위와 모르테 부사관이 불과 1미터도 떨어지지 않은 곳에 부동자세로 서 있었거든. 내가 숨만 쉬어도 숨소리를 느낄 수 있는 거리였어. 염병할 암캐야, 이런 상황을 악용하지 말란 말이야. 이 지독한 동물아, 그만하라고 했잖아. 이 하느님의 아들이 너보다 먼저 태어났으니 내 말을 들어. 나는 그 암캐가 그때처럼 그토록 고집부리는 것을 보지 못했어. 계속해서 내 신발 끈을 잡아당겼고, 마침내 신발 끈은 끊어지고 말았지. 신발 속에서 내 발이 갑자기 자유로워지는 게 느껴졌어. 하지만 난 속으로 말했어. 이제 네 소망을 이루었으니 얼른 여기서 꺼져, 절름발이년아! 모든 게 네 탓이야. 암캐는 가만히 있기는커녕, 다른 쪽 신발도 못살게 굴기 시작했어. 마치 내가 1밀리미터도 움직일 수 없으며, 심지어 자기를 쳐다볼 수도 없고, 험한 말을 내뱉을 수도 없다는 사실을 알고 있는 것 같았다니까. 바로 그때 산골 촌놈 카바가 도착했어. 마치 총살형을 집행할 것처럼 두 명의 병사가 양옆에서 에워쌌고, 그의 얼굴은 백지장이 되어 있었어. 나는 뱃속이 뒤틀리면서 목으로 상당히 고통스러운 무언가가, 그러니까 신물이 넘어오는 느낌을 받았어. 누런 피부의 산골 촌놈은 두 병사 가운데서 행진하듯 걸어오고 있었어. 두 병사 역시 산지 출신 촌놈들이라서 세 명 모두 똑같은 얼굴이라 마치 세 쌍둥이 같더라. 차이가 있다면 카바의 얼굴색은 누렸다는 거야. 그들은 연병장을 통해 다가왔고, 모두 그들을 쳐다보았어. 그들은 뒤로 돌았고, 생도 대대 앞에서, 그리고 대령과 중위들에게서 불과 몇 미터 떨어진 곳에서 제자리걸음을 했어. 나는 '젠장, 왜 계속 제자리걸음을 하는 거야' 하고 속으로 말했고, 카바나 다른 두 병사 모두 장교들 앞에서 어떻게 해야 할지 모른다는 사실을 깨달았어. 그 누구도 '차렷!'이라고 말할 생각을 하지 못했던 거야. 마침내 감보아가 앞으로 나오더니 손짓을 했고, 세 사람은 부동자세를 취했어. 병사들은 뒤로 돌아 행진하면서 카바를 도살장 앞에 혼자 놔두었고, 그는 그 어느 쪽도 바라볼 엄두를 내지 못했지. 형제여, 너무 힘들어하지 마, 우리 그룹이 진심으로 너와 함께하고 있어, 언젠가 우리가 네 복수를 해줄 거야. 나는 '이제 울음을 터뜨리겠군'이라고 생각했어. 산골 촌놈아, 울면 안 돼, 저 개자식들이 원하는 대로 해주지 마, 똑바로 서 있어, 차려 자세로, 떨지 마, 저놈들한테 네가 어떤 남자인지 보여줘. 차분하게 있어, 그리 오래 걸리지 않을 거야, 그러고서 있는 힘을 다해 조금 웃도록 해, 그럼 그들이 얼마나 분노하는지 보게 될 거야. 나는 우리 반 모두가 폭발하기 일보직전의 화산처럼 느껴졌어. 대령은 이미 다시 연설을 늘어놓기 시작했고, 산골 촌놈에게 이런저런 말을 하면서 그의 사기를 떨어뜨렸지. 마음대로 벌을 주고 괴롭힌 다음 또다시 고통을 주는 것은 마음이 일그러진 사람이 아니라면 도저히 할 수 없는 짓이야. 대령은 우리 모두가 들을 수 있도록 그에게 충고를 하더군. 그에게 이번 일을 교훈으로 삼으라고 말했고, 레온시오 프라도는 자기를 총살하려던 칠레인들에게 "내가 총살부대를 지휘하겠다"라고 말했다면서 그의 삶에 관해 이야기했어. 정말 등신 같은 놈이야. 그러고서 나팔이 울렸고, 턱이 움푹 들어간 피라냐는 산골 촌놈 카바가 있는 곳으로 갔어. 나는 '나라면 분노를 못 참고 울고 말 거야'라고 생각했어. 빌어먹을 절름발이년은 계속해서 내 신발과 바지 아랫단을 물어뜯었어. 염병할 암캐, 내가 반드시 그 대가를 치르게 하겠어, 넌 네가 한 일을 후회하게 될 거야. 산골 촌놈아, 기죽지 마, 이제 최악의 순간이 올 거야, 그런 다음 넌 편안한 마음으로 거리로 나갈 거고, 더이상 장교들을 만날 필요도 없게 되고, 더이상 군사수칙을 지키지 않아도 되며, 더이상 불침번도 설 필요 없을 거야. 산골 촌놈은 부동자세로 있었지만, 갈수록 얼굴은 더 창백해졌어. 시커먼 얼굴은 이제 완전히 하얘졌고, 멀리서도 그의 턱이 떨리는 게 보였어. 하지만 견뎌냈어. 피라냐가 그의 모자와 옷깃에서 계급장을 떼어내고 그의 가슴 주머니에서 기장을 떼어낼 때도 그는 뒷걸음질치지 않았고 울지도 않았어. 군복이 찢겨져서 그는 누더기를 걸친 꼴이었지. 그러자 다시 나팔이 울렸고 두 병사가 다시 그의 양옆에 서더군. 그들은 다시 제자리걸음을 시작했어. 산골 촌놈은 거의 다리를 들지 못하더라고. 그런 다음 그들은 연병장으로 향해 갔어. 눈을 찡그리지 않고는 그들이 떠나가는 모습을 볼 수 없었어. 불쌍한 카바는 제대로 보조를 맞추지 못하고 비틀거리면서, 가끔씩 고개를 푹 숙였어. 틀림없이 자기 군복이 어떻게 되었는지 보려고 했을 거야. 반면에 병사들은 대령이 볼 수 있도록 다리를 번쩍번쩍 들어올렸지. 그러고는 벽 뒤로 모습을 감추었어. 나는 생각했어. 절름발이년아, 기다려, 그래, 계속해서 바짓단을 물어뜯어봐, 이제 네 차례가 올 거다, 이제 그 대가를 치르게 될 거라고. 하지만 아직 해산 지시가 떨어지지 않았어. 대령이 다시 독립 영웅들에 관해 말하기 시작했거든. 산골 촌놈아, 이제 넌 거리로 나가 버스를 기다리고, 마지막으로 위병소를 쳐다보겠지. 하지만 우리를 잊지 마. 네가 잊어버려도 여기에는 왕초 그룹의 네 친구들이 남아 복수를 할 거야. 이제 넌 생도가 아니라, 평범한 시민이야, 넌 중위나 대위에게 다가가더라도 경례할 필요가 없어, 그리고 보도에서 길을 비켜주거나 의자를 양보할 필요도 없어. 절름발이년아, 왜 펄쩍 뛰어올라서 내 넥타이나 코를 물어뜯지 않는 거냐? 네 마음대로 해도 돼, 마음 편히 행동해도 된다고. 너무나 끔찍하게 더운데도 대령은 계속 떠들었어.

알베르토가 집에서 나왔을 때는 이미 어두워지고 있었다. 그러나 시간은 겨우 여섯시였다. 그는 옷을 입고 구두를 닦고 지독한 곱슬머리를 진압하고 넥타이를 매는 데 반시간을 소비했다. 심지어 아버지의 면도칼로 입술 위와 구레나룻 아래 모습을 드러낸 솜털을 깎기도 했다. 오차란 거리와 후안 파닝 거리가 만나는 길모퉁이에 도착해서야 휘파람을 불었다. 잠시 후 에밀리오가 창가에 나타났다. 그 역시 멋지게 옷을 입고 있었다.

"여섯시야." 알베르토가 말했다. "서둘러!"

"이 분만 기다려."

알베르토는 시계를 보았고 바지 주름을 살펴보았으며, 재킷 주머니에 꽂은 행커치프를 위로 살짝 더 꺼냈다. 그리고 창유리에 비친 자기 모습을 슬쩍 쳐다보았다. 포마드가 제 역할을 충분히 해낸 덕분에 머리 모양이 완벽하게 유지되고 있었다. 에밀리오는 옆문으로 나왔다.

"거실에 사람들이 있어." 그가 알베르토에게 말했다. "점심식사가 있었거든. 맙소사, 그런데 형편없었어. 지금은 모두가 술을 마시고 있고, 집 전체에 술냄새가 진동해. 우리 아버지는 잔뜩 취해서 내 말은 듣지도 않더라. 농을 치면서 웃기려고만 했지, 용돈을 주려고 하지는 않았어."

"나한테 돈 있어." 알베르토가 말했다. "빌려줄까?"

"어딘가 가게 되면 그렇게 해줘. 하지만 우리가 살라사르공원에 있을 거라면 그럴 필요는 없어. 이봐, 그런데 넌 어떻게 해서 용돈을 탔어? 네 아버지가 성적표 안 봤어?"

"아직 안 보셨어. 어머니만 보셨지. 보시면 아버지는 굉장히 화내실 거야. 지난 삼 년을 통틀어 낙제한 건 이번이 처음이거든. 난 여름 내내 공부해야 할 것 같아. 해변에 갈 시간도 거의 없을 거고. 젠장, 그런 생각은 안 하는 게 좋겠다. 게다가 어쩌면 화를 안 내실지도 몰라. 지금 우리집에 커다란 문제들이 산적해 있거든."

"무슨 일인데?"

"어젯밤에 아버지가 집에 안 들어오셨거든. 오늘 아침에 샤워하고 면도한 모습으로 나타나셨지. 정말 대단한 사람이야."

"그래, 대단하네." 에밀리오가 고개를 끄덕였다. "애인을 수십 명 두고 있지. 그런데 네 어머니는 뭐라고 하셨어?"

"재떨이를 던졌어. 그러고는 소리 높여 우셨지. 아마 이웃집 사람들이 모두 들었을 거야."

그들은 후안 파닝 거리를 따라 라르코 대로를 향해 걸어갔다. 그들이 지나가는 것을 보자, 과일주스를 파는 조그만 가게의 일본인이 손을 흔들어 인사했다. 그들이 몇 년 전에 축구경기가 끝나면 가던 곳이다. 거리의 가로등에는 막 불이 켜졌지만, 보도는 계속해서 어둠에 잠겨 있었다. 나뭇잎과 나뭇가지가 불빛을 차단하고 있었던 것이다. 콜론 거리를 지나면서 그들은 라우라네 집을 슬쩍 쳐다보았다. 그곳에서 그들은 살라사르공원으로 가기 전에 동네 여자애들과 만나곤 했지만, 아직 여자애들은 도착하지 않았다. 거실 창문이 어둠에 잠겨 있었다.

"아마 마틸데네 집으로 간 것 같아." 에밀리오가 말했다. "베베와 플루토가 점심을 먹고서 거기 갔거든." 그가 낄낄거리며 웃었다. "베베는 제정신이 아니야. 일요일에 '소나무 별장'으로 가다니. 마틸데네 부모님이 보지 않았다면, 그곳 깡패들이 그를 흠씬 두들겨팼을걸. 그리고 전혀 관련 없는 플루토도 두들겨맞았을 거야."

알베르토가 웃었다.

"그 여자애 때문에 미쳤어." 그가 말했다. "머리끝부터 발끝까지 온통 사랑에 빠져 있어."

소나무 별장은 동네에서 멀리 떨어진 곳이다. 라르코 대로 반대편이자 중앙공원 너머, 초리요스로 가는 전찻길 가까이에 있었다. 몇 년 전만 하더라도 그 별장이 있는 곳은 적진이었지만, 시간이 흐르면서 상황은 바뀌었고, 이제 그 동네는 더이상 지나갈 수 없는 경계선이 아니었다. 외부인들은 콜론 거리와 오차란 거리, 그리고 포르타 거리를 활보하며, 여자애들을 방문하고, 파티에 참석하며 여자애들과 사랑에 빠지고, 여자애들을 영화관에 초대하곤 했다. 그 결과 동네 남자애들은 다른 곳에서 여자애들을 찾아야만 했다. 처음에 그들은 여덟 명에서 열 명쯤 무리를 지어 7월 28일 동네나 프란시아 거리처럼 가장 가까운 미라플로레스 지역의 동네들을 거닐었다. 그런 다음 보다 먼 곳, 즉 앙가모스 동네나 해군 소장의 딸인 스즈키가 살았던 그라우 대로의 동네로 진출했다. 그들 중 몇몇은 그런 다른 동네에서 애인을 사귀었고, 그 애인들 역시 그들 무리의 일부가 되었다. 그러나 그들은 디에고 페레 거리가 자신들의 본고향이라고 여기면서 충성심을 버리지 않았다. 몇몇 동네에서 그들은 저항에 부딪히기도 했다. 남자애들로부터 비아냥거림과 비웃음을 샀고, 여자애들에게는 퇴짜를 맞았다. 하지만 소나무 별장에서 그 동네 남자애들의 적개심은 폭력으로 나타났다. 베베가 마틸데 주변을 배회하기 시작했던 어느 날 밤, 그는 습격을 받았고, 물동이로 물세례를 받았다. 그러나 베베는 자기 동네의 다른 아이들과 함께 계속 그 동네를 찾아간다. 그곳에 마틸데만 사는 게 아니라, 애인이 없는 그라시엘라와 몰리도 살기 때문이다.

"쟤들 아니야?"

"아니야. 눈이 멀었어? 저건 가르시아 자매야."

그들은 살라사르공원에서 약 20미터 떨어진 라르코 대로에 있었다. 도로를 따라 차량들이 천천히 나아가고, 산책로 앞에서 동그랗게 빙 돈다. 자동차들은 공원 모서리에 주차한 차들 속으로 사라졌다가 숫자가 줄어든 채로 반대편에서 다시 모습을 드러낸다. 이런 차들은 라르코 대로의 반대 차로 쪽으로 방향을 꺾어서 내려간다. 몇몇 자동차는 라디오를 켰다. 알베르토와 에밀리오는 댄스뮤직과 마구 퍼부어대는 젊은 목소리와 웃음소리를 듣는다. 평일과 달리, 오늘 살라사르공원과 인접한 라르코 대로의 보도는 사람들로 가득 뒤덮여 있다. 그중 어떤 것도 그들의 관심을 사로잡지 못한다. 그러나 매주 일요일 오후 스무 살 이하의 어린 미라플로레스 젊은이들을 공원으로 유인한 매력은 오래전부터 그들에게 영향력을 미치고 있다. 그들은 이런 군중과 다르지 않고 군중의 일부를 이룬다. 그들은 근사하게 차려입고 향수 냄새를 풍기며 행복해한다. 그들은 편안하다는 느낌을 받는다. 그들은 주변을 둘러보고 자신에게 미소 짓는 얼굴과 자신들의 언어로 말하는 목소리를 찾는다. 그것은 테라사스 클럽의 수영장이나 미라플로레스의 해변, 에라두라 해변, 레가타스 클럽, 리카르도 팔마나 레우로 혹은 몬테카를로 영화관에서 수없이 보았던 그 얼굴들이다. 토요일 파티에서 그들이 보았던 바로 그 얼굴들이다. 그러나 그들은 단지 살라사르공원에서 일요일 데이트를 즐기기 위해 도착하는 자신과 같은 젊은이들의 외모나 피부색 혹은 언행만 알고 있는 게 아니다. 또한 그들의 삶과 그들의 문제와 그들의 야심도 익히 알고 있다. 토니가 아버지에게 크리스마스 때 선물받은 스포츠카를 가지고도 행복하지 않다는 것을 알고 있다. 그가 사랑하는 여자 아니타 멘디사발이 그의 눈을 피해 새롱거리면서 교태를 부리기 때문이다. 미라플로레스의 모든 젊은이가 그녀의 길고 부드러운 눈꺼풀 뒤의 초록색 눈동자에서 그걸 보았다. 그들은 손을 잡고 방금 그들 옆으로 지나간 빅키와 마놀로가 그다지 오래 사귀지 않았으며, 기껏해야 일주일 정도밖에 되지 않았다는 걸 알고 있다. 그리고 파키토가 부스럼과 구부러진 등 때문에 웃음거리가 되어 고통받는다는 사실도 알고 있다. 또한 그들은 소니아의 아버지가 대사로 임명된 까닭에 소니아가 내일 외국으로 떠나는데 아마도 오랫동안 머무르게 될 것이며, 학교와 친구들과 헤어져야 하고 승마수업을 그만두어야 한다는 생각에 슬퍼한다는 사실도 알고 있다. 그러나 무엇보다 알베르토와 에밀리오는 자기들이 그 친구들과 서로 마음이 통하며 단단히 연결되어 있음을 알고 있다. 그들이 없을 때 다른 친구들은 그들 연애의 성공과 실패를 떠올리면서 그들의 사랑을 분석하고, 파티에 초대할 손님 명단을 작성하면서 그런 이야기를 한다. 바로 그 순간 빅키와 마놀로는 그들 이야기를 하고 있음이 분명하다. "알베르토 봤어? 엘레나는 다섯 번이나 그를 퇴짜 놓은 후에야 데이트를 수락했어. 지난주에 그 녀석을 애인으로 받아들였더라고. 하지만 이제 또다시 퇴짜를 놓을 거야. 불쌍한 녀석."

살라사르공원은 사람들로 가득하다. 알베르토와 에밀리오는 가지런히 정리된 잔디광장을 둘러싼 보도의 가장자리를 따라 걷는다. 잔디광장에는 갈색 기념물과 연못이 있는데, 거기에는 붉은색과 황금색 물고기가 살고 있다. 그들의 표정이 바뀐다. 그들의 입은 약간 열리고, 광대뼈는 조여들고 눈동자는 빛을 내며 불안해한다. 그들의 희미한 미소는 그들이 지나가면서 보았던 미소와 동일하다. 남자애들로 이루어진 여러 무리가 방파제 벽에 기댄 채 움직이지 않으면서 잔디광장 주변을 빙빙 돌고 있는 인파를 지켜본다. 그 인파는 두 줄로 나뉘어 서로 반대 방향으로 움직인다. 커플들은 목례로 서로 인사를 나누지만, 그들은 줄곧 살며시 미소를 띠면서 미소 짓는 표정을 유지한 채 그저 눈썹과 눈꺼풀의 위치만 약간 바꿀 뿐이다. 그건 단순한 인사가 아니라 익히 알고 있다는 신호, 즉 일종의 암호이다. 알베르토와 에밀리오는 공원을 두 바퀴 돌고, 친구들과 안면이 있는 사람들을 알아본다. 그리고 영화배우를 떠올리게 하는 여자애들을 보기 위해 리마와 막달레나 혹은 초리요스에서 온 침입자들도 알아본다. 관망하는 위치에서 침입자들은 빙빙 도는 인간 바퀴를 향해 말을 내뱉고, 그 낚싯바늘은 여자애들 사이로 떠돈다.

"안 왔네." 에밀리오가 말했다. "지금 몇시야?"

"일곱시야. 하지만 어쩌면 이 근방에 있는데 우리가 못 봤을 수도 있어. 라우라가 오늘 아침 무슨 일이 있어도 올 거라고 했거든. 엘레나를 만나러 갈 거라고 말했어."

"널 바람맞힌 거야. 드문 일도 아니잖아. 엘레나는 너한테 이런 비열한 짓을 줄곧 해왔으니까."

"하지만 이제는 그렇지 않아." 알베르토가 말했다. "예전에야 그랬지. 하지만 이제는 나와 사귀면서 바뀌었어."

그들은 다시 몇 바퀴를 돌면서, 초조한 마음으로 사방을 둘러보았지만, 찾고자 하는 여자들은 찾을 수 없었다. 반면에 몇몇 동네 커플이 눈에 들어왔다. 베베와 마틸데, 티코와 그라시엘라, 플루토와 몰리였다.

"일이 생긴 거야." 알베르토가 말했다. "이미 여기에 있어야 할 시간인데."

"그애들이 오면 너 혼자 만나." 에밀리오가 언짢은 목소리로 대답했다. "난 이런 행동은 순순히 받아들일 수 없어. 나한테도 자존심이라는 게 있다고."

"여자애들 잘못이 아닐 수도 있어. 갑자기 부모님이 외출을 금지했을 수도 있잖아."

"그건 네 헛된 상상이야. 여자애가 외출하겠다고 마음먹으면, 세상이 두 쪽 나는 일이 있어도 외출해."

두 사람은 아무 말 없이 담배를 피우며 공원 주변을 돌았다. 삼십 분 후 플루토가 그들에게 신호를 보냈다. "저기에 있어." 그가 길모퉁이를 가리키며 말했다. "뭘 꾸물거리는 거야?" 알베르토는 그 방향으로 서둘러 나아가다가 커플들과 부딪쳤다. 에밀리오는 작은 소리로 투덜대면서 그를 뒤따라갔다. 당연히 그녀들은 혼자가 아니었다. 침입자 그룹이 그녀들을 에워싸고 있었던 것이다. "실례합니다." 알베르토가 말하자, 남자애들은 그 어떤 불평도 내뱉지 않고 순순히 물러났다. 몇 분 후 에밀리오와 라우라, 알베르토와 엘레나 역시 손을 잡고 천천히 광장 주변을 돌았다.

"안 오는 줄 알았어."

"더 일찍 나올 수가 없었어. 어머니가 혼자 계셔서 영화관에 갔던 언니가 돌아올 때까지 기다려야만 했거든. 오래 있을 수도 없어. 여덟시까지 집에 들어가야 해."

"여덟시까지라고? 벌써 일곱시 반인데."

"아직 그렇게까지는 안 됐는데. 일곱시 십오분이야."

"그게 그거지."

"그런데 왜 그래? 왜 기분이 나쁜 거야?"

"그런 거 아니야. 하지만 내 상황을 이해 좀 해줘, 엘레나. 너무 끔찍하거든."

"뭐가 끔찍하다는 거야? 지금 무슨 말을 하는지 전혀 못 알아듣겠어."

"우리 상황 이야기야. 우리가 다시는 만나지 못할 수도 있잖아."

"봤지? 이런 일이 일어날 거라고 내가 미리 경고했잖아. 그래서 너와 사귀려고 하지 않았던 거야."

"하지만 그건 아무 상관 없는 일이야. 사귀게 되면 조금씩이라도 만나는 건 당연한 거잖아. 내 여자친구가 되기 전에는 너도 다른 여자아이들처럼 외출했어. 그런데 지금 네 부모님은 마치 네가 어린아이인 것처럼 집안에 가둬두고 있지. 이건 다 이네스 때문이라고 생각해."

"우리 언니를 나쁘게 말하지 마. 우리 가족 이야기를 하는 건 별로 안 좋아해."

"네 가족 이야기를 하려는 건 아니야. 하지만 네 언니는 정말 맘에 안 들어. 날 미워한다고."

"너를? 우리 언니는 네 이름이 뭔지도 몰라."

"그건 네 생각일 뿐이야. 테라사스 클럽에서 만날 때마다 나는 네 언니한테 인사하고, 네 언니도 나한테 인사하는걸. 하지만 여러 번 남몰래 나를 쳐다보는 걸 봤어."

"너 우리 언니를 좋아하나보구나."

"나를 비웃지 말았으면 좋겠어. 도대체 무슨 일이 있는 거야?"

"아무것도 아니야."

알베르토는 엘레나의 손을 약간 세게 잡고 그녀의 눈을 쳐다본다. 그녀는 매우 심각한 표정이다.

"나를 이해해줘, 엘레나. 그런데 왜 이렇게 행동하는 거야?"

"내가 어때서?" 그녀는 퉁명스럽게 대답한다.

"나도 모르겠어. 그런데 가끔씩 네가 나와 함께 있는 걸 귀찮아한다는 느낌이 들어. 난 갈수록 너를 좋아하고 사랑하게 되는데. 그래서 너를 못 만나면 절망적인 기분이 드는 거란 말이야."

"난 처음부터 너한테 경고했어. 그러니 내 탓으로 돌리지 마."

"난 이 년 넘게 너를 쫓아다녔어. 거절당할 때마다 생각했단 말이야. 하지만 언젠가 엘레나는 내 말에 귀를 기울일 거고, 그러면 나는 지금 보내고 있는 불행한 순간을 잊게 될 거라고. 그런데 이제는 결과가 더 안 좋아졌어. 적어도 전에는 너를 계속 만났으니까."

"근데 그거 알아? 네가 이런 식으로 말하는 거 맘에 안 들어."

"내가 어떤 식으로 말하는 게 맘에 안 드는 건데?"

"바로 이런 식으로 말하는 거 말이야. 어느 정도는 자존심이 있어야 하는 거 아니니? 나한테 애걸복걸하지 좀 마."

"난 사정하는 게 아니야. 진실을 말해주는 거지. 넌 내 애인 아냐? 그런데 왜 내가 자존심을 세우길 바라는데?"

"나 때문이 아니라 너를 위해서 그러는 거야. 그게 너한테 좋으니까."

"난 있는 그대로 살고 싶어."

"그래? 그럼 네 마음대로 해."

그는 다시 그녀의 손을 꼭 쥐고 그녀의 눈을 마주보려고 하지만, 이번에 그녀는 그의 눈을 피한다. 그녀는 훨씬 심각하고 진지해 보인다.

"싸우지 말자." 알베르토가 말한다. "이제 겨우 만났는데."

"너한테 할말이 있어." 그녀가 갑자기 말한다.

"좋아. 뭔데?"

"줄곧 생각해왔던 거야."

"뭘 생각했는데, 엘레나?"

"우리가 친구로 남는 게 더 좋을 것 같다고."

"친구라고? 헤어지고 싶은 거야? 내가 한 말 때문에 그래? 바보 같은 소리 하지 마, 엘레나. 내 말을 너무 심각하게 듣지 마."

"아니, 그래서 그런 게 아니야. 전부터 생각했어. 예전처럼 지내는 게 더 좋을 것 같아. 우리는 너무나 달라."

"난 그런 거 상관없어. 난 네가 어떻든 상관없이 너를 사랑한다고."

"하지만 난 아니야. 줄곧 생각해봤는데, 난 너를 사랑하지 않아."

"어, 그래?" 알베르토가 말한다. "그럼 됐어."

336

그들은 빙빙 도는 사람들 틈에서 계속 천천히 걸어간다. 이미 자기들이 손을 잡고 있다는 사실을 잊고 있다. 그들은 아무 말도 없이 서로를 바라보지도 않은 채 20미터를 걸어간다. 연못 근방에 도착하자 그녀는 무언가를 제안하듯이 아주 온화하게 그의 손에서 손가락을 푼다. 그러자 그는 그 의미를 이해하고 손을 놓아준다. 하지만 두 사람은 걸음을 멈추지 않는다. 그렇게 입을 다물고서 두 사람은 함께 공원을 완전히 한 바퀴 돌면서 반대 방향에서 오는 커플들을 쳐다보고, 아는 사람들에게 미소 짓는다. 라르코 대로에 도착하자 그들은 걸음을 멈춘다. 그리고 서로 쳐다본다.

"정말로 심사숙고한 거야?" 알베르토가 묻는다.

"응." 그녀가 대답한다. "그런 것 같아."

"좋아. 그렇다면 할말은 없어."

그녀는 고개를 끄덕이고 잠시 웃는다. 하지만 이내 상황에 맞게 심각한 표정을 짓는다. 그는 손을 내민다. 엘레나는 그의 손을 잡고는 안도한 목소리로 아주 다정하게 말한다.

"하지만 계속해서 친구로 지낼 거지, 그렇지?"

"물론이지." 그가 대답한다. "물론이야."

알베르토는 대로로, 그러니까 범퍼를 공원 보도 모서리에 대고 주차해둔 자동차들의 미로 사이로 멀어진다. 그는 디에고 페레 거리에 도착하자 방향을 바꾼다. 거리는 텅 비어 있다. 그는 도로 한복판으로 성큼성큼 걸어간다. 콜론 거리에 이르기 전에 황급히 달려오는 발소리를 듣는다. 어느 목소리가 그의 이름을 부른다. 그는 뒤를 돌아본다. 베베다.

"안녕." 알베르토가 말한다. "여기서 뭐해? 마틸데는 어디 있어?"

"갔어. 집에 일찍 돌아가야 한대."

베베는 가까이 다가와서 알베르토의 어깨를 손바닥으로 툭툭 친다. 그의 얼굴에는 형제처럼 다정한 표정이 아로새겨져 있다.

"엘레나 일은 유감이야." 그가 말한다. "하지만 차라리 그게 나아. 그애는 너랑 안 어울려."

"어떻게 알았어? 우리는 방금 전에 싸웠는데."

"어젯밤부터 알고 있었거든. 우리 모두 알고 있었어. 하지만 널 미리 고통스럽게 하고 싶지는 않아서 아무 말 안 했던 거야."

"무슨 말인지 모르겠어, 베베. 분명하게 말해줘."

"그래도 괜찮겠어? 날 야속하다고 생각하는 거 아니지?"

"아니, 절대 안 그래. 무슨 일인지 당장 말해보라고."

"엘레나는 리차드를 죽도록 사랑하고 있거든."

"리차드라고?"

"응, 산이시드로에 사는 녀석."

"누가 너한테 그런 말을 했는데?"

"아무도 안 했어. 하지만 다들 알아. 어젯밤에 그 둘은 나티네 집에 함께 있었거든."

"나티네 집에서 열린 파티에 함께 있었다고? 거짓말하지 마. 엘레나는 거기 안 갔어."

"아니야, 갔어. 그게 바로 우리가 너한테 얘기 안 했던 사실이야."

"나한테 안 갈 거라고 했는데."

"그래서 그애가 너랑 안 맞는다고 한 거야."

"눈으로 개를 직접 봤어?"

"응. 밤새 리차드와 춤을 추더라. 아나가 가서 알베르토랑 깨진 거냐고 물었거든. 그랬더니 그런 건 아니지만 무슨 일이 있어도 내일 끝내고 말 거라고 대답했대. 내가 들려준 말 때문에 너무 괴로워하지 않았으면 좋겠다."

"흥!" 알베르토가 말한다. "난 전혀 개의치 않아. 이미 엘레나가 지겨워지던 참이었거든. 정말이야."

"좋아!" 베베가 말하면서 다시 그의 어깨를 툭툭 친다. "그런 말을 들으니 기분이 좋네. 이제 나가서 다른 애인을 구해. 그게 최고의 복수야. 그애보다 더 뜨겁고 더 달콤한 여자아이로. 그런데 나티는 어때? 아주 멋진 파트너잖아. 게다가 지금은 남자친구도 없고."

"응." 알베르토가 말한다. "괜찮을 것 같아. 나쁜 생각은 아니야."

그들은 디에고 페레 거리의 두번째 블록을 걷고, 알베르토 집의 대문에서 헤어진다. 베베는 두세 번 그의 어깨를 손바닥으로 툭툭 치면서, 그의 편이라는 걸 보여준다. 알베르토는 계단을 올라가 곧장 자기 방으로 간다. 불이 켜져 있었다. 그는 문을 열었다. 아버지가 손에 성적표를 든 채 서 있었다. 침대에 앉은 어머니는 생각에 잠긴 것 같았다.

"다녀왔습니다." 알베르토가 말했다.

"그래, 아들아." 아버지가 말했다.

아버지는 평소처럼 어두운색 양복을 입었고, 방금 면도한 것처럼 보였다. 그의 머리카락은 반짝거렸다. 겉으로 보기에 그는 엄숙하고 무서운 표정을 짓고 있었지만, 그의 눈은 순간적으로 부드러워졌고, 아들의 반짝거리는 구두와 회색 도트무늬 넥타이, 가슴 주머니에 꽂힌 하얀 행커치프와 잘 관리된 손, 셔츠의 소맷부리와 바지주름을 쳐다보면서 불안한 표정을 지었다. 그는 초조하고 애매하면서도 안심한 듯한 표정으로 알베르토를 살펴보고는 위선적인 엄격함을 되찾았다.

"생각보다 일찍 왔어요." 알베르토가 말했다. "머리가 조금 아팠거든요."

"감기 때문일 거야." 어머니가 말했다. "어서 자거라, 알베르토."

"그러기 전에 잠시 이야기 좀 하자." 아버지가 성적표를 흔들면서 말했다. "방금 전에 이걸 봤다."

"몇몇 과목은 성적이 안 좋긴 해요." 알베르토가 말했다. "하지만 중요한 것은 학년을 무사히 통과했다는 거예요."

"입다물어." 아버지가 말했다. "바보 같은 소리는 하지 마라." 어머니는 화난 얼굴로 그를 쳐다보았다. "이런 일은 우리 집안에서 일어난 적이 없었다. 부끄러워 얼굴을 들 수가 없구나. 우리가 언제부터 중고등학교와 대학교를 비롯해 모든 곳에서 일등을 차지했는지 알기는 하니? 족히 이백 년은 되었다. 네 할아버지가 이 성적표를 봤다면, 충격을 받아 돌아가셨을 거다."

"우리 집안도 마찬가지예요." 어머니가 투덜댔다. "아닌 것 같아요? 우리 아버지는 두 번이나 장관을 역임하셨다고요."

"하지만 이건 이미 끝난 일이다." 아버지가 어머니의 말에는 귀도 기울이지 않고 말했다. "이건 수치스러운 일이야. 난 네가 우리 집안의 성을 더럽히도록 놔두지 않겠다. 내일부터 당장 과외 선생님과 수업을 시작해 입학시험을 준비하도록 해."

"무슨 입학시험이요?" 알베르토가 물었다.

"레온시오 프라도 학교다. 기숙생활이 네게 많은 도움이 될 거야."

"군사기숙학교 말이에요?" 알베르토가 놀라서 그를 바라보았다.

"난 그 학교가 우리 아이에게 도움이 될지 잘 모르겠어요." 어머니가 말했다. "아마 병들지도 모른다고요. 라페를라의 날씨는 아주 습하단 말이에요."

"내가 혼혈로 가득한 학교에 가도 괜찮다고요?" 알베르토가 물었다.

"그런 건 아냐. 하지만 그게 너를 바로잡을 수 있는 유일한 방법이다." 아버지가 말했다. "신부들과는 장난을 칠 수 있지만, 군인들과는 절대 그렇게 하지 못하는 법이니 말이다. 우리가 너를 너무 민주적으로 키운 모양이구나. 어쨌거나 신사는 어디에 있더라도 신사인 법이니까. 지금은 잠을 자고 내일부터 공부하도록 해라. 그럼, 잘 자라."

"어디 가요?" 어머니가 놀라서 소리쳤다.

"급한 약속이 있어. 걱정 마, 일찍 돌아올 테니."

"불쌍한 내 신세." 어머니는 고개를 푹 숙이며 한숨을 내쉬었다.

하지만 대열이 해산하자, 나는 눈치채지 못하게 연기를 했어. 이리와, 절름발이년아, 이리 와, 암캐야, 넌 정말 훌륭하고 재미있는 개야, 이리 오렴. 그러자 왔어. 모든 건 나를 지나치게 믿은 암캐 잘못이야. 그 순간 도망쳤다면, 나중에 상황은 달라졌을 거야. 지금이야 암캐가 불쌍하긴 하지. 하지만 식당으로 갔을 때만 해도 나는 아직 화가 치민 상태였어. 절름발이년이 다리를 삔 채 풀밭에 있건 말건 아무 관심도 없었어. 아마 평생 절름발이가 될 거야, 분명해. 피를 흘리는 편이 나았을지도 몰라. 상처는 낫고, 피부는 아물고, 단지 흉터만 남거든. 하지만 암캐는 피를 흘리지 않았고 짖지도 않았어. 사실대로 말하자면, 내가 한 손으로 주둥이를 막고 다른 손으로는 암캐의 다리를 꺾어버렸지. 불쌍한 산골 촌놈 카바가 암탉의 목덜미를 꺾어버렸던 것처럼. 암캐는 아파했어. 암캐가 눈으로 아프다고 말했지. 잘 들어, 염병할 암캐야, 내가 정렬하고 서 있을 때는 귀찮게 굴지 마, 나는 네 주인이지 잡종 하인이 아니라는 걸 잊지 말라고. 내 앞에 장교가 있을 때는 내 신발을 절대로 물어뜯지 마. 암캐는 소리 없이 떨었어. 나는 암캐를 풀어준 다음에야 비로소 내가 암캐에게 무슨 짓을 했는지 깨달았지. 암캐는 서지도 못하면서 넘어졌고, 한쪽 다리는 비뚤어져 있었어. 일어서다가 넘어지기를 반복했고, 작은 소리로 울었어. 그러자 다시 때려주고 싶은 마음이 들더라고. 하지만 오후가 되자 동정심이 일었고, 강의실에서 돌아올 때 나는 내가 오전에 놔두었던 바로 그곳의 풀밭에 조용히 누워 있는 암캐를 보았어. 나는 이렇게 말했어. "이리 와, 쓸모없는 암캐야, 이리 와서 내게 용서를 빌어." 암캐는 일어났다가 다시 쓰러졌어. 두세 번 일어났다가 넘어졌고, 마침내 움직일 수 있었지만 세 다리로만 절뚝거리며 걸었어. 그러면서 얼마나 울부짖었는지 몰라. 틀림없이 굉장히 아팠을 거야. 나는 암캐를 불구로 만들었고, 암캐는 평생 절름발이로 지내게 될 거야. 난 정말로 그것이 유감스러웠고, 다리를 문질러서 똑바로 펴주려고 했어. 그러자 암캐가 비명을 질렀지. 나는 무언가가 부러진 모양이니 더이상 건드리지 않는 게 좋겠다고 생각했어. 절름발이년은 악의나 원한을 품지 않아. 여전히 암캐는 내 손을 핥았고, 내 품에 안겨 머리를 팔에 기댔어. 나는 목덜미와 배를 긁어주기 시작했어. 그러나 바닥에 놓아 걷게 하려고 하자마자 넘어지기 일 쑤였고, 두어 번 껑충껑충 뛰었을 뿐이야. 세 다리로는 균형을 잡기가 힘들어서인지 다시 울더라고. 암캐가 걸으려고 애를 쓸 때마다 나는 내가 상처를 입힌 그 다리가 마음에 걸렸어. 산골 촌놈 카바는 절름발이년을 좋아하지 않았어. 몹시 혐오했지. 여러 번 나는 그가 암캐에게 돌을 던지거나 내가 한눈판다고 생각하면서 발길질하는 걸 목격했어. 산골 촌놈들은 아주 위선적이고 비열한 놈들이야. 그런 점에서 카바는 뼛속까지 산골 촌놈이었어. 우리 형은 항상 이렇게 말해. "어떤 놈이 산골 출신인지 아닌지 알고 싶으면, 그놈 눈을 쳐다봐. 그러면 그놈이 제대로 너를 쳐다보지 못하고 다른 곳으로 시선을 돌린다는 것을 알게 될 거야." 우리 형은 그놈들을 아주 잘 알아. 트럭 운전사로 일했거든. 어렸을 때 나는 형처럼 트럭 운전사가 되고 싶었어. 형은 일주일에 두 번 산지로, 그러니까 아야쿠초로 갔다가 다음날 돌아왔어. 몇 년 동안 이나. 내 기억에는 형이 산골 촌놈들 욕을 하지 않으면서 돌아온 적이 단 한 번도 없어. 형은 술 몇 잔을 걸치면 바로 산골 촌놈 하나를 쥐어 패려고 싸움을 걸었어. 형 말로는 술에 취해 그놈들에게 잡혔다는데, 내가 보기에 그건 진실이야. 형이 제정신이었다면 그놈들은 절대로 형 을 그 지경으로 만들어놓지는 못했을 테니까. 언젠가 나는 우안카요로 가서 그놈들이 누구였는지 알아낼 거야. 그리고 우리 형에게 했던 짓 을 그대로 되돌려줄 거야. 애야, 여기가 발디비에소 가족이 사는 집이 니? 라고 경찰이 물었어. 예, 리카르도 발디비에소 가족을 찾고 있다면 요, 라고 나는 대답했어. 나는 우리 어머니가 내 머리카락을 붙잡아 끌 어당겨 집안에 처박아놓던 일을 기억해. 그녀는 놀라서 문으로 나갔고, 의아한 표정으로 경찰을 쳐다보고 말했어. "이 세상에 리카르도 발디비에소라는 이름을 가진 사람은 아주 많아요. 그리고 우리는 그 누구의 잘못도 대신 치르고 싶지는 않아요. 경찰 나리, 우리는 가난하지만 정직한 사람들이에요. 어린아이가 한 말을 귀담아듣지 마세요." 그러나 나는 열 살도 넘었고, 따라서 어린아이가 아니었어. 경찰은 웃더니 이렇게 말했어. "제가 리카르도 발디비에소를 찾는 이유는 그가 무슨 잘못을 저질렀기 때문이 아니라, 사람들이 저지른 잘못의 피해자이기 때문입니다. 공중보건소 병실에 있는데, 온몸이 상처투성이예요. 머리부터 발끝까지 칼에 찔린 상태인데, 가족에게 알려달라더군요." "저 병에 돈이 얼마나 남아 있는지 보거라." 우리 어머니가 말했어. "오렌지라도 사 가지고 가야 하니까." 즐거운 마음으로 우리는 과일을 샀지만, 그걸 줄 수는 없었어. 온통 붕대를 감고 있었거든. 단지 눈만 볼 수 있었지. 그 경찰은 우리와 대화하면서 이렇게 말했어. "정말 대단한 사람입니다. 부인, 아드님이 어디에서 칼부림을 당했는지 아십니까? 우안카요입니다. 그런데 어디서 발견되었는지 아십니까? 초시카 근방이에요. 정말 대단한 친구더군요. 트럭에 올라타서 가능한 한 빠른 속도로 리마를 향해 출발한 거죠. 초시카 근교에서 발견되었을 때 트럭은 도로에서 벗어나 있었고, 이 친구는 운전대 위에 엎드려 잠들어 있었습니다. 다쳐서 그랬다기보다는 술에 취해서 그런 것 같지만요. 그 트럭 상태가 어땠는지 보신다면…… 아드님이 도로를 달리면서 흘린 피로 내부가 온통 끈적끈적했다니까요. 부인, 이렇게 말하는 걸 용서해주십시오. 하지만 아드님은 이 세상에 둘도 없는 대단한 사람입니다. 부인은 의사가 뭐라고 말했는지 아십니까? 아직도 자네는 술에 취해 있네. 그런 상태로는 우안카요에서 오지 말았어야 했어. 서른 번이 넘게 난도질을 당했어. 그러니 오는 길에 죽을 수도 있었단 말일세." 그러자 우리 어머니가 말했어. "예, 맞아요, 경찰 나리. 그애 아버지도 그랬답니다. 언젠가 반쯤 죽은 상태로 집에 도착했지요. 거의 말도 할 수 없었어요. 그런데도 술을 더 사오라는 거예요. 너무나 아픈 나머지 팔도 올릴 수 없었기 때문에, 내가 피스코 병을 그 사람 입에 넣어주어야 했어요. 어떤 가족인지 이제 아시겠지요? 불행하게도 리카르도는 제 아버지를 닮았어요. 언젠가 그애는 제 아버지처럼 떠날 거고, 우리는 그애가 어디서 무엇을 하며 어떻게 사는지 결코 알 수 없게 될 거예요. 반면에 이애 아버지는 달랐어요." 어머니는 나를 가리켰어. "그이는 조용하고 차분한 사람이었어요. 가정적인 남편이었지요. 전남편과 완전히 반대였어요. 그이는 직장에서 곧장 집으로 돌아왔고, 주말에는 내게 돈이 든 봉투를 건네주었답니다. 그러면 나는 그이에게 담뱃값과 교통비로 쓸 돈을 충분히 주었고, 나머지는 보관했지요. 경찰 나리, 다른 사람과 아주 달랐어요. 술은 거의 입에 대지 않았고요. 하지만 큰아들, 그러니까 저기 붕대를 감고 있는 아들은 그이를 싫어했어요. 그이에게 아주 힘든 시간을 보내게 했거든요. 아직 성인이 되지 않은 리카르도가 늦게 귀가할 때면 나와 동거하던 불쌍한 남자는 덜덜 떨었어요. 이 아들놈이 술에 취해 올 것이고, 자기 계부라는 사람이 어디에 있느냐고, 계부와 잠시 이야기하고 싶다고 말할 걸 잘 알고 있었거든요. 내 불쌍한 동거남은 부엌에 숨었지만, 리카르도는 그이를 찾아내고서 그이를 잡으러 온 집안을 쫓아다녔어요. 그런 게 너무 언짢고 부담스러웠던지, 그이 역시 나를 떠나고 말았답니다. 당연한 일이지만요." 경찰은 배꼽을 잡고 웃었으며, 리카르도 형은 침대에서 몸을 뒤척였어. 어머니에게 입다물라고, 자기의 나쁜 면만을 강조해 자기를 우습게 만들지 말라고 입을 열어 말하고 싶었지만, 그럴 수 없어서 화가 치밀었던 거지. 우리 어머니는 경찰에게 오렌지 하나를 주었고, 나머지는 집으로 가져갔어. 형은 상처에서 회복되자 내게 이렇게 말했어. "항상 산골 촌놈들을 조심해야 해. 그놈들은 이 세상에서 둘도 없는 배신자에다 교활한 새끼들이야. 그 새끼들은 결코 정면에서 행동하지 않고, 모든 짓을 네 뒤에서 눈에 띄지 않게 해. 내가 그놈들이 준 피스코에 완전히 취할 때까지 기다렸다가 나를 덮친 거야. 그런데 이제 나는 운전면허를 취소당했고 일자리도 잃었으니, 우안카요로 돌아가서 복수할 수도 없다고." 아마도 그런 이유로 나는 항상 산골 촌놈들을 증오했던 것 같아. 그렇지만 내가 다닌 학교에도 산골 출신이 있었어. 많지는 않고 두세 명 정도 됐지. 우리처럼 행동하는 교양 있는 사람들이긴 했어. 반면에 이곳 군사학교에 들어와 수많은 산골 촌놈들을 보고서는 엄청난 충격을 받았지. 해안가 출신보다 더 많아. 마치 안데스 산지 사람들이 다 이곳으로 내려온 것 같아. 아야쿠초, 푸노, 앙카시, 쿠스코, 우안카요 출신의 촌놈들로 가득해. 그들은 불쌍한 카바처럼 완벽한 산골 촌놈들이며 빌어먹을 놈들이야. 우리 반에는 몇 명이 있지만, 그 누구보다 그가 더욱 쉽게 눈에 띄었어. 정말 끝내주는 머리카락이야! 난 어떻게 머리카락이 그토록 빳빳할 수 있는지 이해가 안 돼. 난 그가 그 머리카락을 부끄러워한다는 사실을 알고 있어. 그는 머리카락을 눕히려고 애를 쓰고, 도통 정체를 알 수 없는 머릿기름을 사서는, 그 기름을 잔뜩 발라서 머리카락이 일어나지 못하게 해. 빗질을 하고 또 하고 그 고약한 기름을 발라대느라 틀림없이 팔이 아플 거야. 그런데 머리카락이 잘 고정되었다 싶을 때, 젠장! 머리카락 한 올이 일어나고, 그런 다음 다른 머리카락이 일어나는 거야. 그런 다음 쉰 올 정도가 일어나고, 그다음에는 천 올이 일어나지. 특히 구레나룻 옆 머리카락이 그래. 산골 촌놈들은 특히 그곳과 목덜미 윗부분 머리카락이 바늘 같아. 산골 촌놈 카바는 거의 미친놈처럼 머리카락을 빗어댔고, 썩은 냄새가 풍기는 머릿기름을 마구 발라댔어. 그가 반짝거리는 머리로 모습을 드러내면 우리가 얼마나 놀려댔는지 난 결코 잊지 못할 거야. 모두 그를 에워싸고 최대한 목청을 높여 숫자를 세기 시작했거든. 하나, 둘, 셋, 넷. 그리고 열을 세기 전에 이미 머리카락이 곤두섰고, 그의 얼굴은 창백해졌어. 그의 머리카락은 서로 경쟁하듯이 일어났고, 우리가 오십을 세기 전에 이미 그는 가시 모자를 쓰고 있는 것처럼 보였어. 그것, 그러니까 머리카락이 바로 산골 촌놈들을 가장 괴롭혔던 거야. 하지만 다른 산골 촌놈들보다 카바는 유난히 더 그랬어. 그 누구에게서도 나는 그런 머리카락을 보지 못했거든. 그는 이마가 거의 보이지 않았어. 눈썹 바로 위로 머리카락이 자랐는데, 그런 머리카락을 갖고 있으면서 이마까지 없는 남자로 산다는 건 쉬운 일이 아닐 거야. 그래서 그는 몹시 괴로워했어. 언젠가 우리는 그가 면도칼로 이마를 면도하는 장면을 목격했어. 아마도 그걸 발견한 사람은 검둥이 바야노였던 것 같아. 그는 막사로 들어와 이렇게 말했어. "야, 어서 가봐, 카바가 이마의 머리카락을 면도날로 밀고 있어. 이런 건 꼭 봐둬야 해." 우리는 모두 강의동 화장실로 달려갔어. 그는 다른 사람에게 들키지 않도록 그곳으로 갔겠지만 말이야. 산골 촌놈은 그곳에서 이마가 마치 수염인 양 비누 거품을 묻히고, 상처가 나지 않도록 아주 조심해서 면도칼로 면도를 하고 있었지. 우리는 그를 놀렸어. 그는 화가 치밀어 미칠 지경이 됐고, 바로 그곳 화장실에서 검둥이 바야노와 싸움을 시작했어. 그렇게 해서 자기 힘을 과시하려고 했지만, 검둥이가 더 기운이 세서 그를 무자비하게 때렸지. 그러자 재규어가 말했어. "이봐, 카바는 자기 머리카락을 없애려고 안달복달하니까, 우리가 도와주는 게 어때?" 그 행동이 옳았다고는 생각하지 않아. 산골 촌놈은 왕초 그룹 일원이지만, 재규어는 누군가를 괴롭힐 수 있는 기회가 오면 결코 그 기회를 버리지 않거든. 싸웠지만 아주 멀쩡했던 검둥이 바야노는 그 누구보다 먼저 산골 촌놈을 덮쳤어. 그다음에 내가 가세했고. 우리가 그를 제대로 움켜잡자, 재규어는 남아 있던 비누 거품을 솔에 발랐고, 머리카락이 빽빽한 앞이마 전체와 정수리까지 거품을 칠하고는 면도를 하기 시작했어. 가만히 있어, 산골 촌놈아, 계속 움직이면 이 면도칼이 네 대가리를 잘라버릴 수도 있다고. 산골 촌놈 카바는 내 팔 밑에 눌린 근육에 힘을 주었지만 움직일 수는 없었어. 그러자 분노를 참지 못해 재규어를 쳐다보았어. 하지만 재규어는 카바의 머리카락을 밀고 또 밀어서 머리의 반을 면도했어. 우리는 깔깔거리고 웃었지. 그러자 산골 촌놈은 가만히 있었고, 재규어는 머리카락에 남은 거품을 손으로 훔친 다음 산골 촌놈의 입을 쳤어. "먹어, 산골 촌놈아, 까다롭게 굴지 말고. 맛있는 거품이야, 먹으라고." 산골 촌놈이 일어나서 거울로 달려가 자기 모습을 보자, 우리는 배꼽을 잡고 웃었어. 머리의 반은 밀고 다른 반은 뻣뻣한 머리카락을 그대로 둔 채 우리 앞에 서서 연병장으로 걸어가는 카바를 보고서, 그때만큼 실컷 웃은 적은 없었던 것 같아. 시인은 펄쩍펄쩍 뛰면서 소리쳤어. "여기에 마지막 모히칸이 있다. 위병소에 보고해 군대를 출동시켜야 해." 그러자 모든 사람들이 가까이 다가왔고, 산골 촌놈은 자기를 가리키며 웃음을 터뜨리는 생도들에게 둘러싸였어. 그리고 소운동장에서 그를 본 두 명의 부사관도 마찬가지로 웃음을 터뜨렸지. 산골 촌놈도 웃는 수밖에 다른 방법이 없었어. 나중에 우리가 정렬하자, 우아리나 중위는 이렇게 말했다. "무슨 일이야, 개자식들! 왜 미친년처럼 웃는 거야? 자, 소대장들, 이리 집합해." 그러자 소대장들은 이상 무, 전원 출석, 이라고 말했어. 한편 부사관들이 "1반 생도 하나가 머리의 반을 빡빡 밀었습니다"라고 말했어. 그러자 우아리나는 "생도, 중앙으로 나와!"라고 지시했어. 산골 촌놈 카바가 우아리나 앞에 부동자세를 취하자 그 누구도 웃음을 참을 수 없었어. 우아리나는 "탈모!"라고 명령했고, 카바는 모자를 벗었어. 우아리나는 "조용히 하라, 생도들, 정렬한 상태에서 누가 웃으라고 말했나?"라고 말했어. 하지만 그 역시 산골 촌놈의 머리를 쳐다보자, 입술 끝을 실룩거렸지. "무슨 일이 있었나?" 그러자 산골 촌놈은 "아무 일도 없었습니다, 중위님"이라고 대답했지만, 중위는 "군사학교가 서커스라고 생각하나"라고 물었고, 그는 "아닙니다, 중위님"이라고 말했어. "그렇다면 왜 머리가 그런가"라고 중위가 물었고, "더워서 머리를 이렇게 깎았습니다, 중위님"이라고 카바는 대답했어. 그러자 우아리나는 웃더니 카바에게 말했어. "넌 몸 파는 창녀 같은 꼴을 하고 있다. 그런데 여기는 그런 년들이 다니는 학교가 아니다. 자, 이발소로 가서 나머지 머리도 빡빡 밀어라. 그러면 더위도 덜 느낄 것이다. 규정에 따라 머리카락이 어느 정도 자랄 때까지는 외출하지 못할 것이다." 불쌍한 산골 촌놈, 그는 나쁜 놈은 아니었어. 후에 우리는 사이좋게 지냈지. 처음에는 내 마음에 들지 않았어. 산지 출신이라는 이유로, 산골 놈들이 리카르도 형을 해쳤다는 이유로 그랬던 거야. 나는 항상 그를 못살게 굴었지. 왕초 그룹이 모일 때면, 주사위를 굴려 4학년 생도 중 하나에게 앙갚음을 할 누군가를 골랐어. 그런데 산골 촌놈이 걸리면 나는 다른 사람을 뽑는 게 낫다고 말하면서, 4학년들이 이놈을 두들겨팰 거고, 우리도 가만두지 않을 것이라고 지적했어. 그러면 산골 촌놈은 아무 말도 하지 않고 입을 다무는 것으로 내 말을 수긍했지. 나중에 왕초 그룹이 해산되자, 재규어는 우리에게 이렇게 제안했어. "왕초 그룹은 끝났지만, 너희가 원한다면 다른 그룹을 만들자. 우리 네 사람이 말이야." 나는 좋다고, 하지만 산골 촌놈들은 끼워주지 말자고, 그놈들은 겁쟁이라고 했고, 재규어는 "이런 문제는 지금 당장 해결해야 해. 우리끼리는 서로 놀리는 일 없이 믿고 지내야 하거든"이라고 말했어. 그는 카바를 불러서 이렇게 말하더라고. "왕뱀이 우리한테 네가 겁쟁이라서 우리 왕초 그룹 일원이 되어서는 안 된다고 하더라. 그러니 너는 그 녀석이 잘못 생각하고 있다는 것을 보여주어야 해." 그러자 산골 촌놈은 좋다고 했지. 그날 밤 우리 네 사람은 운동장으로 갔어. 그러기 전에 우리는 어깨에 달린 계급장을 뗐어. 4학년과 5학년 막사를 지나갈 때 그들이 우리가 개라는 것을 알아차리면 자기들 침대를 정리하게 데려갈 수도 있는데, 그런 일을 사전에 막기 위해서였어. 우리는 성공적으로 그들의 막사 앞을 지나 운동장에 도착했어. 그러자 재규어가 말했어. "욕하거나 고함을 지르지는 말고 싸우도록 해. 이 시간에 4학년과 5학년 막사는 개자식들로 가득하니까." 그 말을 듣더니 곱슬머리가 이러는 거야.

"셔츠를 벗는 게 좋을 것 같아. 그래야 찢어지지 않으니까. 내일 복장
검열이 있거든." 그래서 우리는 셔츠를 벗었고, 재규어는 "두 사람이
원할 때 시작해"라고 말했어. 나는 이미 산골 촌놈이 나를 때릴 수 없
을 것이라고 확신했지만, 그가 그토록 오래 버티리라고는 전혀 생각하
지 못했어. 산골 촌놈들은 아주 강인해서 힘든 걸 잘 견뎌낸다는 말은
역시나 사실이더라고. 그들이 너무 작은 탓에 나는 그런 말을 믿을 수
없었지만, 실제로 보니 그 말이 맞았어. 카바는 키가 작지만, 몸은 바
위처럼 단단하거든. 나는 그의 몸이 우리와 달리 직사각형에 가깝다는
걸 이미 눈치챘어. 그에게 주먹을 날려도, 그는 아무 타격도 느끼지 않
는 것 같았지. 태연하게 참아내더라고. 진짜 지독한 놈이야. 진짜 산골
촌놈 말이야. 그가 내 목덜미와 허리를 움켜쥐었는데, 정말이지 그의
손에서 빠져나올 방법이 없었어. 그의 등과 머리를 사정없이 때리면서
내게서 떼어내려고 했지만, 잠시 후면 그는 다시 황소처럼 달려들었
어. 정말 지독했다니까. 솜씨 없고 서투른 그 꼴을 보기 안쓰러울 정도
로. 난 그것도, 그러니까 산골 촌놈들은 다리를 사용할 줄 모른다는 것
도 알고 있었어. 오직 카야오 출신들만 다리를 어떻게 써야 하는지 제
대로 알고 있어. 그들은 손보다 다리를 더 잘 써. 하지만 그건 쉬운 일
이 아니야. 아무나 두 다리로 날아차기를 해 적의 얼굴을 강타하는 건
아니거든. 산골 촌놈들은 단지 두 주먹만 가지고 싸워. 어쩌면 해안지
방 사람들처럼 머리도 사용할지도 몰라. 산골 촌놈들의 머리는 정말
단단하거든. 나는 카야오 출신들이 이 세상 최고의 싸움꾼이라고 생각
해. 재규어는 자기가 베야비스타 출신이라고 말하지만, 내 생각에 그
는 카야오 출신이야. 하지만 어쨌건 두 곳은 아주 가까우니까. 난 재규

어처럼 머리와 다리를 잘 쓰는 사람은 보지 못했어. 그는 싸울 때 거의 손을 쓰지 않아. 오로지 발로 차고 박치기를 해. 그래서 나는 재규어와는 싸우고 싶지 않았지. 이제 그만하자, 산골 촌놈아, 라고 나는 그에게 말했어. "네가 원한다니 그렇게 하지. 하지만 다시는 내가 겁쟁이라는 말은 하지 마." 카바가 대답했어. 그러자 곱슬머리가 말했어. "어서 셔츠 입고, 얼굴 닦아. 저기 누군가가 오고 있어. 부사관들 같아." 하지만 부사관들이 아니라 5학년 생도들이었어. 모두 다섯 명이었지. "너희 왜 모자를 안 쓰고 있지?" 누군가가 물었어. "너희 4학년이거나 개들이지, 우리를 속일 생각은 하지 마." 그러자 다른 생도가 소리쳤어. "차렷! 지금부터 돈과 담배를 꺼내라." 나는 너무 피곤해서 가만히 있었어. 그러자 그 작자가 내 주머니를 샅샅이 뒤지더군. 그때 곱슬머리의 소지품을 검사하던 놈이 이러는 거야. "돈과 담배를 잔뜩 가지고 있네. 보기 드문 보물이야." 그러자 재규어가 실실 웃으면서 말했어. "너희는 5학년이라고 겁도 없이 아주 용감하군. 그렇지?" 그러자 한 녀석이 물었어. "이 개가 지금 뭐라고 한 거야?" 어두웠기 때문에 그들의 얼굴이 보이지 않았어. 그때 다른 놈이 말했어. "개야, 지금 한 말 다시 해봐." 그러자 재규어가 대답했지. "이봐, 생도, 네가 지금 5학년이 아니었다면, 감히 우리에게서 돈과 담배를 빼앗지 못했을 거야." 그러자 5학년 생도들이 웃는 거야. 그러고는 그에게 물었어. "말투를 보니, 싸움깨나 하는 놈인가보지." 재규어는 대답했어. "그래, 아주 엄청난 싸움꾼이다. 우리가 학교 밖에 있었다면 너희는 감히 내 주머니에 손을 넣을 생각도 못했을걸." "지금 저 새끼가 뭐라고 하는 거야? 저 새끼 말 들었어?" 한 놈이 말했어. "지금 내가 들은 말 너희도 들었어?" 그러자 다른 새끼가 말했어. "이봐, 생도, 네가 원한다면 난 이 계급장을 떼서 바닥에 던져버릴 수 있어. 하지만 계급장이 없어도 이 몸은 내가 원하는 곳에 손을 댈 수 있거든." 그 말을 듣자 재규어는 "아니, 생도. 넌 그럴 용기를 못 낼걸"이라고 말했어. "어디 시험해보자고." 그 새끼는 그렇게 말하고는 계급장을 떼고 재킷을 벗었어. 잠시 후 재규어는 그 새끼를 바닥에 넘어뜨리고서 마구 때렸고, 그 새끼는 소리를 지르기 시작했지. "너희는 뭐하는 거야? 날 좀 도와줘!" 그러자 다른 네 명이 재규어에게 달려들었고, 곱슬머리는 "이건 그냥 놔둘 수 없어"라고 말했지. 나는 그 패거리를 덮쳤어. 정말 이상한 싸움이었어. 아무도 서로를 볼 수 없었고, 가끔씩 돌 같은 게 떨어졌어. 나는 그것이 재규어의 발길질이라고 상상했지. 그렇게 우리는 뒤엉켜 싸웠고, 마침내 호각소리가 들렸어. 우리 모두는 일어나 마구 달리기 시작했어. 엉망진창이 된 채로. 막사에서 셔츠를 벗자, 우리 네 사람 다 온몸이 멍들고 퉁퉁 부어 있더라고. 우리는 배꼽을 잡고 웃었어. 우리 반 모두가 화장실에 모여 무슨 일이 있었는지 이야기해달라고 졸랐어. 시인은 우리에게 치약을 발라 부기가 내리도록 해줬고. 밤에 재규어가 그랬지. "새로운 왕초 그룹의 신고식 같았어." 그후 나는 불쌍한 카바의 침대로 가서 말했어. "이봐, 우리 서로 친구하자." 그러자 그가 말했어. "당연하지."

그들은 아무 말 없이 잉카 콜라를 마셨다. 파울리노는 짓궂고 사악한 눈으로 노골적으로 그들을 쳐다보았다. 아라나의 아버지는 병에 입을 대고 홀짝홀짝 마셨고, 가끔씩 병을 입에 댄 채 멍하니 허공을 쳐다보았다. 남자는 인상을 쓰면서 반응했고, 다시 한 모금을 마셨다. 알베르토는 마지못해 콜라를 마셨다. 위에 가스가 차서 간질간질했다. 그는 말을 않으려고 했다. 남자가 다시 비밀 이야기를 털어놓을지 몰라서 겁났던 것이다. 그는 이쪽저쪽을 쳐다보았다. 비쿠냐는 보이지 않았다. 아마도 운동장에 있는 듯했다. 비쿠냐는 생도들이 쉬는 시간이 되면 학교 반대편 끝으로 도망가곤 했다. 반면에 수업시간에는 느린 걸음으로 풀밭을 어슬렁거렸다. 아라나의 아버지는 음룟값을 지불하고 파울리노에게 팁을 주었다. 강의실 건물은 보이지 않았다. 아직 연병장의 불은 켜지지 않았고, 안개는 바닥까지 내려와 있었기 때문이다.

"많이 아파했니?" 남자가 물었다. "토요일, 이곳으로 데려왔을 때, 많이 아파했어?"

"아닙니다. 기절해 있었습니다. 프로그레소 거리에서 자동차에 태워 직접 의무실로 데려왔습니다."

"토요일 오후에야 우리에게 통보하더구나." 남자가 피곤한 목소리로 말했다. "다섯시경이었어. 그애는 한 달 전부터 외출하지 못했고, 그래서 그애 어머니가 그애를 만나러 오려고 했거든. 이런저런 이유로 그애는 항상 징계를 받곤 했단다. 가리도 대위가 우리에게 전화로 알려주었어. 우리에게는 받아들이기 아주 힘든 일이었어, 학생. 우리는 즉시 달려왔고. 코스타네라에서는 사고를 낼 뻔했지. 그런데 학교측은 우리에게 그애와 함께 있지도 못하게 한 거야. 병원이었다면 이런 일은 있을 수 없어."

"원하신다면 병원으로 데려갈 수 있습니다. 그걸 금지하지는 못할 겁니다."

"의사는 지금 이송할 수 없다고 하더구나. 중태에 빠졌다는데, 그건

354

사실이야. 뭣 때문에 우리를 속이겠어. 그애 어머니는 아마 미치고 말 거야. 금요일 일 때문에 지금 나에게 굉장히 화가 났지. 하지만 그건 부당해. 여자들은 그런 존재야. 여자들은 사실을 왜곡하고 항상 말로 얼버무린다니까. 내가 우리 아이에게 엄격했다면, 그건 다 그애를 위해서 그런 거야. 그러나 금요일에는 아무 일도 없었어. 정말로 아무 일도 없었다고. 그런데도 매번 그 이야기를 꺼내지."

"아라나는 저에게 아무 이야기도 하지 않았습니다." 알베르토가 말했다. "항상 자기 문제를 모두 솔직하게 이야기했는데 말입니다."

"정말이지 아무 일도 없었어. 몇 시간 동안 외출을 허락받고 집에 왔더구나. 나도 무슨 이유로 외출을 허가했는지 모르겠어. 거의 한 달 만의 외출이었지. 집에 도착하자 거리로 나가고 싶어하는 거다. 하지만 그건 사려 깊은 행동이 아니야, 그렇지? 한 달 만에 집에 와서 바로 나간다는 거 말이다. 나는 어머니와 함께 있으라고 말했어. 그애 어머니는 그애가 외출허가를 받지 못하면 절망하거든. 그게 전부야. 정말 아무 일도 없었다고. 그런데 아내는 내가 그애를 마지막 순간까지 괴롭혔다는 거야. 그거야말로 부당하고 황당한 말 아니냐?"

"아주머니는 신경이 날카로우실 겁니다." 알베르토가 말했다. "당연한 일이지요. 그런 일이 생기면……"

"그래, 맞아." 남자가 말했다. "잠시 눈을 붙이라고 설득해도 듣지 않아. 하루종일 의무실에서 의사만 기다리면서 시간을 보내지. 다 부질없는 짓이야. 의사는 우리에게 거의 말을 하지 않아. 진정하십시오, 조금만 더 참고 기다려주십시오, 저희는 최선을 다하고 있습니다, 곧 경과를 알려드리겠습니다, 라는 말만 하니까. 대위는 아주 다정한 사람인 것 같더구나. 우리를 안심시키려고 노력하거든. 하지만 우리 입장이 되어보렴. 삼 년 동안 훈련을 받은 생도에게 어떻게 이런 사고가 일어날 수 있지? 이건 믿을 수 없는 일이야."

"그러니까……" 알베르토가 말했다. "제 말은 아무도 모른다고, 아니, 아마도……"

"대위가 우리에게 설명했다." 남자가 말했다. "그래서 다 알고 있지. 너도 이미 알고 있듯이 군인들은 솔직하거든. 그들은 빵을 빵이라고 부르고, 포도주를 포도주라고 말하지. 괜히 말을 돌리지 않아."

"세세하게 모두 이야기해주었습니까?"

"그래." 아라나의 아버지가 말했다. "머리카락이 곤두서는 것 같았단다. 내 아들이 바닥에 부딪히면서 방아쇠를 당겼을 수도 있다더구나. 무슨 말인지 알겠지? 학교도 부분적으로 잘못이 있다는 말이야. 대체 어떤 종류의 훈련을 하는 거지?"

"아라나가 자신에게 총을 쏘았다고 대위가 말했습니까?"

"음, 그 점에 있어서는 다소 거북해하더구나." 남자가 대답했다. "사실이 그렇다 하더라도 아무 말도 할 수 없었을 거야. 아내가 그 자리에 있었으니까. 여자들은 매우 예민하잖니. 군인들은 남을 고려하지 않고 그대로 말하지만 말이야. 나는 내 아들이 그렇게, 그러니까 강심장이 되길 원했어. 그런데 대위가 우리에게 뭐라고 말했는지 아니? 병사가 실수를 저지르면 혹독한 처벌이 따른다더구나. 그래, 지금 내가 말한 그대로 말했지. 소총은 전문가들이 점검하므로 상태가 완벽했고, 잘못은 오로지 생도에게만 있다고 설명하더라고. 하지만 궁금한 점은 남아 있어. 나는 사고로 총알이 발사된 게 아닐까 싶지만, 글쎄다, 잘 모르겠구나. 그에 대해서는 군인들이 그 누구보다 잘 알겠지. 그게 그 사람들 일이니까. 어쨌거나 이제 와서 그게 무슨 소용이 있겠니?"

"대위가 전부 그렇게 말한 건가요?" 알베르토가 다시 물었다.

아라나의 아버지가 그를 쳐다보았다.

"응, 그런데 왜?"

"아닙니다." 알베르토가 대답했다. "저희는 보지 못했어요. 저희는 언덕에 있었거든요."

"미안해요." 파울리노가 두 사람의 대화를 끊었다. "가게문을 닫을 시간이에요."

"의무실로 돌아가는 게 좋겠다." 남자가 말했다. "어쩌면 지금은 잠시 아라나를 만날 수 있을지도 몰라."

그들은 자리에서 일어났고, 파울리노는 손으로 그들에게 작별인사를 했다. 그들은 풀밭 위로 걸어갔다. 아라나의 아버지는 뒷짐을 지고 걸었다. 재킷의 옷깃이 올라가 있었다. '노예는 자기 아버지 얘기를 한 마디도 한 적 없어.' 알베르토는 생각했다. '어머니 얘기도 마찬가지고.'

"부탁 하나 드려도 될까요?" 알베르토가 말했다. "저도 잠시 아라나를 만나고 싶습니다. 지금 만나고 싶다는 말은 아닙니다. 내일이나 모레쯤, 아라나가 좀더 괜찮아지면요. 아저씨가 절 친척이거나 가족의 친구라고 말해서 병실로 들어갈 수 있게 해주시면 됩니다."

"알았다." 남자가 말했다. "생각해보마. 가리도 대위에게 말해봐야겠어. 내가 보기에 정직하고 싹싹한 사람 같아. 군인들이 다 그렇듯이 약간 엄격하긴 하지만. 하기야, 원래 그래야 하는 직업이니까."

"예." 알베르토가 말했다. "군인들은 다 그래요."

"뭐 하나 말해줄까?" 남자가 말했다. "내 아들은 나를 몹시 싫어하지. 나도 그건 알아. 하지만 난 아라나와 대화를 할 거고, 그애가 무지하고 생각이 없지 않다면, 모든 게 그애 미래를 위한 것이었음을 이해하게 될 거다. 그리고 원인 제공자는 그애 어머니와 미치광이 아델리나라는 사실도 알게 되겠지."

"아라나의 이모 말입니까?" 알베르토가 물었다.

"그래." 남자가 분개하면서 대답했다. "그 여자는 정신병자야. 내 아들을 계집애처럼 키웠지뭐냐. 내 아들에게 인형을 선물하고 그애 머리를 고불고불하게 말아놓았어. 날 속이지는 못해. 난 두 여자가 치클라요에서 찍은 사진들을 봤거든. 내 아들에게 치마를 입히고 머리를 말아놓았다니까. 무슨 일인지 알겠지? 두 여자는 내가 멀리 있는 틈을 이용한 거야. 하지만 난 그 모든 짓거리에 종지부를 찍었지."

"아저씨, 여행 많이 하시나요?" 알베르토가 물었다.

"아니." 남자가 까칠한 목소리로 말했다. "난 리마를 떠난 적이 없어. 여행을 좋아하지 않거든. 하지만 내가 그애를 되찾아왔을 때는 그 여자들이 이미 망쳐놓고 아무짝에도 쓸모없게 만들어놓은 상태였어. 그애가 진정한 남자가 되길 바란 게 비난받을 일이냐? 그걸 내가 부끄러워해야 하냐고?"

"아라나는 틀림없이 곧 회복될 겁니다." 알베르토가 말했다. "틀림없이요."

"조금 과하게 엄했을 수는 있어." 남자가 계속 말했다. "내가 그애를 너무나 아꼈기 때문이야. 그래서 내가 최선이라고 생각했던 일을 한 거라고. 그애 어머니나 아델리나라는 미친 여자는 이런 마음을 이해하지 못해. 충고 하나 해줄까? 아이를 갖게 되면, 어머니에게서 멀리 떼어놓도록 해. 아이의 삶을 망치는 데 여자들보다 더 나쁜 존재는 없으니까."

"예." 알베르토가 말했다. "곧 도착합니다."

"그런데 저기 무슨 일이 일어난 거지?" 남자가 말했다. "왜 달려가는 거야?"

"호각소리입니다." 알베르토가 말했다. "정렬하라는 신호입니다. 저도 가야 합니다."

"그럼 나중에 만나자꾸나." 남자가 말했다. "함께 있어줘서 고맙다."

알베르토는 뛰기 시작했다. 이내 그를 추월해 지나갔던 생도 중 하나와 나란히 섰다. 우리오스테였다.

"아직 일곱시가 안 됐잖아." 알베르토가 말했다.

"노예가 죽었어." 우리오스테가 가쁜 숨을 몰아쉬며 말했다. "우리는 지금 소식을 전하러 가는 거야."

제2장

그때 내 생일이 공휴일과 겹쳤어. 어머니가 이렇게 말했지. "네 대부님 집으로 일찍 가거라. 가끔씩 들판으로 나가시니까." 그러면서 교통비로 1솔을 주었어. 나는 대부의 집으로 갔어. 대부는 아주 멀리 있는 다리 근처에서 살았지. 하지만 이미 집에 없더군. 대부의 아내가 문을 열어주었어. 우리를 조금도 좋아하지 않던 여자야. 그녀는 귀찮다는 얼굴로 이렇게 말했어. "남편은 지금 집에 없어. 밤이 되어도 돌아오지 않을지 몰라. 그러니 기다리지 않는 게 좋을 것 같구나." 나는 하는 수 없이 베야비스타로 돌아왔어. 대부가 매년 그랬듯이 5솔을 줄 것이라는 꿈을 품고 있었는데. 나는 테레사에게 분필 한 갑을 사줄 생각이었어. 이번에는 진짜 선물로 줄 작정이었지. 그리고 백 페이지짜리 공책도 선물하려고 했고. 그녀의 산수 공책이 이미 끝까지 빼곡하게 채

워져 있었거든. 아니면 영화관에 가자고 하든가. 물론 그녀의 이모와 함께 말이야. 심지어 계산도 해보았어. 5솔이면 베야비스타 영화관 아래층 좌석 세 개를 사고도 약간 남거든. 집에 도착하자 어머니가 말했어. "네 대부는 자기 아내만큼이나 염병할 인간이야. 지독한 구두쇠이니 틀림없이 아내에게 없다고 말하라고 시켰을 거야." 나는 어머니 말이 일리가 있다고 생각했지. 그때 어머니가 말했어. "아, 그래, 테레사가 널 만나러 왔었어. 널 찾던데." 나는 어머니에게 "아, 그래요?"라고 대답했어. "정말 이상하네요. 왜 왔을까요?" 정말이지 그녀가 왜 나를 찾아오는지 짐작도 안 됐어. 그런 적은 한 번도 없었으니까, 뭔가 수상쩍었지. 하지만 일어난 일을 의심할 수는 없잖아. 나는 생각했어. '내 생일이라는 걸 알고 축하하러 온 거야.' 나는 그녀의 집으로 한달음에 달려갔어. 문을 두드리자, 그녀의 이모가 문을 열어주었어. 나는 인사했지만, 그녀의 이모는 나를 보자마자 등을 돌리고 부엌으로 되돌아갔어. 그녀의 이모는 항상 나를 그렇게 대했지. 마치 내가 무의미한 존재인 것처럼. 나는 들어갈 엄두도 내지 못한 채 열린 현관문 앞에 잠시 서 있었어. 그런데 바로 그때 그녀가 얼굴에 화사한 미소를 띤 채 나타난 거야. "안녕, 들어와." 테레사가 말했어. 나는 그냥 "안녕"이라고만 하면서 억지로 미소를 지었어. 그러자 그녀가 말했어. "이리 와, 내 방으로 가자." 나는 몹시 궁금했지만 아무 말 없이 그녀를 따라갔지. 방에 도착하자 그녀는 서랍을 열더니 양손으로 꾸러미를 들고 왔어. "여기 있어. 네 생일 선물이야"라고 하는 거야. 나는 "어떻게 알았어?"라고 물었어. 그러자 그녀는 이렇게 대답하는 거야. "작년부터 알고 있었어." 아주 큰 꾸러미를 어떻게 해야 할지 모르겠더라. 결국 열어보기로 마음먹었지. 그냥 풀기만 하면 되었어. 끈으로 묶여 있지는 않았거든. 포장지는 길모퉁이 빵가게에서 사용하는 것과 똑같은 밤색이었고, 그래서 나는 아마도 그녀가 특별히 케이크를 주문했을지도 모른다고 생각했어. 그리고 소매 없는 스웨터를 상자에서 꺼냈어. 포장지와 거의 똑같은 색깔이었지. 그 순간 나는 세련된 취향을 지닌 그녀가 의도적으로 스웨터와 포장지 색깔을 똑같이 맞췄다는 사실을 깨달았어. 나는 포장지를 바닥에 놓았고, 스웨터를 쳐다보면서 그녀에게 말했어. "정말 예쁘다. 정말 고마워. 정말 맘에 들어." 테레사는 고개를 끄덕였고, 나보다 더 흡족해하는 것 같았어. 그러고서 이렇게 말했지. "학교에서 짠 거야. 가사시간에. 오빠한테 줄 거라고 거짓말을 했어." 그러고는 깔깔거리고 웃었어. 그건 그녀가 오래전부터 무엇을 선물해야 할지 계획했으며, 내가 그녀와 함께 있지 않을 때도 나를 생각했다는 뜻이었어. 내게 선물을 주다니 나를 친구 이상으로 여기고 있다는 걸 보여준 거야. 나는 계속해서 "고마워, 고마워"라고만 말했고, 그녀는 웃으면서 말했어. "마음에 들어? 정말? 그럼 어서 입어봐." 나는 스웨터를 입었고, 내 몸에 약간 작았지만, 그녀가 그런 사실을 눈치채지 못하도록 급히 스웨터를 잡아당겼어. 테레사는 아주 행복해하면서 자화자찬했지. "너한테 딱 맞네. 아주 잘 어울려. 네 치수를 몰라서 어림짐작으로 짰어." 나는 스웨터를 벗었고 다시 포장지로 쌌어. 하지만 예쁘게 포장하지 못하자, 그녀가 내 곁으로 와서 그러더라. "이리 줘. 넌 정말 포장을 못하는구나. 내가 해줄게." 그리고 그녀는 주름 하나 잡히지 않게 포장하고서 내게 건네주더니 이렇게 말했어. "네 생일이니까 한번 안아줄게." 그러고는 나를 껴안았고, 나 역시 그녀를 껴안았어. 그렇게 몇 초 동안 나는 그녀의 체온과 체취를 느꼈지. 그녀의 머리카락이 내 얼굴을 스쳤고, 다시 즐거운 웃음소리가 들려왔어. "행복하지 않아? 왜 그런 표정을 지어?" 그녀가 물었고, 나는 웃음을 지으려고 애를 썼어.

　가장 먼저 들어온 사람은 감보아 중위였다. 복도에서 모자를 벗었기 때문에, 그는 경례하는 대신 차려 자세를 취하고서 뒤꿈치를 딱 하고 맞붙였다. 대령은 책상에 앉아 있었다. 대령의 뒤로, 그러니까 커다란 창문 너머로 감보아는 넓게 깔린 안개와 군사학교 정문, 그리고 그곳을 지나는 도로와 바다의 희미한 모습을 보고 있었다. 잠시 후 발소리가 들렸다. 가리도 대위와 우아리나 중위가 들어왔다. 그들의 모자 역시 바지 허리띠에, 그러니까 첫번째 고리와 두번째 고리 사이에 매달려 있었다. 대령은 시선을 들지 않은 채 계속 책상에 앉아 있었다. 방은 우아하고 아주 깨끗했으며, 가구들은 반들반들 윤이 났다. 가리도 대위는 뒤를 돌아 감보아를 쳐다보았다. 그의 턱 근육이 박자를 맞추어 경련했다.

　"다른 중위들은?"

　"모르겠습니다, 대위님. 이 시간에 모인다고 알려두었습니다."

　잠시 후 칼사다와 피탈루가가 들어왔다. 대령은 자리에서 일어났다. 그는 그곳에 있는 모든 사람보다 훨씬 작았고, 심하게 뚱뚱했다. 머리카락은 거의 백발이었고 안경을 썼다. 안경알 뒤로 움푹 들어간 회색 눈이 보였다. 의심으로 가득한 눈이었다. 그는 한 명씩 차례로 쳐다보았다. 장교들은 계속 부동자세로 있었다.

"쉬어." 대령이 말했다. "앉도록."

일인용 가죽소파 여러 개가 둥글게 배치되어 있었다. 중위들은 가리도 대위가 먼저 자리에 앉기를 기다렸다. 대위는 플로어스탠드 옆에 있는 의자에 앉았다. 중위들은 그 주변에 앉았다. 대령이 가까이 다가왔다. 장교들은 고개를 약간 앞으로 내밀고서 심각하고 정중하며 경청하는 자세로 그를 쳐다보았다.

"다 준비되었나?" 대령이 물었다.

"예, 대령님." 대위가 대답했다. "지금 경당에 있습니다. 몇몇 친지들이 장례를 치르기 위해 왔습니다. 1반 생도들이 의장대로 봉사하고 있으며, 2반 생도들이 열두시에 교대할 것입니다. 그다음에는 다른 반 생도들이 봉사할 것입니다. 또한 이미 화환이 도착했습니다."

"조화가 모두 도착했다는 말인가?" 대령이 물었다.

"그렇습니다, 대령님. 제가 직접 대령님께서 쓰신 조문카드를 가장 커다란 조화에 놓았습니다. 또한 장교들의 화환과 생도부모협회의 조화도 준비했습니다. 그리고 각 학년당 하나씩 화환을 준비했습니다. 가족들 역시 조화와 화환을 보냈습니다."

"장례식에 관해 생도부모협회 회장과 상의는 했나?"

"예, 대령님. 두 번 이야기했습니다. 집행위원 전체가 참석할 거라고 말했습니다."

"회장이 질문을 하던가?" 대령이 이마를 찌푸렸다. "그 후안네스 회장은 모든 일에 사사건건 개입하려고 하거든. 그에게 뭐라고 설명했나?"

"자세하게 이야기하지는 않았습니다. 구체적인 상황은 설명하지 않고 생도 한 명이 사망했다고만 말했습니다. 그리고 우리가 생도부모협회 이름으로 화환을 하나 주문했는데, 그 비용은 협회기금으로 처리해야 한다고 알렸습니다."

"곧 질문이 쏟아질 것이야." 대령이 주먹을 꽉 쥐면서 말했다. "모든 사람이 질문을 할 것이다. 이런 경우에는 항상 음모자와 중뿔난 사람들이 있기 마련이다. 확신하건대 이 일은 틀림없이 장관의 귀에도 들어갈 것이다."

대위와 중위들은 눈도 깜빡거리지 않고 대령의 말을 들었다. 대령은 목소리를 높였다. 그의 마지막 말은 비명 같았다.

"이 모든 일은 엄청난 해가 될 수 있다." 대령은 덧붙였다. "우리 학교에 적의를 품은 사람들이 있다. 그들에게 이번 일은 더없는 기회이다. 그들은 이처럼 시시한 사건을 이용해 우리 학교와 나를 해할 중상략을 꾸며댈 것이다. 그러니 우리 자신을 보호할 수 있는 모든 조치를 취해야 한다. 그것이 바로 오늘 회의를 소집한 이유이다."

장교들은 더욱 심각한 표정을 지었고, 고개를 끄덕이며 대령의 말에 동의했다.

"내일 당직 장교가 누구지?"

"접니다, 대령님." 피탈루가 중위가 말했다.

"알았다. 첫 정렬시간에 '오늘의 훈령'을 읽도록 하라. 받아적도록. 장교단과 생도들은 생도의 생명을 앗아간 사건을 깊이 애도한다. 특히 생도 자신의 실수로 사건이 야기되었다는 점을 강조하라. 그 점에 대해서는 의심의 여지를 조금도 남겨선 안 된다. 그리고 이 사건을 교훈으로 삼아, 앞으로 규정과 지시 등을 더 엄격하게 지켜나가도록 하라.

오늘밤 훈령을 작성해서 초고를 내게 가져와라. 내가 직접 수정하겠다. 그 생도 중대를 담당한 중대장이 누군가?"

"접니다, 대령님." 감보아가 말했다 "1중대 중대장입니다."

"장례식이 치러지기 전에 모든 반을 집합시켜라. 그들에게 짧은 연설을 하라. 우리는 일어난 사건을 진심으로 애도하지만, 군대에서는 실수가 용납되지 않는다는 점을 분명히 하도록. 군대에는 감상주의가 끼어들 틈이 없으며, 모든 감상주의는 어리석고 한심한 것임을 알려줘라. 중위는 잠시 남아서 이 점에 관해 나와 이야기하지. 먼저 장례식의 세부절차를 알고 싶군. 가리도 대위, 유가족과 이야기했나?"

"예, 대령님. 오후 여섯시에 장례식을 치르는 것에 합의했습니다. 생도의 아버지와 이야기했습니다. 생도의 어머니는 심한 충격을 받은 상태입니다."

"5학년 생도만 참석한다." 대령이 대위의 말을 끊었다. "생도들에게 말할 때 절대적 신중을 기하라고 하라. 더러운 옷은 집에서 빠는 것이지 공개적으로 세탁하는 게 아니다. 모레 내가 생도들을 강당에 소집해 말할 것이다. 하찮은 바보 같은 짓이 커다란 물의를 일으킬 수 있다고. 이 사실을 알게 되면 장관님은 폭발하실 거야. 귀관들은 내가 적들로 둘러싸여 있다는 사실을 알고 있으니, 누군가 이런 사실을 장관님에게 고자질하리라고 익히 짐작할 수 있을 것이다. 그럼 각자의 업무를 알려주겠다. 우아리나 중위는 교통을 책임진다. 사관학교에 버스를 보내달라고 요청하라. 그리고 이동 경로를 확인하고 주시하도록. 또한 정해진 시간에 버스를 반환하도록 하라. 알았나?"

"예, 대령님."

"피탈루가, 자네는 경당으로 가라. 특히 유가족과 친척들에게 다정하고 친절하게 대하도록 하라. 난 잠시 후에 유가족에게 인사하러 갈 것이다. 의장대 생도들에게 최대한 규율을 준수하라고 전하도록. 장례식이나 매장식에서 그 어떤 규율 위반도 좌시하지 않을 것이다. 중위를 장례 책임자로 임명한다. 그리고 5학년 생도들이 생도의 죽음에 몹시 슬퍼하고 있다는 인상을 주도록 하라. 그런 행동은 항상 긍정적 결과를 가져온다."

"그 점은 걱정하지 마십시오, 대령님." 감보아가 말했다. "5학년 대대 생도들은 몹시 충격을 받은 상태입니다."

"뭐라고?" 대령은 이렇게 물으면서 놀란 표정으로 감보아를 바라보았다. "왜지?"

"생도들은 아주 젊습니다, 대령님." 감보아가 말했다. "고학년이라고 해봤자 고작 열여섯 살입니다. 단지 몇 명만 열일곱 살입니다. 죽은 생도와 거의 삼 년을 함께 생활했습니다. 그러니 그들이 충격을 받는 것은 당연합니다."

"어째서지?" 대령이 다시 물었다. "생도들이 뭐라고 말했지? 생도들이 무슨 행동을 했지? 중위는 그들이 어떤 충격을 받았는지 알고 있나?"

"잠을 이루지 못합니다, 대령님. 저는 모든 반을 돌아다니며 점검했습니다. 생도들은 침대에 누워 눈을 뜬 채 아라나 얘기를 합니다."

"막사에서는 소등나팔이 울린 후에 말할 수 없다!" 대령이 소리쳤다. "어떻게 그런 것도 모를 수 있나, 감보아?"

"조용히 하도록 지시했습니다, 대령님. 하지만 생도들은 크게 말하지 않고 소곤댈 뿐입니다. 단지 두런거리는 소리만 들립니다. 부사관들에게 막사를 자세히 살펴보라고 지시했습니다."

"5학년에서 이런 사고가 일어나는 게 전혀 이상하지 않군." 대령이 말하면서 다시 주먹을 불끈 쥐었다. 하지만 그의 주먹은 희고 조그마했기에 존경심을 불러일으키지는 않았다. "장교들 스스로 규율 위반을 조장하고 있으니 말이야."

감보아는 대답하지 않았다.

"물러가라." 대령은 칼사다와 피탈루가, 그리고 우아리나를 보며 말했다. "다시 한번 부탁하는데, 생도들에게 말할 때 절대적 신중을 기하도록 지시하라."

세 장교는 자리에서 일어나 딱 하고 뒤꿈치를 맞붙이고서 방에서 나갔다. 그들의 발소리가 복도로 사라졌다. 대령은 우아리나가 앉았던 일인용 소파에 앉았지만, 즉시 일어나 방안을 돌아다니기 시작했다.

"좋아." 그는 갑자기 발걸음을 멈추더니 말했다. "지금 난 진실을 알고 싶네. 무슨 일이 일어난 거지?"

가리도 대위는 감보아를 쳐다보고는, 고개를 움직여 말하라고 지시했다. 중위는 대령을 향해 고개를 돌렸다.

"사실 제가 아는 모든 것은 보고서에 기록되어 있습니다. 저는 반대편에서, 즉 오른쪽 측면에서 진격을 지휘하고 있었습니다. 저는 아무것도 보지도 듣지도 못했습니다. 저희가 거의 정상에 도착해서야 저는 가리도 대위님이 생도를 안아 들고 있는 걸 보았습니다."

"그럼 부사관들은?" 대령이 물었다. "중위가 진격을 지휘하는 동안 그들은 무엇을 하고 있었나? 눈이 멀고 귀도 먼 상태였나?"

"훈련 지시사항에 따라 후미에서 따라오고 있었습니다, 대령님. 그러나 아무것도 눈치채지 못했습니다." 그는 잠시 말을 멈췄다가 정중하게 덧붙였다. "저는 이것 또한 보고서에 기록했습니다."

"있을 수 없는 일이야!" 대령이 소리쳤다. 그의 손이 올라가 허공을 가르고는 불룩 튀어나온 배로 내려오더니 허리띠를 잡았다. 그는 자제하려고 애썼다. "바보 같은 소리는 그만해! 한 사람이 부상을 당해 쓰러졌는데, 어떻게 아무도 그걸 보지 못했다고 말하는 건가! 그 생도는 비명을 질렀을 거야. 그리고 그 주변에 수십 명의 생도가 있었어. 누군가는 알고 있는 게……"

"아닙니다, 대령님." 감보아가 말했다. "생도들이 널리 퍼져 있어서 생도들 간의 간격이 넓었습니다. 그리고 호각소리가 나면 전속력으로 달렸습니다. 의심의 여지 없이 그 생도는 사격이 시작되었을 때 부상당했고, 비명을 질렀어도 총소리에 묻혀버렸을 겁니다. 그곳은 잡초가 우거진 지형이며, 따라서 넘어지면 잡초에 가려 거의 보이지 않습니다. 뒤에서 따라온 생도들도 그를 보지 못했습니다. 저는 대대원을 전부 조사했습니다."

대령은 대위를 향해 고개를 돌렸다.

"자네도 공상에 잠겨 있었나?"

"저는 뒤에서 진격훈련을 지휘하고 있었습니다, 대령님." 가리도 대위는 눈을 깜빡거리면서 말했다. 그의 위턱과 아래턱은 마치 두 개의 맷돌처럼 단어들을 분쇄하고 있었다. 그는 크게 손을 저으며 말했다. "생도들은 대열을 지어 번갈아가며 진격했습니다. 그 생도는 그의 대열이 바닥에 엎드리는 순간에 쓰러졌음이 분명합니다. 그 부상으로 다음 호각소리에 일어날 수 없었고, 그래서 풀숲에 반쯤 묻힌 채 그대로 있었습니다. 아마 그는 자기 대열에서 상당히 뒤처졌을 겁니다. 그래서 후위 대열이 다음에 진격할 때도 그를 보지 못했던 것입니다."

"좋아, 모든 게 잘되었군." 대령이 말했다. "그럼 정말로 중위와 대위는 어떻게 생각하는지 말해보게."

대위와 감보아는 서로 쳐다보았다. 불편한 침묵이 흘렀지만, 그 누구도 침묵을 깨려고 하지 않았다. 마침내 대위가 조그만 소리로 입을 열었다.

"자기 소총으로 스스로 목숨을 끊었을 수도 있습니다." 그는 대령을 쳐다보았다. "소총이 바닥에 부딪히는 순간 자기 몸을 향해 방아쇠를 당겼을 수도 있습니다."

"아니다." 대령이 말했다. "방금 전에 의사와 얘기를 나누었는데, 의심의 여지 없이 총알은 뒤에서 날아왔다. 그 생도는 목덜미에 총탄을 맞았다. 귀관도 이제 경험 많은 군인이니까, 소총은 저절로 발사되지 않는다는 것쯤은 익히 알고 있을 것이다. 귀관의 이야기는 유가족들에게 들려주고 복잡한 문제를 피하는 용도로는 아주 훌륭하다. 그러나 이 사고의 진짜 책임은 귀관들에게 있다." 대위와 중위는 의자에서 가볍게 몸을 돌렸다. "사격은 어떤 식으로 실시되었나?"

"규정을 따랐습니다, 대령님." 감보아가 말했다. "지원사격입니다. 교대로 실시했습니다. 한 대열이 엄호사격 아래 진격했고, 그런 다음 진격 대열은 다른 대열을 엄호했습니다. 사격은 완벽하게 시간을 엄수하며 이루어졌습니다. 사격을 지시하기 전에 저는 진격 대열이 몸을 숨겼는지, 즉 모든 생도가 바닥에 엎드렸는지 확인했습니다. 그래서 최대한 시야를 확보하기 위해 오른쪽 후위에서 진격을 지휘했습니다. 시야를 가릴 만한 자연 장애물도 없었습니다. 훈련 내내 저는 대대가 작전을 수행하는 영역을 통제할 수 있었습니다. 저는 그 어떤 실수도 범하지 않았다고 생각합니다, 대령님."

"금년에 저희는 동일한 연습을 다섯 번 이상 실시했습니다, 대령님." 대위가 말했다. "5학년 생도들은 학교에 입학한 이후 열다섯 번 이상 이런 훈련을 받았습니다. 게다가 더 위험하고 열악한 조건에서도 완벽하게 작전을 수행했습니다. 저는 소령님이 만든 교본에 따라 훈련하도록 지시합니다. 저는 그 교본에 없는 행동은 결코 지시하지 않았습니다."

"난 그런 것에는 관심 없다." 대령이 천천히 말했다. "내가 알고 싶은 것은 어떤 오류, 즉 어떤 실수로 생도가 죽었느냐는 것이다. 여기는 군부대가 아니란 말이야, 귀관들!" 그가 희끄무레한 주먹을 들어올렸다. "군인이 총에 맞으면 그를 매장하고, 그러면 그것으로 끝난다. 하지만 이들은 학생들이며, 좋은 집안의 아이들이다. 사소한 일로도 엄청난 문제가 야기될 수 있다. 게다가 그 생도가 장군의 아들이었다면 어땠을까?"

"제 추측은 이렇습니다, 대령님." 감보아가 말했다. 대위는 부러움이 담긴 눈으로 다시 그를 바라보았다. "오늘 오후 저는 소총들을 면밀하게 점검했습니다. 대부분은 오래되었고 그다지 안전하지 않았습니다, 대령님. 대령님도 이미 그런 사실을 잘 알고 계십니다. 몇 자루는 가늠자가 가늠쇠에서 벗어나 있었고, 총신 내부가 약간 망가진 것들도 있었습니다. 물론 이것만으로는 충분하지 않습니다. 그러나 어느 생도가 자기도 모르게 가늠자의 위치를 수정하여 잘못 조준했을 수도 있습니다. 그래서 총알은 예기치 못한 궤적을 따라갔을 수 있습니다. 그리고 아라나 생도는 불행한 우연의 일치로 원래 위치에서 벗어나 사격에 노출되었을 수도 있습니다. 어쨌거나 이건 단지 제 가설입니다, 대령님."

"총알은 하늘에서 떨어지지 않았다." 대령은 이미 답을 찾은 것처럼 보다 차분하게 말했다. "귀관의 말은 전혀 새롭지 않다. 총알은 후위에 있는 누군가가 발사한 것이다. 하지만 그런 사건은 여기에서 일어날 수 없다! 내일 당장 모든 소총을 병기고로 가져가라. 그리고 낡고 고장난 것을 교체하라. 대위, 대위가 책임지고 다른 대대도 마찬가지로 소총을 점검하도록 하라. 그러나 지금 당장 할 필요는 없다. 며칠 지난 후에 하는 게 좋을 것 같다. 그리고 신중에 신중을 기하도록 하라. 이 문제에 관해 한 마디도 새나가지 않도록 하라. 우리 학교의 명예뿐만 아니라 군대의 명예도 걸린 일이다. 다행히도 의사들은 매우 이해심이 크고 협조적이다. 그들은 그 어떤 추측도 배제된 의료진단서를 작성해줄 것이다. 사고가 생도 자신의 실수에서 비롯되었다는 설을 유지하는 것이 가장 현명한 방법이다. 그 어떤 소문이나 주장도 발본색원해야 한다. 알았나?"

"대령님." 대위가 말했다. "한 가지 의견을 말해도 되겠습니까? 개인적으로 후방에서 총알이 날아왔다는 가설보다 이쪽이 더 진실에 가깝다고 생각합니다."

"왜 그렇게 생각하지?" 대령이 물었다. "왜 더 진실에 가깝다는 건가?"

"심지어 틀림없이 그러리라고 생각합니다, 대령님. 저는 총알이 생도 자신의 소총에서 발사되었다고 감히 말하고 싶습니다. 지면에서 겨우 몇 미터 위에 있는 표적을 조준하는데 탄환이 예기치 못한 궤적을 그리며 날아간다는 건 말이 안 되는 소리입니다. 생도는 소총 위로 넘어지면서 순간 무의식적으로 방아쇠를 당겼을 수도 있습니다. 저는 두 눈으로 생도들이 서툴게 땅에 엎드리는 걸 보았습니다. 아라나 생도는 실전 훈련에서 두각을 나타낸 적이 없습니다."

"어쨌거나 그것도 있을 수 있는 일이라고 난 생각한다." 대령이 아주 차분하게 말했다. "이 세상에서는 모든 게 가능하다. 귀관은 왜 웃는 것인가, 감보아?"

"웃지 않았습니다, 대령님. 혼란스럽게 해서 죄송합니다."

"나도 그러기를 바란다." 대령은 자기 배를 툭툭 치더니 처음으로 웃으면서 말했다. "그리고 이것이 하나의 교훈이 되길 바란다. 5학년, 그러니까 1대대는 우리에게 걱정거리를 안겨주었다. 며칠 전에 우리는 영화 속 갱처럼 창문을 부수고 시험지를 훔친 생도 한 명을 퇴학시켰다. 그리고 이제는 이런 일이 벌어졌다. 앞으로 더 조심하고 주의하라. 귀관들, 이건 협박이 아니다. 그러니 오해가 없길 바란다. 하지만 나는 여기서 수행해야 할 임무가 있다. 그리고 귀관들도 마찬가지다. 우리는 군인으로서, 그리고 페루 사람으로서 그 임무를 완수해야 한다. 의문을 품거나 감상주의에 빠지지 마라. 모든 어려움을 극복하도록 하라. 그럼 이만 물러가라."

가리도 대위와 감보아 중위는 대령의 방에서 나왔다. 대령은 두 사람이 문을 닫고 나갈 때까지 엄숙한 표정으로 그들을 쳐다보았다. 그러고는 다시 배를 긁었다.

방과후 학교를 나와 집으로 가던 어느 날 오후, 말라깽이 이게라스가 내게 말했어. "다른 장소로 가도 될까? 그 술집에 들어가고 싶지 않거든." 나는 상관없다고 대답했고, 그는 나를 사엔스 페냐 거리에 있는 어둡고 더러운 술집으로 데려갔어. 카운터 옆에 있는 아주 조그만 문이 커다란 홀과 연결되어 있었어. 말라깽이 이게라스는 잠시 종업원과 대화를 나누더라고. 서로 잘 아는 사이 같았어. 말라깽이는 술 두 잔을 주문했고, 나를 매우 심각한 표정으로 쳐다보면서 넌 네 형처럼 아주 사내다운 남자냐고 물었어. 나는 "잘 모르겠어, 하지만 그런 것 같아. 그런데 왜 물어보는데?"라고 대답했어. 그러자 그는 "너 나한테 20솔쯤 빚지고 있어, 그렇지?"라고 말했어. 나는 갑자기 뱀이 등으로 기어오르기라도 한 것처럼 소스라치게 놀랐어. 그토록 많이 빌렸는지 금액을 기억하지 못해서, 이제 그가 돈을 갚으라고 하면 어떻게 하나 걱정했거든. 하지만 말라깽이는 이렇게 말했어. "너한테 돈을 받으려는 게 아니니까 오해하지 마. 이제 넌 남자이고 돈이 필요할 거 아냐. 난 네가 필요한 만큼 돈을 빌려줄 수 있어. 하지만 그러려면 우선 그 돈을 손에 넣어야 해. 내가 그 돈을 벌 수 있도록 날 도와주지 않을래?" 나는 무엇을 해야 하느냐고 물었고, 그는 이렇게 대답했지. "위험한 일이야. 겁나면 없던 일로 해두자. 내가 아는 집이 하나 있는데, 지금 비어있어. 부잣집인데, 집을 돈으로 도배한 사람들이야. 아타우알파*가 피사로에게 주려고 방 전체를 금으로 가득 채웠던 것처럼 말이야. 너도

---

* 잉카제국의 마지막 황제. 스페인 침략자 프란치스코 피사로에게 포로로 잡힌 후, 방 하나를 가득 채울 만한 금을 주겠다고 제안했으나 결국 처형당했다.

이 이야기는 잘 알 거야." 나는 그에게 물었어. "돈을 훔치자는 말이야?" 그러자 말라깽이는 그렇다고 말했어. "훔친다는 말은 마음에 안든다. 그 사람들은 돈에 파묻힐 만큼 썩어나지만, 너와 나는 죽을 곳도 없고 돈 한푼 없는 가난뱅이잖아. 두려워? 네게 강요하는 거라고 생각하지는 마. 네 형이 어디서 그토록 많은 돈을 벌었다고 생각해? 아주 쉬운 일을 해주면 돼." 그 말을 듣고 나는 말했어. "싫어. 미안해, 하지만 그런 일은 하고 싶지 않아." 난 두렵지는 않았지만, 그의 갑작스러운 제안에 놀란 상태였어. 난 단지 어떻게 우리 형과 말라깽이 이게라스가 도둑놈이라는 사실을 전혀 눈치채지 못했을까, 라는 생각만 하고 있었어. 말라깽이는 그 일을 더이상 언급하지 않고, 다시 술 두 잔을 주문하고 내게 담배를 주었어. 평소와 마찬가지로 그는 최근에 떠도는 농담을 들려주었어. 그는 아주 재미있는 사람이었고, 늘 새로운 음담패설을 알고 있었으며, 온갖 표정을 짓고 말투를 바꾸면서 아주 멋진 솜씨로 그 이야기를 풀었어. 그는 입을 아주 크게 벌리고 웃었기 때문에, 어금니와 목젖이 모두 보였어. 나는 그의 이야기를 들었고, 마찬가지로 웃었지만, 틀림없이 그는 내가 다른 생각을 하고 있다는 것을 알았을 거야. 왜냐하면 내게 이렇게 말했거든. "왜 그래? 무슨 일이야? 내가 제안한 일 때문에 맘이 무거운 거야? 그 일은 그만 잊어버려." 나는 그에게 "언젠가 체포되면 어떡해?"라고 물었어. 그러자 그는 심각한 표정을 지으면서 대답했어. "경찰은 모두 멍청이야. 게다가 그 누구보다 도둑놈들이라고. 하지만 어쨌거나 체포된다면 난 망하는 거지. 그게 바로 인생이거든." 나는 계속해서 그 일 이야기를 하고 싶었고, 그래서 질문했어. "걸리면 감옥에 얼마나 있을 것 같아?" 그는 이렇게 대답했어. "모르겠어. 그건 체포되었을 때 내 수중에 얼마나 있느냐에 달렸지." 그러고는 언젠가 우리 형이 라페를라 지역의 어느 집에 들어가다가 경찰에 발각된 적이 있다고 말해주었어. 그곳을 지나가던 경찰이 권총을 꺼내 형을 겨누면서 말했대. "경찰서로 걸어가. 내 앞에서, 5미터 앞에서 걸어. 아니면 총으로 쏴버리겠어, 더러운 도둑놈아." 하지만 우리 형은 활짝 미소를 지으면서 말했어. "지금 취했어요? 지금 요리사가 침대에서 나를 기다리고 있어서 이곳으로 몰래 들어가는 거예요. 믿지 못하겠으면 내 주머니에 손을 넣어보세요. 그럼 알게 될 거예요." 경찰은 잠시 머뭇거렸지만 호기심이 발동해서 형에게 다가왔지. 경찰은 형의 눈에 권총을 겨누고는 주머니를 뒤지면서 말했어. "1밀리미터라도 움직이면 네 눈에 구멍을 뚫어주겠어. 죽지 않는다면 최소한 애꾸가 될 거야. 그러니 가만있어." 경찰이 주머니에서 손을 꺼냈을 때, 그 손에는 돈다발이 들려 있었어. 우리 형은 다시 폭소를 터뜨리고는 이렇게 말했다지. "당신도 페루 사람이고 나도 페루 사람이니 우리는 형제지요. 그 돈을 갖고 나를 풀어줘요. 요리사는 다른 날 만나러 올게요." 그러자 경찰이 말했어. "난 저 벽 뒤에서 오줌을 눌 거야. 내가 돌아왔을 때도 여기에 있으면, 뇌물공여죄로 너를 경찰서로 이송하겠어." 또한 말라깽이는 내게 언젠가 두 사람이 헤수스 마리아 거리 부근에서 체포될 뻔했다고도 말해주었어. 그들이 어느 집에서 나오다가 경찰에게 걸렸는데, 경찰은 호각을 불기 시작했고, 그들은 지붕으로 도망쳤어. 마침내 그들은 정원으로 뛰어내렸는데, 우리 형이 한쪽 발을 삐고 만 거야. 그러자 그에게 소리쳤대. "어서 도망쳐. 나는 못 뛰어." 하지만 말라깽이는 혼자 도망치고 싶지 않았고, 형을 길모퉁이의 어느 하수구로 끌고 갔어. 두 사람은 비좁은 그 안으로 들어갔고 거의 숨도 쉬지 못한 채 틀어박혀 있었지. 몇 시간이나 그렇게 있었는지 몰라. 그런 다음 택시를 타고 카야오로 돌아왔대.

이 일이 있은 후 나는 며칠 동안 말라깽이 이게라스를 만나지 않았고, 그가 체포되었다고 생각했어. 하지만 일주일 후 베야비스타광장에서 그를 다시 만났고, 우리는 똑같은 술집으로 가서 술을 마시고 담배를 피우며 대화를 나누었어. 그날 그는 그 주제를 입에 올리지 않았어. 다음날도 그랬고, 그후에도 그랬지. 나는 매일 오후 테레사와 공부했지만, 학교 문 앞에서 그녀를 기다리지는 않았어. 돈이 없었거든. 말라깽이 이게라스에게 돈을 빌려달라고 말할 용기가 안 나더라고. 나는 오랫동안 어떻게 해야 돈을 구할지 생각했어. 언젠가 학교에서 우리에게 책을 구입하라고 해서 그 얘기를 어머니에게 했어. 그러자 어머니는 벌컥 화를 내면서, 우리가 먹고사는 것도 기적이라고 소리쳤어. 그러고는 내년에는 학교에 못 갈 거라고, 열세 살이 되면 일을 해야만 한다고 말했지. 나는 어머니에게 말하지 않은 채 대부 집에 갔던 어느 일요일을 기억해. 그곳에 도착하는 데 세 시간 넘게 걸렸어. 나는 걸어서 리마를 온통 가로질러야 했거든. 대부 집 현관 앞에서 초인종을 누르기 전에, 나는 대부가 집에 있는지 창문으로 몰래 살펴보았어. 지난번처럼 대부의 아내가 문을 열어주러 나와서 없다고 할까봐 겁이 났거든. 대부의 아내가 아니라 앞니가 빠진 비쩍 마른 딸이 나왔어. 그러고는 자기 아버지는 산지로 갔으며 열흘이 지나야 돌아온다고 했지. 그래서 나는 책을 살 수 없었는데, 같은 반 친구들이 빌려줘서 숙제는 할 수 있었어. 하지만 중대하고 심각한 문제가 있었어, 바로 내가 테레사를 만나러 그녀의 학교에 갈 수 없었고, 그래서 낙담하고 있었다는 사실이야. 함께 공부하던 어느 날 오후였어. 그녀의 이모가 잠시 다른 방으로 간 틈을 이용해 그녀는 "요즘은 학교 앞에서 나를 안 기다리더라"라고 말했어. 난 얼굴을 붉히면서 말했어. "내일 갈 생각이었어. 항상 열두시에 나오지, 그렇지?" 그날 밤 나는 베야비스타광장으로 가서 말라깽이 이게라스를 찾았지만, 그는 그곳에 없더라고. 그러자 그가 사엔스 페냐 거리에 있는 그 술집에 있을지도 모른다는 생각이 머리를 스쳤고, 그곳으로 갔어. 술집은 사람들과 담배 연기로 가득했어. 그리고 주정뱅이들이 고래고래 소리지르고 있었지. 내가 들어오는 것을 보자 웨이터는 소리쳤어. "여기서 나가, 이 코흘리개야." 나는 그에게 말했어. "말라깽이 이게라스를 만나야 해요. 아주 급한 일이에요." 그러자 웨이터는 나를 알아보고 안쪽에 있는 문을 가리켰어. 커다란 홀은 입구의 홀보다 더욱 북적거렸어. 담배 연기로 거의 앞이 보이지 않았어. 테이블이나 남자들의 무릎에 여자들이 앉아 있었고, 남자들은 여자들을 만지작거리거나 여자들과 키스하고 있었지. 그 여자들 중 하나가 내 얼굴을 붙잡더니 "여기서 뭐하는 거야, 아가야"라고 말했어. 나는 "입 다물어, 이 쌍년아"라고 대꾸했지. 그녀는 웃었지만, 그녀를 껴안고 있던 어느 주정뱅이가 내게 말했어. "내 여자에게 감히 욕을 하다니. 네 얼굴을 박살내버리겠어." 바로 그때 말라깽이가 나타났어. 그는 주정뱅이의 팔을 잡고 진정시키면서 말했어. "내 사촌이야. 이애를 건드리면, 가만히 있지 않을 거야." 그러자 주정뱅이가 말했어. "알았어, 말라깽이. 하지만 내 여자들에게 쌍년이라고 부르지 않게 주의시켜. 점잖게 말해야지. 특히 어릴 때는 말이야." 말라깽이 이게라스는 내 어깨에 한 손을 올려놓고서 나를 세 남자가 앉아 있는 테이블로 데려갔어. 내가 아는 사람은 한 명도 없었어. 두 명은 돈깨나 있어 보였고, 다른 한 사람은 산골 촌놈이더라고. 그는 나를 친구라고 소개하고는 내가 마실 술을 가져오라고 했어. 나는 단둘이 이야기하고 싶다고 말했지. 우리는 남자화장실로 갔고, 그곳에서 나는 말했어. "돈이 필요해, 말라깽이. 제발 부탁인데, 2솔만 빌려줘." 그는 웃고는 돈을 주었어. 하지만 이렇게 말했지. "이봐, 지난번에 이야기한 것 기억나지? 좋아, 나 역시 네가 도와줬으면 해. 나는 네가 필요해. 우리는 친구니까 서로 도와줘야 하잖아. 딱 한 번이면 돼. 괜찮지?" 나는 대답했어. "좋아. 딱 한 번만이야. 그동안 내가 빚진 돈을 다 퉁치는 거다." 그러자 말라깽이가 말했어. "알았어. 일이 잘되면, 넌 결코 후회 안 할 거야." 우리는 테이블로 돌아갔고, 그는 세 남자에게 말했어. "우리의 새로운 동료를 소개할게." 세 사람은 웃으면서 나를 껴안았고, 농담을 했어. 바로 그때 두 여자가 다가왔고, 그중 하나가 말라깽이를 귀찮게 하기 시작했어. 그녀가 그에게 키스하려고 하자, 산골 촌놈이 말했어. "가만 놔둬. 다른 놈에게 키스하는 게 나을 것 같지 않아?" 그러자 그녀는 "기꺼이 그렇게 하지"라더군. 그리고 내 입에 키스를 했고, 세 사람은 웃음을 참지 못했어. 말라깽이 이게라스는 그녀를 떼어놓고서 내게 말했어. "이제 그만 가. 다시는 이곳으로 오지 말고. 내일 밤 여덟시에 베야비스타광장에서, 그러니까 영화관 옆에서 날 기다려." 나는 그곳을 나왔고, 다음날 테레사를 기다리러 간다는 생각만 하려고 애를 썼지만, 그럴 수가 없었어. 말라깽이 이게라스가 제안한 일이 새록새록 떠올랐던 거야. 나는 최악의 상황을 떠올렸어. 우리가 경찰에게 체포된다면 미성년자인 나는 라페를라의 소년원으로 가게 될 거라는 생각이 머리를 떠나지 않았어. 그러면 테레사는 모든 걸 알게 될 것이고, 나를 다시는 만나고 싶어하지 않을 게 분명했지.

경당은 희미한 어둠에 잠겨 있었다. 완전히 어둠에 잠긴 것보다 더 나빴다. 깜빡거리는 어슴푸레한 불빛은 그림자를 만들어내며, 사람들의 움직임 하나하나를 기록하여 벽이나 돌바닥에 반복해서 투영해 그곳에 있는 모든 생도의 눈에 퍼뜨리면서, 그들의 얼굴을 음산하고 어둡게 만들었으니까. 그래서인지 그 표정들은 더욱 심각하고 더욱 못마땅하고 거의 사악하게 보였다. 게다가 생도들 뒤에서는 애처로운 속삭임이 끊임없이 들려왔다. 동일한 어조로 마지막 음절이 첫음절과 연결되는 단 하나의 단어만을 반복해서 말하는 어느 여자의 목소리였다. 그 소리는 마치 가느다란 실처럼 그들의 귓속으로 파고들어 생도들을 더욱 예민하고 짜증나게 만들었다. 차라리 여자가 비명을 지르거나, 크게 불만을 토하거나, 하느님이나 성모마리아에게 간청하거나, 혹은 머리카락을 쥐어뜯거나 울었다면 참을 수 있었을 것이다. 생도들은 페소아 부사관의 안내를 받아 들어온 터였고, 부사관은 그들을 두 개의 횡대로 나누어 경당의 양쪽 벽을 따라, 그러니까 관을 중심으로 양쪽으로 앉게 했다. 그다음부터 생도들은 뒤에서, 즉 긴 의자들과 고해실이 있는 문 옆의 공간에서 흘러나오는 여자의 흐느낌을 들었다. 페소아가 생도들에게 받들어총을 지시한 후 — 생도들은 명령을 정확하게 이행했지만, 아무 소리도 내지 않고 군인다운 패기도 없이 복종할 따름이었다 — 한참이 지나서야 속삭이는 소리나 움직임 혹은 순간순간 흘러나오는 목소리를 듣고 탄식하는 여자 이외에도 경당에 다른 사람들이 있다는 것을 알 수 있었다. 그들은 시계를 쳐다볼 수 없었다. 생도들은 각각 50센티미터 간격을 두고 아무 말도 못한 채 부동자세로 서 있었기 때문이다. 그들이 할 수 있는 것은 기껏해야 고개를 아주 약간만 돌려 관을 바라보는 것뿐이었다. 하지만 단지 검고 반짝거리는 관의 표면과 흰 꽃으로 만든 화환만 눈에 들어왔다. 경당 앞에 앉아 있는 그 어떤 사람도 관으로 다가가지 않았다. 아마도 그들은 생도들이 그곳에 도착하기 전에 이미 관에 갔고, 이제는 여자를 위로하려고 애쓰는 것 같았다. 학교 군종신부는 좀처럼 볼 수 없는 비통한 표정을 지으며 여러 번 제단 방향으로 어슬렁거렸다. 하지만 그는 문 쪽으로 되돌아가 잠시 사람들과 어울리는가 싶더니, 시선을 떨구고는 젊고 활기찬 얼굴에 그곳 분위기에 맞게 궁색한 표정을 지은 채 복도를 걸어와 다시 제단으로 돌아왔다. 그는 그렇게 수없이 관 옆을 지나갔지만, 단 한 번도 발길을 멈추고 관을 쳐다보지는 않았다. 의장병 생도들은 한참 동안 그곳에 있었다. 몇몇은 소총 무게 때문에 팔에 통증을 느꼈다. 게다가 갈수록 더워졌다. 그곳은 좁았고, 제단의 모든 초에 불이 켜진데다 그들은 모직제복을 입고 있었던 것이다. 많은 생도가 삐질삐질 땀을 흘렸다. 하지만 그들은 구두 굽을 붙이고 왼손은 허벅지에 대고 오른손은 소총 개머리판에 얹고 몸을 꼿꼿하게 세운 채 부동자세로 있었다. 사실 얼마 전까지만 해도 그들은 이렇게 심각하지 않았다. 우리오스테는 주먹으로 막사 문을 열고서 그들에게 소식을 전해주었다. 그는 헐떡거리며 "노예가 죽었어"라고 딱 한 번 외쳤다. 막사에 있던 생도들은 몹시 급하게 달려와 붉게 달아오른 그의 얼굴을 보았다. 코와 입은 부르르 떨리고, 뺨과 이마는 땀으로 범벅이 되어 있었다. 그의 뒤로, 그러니까 어깨 너머로 그들은 시인의 창백한 얼굴과 크게 뜬 눈을 보았다. 그때까지만 해도 그들은 농담을 하던 중이었다. 문이 쾅 소리를 내며 닫히자마자 곱슬머리는 또렷한 목소리로 이렇게 말했다. "아, 그 계집년은 아마도 지옥으로 직행했을 거야." 몇몇 생도는 웃음을 터뜨렸다. 하지만 평소처럼 잔혹할 정도로 고약한 웃음이 아니었다. 평소의 웃음은 점점 커지다가 일순간에 얼어붙고, 웃음을 토해내는 육체에게서 해방되어 잠시 스스로 생명을 유지하는 잔인한 울부짖음이었다. 하지만 이번에는 개인적 감정이 뒤섞이지 않고 겉치레 같으며 거의 방어적인 짧은 웃음이었다. 알베르토가 "더이상 농담하는 개자식이 있으면, 가만두지 않겠어"라고 외쳤고, 모두 그 말을 분명하게 들었으며, 웃음은 사라지고 짙은 침묵이 그곳을 압도했다. 아무도 말하지 않았다. 생도들은 침대나 사물함 앞에서 습기로 썩어가는 벽과 핏빛 타일 바닥, 그리고 창문 너머로 드러난 별 없는 하늘과 이리저리 흔들리는 문을 쳐다보았다. 아무도 말하지 않았다. 그저 자기들끼리 눈빛만 주고받았다. 그런 후 생도들은 계속해서 사물함과 침대를 정리했으며, 담배를 피우고 만화책을 훑어보고 전투복을 수선했다. 천천히 대화가 다시 시작되었다. 하지만 그것도 평소와 같지 않았다. 이미 유머도 없었고, 서로 으르렁대지도 않았으며, 심지어 음란하고 더러운 말도 없었다. 이상하게도 처음에 그들은 마치 취침나팔이 울린 이후처럼 짧고 어중간한 말로 조그맣게 이야기했지만, 노예의 죽음만은 대화에서 피했다. 그들은 검은 실이나 옷감 조각, 혹은 담배나 수업을 필기한 공책, 편지지, 시험지 등을 서로 빌려달라고 했다. 그런 후 말을 빙빙 돌려 모든 종류의 예방책을 취하면서, 중요하고 핵심적인 것은 건드리지 않은 채 질문을 바꾸었다. "몇시에 일어난 일이야?" 그러면서 그들은 "우아리나 중위가 재수술한다고 말했으니까, 아마도 수술중에 그랬을 거야" 또는 "우리에게 장례식에 참석하게 해줄까?"처럼 에두른 말로 자신들의 견해를 드러냈다. 그런 다음 자신들의 감상을 조심스럽게 표현했다. "그 나이에 그런 일을 당하다니, 빌어먹게도 재수없네." "차라리 전투훈련장에서 그냥 죽는 게 나았을 거야." "사흘 동안 서서히 죽는 건 정말 개 같은 일이지." "두 달만 있으면 졸업인데, 정말 더러운 운명이다." 그런 말들은 간접적인 찬사였으며 동일한 주제의 변주였고, 기나긴 침묵 사이의 휴식시간이었다. 몇몇 생도는 잠자코 고개를 끄덕이며 동의했다. 그때 호각소리가 났다. 그들은 평소와 달리 서두르지 않고 질서정연하게 줄을 서서 막사에서 나갔다. 그리고 소운동장을 지나 정해진 장소로 향했고, 목적지에 도착해서도 침착하고 차분하게 정렬했다. 그들은 새치기 때문에 싸우지 않았고, 서로 자리를 양보했으며, 최대한 정확하고 반듯하게 줄을 섰고, 마지막으로 소대장의 목소리를 기다리지도 않은 채 자발적으로 차려 자세를 취했다. 그리고 거의 아무 말도 하지 않으면서 저녁식사를 했다. 커다란 식당에서 그들은 생도 수백 명의 눈이 자신들을 향하고 있다는 것을 느꼈고, 가끔씩 개들이 식탁에서 "저기 있는 게 1대대에 있는 그 사람 소대야"라고 말하는 목소리를 들었다. 심지어 몇몇 개들은 손가락으로 그들을 가리키기도 했다. 그들은 기계적으로, 그러니까 음식을 즐기지도 혐오하지도 않은 채 음식을 씹어 먹었다. 식당을 나오면서 다른 반이나 다른 학년 생도들의 질문을 받고는 그들의 주제넘은 참견이나 호

기심에 화를 내면서 단음절이나 짧은 욕으로 대답했다. 그리고 막사로
돌아오자 아로스피데 주변으로 모였다. 검둥이 바야노는 모두가 느끼
거나 생각하고 있던 것을 말했다. "자, 가서 중위에게 우리가 장례식장
에서 밤을 새우고 싶다고 말해." 그리고 다른 생도들을 쳐다보면서 이
렇게 덧붙였다. "적어도 나는 그렇게 생각해. 우리 반이었으니까 우리
가 그렇게 해야지." 아무도 그에게 농담을 지껄이지 않았다. 몇몇은 고
개를 끄덕였고, 또 몇 사람은 "물론이지, 당연해"라고 말했다. 반장이
자 소대장인 아로스피데는 중위와 말하러 갔고, 막사로 되돌아와서 장
갑을 끼고 외출복을 입고 군화를 반들반들하게 닦고 삼십 분 후에 총
검을 장착한 소총을 들고 정렬하라고, 하지만 흰색 허리띠는 매지 말
라고 알려주었다. 모두가 아로스피데에게 다시 중위가 있는 곳으로 가
서 그들이 장례식장에서 밤을 새우고 싶다는 의지를 말하라고 요구했
지만, 아로스피데는 되돌아와서 중위가 그 요청을 받아들이지 않았다
고 전해주었다. 지금 그들은 한 시간 전부터 경당의 어슴푸레한 불빛
속에서 여자의 끊임없는 탄식 소리를 듣고 있었고, 경당 한가운데 외
롭게 놓인 마치 텅 빈 것처럼 보이는 관을 흘낏흘낏 곁눈질로 바라보
았다.

그러나 아니었다. 그는 그 안에 있었다. 생도들은 피탈루가 중위가
경당에 들어왔을 때 그 사실을 확실하게 알게 되었다. 중위의 군화 아
래서 경당 바닥은 삐걱거리는 소리를 냈고, 그 소리는 여자의 탄식 소
리와 겹쳐지면서 생도들의 관심을 사로잡았다. 두 명씩 짝지어 있던
생도들은 뒤에서 그가 가까이 오는 소리를 들었고, 점차 드러나는 그
의 모습을 보았다. 그는 앞으로 걸어와 그들이 있는 곳으로 와서 그들

을 지나갔다. 생도들은 그가 관 앞으로 가는 것을 확인하자 그에게 모든 관심을 기울였다. 그의 목덜미를 응시하던 눈들은 그가 어느 화환을 밟기 직전에 걸음을 멈추고는 좀더 자세히 보기 위해 고개를 약간 숙이고 구부린 자세로 잠시 가만히 있는 것을 보았다. 그는 손을 움직이더니 머리로 가져갔고, 모자를 벗고서 급히 십자성호를 긋고는 똑바로 섰다. 그 모습을 보자 생도들은 순간적으로 등뼈가 오싹해지는 전율을 느꼈다. 생도들은 그의 얼굴이 퉁퉁 부었으며 눈은 무표정하다는 사실을 눈치챘고, 그가 왔던 길을 동일하게, 하지만 반대 방향으로 걸어가는 것을 보았다. 그는 이내 두 사람씩 짝지어 있던 생도들의 시야에서 사라졌고, 생도들은 멀어져가는 그의 발소리를 들었다. 그런 다음 눈에 보이지 않는 여자의 끝없는 속삭임이 다시 들려왔다.

잠시 후 피탈루가 중위는 되돌아와서 생도들에게 다가왔고, 그들에게 소총을 내려도 괜찮다고, 조금 쉬라고 귀엣말로 말했다. 생도들은 그 기회를 이용해 그렇게 했다. 이내 약간의 움직임이 나타났다. 생도들은 아픈 어깨를 문질렀고, 눈에 띄지 않을 정도로 천천히 움직이면서 서로 간의 거리를 점점 좁혔다. 부드럽고 공손한 두런거림과 함께 대열의 간격이 좁혀졌던 것이다. 그러나 그런 두런거림은 엄숙한 분위기를 깨기는커녕 오히려 더욱 강화하고 있었다. 그때 피탈루가 중위의 목소리가 들렸다. 생도들은 즉시 그가 여자에게 말하고 있다는 것을 알았다. 의심의 여지 없이 조그만 목소리로 말하려고 애쓰면서도, 그렇게 하지 못하는 데 당황해하며 괴로워하는 듯했다. 그의 목소리는 쉬어 있었고, 그것은 남성성이 힘세고 강한 목소리와 불가분의 관계에 있다는 그의 신념을 거슬렀던 것이다. 그의 말은 계속해서 갑작스럽게 고음과 저음을 오가곤 했다. 생도들은 하는 말을 일부 알아들을 수 있었다. 가령 아라나라는 이름이 그랬다. 생도들은 여러 번 그 말을 들었지만, 처음에는 그 말이 뭘 뜻하는지 거의 알지 못했다. 그들이 죽은 생도를 '노예'라고만 불렀기 때문이다. 여자는 중위의 말에 관심을 기울이지 않는 듯했다. 그녀는 계속 슬퍼하기만 했고, 그것 때문에 피탈루가 중위는 당황했음이 분명했다. 그래서 그는 순간적으로 입을 다물었고, 한참이 지나서야 다시 제정신을 차렸다.

"피탈루가가 뭐라고 하는데?" 아로스피데가 입술을 움직이지 않은 채 이를 악물고 물었다. 그는 한쪽 대열의 선두에 있었다. 반장 뒤에 있던 바야노도 똑같은 질문을 했고, 왕뱀도 마찬가지 질문을 했다. 그런 식으로 질문은 대열의 끝에 있는 생도에게까지 전해졌다. 마지막 생도, 그러니까 피탈루가와 여자가 있는 긴 의자에서 가장 가까이 있는 생도가 말했다. "노예 이야기를 하고 있어." 그러고서 자기가 들은 말을 하나도 덧붙이거나 생략하지 않고 그대로 반복했다. 심지어 중위의 목소리까지 그대로 따라 했다. 그 독백을 재구성하는 건 그리 어려운 일이 아니었다. "뛰어난 생도였으며, 장교들과 부사관들의 존경과 사랑을 한몸에 받았고, 동료들에게 모범이었으며, 선생님들은 그를 훌륭하고 근면한 학생이라고 평가했습니다. 그래서 모두가 그의 죽음을 애도하고 애석해하며, 그의 공백으로 막사에는 슬픔과 침묵이 흐르고 있습니다. 그는 가장 먼저 집합 장소에 도착해 정렬하는 생도 중 하나였고, 모범생이었으며 군인정신이 투철했고 모든 면에서 곧고 강직했습니다. 아마 훌륭하고 용감하며 성실한 장교가 되었을 겁니다. 그는 훈련에서 위험을 두려워하지 않았으며, 그래서 우리는 한 치의 머뭇거림이나 의문도 없이 힘든 임무를 그에게 맡길 수 있었습니다. 하지만 우리의 삶에서 이와 같은 불행은 언제든지 일어날 수 있으며, 우리는 고통과 슬픔을 이겨내야만 합니다. 모든 장교들과 교사들, 그리고 생도들은 유가족의 고통을 함께 나누고 있습니다. 대령님은 직접 이곳으로 오셔서 부모님께 깊은 조의를 표할 것입니다. 우리는 모든 예를 갖추어 군장軍葬을 치를 것입니다. 그의 동급생들은 총검을 장착한 소총을 들고 정복을 입고 장례식에 참석할 것입니다. 1대대 생도들은 검은 리본을 착용할 것입니다. 이것은 조국이 가장 훌륭한 아들 중 하나를 잃어버린 것과 같다는 의미입니다. 인내와 체념이 필요한 순간입니다. 우리는 그를 영원히 기억할 것이고, 그는 우리 군사학교 역사의 일부가 될 것입니다. 그에 대한 기억은 신입생들의 가슴속에서 살아 있을 것입니다. 유가족 여러분은 아무것도 걱정하지 않으셔도 됩니다. 학교가 장례에 필요한 모든 비용을 부담할 것이고, 불행한 일이 일어나자마자 조화와 화환을 즉시 주문했습니다. 가장 커다란 화환이 교장이신 대령님이 보내신 것입니다." 즉흥적으로 만들어진 전송수단을 통해 생도들은 끝나지 않는 여인의 속삭임을 들으면서 피탈루가 중위의 말을 청취했다. 가끔씩 몇몇 남자의 목소리가 피탈루가의 말을 잠시 끊곤 했다.

   그때 대령이 도착했다. 생도들은 보폭이 아주 좁고 급히 걷는 갈매기 같은 그의 발소리를 알아들었다. 피탈루가와 다른 사람들은 입을 다물었고, 여자의 탄식은 점점 부드러워졌고 점점 희미해졌다. 아무도 명령을 내리지 않았지만, 생도들은 차려 자세를 취했다. 받들어총을 하지는 않았지만, 구두 굽을 붙인 채 꼿꼿하게 섰고, 양손을 바지의 검은 장식 끈에 갖다댔다. 부동자세로 그들은 대령의 높지만 작은 목소리를 들었다. 그는 피탈루가보다 더 작은 목소리로 말했으므로, 생도들은 마찬가지로 귀를 기울였지만 통신선은 제대로 작동하지 않았다. 단지 대열의 끝에 있던 생도들만 그가 말하는 내용을 들을 수 있었다. 그 어떤 생도도 그를 보지 못했고, 심지어 곁눈질로 보는 것도 불가능했다. 그러나 그들은 그가 조회 때 마이크 앞에서 어떻게 행동했는지 잘 기억하고 있었다. 그는 거만하고 흐뭇한 시선으로 꼿꼿이 몸을 세우면서, 미리 준비한 원고를 읽는 게 아님을 보여주려는 듯 양손을 들곤 했었다. 의심할 여지 없이 지금도 그는 영혼의 성스러운 가치를 비롯해, 남자들의 건전한 육체 속에 건강한 정신을 만들어주는 군인의 삶과 질서의 바탕인 규율에 관해 말하고 있을 것이었다. 생도들은 그의 모습을 보지 못했지만, 격식을 차린 그의 근엄한 표정을 마음속으로 분명하게 그려내고 있었다. 그의 작은 손은 여자의 붉어진 눈앞에서 이리저리 움직이며 허우적거리다가 위엄 있는 배에 둘린 벨트 버클로 잠시 내려갈 것이고, 몸무게를 지탱하기 위해 양다리를 어느 정도 벌리고 있을 것이다. 또한 그가 설명하고 있을 교훈뿐만 아니라, 그가 예로 들고 있을 조국의 유명한 영웅들, 독립전쟁과 칠레와의 전쟁에서 목숨을 바친 사람들, 위험에 처한 조국을 위해 고결하게 피를 흘린 불멸의 용사들이 누구인지도 꿰뚫어보았다. 대령이 입을 다물었을 때, 여자는 이미 슬픔에 젖은 중얼거림을 멈춘 상태였다. 생소하기 그지없는 너무나 놀라운 순간이었고, 경당이 갑자기 바뀐 것 같았다. 몇몇 생도는 불편한 표정을 지으며 서로 쳐다보았다. 그러나 침묵은 그리 오래 지속되지 않았다. 이내 대령은 피탈루가 중위와 검은 옷을 입은 민간인과 함께 관을 향해 나아갔고, 세 사람은 잠시 그 관을 쳐다보았다. 대령은 양손을 겹치고는 배 위에 올려놓았는데, 앞으로 튀어나온 그의 아랫입술은 윗입술을 덮고 있었으며, 눈꺼풀은 살며시 감겨 있었다. 그것은 중대하고 심각한 순간에만 짓는 표정이었다. 중위와 민간인은 대령 옆에 잠자코 서 있었다. 민간인은 한쪽 손에 하얀 손수건을 들고 있었다. 대령은 고개를 돌려 피탈루가를 쳐다보았고, 그의 귀에 대고 무언가를 말했다. 두 사람은 민간인에게 다가갔고, 민간인은 두세 번 고개를 끄덕였다. 그러고서 그들은 경당 뒤쪽으로 되돌아갔다. 그러자 여자는 다시 중얼거리기 시작했다. 중위가 그들에게 경당 앞 소운동장으로 나가라고, 그곳에 그들과 임무를 교대할 2반 생도들이 기다리고 있다고 지적한 후에도, 생도들은 여자의 탄식 소리를 계속해서 들었다.

　생도들은 한 명씩 차례로 나갔다. 그들은 뒤로 돌아 까치발로 문을 향해 나아갔다. 그러면서 여자를 볼 수도 있다는 희망을 품고 긴 의자 쪽을 흘깃 쳐다보았지만, 그곳에 아주 심각한 표정으로 서 있던 남자들 때문에 볼 수가 없었다. 피탈루가와 대령 이외에도 세 사람이 더 있었다. 경당 앞 연병장에는 정복을 착용하고 소총을 들고서 2반 생도들이 집합해 있었다. 1반 생도들은 그들 뒤로 몇 미터 떨어진 곳에 정렬했다. 대열의 첫번째와 두번째 생도 사이에 있던 반장은 줄이 똑바른지 주의깊게 점검하고 왼쪽으로 이동해 인원을 셌다. 생도들은 움직이지 않은 채 기다리면서 작은 목소리로 여자와 대령과 장례식에 대해 말했다. 그리고 잠시 후 피탈루가 중위가 자기들을 잊어버린 게 아닐까 서로 묻기 시작했다. 아로스피데는 앞뒤로 왔다갔다했다.

마침내 중위가 경당에서 나오자, 반장은 차려 구령을 붙이고 그에게 가서 경례했다. 중위는 반장에게 1반 생도들을 막사로 데려가라고 지시했고, 아로스피데는 행진하라고 명령하기 위해 고개를 돌렸다. 그때 대열 뒤쪽에서 "한 명 부족"이라는 목소리가 들렸다. 중위와 반장과 몇몇 생도가 뒤를 바라보았다. 그러자 다른 목소리들도 "예, 한 명이 부족합니다"라고 반복했다. 중위는 대열로 다가갔다. 아로스피데는 급히 대열을 살폈고, 자기의 셈이 맞는지 확인하기 위해 손가락으로 인원을 셌다. 그리고 마침내 말했다. "예, 중위님, 총원이 스물아홉 명, 현재 스물여덟." 그러자 누군가가 소리쳤다. "시인이 없습니다." 그러자 아로스피데가 말했다. "페르난데스 생도가 없습니다, 중위님." 중위가 물었다. "경당으로 들어갔었나?" "예, 중위님, 제 뒤에 있었습니다." "그도 죽지 않았기를 바랄 뿐이네." 피탈루가는 이렇게 중얼거리면서, 반장에게 자기를 따라오라는 몸짓을 했다.

　그들은 문안으로 들어서려는 찰나에 그를 보았다. 그는 경당 한가운데에 있었다. 그의 몸이 관을 가리고 있었지만, 화환은 가려지지 않았다. 그는 소총을 한쪽으로 기울게 놔두고서, 머리를 푹 숙이고 있었다. 중위와 반장은 문가에서 멈추었다. "저 염병할 놈은 저기서 뭐하는 거야?"라고 장교가 말했다. "당장 데려와." 아로스피데는 앞으로 갔고, 민간인 무리 옆을 지나다가 대령과 시선이 마주쳤다. 그는 머리를 숙여 가볍게 인사했지만, 즉시 고개를 앞으로 돌렸으므로 대령이 그에게 화답했는지는 알 수 없었다. 알베르토는 아로스피데가 팔을 잡을 때까지도 움직이지 않았다. 반장은 잠시 자신의 임무를 잊고 관을 바라보았다. 관의 덮개 역시 검고 반들반들한 나무로 만들어졌지만, 상단에는 조그맣고 흐린 창유리가 있었고, 그것을 통해 희미하게나마 하나의 얼굴과 하나의 군모를 알아볼 수 있었다. 하얀 붕대를 두른 노예의 얼굴은 퉁퉁 붓고 진홍색을 띤 것 같았다. 아로스피데는 알베르토의 팔을 흔들었다. "모두 정렬했어. 중위님이 문가에서 너를 기다려. 또 외출금지를 당하고 싶어?" 아로스피데가 말했다. 알베르토는 아무 대답도 하지 않았다. 그는 마치 몽유병자처럼 아로스피데를 따라갔다. 연병장에 도착하자 피탈루가 중위가 알베르토에게 다가가서 말했다. "개자식, 시체 쳐다보는 게 그렇게 좋나?" 알베르토는 마찬가지로 아무 대답도 하지 않았고, 대열을 향해 계속 걸어갔고, 동료들이 쳐다보는 가운데 순순히 자기 자리로 갔다. 몇몇 생도가 무슨 일이 있었느냐고 물었다. 그러나 그는 그들의 질문을 무시했다. 잠시 후 그의 옆에서 행진하던 바야노가 모든 생도가 들을 수 있도록 커다란 소리로 말했다. "시인이 울고 있어!" 하지만 알베르토는 그 말에도 귀를 기울이지 않는 듯했다.

제3장

　이제 다 나았지만, 평생 절름발이 신세가 되었어. 아주 안쪽에 있는 무언가가, 그러니까 조그만 뼈나 연골 혹은 근육이 뒤틀린 게 분명해. 난 다리를 똑바로 펴주려고 애썼지만, 도저히 방법이 없었어. 쇠갈고리처럼 너무나 뻣뻣해서 내가 아무리 잡아당겨도 전혀 움직이지 않더라고. 절름발이년은 울기 시작하면서 마구 발길질을 했고, 그래서 가만히 놔두어야 했어. 이제 그런 다리에 어느 정도 익숙해진 것 같아. 약간 이상하게 걷긴 해. 오른쪽을 절룩거리고, 예전처럼 뛰지 못해. 필쩍필쩍 몇 발짝 뛰고는 멈춰버려. 아주 금방 피곤해해. 세 다리로 온몸을 지탱하니까 당연한 일이지. 이제는 진짜 불구야. 게다가 운 나쁘게도 다친 다리가 머리 무게를 감당하는 앞다리라서, 결코 예전의 온전한 암캐로 돌아갈 수는 없을 거야. 우리 반 급우들은 암캐의 별명을 절름발이년으로 바꿨고, 이제는 절름발이년이라고 불러. 그 별명을 지은 건 검둥이 바야노일 거야. 그 녀석은 항상 사람들에게 별명을 지어주거든. 절름발이년처럼 모든 게 바뀌어가고 있어. 내가 이곳에 들어온 후, 그토록 짧은 시간에 그토록 많은 일이 벌어진 건 처음이야. 우선 산골 촌놈 카바가 화학시험지를 훔쳤다는 이유로 두들겨맞았고, 장교위원회에 회부되어 심의를 거친 다음 쫓겨났지. 불쌍한 산골 촌놈은 지금쯤 자기 고향으로 돌아가 우아나코 원주민들과 함께 있을 거야. 우리 반에서 퇴학당한 사람은 한 명도 없었는데, 재수가 없었던 거지. 불행이 닥치기 시작하면 그 누구도 그걸 멈출 수 없단다, 라고 어머니가 그랬는데, 그 말이 맞다는 것을 실감하고 있어. 그러고서 노예 일이 터진 거야. 정말이지 재수가 없어도 너무 없었어. 머리에 총알을 맞은 것으로도 부족해서 몇 번이나 수술을 받았고, 게다가 죽었으니 말이야. 난 그 누구도 그보다 더 나쁜 일을 당한 사람은 없을 거라고 생각해. 아무도 드러내지 않으려고 하지만, 이런 불행한 일들 때문에 모두가 바뀌었어. 나도 예외는 아니고. 언젠가는 모든 게 예전처럼 돌아갈지도 모르지만, 요즘 우리 반은 완전히 달라. 심지어 동료들의 얼굴조차 다르다니까. 예를 들어 시인은 완전히 다른 사람이 되었는데, 아무도 그를 들볶지 않고 말도 안 걸어. 마치 그의 멍한 얼굴을 보는 게 일상이 된 것 같아. 이제 그는 더이상 말하지 않아. 그의 친구 장례식이 치러진 지 나흘이나 지났고, 이제 충격에서 회복될 만도 한데, 갈수록 더 심해진다니까. 그가 관 옆에서 꼼짝도 하지 않던 그날, 나는 '불행이 쟤를 엉망으로 만들어버렸네'라고 생각했어. 사실 시인은 그와 절친한 친구였어. 노예, 그러니까 아라나가 온 학교를 통틀어 유일하게 친하게 지낸 동료였지. 하지만 최근에만 그랬을 뿐이야. 예전에는 시인도 다른 모든 사람처럼 그를 못살게 굴었거든. 그런데 무슨 일이 있었기에 갑자기, 두 사람이 어디를 가든지 함께 다니는 사이가 되었을까? 동료들은 두 사람을 많이 놀렸어. 곱슬머리는 노예에게 "남편을 만났네"라고 말하곤 했지. 실제로 그렇게 보였고. 노예는 시인과 항상 붙어다녔고, 어디를 가든지 시인을 따라다녔고, 그를 쳐다보면서 아무도 듣지 못하게 아주 작은 소리로 말하곤 했어. 두 사람은 마음 편하게 대화를 하겠다고 들판으로 나갔고. 그리고 시인은 동료들이 노예를 놀리면 노예 편을 들기 시작했어. 하지만 정면에서 노골적으로 그렇게 한 건 아니고. 그는 영리하고 빈틈없었거든. 누군가가 노예를 놀리면, 잠시 후 시인은 노예를 괴롭힌 놈을 놀려댔어. 그리고 시인은 대부분 이겼지. 독설을 내뱉을 때면 그는 맹수나 다름없었거든. 적어도 그때는 그랬어. 하지만 이제는 그 누구와도 어울리지 않고, 농담도 하지 않으며, 혼자 다녀. 마치 잠을 자며 걸어다니는 것 같아. 정말로 그는 많이 바뀌었어. 예전에는 모든 사람을 놀리고 못살게 굴 기회가 오기만을 호시탐탐 노렸거든. 누군가가 시인을 놀릴 때, 그가 어떻게 자신을 방어하는지 보는 건 정말 재미있었어. 언젠가 검둥이 바야노가 "이봐, 시인, 이것에 대한 시를 한 편 지어줘"라고 말하면서 자기 바지 지퍼를 움켜쥔 적이 있어. 그러자 시인은 대답했어. "좋아. 일이 분만 시간을 줘. 영감을 받아야 하니까." 그러고는 잠시 후 우리에게 시를 읊어줬지. "자지, 바야노의 손이 있는 곳, 마치 땅콩 같구나." 그는 대단한 녀석이었다니까. 사람들을 웃게 만들 줄 아는 놈이었지. 그는 나도 수없이 놀렸고, 그럴 때마다 나는 그를 두들겨패고 싶긴 했어. 그는 절름

394

발이년에게 훌륭한 시를 지어주었는데, 나는 문학 공책에 그 시를 적어서 보관하고 있어. "암캐야, 넌 오럴섹스 전문가이자 미친년이지. 왕뱀이 그걸 네게 완전히 집어넣을 때, 왜 몸을 비틀며 죽지 않는 거니?" 나는 시인이 우리 반 전체를 깨우고 화장실에 갔던 밤, 그를 박살내버리려고 했어. 그놈이 이렇게 외쳤거든. "왕뱀이 보초를 설 때 절름발이년에게 무슨 짓을 하는지 봐!" 그리고 심지어 꼬박꼬박 말대꾸도 했고. 하지만 싸움은 못했어. 언젠가 '수탉'과 싸웠는데, 수탉이 그를 벽으로 밀어버렸지. 시인은 해안지방 사람 아니랄까봐 약간 부르주아 냄새를 풍겼고, 너무 약해서 상대방에게 박치기를 당할 때면 그의 뇌가 불쌍할 정도야. 학교에는 희멀건 피부를 지닌 사람이 많지 않은데, 시인은 우리가 만만하게 볼 수 있는 놈들 중 하나였어. 다른 백인놈들에게서는 상당한 두려움을 느꼈거든. 우리 동료들은 "아아, 야, 흰둥이 개자식아, 시커먼 놈들을 조심해. 네가 악 소리를 내뱉도록 할 수도 있으니까"라고 말하곤 했어. 우리 반에는 둘 뿐이었지. 그래도 아로스피데 역시 나쁜 놈은 아니야. 소름 돋을 만큼 아첨쟁이고, 삼 년 연속 반장을 한 자식이긴 하지. 머리는 말할 것도 없어. 언젠가 길거리에서 아로스피데를 본 적이 있어. 커다란 빨간색 자동차를 타고 노란 셔츠를 입고 있었다니까. 그렇게 멋지게 옷을 입은 모습을 보자 난 너무 놀란 나머지 입을 딱 벌리고 말았어. 젠장, 이 새끼는 돈 많은 백인이고 미라플로레스에 사는 게 분명해, 라고 생각했지. 그런데 피부가 희멀건 두 사람이 서로 말도 잘 하지 않았다는 건 이상해. 시인과 아로스피데는 전혀 친하지 않았고, 각자 따로 놀았거든. 상대방이 희멀건 사람들이 어떤 인간인지 비난할까봐 두렵기라도 했을까? 내가 부자에다 빨간색 자동차를 가지고 있다면, 나한테 총구를 겨누며 강요했어도 군사학교에 입학하지 않았을 거야. 별것 아닌 사람들처럼 여기서 괴롭힘을 당하며 산다면, 돈이 많은 게 무슨 소용이 있겠어? 나는 언젠가 곱슬머리가 시인에게 "여기서 뭐하는 거야? 넌 가톨릭 사립학교에 있어야 해"라고 말한 것을 기억해. 곱슬머리는 항상 시인을 걱정해줘. 아마도 시인을 부러워하고, 마음속으로는 시인처럼 되고 싶어하는지도 몰라. 오늘 나한테 그러더라고. "시인이 지금 반쯤 바보가 됐다는 거 눈치챘어?" 그건 사실이야. 이건 그가 바보 같은 짓을 한다는 말이 아니라, 그가 이상할 정도로 아무것도 하지 않는다는 소리야. 그는 자유시간 내내 침대에 누워서 잠든 척하거나 정말로 잠을 자. 그가 정말로 잠을 자는지 확인하려고 곱슬머리가 가까이 다가가서 이야기를 하나 써달라고 한적이 있거든. 그랬더니 이러는 거야. "이야기 같은 거 안 써. 날 가만히 내버려둬." 편지도 쓰지 않는지는 모르겠어. 예전에 그는 미친놈처럼 손님을 찾았지만, 이제는 돈이 남아도는 것 같아. 매일 아침 우리가 일어날 때면, 시인은 이미 밖에서 줄을 서고 있어. 화요일, 수요일, 목요일, 오늘 아침도, 항상 그는 소운동장으로 가장 먼저 나가. 화나고 슬픈 표정으로 뭔지도 모를 것을 바라보고 있어. 마치 눈을 뜬 채 꿈을 꾸는 것 같아. 그와 같은 테이블에 앉아 식사하는 동료들은 그가 밥을 먹지 않는다고 말해. 바야노는 멘도사에게 말했어. "시인 몸 상태가 엉망이야. 음식을 반 이상 남기고, 그걸 팔지도 않아. 아무나 그 음식을 집어먹어도 전혀 개의치 않는다니까. 게다가 식사 내내 한 마디도 안하고." 틀림없이 그는 단짝의 죽음 때문에 그렇게 된 거야. 희멀건 사람들은 그런 법이지. 남자의 얼굴을 하고 있지만, 마음은 계집애 같거든. 배짱과 용기가 없어. 시인은 병들었어. 그는 아라나의 죽음에 가장 충격을 받은 사람이야.

이번주 토요일에 그가 나올까? 군사학교는 멋지고 당당하다. 군복을 비롯해 모든 것이 그렇다. 하지만 언제 나올 수 있을지 알 수 없다는 것은 끔찍하기 짝이 없는 일이다. 테레사는 산마르틴광장 아케이드 밑을 지났다. 커피숍과 술집은 동네 사람들로 가득했다. 그곳 공기에는 건배와 웃음과 맥주 냄새가 철철 넘쳐흘렀고, 옥외 테이블에는 조그만 연기 구름이 떠다녔다. '그애는 나한테 군인이 되지 않겠다고 했어.' 테레사는 생각했다. '그런데 생각을 바꿔 초리요스에 있는 학교로 들어가면 어떻게 하지?' 군인과 결혼하고 싶은 사람은 아무도 없을 것이다. 그들은 평생을 부대에서 지내고, 전쟁이 나면 가장 먼저 죽는 사람들이다. 게다가 항상 이동해야 한다. 지방에서 산다는 건 정말 끔찍한 일이다. 심지어 갑자기 모기와 야생동물들로 가득한 밀림으로 발령을 받을 수도 있다. 셀라 술집을 지나면서, 그녀는 추켜세우는 말을 듣고 소스라치게 놀랐다. 나이 지긋한 어른들이 그녀를 향해 마치 칼을 치켜드는 것처럼 대여섯 개의 잔을 들었고, 어느 청년은 그녀에게 잘 가, 라고 인사했다. 그녀는 길을 막고 자기를 붙잡으려고 하는 술주정뱅이를 비켜서 가야만 했다. 그녀는 이렇게 생각했다. '하지만 아니야. 군인이 아니라 기술자가 될 거랬어. 그저 오 년만 묵묵히 기다리면 돼. 하지만 그건 너무나 긴 시간이잖아. 내가 기다렸는데, 그이가 나와 결혼하지 않으려고 한다면, 난 노처녀가 되고 말 거야. 노처녀를 사랑하는 남자는 아무도 없어.' 주중에는 아케이드에 거의 사람이 없었다. 점심때 아무도 없는 테이블이나 잡지 판매대 옆을 지날 때면, 길모퉁이에 있는 구두닦이와 뛰어다니는 신문팔이만 보였다. 그녀는 전차를 타기 위해 발길을 재촉하곤 했다. 급히 점심을 먹고 제시간에 사무실로 돌아가기 위해서였다. 그러나 토요일에는 사람들로 북적대는 시끄러운 아케이드를 좀더 천천히 걸었다. 항상 앞만 바라보면서 남모르게 남자들의 추파를 즐겼다. 남자들이 아부하는 소리를 듣는 건 기분 좋은 일이었다. 또한 오후에 사무실로 돌아갈 필요가 없다는 것도 즐거웠다. 하지만 몇 년 전만 하더라도 토요일은 두렵고 끔찍한 날이었다. 그녀의 어머니는 불평을 토로하면서, 다른 날보다 더 욕설을 퍼부었다. 아버지가 밤이 깊어서야 돌아오곤 했기 때문이다. 술에 취해 격분한 채 집에 돌아온 그는 허리케인 같았다. 눈은 시뻘게서 불덩이 같았고, 목소리는 천둥 같았으며, 보기 드물게 커다란 손은 주먹을 굳게 쥐고 있었다. 그렇게 그는 우리에 갇힌 맹수처럼 집안을 왔다갔다하면서 비틀거렸고, 가난하게 사는 것에 욕을 해댔고, 의자를 넘어뜨리고 문을 주먹으로 쾅쾅 쳤으며, 심지어 바닥에서 뒹굴면서 분노를 삭이기도 했다. 그러면 그녀는 어머니와 함께 그의 옷을 벗기고 담요를 덮어주었다. 그가 너무 무거워서 침대로 올릴 수 없었기 때문이다. 가끔씩 그는 여자와 함께 오기도 했다. 그러면 어머니는 복수의 여신처럼 그 침입자에게 달려들었고, 가녀린 손으로 그 여자의 얼굴을 할퀴려고 했다. 아버지는 테레사를 무릎에 앉히고는 최고의 기쁨을 느끼면서 이렇게 말했다. "잘 봐라, 이건 레슬링보다 더 재밌거든." 심지어 어느 날에는 그 여자가 병으로 어머니의 눈썹을 찢었고, 그들은 공중보건소로 어머니를 데려가야만 했다. 그 일이 일어난 후, 어머니는 체념

했고 유순해졌다. 아버지가 다른 여자와 함께 집에 오면, 어머니는 어깨를 으쓱하고는, 테레사의 손을 잡고 밖으로 나갔다. 그들은 이모가 사는 베야비스타로 갔고, 월요일에 돌아왔다. 그러면 집은 악취 풍기는 빈 술병의 묘지가 되어 있었고, 아버지는 흥건한 토사물 사이에서 다리를 벌리고 잠을 자면서, 부당한 삶과 부자들에 대해 잠꼬대로 욕을 퍼부었다. 테레사는 생각했다. '좋은 사람이었어. 일주일 내내 짐승처럼 죽도록 열심히 일했지. 자기가 가난하다는 것을 잊어버리기 위해 술을 마셨고 말이야. 하지만 날 사랑했어. 날 버리지 않았을 거야.' 리마와 초리요스를 오가는 전차는 빨간색이 칠해진 교도소와 희끄무레한 커다란 대법원 청사 앞을 지났다. 그러면 갑자기 시원한 풍경이 모습을 드러냈다. 커다란 나무들의 나뭇가지는 춤추고 있었고 호수는 잔잔했으며, 구불거리는 오솔길 주변으로 꽃들이 만발했고, 크고 둥그런 잔디밭 한가운데에는 매혹적인 집이 있었다. 얕은 부조가 새겨진 벽은 희었고, 창에는 격자창살이 둘려 있었으며, 여러 문에는 사람 머리 모양의 청동 노커가 달려 있었다. 가리포스공원이었다. 테레사는 생각했다. '엄마도 나쁜 사람은 아니었어. 너무 고생했고 너무 고통을 많이 받았던 거야.' 아버지가 오랫동안 신음하다가 어느 자선병원에서 세상을 떠나자, 어느 날 밤 어머니는 그녀를 이모의 집으로 데려가더니, 그녀를 껴안고서 이렇게 말했다. "내가 여기서 떠날 때까지 문을 두드리지 마. 난 이런 개 같은 인생이 지겨워. 이제 나는 나를 위해 살 거야. 하느님이 날 용서해주시면 좋겠구나. 네 이모가 널 보살펴줄 거야." 전차는 직행버스보다 집에서 더 가까운 곳에 섰다. 그러나 전차 정류장부터 그녀는 시끄럽고 소란스러운 일련의 넓은 마당을 지나가야만 했다. 머리카락이 헝클어지고 누더기를 걸친 남자들이 우글거리는 곳이었다. 그들은 그녀에게 무례하기 짝이 없는 말을 했고, 가끔 그녀를 붙잡으려고도 했다. 그러나 이번에는 아무도 그녀를 귀찮게 하지 않았다. 단지 두 여자와 개 한 마리만 보였다. 그들은 파리떼에 둘러싸인 채 몇몇 쓰레깃더미를 열심히 뒤지고 있었다. 넓은 마당들은 텅 빈 것 같았다. 그녀는 생각했다. '점심식사 전에 집안을 모두 청소해야겠어.' 그녀는 이미 린세 거리를, 그러니까 조그맣고 낡은 집들 사이로 걸어가고 있었다. '그러면 오후 내내 자유시간이야.'

집이 있는 길모퉁이에서 반 블록 떨어진 곳에서 그녀는 검은색 군복을 입고 군모를 쓴 사람을 보았다. 보도 모서리에는 가방이 놓여 있었다. 그녀는 즉시 그가 마네킹처럼 꼼짝도 하지 않는다는 것을 알고 깜짝 놀랐다. 그러고는 정부 청사의 쇠창살이 쳐진 문 옆에서 부동자세로 서 있는 보초들을 생각했다. 그러나 그 사람들은 늠름했고, 가슴을 내밀고 목을 꼿꼿이 세우고 있었으며, 긴 군화와 깃털 달린 철모를 자랑스러워했다. 반면에 알베르토는 어깨를 움츠린 채 고개를 숙인 채였고, 몸은 축 처져 있었다. 테레사는 그에게 손을 흔들었지만, 그는 그녀를 보지 못했다. 그러자 테레사는 생각했다. '군복이 꽤 잘 어울려. 저 빛나는 단추 좀 봐. 마치 해군 생도 같아.' 그녀가 몇 미터 떨어진 곳으로 다가왔을 때야 비로소 알베르토는 고개를 들었다. 테레사는 미소를 지었고 그는 손을 들었다. '무슨 일일까?' 테레사는 생각했다. 알베르토는 나이들어 보였고, 거의 알아볼 수 없을 지경이 되어 있었다. 양쪽 눈썹 사이로 깊은 주름살이 패였고, 눈자위는 거무스름했으며, 광대뼈는 아주 창백한 피부를 뚫고 나올 것 같았다. 시선은 종잡을 수 없이 방황하고 있었고, 입술에는 거의 핏기가 없었다.

"방금 전에 외출한 거야?" 테레사는 이렇게 물으면서, 알베르토의 얼굴을 유심히 바라보았다. "오늘 오후에나 나올 거라고 생각했어."

그는 아무 대답도 하지 않았다. 그저 지치고 멍한 눈으로 그녀를 바라보기만 했다.

"군복이 잘 어울려." 잠시 후 테레사는 자그마한 소리로 말했다.

"난 이 군복이 마음에 들지 않아." 그는 슬쩍 미소를 지으며 말했다. "집에 가면 즉시 벗어버리지. 하지만 오늘은 미라플로레스로 가지 않았어." 그는 입술을 거의 움직이지 않았고, 목소리는 힘이 없고 희미했다.

"무슨 일 있었어?" 테레사가 물었다. "왜 그래? 어디 아파? 자, 말해봐, 알베르토."

"아니야." 알베르토가 시선을 다른 곳으로 돌리면서 대답했다. "아무 일도 없었어. 하지만 지금은 집으로 가고 싶지 않아. 널 만나고 싶었어." 그는 손으로 눈썹을 매만졌고, 그러자 주름살이 지워졌다. 하지만 그건 순간에 불과했다. "문제가 생겼거든."

테레사는 가볍게 그를 향해 몸을 내밀고서 사랑스러운 눈빛으로 그를 쳐다보며 기다렸다. 그가 계속 말하도록 기운을 북돋우기 위해서였다. 하지만 알베르토는 입술을 굳게 다문 채 부드럽게 손을 비비기만 했다. 그녀는 이내 고민에 빠졌다. 도대체 무슨 말을 해야 할까? 어떻게 해야 그가 그녀를 신뢰하게 만들 수 있을까? 어떻게 해야 그의 사기를 북돋울 수 있을까? 나중에 그가 그녀를 어떻게 생각할까? 그녀의 심장은 빠르게 고동치기 시작했다. 그때까지도 그녀는 잠시 머뭇거렸다. 그러다가 아무 생각 없이 충동적으로 알베르토에게 한 발짝 더 다가가서 그의 손을 잡았다.

"우리집으로 가자." 그녀가 말했다. "같이 점심 먹지 않을래?"

"점심을 먹자고?" 알베르토가 당황하며 말했다. 또다시 그는 한 손으로 이마를 만졌다. "아니야, 네 이모를 귀찮게 하고 싶지 않아. 여기서 아무거나 먹고 다시 너를 찾아갈게."

"자, 어서 가자." 그녀는 바닥에서 가방을 집으면서 다시 고집을 부렸다. "바보 같은 생각 하지 마. 우리 이모는 전혀 귀찮아하지 않을 거야. 자, 나랑 함께 가."

알베르토는 그녀를 따라갔다. 대문 앞에서 테레사는 그의 손을 놓고는 입술을 깨물고서 이렇게 속삭였다. "네가 그렇게 슬픈 얼굴을 하는 거 싫어." 그의 눈빛이 생기를 되찾는 것 같았다. 이제 그의 얼굴에 감사의 미소가 떠올랐다. 그는 그녀를 향해 고개를 숙였다. 두 사람은 아주 급히 키스를 했다. 테레사가 문을 두드렸다. 이모는 알베르토를 알아보지 못했다. 그녀의 작은 눈은 그를 의심쩍은 눈초리로 쳐다보았고, 궁금하다는 표정으로 그의 군복을 훑어보았지만, 그의 얼굴을 보자 마침내 환하게 빛났다. 미소가 그녀의 통통한 얼굴 전체로 번졌다. 그녀는 치마에 손을 닦은 다음 내밀면서, 입으로는 인사말을 쏟아냈다.

"안녕, 잘 지냈나요, 알베르토? 정말 반가워요! 자, 어서 들어와요, 들어와. 만나서 아주 기뻐요! 멋진 군복을 입고 있어서 못 알아봤네요. 난 마음속으로 누구지, 누구지, 라고 생각하면서 깨닫지 못했다우. 부엌 연기 때문에 눈이 침침해져서 그런가봐요. 늙어서 그렇기도 하고요. 자, 알베르토, 어서 들어와요. 정말 반가워요."

집안으로 들어가자마자, 테레사가 이모에게 말했다.

"알베르토가 여기서 우리랑 점심을 먹을 거예요."

"뭐라고?" 테레사의 이모가 마치 벼락을 맞은 것처럼 깜짝 놀라면서 물었다. "그게 무슨 소리야?"

"우리랑 같이 점심을 먹을 거라고요." 테레사가 다시 말했다.

그녀는 눈으로 이모에게 그토록 놀란 모습을 보이지 말라고, 알았다는 시늉을 하라고 애원했다. 하지만 이모는 놀라움에서 벗어나지 못했다. 눈을 크게 떴고, 아랫입술은 축 처져 있었으며, 이마는 깊은 주름살로 뒤덮여 있었다. 마치 환희의 순간에 있는 것 같았다. 마침내 그녀는 정신을 차리고 씁쓰레한 표정으로 테레사에게 말했다.

"이리 좀 와."

그러고서 그녀는 뒤를 돌아 부엌으로 갔다. 그녀의 몸은 육중한 낙타처럼 흔들렸다. 테레사는 이모의 뒤를 따라 들어가서 부엌 커튼을 쳤고, 즉시 손가락 하나를 입술에 갖다댔지만, 아무 소용도 없었다. 이모는 아무 말도 하지 않았고, 단지 성난 시선으로 그녀를 노려보면서 가만두지 않겠다는 표정을 지었다. 테레사는 귀엣말로 말했다.

"식료품가게 청년이 화요일까지 외상으로 해줄 거예요. 지금은 아무 말도 하지 마세요. 알베르토가 들을 수도 있잖아요. 나중에 설명할게요. 알베르토는 우리와 함께 있을 거예요. 화내지 말아요, 이모. 자, 얼른 다녀오세요. 분명 그 청년이 외상으로 해줄 거예요."

"바보 같은 년!" 이모는 호통쳤지만, 이내 목소리를 낮추고 손가락 하나를 입술에 갖다댔다. 그러고서 중얼댔다. "바보 같은 년. 너 미쳤어? 내가 화나서 죽는 꼴을 보고 싶어? 몇 년 전부터 그 청년은 나에게 외상을 안 줘. 아직 외상값이 남아 있고, 그래서 그 가게에 얼굴도 내밀 수 없단 말이야, 이 바보야."

"사정이라도 해보세요." 테레사가 말했다. "모든 수단을 강구해보시라고요."

"멍청한 년." 이모는 큰 소리로 말했지만, 다시 목소리를 낮추었다. "두 사람이 먹을 것밖에 없어. 저 친구에게 수프 한 그릇만 줄 수는 없잖아? 빵도 없다고."

"자, 어서 다녀오세요." 테레사가 다시 말했다. "아무거나 구해오세요."

그리고 이모의 대답을 기다리지도 않은 채 테레사는 거실로 갔다. 알베르토는 앉아 있었다. 가방은 바닥에 놓고서, 그 위에 모자를 얹어두었다. 테레사는 그의 옆에 앉았다. 그의 머리카락이 마치 도가머리처럼 더럽고 헝클어진 걸 보았다. 부엌 커튼이 다시 열리더니 이모가 모습을 보였다. 그녀의 얼굴은 아직도 분노를 참지 못해 시뻘겠지만, 억지로나마 미소를 짓고 있었다.

"곧 돌아올게요, 알베르토. 금방 올 거예요. 잠깐만 나갔다 올게요." 그녀는 테레사를 노려보았다. "부엌에 있는 것들 좀 살펴봐."

그녀는 문을 쾅 닫고 나갔다.

"지난 토요일에 무슨 일이 있었던 거야?" 테레사가 물었다. "왜 외출을 못한 건데?"

"아라나가 죽었어." 알베르토가 말했다. "화요일에 묻혔어."

"뭐라고?" 그녀가 물었다. "길모퉁이에 사는 아라나? 그 아이가 죽었다고? 어떻게 그런 일이 일어날 수 있어? 리카르도 아라나 말하는 거 맞지?"

"학교에서 장례식이 치러졌어." 알베르토가 말했다. 그의 목소리에는 그 어떤 감정도 담겨 있지 않았다. 단지 피로감만 역력했다. 그의 눈은 다시 초점을 잃었다. "그 녀석 유해를 집으로 데려가지도 않았어. 지난 토요일이었어. 훈련장에서. 우리는 사격 연습을 했어. 그런데 머리에 총탄을 맞고 만 거야."

"하지만……" 그가 입을 다물자 테레사가 말했다. 어리둥절한 것 같았다. "난 그 아이를 잘 몰라. 하지만 정말 유감이야. 어떻게 그렇게 끔찍한 일이!" 그녀는 그의 어깨에 손을 올려놓았다. "너랑 같은 반이었지, 그렇지? 그래서 그렇게 슬픈 거야?"

"어느 정도는 그래." 그가 아주 천천히 말했다. "내 친구였어. 게다가……"

"그래, 알았어." 테레사가 말했다. "그런데 넌 왜 이렇게 된 거야? 또다른 일이라도 있었어?" 그녀는 그에게 다가가서 뺨에 키스했다. 하지만 알베르토는 움직이지 않았고, 그녀는 얼굴이 빨개져 몸을 똑바로 세웠다.

"이 일이 너한테는 아무것도 아닌 일 같아?" 알베르토가 말했다. "그렇게 죽는 게 대수롭지 않다는 거야? 난 그애랑 말조차 할 수 없었어. 그애는 나를 자기 친구라고 생각했는데 나는…… 이 일이 별것 아닌 일 같아?"

"왜 나한테 그런 식으로 얘기해?" 테레사가 말했다. "사실대로 말해줘, 알베르토. 왜 나한테 화난 거야? 내 얘기라도 했어?"

"아라나가 죽은 게 대수롭지 않아?" 그가 말했다. "내가 지금 노예에 관해 말하고 있다는 걸 모르겠어? 왜 주제를 바꾸려고 하지? 넌 오로지 너만 생각하고……" 그는 말을 멈추었다. 그가 소리치는 걸 듣더니 테레사의 눈에 눈물이 가득 고였던 것이다. 그녀의 입술은 부르르 떨리고 있었다. "미안해……" 알베르토가 말했다. "내가 쓸데없는 소리를 했어. 너에게 소리치려던 거 아니야. 단지 너무 많은 일이 일어나는 바람에 지금 너무 예민해져 있을 뿐이야. 울지 마, 테레사. 제발 울지 마."

그는 그녀를 자기 쪽으로 끌어당겼다. 테레사는 머리를 그의 어깨에 기댔고, 두 사람은 잠시 그렇게 있었다. 그런 후 알베르토는 그녀의 뺨과 눈에 입을 맞췄고, 마침내 그녀의 입에 한참 동안 키스했다.

"물론 정말 유감스럽게 생각하고 나도 너무 슬퍼." 테레사가 말했다. "불쌍해. 하지만 네가 너무 걱정하는 것 같아서 좀 무서웠어. 네가 혹시 나 때문에 화가 났는지도 모르겠단 생각이 들어서. 네가 소리쳤을 때, 정말 무서웠어. 네가 그토록 화내는 걸 한 번도 못 봤으니까. 눈도 이글이글 끓고 있었잖아."

"테레사." 그가 말했다. "네게 이야기해주고 싶은 게 있어."

"그래, 해." 그녀가 말했다. 시뻘겋게 달아오른 그녀의 뺨은 이제 커다란 기쁨으로 미소 짓고 있었다. "이야기해봐. 너와 관련된 건 모두 알고 싶어."

그는 불현듯 입을 다물었다. 그리고 그의 고통스러운 표정이 수줍은 미소로 녹아들었다.

"그게 뭔데?" 그녀가 물었다. "자, 어서 이야기해봐, 알베르토."

"너를 정말 사랑한다는 말." 그가 말했다.

문이 열리자 두 사람은 급히 떨어져 앉았다. 그 바람에 가죽가방이 넘어졌고, 군모는 바닥으로 뒹굴었다. 알베르토는 몸을 숙여 모자를 집었다. 이모는 그를 향해 다정한 웃음을 지었다. 그녀는 손에 꾸러미 하나를 들고 있었다. 테레사는 이모를 도와 음식을 준비하는 동안, 이모가 등을 돌리면 급히 손으로 알베르토에게 키스를 보냈다. 그러고서 날씨와 곧 다가올 여름방학, 그리고 멋진 영화들에 관해 말했다. 식사를 하는 동안에야 비로소 테레사는 이모에게 아라나의 죽음을 알려주었다. 그러자 이모는 커다란 목소리로 그 비극을 슬퍼했고, 수없이 성호를 그었으며, 아이의 부모, 특히 그의 어머니를 불쌍하게 여겼다. 그러면서 하느님은 항상 가장 훌륭한 가족에게 최악의 불행을 선사하는데, 아무도 그 이유를 모른다고 말했다. 그녀 역시 눈물을 흘리려는 것 같았지만, 눈물 없는 마른 눈을 비비고서 재채기만 했다. 점심식사가 끝나자, 알베르토는 이제 가야 한다고 말했다. 현관 앞에서 테레사는 다시 물었다.

"정말로 나한테 화난 건 아니지?"

"아니야. 아니라고 맹세할게. 내가 왜 너한테 화를 내겠어? 하지만 아마 당분간 못 만날지도 몰라. 매주 학교로 편지 보내. 나중에 다 설명해줄게."

얼마 후 알베르토가 시야에서 사라지자 테레사는 그의 마지막 말 때문에 당혹스러웠다. 왜 그런 말을 한 것일까? 왜 그렇게 떠난 것일까? 그제야 그녀는 깨달았다. '다른 여자아이를 사랑하는데, 내게 차마 그 말을 못 한 거야. 내가 점심식사에 초대했기 때문에.'

처음으로 우리는 라페를라에 갔어. 말라깽이 이게라스가 버스를 타는 대신 걸어도 괜찮겠느냐고 하더라. 우리는 프로그레소 대로를 따라 내려가면서 우리가 하려는 일만 빼고 모든 것에 관해 말했어. 말라깽이는 초조하지 않은 듯했어. 아니, 오히려 평소보다 더 차분했는데, 나는 그가 내게 기운을 주려고 그런다고 생각했어. 난 사실 두려워 죽을 지경이었거든. 말라깽이는 스웨터를 벗더니 덥다고 말했어. 반면에 나는 추웠고, 내 몸은 덜덜 떨렸어. 나는 세 번이나 발을 멈추고 오줌을 쌌어. 우리가 카리온 병원에 도착하자, 나무 사이에서 어떤 사람이 나왔어. 나는 펄쩍 뛰어 한 걸음 뒤로 물러나면서 말했어. "말라깽이, 경찰이야!" 하지만 그는 전날 밤 사엔스 페냐 거리의 싸구려 술집에서 이게라스와 함께 있던 사람 중 하나더라고. 그는 아주 심각한 표정을 짓고 있었고, 초조해하는 듯했어. 그는 말라깽이와 은어로 이야기했고, 그래서 나는 제대로 알아들을 수 없었어. 우리는 계속 걸었고, 얼마 후 말라깽이는 "여기서 가로지르자"라고 말했어. 우리는 도로를 벗어나 들판으로 걸었어. 어두웠기 때문에 나는 들판을 걷는 내내 비틀거렸고 넘어지기도 했어. 팔메라스 대로에 도착하기 전에 말라깽이가 말했어. "여기서 잠시 쉬면서 정리를 해보자." 우리는 앉았고 말라깽이는 내가 해야 할 일을 설명했지. 그는 집은 비어 있으며, 내가 지붕으로 올라가도록 그들이 도와줄 거라고 말했어. 나는 정원으로 내려와 유리가 없는 아주 작은 창문을 통해 집안으로 들어가야 한댔지. 그런 다음 거리와 마주보는 창문 중 하나를 그들에게 열어주고, 그곳에서 나와 원래 위치로 돌아가야 했어. 그리고 그곳에서 그들을 기다리면 된다고. 말라깽이는 내게 지시사항을 여러 번 반복해서 말해주었고, 정원의 어느 부분에 창유리 없는 조그만 창문이 있는지 정확하게 알려주었어. 그는 그 집을 샅샅이 알고 있는 듯했고, 내게 침실들이 어떤지 아주 자세하게 설명했어. 나는 내가 해야 할 일이 아니라 내게 일어날 수 있는 일에 관해서만 질문했어. "거기에 아무도 없는 게 확실하지? 혹시 개가 있으면 어떻게 해? 내가 잡히면 어떻게 해야 하지?" 큰 인내심을 발휘하면서 말라깽이는 나를 안심시켰어. 그런 다음 다른 사람에게 고개를 돌리고서 말했어. "자, 시작하자, 겁쟁아." 겁쟁이는 팔메라스 대로 쪽으로 갔고, 잠시 후 우리의 시야에서 사라졌어. 그러자 말라깽이는 "무서워?"라고 물었어. 나는 그렇다고, 약간 그렇다고 대답했지. 그러자 그는 말했어. "나도 마찬가지야. 걱정하지 마. 우리도 다 두려워하니까." 잠시 후 휘파람소리가 들렸어. 그러자 말라깽이가 일어나 말했어. "자, 시작하자. 저 소리는 근처에 아무도 없다는 신호야." 나는 다리를 후들후들 떨기 시작했어. "말라깽이, 난 베야비스타로 되돌아가는 게 나을 것 같아." 그러자 그가 말했어. "바보 같은 소리 하지 마. 삼십 분이면 모든 게 끝나." 우리는 대로까지 갔고, 거기서 다시 겁쟁이가 나타나더니, "집 전체가 공동묘지 같아. 고양이조차 없어"라고 말했어. 그 집은 성처럼 컸는데, 어둠에 잠겨 있었지. 우리는 벽 주위를 한 바퀴 돌면서 살펴보았고, 뒷문에서 말라깽이와 겁쟁이는 날 들어올려서 내가 지붕에 매달려 기어오를 수 있도록 해주었어. 지붕 위에 있게 되자, 두려움이 사라지더라. 나는 모든 걸 신속하게 처리하고 싶었어. 그래서 지붕을 가로질렀고, 정원의 나무가 벽과 아주 가까이 있다는 것도 확인했어. 모든 게 말라깽이가 말한 그대로였지. 나는 아무 소리도 내지 않고 전혀 긁히지도 않은 채 정원으로 내려올 수 있었어. 그런데 창유리 없는 창문이 너무 작고, 철망까지 달린 거야. 나는 생각했어. '날 속였구나.' 하지만 철망은 녹슬어 있었고, 슬쩍 밀자마자 산산이 부서지고 말았어. 창문으로 기어들어가는 건 쉬운 일이 아니었어. 내 등과 다리는 긁혔고, 순간적으로 그 창문에 끼여 옴짝달싹 못하는 신세가 될지도 모른다는 생각도 들더라니까. 집안으로 들어가자 아무 것도 보이지 않았어. 나는 가구와 벽에 부딪혀 넘어지곤 했지. 그리고 각 방에 들어갈 때마다 거리가 내다보이는 창문이 있을 거라고 생각했지만, 단지 어둠만이 있을 뿐이었어. 나는 너무나 초조했던 나머지 소리를 많이 냈고 방향도 제대로 잡을 수가 없었어. 시간이 흐르고 있었지만, 나는 창문을 찾을 수가 없는 거야. 게다가 어느 방에서 나는 테이블과 부딪혔고, 꽃병이든가 그 비슷한 것이 바닥으로 떨어져 산산조각이 나버렸어. 한쪽 구석에서 희미한 한줄기 빛을 보자, 나는 거의 눈물을 흘릴 뻔했어. 창문이 아주 두꺼운 커튼에 가려져 있어서 보지 못했던 거야. 나는 몰래 창문을 내다보았는데, 거기에 바로 팔메라스 대로가 있었어. 하지만 말라깽이나 겁쟁이는 보이지 않았어. 나는 엄청난 두려움에 사로잡혔어. '경찰이 와서 나만 남겨두고 줄행랑친 거야'라고 생각했거든. 나는 잠시 그들이 모습을 보이는지 지켜보았어. 그런 생각을 하자 속았다는 느낌이 엄습했고, 나는 생각했어. '무슨 상관이야, 어쨌거나 나는 미성년자야. 기껏해야 소년원에나 가겠지.' 나는 창문을 열었고 거리로 뛰어내렸어. 바닥에 발이 닿는 순간, 나는 발소리를 느꼈고, 말라깽이의 목소리를 들었어. 그는 내게 이렇게 말했어. "잘했어. 이제 풀밭으로 가서 가만히 있어." 나는 마구 뛰어서 거리를 건넌 다음 풀밭에 드러누웠어. 그리고 갑자기 경찰이 도착하면 어떻게 해야 할지 생각하기 시작했지. 가끔은 그곳에 있다는 사실을 잊었어.

모든 게 꿈 같았지. 침대에 누워 있는 듯했어. 테레사의 얼굴이 내게 나타나기를, 아니면 그녀를 만나 이야기하기를 간절히 소망하고 있었나봐. 나는 그런 생각에 너무나 빠진 나머지, 말라깽이와 겁쟁이가 돌아오는 것조차 눈치채지 못했어. 우리는 프로그레소 대로로 올라가지 않고 들판을 가로질러 베야비스타로 돌아왔어. 말라깽이는 그 집에서 많은 것을 꺼내왔더라고. 카리온 병원 앞에 있는 숲에서 우리는 발길을 멈추었고, 말라깽이와 겁쟁이는 꾸러미를 여러 개 만들었어. 그리고 도시로 들어가기 전에 그들은 서로 작별인사를 했지. 겁쟁이가 내게 말했어. "힘든 시험을 통과했어, 동지." 말라깽이는 내게 꾸러미 몇 개를 주었고, 나는 그걸 옷 속에 숨겼어. 그리고 우리는 일어나 바지를 털었고, 흙이 묻은 신발을 깨끗하게 닦았어. 그런 다음 차분하게 걸어 광장으로 갔지. 말라깽이는 음담패설을 들려주었고, 나는 큰 소리로 웃어댔어. 그는 우리집까지 나를 데려다주고 이렇게 말했어. "아주 훌륭한 동료답게 행동했어. 내일 만나서 네 몫을 챙겨줄게." 내가 조금이라도 좋으니 돈이 급하다고 했더니, 그가 10솔짜리 지폐를 내밀면서 말했어. "이건 네 몫의 일부일 뿐이야. 오늘밤에 우리가 훔친 걸 팔면 내일 더 많이 줄게." 나는 그때까지 그토록 많은 돈을 만져본 적이 없었거든. 10솔로 할 수 있는 모든 걸 생각해봤지. 수많은 것이 떠올랐지만, 그 어떤 것으로도 결정하지 못했어. 단지 하나 확실한 것은 다음날 리마로 가기 위해 5레알을 써야 한다는 것이었지. '선물도 가져가야지'라고 생각했어. 나는 그녀가 가장 좋아할 선물이 무엇일까 곰곰이 생각하면서 몇 시간을 보냈어. 공책과 분필부터 캐러멜이나 카나리아에 이르기까지 희한한 것들이 떠오르더군. 다음날 학교에서 나왔을 때에도 나는 아직 어떤 선물을 해야 할지 결정하지 못한 채였어. 바로 그때 그녀가 언젠가 재미있는 이야기를 읽기 위해 빵집 주인한테 잡지를 빌렸다는 게 떠오른 거야. 나는 신문 가판대로 가서 재미있는 잡지를 세 권 구입했어. 두 권은 모험 이야기가 실린 잡지였고, 한 권은 사랑 이야기가 실린 잡지였지. 전차 안에서 나는 매우 행복했고, 내 머리는 별별 생각으로 가득했어. 나는 평소처럼 알폰소 우가르테 거리에 있는 가게에서 그녀를 기다렸고, 그녀는 학교에서 나오자마자 내게 다가왔어. 우리는 악수를 했고, 그녀의 학교에 관해 대화를 나누기 시작했어. 나는 잡지를 팔에 끼고 있었거든. 우리가 볼로녜시광장을 가로지를 때 한참 전부터 그것들을 눈여겨보던 그녀가 말하더라. "갖고 있는 그거 소설 잡지지? 좋다. 다 읽으면 나한테 빌려줄래?" 그러자 나는 말했어. "너한테 선물하려고 산 것들이야." 그러자 그녀는 "정말이야?"라고 물었고, 나는 "물론이지, 가져"라고 대답했어. 그녀는 고맙다고 말하고는, 걸어가면서 잡지를 훑어보았어. 나는 그녀가 가장 먼저 보고 가장 오랫동안 눈길을 준 쪽이 사랑 이야기를 실은 잡지라는 것을 눈치챘어. 그리고 생각했지. '세 권 모두 사랑 이야기가 실린 잡지를 살 걸 그랬어. 테레사는 모험 이야기를 좋아하지 않을지도 몰라.' 아리카 대로에 도착하자, 그녀는 내게 "다 읽으면 너한테 빌려줄게"라고 말했어. 나는 좋다고 대답했지. 우리의 대화가 잠시 끊어졌지. 그런데 갑자기 그녀가 "넌 정말 좋은 아이야"라고 하는 거야. 나는 빙긋 웃었고 단지 이렇게만 대답했어. "그렇게 생각하지 마."

　'테레사에게 말해야 했어. 그러면 내게 좋은 충고를 해주었을지도 모르는데. 넌 내가 할 행동이 상황을 악화시킬 거라고, 결국 나만 망할 거라고 생각해? 난 확신해. 그런데 누가 확신할 수 있을까? 넌 나를 못 속여, 개자식아. 네 얼굴에서 다 봤어. 맹세컨대 넌 값비싼 대가를 치르게 될 거야. 그런데 내가 그렇게 해야만 했나?' 알베르토는 주변을 둘러보다 자기 앞에 잔디로 뒤덮인 널찍한 장소가 있다는 걸 알고 소스라치게 놀란다. 그 공터는 레온시오 프라도 학교의 생도들이 7월 28일에 사열식을 하기 위해 소집되는 곳이다. 그런데 그가 어떻게 캄포 데 마르테까지 왔을까? 그 장소는 텅 비어 있고, 공기는 약간 쌀쌀하며, 산들바람이 불고, 석양빛은 시커먼 비처럼 도시를 덮친다. 이 모든 것이 그에게 학교를 떠올리게 한다. 그는 시계를 본다. 세 시간 전부터 목적지 없이 방황하고 있다. '집에 가서 침대에 누워 의사에게 전화를 걸고, 약을 먹고 한 달 동안 푹 자고, 모든 것, 내 이름과 테레사, 학교를 잊어버리고, 평생 환자가 되어버릴까? 물론 기억하지 않는다는 전제조건이 있어야겠지.' 그는 뒤로 돌아 자기가 왔던 방향으로 걸어간다. 그리고 호르헤 차베스* 기념비 옆에서 발길을 멈춘다. 어둠 속에서 삼각형 덩어리와 비행하는 그의 모습을 새긴 조각상은 타르로 만들어진 것처럼 보인다. 자동차의 물결이 대로를 가득 메우고, 그는 다른 보행자들과 함께 길모퉁이에서 기다린다. 자동차의 물결이 멈추고 그를 둘러싼 사람들이 자동차 범퍼의 벽 앞으로 길을 건너지만, 그는 그 자리에 그대로 서서 멍하니 신호등의 빨간불을 쳐다본다. '만일 시간을 되돌려 처음부터 다시 시작할 수만 있다면, 가령 그날 밤으로 돌

---

* 알프스산맥을 비행기로 처음 횡단한 페루 조종사. 페루 민간항공의 영웅이다.

아갈 수 있다면, 나는 그애한테 재규어가 어디에 있느냐고 묻고, 그러면 그애는 모른다고 말하겠지. 나는 알았다고, 그러면 됐다고, 잘 자라고 말할 거야. 제기랄, 그 녀석 재킷이 도난당했더라도 그게 나와 무슨 상관이람! 모든 사람은 각자 알아서 최선을 다해 자기 문제를 해결해야 해. 그게 전부야. 그리고 내 마음은 편해질 거야. 아무 문제도 없을 거라고. 단지 어머니 말만 들으면 돼. 알베르토, 네 아버지는 항상 똑같아. 밤낮으로 몸 파는 여자들과 함께 지내. 밤낮으로 그 창녀들과 함께 있지. 항상 똑같아.' 이제 그는 7월 28일 대로의 직행버스 정류장에 있다. 술집은 이미 지나쳐왔다. 그곳을 지나면서 그는 흘깃 쳐다보았지만, 시끄러운 소리와 눈부신 불빛, 그리고 거리로 새어나오는 담배 연기를 아직도 기억한다. 직행버스가 도착하고, 사람들은 버스에 올라타고, 운전사는 그에게 안 탈 거냐고 묻는다. 하지만 그가 무관심하게 쳐다보자, 운전사는 어깨를 으쓱하고는 문을 닫는다. 알베르토는 뒤로 돌아 그 대로의 동일한 구간을 세번째로 걷는다. 그는 술집 문 앞에 이르러 안으로 들어간다. 시끄러운 소리가 사방에서 그를 맹렬히 포격하고, 불빛은 그의 눈을 부시게 한다. 그는 여러 번 눈을 깜빡거린다. 그는 술과 담배 냄새를 풍기는 육체들을 헤집고 카운터에 도착한다. 그리고 전화번호부를 달라고 한다. '그 녀석을 조금씩 먹어치우고 있을 거야. 가장 부드럽고 연한 눈부터 먹기 시작했다면, 지금쯤은 이미 목 부위에 있을 거야. 벌써 코와 귀는 먹어치웠을걸. 벼룩처럼 이미 그의 손톱 밑으로 들어가서, 이제는 살을 먹고 있을 거야. 아마도 대단한 향연이겠지. 나는 벌레들이 그 녀석 몸을 먹어치우기 전에, 아니 그 녀석이 묻히기 전에, 아니 그 녀석이 죽기 전에 전화를 걸었어야만 해.' 소음 때문에 괴로워한다. 소음 때문에 이름을 찾는 데 정신을 집중할 수 없다. 마침내 그는 그 이름을 발견한다. 그리고 급히 전화기를 들지만, 전화번호를 돌리려는 순간 그의 손은 다이얼에서 몇 밀리미터 떨어진 곳에 멈춘다. 이제 귀에 거슬리는 신호음이 그의 귓가에 울려퍼진다. 그의 눈은 1미터 떨어진 곳에서, 그러니까 카운터 뒤에서 옷깃이 주름진 하얀색 재킷을 본다. 그는 전화번호를 돌리고, 통화음을 듣는다. 침묵, 시끄러운 통화음, 침묵. 그는 주변을 둘러본다. 술집 한쪽 구석에서 누군가가 여자를 위해 건배한다. 다른 사람들도 모두 술잔을 들고 그녀의 이름을 반복한다. 계속해서 동일한 간격으로 통화음이 울린다. "여보세요." 어느 목소리가 대답한다. 그는 목에 얼음덩어리가 걸린 것처럼 잠시 벙어리가 된다. 앞에 있는 하얀 그림자가 움직이더니 그에게 다가온다. "감보아 중위님 좀 바꿔주세요." 알베르토가 말한다. 그러자 그림자가 말한다. "미국 위스키, 그건 개똥만도 못해요. 스카치 위스키, 아주 훌륭한 술이지요." "잠깐만요, 바꿔줄게요"라고 목소리가 말한다. 그의 뒤로 건배를 한 사람이 일장 연설을 시작한다. "이름은 레티시아야. 그 여자를 사랑한다고 말하는 게 난 전혀 부끄럽거나 창피하지 않아. 결혼이란 중대하고 엄숙한 일이지. 하지만 난 그 여자를 사랑하고, 그래서 그 까무잡잡한 여자와 결혼하는 거야." 하얀 그림자가 집요하게 말한다. "위스키는 스코틀랜드 것이 최고지요. 좋은 위스키예요. 잉글랜드 위스키도 괜찮아요. 스카치 위스키, 잉글리시 위스키, 이건 똑같아요. 하지만 미국 위스키는 아니에요. 스코틀랜드나 잉글랜드 걸 마셔야 해요." "여보세요." 그는 또다른 목소리를 듣는다. 그는 자기가 떨고 있음을 느끼고, 가볍게 전화기를 얼굴에서 뗀다. "여보세요! 누구십니까?" 감보아가 말한다. "이제 술 마시며 노는 것은 영원히 끝났어. 앞으로는 그 누구보다 훌륭하고 진지한 사람이 될 거야. 그리고 열심히 일해서 돈을 벌고, 내 여자를 행복하게 해줄 거야." "감보아 중위님이세요?" 알베르토가 묻는다. 하얀 옷을 입은 그림자가 말한다. "몬테시에르페 피스코, 그건 형편없는 피스코예요. 모토카치 피스코, 그게 훌륭한 피스코지요." "네, 맞습니다. 누구십니까?" "생도입니다." 알베르토가 대답한다. "5학년 생도입니다." "내 애인 만세! 내 친구들 만세!" "무슨 일이지?" "내가 알기로는 그게 세상에서 가장 훌륭한 피스코예요." 그림자는 이렇게 말하더니 바로잡는다. "아니, 가장 좋은 피스코 중 하나지요." "이름이 뭐지?" 감보아가 묻는다. "열 명을 낳을 거야. 모두 남자애로. 그래서 아이들한테 내 친구들 이름을 하나씩 붙여줄게. 내 이름은 물려주지 않을 거야. 단지 너희 이름만." "아라나는 살해된 겁니다. 저는 누가 죽였는지 알고 있습니다. 중위님 댁으로 가도 되겠습니까?" "이름이 뭔가?" 감보아는 다시 묻는다. "정말 특별한 걸 원하세요? 그럼 모토카치 피스코를 주세요." "생도 알베르토 페르난데스입니다. 1반입니다. 가도 되겠습니까?" "즉시 달려오도록 해." 감보아가 말한다. "바랑코 지역, 볼로녜시 거리 327번지다." 알베르토는 전화를 끊는다.

이제는 모두가 달라졌어. 아마 나도 마찬가지일 테지만, 나만 그걸 모르는 것일 수도 있어. 재규어는 너무나 많이 변해서 놀랄 정도야. 그는 항상 화를 내고, 아무도 그에게 말을 걸 수 없어. 누군가가 질문을 하거나 담배를 달라고 다가가면, 당장 모욕을 당한 듯한 표정을 짓고 상상할 수 없는 무자비한 말을 퍼붓기 시작한다니까. 그는 이제 그 무엇도 참지 않아. 그런 일이 일어나면 곧바로 주먹을 내리치는 쾅 소리와 그가 싸울 때 터뜨리곤 하는 웃음소리가 들리고, 우리는 그를 달래야 해. "왜 그래, 재규어, 난 네게 아무것도 하지 않아, 화내지 마, 그렇게 화낼 만한 일 아니잖아." 아무리 용서를 빌어도 그는 주먹을 휘두르기 시작하지, 며칠 사이에 나는 그가 몇몇 생도를 두들겨패는 걸 봤어. 우리 반 녀석들에게만 그렇게 하는 게 아니라, 곱슬머리와 나에게도 그렇게 한다니까. 우리는 같은 그룹인데 우리에게 그렇게 행동한다는 게 믿을 수 없어. 하지만 재규어는 산골 촌놈 일 때문에 변했거든. 그가 아무리 웃고 자기는 그런 데 아무 관심이 없다는 것을 보여주려고 해도, 산골 촌놈 카바의 퇴학은 그를 변화시켰어. 난 지금까지 한 번도 그가 그렇게 미친놈처럼 성질내는 것을 보지 못했어. 파르르 떨리는 얼굴로, 입에 담지 못할 말을 내뱉는 거야. "싹 불태워버리겠어, 다 죽여버릴 거라고, 날 잡고 밤에 장교들이 있는 본관을 불태우자. 대령 배를 갈라버리고, 그 새끼 창자를 넥타이처럼 목에 매고 싶어." 내가 보기에는 왕초 그룹에 남아 있는 우리 세 사람이 모인 게 몇 년은 된 것 같아. 산골 촌놈이 갇히고, 우리가 밀고자를 찾아내려고 했던 때가 마지막이었지. 지금 여기서 일어나는 일은 공정하지 못해. 산골 촌놈은 영혼까지 망가진 채 저 산지에서 알파카들과 함께 지내고, 밀고자는 행복의 미소를 지으며 배를 긁으면서 있을 테니까. 그 밀고자를 찾아내는 건 극히 어려울 거야. 어쩌면 장교들이 돈을 줘서 불게 했을 수도 있고. 재규어는 이렇게 말했어. "누군지 알아내는 데 두 시간이면 돼. 아니, 한 시간이면 충분하지. 콧구멍을 크게 열고 주변 냄새를 맡으면 바로 거기서 밀고자가 누군지 알게 되거든." 하지만 그건 새빨간 거짓말이었어. 밀고자가 산골 촌놈들이라면 눈이나 코로 금방 알아낼 수 있어. 하지만 다른 개자식들은 얼마나 잘 속이고 위장하는지 몰라. 그래서 그가 풀이 죽은 게 분명해. 하지만 적어도 그는 우리와 힘을 합쳐야 했어. 우리는 처음부터 그의 손과 발이자 친구였거든. 난 그가 왜 혼자 있으려고 하는지 모르겠어. 누군가가 다가가기만 해도 그는 싫다는 표정을 지어. 마치 덮쳐서 물어뜯을 듯한 기세야. 이런 점에서 재규어는 기가 막히게 잘 지어진 별명이긴 해. 그에게 가장 잘 어울리는 별명이지. 나는 다시는 그 녀석 가까이 가고 싶지 않아. 그는 내가 자기에게 알랑거린다고 생각할지 모르지만, 나는 오로지 우정을 생각해서 그에게 말하려고 했던 거야. 어제 우리가 심한 싸움을 벌이지 않은 건 기적 같은 일이야. 나도 내가 왜 참았는지 모르겠어. 그의 주먹을 멈추고서 분수를 알게 해줘야 했는데. 난 그를 두려워하지 않거든. 대위가 우리를 강당으로 데려가 노예에 관해 말하면서, 군대에서 실수는 값비싼 대가를 치르며, 제군에게 동일한 일이 발생하기를 원치 않으면 제군이 동물원이 아니라 군대에 있다는 사실을 깊게 명심하고, 우리가 만약 전쟁터에 있었다면 책임감이 결여된 그 생도는 조국의 배신자가 되었을 것이라고 경고하더라니까. 개새끼, 죽은 친구에게 그런 개 같은 소리를 지껄이는 걸 보고 피가 끓어오르더라고. 피라냐, 더럽고 염병할 새끼, 그 새끼야말로 머리에 총알을 맞아도 싼 놈이야. 하지만 나만 분노한 게 아니야. 우리 모두가 마찬가지였어. 그건 얼굴만 봐도 충분히 알 수 있었지. 그래서 난 그에게 말했어. "재규어, 죽은 사람을 두고 저런 개소리를 지껄이는 건 옳지 않아. 저 새끼 패버릴까?" 그러자 그가 이러는 거야. "입 닥쳐. 무식한 새끼. 멍청한 말만 지껄이고. 내가 먼저 묻지 않는 한, 내게 말 걸지 마." 그는 아픈 게 틀림없어. 그건 제정신인 사람이 할말이 아니거든. 머리가 아픈 게 분명해. 완전히 미친 거야. 재규어, 내가 너를 졸졸 쫓아다녀야 한다고 생각한다면 그건 큰 착각이야. 내가 네 뒤를 따라다닌 건 시간을 보내기 위해서였어. 하지만 이제 넌 필요 없어. 조금만 있으면 우리는 이 개 같은 곳을 나가게 될 거고, 우리는 더이상 얼굴을 보지 않을 테니까. 이 학교를 나가면, 난 여기서 함께 지낸 동료들을 결코 만나지 않을 작정이야. 절름발이 년만 제외하고 말이야. 아니, 아마도 난 그 암캐를 훔쳐 가지고 나가서 기를 거야.

알베르토는 바랑코 지역의 조용한 거리를 걷는다. 20세기 초 양식으로 지어진 색 바랜 커다란 집들이 늘어서 있고, 각 집 앞에는 우거진 정원이 있다. 크고 울창한 나무들은 아스팔트에 그물눈 같은 그림자를 투영한다. 가끔 사람들을 가득 태운 전차가 지나간다. 사람들은 지겹고 따분한 표정으로 전차 차창을 바라본다. '난 테레사에게 모든 걸 이야기해야만 했어. 무슨 일이 있었는지 잘 들어봐. 그애는 널 사랑했어. 우리 아버지는 밤낮으로 거리의 여자들과 어울리고, 우리 어머니는 묵주를 손에 들고 십자고상을 등에 걸고 기도하며 예수회 신부에게 고해성사를 해. 플루토와 베베는 누군가의 집 거실에서 음반을 들으며 대화를 나누고 춤을 춰. 네 이모는 부엌에서 머리카락을 물어뜯고 있고, 구더기들은 그애를 먹어치우고 있어. 그건 바로 그애가 외출해서 너를 만나고 싶어했는데, 그애 아버지가 허락하지 않았기 때문이야. 잘 들어봐, 이 일이 별것 아닌 일 같아?' 그는 이미 라구나 정류장에서 전차에서 내린 상태이다. 나무 아래 풀밭에서 몇몇 커플이나 가족이 선선한 밤을 즐기고, 모기들은 움직이지 않는 보트 근처의 연못가를 윙윙거리며 날아다닌다. 알베르토는 공원과 운동장을 지난다. 대로의 불빛이 시소와 철봉을 비춘다. 평행봉과 미끄럼틀, 그네와 회전계단은 어둠에 묻혀 있다. 그는 불빛이 환하게 비추는 광장까지 걸어가지만, 그곳을 피한다. 그는 방파제가 그리 멀지 않은 곳에 있으리라고 추정하고는 그곳을 향해 걷는다. 방파제는 우윳빛 담으로 둘러싸인 커다란 저택 뒤에 있다. 그 저택은 다른 집들보다 훨씬 높고, 비스듬히 비추는 가로등 불빛에 젖어 있다. 방파제에 도착하자 그는 흙벽으로 다가가서 바다를 쳐다본다. 바랑코 지역의 바다는 항상 활기에 넘치고 밤에는 분노를 참지 못해 중얼대는 라페를라 지역의 바다와 같지 않다. 라페를라의 바다와 달리, 그곳은 파도도 없는 조용한 바다이다. 마치 호수와 같다. '네게도 잘못이 있어. 내가 그애의 죽음을 알려주었을 때, 넌 울지 않았고 슬퍼하지도 않았지. 네게도 일말의 잘못이 있다고. 내가 만일 재규어가 그를 죽였다고 말했다면, 넌 불쌍한 것, 그런데 정말로 재규어가 죽였어? 하고 말했겠지. 하지만 눈물을 흘리진 않았을 거야. 그애는 너를 미친듯이 사랑했는데도. 너한테도 잘못이 있다고, 넌 내 심각한 얼굴 말고는 아무것에도 관심을 보이지 않았어. 황금발은 싸구려 창녀지만, 마음과 정신은 너보다 더 훌륭해.'

이층짜리 낡은 집이다. 발코니는 꽃이 없는 정원 위로 나 있다. 대문의 녹슨, 쇠 울타리를 지나 조그맣고 반듯한 길을 걸으니 현관문이 나온다. 그 오래된 문에는 상형문자처럼 보이는 희미한 그림이 새겨져 있다. 알베르토는 손마디로 똑똑 두드린다. 잠시 기다리다가 초인종을 보고, 손가락을 버튼에 갖다댔다가 즉시 손가락을 뗀다. 발소리가 들린다. 차려 자세를 취한다.

"들어와." 감보아가 말하고서 그가 들어올 수 있도록 문에서 옆으로 비켜선다.

알베르토는 들어가고 현관문이 닫히는 소리를 듣는다. 중위는 그의 옆을 지나쳐 어둠에 잠긴 긴 복도로 나아간다. 알베르토는 까치발로 그를 따라간다. 감보아의 어깨와 알베르토의 얼굴은 거의 닿을 만한 거리에 있다. 중위가 갑자기 멈춘다면, 아마도 두 사람은 부딪칠 것이다. 그러나 중위는 발걸음을 멈추지 않는다. 복도 끝에 오자 그는 한쪽 팔을 뻗어 문을 열고 방안으로 들어간다. 알베르토는 복도에서 기다린다. 감보아가 불을 켠다. 그들은 거실에 있다. 벽은 초록색이고 그림을 넣은 황금색 액자가 걸려 있다. 탁자에서 어떤 남자가 알베르토를 뚫어져라 쳐다본다. 오래되어 누렇게 변한 사진이다. 사진 속 남자는 구레나룻과 대주교 같은 턱수염과 뾰족한 콧수염을 자랑하고 있다.

"앉아." 감보아가 안락의자를 가리키며 말한다.

알베르토는 앉고, 그의 몸은 마치 꿈속에 있는 것처럼 의자 속으로 푹 들어간다. 그 순간 자기가 아직 군모를 쓰고 있다는 것을 기억한다. 그는 모자를 벗고 우물거리며 작은 소리로 죄송하다고 말한다. 그러나 중위는 그 소리를 듣지 않는다. 그는 등을 돌려 문을 닫고 있다. 그는 뒤로 돌더니 알베르토 앞에 놓인 멋진 다리가 달린 의자에 앉아 그를 쳐다본다.

"알베르토 페르난데스라고 했지." 감보아가 말한다. "1반이라고 했던가?"

"예, 중위님." 알베르토가 상체를 약간 앞으로 기울이자 안락의자의 스프링이 순간적으로 삐걱대는 소리를 낸다.

"좋아." 감보아가 말한다. "말해봐."

알베르토는 바닥을 바라본다. 카펫에는 푸른색과 크림색 그림이 있고, 하나의 원 안에 그보다 작은 다른 원이 있고, 그 작은 원 안에는 그보다 더 작은 또다른 원이 들어가 있다. 그는 원의 숫자를 센다. 중앙에 있는 회색 원을 포함해서 모두 열두 개다. 그는 눈을 든다. 중위 뒤에 장식장이 있다. 표면은 대리석이고, 서랍 손잡이는 철제이다.

"난 지금 기다리고 있다, 생도." 감보아가 말한다.

알베르토는 다시 카펫을 쳐다본다.

"아라나 생도의 죽음은 우연한 사고가 아닙니다." 그가 말한다. "그는 살해되었습니다. 복수였습니다. 중위님."

알베르토는 눈을 든다. 감보아는 꼼짝도 하지 않는다. 그의 얼굴은 태연하고 무감각하다. 놀란 기색도 없고 궁금하다는 표정도 없다. 그는 아무 질문도 하지 않는다. 그의 손은 무릎 위에 놓여 있고, 다리는 벌려져 있다. 알베르토는 중위가 앉은 의자의 다리가 동물의 다리라는 것을 깨닫는다. 날카로운 발톱을 지닌 납작한 발바닥이다.

"그를 죽인 겁니다." 그가 덧붙인다. "왕초 그룹이었습니다. 그를 증오했습니다. 저희 반 모든 생도가 아무런 이유도 없이 그를 싫어했습니다. 그는 그 누구도 괴롭히지 않았습니다. 하지만 그는 미움을 받았습니다. 그가 장난이나 싸움을 좋아하지 않았기 때문입니다. 그를 미치게 만들고, 항상 그를 못살게 굴더니, 이제는 그를 죽였습니다."

"진정해." 감보아가 말했다. "하나씩 차분하게 말해봐. 날 믿고 모든 걸 말해보도록."

 "예, 중위님." 알베르토가 말한다. "장교님들은 막사에서 일어나는 일을 전혀 모르십니다. 모두가 항상 아라나를 미워했습니다. 막사에 가두고, 한순간도 가만히 놔두지 않았습니다. 이제 그들은 행복해합니다. 그 장본인이 바로 왕초 그룹입니다, 중위님."

 "잠깐만." 감보아가 말하자 알베르토는 그를 쳐다본다. 이번에 중위는 의자 끝으로 움직여 앉더니, 손바닥으로 턱을 괸다. "그러니까 네 반의 어느 생도가 아라나 생도에게 고의로 총을 쐈다는 소린가? 그런 의미인가?"

 "예, 중위님."

 "그 생도의 이름을 내게 말해주기 전에 할말이 있다." 감보아가 부드럽게 덧붙인다. "네게 한 가지 미리 알려줄 것이 있다. 그런 종류의 고발은 매우 중대하다. 나는 아마도 네가 이 일로 야기될 수 있는 모든 결과를 알고 있으리라고 생각한다. 또한 네가 하려는 일에 대해 추호의 의심도 없길 바란다. 이런 종류의 고발은 장난이 아니다. 내 말을 알아듣겠나?"

 "예, 중위님." 알베르토가 말한다. "저도 이미 그런 생각을 했습니다. 제가 사고 직후에 중위님에게 말하지 않은 것은 두려웠기 때문입니다. 하지만 이제는 그렇지 않습니다." 그는 계속 말하기 위해 입을 열지만, 말을 하지 않는다. 알베르토는 시선을 떨어뜨리지 않고 감보아를 쳐다본다. 그의 얼굴은 윤곽이 뚜렷하고, 자신감으로 가득하다. 잠시 후 뚜렷하고 강한 윤곽이 흐려지고, 중위의 까무잡잡한 피부는 창백해진다. 알베르토는 눈을 감는다. 그는 잠시 노예의 창백하면서도 누렇게 뜬 얼굴과 망설이는 시선, 그리고 수줍은 입술을 본다. 그는 단지 노예의 얼굴만을 본다. 그러고서 다시 눈을 뜨고 자기 앞에 감보아 중위가 있다는 것을 깨닫는다. 그는 풀로 뒤덮인 들판, 경당, 막사의 텅 빈 침대를 떠올린다.

"예, 중위님." 알베르토는 말한다. "제 발언에 제가 책임지겠습니다. 카바의 복수를 하기 위해 재규어가 그를 죽였습니다."

"뭐라고?" 감보아가 묻는다. 그는 한 손을 떨어뜨리고, 눈으로는 이제 궁금하다는 표정을 짓는다.

"모든 게 외출금지 때문이었습니다, 중위님. 그리고 유리창 때문이었습니다. 그에게 외출금지는 끔찍한 처벌이었습니다. 그 어떤 처벌보다 심한 것이었습니다. 그는 보름 전부터 외출하지 못했습니다. 우선 그가 파자마를 잃어버렸기 때문입니다. 그다음주에 중위님은 화학시험 시간에 제게 답을 가르쳐주었다는 이유로 외출을 금지하셨습니다. 그는 어찌할 바를 몰랐습니다. 외출을 해야만 했기 때문입니다. 이제 이해하십니까, 중위님?"

"아니." 감보아가 말한다. "한 마디도 이해가 안 되는군."

"그러니까 제 말은, 그가 사랑에 빠져 있었다는 의미입니다. 한 여자아이를 좋아했습니다. 노예에게는 친구가 없었습니다. 그 점을 이해하셔야 합니다. 그는 그 누구와도 어울리지 않았습니다. 그는 지난 삼 년 동안 학교에서 아무와도 말하지 않고 혼자 시간을 보냈습니다. 모두가 그를 괴롭혔습니다. 그는 외출해서 그 여자아이를 만나고 싶어했습니다. 중위님은 그들이 내내 그를 얼마나 학대했는지 모르실 겁니다. 그의 물건을 훔쳐갔고, 담배를 빼앗았습니다."

"담배라고?" 중위가 묻는다.

"학교의 모든 생도가 담배를 피웁니다." 알베르토는 호전적인 말투로 말한다. "각자 매일 한 갑씩 피웁니다. 아니, 더 많이 피우기도 합니다. 장교님들은 막사에서 무슨 일이 벌어지는지 모르십니다. 모두가 노예를 괴롭혔습니다. 저도 마찬가지입니다. 하지만 후에 저는 그의 친구가 되었습니다. 그의 유일한 친구였습니다. 그는 제게 자기 이야기를 들려주었습니다. 그가 싸우는 것을 두려워했기 때문에 그들은 걸 핏하면 괴롭혔습니다. 놀리기만 했던 것이 아닙니다, 중위님. 그들은 그가 잠을 자고 있을 때면 그에게 오줌을 쌌고, 외출을 하지 못하도록 군복에 구멍을 내기도 했으며, 음식에 침을 뱉기도 했고, 그가 가장 먼저 정렬했을 때도 강제로 맨 뒤로 보내기도 했습니다."

"그들이 누구지?" 감보아가 물었다.

"모두입니다, 중위님."

"마음을 가라앉히도록, 생도. 순서대로 차근차근 이야기해봐."

"그는 나쁜 아이가 아니었습니다." 알베르토가 중위의 말을 끊는다. "그가 유일하게 증오했던 것이 외출금지입니다. 외출허가를 받지 못하면 그는 거의 미치려고 했습니다. 이미 그는 한 달째 외출을 못했습니다. 그리고 여자아이는 그에게 편지를 쓰지 않았고요. 저 역시 그에게 못되게 굴었습니다, 대위님. 아주 못되게 굴었어요."

"천천히 이야기해." 감보아가 말한다. "감정을 억누르도록 하라, 생도."

"예, 중위님. 그가 제게 시험시간에 답을 가르쳐주었다는 이유로 중위님이 외출을 금지한 걸 기억하십니까? 그는 여자아이와 데이트가 있었고, 함께 영화관에 가려고 했습니다. 그는 제게 그 여자아이 집으로 가서 자초지종을 설명해달라고 부탁했습니다. 그런데 저는 그를 배신했습니다. 지금 그 여자아이는 제 애인입니다."

"아." 감보아가 말한다. "이제야 조금 이해가 되는군."

"그는 아무것도 몰랐습니다." 알베르토가 말한다. "하지만 그 여자를 만나고 싶어 안달했습니다. 그는 왜 그 여자아이가 자기에게 편지를 보내지 않는지 알고 싶어했습니다. 유리창 사건으로 인한 외출금지는 몇 달 동안 지속될 수도 있었습니다. 범인이 카바라는 사실을 결코 알아내지 못했을 것이기 때문입니다. 장교님들은 저희가 말씀드리지 않으면 막사에서 일어나는 일을 결코 알아내지 못하십니다, 중위님. 그는 다른 생도들과 달랐습니다. 그는 결코 벽을 타넘으려고 하지 않았습니다."

"벽을 타넘다니?"

"모두가 벽을 타넘습니다. 심지어 개들도 그렇게 합니다. 매일 밤 누군가가 그렇게 거리로 나갑니다. 노예만 예외였습니다, 중위님. 그는 한 번도 벽을 타넘은 적이 없습니다. 그래서 그가 우아리나, 그러니까 우아리나 중위님에게 가서 카바에 관해 말한 것입니다. 그건 그가 고자질쟁이라서가 아니었습니다. 단지 외출하고 싶었기 때문입니다. 그리고 왕초 그룹은 그 사실을 알았습니다. 저는 그들이 밀고자를 알아냈다고 확신합니다."

"왕초 그룹이란 게 뭐지?" 감보아가 물었다.

"저희 반 생도 네 명의 모임입니다, 중위님. 아니 세 사람이라고 하는 게 맞을 것 같습니다. 카바가 이미 학교를 나갔기 때문입니다. 그들은 시험지와 군복 따위를 훔쳐서 팝니다. 장사를 하는 겁니다. 모두 아주 비싸게 팝니다. 담배, 술 이런 것들도."

"지금 헛소리를 하는 건가?"

"피스코와 맥주입니다, 중위님. 제가 장교님들은 아무것도 모르신다고 말씀드렸잖습니까? 생도들은 외출 나갔을 때보다 학교에서 더 많이 술을 마십니다. 밤에 마십니다. 그리고 종종 쉬는 시간에도 마십니다. 카바가 범인이라는 게 발각됐다는 사실을 알자, 그들은 분노했습니다. 하지만 아라나는 밀고자가 아니었습니다. 막사에는 고자질쟁이가 한 명도 없었습니다. 그래서 그를 죽였던 것입니다. 복수하기 위해서."

"누가 죽였지?"

"재규어입니다, 중위님. 다른 두 사람, 그러니까 왕뱀과 곱슬머리는 무식한 짐승 같은 놈들이지만, 총을 쏠 놈들은 아닙니다. 재규어였습니다."

"재규어가 누구지?" 감보아가 물었다. "나는 생도들의 별명을 모른다. 이름으로 말하도록."

알베르토는 이름을 말해주고서 계속 이야기했다. 감보아는 가끔씩 그의 말을 끊고 세부적인 사항들, 즉 이름과 날짜를 물어보았다. 한참 후, 알베르토는 입을 다물고 고개를 숙였다. 중위는 그에게 화장실을 가리켰다. 그는 그곳으로 갔고, 얼굴과 머리카락에 물을 묻힌 채 돌아왔다. 감보아는 맹수 다리를 한 의자에 계속 앉아서, 생각에 잠긴 표정을 짓고 있었다. 알베르토는 그의 앞에 섰다.

"이제 귀가하라." 감보아가 말했다. "내일 나는 위병소에 있을 것이다. 막사로 들어가지 말고, 직접 나를 만나러 와라. 그리고 당분간 이 문제에 관해 그 누구에게도 말하지 않겠다고 약속하라. 그 누구에게 도, 네 부모님에게도."

"예, 중위님." 알베르토가 말했다. "약속하겠습니다."

제4장

그는 올 거라고 해놓고는 오지 않았어. 그를 죽여버리고 싶었지. 식사를 마친 후 나는 우리가 만나기로 했던 정자로 올라갔어. 그를 기다리다 지쳤지. 난 담배를 피우면서 생각에 잠겨 있었어. 얼마나 오랫동안 그랬는지는 모르겠어. 가끔씩 일어나서 창문을 내다봤어. 소운동장은 계속 텅 비어 있었어. 절름발이년도 함께 있지 않았어. 항상 내 뒤를 졸졸 쫓아다니면서도, 정작 필요할 때는 함께 있지 않는다니까. 나는 그곳 정자에서 그 암캐를 옆에 두고 두려움을 떨쳐버리고 싶었는데. 짖어, 암캐야, 짖어서 사악한 영혼들을 내쫓아버려. 그때 곱슬머리가 나를 배신했다는 생각이 들더라고. 하지만 그렇지는 않았어. 나중에 알게 됐지. 나는 그가 올지도 모른다는 생각을 하며 계속 정자 한쪽 구석에 있었어. 어두워질 무렵에야 정자에서 내려와 거의 뛰듯이 막사로 돌아갔지. 소운동장에 도착했을 때 호각소리가 들렸어. 만일 그를 기다리면서 조금 더 그곳에 있었다면, 벌점 6점을 받았을 거야. 하지만 그는 그런 건 염두에 두질 않았더라고. 정말 두들겨패고 싶더라니까. 나는 대열 맨 앞에서 그를 보았고, 그는 나를 쳐다보지 않으려고 고개를 돌렸어. 입을 벌리고 있더라. 마치 파리에게 이야기하면서 거리를 걸어다니는 멍청이 중 하나 같았어. 바로 그 순간 나는 곱슬머리가 정자로 오지 않은 건 겁을 먹었기 때문이라는 걸 깨달았어. '이번에는 정말로 우리가 제대로 망한 거야.' 난 생각했어. '차라리 가방을 싸는 게 낫겠어. 그리고 있는 힘을 다해서 생활비를 벌 거야. 내 계급장을 떼어버리기 전에 운동장으로 도망쳐야 해. 절름발이년을 훔쳐야겠어. 아마 아무도 눈치채지 못할 거야.' 반장은 출석을 불렀고, 다들 차례차례 출석했다고 답하고 있었어. 아로스피데가 재규어의 이름을 불렀지. 그때를 떠올리면 아직도 나는 온몸이 오싹하고, 다리가 후들후들 떨려. 그 순간 나는 곱슬머리를 쳐다봤고, 그도 고개를 돌려 눈을 크게 뜨고 나를 바라봤어. 모두가 고개를 돌렸고, 나는 젖 먹던 힘까지 다해서 참아야만 했지. 어디서 그런 힘이 나왔는지는 모르겠어. 반장은 기침을 하고도 계속 출석을 불렀어. 그러고서 일이 터진 거야. 우리가 막사로 들어가자마자, 우리 반 전체가 곱슬머리와 내게 달려와 소리쳤지. "무슨 일이 벌어진 거야? 자, 빨리 얘기해봐. 말해보자고." 아무도 우리가 아무것도 모른다는 사실을 믿으려고 하지 않았어. 곱슬머리는 입을 삐죽 내밀었어. "우리는 아무 관련도 없어. 정말이야. 그러니 자꾸 물어보지 마, 씨팔." 이리 와, 절름발이년아, 지금은 도망가지 마, 까다롭게 굴지 말고. 지금 내가 얼마나 슬픈데, 난 지금 너와 함께 있고 싶단 말이야. 그런 다음 그들이 취침하러 가자, 나는 곱슬머리에게 다가가서 말했어. "배신자. 정자에 왜 안 왔어? 몇 시간을 기다렸는지 알아?" 그는 전보다 더 겁을 먹었어. 그 꼴이 안쓰럽기 짝이 없더라. 그런데 최악은 바로 그런 두려움은 전염된다는 거야. "우리가 함께 있는 걸 다른 아이들에게 보여주고 싶지 않아, 왕뱀. 다들 잘 때까지 기다려. 한 시간 정도 후에 너를 깨워서 다 이야기해줄게, 왕뱀. 자, 어서 네 침대 안으로 들어가. 어서 여기서 비켜, 왕뱀." 나는 그에게 욕을 하고 이렇게 말했어. "약속을 또 어기면 죽여버릴 거야." 나는 침대로 누우러 갔고, 잠시 후 불이 꺼졌어. 그러자 검둥이 바야노가 침대에서 내려와 다가오는 게 보였지. 그는 그날따라 부드러웠고, 아주 약삭빨랐으며 정다웠어. "난 너희 친구잖아, 왕뱀. 무슨 일이 있었는지 얘기해줘." 그는 쥐새끼 같은 이빨을 드러내며 아주 다정한 척했어. 나는 슬픔에 잠겨 있었지만, 그의 꼬락서니를 보자 웃음이 나오더라고. 내가 주먹을 보이며 험한 인상을 짓자마자 줄행랑을 쳤거든. '암캐야, 이리 와, 나와 함께 있자, 난 지금 힘든 시간을 보내고 있다고, 날 버리지 마.' 나는 마음속으로 말했어. '만일 저놈이 오지 않으면, 대갈통을 부숴버리겠어.' 그러나 모두가 코를 골며 잠에 떨어지자, 곱슬머리는 왔어. 천천히 내게 와서 그러더라. "화장실로 가서 마음 편하게 이야기하자." 암캐는 나를 쫓아오면서 내 발을 핥았어. 그 개의 혓바닥은 항상 따뜻해. 곱슬머리는 오줌을 싸고 있었는데, 마치 끝없이 영원히 쌀 것 같은 모습이었어. 나는 그가 일부러 그런다고 생각했고, 그래서 그의 덜미를 잡고 마구 흔들면서 말했어. "무슨 일이 있었는지 당장 말해."

   나는 재규어가 그랬대도 전혀 이상하게 생각하지 않아. 난 그가 아무런 감정도 없다는 걸 이미 알고 있었으니까. 그가 우리 모두를 곤경에 빠뜨린다고 해도 그 누구도 놀라지 않을 거야. 곱슬머리는 그가 "내가 벌을 받으면 모두 가만두지 않겠어"라고 말했다고 전했어. 그건 전혀 이상한 말이 아니야. 하지만 곱슬머리도 그것에 관해서는 많이 알지는 못해. 절름발이년아, 너무 많이 움직이지 마, 지금 내 배를 할퀴고 있잖아. 나는 그가 많은 걸 말해주길 기다렸고, 심지어 그러리라고 확신했어. 곱슬머리가 말해준 바에 따르면, 그들은 어느 개의 모자를 과녁으로 삼아 돌을 던지고 있었는데, 재규어는 20미터 떨어진 곳에서도 매번 명중시켰어. 그러자 그 개가 말했대. "지금 제 모자를 엉망으로 만들고 계십니다, 생도님들." 나는 들판에서 그들을 본 것을 기억하고 있어. 그들이 담배를 피우러 간다고 생각했어. 그렇지 않았다면 그들에게 다가갔을 거야. 난 돌팔매질을 좋아하고, 곱슬머리나 재규어보다 더 조준을 잘하거든. 곱슬머리 말에 따르면, 개가 너무 불평을 늘어놓자, 재규어가 개에게 말했대. "계속 지껄이면, 네 자지를 과녁으로 삼겠어. 그러니 입다물고 있는 게 좋을 거야." 그러고는 뒤를 돌아 곱슬머리를 바라보더니, 생뚱맞게 이랬다는 거야. "시인이 학교에 오지 않은 이유가 갑자기 떠올랐어. 죽었기 때문이야. 5학년은 죽음의 학년이거든. 그러니까 이번 학년이 끝나기 전에 우리 반에 또다른 시체들이 생길 거야." 곱슬머리는 그 말을 듣고는 벌벌 떨면서 성호를 그었다고 했어. 그때 감보아를 보았대. 그는 중위가 재규어를 찾으러 온다는 생각은 꿈에도 하지 못했어. 아마 나라도 그랬을 거야. 그 누구도 상상하지 못했을걸. 곱슬머리는 눈을 크게 뜨고 이렇게 말했어. "우리에게 올 거라고는 생각도 못했어, 왕뱀. 나는 단지 재규어가 시체와 시인에 관해 말한 것만 생각하고 있었거든. 그때 감보아가 곧장 우리에게 와서 우리를 쳐다본 거야, 왕뱀." 절름발이년아, 왜 네 혀는 항상 뜨거운 거니? 네 혀를 생각할 때면 우리 어머니가 내가 아플 때 나쁜 피를 빼내기 위해 사용하던 부항단지가 떠올라. 그는 감보아가 약 10미터 거리로 다가왔을 때 개가 일어났고, 재규어도 일어났고, 자기도 차려 자세를 취했다고 말했어. "바로 그때 알았어, 왕뱀. 그건 개가 모자를 쓰고 있지 않아서가 아니었어. 그 누구라도 눈치챘을 거야. 감보아는 단지 우리 두 사람만 쳐다보고 있었거든. 우리에게서 눈을 떼지 않았다고, 왕뱀." 그러면서 그들에게 "잘 있었나, 제군"이라고 말했다고 했어. 하지만 그는 이미 곱슬머리를 쳐다보고 있지 않았대. 단지 재규어만 쳐다보았고, 재규어는 손에 들고 있던 돌을 내려놓았지. "위병소로 가라." 감보아가 말했대. "당직 장교에게 출두하라. 그리고 네 파자마, 칫솔, 수건과 비누를 가져가도록 해." 곱슬머리는 자기 얼굴이 창백해졌다고 했어. 하지만 재규어는 아주 태연했고, 그때까지도 감보아에게 무례하게 질문했대. "저 말입니까, 중위님? 왜 그러십니까, 중위님?" 그러자 개가 웃었대. 그 개를 다시 만나면 가만두지 않을 거야. 감보아는 대답하지 않았고, 단지 "즉시 그곳으로 가라"라고만 말했다더군. 곱슬머리가 그 개의 얼굴을 기억하지 못해 유감이야. 그 개는 감보아가 그곳에 있는 틈을 타서 모자를 주워 황급히 도망쳤어. 재규어는 곱슬머리에게 "씨팔, 맹세하는데, 시험지 때문이라면 많은 녀석들이 자기들이 태어난 것을 후회하게 될 거야"라고 말했는데, 그리 이상한 일은 아니야. 그러고도 남을 놈이거든. 곱슬머리는 그에게 "나나 왕뱀이 고자질했다고 믿는 건 아니지?"라고 말했다더군. 그러자 재규어는 이렇게 대답했대. "너를 위해서 하는 말인데, 너희가 그런 놈들이 아니었으면 좋겠다. 너희도 나처럼 이 일에 깊이 연관되어 있다는 사실을 잊지 마. 왕뱀에게 이 말 그대로 전해. 그리고 시험지를 산 놈들에게도 전하고. 모두에게 말이야." 나머지는 나도 모두 알고 있어. 그가 막사를 나가는 모습을 봤거든. 그는 한쪽 팔에 든 파자마를 바닥에 질질 끌면서 갔고, 마치 담배파이프인 양 치약을 이로 물고 있었어. 나는 깜짝놀랐어. 난 그가 샤워를 하러 간다고 생각했거든. 재규어는 일주일에 한 번 샤워하는 바야노와는 다른 놈이니까. 3학년 때는 '수중인간'이라고 불릴 정도였지. 절름발이년아, 네 혀는 뜨거워. 길고 지독히도 뜨거운 혀로구나.

우리 어머니가 내게 "이제 학교는 그만 다녀. 네 대부 집으로 가서 일자리를 얻어달라고 하자"라고 말했을 때, 나는 대답했어. "학교를 그만두지 않고도 어떻게 돈을 벌어야 하는지 알아요. 걱정 마세요." 그러자 어머니가 "그게 무슨 소리야?" 하고 물었어. 나는 차마 말을 못하고, 입을 벌린 채 그대로 있었어. 그러다가 어머니에게 말라깽이 이게라스를 아느냐고 물었지. 어머니가 나를 아주 수상하게 쳐다보다가 묻는 거야. "어디서 그 녀석을 알게 되었니?" 나는 말했어. "친구예요. 가끔씩 그 친구를 도와 사소한 일을 해줘요." 어머니는 어깨를 으쓱하더니 말했어. "이제 넌 다 컸어. 그러니 네가 하고 싶은 일을 하렴. 난 아무것도 알고 싶지 않구나. 하지만 집에 돈을 가져오지 않는다면 그때는 일을 해야 해." 나는 어머니가 말라깽이 이게라스와 우리 형이 무슨 일을 했는지 알고 있다는 것을 눈치챘지. 나는 이게라스와 함께 이미 몇 번에 걸쳐 다른 집도 갔어. 항상 밤이었고, 그럴 때마다 20솔 정도를 벌었어. 말라깽이가 그랬지. "나랑 있으면 부자가 될 거야." 나는 공책에 돈을 모두 숨겨놨는데, 어머니에게 물었어. "지금 돈 필요하세요?" 그러자 어머니가 그랬지. "돈은 항상 필요해. 가진 돈이 있으면 주렴." 나는 2솔만 제외하고 다 주었어. 나는 단지 매일 오후 테레사를 기다리는 데, 그러니까 그녀의 학교 문 앞으로 가는 데, 그리고 담배를 사는 데만 돈을 썼거든. 그 당시 나는 내 돈으로 담배를 사기 시작한 참이었지. 사나흘에 한 번꼴로 잉카 담배 한 갑을 샀어. 언젠가 한번 나는 베야비스타광장에서 담배에 불을 붙였는데, 테레사가 자기 집 대문에서 나를 보았어. 그녀는 내게 왔고, 우리는 벤치에 앉아 대화를 나누었어. 그녀는 내게 "담배를 어떻게 피우는지 가르쳐줘"라고 했지. 나는 담배에 불을 붙여 그녀에게 여러 번 빨게 해주었어. 하지만 그녀는 담배 연기를 들이마시지 못했고 기침을 하기 시작했어. 다음날 그녀는 밤새 속이 안 좋았으며, 다시는 담배를 피우지 않겠다고 하더라고. 나는 그 시절을 아주 잘 기억하고 있어. 그해 최고의 시기였지. 거의 학년 말이었어. 시험이 시작됐고, 우리는 그 어느 때보다 열심히 공부했어. 우리는 떼려야 뗄 수 없는 사이가 됐지. 그녀의 이모가 집을 비우거나 잠들면, 우리는 농담을 했고 장난을 치면서 상대방의 머리카락을 헝클었어. 나는 그녀가 나를 건드릴 때마다 몹시 흥분했어. 하루에 두 번 그녀를 만났지, 정말 행복했어. 게다가 돈도 가지고 있었기 때문에, 항상 깜짝 선물을 사들고 갔거든. 밤에는 베야비스타광장으로 가서 말라깽이를 만났고, 그는 내게 이렇게 말하곤 했어. "이러이러한 날에 해야 할 일이 있으니 준비하고 있어. 아주 맛있는 게 차려져 있거든."

처음 몇 번은 세 사람이 함께 일했어. 말라깽이, 나, 그리고 산골 촌놈 겁쟁이였지. 언젠가 오란티아 거리에 있는 어느 부잣집을 털 때는 내가 알지 못하는 두 사람이 가세하기도 했어. 하지만 대부분은 말라깽이와 나 단둘이서만 일했어. "적을수록 더 좋아"라고 말라깽이는 말했지. "각자가 가져가는 몫이 더 커지거든. 하지만 그럴 수 없을 때가 종종 있어. 진수성찬을 모두 먹으려면 많은 입이 필요하니까." 대부분 우리는 빈집으로 들어갔어. 말라깽이는 이미 그 집들을 알고 있더라고. 어떻게 알았는지는 모르겠어. 그는 내게 들어가는 방법, 그러니까 지붕을 통해서인지 아니면 굴뚝을 통해서인지, 그것도 아니면 창문으로 들어가야 하는지 설명해주었어. 처음에는 두려웠지만, 나중에는 아주 마음 편히 일하게 되더라. 언젠가 우리는 초리요스에 있는 집으로 들어갔어. 나는 차고 유리창으로 기어들어갔어. 말라깽이가 이미 유리 칼로 그곳에 구멍을 내놓았거든. 나는 집을 거의 반이나 돌아다닌 끝에 현관문을 열었고, 그 집에서 나와 길모퉁이에서 기다렸어. 잠시 후 이층에 불이 켜지는 게 보였고, 말라깽이가 황급히 그곳에서 나왔어. 그리고 내가 있는 곳을 지나가면서 내 손을 잡고 말하더라고. "어서 튀어! 잘못하면 잡혀." 우리는 세 블록가량 마구 뛰었지. 그들이 우리를 쫓아왔는지는 모르겠어. 하지만 나는 엄청나게 겁을 먹었어. 그러자 말라깽이가 말했어. "일단 여기는 뛰어 도망치고, 길모퉁이를 돈 다음에는 아무 일도 없는 것처럼 차분하게 걸어." 나는 이제 틀렸다고 생각했어. 그래도 그가 말한 대로 했고, 다행히 아무 일도 없었어. 나는 그 먼 곳부터 걸어서 집으로 돌아갔어. 추위와 피로로 죽을 지경이 돼서 덜덜 떨면서 도착했다니까. 그리고 말라깽이는 잡혔을 거라고 확신 했지. 그런데 다음날 그는 광장에서 나를 기다리고 있다가 배꼽을 잡 고 웃더라고. "진짜 잘못 짚었어! 의외였어!"라고 그는 말했어. "장식 장 서랍을 열고 있는데, 그때 갑자기 환해지는 거야. 그 많은 등에 불 이 들어와 눈도 못 뜰 지경이었다니까. 제기랄! 하느님은 위대하시고 우리 편이라 우리가 무사한 거야."

"그래서요?" 알베르토가 물었다.
"그게 전부야." 병장이 말했다. "바로 그때 그 녀석이 피를 흘리기 시작했고, 나는 그놈에게 말했어. '푸념하지 마.' 그러자 그 바보가 말 했지. '푸념하는 게 아닙니다, 병장님. 하지만 아픕니다.' 그랬더니 다 들 동료의식으로 똘똘 뭉쳐서 중얼거리기 시작하는 거야. '아픕니다, 그는 아픕니다.' 난 그 말을 믿지 않았지만, 사실이었을지도 몰라. 왜 그런지 아나, 생도? 그의 머리카락이 붉어지고 있었거든. 난 막사 바닥 이 더러워지지 않도록 그에게 씻고 오라고 지시했어. 그런데 그 고집 쟁이는 그렇게 하려고 하지 않더군. 좀더 분명하게 말하자면, 계집애 같은 놈이었어. 그놈이 침대에 앉아 있길래, 내가 밀었어. 일어나게 하 려고 했던 거야, 생도. 그러니까 다른 병사들이 소리치기 시작하더라 고. '그냥 놔두십시오, 병장님. 지금 아프다고 하지 않습니까?'"
"그런 다음에는요?" 알베르토가 물었다.
"그게 전부야, 생도. 그게 다라고. 그때 하사가 막사로 들어와 물었 지. '이 병사에게 무슨 일이 있나?' '넘어졌습니다, 하사님'이라고 나는 대답했어. '넘어졌지, 그렇지?' 그런데 그 계집애 같은 놈이 이런 거야.

'아닙니다. 병장님이 몽둥이로 제 머리를 때렸습니다.' 그러자 다른 염병할 놈들도 소리치기 시작했고. '맞습니다, 맞습니다. 병장님이 머리를 때렸습니다.' 개새끼들! 하사는 나를 영창으로 데려갔고, 그 염병할 놈을 의무실로 보냈어. 나흘 전부터 나는 이곳에서 빵과 물만 먹고 있다고. 배고파 죽겠다, 생도."

"왜 머리를 때린 겁니까?" 알베르토가 물었다.

"젠장." 병장은 경멸적인 몸짓을 해 보이며 말했다. "나는 그놈에게 빨리 쓰레기를 치우게 하려고 했을 뿐이야. 한 가지 말해줄까? 이건 정말 부당한 일이야. 중위님이 막사에서 쓰레기를 보면 군기가 빠졌다면서 내게 사흘간 기합을 주거나 내 엉덩이를 발로 차버릴 거야. 하지만 내가 졸병의 머리를 때리면 영창에 처넣어. 사실대로 말해줄까, 생도? 병장보다 더 힘든 계급은 없어. 장교들은 병사들에게 발길질을 하지만, 그들 사이에는 동료의식이 있고, 항상 서로 도와주거든. 반면에 우리 선임들은 양쪽에서 시달려. 장교들은 우리를 함부로 대하고, 졸병들은 우리를 미워해. 우리는 그렇게 고달픈 존재들이라고. 졸병이었을 때가 더 좋았어, 생도."

두 개의 감방은 위병소 뒤에 있다. 어둡고 천장이 높은 두 감방은 쇠창살로 분리되어 있을 뿐이라 그 너머로 알베르토와 선임 사병은 편안하게 대화를 나눌 수 있다. 각 감방의 천장 가까이에는 조그만 창문이 달려 있으며, 그곳으로 햇빛이 몇 줄기 스며든다. 각 감방에는 삐걱거리는 야전침대와 허름한 매트리스, 그리고 카키색 담요가 하나씩 있다.

"여기에 얼마나 있게 됐지, 생도?" 병장이 묻는다.

"모르겠습니다." 알베르토가 대답한다. 감보아는 전날 밤 그에게

438

그 어떤 설명도 하지 않은 채, 무뚝뚝하고 짤막하게 이렇게만 말했다. "거기서 잠을 자라. 난 네가 막사로 가지 않았으면 좋겠다." 고작 열시밖에 되지 않았다. 코스타네라 거리와 학교의 소운동장들은 텅 비어 있었다. 바람이 조용하게 그곳을 휩쓸었다. 외출이 금지된 사람들은 막사에 있었고, 외출한 생도들은 열한시에나 돌아올 것이었다. 위병소 안쪽의 벤치에 모여 앉은 병사들은 조그만 소리로 대화하고 있었다. 알베르토가 감방에 들어왔을 때 그들은 그에게 눈길조차 주지 않았다. 어두워서 아무것도 볼 수 없었지만, 약간 시간이 지나자 한쪽 구석에 야전침대의 짙은 그림자가 보였다. 그는 가방을 바닥에 놓아두고, 모자와 신발과 재킷을 벗은 다음 담요를 덮었다. 그곳까지 동물이 으르렁거리는 소리와 유사한 몇몇 병사의 코고는 소리가 들려왔다. 그는 눕자마자 즉시 잠들었다. 잠자다가 여러 번 깼지만, 코고는 소리는 끊이지 않고 들려왔다. 전혀 변함 없는 커다란 소리였다. 날이 밝자 그는 옆 감방에 병장이 있다는 걸 알았다. 모자와 각반을 벗지도 않은 채 자고 있던 그는 키가 컸고, 얼굴은 칼처럼 예리하고 날카로웠다. 잠시 후, 어느 병사가 따뜻한 커피를 가져다주었다. 병장은 잠에서 깼고, 침대에 앉아 알베르토에게 다정하게 인사를 건넸다. 두 사람이 그렇게 대화를 나누고 있을 때 기상나팔이 울렸다.

알베르토는 쇠창살을 떠나 감방 문으로 다가간다. 그 문은 위병소의 휴게실과 연결되어 있다. 감보아 중위는 페레로 중위에게 몸을 숙여 아주 작은 소리로 무언가를 이야기한다. 병사들은 눈을 비비고 기지개를 켜고 소총을 잡고서 속보로 위병소를 떠난다. 문으로 영웅의 기념비를 에워싼 하얀 돌계단의 모서리와 전면의 소운동장이 시작되는 부분이 보인다. 그곳에 페레로 중위와 함께 그날 근무할 병사들이 대기하고 있음이 분명하다. 감보아는 감방을 쳐다보지도 않은 채 위병소를 나간다. 알베르토는 계속 울리는 호각소리를 듣고, 각 학년 생도들이 소운동장에서 줄을 서며 정렬하고 있다는 것을 깨닫는다. 병장은 계속 그대로 침대에 있다. 그는 다시 눈을 감았지만, 더이상 코를 골지는 않는다. 대대가 식당을 향해 행진하는 소리가 들리자, 병장은 생도들의 발소리에 맞춰 천천히 휘파람을 분다. 알베르토는 시계를 본다. '테레사, 지금 너는 피라냐와 함께 있겠지. 아니면 그 사람이 이미 너와 이야기했을지도 모르고. 너는 중위와 함께 사령관이 있는 곳으로 갔거나 아니면 지금쯤 대령이 있는 곳으로 가고 있을까, 테레사. 다섯 사람이 나에 관해 증언하고, 그들은 곧 기자들을 부를 거고, 기자들은 내 사진을 찍겠지. 내가 외출허가를 얻어 나가면, 린치를 당할 거야. 우리 어머니는 미칠 거고, 나는 더이상 미라플로레스로 갈 수 없게 될 거야. 모두가 내게 손가락질을 할 테니까. 나는 외국으로 가서 이름을 바꿔야만 하겠지, 테레사.' 잠시 후 다시 호각소리가 들린다. 식당을 떠나 연병장에서 정렬하기 위해 들판을 건너가는 생도들의 발소리가 마치 희미한 속삭임처럼 위병소까지 들려온다. 반면에 강의실로 가는 발소리는 정확하게 발을 맞추어 걸어가는 크고 군인다운 소리이다. 그 소리는 천천히 작아지다가 마침내 사라진다. '다들 이제 이미 알았을 거야, 테레사. 시인은 돌아오지 않았고, 아로스피데는 불참자 명단에 내 이름을 적었을 테니까. 그 녀석들이 사실을 알게 되면 누가 나를 때릴지 제비를 뽑아 결정하겠지. 그러면 신문에 실릴 것이고, 우리 아버지는 이렇게 말할 거야. 너는 신문 사회면에 실려 우리 가족의 이름을 더

럽혔어. 네 할아버지와 증조할아버지가 살아 계셨다면 충격을 받아 돌아가셨을 거다. 우리는 과거에도 그랬고 현재에도 모든 면에서 최고야. 그런데 네가 모든 걸 망쳤어. 테레사, 뉴욕으로 함께 도망가서 절대로 페루로 돌아오지 말자. 이미 수업은 시작했고, 그들은 내 빈 책상을 쳐다보고 있을 거야.' 알베르토는 페레로 중위가 감방으로 오는 걸 보고는 한 발짝 뒤로 물러난다. 철문이 조용히 열린다.

"페르난데스 생도." 그는 3학년을 담당하는 아주 젊은 중위다.

"예, 중위님."

"5학년 교무실로 가서 가리도 대위에게 신고하라."

알베르토는 재킷을 입고 모자를 썼다. 화창한 아침이었다. 생선과 소금 냄새가 바람에 실려왔다. 밤에 빗소리를 듣지 못했는데, 소운동장은 축축하게 젖어 있었다. 레온시오 프라도의 동상은 이슬에 젖은 슬픈 식물처럼 보였다. 연병장과 5학년 막사 소운동장에서 그는 누구와도 마주치지 않았다. 5학년 교무실 문은 열려 있었다. 그는 재킷을 다시 똑바로 입었고, 한 손으로 눈을 비볐다. 감보아 중위는 서 있었고, 가리도 대위는 책상 모서리에 앉아 있었다. 두 사람이 그를 쳐다보았다. 대위는 그에게 들어오라고 손짓했다. 알베르토는 몇 발짝 내딛고서 차려 자세를 취했다. 대위는 아래위로 천천히 그를 훑어보았다. 귀밑에 난 종기처럼 불룩 솟아오른 그의 턱은 움직이지 않았다. 그는 입을 다물고 있었지만, 피라냐 같은 그의 희디흰 치열은 입술 사이로 튀어나와 있었다. 대위는 고개를 가볍게 움직였다.

"좋아." 그가 말했다. "본론으로 들어가지. 이 모든 게 무슨 의미인가, 생도?"

알베르토는 입을 열었다. 하지만 마치 공기가 들어오면서 그의 기관을 녹여버린 것처럼 몸이 흐느적거렸다. 무슨 말을 해야 할까? 가리도 대위의 양손은 책상 위에 올라가 있었고, 손가락은 아주 초조한 듯이 종이를 긁어댔다. 그는 알베르토의 눈을 쳐다보았다. 감보아 중위가 그의 옆에 있었지만, 알베르토는 차마 그를 쳐다볼 수 없었다. 뺨이 후끈거렸다. 아마 새빨개졌을 것 같았다.

"뭘 기다리는 거지?" 대위가 물었다. "혀가 잘렸나?"

알베르토는 고개를 숙였다. 갑자기 심한 피로가 몰려왔고 자신감이 사라진 것 같은 느낌이 들었다. 덧없고 허약하며 믿지 못할 말들이 입가까지 나오다가 거기서 뒷걸음질치거나 마치 연기로 만든 물건처럼 죽어버렸다. 그가 더듬거리는데, 감보아 중위가 개입했다.

"자, 말해봐, 생도." 그가 말했다. "마음 가라앉히고 침착하게 말해봐. 대위님이 기다리고 계신다. 토요일에 내게 한 말을 그대로 해라. 겁먹지 말고."

"예, 중위님." 알베르토가 말했다. 그는 심호흡을 하고 말했다. "아라나 생도는 살해되었습니다. 그가 왕초 그룹을 고발했기 때문입니다."

"생도는 그걸 직접 보았나?" 가리도 대위가 화가 나 소리쳤다. 알베르토는 눈을 들었다. 이제 그의 턱은 제대로 작동했다. 턱 근육은 푸르스름한 피부 아래서 주기적으로 움직이고 있었다.

"아닙니다, 대위님." 그가 말했다. "하지만……"

"하지만 뭔데?" 대위가 소리쳤다. "구체적인 증거도 없이 어떻게 감히 그런 주장을 해? 생도는 누군가를 살인으로 고발하는 게 어떤 일인지 아나? 왜 그런 엉터리 이야기를 만들어냈지?"

가리도 대위의 이마는 축축했고, 양쪽 눈에는 누런 불길이 일었다. 화가 치민 그의 손은 책상 모서리를 움켜잡았고, 관자놀이는 마구 뛰었다. 그 모습을 보자 알베르토는 갑자기 평정심을 되찾았다. 자기 몸이 다시 기운을 되찾는 것 같았다. 그는 눈을 깜빡거리지도 않은 채 대위를 뚫어지게 쳐다보았고, 잠시 후 마침내 그는 장교가 시선을 다른 곳으로 돌리는 걸 보았다.

"저는 아무것도 지어내지 않았습니다, 대위님." 그가 말했다. 그의 귀로 들어도 설득력 있는 목소리였다. 그는 반복했다. "아무것도 꾸며내지 않았습니다, 대위님. 왕초 그룹 멤버들은 카바를 퇴학시킨 장본인을 찾고 있었습니다. 재규어는 무슨 일이 있어도 복수하고자 했습니다. 그가 무엇보다 혐오하는 것이 고자질입니다. 그리고 모두가 아라나 생도를 미워했습니다. 그를 마치 노예처럼 다루었습니다. 저는 재규어가 죽였다고 확신합니다, 대위님. 확신이 없었다면 아무것도 말하지 않았을 겁니다."

"잠깐만, 페르난데스." 감보아가 말했다. "모든 걸 차근차근 설명해. 이리 가까이 와. 그리고 괜찮다면 앉지."

"아니야." 대위가 단호하게 말했다. 감보아는 고개를 돌려 그를 쳐다보았다. 하지만 가리도 대위는 알베르토에게서 눈을 떼지 않았다. "거기 그냥 있도록 해. 그리고 계속하게."

알베르토는 기침을 하고서 손수건으로 이마를 닦았다. 그는 헉헉거리며 조그만 목소리로 이야기를 시작하면서 종종 한참 동안 침묵을 지켰다. 하지만 왕초 그룹이 저지른 일을 설명하고 노예의 이야기를 하면서 점차 자기도 모르게 다른 생도들의 이야기로 나아갔다. 그러고서 담배와 술, 도둑질과 시험지 판매, 파울리노의 매점에서 일어난 일들, 운동장과 라페를리타 뒤의 담 타넘기, 화장실에서의 포커게임, 시합, 복수, 노름 등을 말해주었다. 그렇게 그는 대위 앞에서 자기 반의 비밀스러운 생활을 악몽의 주인공처럼 드러냈고, 그 말을 듣는 대위는 갈수록 창백해졌다. 이제 알베르토는 갈수록 유창하고 확고하게 말하고 있었다. 심지어 어느 순간에는 공격적이기도 했다.

"그런데 이게 무슨 관련이 있다는 거지?" 대위는 딱 한 번 그의 말을 끊었다.

"이건 대위님이 제 말을 믿게 하기 위해서입니다." 알베르토가 말했다. "장교님들은 막사에서 일어나는 일을 모르십니다. 거기는 마치 다른 세상 같습니다. 이건 모두 대위님이 노예에 관한 제 말을 믿게 하기 위해서입니다."

얼마 후 알베르토가 입을 다물자, 가리도 대위는 잠시 침묵을 지키면서, 책상에 놓여 있는 물건들을 과도할 정도로 세심하게 하나하나 점검했다. 이제 그의 손은 셔츠 단추를 만지작거렸다.

"좋아." 갑자기 그가 말했다. "그러니까 너희 반 전체가 퇴학을 당해야 한다는 말이지. 몇 명은 도둑질한 죄로, 다른 몇 명은 음주한 죄로, 또다른 놈들은 노름한 죄로 말이야. 모두 어느 정도 죄를 짓고 있다는 소리지. 좋아. 그럼 넌 어떤 놈이었지?"

"저희 모두가 모든 것에 잘못이 있습니다." 알베르토가 말했다. "단지 아라나만 달랐습니다. 그래서 그 누구도 그와 어울리지 않았습니다." 그의 목소리가 울먹거렸다. "제 말을 믿어주십시오, 대위님. 왕초 그룹은 그를 찾고 있었습니다. 그들은 수단 방법을 가리지 않고 카바를 고발한 사람을 찾으려고 했습니다. 그리고 복수를 하려고 했습니다. 대위님."

"그만해!" 대위가 말했다. 그는 그 어느 때보다 당황하고 초조한 것 같았다. "이건 모두 아무 근거도 없는 이야기야. 지금 왜 이런 엉터리 이야기를 늘어놓는 거지? 카바 생도를 밀고한 사람은 아무도 없어."

"엉터리 이야기가 아닙니다. 대위님." 알베르토가 말했다. "카바라고 고발한 사람이 노예가 아니었는지 직접 우아리나 중위님에게 물어보십시오. 노예는 시험지를 훔치기 위해 막사에서 나온 그를 본 유일한 목격자입니다. 그는 불침번을 서고 있었습니다. 우아리나 중위님에게 물어보십시오."

"네 말에는 아무런 근거도 없다." 대위가 말했다. 하지만 알베르토는 이미 그가 스스로의 말을 그다지 확신하지 않는다는 것을 눈치챘다. 그의 한 손은 아무런 이유도 없이 허공에서 덜렁거렸고, 그의 치열이 더욱 크게 보였던 것이다. "아무 근거도 없어."

"재규어에게는 자기가 고발당한 거나 마찬가지였습니다." 알베르토가 말했다. "그는 카바가 퇴학당하자 화가 나 거의 미쳤습니다. 왕초 그룹은 매일 밤 모였습니다. 그것은 복수였습니다. 저는 재규어를 잘 압니다. 그는 충분히 그런 일을 하고도……"

"이제 그만." 대위가 말했다. "네 말은 유치하기 짝이 없어. 넌 지금 네 동료를 아무 증거도 없이 살인범으로 고발하고 있어. 복수를 하려는 당사자가 바로 너라고 해도 난 전혀 놀라지 않을 거야. 군대에서는 그 따위 놀이는 허락되지 않아, 생도. 잘못하면 네가 비싼 대가를 치를 수 있어."

"대위님." 알베르토가 말했다. "재규어는 고지 공격 때 아라나 뒤에 있었습니다."

그러나 그는 입을 다물었다. 그는 아무 생각 없이 그렇게 말했고, 이 제는 머뭇거리고 있었다. 그는 라페를라의 들판과 고랑으로 둘러싸인 언덕, 그 토요일의 아침과 대형을 장면으로 재구성하려고 열심히 노력했다.

"틀림없나?" 감보아가 물었다.

"예, 중위님. 그는 아라나 뒤에 있었습니다. 자신 있게 말할 수 있습니다."

가리도 대위가 두 사람을 쳐다보았다. 의심쩍고 화난 눈으로 두 사람을 번갈아가며 바라보았다. 이제 그는 두 손을 모았다. 한 손은 주먹을 쥐었고, 다른 손은 그 손을 덮어 온기를 나누고 있었다.

"그렇다 해도 거기에 무슨 의미가 있지?" 그가 소리쳤다. "결코 아무 의미도 없어."

세 사람은 잠시 침묵을 지켰다. 그런데 갑자기 대위가 일어나더니 뒷짐을 지고서 사무실 안을 왔다갔다하기 시작했다. 감보아는 대위가 앉았던 자리에 앉아 벽을 바라보았다. 생각에 잠긴 듯했다.

"페르난데스 생도." 대위가 말했다. 그는 사무실 한가운데 서 있었고, 목소리는 전보다 더 부드러웠다. "네게 남자 대 남자로 말하겠다. 넌 젊고 충동적이다. 그것이 나쁜 것은 아니다. 아니, 오히려 장점이 될 수 있다. 지금 네가 말한 것의 십분의 일만 가지고도 너는 학교에서 퇴학을 당할 수도 있다. 그럼 네 인생은 무너질 것이고, 네 부모님은 엄청난 충격을 받을 것이다. 그렇지 않나?"

"그렇습니다, 대위님." 알베르토가 말했다. 감보아 중위는 한쪽 다리를 흔들거리면서 바닥을 내려다보았다.

"그 생도의 죽음이 네게 충격을 주었을 것이다." 대위가 계속 말했다. "난 그걸 충분히 이해한다. 넌 친구였으니까. 하지만 지금 네가 말한 것이 부분적으로 사실일지라도, 그건 결코 증명될 수 없다. 모든 게 가정에 바탕을 두고 있기 때문에, 결코 그럴 수 없다. 기껏해야 우리는 몇 가지 규정 위반 정도만 확인하게 될 것이다. 많은 생도가 퇴학당할지도 모른다. 그리고 당연한 소리지만 넌 가장 먼저 퇴학 조치를 당할 생도 중 하나가 될 것이다. 하지만 이 모든 일에 대해 앞으로 한마디도 하지 않겠다고 약속하면, 난 모든 걸 잊을 준비가 되어 있다." 그는 급히 한 손을 얼굴로 가져가는가 싶더니 이내 손을 내렸다. "그래, 그게 최선이다. 이 모든 공상에 흙을 뿌리고 잊어버리도록 해라."

감보아 중위는 계속 시선을 떨구고서, 동일한 리듬으로 한쪽 발을 흔들었다. 하지만 이제는 신발 끝이 바닥을 스치고 있었다.

"알아들었나?" 대위가 그렇게 말하고는 얼굴에 미소를 지으려고 애썼다.

"아닙니다, 대위님." 알베르토가 대답했다.

"내 말 못 알아들었나, 생도?"

"저는 그걸 약속할 수 없습니다." 알베르토가 말했다. "아라나는 살해되었습니다."

"그렇다면……" 대위가 거칠게 말했다. "네게 입다물고 다시는 그런 엉터리 이야기를 하지 말라고 명령하겠다. 내 말에 복종하지 않으면, 너는 내가 어떤 사람인지 알게 될 것이다."

"죄송합니다, 대위님." 감보아가 말했다.

"지금 내가 말하는 중이니, 내 말을 끊지 마라, 감보아."

"죄송합니다, 대위님." 중위가 일어나면서 말했다. 그는 대위보다 키가 컸고, 그의 눈을 쳐다보기 위해 대위는 고개를 약간 들어야 했다.

"페르난데스 생도는 이런 고발을 할 권리가 있습니다, 대위님. 저는 생도의 말이 사실이라고 말하는 게 아닙니다. 하지만 조사를 요청할 권리는 있습니다. 규정에 분명히 명시되어 있습니다."

"내게 규정을 가르치려는 건가, 감보아?"

"아닙니다, 물론 아닙니다. 하지만 대위님이 개입하시지 않는다면, 제가 소령님에게 직접 보고하겠습니다. 이건 중대한 일이며, 저는 반드시 조사가 이루어져야 한다고 생각합니다."

마지막 시험이 끝나고 얼마 후 나는 사엔스 페냐 거리에서 테레사가 여자애 둘과 함께 있는 걸 보았어. 수건을 들고 가기에, 나는 멀리서 어디로 가느냐고 물었지. 그러자 테레사가 "해변에"라고 대답하더라. 그날 난 기분이 영 좋지 않은 상태였어. 어머니가 돈을 달라고 했을 때, 나는 입에 담지 못할 말로 대답했거든. 그랬더니 어머니는 침대 밑에 보관하고 있던 허리띠를 꺼내더라고. 어머니가 그 허리띠를 꺼내든 건 실로 오랜만이었어. 난 어머니에게 협박조로 말했어. "내 몸에 손대면, 앞으로 한 푼도 안 내놓을 거야." 그건 단지 허세에 불과했고, 그 말이 효과를 발휘하리라고는 결코 생각하지 않았어. 그래서 어머니가 쳐들었던 허리띠를 바닥에 던지고는 거칠게 중얼거리는 걸 보고 간담이 서늘해졌지. 어머니는 내게 아무 말도 하지 않고 부엌으로 들어가더군. 다음날도 테레사는 두 여자 친구와 함께 다시 해변으로 갔고, 이후 다른 날도 그렇게 가더라고. 어느 날 아침 나는 그들을 뒤쫓아갔어. 그들은 추쿠이토로 갔어. 그들은 이미 속에 수영복을 입고 있었고, 해변에서 겉옷을 벗었어. 남자애 서너 명이 그들을 기다리고 있었어. 나는 단지 테레사와 대화를 나누는 애만 지켜봤지. 오전 내내 난간 뒤에서 그들을 감시했어. 그러다가 세 여자애는 수영복 위에 겉옷을 입고 베야비스타로 돌아갔어. 나는 남자애들을 기다렸어. 두 명은 얼마 후에 그곳을 떠났지만, 테레사와 이야기했던 애와 다른 애 한 명은 거의 세시까지 해변에 머무르더라고. 그런 다음 라푼타 쪽으로 갔어. 거리 한복판으로 걸어가면서 수건과 수영복을 흔들어댔지. 그들이 텅 빈거리에 이르자, 나는 돌을 던지기 시작했어. 그리고 두 사람에게 명중시켰어. 테레사의 친구는 얼굴 정면에 정통으로 맞았지. 그는 "아이고 아파!"라고 소리치면서 몸을 웅크렸는데, 바로 그때 또다른 돌이 그의 등에 떨어졌어. 그들은 놀라서 나를 쳐다봤고, 나는 그들에게 반응할 시간을 주지 않고 그들을 향해 달려갔어. 한 명은 "미친놈이야!"라고 소리치면서 도망치더라. 하지만 테레사의 친구는 거기 그대로 있었고, 나는 그를 덮쳤어. 나는 이미 학교에서 싸운 전력이 있었어. 게다가 싸움에 제법 능했지. 어렸을 때 우리 형이 발과 머리를 쓰는 방법을 가르쳐주었거든. 형이 이렇게 말했었어. "냉정을 잃은 사람은 죽은거나 마찬가지야. 무지막지하게 싸우는 건 단지 네가 아주 힘이 셀 때만 소용 있는 방법이야. 그러면 너는 적을 한쪽 구석에 몰아넣고 단번에 상대방의 방어 자세를 무너뜨릴 수 있지. 하지만 그렇지 않을 경우,

그건 오히려 네게 손해야. 제대로 명중도 못 시키면서 팔다리를 너무 많이 허공에서 휘두르면 금방 피곤해지고, 싸우는 게 따분해져. 그러면 얼마 후 곧 싸움을 끝내고 싶은 생각이 들게 마련이거든. 만일 상대방이 영리한 놈이고 네 상태를 재고 있다면, 그때 그 기회를 이용해 반격해서 너를 두들겨팰 거야." 형은 무식하게 싸우는 놈들을 제압하는 방법을 가르쳐주었어. 상대방을 기진맥진하게 만들고는 그들이 방심할 때까지 다리로 견제하는 거야. 그러다가 기회가 오면 상대방의 멱살을 잡고 박치기를 하는 거지. 또한 우리 형은 카야오 스타일로 머리를 쓰는 법도 알려주었어. 이마나 정수리로 들이받는 게 아니라, 머리카락이 시작되는 곳의 머리뼈를 사용하는 거 말이야. 그곳이 가장 단단하거든. 그리고 박치기를 하는 순간 손을 내려서 상대방이 무릎을 들어 내 배를 가격하는 걸 막아야 한다고도 했지. 형은 이렇게 말했어. "박치기만한 건 없어. 한 번만 제대로 하면 상대방을 아찔하게 만들거든." 그러나 그때 나는 두 명과 무지막지하게 싸웠고, 그렇게 이겼어. 테레사와 함께 있던 놈은 대들지도 못한 채 바닥에 쓰러져서는 울더라고. 그놈 친구는 10미터 정도 떨어진 곳에 서서 내게 "때리지 마, 개새끼야, 때리지 마"라고 소리치고. 하지만 난 놈을 바닥에 눕혀놓고 계속 때렸어. 그런 다음 다른 놈에게 달려갔어. 그놈은 쏜살같이 달아났지만, 나는 그놈을 잡아 두들겨패서 바닥에 쓰러뜨렸지. 그는 싸우려고 하지 않았어. 내가 놔주자 그놈은 뛰어서 도망치더라고. 나는 첫번째 놈이 있는 곳으로 돌아갔어. 그는 얼굴을 닦고 있더군. 나는 그놈과 대화를 할 생각이었는데, 그놈이 앞에 있는 걸 보자 화가 치밀어서 다시 주먹을 휘둘렀어. 그는 마치 앵무새처럼 비명을 지르기 시작했지.

나는 그의 멱살을 잡고 말했어. "다시 테레사에게 접근하면 이번보다 두 배는 더 세게 때려주겠어." 그러고는 그에게 욕을 퍼붓고 다시 발로 찼어. 나는 계속 그를 짓이겨버리겠다고 마음먹었지만, 바로 그때 누군가가 내 귀를 잡는 거야. 웬 여자였어. 그 여자가 내 머리를 마구 때리기 시작하면서 소리쳤어. "이런 야만인, 이런 짐승 같은 놈!" 그러자 그놈은 그 기회를 이용해 줄행랑을 치더라. 마침내 여자는 나를 놓아주었고, 나는 베야비스타로 돌아왔어. 싸우기 전하고 똑같았어. 제대로 복수를 하지 못한 기분이었지. 예전에 그렇게 느낀 적은 한 번도 없었거든. 보통 때는 테레사를 만나지 못하면 슬프거나 아니면 혼자 있고 싶었어. 하지만 이제는 화가 치밀어오르면서 동시에 슬프더라. 나는 실망했어. 내가 어떤 행동을 했는지 안다면, 테레사는 틀림없이 화를 낼 테니까. 나는 베야비스타광장으로 갔지만, 우리집으로 들어가지는 않았어. 사엔스 페냐 거리에 있는 술집으로 발길을 돌렸고, 거기서 말라깽이 이게라스를 만났어. 그는 카운터에 앉아 종업원과 이야기하고 있더군. "무슨 일이야?" 그는 물었어. 그 누구에게도 테레사에 관해 말한 적 없었지만, 그때는 누군가에게 속마음을 털어놓고 싶었어. 나는 말라깽이에게 모든 걸 말했지. 사 년 전에 그녀가 옆집에 이사와서 처음 만난 순간부터 말이야. 말라깽이는 아주 심각하게 내 말을 들었어. 단 한 번도 웃지 않았어. 단지 가끔씩 "정말이야?" "맙소사!" "그래서?" 같은 말만 했지. 그런 다음 이러더라고. "넌 완전히 사랑에 빠졌구나. 내가 처음으로 사랑에 빠졌을 때, 나도 대략 네 나이였지. 하지만 너처럼 심하지는 않았어. 사랑은 이 세상에서 가장 나쁜 거야. 사랑에 빠지면 멍청이가 되어버리고, 자기 자신에 대해서는 걱정하지 않

아. 그리고 모든 게 달라 보여. 사랑에 빠진 사람은 상상을 초월하는 미친 짓도 할 수 있고, 순간적인 충동으로 영원히 인생을 망쳐버릴 수도 있어. 그러니까 내 말은 남자들이 그렇다는 소리야. 여자들은 그렇지 않아. 여자들은 아주 교활하거든. 여자들은 남자가 자기에게 어울릴 만한 상대일 때만 사랑에 빠져. 만일 남자가 그녀에게 적합하지 않으면, 그와 헤어지고 다른 남자를 찾는다고. 그리고 그런 걸 대수롭지 않게 생각하지. 하지만 걱정하지 마. 하느님에게 맹세하는데, 내가 오늘 당장 너를 치료해줄게. 난 그런 병에 잘 듣는 약을 가지고 있거든." 그는 내게 날이 저물 때까지 피스코와 맥주를 마시게 했고, 나는 토하고 말았어. 그는 내 배를 눌러서 토하는 걸 도와주었어. 그러고는 나를 카야오항구에 있는 어느 술집으로 데려갔지. 그곳 앞마당에서 샤워하게 해주고, 사람들이 북적대는 어느 홀에서 내게 매운 걸 먹게 했어. 그러고서 우리는 택시를 탔고, 그는 운전사에게 주소를 주었어. 그는 내게 물었어. "유곽에 가본 적 있어?" 나는 아니라고 대답했어. 그러자 그가 말했어. "이게 널 치료해줄 거야. 조금만 있으면 알게 될걸. 어쩌면 널 들여보내주지 않을 수도 있지만." 사실이었어. 우리가 그곳에 도착하자, 말라깽이를 알고 있는 어느 여자가 문을 열어주었지만, 나를 보자 벌컥 화를 내더라고. "미쳤어? 내가 널 이 애송이와 함께 들여보낼 것 같아? 툭하면 끄나풀들이 이곳에 들러 나를 등쳐서 맥주를 마신단 말이야." 그들은 잠시 큰 소리로 말다툼을 했어. 하지만 결국 여자는 내가 들어가도록 해주었어. 이런 단서를 달았지만. "좋아, 하지만 방으로 곧장 가서 내일 아침까지 나오지 마." 말라깽이와 나는 일층에 있는 홀을 아주 빠르게 지나갔고, 그래서 나는 사람들의 얼굴을 보

452

지도 못했어. 우리는 계단으로 올라갔고, 여자는 어느 방 문을 열어주었어. 우리는 그 방으로 들어갔어. 말라깽이가 불을 켜기 전에 여자가 말했어. "맥주 열두어 병을 올려보낼게. 이 어린애랑 같이 여기서 자도 돼. 하지만 돈은 약간 써야 해. 여자애들이 곧 올라올 거야. 어린애들이 좋아하는 산드라를 보내줄게." 방은 크고 더러웠어. 한가운데에는 빨간 매트리스가 놓인 침대와 요강, 그리고 거울이 두 개 있었어. 하나는 침대 위의 천장에, 다른 하나는 그 거울 옆에 있는 벽에 붙어 있었지. 나머지 벽은 벌거벗은 남녀 그림으로 뒤덮여 있었어. 어떤 그림은 연필이나 잉크로 그렸고, 또 어떤 그림은 뾰족한 것으로 긁어서 그린 그림들이었어. 그때 두 여자가 맥주병을 잔뜩 들고 들어왔어. 말라깽이의 친구였는데, 그녀들은 그에게 키스를 했어. 그를 꼬집고는 그의 무릎에 앉아 엉덩이, 창녀, 자지, 보지 같은 상스러운 말을 했고. 한 여자는 말랐는데, 황금 치아를 가진 위대한 흑인 혈통이었어. 다른 여자는 뚱뚱했고 피부가 희끄무레했지. 흑인 여자가 더 나았어. 두 여자는 나를 놀리면서 말라깽이에게 "미성년자를 타락시키고 있구나"라고 말했어. 그들은 맥주를 마시기 시작했고, 그런 후 문을 약간 열고서 일층에서 들려오는 음악을 들으며 춤을 추었어. 처음에 나는 조용히 있었지만, 술을 마시자 흥이 돋더라고. 우리가 춤을 추자, 하얀 여자는 내 머리를 자기 옷 밖으로 튀어나온 가슴으로 잡아당겼지. 말라깽이는 술에 취했고, 흑인 여자에게 쇼를 하라고 지시했어. 그녀는 팬티만 입고 맘보를 추더군. 갑자기 말라깽이가 그녀를 덮치고 침대로 쓰러졌어. 백인 여자는 내 손을 잡고 다른 방으로 데려갔어. 그러고는 이렇게 물었어. "처음이지?" 나는 아니라고 말했지만, 그녀는 거짓말이라는 것을 눈치채더라고. 그녀는 몹시 흐뭇한 표정을 지었고, 벌거벗은 몸으로 내게 다가오면서 말했어. "네가 나에게 행운을 가져다주면 좋겠어."

감보아 중위는 자기 방을 나와 연병장을 성큼성큼 걸었다. 그렇게 그는 강의동에 도착했다. 그때 그날 당직 장교인 피탈루가가 호각을 불었다. 아침 일교시가 끝난 것이다. 생도들은 교실에 있었다. 건물을 무너뜨릴 듯한 커다란 고함소리가 회색 벽을 뚫고 와 그들이 있다는 것을 알렸다. 마치 정원 위를 떠다니는 둥글고 시끄러운 괴물의 소리 같았다. 감보아는 계단 옆에 잠시 있다가 수업준비실로 향했다. 당직 부사관인 페소아는 그곳에서 커다란 콧등과 의심 가득한 눈초리로 공책을 살펴보고 있었다.

"이리로, 페소아."

부사관은 감보아를 따라가면서, 손가락 하나로 듬성듬성한 수염을 매만졌다. 그는 마치 자기가 기갑부대에 있는 것처럼 다리를 크게 벌리며 걸었다. 감보아는 그를 높이 평가하고 있었다. 빈틈없으며 봉사심이 투철하고, 특히 야전훈련에서 매우 유능했기 때문이다.

"수업이 끝나면 1반 생도들을 소집해라. 소총을 들고 연병장에 집합하라고 지시해."

"병기검열입니까, 중위님?"

"아니다. 전투 대형으로 정렬하라고 해. 페소아, 한 가지만 물어보겠다. 마지막 야전훈련에서 생도들 위치가 바뀌지 않았지, 그렇지? 그러니까 내 말은 훈련이 일상적인 순서로 진행되었느냐는 거야. 첫 그룹이 앞에, 그리고 둘째 그룹, 그리고 마지막으로 세번째 그룹이."

"아닙니다, 중위님." 부사관이 말했다. "거꾸로입니다. 훈련 지침을 내리면서 대위님이 가장 작은 생도들을 전위에 세우라고 지시하셨습니다."

"알겠다." 감보아가 말했다. "좋아, 그럼 연병장에서 기다리겠다."

부사관은 경례를 하고 그곳을 떠났다. 감보아는 막사로 돌아왔다. 아침은 계속해서 화창했고, 습기도 거의 없었다. 들판의 풀잎들은 산들바람에 가볍게 흔들리고 있었다. 비쿠냐는 빠른 속도로 빙글빙글 들판을 돌고 있었다. 곧 여름이 올 것이다. 그러면 학교는 텅 빌 것이고, 삶은 좀더 편하고 부드러워질 것이며, 근무시간은 훨씬 짧아질 것이고, 걱정거리도 줄어들 것이고, 일주일에 세 번 해변에 갈 수도 있을 것이다. 그의 아내는 이미 차를 타고 아기와 함께 드라이브할 생각에 행복해하고 있을 것이다. 게다가 그는 공부할 시간도 가질 수 있을 것이다. 팔 개월이라는 시간, 그것은 시험을 준비하는 데 아주 넉넉한 시간은 아니었다. 들리는 말에 따르면, 스무 명만 대위로 진급할 수 있는데, 신청자는 이백 명이었다.

그는 5학년 교무실에 도착했다. 대위는 책상에 앉아 있었다. 그가 들어갔지만, 대위는 고개를 들지 않았다. 잠시 후 야전훈련 보고서를 점검하다가 감보아는 그의 목소리를 들었다.

"이봐, 중위."

"예, 대위님."

"어떻게 생각하나?" 가리도 대위는 인상을 쓰며 그를 쳐다보았다. 감보아는 잠시 머뭇거리다가 대답했다.

"잘 모르겠습니다. 대위님." 그가 말했다. "정말로 무슨 일이 벌어졌는지 말씀드리기 어렵습니다. 저는 조사에 착수했습니다. 아마도 무언가를 밝힐 수 있을 것 같습니다."

"그 문제에 관해 물은 게 아니네." 대위가 말했다. "그게 어떤 결과를 초래할지 물은 걸세. 자넨 생각해보았나?"

"예." 감보아가 대답했다. "아주 심각할 수도 있습니다."

"심각하다고?" 대위가 웃었다. "이 대대는 내가 맡고 있고, 1중대는 자네 담당이라는 걸 잊었나? 무슨 일이 일어나든 자네와 내가 질책을 받게 되는 거야."

"저도 그 생각을 했습니다, 대위님." 감보아가 말했다. "대위님 말이 맞습니다. 저도 그걸 탐탁지 않게 여긴다는 걸 알아주십시오."

"언제 진급해야 하지?"

"내년입니다."

"나도 마찬가지야." 대위가 말했다. "승진 정원이 갈수록 줄어들어 경쟁이 아주 치열할 거야. 사실대로 말하겠네. 우리는 훌륭한 복무 기록을 가지고 있어. 단 하나의 벌점도 없네. 그렇지만 우리가 모두 책임을 져야 할 것이야. 그 생도는 자네의 지원을 받고 있다고 생각하고 있어. 그에게 말하게. 그를 설득하게. 최선의 방법은 이 일을 잊어버리는 것이라고."

감보아는 가리도 대위의 눈을 쳐다보았다.

"솔직하게 말해도 되겠습니까, 대위님?"

"나도 지금 그렇게 하고 있지 않나, 감보아. 난 지금 자네에게 부하가 아닌 친구처럼 얘기하고 있어."

감보아는 야전훈련 보고서를 책장 선반에 놔두고 책상을 향해 몇 발짝 내딛었다.

"저도 대위님처럼 진급에 관심이 많습니다. 진급하기 위해 최선을 다할 작정입니다. 이곳에서 뛰어난 장교가 되고 싶지는 않습니다. 왜 그런지 아십니까? 이 아이들을 관리하면서, 저는 전혀 군대에 있다고 느끼지 못합니다. 하지만 이 학교에서 배운 게 있다면, 그건 규율의 중요성입니다. 규율이 없다면 모든 게 망가지며 모든 게 엉망이 됩니다. 우리 나라가 지금과 같이 된 것은 규율이나 질서가 없기 때문입니다. 그나마 가장 강력하고 건전하게 유지되고 있는 분야가 군대입니다. 군대 구조와 조직 덕분입니다. 그 아이가 살해된 것이 사실이라면, 술과 시험지 판매를 비롯해 나머지 것들이 모두 사실이라면, 저는 그것에 책임을 느낍니다, 대위님. 그 모든 이야기 중에 조금이나마 진실이 있다면, 그걸 밝히는 게 제 의무입니다."

"너무 확대해서 생각하고 있군, 감보아." 대위가 다소 놀라면서 말했다. 알베르토를 면담했을 때처럼 그는 사무실을 서성거리기 시작했다. "이 모든 것을 묻어두자는 말은 아니야. 당연히 시험지와 음주 문제는 처벌해야 해. 하지만 군대에서 가장 먼저 배우는 것이 남자다워지는 것임을 잊지 말게. 남자들은 담배를 피우고 술을 마시고 담을 타넘고 섹스도 하지. 생도들은 그런 것들이 발각되면 퇴학당하리라는 사실을 잘 알고 있어. 그리고 벌써 몇 명이 학교에서 나갔지. 걸리지 않은 놈들은 약아빠졌어. 남자가 되기 위해서는 위험을 감수해야 하고 종종 무모한 행동도 해야만 해. 그게 군대일세, 감보아. 규율이 전부가 아니야. 배짱도 있어야 하고 머리도 있어야 해. 하지만 이 문제에 관해서는 나중에 말할 기회가 있을 거야, 감보아. 지금 내가 걱정하는 것은 다른 문제야. 이건 완전히 바보 같은 짓이야. 그럼에도 만일 대령에게까지 보고하면 우리가 심각한 손해를 볼 수 있어."

"죄송합니다, 대위님." 감보아가 말했다. "제가 눈치채지 못한 동안 제 중대의 생도들이 제멋대로 모든 짓을 할 수 있었다는 것에 대해 저는 대위님 의견에 동의합니다. 하지만 이제는 모른 척할 수 없습니다. 그렇게 한다면, 저는 스스로를 그들의 공범처럼 느끼게 될 것입니다. 이제 저는 무언가 잘못된 것이 있다는 사실을 알고 있습니다. 페르난데스 생도는 제가 담당한 세 반이 항상 저를 비웃었으며, 자기들 마음대로 저를 가지고 놀았다는 사실을 말하러 왔습니다."

"그건 그들이 이제 남자가 되었기 때문이야, 감보아." 대위가 말했다. "그들은 계집애 같은 사춘기 소년으로 여기에 들어왔네. 그런데 지금 그들을 봐."

"저는 그들을 더욱 남자답게 만들 겁니다." 감보아가 말했다. "조사가 끝나면 장교위원회에 회부할 것입니다. 필요하다면 제 중대의 모든 생도를 데려가겠습니다."

대위가 멈춰 섰다.

"자네는 광신적인 신부 같군." 그가 목소리를 높이면서 말했다. "자네 경력을 망칠 작정인가?"

"자신의 의무를 다한다고 경력이 엉망이 되는 것은 아닙니다, 대위님."

"알겠네." 대위는 다시 발걸음을 옮기며 말했다. "자네 마음대로 하게. 하지만 내가 자신 있게 말하는데, 결국 혼자 책임지게 될 거야. 물론 나는 전혀 자네를 도와줄 수 없네."

"알았습니다, 대위님. 이만 물러가겠습니다."

감보아는 경례를 하고 교무실에서 나왔다. 그는 자기 방으로 갔다. 협탁에 한 여자의 사진이 있었다. 두 사람이 결혼하기 전에 찍은 사진이었다. 그는 아직 군사학교에 다닐 때 어느 파티에서 그녀를 처음 만났다. 시골에서 찍은 사진이었다. 감보아는 그곳이 어딘지 몰랐다. 당시 그녀는 더 호리호리했고, 긴 머리를 흩날리고 있었다. 그녀는 나무 아래서 웃고 있었고, 사진 뒤쪽으로는 강물이 흐르고 있다. 감보아는 잠시 그 사진을 쳐다보고서 보고서와 징계 서류를 계속 점검했다. 그런 다음 성적표들을 꼼꼼하게 살펴보았다. 점심이 되기 조금 전에 그는 소운동장으로 갔다. 두 병사가 1반 막사를 빗자루로 쓸고 있었다. 그가 들어오는 것을 보고 두 병사는 차려 자세를 취했다.

"쉬어." 감보아가 말했다. "이 막사를 매일 청소하나?"

"예, 중위님." 한 병사가 말하면서, 다른 병사를 가리켰다. "이 생도는 2반을 청소합니다."

"날 따라와."

소운동장에서 중위는 병사에게 고개를 돌리더니 그의 눈을 쳐다보며 말했다.

"우라질놈, 가만두지 않겠어."

병사는 반사적으로 부동자세를 취했고, 눈을 크게 떴다. 수염이 나지 않은 야비한 얼굴이었다. 그는 아무것도 묻지 않았다. 마치 잘못을 범했을지도 모른다는 사실을 순순히 받아들이는 듯했다.

"왜 보고하지 않았지?"

"보고서를 제출했습니다, 중위님." 그가 말했다. "침대 서른두 개, 사물함 서른두 개가 있습니다. 보고서를 하사님에게 제출했습니다."

"난 그걸 말하는 게 아니야. 모르는 척하지 마! 왜 술병, 담배, 주사위, 그리고 카드에 관한 건 보고하지 않았나?"

병사는 더욱 눈을 크게 떴지만, 침묵을 지켰다.

"어느 사물함에 있지?" 감보아가 물었다.

"무엇 말입니까, 중위님?"

"어느 사물함에 술과 카드가 있느냐고?"

"모릅니다, 중위님. 틀림없이 다른 반일 겁니다."

"거짓말을 하면 십오 일간 징계를 받을 것이다." 감보아가 말했다. "어느 사물함에 담배가 있나?"

"모릅니다, 중위님." 하지만 그는 시선을 떨구면서 덧붙였다. "모든 사물함에 있다고 생각합니다."

"술은?"

"몇몇 사물함에만 있을 겁니다."

"그럼 주사위는?"

"역시 몇몇 사물함에만 있을 거라고 생각합니다."

"왜 그걸 보고하지 않았지?"

"저는 아무것도 보지 못했습니다, 중위님. 저는 사물함을 열 수 없습니다. 사물함은 닫혀 있고, 생도들이 열쇠를 가지고 다닙니다. 단지 있다고 믿을 뿐이지 보지는 못했습니다."

"다른 반도 마찬가지인가?"

"그럴 겁니다, 중위님. 하지만 1반보다는 적을 겁니다."

"좋아." 감보아가 말했다. "오늘 오후 내가 당직 장교다. 청소를 담당하는 너와 다른 병사들은 세시에 위병소로 출두하라."

"예, 중위님." 병사가 말했다.

제5장

　그 누구도 빠져나갈 수 없었어. 모든 게 마녀의 짓과 같았지. 그들
은 대열로 정렬하라고 한 다음 우리를 막사로 데려갔어. 그래서 나는
어떤 끄나풀이 불기 시작했다고 생각했어. 믿고 싶지는 않았지만, 그
건 불을 보듯 뻔한 사실이었어. 재규어가 우리를 고자질한 거야. 그들
은 우리에게 사물함을 열라고 했어. 갑자기 목이 턱 막히는 느낌이 들
더라고. "흥분하지 말고 정신 똑바로 차려." 바야노가 말했어. "이건
세상의 종말이 될 수 있어." 그의 말은 옳았어. "복장검열입니까, 부사
관님?" 아로스피데가 물었어. 그 불쌍한 놈의 얼굴은 거의 사색이 됐
지. 페소아가 말했어. "펠로피다스*가 될 생각은 하지 마. 입다물고 가

---

* 기원전 4세기경 테베의 정치가, 군인으로 테베 해방 계획을 주도했다. 알렉산드로스의
군대와 싸우던 중에 전사했다.

만히 있으라고. 혓바닥일랑 네 엉덩이에 집어넣고." 나는 너무나 초조
했던 나머지 쥐가 났고, 다른 녀석들도 마치 몽유병자처럼 있었어. 모
든 게 너무나 이상했어. 감보아는 어느 사물함 앞에 서 있었고, 쥐새끼
도 마찬가지였어. 중위가 소리쳤어. "좋아, 이제 사물함을 열어. 그냥
열기만 해. 아무도 그 안에 손을 집어넣지 마라." 누가 감히 그 지시를
어기겠어. 이미 우리는 망한 거나 마찬가지였는데. 그나마 그전에 재
규어가 먼저 그들에게 당했다는 게 위안이 되지. 그가 아니면 누가 술
병과 카드를 불었겠어? 하지만 모든 게 미스터리야. 헷갈려. 난 아직도
운동장과 소총 일은 이해가 되지 않아. 감보아가 기분이 상해서 우리
를 진흙탕에서 죽을 정도로 굴려 자기 기분을 풀려고 한 걸까? 몇몇은
심지어 낄낄거렸는데, 그런 자식들이 우리 반에 있다는 건 정말 창피
한 일이야. 불행이 무엇인지도 모르는 얼빠진 놈들. 사실 그 모습은 웃
음을 터뜨리기에 충분하긴 했지만. 쥐새끼는 사물함에 팔을 쑤셔넣기
시작했지만. 팔을 모두 집어넣었지. 하지만 그는 난쟁이처럼 키가 작
아서 마치 옷이 그를 먹어치우는 것 같았거든. 그 위대한 아첨쟁이는
몸을 굽혔어. 자기가 철저히 수색한다는 것을 감보아에게 보이기 위
해서 말이야. 그러고서 그는 주머니를 샅샅이 뒤졌고, 모든 걸 열었고,
모든 병의 냄새를 맡았어. 아주 흥에 겨워 노래를 부르더라고. "여기에
잉카 담배가 있네, 맙소사, 이건 아주 비싼 건데, 체스터필드를 피우는
군, 그리고 여기에 또 술병이 있고, 파티에라도 가는 건가? 이 커다란
술병 좀 보게!" 우리는 모두 창백해져서 겁을 먹었어. 그나마 다행인
것은 모든 사물함에서 뭐든 발견되었다는 거야. 그게 그나마 다행이
었어. 물론 가장 곤경에 처할 사람은 술병이 나온 우리였지만. 내 병은

거의 비어 있었고, 그래서 나는 그 사실을 적으라고 말했어. 그러자 그 쥐새끼는 입 닥쳐, 멍청아, 라고 했지. 감보아는 돼지처럼 즐기고 있었어. 그건 그가 질문하는 방식에서 알 수 있었거든. "몇 개라고 했지?" "잉카 담배 두 갑, 성냥 두 갑입니다, 중위님." 그러면 감보아는 자기 수첩에 적었는데, 최대한 오래 그 기쁨을 누리기 위해 천천히 기록했어. "반 정도 들어 있는 술병, 그런데 무슨 술이지?" "피스코입니다, 중위님. 상표는 이카의 태양입니다." 나와 눈이 마주칠 때마다, 곱슬머리는 이를 깨물며 분노를 억눌렀어. 그래, 친구, 우리는 완전히 물먹은 거야. 다른 동료들의 얼굴은 정말 가련하기 짝이 없었어. 빌어먹을, 사물함을 검사하겠다는 생각을 어떻게 하게 된 걸까? 감보아와 쥐새끼가 떠나자 곱슬머리는 말했어. "재규어가 분명해. 그놈이 자기가 당하면 모든 사람이 당하게 하겠다고 맹세했잖아. 그 새끼는 배신자에 개자식이야." 하지만 증거도 없이 그렇게 말하는 건 옳지 않아. 그게 비록 사실로 판명나더라도 말이야.

　내가 이해할 수 없는 한 가지는 왜 그들이 우리를 운동장으로 데려갔느냐는 거야. 난 그것도 재규어 때문이라고 생각해. 틀림없이 그는 감보아에게 '가끔씩 우리는 암탉과 섹스합니다'라고 말했을 거야. 그러자 중위는 '너희가 그토록 머리를 잘 굴리다니 가만두지 않겠다'라고 답했을 거야. 쥐새끼는 교실에 들어와 말했어. "밖으로 나가 정렬하라. 깜짝 선물이 있다." 우리가 "쥐새끼, 쥐새끼"라고 소리쳤지. 그러자 그는 우리에게 이렇게 말하더라고. "이건 중위님 명령이다. 어서 정렬해서 막사까지 구보하라! 아니면 내가 중위님을 불러오길 바라나?" 우리는 정렬했고 그는 우리를 막사로 데려갔어. 그리고 문에서 이렇게 말했어. "소총을 꺼내라. 시간을 일 분 주겠다. 소총을 가지고 다시 정렬하라. 소대장, 가장 늦게 오는 세 명의 이름을 적어라." 우리는 중얼대면서 그에게 온갖 욕을 퍼부었지만, 그 누구도 무슨 일 때문인지는 짐작하지 못했어. 소운동장에서 다른 반 생도들이 우리를 놀렸지. 정오에 소총을 휴대하고 운동장에서 전투훈련을 하는 건 좀처럼 볼 수 없는 모습이었거든. 혹시 감보아가 돌아버린 게 아닐까? 그는 축구장에서 우리를 기다리면서 가만두지 않겠다는 얼굴로 쳐다보고 있었어. "정지!" 쥐새끼가 말했어. "전투 대열로 정렬!" 우리는 모두 투덜댔어. 훈련복이 아닌 제복을 입고, 그것도 점심식사 전에 각개전투훈련을 한다는 것은 악몽 같았거든. 제기랄, 수업을 세 시간 해서 지친 몸으로 축축한 풀밭에 벌렁 엎드려 바닥을 기게 할 셈인가. 이렇게 생각하고 있는데, 감보아가 커다란 목소리로 우리에게 소리쳤어. "3열 횡대로 정렬! 3열은 앞으로, 1열은 뒤로!" 염병할 쥐새끼는 우리에게 "빨리 정렬하라, 개자식들아, 어서 움직여!"라고 했고. 그때 감보아가 말했어. "전투 대형처럼 10미터 간격으로 벌려!" 아마도 전쟁이 일어날 예정이라 국방장관이 우리에게 급히 군사훈련을 실시하도록 결정한 것 같더라고. 그러면 우리는 부사관이나 장교로 전투에 나갈 텐데, 나는 피와 고함소리가 진동하는 가운데 아리카로 진격하여 지붕이나 창문, 거리나 자동차나 가리지 않고 사방에 페루 국기를 꽂고 싶어. 들리는 말에 따르면 칠레 여자들은 이 세상에서 가장 예쁘대. 그게 정말일까? 하지만 난 전쟁이 일어날 것이라고는 생각하지 않아, 그랬다면 모든 학생을 훈련시켰겠지, 왜 우리 1반만 훈련시키겠어. 감보아가 소리쳤어. "무슨 일인가? 1열과 2열 소총수들, 귀가 먹었나? 아니면 바보가 되었나? 내가 10미터라고 했지 언제 20미터라고 말했나? 검둥이, 네 이름이 뭐지?" "바야노입니다, 중위님." 감보아가 검둥이라고 말했을 때, 바야노는 배꼽을 잡고 웃을 만한 표정을 지었어. 중위가 말했어. "좋아, 내가 10미터라고 했는데 왜 20미터를 벌리나?" "저는 생도 소총수가 아닙니다, 중위님. 한 명이 빠져서 그런 겁니다." 페소아는 눈치 없는 멍청이야. 도저히 구제할 방법이 없는 놈이야. 그렇지 않으면 어떻게 그런 말을 할 생각을 하겠어. 그 말을 들은 감보아가 말했거든. "그래? 빠진 놈에게 벌점 6점을 부과하라." "그렇게 할 수 없습니다, 중위님. 빠진 생도는 이미 죽었습니다. 아라나입니다." 그 쥐새끼는 정말 눈치코치도 없는 놈이야. 모든 게 뜻대로 되지 않자, 감보아는 화를 냈어. "알았다. 2열의 소총수가 그 자리를 대체하라." 그리고 잠시 후 버럭 소리를 질렀지. "왜 내 명령대로 하지 않는 거야?" 그러자 우리는 서로 눈길을 주고받았고, 소대장 아로스피데는 차려 자세를 취하더니 말했어. "그 생도 역시 빠져 있습니다. 재규어입니다." "그럼 소대장이 그 자리로 들어가." 감보아가 말했어. "더이상 투덜대지 마라. 명령은 그 어떤 의심이나 불평 없이 즉각 이행되어야 한다." 그러고는 우리에게 운동장 한쪽 끝에서 반대쪽 끝으로 전진하게 했어. "호각소리가 나면 일어난다." 앞으로 돌격, 뛰어, 엎드려! 이런 각개훈련을 받으면 시간이 어떻게 흐르는지, 자기 몸이 어떻게 되는지 모두 잊어버려. 우리가 몸에서 열기를 느끼며 헐떡거리자, 감보아는 우리에게 3열 종대로 정렬하라고 지시하고는 막사로 데려갔어. 그리고 어느 사물함 위로 올라갔고, 쥐새끼도 다른 사물함으로 올라갔어. 하지만 그는 너무나 땅딸막했기에 땀을 비 오듯이 흘렸어. 그들은 우리에게 이렇게 명령했어. "각자 제 위치로!" 그 순간 나는 짐작했어. 재규어가 자기 목숨을 구하기 위해 우리를 팔아넘겼고, 이 세상에는 남부끄럽지 않은 사람은 없다고. 세상에, 그가 그런 짓을 하리라고 누가 생각이나 했겠어. "사물함을 열어라. 모두 한 발짝 앞으로! 사물함 안으로 손을 집어넣는 놈은 가만두지 않겠다." 중위가 바로 코앞에 있는데, 우리가 마술사가 아닌 이상 무슨 방법으로 술병을 숨길 수 있겠어. 그리고 거기서 찾아낸 것들을 모두 커다란 가방에 넣고 가져가버렸지. 우리는 모두 입을 다물었고, 나는 침대에 드러누웠어. 절름발이년은 없었어. 점심시간이었거든. 음식 찌꺼기를 찾으러 주방으로 간 게 분명해. 암캐가 이곳에 없다니 슬픈 일이야, 개 머리를 쓰다듬어주고 싶었거든. 그러면 마음이 편안해지고 차분해진단 말이야. 여자아이 같은 느낌이 들어서. 아마 결혼하면 받는 느낌과 비슷할 거야. 그러니까 내가 피로에 지쳐 집에 오면, 내 여자가 입을 다물고는 내 옆에 가만히 눕고, 나도 아무 말도 없이 그녀를 만지고 긁고 간질이겠지. 그녀는 웃을 거고, 나는 그녀를 꼬집고, 그녀는 새된 소리로 말할 거야. 나는 그녀의 입술을 어루만지고, 머리카락을 돌돌 말고, 코를 손으로 덮겠지. 그녀가 숨막혀하면 나는 손을 떼고, 그녀의 목과 젖꼭지, 어깨와 등, 엉덩이와 다리와 배꼽을 손으로 문지르다가 갑자기 키스를 하면서 사랑스러운 말을 할 거야. '까무잡잡한 내 여자, 내 사랑, 내 보물.' 그때 누군가가 큰소리로 말했어. "모두 너희 때문이야." 나는 그에게 "너희라니? 그게 무슨 뜻이야?"라고 소리쳤어. 아로스피데는 "재규어와 너희!"라고 대답했어. 나는 침대에서 펄쩍 뛰어내려 그가 있는 곳으로 갔지만, 도중에 동료들이 나를 말렸어. "그래, 너희라고 말했어, 네가 다시 듣고 싶다면 또다시 말해주지." 그가 내게 소리쳤어. 그는 정말로 화가 났더라고. 너무나 분노한 나머지 입에서 침이 흘러나왔지만, 그는 그런 사실조차 모르고 있었어. 나는 우리 반 녀석들에게 "이거 봐, 날 붙잡지마. 난 저놈 같은 거 안 무서워, 딱 두 번만 발로 차서 해치우겠어. 눈깜짝할 사이에 처치해주지." 하지만 그들은 날 꽉 붙잡고서 진정시켰어. "지금 상황이 상황이니만큼 싸우지 않는 게 좋을 것 같아"라고 바야노가 말했어. "앞으로 닥칠 불행과 맞서 싸우려면 모두 힘을 합쳐야해." 그 말을 듣고 내가 말했어. "아로스피데, 넌 내가 본 사람 중에서 최악의 겁쟁이야. 사태가 이 지경이 되니까, 네 동료들 탓을 해?" 그러자 아로스피데가 대답했지. "그건 사실이 아니야. 난 모두와 함께 장교들에게 맞설 각오가 되어 있어. 서로 도와야 한다면 도울 거야. 하지만 이런 일이 일어난 것은 모두 재규어와 곱슬머리, 그리고 너 때문이잖아. 너희는 더럽게 굴었어. 여기에는 지금 우리가 모르는 것이 있다고. 재규어를 영창에 처넣자마자 감보아가 우리 사물함에 뭐가 숨겨져 있는지 알았다는 걸 단순한 우연으로 돌릴 수 있겠어?" 나는 뭐라고 말해야 할지 몰랐어. 게다가 곱슬머리가 그들 편을 든 거야. 모두가 이렇게 말했지. "그래, 재규어가 배신자에다 밀고자야. 우리는 복수해야해." 그때 점심식사를 알리는 호각이 울렸어. 나는 거의 아무것도 먹지 않았어. 음식물이 목에 걸려 넘길 수가 없었거든. 그런 건 내가 학교에 들어온 이후 처음이었던 것 같아.

병사는 감보아가 다가오는 걸 보자 벌떡 일어나 열쇠를 꺼냈다. 그는 문을 열기 위해 열쇠를 돌렸지만, 중위는 열지 말라는 몸짓을 하며 병사의 행동을 제지하고서, 병사의 손에서 열쇠를 빼앗고 말했다. "위병소로 가도록. 생도와 단둘이 있고 싶다." 병사용 감방은 닭장 뒤에, 그러니까 학교의 벽과 운동장 사이에 있다. 흙벽돌로 지어진 건물로 낮고 좁다. 감방이 비어 있어도, 그곳 입구에는 항상 병사 한 명이 경비를 선다. 감보아 중위는 병사가 축구장으로 나가서 막사로 갈 때까지 기다렸다가 문을 열었다. 감방은 거의 어둠에 잠겨 있었다. 날이 저물었고, 감방 안의 유일한 창문은 조그만 틈새처럼 보였다. 처음에 아무도 그의 눈에 들어오지 않자, 그는 불현듯 생도가 도망쳤다는 생각을 했다. 그러나 곧 간이침대에 누워 있는 생도를 보았다. 그는 생도에게 다가갔다. 생도의 눈은 감겨 있었다. 자고 있었던 것이다. 중위는 움직임 없는 그의 얼굴을 자세히 살펴보고 기억을 되살리려고 했지만, 아무 소용도 없었다. 그의 얼굴이 다른 생도들의 얼굴과 헷갈렸기 때문이다. 희미하게나마 알고 있는 얼굴이었지만, 그것은 그의 생김새가 특이해서가 아니라, 너무나 조숙한 표정 탓이었다. 아래턱은 꾹 다물렸고, 눈썹은 엄숙하게 찡그려졌으며, 턱끝은 갈라져 있었다. 대부분의 병사와 생도는 상관을 마주하면 근엄하고 점잖은 표정을 짓곤 했다. 하지만 이 생도는 그가 그곳에 있다는 것을 까맣게 몰랐다. 게다가 그의 얼굴은 일반적이지 않았다. 대부분의 생도는 까무잡잡한 피부에 각진 얼굴이었다. 하지만 감보아는 하얀 얼굴과 거의 금발처럼 보이는 머리카락과 속눈썹을 보고 있었다. 그는 손을 뻗어 재규어의 어깨에 갖다댔다. 그러고는 자기 손에 기운이 없다는 것을 알고 소스라치게 놀랐다. 그는 마치 동료를 깨우듯이 부드럽게 그를 만졌던 것이다. 감보아는 재규어의 몸이 자기 손 아래서 움찔하는 것을 느꼈다. 그리고 재규어가 갑자기 벌떡 일어나 앉자, 너무나 놀란 나머지 손을 뒤로 뺐다. 그때 감보아는 군화 굽이 맞부딪치는 소리를 들었다. 재규어는 그를 알아보았고, 이제 모든 게 정상으로 돌아갔다.

"앉아라." 감보아가 말했다. "할말이 많다."

재규어는 앉았다. 이제 중위는 어둠 속에서 그의 눈을 보고 있었다. 아주 크지는 않아도 반짝거리고 예리했다. 생도는 움직이지도 않고 말도 하지 않았지만, 그의 침묵과 무표정 속에는 거만함이 서려 있었고, 감보아는 그걸 금방 간파했다.

"넌 왜 군사고등학교에 들어왔지?"

하지만 재규어는 대답하지 않았다. 재규어의 손은 침대 모서리를 굳게 잡았다. 그러나 그의 표정은 전혀 바뀌지 않았다. 계속해서 차분하면서도 진지했다.

"강제로 여기 들어온 거지, 그렇지?" 감보아가 물었다.

"왜 그렇게 생각하십니까, 중위님?"

그의 목소리는 그의 눈과 아주 똑같았다. 그의 말은 전혀 불손하지 않았다. 그는 약간 관능적으로 느린 말투로 말했는데, 그 목소리에서는 어느 정도 거만함이 드러나고 있었다.

"알고 싶다." 감보아가 말했다. "왜 군사고등학교에 입학했나?"

"장교가 되고 싶었습니다."

"되고 싶었다고?" 감보아가 말했다. "그럼 이제 생각이 바뀌었다는 의미인가?"

이번에 그는 재규어가 잠시 머뭇거린다는 사실을 눈치챘다. 장교가 생도들에게 장래의 계획을 질문하면, 모든 생도는 장교가 되고 싶다고 말하곤 했다. 그러나 감보아는 단지 몇 명만이 초리요스의 육군사관학교 시험에 응시할 수 있다는 사실을 알고 있었다.

"아직 모르겠습니다, 중위님." 재규어가 잠시 후 대답했다. 다시 그는 머뭇거렸다. "공군사관학교에 들어가려고 노력할 겁니다."

잠시 침묵이 흘렀다. 두 사람이 서로 눈을 쳐다봤다. 서로 무언가를 기다리는 것 같았다. 그때 감보아가 갑자기 질문을 던졌다.

"제군은 왜 감방에 있는지 아나?"

"모릅니다, 중위님."

"정말인가? 그럴 만한 이유가 없다고 생각하나?"

"저는 아무 잘못도 하지 않았습니다." 재규어가 말했다.

"사물함에 있는 것만으로도 충분해." 감보아가 천천히 말했다. "담배, 피스코 두 병, 곁쇠 한 세트, 이게 사소한 일이라고 생각하나?"

중위는 그를 노려보았지만, 아무 소용도 없었다. 재규어는 입을 다문 채 가만히 있었다. 놀라지도 않고, 겁먹지도 않은 것 같았다.

"담배 문제는 넘어가기로 하지." 감보아가 덧붙였다. "그건 외출금지 한 번에 해당하는 거니까. 반면에 술은 아니야. 생도들은 거리의 술집이나 집에서 술을 마실 수는 있어. 하지만 여기서는 한 방울도 마시면 안 된다." 감보아는 잠시 말을 멈추었다. "그리고 주사위는? 1반은 노름의 소굴이더군. 그럼 곁쇠는? 이건 뭘 의미하지? 도둑질이야. 얼마나 많은 사물함을 열었나? 언제부터 동료들의 물건을 훔쳤나?"

"제가 말입니까?" 재규어가 그를 빈정대듯 쳐다보자, 감보아는 잠시 당황했다. 그는 시선을 떨구지 않고 반복했다. "제가요?"

"그래." 감보아가 말했다. 그는 분노가 치솟는 것을 느꼈다. "네가 아니면 어떤 새끼겠어?"

"모두입니다." 재규어가 말했다. "생도 전체입니다."

"거짓말하지 마." 감보아가 말했다. "비겁한 놈."

"저는 비겁하지 않습니다." 재규어가 말했다. "잘못 생각하시는 겁니다, 중위님."

"그리고 도둑놈이지." 감보아가 덧붙였다. "술꾼에다 노름꾼이고. 게다가 비겁하기까지. 내가 민간인이었다면 어떻게 하고 싶은지 아나?"

"두들겨패고 싶으십니까?" 재규어가 물었다.

"아니." 감보아가 말했다. "네 귀를 붙잡고 소년원으로 데려갔을 것이다. 그곳이 바로 네 부모님이 너를 집어넣어야 했을 장소다. 하지만 이제는 늦었다. 너는 너 자신을 망쳤어. 삼 년 전을 기억하나? 나는 왕초 그룹을 해체하고 도적질은 그만하라고 지시했다. 내가 그날 밤 너희에게 한 말을 기억하나?"

"아닙니다." 재규어가 대답했다. "기억나지 않습니다."

"그렇다면 기억나게 해주지." 감보아가 말했다. "하지만 그건 상관없다. 제군은 자신이 아주 똑똑하다고 생각했지? 군대에서는 너처럼 똑똑한 놈은 반드시 문제를 일으키게 되어 있다. 그건 시간문제일 뿐이다. 오랫동안 너는 벌을 교묘하게 피했지. 하지만 이제 때가 왔다."

"왜 그러시는 겁니까?" 재규어가 물었다. "저는 아무 짓도 하지 않았습니다."

"왕초 그룹." 감보아가 말했다. "시험지를 훔치고, 남의 옷을 도둑질하고, 상관을 우습게 여겼다. 3학년 생도들을 못살게 굴었다. 너는 자

472

신이 누군지 아나? 너는 범죄자다."

"그렇지 않습니다." 재규어가 말했다. "저는 아무것도 하지 않았습니다. 저는 다들 하는 일을 했을 뿐입니다."

"누구지?" 감보아가 물었다. "또 누가 시험지를 훔쳤나?"

"모두입니다." 재규어가 말했다. "훔치지 않은 사람은 시험지를 살 돈이 있었기 때문입니다. 하지만 모두가 그 일과 관련되어 있습니다."

"이름을 대." 감보아가 말했다. "몇 명이라도 좋으니 이름을 대라. 1반의 누가 그랬지?"

"저를 퇴학시키실 겁니까?"

"그래. 아마도 그보다 더 심한 일이 있을지도 모르고."

"알았습니다." 목소리에 아무런 변화도 없이 재규어가 말했다. "1반 모두가 시험지를 샀습니다."

"그래?" 감보아가 말했다. "아라나 생도도 그랬나?"

"뭐라고 하셨습니까, 중위님?"

"아라나도 그랬느냐고?" 감보아가 다시 말했다. "아라나 생도 말이야."

"아닙니다." 재규어가 말했다. "저는 그가 결코 그런 짓을 하지 않았다고 생각합니다. 그는 선생님의 사랑을 독차지한 모범생이었습니다. 하지만 다른 사람들은 모두 그랬습니다."

"왜 아라나를 죽였지?" 감보아가 물었다. "대답해. 모든 사람이 다 알고 있는 사실이야. 왜 그랬지?"

"그게 무슨 말씀이십니까?" 재규어가 말했다. 그는 단 한 번 눈을 깜빡거렸다.

"내 질문에 대답해."

"중위님은 진짜 남자입니까?" 재규어가 물었다. 그는 이미 일어나 있었다. 그의 목소리는 떨리고 있었다. "진짜 남자라면 계급장을 떼십시오. 저는 두렵지 않습니다."

감보아는 번개처럼 순간적으로 팔을 뻗어 그의 먹살을 잡았다. 그리고 동시에 다른 손으로 그를 구석으로 몰아넣었다. 재규어가 기침을 시작하기 전에, 감보아는 어깨에서 통증을 느꼈다. 재규어는 이미 그의 팔꿈치를 스치고서 그의 얼굴을 때리려고 했다. 하지만 그 주먹은 도중에 멈추었다. 감보아는 먹살을 놔주고 한 발짝 뒤로 물러섰다.

"난 너를 죽여버릴 수도 있었다." 그가 말했다. "내게는 그럴 권리가 있다. 난 네 상관이고, 넌 나를 때리려고 했어. 하지만 장교위원회가 너를 알아서 처리할 것이다."

"계급장을 떼십시오." 재규어가 말했다. "중위님이 저보다 더 힘셀 수도 있지만, 저는 두렵지 않습니다."

"왜 아라나를 죽였나?" 감보아가 물었다. "모르는 척하지 말고 대답해라."

"저는 아무도 죽이지 않았습니다. 왜 그런 말을 하시는 겁니까? 제가 살인자라고 생각하십니까? 제가 왜 노예를 죽이겠습니까?"

"누군가가 너를 고발했다." 감보아가 말했다. "이제 넌 끝난 거다."

"누굽니까?" 그는 벌떡 일어났다. 그의 눈이 두 개의 촛불처럼 반짝였다.

"알겠나?" 감보아가 말했다. "넌 지금 그 사실을 인정하고 있다."

"누가 그런 소리를 했습니까?" 재규어가 다시 물었다. "정말이지 그놈만은 제가 죽여버리겠습니다."

"뒤에서 쏘다니." 감보아가 말했다. "그는 네 앞에 있었다. 20미터 떨어진 곳에. 넌 비겁하게 뒤에서 쐈다. 어떤 처벌을 받게 되는지 아나?"

"저는 아무도 죽이지 않았습니다. 정말입니다. 맹세합니다. 중위님."

"두고 보지." 감보아가 말했다. "모든 걸 털어놓는 게 좋을 거다."

"저는 고백할 게 아무것도 없습니다!" 재규어가 소리쳤다. "시험지에 관한 것, 도둑질에 관한 것, 그건 사실입니다. 하지만 저만 그런 게 아닙니다. 모두가 똑같이 그렇게 합니다. 계집애 같은 겁쟁이들만 돈을 내고 다른 아이들이 훔친 걸 사는 겁니다. 하지만 저는 아무도 죽이지 않았습니다. 저는 누가 그런 소리를 했는지 알고 싶습니다."

"곧 알게 될 것이다." 감보아가 말했다. "그가 제군 앞에서 말해줄 테니까."

다음날 나는 아침 아홉시에 집에 도착했어. 어머니가 대문 앞에 앉아 있었어. 내가 오는 걸 보고도 꼼짝하지 않았어. 나는 어머니에게 말했어. "추쿠이토에 사는 친구 집에 있었어요." 어머니는 아무 대답도 하지 않았어. 약간 겁을 먹은 듯한 이상한 눈초리로 나를 쳐다보기만 하고. 마치 내가 어머니에게 무슨 짓을 할지도 모른다는 듯이 말이야. 어머니의 눈이 내 몸을 아래위로 샅샅이 살펴보았고, 나는 기분이 언짢았어. 머리가 아팠고, 목이 말랐어. 하지만 어머니 앞에서 드러누워 잘 수는 없었지. 무엇을 해야 할지 모르겠더라고. 나는 학교 공책과 책을 뒤적거렸어. 아무 소용도 없는 것들이었지만, 나는 그것들을 좋아했거든. 그런 다음 잡동사니가 들어 있는 서랍을 샅샅이 뒤지기 시작했지. 어머니가 계속 내 뒤에서 나를 지켜보는 거야. 나는 고개를 돌려 어머니에게 말했어. "왜요? 왜 그렇게 쳐다보세요?" 그러자 어머니가 말했어. "넌 가망이 없어. 차라리 죽어버렸으면 좋겠다." 그러고서 어머니는 현관으로 나갔어. 무릎에 팔을 얹고 두 손에 얼굴을 묻은 채 계단에 한참 동안 앉아 있더라. 나는 내 방에서 어머니를 몰래 살펴보았어. 어머니의 셔츠는 구멍과 기운 자국으로 가득했고, 목은 주름투성이이였고, 머리카락은 헝클어져 있었지. 나는 천천히 다가가서 말했어. "저한테 화나신 거면, 잘못했어요. 죄송해요." 어머니는 나를 다시 쳐다보았어. 얼굴 역시 주름으로 가득했지. 한쪽 콧구멍에서는 하얀 털이 삐져나와 있었고, 벌린 입으로는 이가 많이 빠진 걸 볼 수 있었어. 어머니는 "차라리 하느님에게 용서를 빌어라"라고 말했어. "그게 소용이 있을지는 모르겠다만. 넌 이미 지옥을 선고받은 몸이니까." "내가 엄마에게 약속이라도 하면 좋겠어요?"라고 물었어. 그러자 어머니는 대답했지. "그게 무슨 소용이 있겠어? 얼굴에 이미 망가진 놈이라고 쓰였는데. 차라리 침대로 가서 술기운이나 깨."

나는 침대에 눕지 않았어. 잠이 이미 달아났거든. 잠시 후 나는 집에서 나가 추쿠이토 해변으로 갔어. 부둣가에 전날 보았던 아이들이 있더군. 그들은 바위 위에 드러누워 담배를 피우고 있었어. 옷을 둘둘 말아서 베개로 삼고 말이야. 해변에는 많은 애들이 있었어. 몇몇은 물가에 서서 납작한 돌을 물에 던졌는데, 그러자 그 돌은 마치 소금쟁이처럼 수면을 스치며 튀어갔어. 얼마 후 테레사와 그녀의 친구인 여자애들이 도착했어. 그들은 남자애들에게 다가가서 손을 내밀더라고. 그러고는 옷을 벗고서 둥글게 둘러앉았지. 그는 마치 아무 일도 없었던 것처럼 내내 테레사와 함께 있었어. 마침내 그들은 물속으로 들어갔어. 테레사가 소리쳤어. "얼어버릴 것 같아. 추워 죽겠어." 그러나 남자아이는 두 손에 물을 담아 그녀를 적셨지. 그녀는 더욱 세게 소리를 질러댔지만, 화를 내지는 않더라고. 그러고서 그들은 더 멀리 갔어. 테레사는 남자아이보다 더 헤엄을 잘 쳤지. 그녀는 마치 물고기처럼 부드럽게 수영했지만, 그는 물을 많이 튀기면서 가라앉았어. 그들은 물에서 나와 바위에 앉았어. 테레사는 누웠고, 남자아이는 자기 옷으로 베개를 만들어준 다음 그 옆에 앉아서 그쪽으로 몸을 틀었으니, 그는 그녀의 몸을 모두 볼 수 있었어. 내가 볼 수 있었던 것은 테레사가 해를 향해 올린 팔뿐이었어. 반면에 그 녀석 몸은 거의 모두 보였어. 비쩍 마른 등과 앙상한 갈비뼈, 그리고 구부러진 다리까지. 열두시경에 그들은 다시 물속으로 들어갔어. 남자아이는 계집애 흉내를 냈고, 테레사는 그에게 물을 퍼부었어. 그러자 그는 비명을 질러댔지. 그런 다음 그들은 헤엄을 쳤어. 서핑을 했고 물에 빠져 죽는 시늉을 하며 놀더라고. 그는 물속에 빠졌고, 테레사는 손을 흔들면서 도와달라고 소리쳤지만, 누가 봐도 장난이란 걸 알 수 있었어. 그는 코르크 부표처럼 갑자기 나타났지. 그의 얼굴에는 머리카락이 달라붙어 있었어. 그러고는 타잔 같은 비명을 질렀어. 나는 그들의 웃음소리를 들을 수 있었어. 아주 컸거든. 그들이 물에서 나왔을 때, 나는 그들이 둘둘 말아놓은 옷 옆에서 그들을 기다리고 있었어. 그녀의 여자 친구들과 다른 남자아이는 어디로 갔는지 알 수 없었어. 그쪽에는 별로 눈길을 주지 않았거든. 마치 모든 사람이 사라져버린 것 같았지. 그들은 내게 가까이 왔어. 테레사가 먼저 나를 보았어. 그는 뒤따라오면서 펄쩍펄쩍 뛰며 미친 아이 흉내를 내고 있었고. 그녀의 표정은 하나도 바뀌지 않았어. 더 행복해하지도 않았고, 더 슬퍼하지도 않았지. 그녀는 내게 손을 내밀지도 않고 이렇게만 말했어. "안녕? 너도 해변에 있었어?" 그때 남자아이가 나를 쳐다보더니, 나를 알아보았어. 갑자기 발길을 멈추더니 뒷걸음질쳤고, 몸을 숙이더니 돌을 하나 집어들고 나를 겨냥하는 거야. "너도 얘알아?"라고 테레사는 웃으면서 그에게 물었어. "우리 옆집에 사는 앤데." "저 자식은 자기가 아주 훌륭한 깡패라고 생각해"라고 그놈은 말했어. "더이상 깡패질을 못하도록 얼굴을 박살내버리겠어." 나는 거리를 제대로 가늠하지 못했어. 그리고 그가 돌을 쥐고 있다는 것도 잊어버렸고. 나는 뛰어올랐지만, 다리가 모래사장에 박히는 바람에 생각했던 거리의 반도 가지 못한 채, 그에게서 1미터 떨어진 곳에 쓰러진 거야. 그러자 그 녀석이 앞으로 와 각진 돌을 내 얼굴에 던졌어. 마치 태양이 내 머리로 난입한 것 같았어. 모든 게 하얗게 보였고, 마치 내가 둥둥 떠다니는 듯한 느낌이었거든. 하지만 그건 그리 오래 지속되지 않았어. 난 그렇게 생각해. 내가 눈을 떴을 때, 테레사는 공포에 질려 있었고, 남자아이는 입을 벌린 채 그곳에 서 있었어. 그는 멍청이였어. 그 순간을 이용했다면, 그는 자기 마음대로 나를 짓밟아버릴 수 있었을 텐데. 하지만 그가 던진 돌 때문에 내 얼굴에서 피가 나자 그는 가만히 서서 내게 무슨 일이 일어나는지 지켜보기만 하더라고. 나는 테레사를 뛰어넘어 그를 덮쳤어. 몸싸움이 벌어지자 그는 상대가 되지 않았어. 우리가 바닥에 넘어지자마자 그걸 알았지. 그는 마치 누더기처럼 흐늘흐늘했고, 제대로 주먹질을 하지도 못했으니까. 우리는 엎치락뒤치락하지도 않았어. 나는 그의 몸 위에 올라타 계속해서 그의 얼굴을 때렸고, 그는 양손으로 얼굴을 가렸어. 나는 조그만 자갈을 한줌 움켜쥐고 그의 얼굴과 이마를 북북 문지르기 시작했어. 그가 손을 치우면 그 돌들을 그의 눈과 입에 쑤셔넣었고 말이야. 우리는 경찰이 온 다음에야 비로소 서로 떨어졌어. 경찰이 내 멱살을 잡고 확 잡아당기더라고. 나는 무언가가 터지는 것 같은 느낌을 받았어. 경찰은 내 따귀를 때렸고, 그래서 나는 돌로 그의 가슴을 쳤어. 그러자 그는 "이 새끼봐, 가만두지 않겠어"라고 말했어. 그는 마치 깃털처럼 나를 들어올리고서 손으로 예닐곱 대 때리더군. 그러고는 이렇게 말했어. "이 염병할 놈아, 네가 어떻게 했는지 봐." 남자아이는 바닥에 쓰러져 신음하고 있었어. 몇몇 여자들과 남자들이 그를 위로했고, 모두가 아주 화를 내면서 경찰에게 말했어. "저놈이 애 얼굴을 박살냈어요. 인정사정도 없는 놈이에요. 소년원으로 데려가야 해요." 나는 여자들이 하는 말에는 전혀 관심을 기울이지 않았어. 하지만 그때 테레사를 보았어. 그녀의 얼굴은 새빨개져 있었어. 그녀는 증오의 눈빛으로 나를 쳐다보았어. 그리고서 내게 "넌 나쁜 놈이고 못된 놈이야"라고 말한 거야. 나는 그녀에게 말했어. "네가 창녀처럼 행동했잖아. 다 너 때문이야." 경찰은 내 입을 주먹으로 치고 소리쳤어. "이 아가씨에게 함부로 말하지 마, 개자식아!" 그녀는 아주 놀란 눈으로 나를 쳐다보았고, 나는 뒤로 돌았어. 그러자 경찰이 말했지. "멈춰. 어디로 가는 거야?" 나는 경찰에게 발길질을 해대고 미친듯이 주먹을 휘두르기 시작했어. 결국 그는 나를 강제로 해변에서 끌어냈지. 경찰서에 도착하자 경사가 말했어. "채찍으로 때리고 내쫓아버려. 아마 조만간 큰일로 이 자식을 다시 여기서 만나게 될 거야. 어느 모로 보나 넌 교도소로 갈 얼굴이니까." 경찰은 나를 안마당으로 데려갔고, 허리띠를 풀어 내게 휘두르기 시작했어. 나는 도망쳤고, 다른 경찰들은 그 경찰이 나를 잡지 못해 굵은 땀을 흘리는 꼴을 보고 죽어라 웃어대더군. 그는 허리띠를 던지더니, 나를 구석으로 몰았어. 그때 다른 경찰들이 오더니 이렇게 말했어. "풀어줘. 이 자식을 주먹으로 때리는 건 안 돼." 나는 그곳에서 나왔지만, 우리집으로 가지는 않았어. 말라깽이 이게라스와 함께 살러 갔지.

"한 마디도 이해가 안 돼." 소령이 말했다. "단 한 마디도."

그는 뚱뚱했고, 얼굴은 불그스레했다. 그의 조그만 콧수염은 입술에도 이르지 못했다. 그는 처음부터 끝까지 끊임없이 눈을 깜빡거리면서 주의깊게 보고서를 읽었다. 눈을 들어 가리도 대위를 쳐다보기 전에, 그는 타자기로 열 페이지에 해당하는 보고서 중에서 몇몇 대목을 다시 읽었다. 가리도 대위는 회색 바다와 라페를라의 시커먼 들판이 내다보이는 창문을 등지고 책상 앞에 서 있었다.

"이해가 안 돼." 그는 다시 반복했다. "자네가 설명해보게, 대위. 여기서 누군가가 미쳐버린 것 같은데, 그게 나는 아닌 듯싶군. 감보아 중위에게 무슨 일이 있는 건가?"

"저도 모르겠습니다, 소령님. 저 역시 소령님처럼 어안이 벙벙한 상태입니다. 저는 이 일에 관해 여러 번 그와 말했습니다. 그에게 이런 보고서는 말도 안 된다는 걸 알려주려고 했습니다."

"말도 안 된다고?" 소령이 말했다. "대위는 그가 그 생도들을 영창에 넣지 못하게 해야만 했어. 그리고 그에게 이따위 보고서도 작성하지 못하도록 해야 했고. 즉시 이 문제에 종지부를 찍어야겠어. 일 분도 허비할 수 없다."

"아무도 이 내용은 모릅니다, 소령님. 두 생도는 지금 격리 수용되어 있습니다."

"감보아를 불러와." 소령이 지시했다. "즉시 달려오라고 해."

대위는 급히 나갔다. 소령은 다시 보고서를 집어들었다. 그걸 다시 읽으면서, 그는 붉은 콧수염을 물어뜯으려고 했지만, 치아가 너무 작아서 겨우 입술만 긁어대면서 자극했다. 한쪽 발은 초조한 듯 바닥을 톡톡 쳤다. 몇 분 후 대위가 중위와 함께 돌아왔다.

"잘 지냈나?" 소령이 말했다. 화가 치밀어 기복이 심한 목소리였다. "난 지금 매우 놀랐네, 감보아. 왜 그런지 살펴보지. 자네는 훌륭한 장교이며, 자네 상관들은 자네를 높이 평가해. 그런데 어떻게 이런 보고서를 제출할 생각을 했나? 자네는 지금 제정신이 아니야. 이건 폭탄이야. 진짜 폭탄이란 말일세."

"사실입니다, 소령님." 감보아가 말했다. 대위는 분노를 참지 못해 계속 턱을 움직이면서 그를 노려보았다. "하지만 이 문제는 이미 제 권한 밖의 일입니다. 저는 제가 할 수 있는 한 모든 걸 확인해보았습니다. 단지 장교위원회만이……"

"뭐라고?" 소령이 그의 말을 끊었다. "자네는 이따위를 심의하기 위해 내가 장교위원회를 소집하리라고 생각하나? 바보 같은 소리는 그만해. 레온시오 프라도는 학교이며, 우리는 더이상의 스캔들을 허락하지 않을 거야. 자네는 정말로 잘못 생각하고 있어, 감보아. 자네는 내가 이 보고서를 장관 손에까지 들어가게 내버려둘 거라고 생각하나?"

"저도 중위에게 그렇게 말했습니다. 소령님." 대위가 말했다. "하지만 그는 고집을 굽히지 않았습니다."

"그럼 한번 살펴보지." 소령이 말했다. "절대로 자제력을 상실해서는 안 돼. 우리는 침착하고 차분하게 행동해야 하네. 그게 가장 중요한 거지. 자, 이걸 고발한 아이는 누구인가?"

"페르난데스입니다, 소령님. 1반 생도입니다."

"왜 지시를 기다리지도 않고 다른 아이를 감방에 처넣었나?"

"조사를 시작해야 했기 때문입니다, 소령님. 그를 심문하려면, 다른 생도들과 분리할 필요가 있었습니다. 그렇지 않으면 그 소식이 전 학년으로 번졌을 것입니다. 또한 저는 두 생도가 서로 대면하길 바라지 않았습니다."

"이건 말도 안 되는 엉터리 고발이야. 바보 같은 짓이란 말일세." 마침내 소령이 폭발했다. "자네는 이런 것에 아무런 주의도 기울이지 말아야 했어. 이건 애들 장난일 뿐이야. 자네 같은 사람이 어떻게 이런 엉터리 거짓말을 믿을 수 있나? 나는 자네가 그토록 순진하고 멍청하리라고는 생각조차 못했어, 감보아."

"소령님 생각이 맞을 수도 있습니다. 하지만 한 가지만 말씀드리고 싶습니다. 저도 생도들이 시험지를 훔치고 도둑 조직을 결성한데다, 학교 안으로 카드와 술 등을 반입한다는 말을 믿지 않았습니다. 저는 직접 그 모든 걸 확인했습니다, 소령님."

"그건 다른 문제야." 소령이 말했다. "5학년이 규율을 우습게 여긴다는 것은 분명해. 그건 의심의 여지가 없네. 그러나 이 경우 책임자는 자네들이야. 가리도 대위와 감보아 중위, 자네들은 곤란한 상황에 처하게 될 걸세. 학생들이 자네들을 가지고 논 거야. 막사에서 무슨 일이 일어나고 있는지 알게 되면 대령님이 어떤 얼굴을 할지 상상이 되나? 내가 할 수 있는 것은 아무것도 없어. 나는 보고서를 제출하고, 모든 게 제대로 돌아가도록 최선을 다하는 수밖에 없어." 소령은 다시 수염을 물어뜯으려고 했다. "하지만 다른 건 허용할 수 없어. 그 생도는 실수로 자신에게 총을 쏜 거야. 그건 이미 종결된 사건이야."

"죄송합니다, 소령님." 감보아가 말했다. "그가 자신에게 총을 쐈다는 것은 확인된 사실이 아닙니다."

"아니라고?" 소령은 감보아를 불태우려는 것처럼 이글거리는 눈으로 쳐다보았다. "그 사고에 관한 보고서를 보여줄까?"

"대령님은 그 보고서가 그렇게 작성된 이유를 설명하셨습니다. 그건 말썽을 피하기 위해서였습니다."

"아, 그랬지!" 소령은 의기양양하게 말했다. "바로 그거야. 자네도 말썽을 피하기 위해 지금 끔찍한 내용으로 가득한 보고서를 작성한 건가?"

"이제는 다릅니다, 소령님." 감보아는 동요하지 않고 차분하게 말했다. "모든 게 바뀌었습니다. 전에는 사고로 사망했을 거라는 가정이 가장 믿을 만했습니다. 아니, 그것이 유일했습니다. 의사들은 총알이 뒤에서 날아왔다고 말했습니다. 그러나 저와 다른 장교들은 그것이 유탄일 거라고, 즉 사고일 것이라고 생각했습니다. 그런 상황에서는 우리 학교의 명성이 해를 입지 않도록 희생자에게 모든 실수를 돌려도 문제가 없습니다. 소령님, 사실 저는 아라나 생도에게 잘못이 있다고, 적어도 부분적으로는 그랬다고 생각했습니다. 그가 원래의 위치에서 벗어나 있었고, 뛰는 데 시간을 지체했기 때문입니다. 심지어 총알이 그의 소총에서 발사되었다고도 생각할 수 있었습니다. 하지만 한 사람이 그 건 범죄라고 증언하면서부터 모든 게 바뀌었습니다. 그 고발은 완전히 황당한 것이 아닙니다, 소령님. 생도들의 위치가……"

"말도 안 되는 소리 그만해." 소령이 불끈 화를 내며 말했다. "자네 는 소설을 좋아하는 것 같군, 감보아. 우리는 지금 당장 이 골치 아픈 문제를 해결하고, 시간만 허비하는 쓸데없는 논쟁을 멈춰야 하네. 위 병소로 가서 두 생도를 각자의 막사로 돌아가라고 해. 그들에게 이 문 제에 관해 입을 벌리기만 해도 퇴학을 당할 것이라고 경고하도록. 그 런 경우 그 어떤 증명서도 발급되지 않는다는 사실도 알려주고. 그리 고 아라나 생도의 죽음과 관련된 것은 모두 삭제하고 새로운 보고서를 작성하도록 해."

"저는 그렇게 할 수 없습니다, 소령님." 감보아가 말했다. "페르난데 스 생도가 고발을 철회하지 않습니다. 제가 확인할 수 있었던 한에서, 그가 한 말은 사실입니다. 고발당한 생도는 전투훈련중에 희생자의 뒤 쪽에 있었습니다. 저는 살인 증거가 있다고 말하는 것은 아닙니다. 단 지 기술적으로 그 고발은 증거로서 인정될 수 있다는 의미입니다. 장 교위원회만이 이 점을 분명히 밝혀줄 수 있습니다."

"나는 자네 의견에 관심이 없어." 소령은 경멸하는 말투로 말했다. "나는 지금 자네에게 명령하는 거야. 그런 황당한 이야기는 혼자서만 생각하고, 내 지시에 복종해. 아니면 장교위원회에 회부되길 바라는 건가? 명령은 논의의 대상이 아니야, 중위."

"원하신다면 저를 장교위원회에 세우십시오, 소령님." 감보아가 부 드럽게 말했다. "하지만 보고서를 다시 작성하지는 않겠습니다. 죄송합니다. 그리고 소령님은 제 보고서를 알투나 사령관에게 제출하셔야 할 의무가 있다는 사실을 기억해주십시오."

소령은 갑자기 창백해졌다. 그는 체신을 잃고서 이제는 이로 콧수염을 물어뜯으려고 안간힘을 다하면서, 놀랍다는 듯이 이마를 찌푸렸다. 그는 자리에서 일어났다. 그의 눈은 시뻘겋게 빛났다.

"좋아." 소령이 말했다. "자넨 나를 모르는군, 감보아. 나는 사람들이 공손하게 대할 때만 유순한 존재야. 하지만 적일 때는 위험하지. 자네는 곧 이런 사실을 확인하게 될 테지. 이 모든 일로 자네는 비싼 대가를 치르게 될 거야. 그리고 맹세하는데, 자네는 곧 내게 협조하게 될 걸세. 아마도 모든 게 밝혀질 때까지 자네는 학교를 떠나지 못하겠지. 나는 이 보고서를 전달하겠다. 하지만 더불어 상관에 대한 자네의 행동거지에 대한 보고서도 제출하겠네."

"알겠습니다, 소령님." 감보아는 이렇게 말하고 나갔다. 그는 서두르지 않고 걸었다.

"미쳤어." 소령이 말했다. "미친 거야. 하지만 내가 고쳐주겠어."

"보고서를 전달하실 겁니까, 소령님?" 대위가 물었다.

"다른 방법이 없지 않나?" 소령은 대위를 쳐다보았는데, 마치 그가 그곳에 있다는 사실에 적지 않게 놀란 듯했다. "가리도, 자네 인생 역시 망가진 거야. 자네 복무 기록은 그다지 좋지 않을 거네."

"소령님." 대위가 더듬거리며 말했다. "제 잘못이 아닙니다. 모든 건 1중대에서 일어났습니다. 감보아가 담당하는 중대입니다. 다른 중대들은 완벽하게 움직입니다. 즉 모든 게 순조롭게 진행되고 있습니다, 소령님. 저는 항상 지시사항을 엄격하게 따랐습니다."

"감보아 중위는 자네 부하야." 소령이 퉁명스럽게 대답했다. "만일 어느 생도가 와서 자네 대대에서 일어난 일을 밝힌다면, 그건 자네가 항상 건성으로 대충대충 근무했다는 것을 의미해. 자네들은 도대체 어떤 부류의 장교인가? 생도들에게 규율을 준수하라고 요구하지도 못하잖나. 충고하는데, 5학년 생도들에게 약간의 질서를 잡아야 할 것 같군. 이제 가도 좋네."

대위는 뒤로 돌았고, 문에 도착해서야 자기가 경례를 하지 않았다는 사실을 떠올렸다. 그는 다시 뒤로 돌아 군화 굽을 부딪쳤다. 소령은 보고서를 다시 살펴보면서 입술을 움직였고, 이마를 찌푸렸다. 가리도 대위는 구보하듯이 빠른 발걸음으로 5학년 교무실로 향했다. 그리고 소운동장에서 아주 힘껏 호각을 불었다. 잠시 후 모르테 부사관이 그의 사무실로 들어왔다.

"5학년 담당 장교와 부사관을 모두 소집하라." 대위가 지시했다. 그는 마구 씰룩거리던 턱을 손으로 만졌다. "너희 모두가 진짜 책임자야. 내가 그 대가를 비싸게 치르게 해주겠어, 제기랄. 이건 너희 잘못이지, 다른 누구의 잘못도 아니라고. 거기서 입 벌리고 뭐하나? 어서 가서 내가 말한 대로 해."

제6장

감보아는 문을 열어야 할지 말아야 할지 결정하지 못한 채 머뭇거렸다. 그는 걱정에 사로잡혀 있었다. '이 문제들 때문일까? 아니면 편지 때문일까?' 그는 생각했다. 몇 시간 전에 편지가 도착했다. "지금 당신이 몹시 보고 싶어요. 아무래도 이 여행을 하지 말아야 했어요. 내가 리마에 있는 게 훨씬 나을 거라고 했잖아요? 비행기 안에서 구토를 못 참겠더라고요. 모든 사람이 나를 쳐다보았고, 그러자 더욱 속이 거북해졌어요. 공항에서는 크리스티나와 그애의 남편이 기다리고 있었어요. 제부는 아주 다정하고 착한 남편이에요. 그건 조금 있다가 이야기해줄게요. 두 사람은 즉시 나를 집으로 데려가서 의사를 불렀어요. 의사는 여행 때문에 병이 났지만, 나머지는 모두 괜찮다고 했어요. 하지만 계속 머리가 아팠고, 그래서 동생네가 다시 의사를 불렀어요. 그랬더니 의사가 내게 병원에 입원하는 게 좋겠다는 거예요. 지금은 의료진이 지켜보고 있어요. 주사를 많이 맞았고 움직일 수가 없네요. 베개가 없어서 짜증나요. 당신도 알다시피 나는 베개로 등을 받치고 거의 앉아서 자는 걸 좋아하잖아요. 우리 어머니와 크리스티나는 하루종일 내 곁에 있고, 제부는 퇴근하자마자 나를 보러 와요. 모두가 아주 좋은 사람들이지만, 나는 당신이 여기에 있었으면 좋겠어요. 내 곁에 있기만 해도 정말로 마음이 편해질 것 같아요. 이제는 조금 괜찮아졌지만 아기를 유산할까봐 너무 무서워요. 의사는 처음에는 조금 까다로운 증상이었지만 이제는 괜찮을 거래요. 난 지금 아주 초조해요. 그리고 항상 당신만 생각하고 있어요. 몸조심하세요. 당신도 내가 보고 싶지요, 그렇죠? 하지만 나만큼은 아닐 거예요." 편지를 읽으면서 그는 이미 피곤을 느끼기 시작했다. 편지를 다시 읽는데 대위가 언짢은 표정을 지으며 그의 방으로 와서 이렇게 말했다. "대령님이 이미 모든 것을 아셨네. 자네는 소기의 목적을 이루었군. 사령관님은 페르난데스를 영창에서 꺼내 대령님 사무실로 데려가라고 말씀하셨네. 지금 당장." 감보아는 그리 놀라지 않았지만, 완전히 의욕이 사라져 있었다. 순식간에 모든 문제가 그의 관심사에서 사라진 것 같았다. 그런 무관심에 압도되는 건 그다지 흔치 않은 일이었다. 그는 불쾌했다. 그래서 편지를 네 겹으로 접어 지갑에 넣고 문을 열었다. 의심의 여지 없이 알베르토는 쇠창살로 그가 오는 것을 보았다. 그를 차려 자세로 기다리고 있던 것이다. 감방은 재규어가 있는 곳보다 더 밝았고, 감보아는 우스울 정도로 짧은 알베르토의 카키색 바지를 보았다. 바지는 무용수의 타이츠처럼 그의 다리에 꽉 끼었고, 바지 앞 터진 곳에 있는 단추는 반만 채워져 있었다. 반면에 셔츠는 너무 컸다. 어깨는 축 늘어졌고, 곱사등이처럼 등 부분은 불룩 튀어나와 있었다.

"이봐, 어디서 외출용 정복을 갈아입었나?" 감보아가 물었다.

"바로 여기서 갈아입었습니다, 중위님. 일상용 제복은 제 가방에 있었습니다. 저는 매주 토요일 그걸 집으로 가져가서 세탁합니다."

감보아는 침대 위에서 그의 하얀 계급장과 모자, 그리고 반짝이는 재킷 단추를 보았다.

"규정을 모르나?" 그가 퉁명스럽게 물었다. "제복은 학교에서 세탁하게 되어 있고, 외부로 반출해서는 안 돼. 그런데 이 외출용 정복은 어떻게 된 건가? 지금 꼭 광대 같은 꼴이잖나."

알베르토의 얼굴은 초조해졌다. 그는 한 손으로 바지 윗단추를 채우려고 했다. 있는 힘을 다해 배를 집어넣으려고 했지만, 그럴 수 없었다.

"바지가 줄어들었고 셔츠는 늘어났다." 감보아가 쌀쌀맞게 말했다. "둘 중에서 어느 것을 훔친 거지?"

"두 개 다 훔친 겁니다, 중위님."

감보아는 약간 충격을 받았다. 실제로 대위의 말이 맞았던 것이다. 그 생도는 그를 자기편이라고 여기고 있었다.

"빌어먹을." 그는 마치 자신에게 되뇌듯이 말했다. "넌 예수그리스도도 구원할 수 없는 인간이다, 알고 있나? 넌 그 어떤 생도보다 더럽고 못된 놈이다. 넌 내게 와서 네 문제를 이야기했지. 의도한 건 아니었을지 모르지만, 결국 넌 내게 피해를 끼쳤어. 왜 우아리나나 피탈루가에게 가지 않은 거지?"

"모르겠습니다, 중위님." 알베르토가 말했다. 그러나 그는 급히 덧붙였다. "저는 오직 중위님만 신뢰합니다."

"나는 네 친구가 아니다." 감보아가 말했다. "네 공모자도 아니며, 네 보호자도 아니다. 나는 단지 내 의무만 다했을 뿐이다. 이제 모든 것은 대령님과 장교위원회의 손에 달려 있다. 그들이 알아서 네 문제를 처리할 것이다. 나를 따라와라. 대령님이 기다리신다."

알베르토는 창백해졌고 눈동자가 커졌다.

"두려운가?" 감보아가 물었다.

알베르토는 대답하지 않았다. 그는 차려 자세를 취한 채 눈만 깜빡거렸다.

"자, 따라와." 감보아가 말했다.

그들은 시멘트 트랙을 지났고, 알베르토는 감보아가 보초병들의 경례에 답하지 않는 것을 보고 놀랐다. 그 건물에 들어가는 건 처음이었다. 학교의 다른 건물들과 유사한 점은 외부, 즉 이끼가 낀 회색의 높은 벽뿐이었다. 그 안은 완전히 달랐다. 현관에는 두꺼운 카펫이 깔려 발소리가 나지 않았고, 워낙 환하게 조명이 비치고 있었기 때문에 알베르토는 눈이 부셔 눈을 몇 번이나 감았다가 떴다. 벽에는 그림들이 걸려 있었다. 그곳을 지나면서 그는 역사책에 수록된 몇몇 인물을 알아본 것 같았다. 그들은 인생 최고의 순간을 행동으로 옮기고 있었다. 볼로네시*는 마지막 총알을 쏘고 있었고, 산마르틴**은 깃발을 높이 들

---

* 페루의 군인이자 영웅. 태평양전쟁에 참가했으며, 훨씬 우월한 화력과 병력을 지닌 칠레군과 맞선 아리카전투에서 장렬하게 전사했다.
** 아르헨티나의 군인. 시몬 볼리바르와 함께 라틴아메리카 독립전쟁의 영웅이며, 아르헨티나와 칠레와 페루의 독립을 이끌었다.

고 있었으며, 알폰소 우가르테*는 심연으로 떨어지고 있었고, 공화국 대통령은 훈장을 받고 있었다. 현관 너머로는 아무도 없는 아주 크고 환한 거실이 있었다. 벽은 상장과 트로피로 가득했다. 감보아는 한쪽 구석으로 갔다. 그리고 두 사람은 엘리베이터를 탔다. 중위는 전혀 머뭇거리지 않고 마지막 층인 사층을 눌렀다. 알베르토는 지난 삼 년 동안 그 건물이 몇 층인지도 몰랐다는 게 몹시 황당하다고 생각했다. 생도들은 출입이 금지된 이 회색 괴물은 다소 악마적인 건물이었다. 바로 이곳에서 외출금지 생도들의 목록이 작성되며, 학교 고위층의 소굴도 있기 때문이다. 생도들의 마음속에서 학교 본부 건물은 막사와 아주 먼 곳에 있었다. 마치 대주교 공관이나 앙콘 해변**만큼이나 멀었다.

"들어가." 감보아가 말했다.

좁은 복도였지만, 벽은 반짝반짝 빛났다. 감보아는 문을 밀었다. 알베르토는 책상 하나를 보았고, 그 뒤에서, 즉 대령의 초상화 옆에서 민간인 복장을 한 사람을 보았다.

"대령님이 기다리고 계십니다." 그 사람이 감보아에게 말했다. "들어가십시오, 중위님."

"저기 앉아 있어." 감보아가 알베르토에게 지시했다. "곧 부를 거다."

알베르토는 민간인 앞에 있는 의자에 앉았다. 남자는 몇몇 서류를

---

* 페루의 군인으로 태평양전쟁의 영웅. 볼로네시가 지휘한 아리카전투에서 칠레군에게 패배하자 포로가 되기를 거부하고 아리카의 절벽에서 말을 탄 채 손에 국기를 들고 뛰어내렸다.
** 리마에서 북쪽으로 43킬로미터 떨어진 곳에 있는 마을.

살펴보고 있었다. 그는 손에 연필을 들고서 마치 비밀스러운 선율의 리듬을 따르는 것처럼 연필을 공중에서 앞뒤로 움직였다. 키가 작고 옷을 근사하게 입은 낯선 얼굴이었다. 딱딱한 칼라가 몹시 불편한 듯 그는 연신 머리를 흔들었고, 목울대는 당황한 새끼 동물처럼 목 가죽 아래로 오르내렸다. 알베르토는 반대편에서 무슨 일이 일어나고 있는지 들으려고 했지만, 아무 소리도 들을 수 없었다. 그는 공상에 잠기기 시작했다. 테레사는 라이몬디 학교 정류장에서 그에게 미소 짓고 있었다. 그녀의 모습은 병장이 옆 감방에서 나갔을 때부터 그를 떠나지 않았다. 오로지 그녀의 얼굴만 나타났다. 그리고 그 얼굴은 아레키파 대로 모퉁이에 있는 이탈리아 학교의 희끄무레한 벽 앞에서 떠돌았다. 그는 이미 몇 시간 전부터 그녀의 몸 전체를 떠올리려고 노력하고 있었다. 그러면서 그녀에게 어울리는 우아한 옷과 보석, 그리고 이국적인 머리 모양을 생각했다. 그러다 어느 순간 얼굴에 열이 오르면서 그는 마음속으로 중얼거렸다. '나는 지금 여자들처럼 인형에 옷 입히기 놀이를 하고 있어.' 그는 종이를 찾으려고 자기 가방과 주머니를 뒤졌지만 허사였다. 그래서 그녀에게 편지를 쓸 수 없었던 것이다. 대신에 그는 상상의 편지를 썼다. 군사고등학교와 사랑, 그리고 노예의 죽음과 죄책감과 미래에 관해 말하는 거창하고 격조 높은 이미지로 가득한 글이었다. 그런데 갑자기 전화벨소리가 들렸다. 민간인은 전화기에 대고 말하면서 상대방이 그를 보고 있는 양 고개를 끄덕였다. 그는 조심스럽게 전화를 끊더니 알베르토를 바라보았다.

"네가 페르난데스 생도야? 대령님 사무실로 들어가."

그는 문으로 다가갔다. 그리고 손가락 마디로 세 번 두들겼다. 아무 대답이 없었다. 그는 문을 밀었다. 형광등 불빛으로 아주 환하게 밝혀진 커다란 방이었다. 그곳에 들어가자 뜻하지 않은 푸르스름한 불빛 때문에 그의 눈이 따가울 정도였다. 10미터 거리에서 그는 세 명의 장교를 보았다. 각자 일인용 가죽의자에 앉아 있었다. 그는 방안을 둘러보았다. 커다란 나무책상, 상장들과 표창장들, 탁상용 깃발들, 그림들, 플로어스탠드가 있었다. 바닥은 카펫이 깔려 있지 않았으나 반들반들 굉장히 윤이 나서 그의 군화는 마치 얼음판 위에 있는 것처럼 미끄러졌다. 그는 아주 천천히 걸었다. 미끄러질까봐 겁이 났던 것이다. 그는 계속해서 바닥을 내려다보았다. 그리고 카키색 바지를 입은 다리와 의자의 팔걸이를 보고서야 비로소 눈을 들었다. 그는 차려 자세를 취했다.

"페르난데스?" 생도들이 연병장에서 사열 연습을 하고 있을 때 구름 낀 하늘 아래서 시끄러운 소리를 내던 바로 그 목소리였다. 강당에서 부동자세로 세워둔 채, 애국과 희생정신을 이야기하던 그 높고 가냘픈 목소리였다. "관등성명은?"

"페르난데스 템플레입니다, 대령님. 알베르토 페르난데스 템플레 생도입니다."

대령은 알베르토를 살펴보았다. 대령은 살이 쪄서 윤기가 자르르 흐르는 사람이었다. 그의 희끗희끗한 머리카락은 말쑥하게 빗질되어 머리에 착 달라붙어 있었다.

"템플레 장군과 친척 간인가?" 대령이 말했다. 알베르토는 그의 목소리를 통해 앞으로 그가 무슨 말을 할지 짐작하려고 애썼다. 차갑지만 위협적이지는 않은 목소리였다.

"아닙니다, 대령님. 제가 알기로, 템플레 장군님은 피우라 출신이십니다. 제 어머니는 모케구아 출신입니다."

"알았네." 대령이 말했다. "장군님은 지방 출신이시군." 그는 뒤를 돌아보았고, 알베르토는 그의 시선을 따라가 다른 의자에 앉아 있는 알투나 사령관을 발견했다. "나처럼 말이야. 군대의 고위 장교 대부분도 그렇지. 지방에서 최고의 장교들이 배출된다는 건 사실이야. 그런데 말이 나왔으니 말인데, 알투나, 자네는 어디 출신인가?"

"저는 리마 출신입니다, 대령님. 하지만 제 가족이 모두 앙카시 출신이라 지방 사람처럼 느껴집니다."

알베르토는 감보아의 얼굴을 보려고 했지만, 그럴 수 없었다. 중위는 그에게 등을 돌린 의자에 앉아 있었다. 알베르토는 단지 그의 한쪽 팔과 움직이지 않는 한쪽 다리, 그리고 가볍게 바닥을 치는 한쪽 발만볼 수 있었다.

"알았다, 페르난데스 생도." 대령이 말했다. 그의 목소리는 이미 엄숙해졌다. "이제 보다 심각하고 보다 긴급한 문제에 관해 말하도록 하지." 그때까지 의자에 등을 기대고 있던 대령은 몸을 조금 당겨 의자모서리에 앉았다. 그의 머리 아래에 있는 배는 마치 별개의 것처럼 불룩했다. "자네는 진정한 생도이고, 분별력 있으며 똑똑하고 교양 있는 사람인가? 그렇다고 가정해보지. 내 말은 그런 사소한 일로 학교의 모든 장교를 동요하게 만들 필요가 있었느냐는 말이다. 실제로 감보아 중위가 제출한 보고서는 그 일이 장교들뿐만 아니라 국방부도 개입할 여지가 충분하다는 것을 보여주고 있다. 내가 이해하는 바에 따르면, 생도는 지금 한 동료를 살인 혐의로 고발하고 있다."

그는 상당히 우아하게 짧게 기침하고서, 잠시 침묵을 지켰다.

"난 즉시 생각했다. 5학년 생도는 어린아이가 아니라고 말이다. 군사고등학교에서 삼 년을 보내면서 생도는 남자가 되고도 남을 충분한 시간이 있었다. 그리고 남자는, 그러니까 이성적인 존재는 누군가를 살인으로 고발하려면 그 누구도 반박할 수 없는 증거를 가지고 있어야 한다. 즉 그런 증거가 없다면 제정신이 아니거나, 법적인 것을 모르는 사람이라는 뜻이다. 위증이 무엇인지 모르고, 명예훼손은 법에 죄로 분명하게 규정되어 있어서 처벌을 받는다는 사실을 모르는 사람만이 함부로 그런 행동을 할 수 있다. 이 사건은 쉽게 지나칠 사항이 아니라 나는 매우 주의깊게 보고서를 읽었다. 그런데 불행하게도 증거는 그 어디에도 나타나지 않는다. 그래서 나는 생각했다. 생도는 신중한 사람이며, 그래서 예방조치를 취했을 것이라고 말이다. 마지막 순간까지 증거를 밝히지 않고 갖고 있다가, 장교위원회에서 내게 직접 그 증거를 보여줄 것이라고 말이다. 좋다, 그래서 생도를 이곳으로 부른 것이다. 그 증거를 내게 제출하라."

알베르토는 바닥을 툭툭 치고 있는 대령의 발을 잠시 쳐다보았다. 그 다리는 위로 올라갔다가 아래로 떨어졌고, 계속해서 그런 동작을 반복했다.

"대령님." 그가 말했다. "저는 다만……"

"그래, 좋아." 대령이 말했다. "넌 남자다. 그리고 레온시오 프라도 군사학교 5학년 생도이다. 따라서 자신이 무슨 행동을 하고 있는지 알 것이다. 이제 그 증거를 밝혀라."

"저는 제가 알고 있는 모든 걸 이야기했습니다, 대령님. 재규어는 아라나에게 복수하려고 했는데, 그건 아라나가 밀고했기 때문에⋯⋯"

"그것에 관해서는 나중에 말하도록 하지." 대령이 알베르토의 말을 끊었다. "그런 일화는 참으로 흥미롭다. 그 가정은 우리에게 생도가 창의적 정신, 그리고 뇌쇄적인 상상력을 가지고 있다는 것을 보여준다." 그는 입을 다물더니 안도한 표정으로 다시 반복했다. "아주 매혹적이다. 이제 그럼 서류들을 점검해보기로 하지. 필요한 모든 법적 자료들을 제출하라."

"증거는 없습니다, 대령님." 알베르토가 인정했다. 그의 목소리는 가냘팠고 떨렸다. 그는 입술을 깨물면서 기운찬 목소리를 되찾으려고 했다. "저는 제가 알고 있는 것만 말했습니다. 하지만 저는 확신하는데⋯⋯"

"뭐라고?" 대령이 놀란 표정을 지으며 말했다. "구체적이고 믿을 만한 증거도 없는데 그 말을 믿으라는 건가? 조금 더 진지하고 심각하게 생각하라, 생도. 지금은 농담하기에 적절한 시간이 아니다. 정말로 유효하고 분명한 서류가 단 하나도 없다는 소린가? 자, 어서 말해봐."

"대령님, 저는 제 의무가⋯⋯"

"맙소사!" 대령이 계속 말했다. "그러니까 장난이라는 건가? 난 그걸 나무라고 싶지는 않다. 자네에게도 즐길 권리는 있다. 어쨌건 유머는 젊다는 것을 보여주고, 그건 건강에 매우 좋으니까. 하지만 모든 것에는 한도가 있다. 생도는 지금 군대에 있다. 단적으로 말하자면, 생도는 군대를 비웃을 수 없다. 그건 군대에서만 그런 게 아니다. 민간인의 삶에서도 마찬가지로 그런 장난은 비싼 대가를 치른다. 만약 누군가를 살인자로 고발하고자 한다면, 뒷받침할 수 있는 무언가가 있어야 한다. 음, 뭐라고 말해야 할까? 그래, 충분한 무언가가 있어야 한다. 다시 말하면 충분한 증거가 있어야 한다는 말이다. 그런데 생도는 충분한 증거나 심지어 충분치 않은 증거도 가지고 있지 않으면서, 이곳에 와 아무런 정당성도 없고 터무니없는 고발을 자행하면서, 동료와 자네를 교육한 학교를 헐뜯고 먹칠하고 있다. 우리가 자네를 저능아라고 여기면 좋겠나? 도대체 우리를 어떻게 생각하나? 우리를 얼간이라고 생각하는가? 우리를 멍청이이며, 저능아라고 여기는가? 그렇지 않으면 뭐라고 생각하는가? 제군은 네 명의 의사와 탄도 전문가로 꾸려진 조사위원회가 그 불운한 생도의 목숨을 앗아간 탄환이 그가 지니고 있던 소총에서 발사되었다고 확인했다는 사실을 알고 있나? 자네보다 더 많은 경험과 능력을 지닌 자네의 상관들이 그 죽음에 관해 면밀한 조사를 했다는 사실을 생각하지 않았나? 이제 그만하라, 아무 말도 하지 마라. 우선 내가 말을 끝내겠다. 그 사건 이후 우리가 마음 편히 앉아만 있었을 거라고, 우리가 어떤 실수와 직무태만으로 그런 사고가 발생했는지 조사하고 확인하여 그 원인을 밝혀내는 일을 하지 않았을 거라고 생각하나? 생도는 장교 계급장이 그냥 하늘에서 떨어진다고 생각하는가? 생도는 중위들과 대위들, 그리고 소령과 사령관과 내가 바보라서 생도가 죽는데도 팔짱 끼고 쳐다만 보고 있을 사람들이라고 생각하는가? 페르난데스 생도, 이건 정말 유감스러운 일이다. 나는 다른 험한 말을 쓰지 않기 위해 '유감스러운'이라고 말하는 것이다. 잠시 생각하고 대답하라. 유감스러운 일이 아닌가?"

"맞습니다, 대령님." 알베르토가 말했다. 즉시 그는 마음이 편해지는 것을 느꼈다.

"그런 걸 미리 깨닫지 못했다니 유감이다." 대령이 말했다. "내가 직접 개입해서야 사춘기의 못된 장난이 어떤 결과를 초래할 수 있는지 알았다니 그것도 몹시 유감이다. 이제 다른 일에 관해 말하겠다, 생도. 자네는 그것이 얼마나 극악무도한 행동인지 알지도 못한 채 자신의 재주를 사용했다. 그리고 그 첫번째 희생자는 생도 자신이 될 것이다. 생도는 풍부한 상상력을 지니고 있다, 그렇지 않나? 생도는 방금 전에 설득력 있는 증거를 우리에게 보여주었다. 불행하게도 살인 이야기만 유일한 증거가 아니다. 여기 나는 자네의 공상, 즉 영감이 만들어낸 다른 증거들을 가지고 있다. 사령관, 그 서류들을 가져오겠나?"

알베르토는 알투나 사령관이 일어나는 것을 보았다. 그는 키가 크고 튼튼했다. 대령과는 전혀 다른 사람이었다. 생도들은 그들을 뚱뚱이와 홀쭉이라고 불렀다. 알투나는 과묵하고 남의 눈을 피하고 싶어했다. 그는 막사나 강의실에 좀처럼 모습을 드러내지 않았다. 그는 책상으로 가더니 손에 종이뭉치를 한줌 들고 돌아왔다. 그의 신발은 마치 생도들의 군화처럼 삐걱거리는 소리를 냈다. 대령은 종이를 받고서 알베르토의 눈앞으로 가져갔다.

"이것이 무엇인지 아나?"

"모릅니다, 대령님."

"생도, 자네는 물론 알고 있어. 자, 보게."

알베르토는 그 종이를 받았다. 불과 몇 줄만 읽고도 그것이 무엇인지 깨달을 수 있었다.

"이제는 그 종이가 무엇인지 알겠나?"

알베르토는 한쪽 다리가 웅크리는 걸 보았다. 의자 등받이 옆에서 머리 하나가 나타났다. 감보아 중위가 그를 쳐다보고 있었다. 알베르토의 얼굴이 아주 새빨갛게 달아올랐다.

"당연히 알겠지." 대령이 만면에 희색을 띠며 덧붙였다. "그건 서류다. 구체적이고 확실한 증거 말이다. 이제 거기에 적힌 것을 조금 읽어보도록 하라."

알베르토는 갑자기 개들의 신고식을 떠올렸다. 학교에 입학하면서 경험했던 지독한 무력감과 수치심으로 가득한 그런 감정을 삼 년 만에 처음으로 느꼈다. 그러나 지금은 그때보다 더욱 심했다. 적어도 그 당시에는 동료들과 함께 그런 신고식을 당했지만, 지금은 혼자였기 때문이다.

"나는 읽으라고 말했다." 대령이 다시 말했다.

알베르토는 마지못해 읽었다. 그의 목소리는 힘이 없었고 자주 끊어졌다. "다리는 아주 크고 털이 북슬북슬했다. 엉덩이는 너무나 커서 여자라기보다는 짐승 같아 보였다. 하지만 그녀는 4반 막사의 생도들에게 가장 인기 있는 창녀였다. 모든 타락한 사람들이 그녀를 찾았기 때문이다." 그는 입을 다물었고, 대령이 계속 읽으라고 지시하기를 긴장한 채 기다렸다. 하지만 대령은 아무 말도 하지 않았다. 알베르토는 깊은 피로를 느꼈다. 파울리노의 소굴에서 시합을 할 때처럼, 수치감 때문에 그는 육체적으로 피로했고, 근육은 풀어졌으며, 머리는 흐려지고 있었다.

"그 종이를 가져와." 대령이 말했다. 알베르토는 종이를 건네주었다. 대령은 종이를 천천히 훑어보기 시작했다. 몇몇 문장과 단어를 읽으면서 그는 입술을 움직이며 중얼거렸다. 알베르토는 기억이 가물가물한 제목의 일부를 들었다. 몇 개는 일 년 전에 쓴 것들이었다. '룰라, 구제 불가능한 바람난 여자' '미친년과 당나귀' '창녀와 색골' 등이었다.

"내가 이 종이들을 어떻게 해야 하는지 생도는 알고 있나?" 대령이 물었다. 그는 눈을 살그머니 감고 있었는데, 괴롭지만 피할 도리가 없는 의무감에 압박받는 것 같았다. 그의 목소리는 피로감과 동시에 괴로움을 드러냈다. "이건 장교위원회를 소집할 가치도 없다. 성도착자로 당장 내쫓을 수밖에 없다. 생도의 아버지를 호출하여 생도를 병원으로 데려가라고 해야만 할 것 같다. 아마도 정신과 의사들이 생도를 치료할 수 있을 것이다. 내가 무슨 말을 하는지 알고 있나? 이건 수치스럽고 불명예스러운 일이다, 생도. 타락한 영혼과 사악한 정신을 가진 사람만이 이런 것들을 쓸 수 있다. 이런 글은 우리 학교의 망신이며 우리 모두의 치욕이다. 할말이 있나? 있으면 말하라. 말해봐."

"없습니다, 대령님."

"물론 없겠지." 대령이 말했다. "이런 추잡한 글 앞에서 무슨 말을 할 수 있겠나? 단 한 마디도 할 수 없을 것이다. 남자 대 남자로 솔직하게 대답하라. 생도는 우리가 생도를 퇴학시키고 가족에게 다른 생도들을 타락시킨 성도착자라고 알려주어도 괜찮은가? 그런가, 아닌가?"

"그렇지 않습니다, 대령님."

"이런 글이 너를 파멸시켰다, 생도. 비뚜러진 마음과 정신적 결함으로 퇴학당하고 나면 생도를 받아줄 학교가 있다고 믿는가? 생도는 스스로의 미래를 파멸로 몰아갔다. 그런가, 아닌가?"

"그렇습니다, 대령님."

"자네가 나라면 어떻게 하겠나?"

"모르겠습니다, 대령님."

"나는 내가 어떻게 해야 하는지 잘 알고 있다, 생도. 내게는 이행해야 할 의무가 있다." 그는 잠시 말을 멈추었다. 그의 얼굴은 이제 호전적인 표정을 떨쳐버리고 부드러워졌다. 그는 온몸에 힘을 주었다. 그리고 의자에 앉아 몸을 뒤로 빼자, 그의 배는 크기가 줄어들면서 인간답게 변했다. 대령은 턱을 만지작거리면서 사무실을 둘러보았다. 마치 이러지도 못하고 저러지도 못하는 생각에 빠진 것 같았다. 사령관과 중위는 움직이지 않았다. 대령이 생각에 잠긴 동안, 알베르토는 대령의 발에 모든 관심을 집중시켰다. 그의 군화 굽은 왁스칠한 바닥에 놓여 있었지만, 발끝은 들려 있었다. 그는 발부리가 내려가서 다시 리듬에 맞추어 바닥을 탁탁 치기를 고통스럽게 기다렸다.

"페르난데스 템플레 생도." 대령이 무거운 목소리로 말했다. 알베르토는 고개를 들었다. "자신이 한 행동을 후회하고 있나?"

"그렇습니다, 대령님." 알베르토는 주저하지 않고 대답했다.

"나는 다정다감하며 남을 이해할 줄 아는 사람이다." 대령이 말했다. "나는 이 글을 읽고 치욕을 느꼈다. 이것들은 학교에 대한 노골적인 모욕이다. 생도, 내 눈을 똑바로 봐라. 생도는 군사교육을 받았다. 생도는 하찮은 잡동사니가 아니다. 그래서 나는 생도가 남자로서 처신하기를 바란다. 내 말 알아듣겠나?"

"예, 대령님."

"새 출발을 하는 데 필요한 모든 걸 하겠나? 모범 생도가 되고자 노력할 자신이 있나?"

"예, 대령님."

"두 눈으로 봐야 믿을 수 있는 법이다." 대령이 말했다. "나는 지금 내가 해야 할 도리를 위반하는 행동을 하고 있다. 내 의무를 다하려고 한다면, 나는 생도를 지금 당장 퇴학시켜야 한다. 그러나 생도가 아닌 성스러운 우리 기관을 위해, 레온시오 프라도 학교라는 커다란 가족을 위해, 생도에게 마지막 기회를 부여하고자 한다. 나는 이 글을 보관하고, 생도를 눈여겨 관찰할 것이다. 만일 상관들이 학년 말에 생도가 나의 믿음에 맞게 행동했다고 보고하면, 그리고 그때까지 생활기록부가 깨끗하다면, 나는 이 종이들을 불태우고 이 지저분한 이야기를 잊을 것이다. 그러나 반대로 생도가 규율을 위반한다면, 그러니까 단 한 번만이라도 규율을 어긴다면, 가차없이 교칙을 적용할 것이다. 알겠나?"

"예, 대령님." 알베르토는 눈을 내리깔고 덧붙였다. "감사합니다, 대령님."

"내가 지금 제군을 위해 무엇을 하고 있는지 알고 있나?"

"예, 대령님."

"더이상 한 마디도 하지 않겠다. 막사로 돌아가서 규정대로 행동하라. 책임감 있고 규정을 준수하는 진정한 레온시오 프라도의 생도가 되도록 하라. 돌아가라."

알베르토는 차려 자세를 취하고서 뒤로 돌았다. 문을 향해 세 발짝 내디뎠을 때, 대령의 목소리를 듣고 그는 발길을 멈추었다.

"잠깐만, 생도. 물론 여기서 말한 것에 관해 한마디도 발설해서는 안 된다. 추잡한 글, 말도 안 되는 상상의 살인을 비롯해 모든 것에 관해 입을 다물어라. 고양이 다리가 네 개인지 알면서 세 개만 달린 고양이를 찾는 쓸데없는 일은 이제 그만하라. 다음번에는 탐정놀이를 하기 전에 생도가 군대에 있다는 것과 생도의 상관들은 모든 것을 제대로 수사하고 적절한 징계를 취하도록 전심전력을 다하고 있다는 사실을 생각하라. 이제 가도 좋다."

알베르토는 다시 군화의 굽을 붙이고 경례를 한 다음 그곳에서 나왔다. 민간인은 그를 쳐다보지도 않았다. 엘리베이터를 타는 대신 그는 계단으로 내려왔다. 그 건물 전체처럼 계단 역시 거울만큼 반들반들했다.

건물 밖으로 나오자 영웅의 동상 앞에서 그는 감방에 가방과 외출용 정복을 놔두고 왔다는 것을 떠올렸다. 그는 천천히 걸어 위병소로 갔다. 당직 중위가 그에게 고개를 끄덕였다.

"제 물건을 가지러 왔습니다, 중위님."

"뭐라고?" 장교가 물었다. "너는 아직 영창에 있는 몸이야. 감보아의 명령이야."

"막사로 돌아가라는 지시를 받았습니다."

"안 된다, 생도." 중위가 말했다. "규정을 모르나? 넌 감보아 중위가 서면으로 석방을 지시할 때까지 이곳에서 나갈 수 없다. 자, 어서 들어가."

"예, 중위님."

"하사!" 장교가 말했다. "연병장 감방에서 데려온 생도와 함께 이 생도를 수감해. 베사다 대위가 징계한 병사들을 수감할 공간이 필요하다." 그는 머리를 긁적거렸다. "이곳은 완전히 교도소가 되어가고 있군. 학교가 아니라 교도소 그 자체야."

동양인처럼 생긴 건장한 체구의 하사가 고개를 끄덕였다. 그는 감방

문을 열고 발로 그를 밀어넣었다.

"들어가, 생도." 하사가 말했다. 그리고 작은 목소리로 덧붙였다. "마음 편히 있도록 해. 보초가 교대하면, 담배를 넣어주지."

알베르토는 감방으로 들어갔다. 재규어는 침대에 앉아 그를 쳐다보고 있었다.

그때 말라깽이 이게라스는 가려고 하지 않았지. 억지로 갔어. 틀림없이 잘못될 거라고 어렴풋이 느꼈던 모양이야. 몇 달 전에 흉터는 그에게 이런 말을 전했어. "나와 함께 일하자. 안 그럴 거면 다시는 카야오에 발을 들여놓지 마. 그랬다간 네 얼굴은 온전히 안 남을 테니까." 말라깽이가 내게 말했지. "그 사람이 돌아왔어. 이런 일이 일어날 거라고 짐작은 했지만." 그는 어렸을 때 흉터와 함께 일했어. 우리 형과 말라깽이는 그의 제자였지. 그러다가 흉터는 체포되었고, 두 사람은 자기들끼리 계속 그 일을 한 거야. 오 년 후 흉터는 감옥에서 나와 또다른 패거리를 조직했어. 말라깽이는 그를 피했지만, 어느 날 두 깡패가 '항구의 보물'이라는 술집에서 그를 발견했고, 그를 강제로 흉터가 있는 곳으로 데려갔어. 말라깽이는 그들이 자기에게 아무 해도 끼치지 않았다고 말했어. 흉터가 그를 껴안더니 이렇게 말했대. "난 너를 내 자식처럼 사랑해." 그러고서 두 사람은 취하도록 술을 마셨고, 오래된 친구처럼 헤어졌어. 하지만 대략 일주일 후에 그런 경고를 보냈던 거야. 말라깽이는 조직원으로 일하기를 원하지 않았어. 그건 바람직하지 않은 사업이라고 했거든. 하지만 흉터의 적이 되고 싶어하지도 않았어. 그래서 내게 이러더라고. "나는 그 사람 제안을 받아들일 거야. 어쨌건 흉터는 사기꾼이 아니거든. 하지만 넌 그렇게 할 필요가 없어. 내가 충고 하나 해줄까? 네 어머니가 있는 곳으로 돌아가. 그리고 열심히 공부해서 박사가 돼. 이미 지금쯤 넌 상당한 돈을 모아놓았을 테니까." 나는 한 푼도 없었고, 그 사실을 그에게 말했어. 그러자 그가 대답했어. "넌 너 자신이 뭔지 알아? 넌 창녀나 찾아다니는 색골이야. 그게 바로 너라고. 돈을 다 갈보집에서 써버렸단 말이야?" 나는 그렇다고 말했어. 그러자 그가 충고하더라고. "넌 아직도 배울 게 많아. 창녀들에게는 돈을 전부 쓸 가치가 없어. 넌 조금이나마 돈을 모아놓았어야 했다고. 그건 그렇고, 넌 어떻게 할 거야?" 나는 그와 함께 있겠다고 말했어. 바로 그날 밤 우리는 흉터가 있는 곳으로 갔지. 애꾸 여자가 주인인 아주 더러운 싸구려 술집이었어. 흉터는 늙은 흑인이었는데, 그가 하는 말을 제대로 알아듣기 힘들었어. 그는 계속해서 피스코를 주문했어. 다른 사람들은 대여섯 명 정도 되었는데, 흑인이거나 중국인이거나 산지 사람이었어. 그들은 말라깽이를 못마땅한 눈으로 쳐다보았어. 반면에 흉터는 말라깽이가 말할 때면 항상 그의 말에 귀를 기울였고, 그가 농담하면 폭소를 터뜨렸어. 나는 거의 쳐다보지 않았고, 우리는 그들과 일하기 시작했어. 처음에는 모든 게 잘되었어. 우리는 막달레나 지역과 라푼타 지역, 그리고 산이시드로와 오란티아 지역, 살라베리와 바랑코 지역에 있는 집들을 깨끗하게 쓸어버렸지만, 카야오에 있는 집들은 건드리지 않았지. 그들은 나를 망보는 사람으로만 이용했고, 나를 집안으로 들여보내 그들에게 문을 열어주게 시키지는 않았어. 수익금을 배분할 때가 되면, 흉터는 내게 아주 하찮은 액수만 주었지만, 나중에 말라깽이가 자기 몫에서 일부를 떼어줬지. 우리 두 사람이 단짝으로 지내자, 나머지 일당은 우리를 의심의 눈초리로 쳐다보더라고. 언젠가 한번은 갈보집에서 말라깽이와 검둥이 판크라시오가 계집애 때문에 싸움을 벌였는데, 판크라시오가 칼을 꺼내 내 친구의 팔을 그은 거야. 그러자 나는 너무나 화가 치밀어 그를 덮쳤지. 그러자 또다른 검둥이가 덤벼들었고 우리는 뒤엉켰어. 흉터는 우리에게 자리를 만들어줬지. 창녀들은 비명을 질렀고. 우리는 잠시 탐색전을 펼쳤어. 처음에 검둥이는 내게 욕을 했고, 비웃으면서 "넌 쥐고 난 고양이야"라고 말했어. 하지만 나는 그에게 두어 번 박치기를 했고, 그러자 본격적인 싸움이 벌어졌어. 흉터는 내게 술을 한잔 권하면서 말했지. "내가 모자를 벗고 경의를 표해야 할 정도인걸. 누가 그렇게 싸우는 법을 가르쳐줬지?"

그때부터 나는 툭하면 검둥이, 중국놈들, 그리고 산골놈들과 싸웠어. 얻어맞을 때도 종종 있었지만, 가끔은 그들의 발길질을 꿋꿋이 견뎌내고 약간 두들겨패기도 했어. 술에 취할 때마다 우리는 싸움질을 했어. 너무나 많이 싸운 나머지, 마침내 우리는 친구가 되었지. 그들은 내게 술을 마시자고 권했고, 나를 갈보집에 데려가기도 했고, 액션 영화를 보러 영화관에 데려가기도 했어. 바로 그날 판크라시오와 말라깽이, 그리고 나는 영화관에 갔어. 영화관에서 나오는데, 흉터가 우리를 기다리고 있었어. 전에 없이 기쁜 모습이더라고. 우리는 싸구려 술집으로 갔고, 거기서 그는 우리에게 "금세기 최고의 건이야"라고 말했어. 그러면서 마른 감자가 그에게 전화를 걸어 일을 제안했다는 거야. 그 말을 듣자 말라깽이가 그의 말을 끊었어. "그쪽과는 안 돼요. 우리를 속일 겁니다. 그놈들은 제일가는 사기꾼이라고요." 흉터는 그의 말을 귀담아듣지 않고, 계속해서 계획을 설명했어. 그는 마른 감자가 자기에게 전화를 걸었다는 사실에 몹시 우쭐댔어. 왜냐하면 그들은 커다란 조직이고, 모두가 그들을 부러워했거든. 그들은 훌륭한 사람들처럼 좋은 집에서 좋은 차를 몰며 살았어. 말라깽이는 그 제안에 관해 따지려고 했지만, 다른 사람들이 그의 입을 다물게 했지. 그 계획은 바로 다음날 밤에 실행될 예정이었고, 그다지 어려워 보이지는 않았어. 흉터가 말한 대로 우리는 밤 열시에 케브라다 데 아르멘다리스에서 만났어. 그곳에 마른 감자 조직의 두 조직원이 있더군. 수염을 기르고 근사하게 옷을 입었더라고. 수입 담배를 피웠고. 마치 파티에 가는 듯한 모습이었지. 우리는 그곳에서 자정이 될 때까지 기다렸다가 두 명씩 짝을 지어 전찻길이 있는 곳까지 걸어갔어. 마른 감자의 또다른 조직원이 그곳에 있더라고. 그는 이렇게 말했어. "준비는 끝났어. 아무도 없어. 방금 전에 나갔거든. 지금 당장 시작하자." 흉터는 내게 망을 봐야 할 곳을 보여주었어. 집에서 한 블록 떨어진 곳에 있는 벽 뒤였어. 나는 말라깽이에게 "누가 들어가?"라고 물었어. 그러자 이렇게 대답했어. "흉터하고 나, 그리고 마른 감자 조직원들. 나머지는 모두 망을 봐. 이게 그놈들 방식이야. '안전 작업'이라고 부르더라고." 내가 있던 곳에는 아무도 없었어. 게다가 그 어떤 집에도 불이 켜져 있지 않고. 나는 모든 게 아주 금방 끝날 것이라고 생각했지. 그런데 그전에, 그러니까 우리가 목표물로 가는 동안 말라깽이는 아무 말도 하지 않고 몹시 걱정스러운 표정을 짓더라고. 판크라시오는 내게 우리가 작업할 집을 가리켰어. 아주 커다란 저택이었지. 흉터는 이렇게 말했어. "여기에는 군대 전체를 부자로 만들 만한 돈이 있는 게 분명해." 한참이 지난 후, 나는 호각소리와 총소리, 그리고 비명을 들었어. 나는 그들이 있는 곳으로 달려갔어. 하지만 그들이 함정에 빠졌다는 것을 알게 됐지. 길 모퉁이에 세 명의 순찰 경관이 있었던 거야. 나는 뒤로 돌아 그곳을 빠져나왔어. 그리고 마르사노광장에서 전차를 탔고, 리마에 도착해서는 택시를 탔어. 내가 그 더럽고 허름한 술집에 도착했을 때, 그곳에는 판크라시오만 있었어. 그가 이렇게 말했어. "함정이었어. 마른 감자가 경찰에게 알렸던 거야. 아마 모두가 체포되었을걸. 말라깽이와 흉터가 바닥에 쓰러진 채 마구 맞고 있더라고. 마른 감자 조직원 네 명은 실실 웃고 있었고. 언젠가 그놈들은 이 대가를 치르게 될 거야. 하지만 지금은 모습을 숨기는 게 좋을 것 같아." 나는 그에게 돈이 한 푼도 없다고 했어. 그는 내게 5솔을 주면서 말했지. "여길 떠나서 다른 동네로 가서 살아. 다시는 여기로 돌아오지 말고. 나는 잠시 리마에서 벗어나 휴가나 가야겠어."

그날 밤 나는 베야비스타의 사람이 살지 않는 들판으로 가서 도랑에서 잠을 잤어. 그러니까 맨땅에 드러누워 어둠을 쳐다보면서 추위에 덜덜 떤 거지. 그리고 날이 밝자마자 베야비스타광장으로 갔어. 이년 전부터 가지 않던 곳이었지. 우리집 대문에 새로 페인트칠을 했다는 점만 빼면 모든 게 똑같았어. 나는 현관문을 두드렸지만 아무도 나오지 않더라고. 나는 더욱 세게 두드렸어. 그러자 안에서 누군가가 소리쳤어. "무슨 일인데 그렇게 필사적으로 문을 두드리는 거요? 잠깐만 기다려요, 빌어먹을!" 한 남자가 나왔고, 나는 도미틸라 부인이 있느냐고 물었어. 그는 이렇게 대답했어. "누군지 모르겠소. 여기는 페드로 카이파스가 사는 집인데. 바로 나요." 그때 어느 여자가 그의 옆으로 와서 물었어. "도미틸라 부인이라고요? 혼자 살던 여자죠?" 나는 "예, 아마 그럴 겁니다"라고 대답했지. 그러자 여자가 말했어. "이미 죽었어요. 우리가 오기 전에 여기서 살았던 여자지요. 하지만 한참 전 일이에요." 나는 그들에게 고맙다고 말하고 광장에 가서 앉았어. 그리고 아침 내내 테레사의 집을 바라보았어. 그녀가 나오면 만날 작정이었지. 열두시쯤 되었을 때 그녀의 집에서 어느 남자아이가 나오는 거야. 나는 그에게 다가가서 물었어. "예전에 너희 집에서 살았던 부인하고 여자아이가 지금 어디에 있는지 아니?" 그는 내게 "난 아무것도 몰라요"라고 대답했다. 나는 다시 우리가 살았던 집으로 가서 문을 두드렸어. 여자가 나왔고, 나는 이렇게 물었어. "도미틸라 부인이 어디에 묻혔는지 아십니까?" 그녀가 묻더라고. "몰라요. 난 그 여자를 본 적도 없거든요. 혹시 그 여자와 친척관계인가요?" 나는 우리 어머니라고 말하려고 했지만, 경찰이 나를 찾아다니고 있을 거라는 생각에 이렇게만 말했어. "아니요. 그냥 알고 싶어서요."

"안녕." 재규어가 말했다.

그는 알베르토를 거기서 만나게 된 것이 전혀 놀랍지 않은 모양이었다. 하사는 이미 문을 닫았고, 그래서 감방은 어둠에 잠겨 있었다.

"안녕." 알베르토가 말했다.

"담배 있어?" 재규어가 물었다. 그는 침대에 앉아 등을 벽에 기대고 있었다. 알베르토는 그의 얼굴 반쪽을 분명하게 볼 수 있었다. 유리창으로 들어온 한줄기 햇빛을 받고 있었기 때문이다. 다른 반쪽은 어두운 얼룩 같았다.

"아니." 알베르토가 대답했다. "조금 있다가 하사가 갖고 올 거야."

"넌 왜 여기에 갇힌 거야?" 재규어가 물었다.

"나도 몰라. 너는?"

"어떤 개자식이 감보아에게 일러바쳤어."

"누가? 뭘 고자질한 거야?"

"이봐." 재규어가 목소리를 낮추며 말했다. "틀림없이 네가 나보다 먼저 여기서 나가게 될 거야. 그러니 부탁 하나만 들어줘. 이리와, 이리 가까이 와. 저놈들이 우리가 하는 말을 듣지 못하게."

알베르토는 재규어에게 가까이 다가갔다. 이제 그는 서 있었다. 재규어와 불과 몇 센티미터밖에 떨어지지 않아서 무릎이 서로 닿을 정도였다.

"곱슬머리와 왕뱀에게 막사에 밀고자가 있다고 전해줘. 난 그 둘이 누가 고자질했는지 밝혀내길 원해. 그놈이 감보아에게 뭐라고 말했는지 알아?"

"아니."

"우리 반 애들은 내가 왜 여기에 있다고 생각해?"

"시험지를 훔친 일 때문이라고 믿고 있어."

"그래." 재규어가 말했다. "그 이유도 있어. 그놈은 감보아에게 시험지와 왕초 그룹 얘기를 불었고, 우리가 군복을 훔치고 노름도 하며 술도 반입한다고 일러바쳤어. 전부 다 말했다고. 그게 누군지 알아내야만 해. 그리고 그놈을 찾아내지 못하면 너희 역시 망할 거라고 전해줘. 밀고자는 우리 반 생도 중 하나야. 그렇지 않고서는 그 누구도 그런 걸 알 수 없으니까."

"넌 퇴학당할 거야." 알베르토가 말했다. "아마 감옥으로 보낼지도 몰라."

"감보아도 내게 그렇게 말했어. 왕초 그룹 문제 때문에 틀림없이 곱슬머리와 왕뱀도 괴롭힐 거야. 그들에게 고자질쟁이를 알아내고, 그놈 이름을 종이에 적어 창문으로 나한테 던지라고 전해줘. 내가 퇴학당하면, 그 녀석들을 못 만나게 될 거야."

"그렇게 해서 네가 얻을 수 있는 게 뭐야?"

"하나도 없어." 재규어가 말했다. "난 이미 망한 몸이야. 하지만 복수를 해야 해."

"넌 진짜 개자식이야." 알베르토가 말했다. "난 네가 감옥에 갔으면 좋겠어."

재규어는 약간 움직였다. 그는 계속 침대에 앉아 있었지만, 이제는 벽에 기대지 않고 등을 곧게 세웠다. 그는 고개를 몇 센티미터 돌렸고, 눈은 알베르토를 노려보고 있었다. 이제는 재규어의 얼굴이 전부 보였다.

"내가 한 말 들었지?"

"소리지르지 마." 재규어가 말했다. "중위가 오길 바라는 거야? 도대체 왜 그러는 거야?"

"씨팔놈." 알베르토가 속삭였다. "살인자. 네가 노예를 죽였어."

알베르토는 이미 한 발짝 뒤로 물러나서 몸을 웅크리고 서 있었지만, 재규어는 그를 공격하지 않았고, 심지어 움직이지도 않았다. 알베르토는 어둠 속에서 반짝이는 두 개의 파란 눈을 보았다.

"그건 거짓말이야." 재규어도 아주 작은 목소리로 말했다. "모함이라고. 내 뒤통수를 치려고 감보아에게도 그렇게 말했어. 고자질한 놈이 누군지는 모르겠지만, 그놈은 나를 파멸시키려고 해. 겁쟁이에다 계집애 같은 새끼야. 아직도 모르겠어? 자, 말해봐. 우리 반 애들 모두가 내가 아라나를 죽였다고 생각하냐고?"

알베르토는 대답하지 않았다.

"그럴 리가 없어." 재규어가 말했다. "아무도 그런 건 안 믿을 거야. 아라나는 불쌍한 놈이야. 누구든 그를 못살게 굴고, 손으로 한 번만 때려도 그를 바닥에 뒹굴게 할 수 있었지. 그런데 왜 내가 그놈을 죽이려고 했겠어?"

"아라나는 너보다 훨씬 좋은 놈이야." 알베르토가 말했다. 두 사람은 비밀스럽게 말하고 있었다. 목소리를 높이지 않으려고 애쓰는 바람에 그들의 말은 부자연스러웠고 짐짓 꾸민 것 같았다. "너는 살인자야. 그래, 너야말로 불쌍한 놈이라고. 노예는 훌륭한 애였어. 넌 그게 무슨 뜻인지 모를 거야. 걔는 착했어. 그리고 결코 아무도 괴롭히지 않았단 말이야. 하지만 넌 밤낮을 가리지 않고 걔를 못살게 굴었잖아. 입학했을 때만 해도 걔는 정상적인 애였어. 그런데 걔가 싸울 줄 모른다는 이유로 너와 다른 놈들이 너무나 힘들게 하는 바람에 멍청해져버린 거야. 넌 염병할 개자식이야, 재규어. 이제 넌 퇴학당하겠지. 앞으로 네가 어떤 삶을 살게 될지 알아? 넌 범죄자의 길을 가게 될 거야. 그리고 조만간 교도소에 갇히게 될 거라고."

"우리 어머니도 나한테 그런 말을 했는데." 알베르토는 깜짝 놀랐다. 그런 비밀을 털어놓을 줄은 전혀 예상하지 못했던 것이다. 그러나 이내 재규어가 혼잣말을 하고 있다는 것을 깨달았다. 그의 목소리는 어눌하고 기운이 빠져 있었다. "감보아도 그렇게 말했고. 내 인생은 내 문제일 뿐이야. 왜 다른 사람들이 내 인생에 관심을 갖는지 모르겠다. 하지만 나만 노예를 괴롭힌 건 아니었지. 모두가 그 녀석을 못살게 굴었어. 시인, 너도 마찬가지였잖아. 학교에서는 모두가 서로 괴롭히고, 묵묵히 괴로움을 참고 견디는 사람은 따돌림을 당하는 거야. 그건 내 잘못이 아니야. 나를 괴롭히지 않는 것은 내가 더 남자답기 때문이지. 그건 내 잘못이 아니라고."

"너는 그 누구보다도 남자답지 않아." 알베르토가 말했다. "너는 살인자고 난 너를 두려워하지 않아. 우리가 여기서 나가면 넌 그걸 알게 될 거야."

"나와 한판 붙자는 말이야?" 재규어가 말했다.

"그래."

"넌 내 상대가 안 돼." 재규어가 말했다. "한 가지만 말해줘. 우리 반 애들이 다 나한테 화났어?"

"아니." 알베르토가 대답했다. "나만 그래. 그리고 난 네가 무섭지 않아."

"쉿! 소리지르지 마. 네가 원한다면, 학교에서 나간 다음에 싸우자고. 미리 경고하는데, 넌 내 상대가 안 돼. 넌 지금 흥분해서 화내는 거야. 난 노예에게 아무 짓도 하지 않았어. 다들 그랬듯이 단지 괴롭히고 못살게 굴었을 뿐이야. 하지만 악의는 없었어. 그냥 즐기려고 그런 거지."

"그게 무슨 차이가 있어? 넌 그애를 괴롭혔고, 모두가 너를 흉내내면서 그애를 괴롭혔어. 넌 그애 삶을 지옥으로 만들었다고. 그리고 그애를 죽였지."

"소리지르지 마, 이 바보야, 누가 네 말을 들을 수도 있단 말이야. 난 죽이지 않았어. 내가 여기서 나가면 고자질쟁이를 찾아낼 거야. 그리고 모두의 앞에서 그건 중상모략이라고 고백하게 만들겠어. 넌 그게 거짓말이란 걸 알게 될 거야."

"거짓말이 아니야." 알베르토가 말했다. "난 알아."

"소리 낮춰, 염병할 놈아."

"넌 살인자야."

"쉿!"

"너를 고발한 건 나야, 재규어. 난 네가 그애를 죽였다는 걸 알아."

이번에 알베르토는 움직이지 않았다. 재규어는 침대에서 그저 어깨만 으쓱했다.

"네가 감보아에게 말했단 말이야?" 재규어가 아주 천천히 말했다.

"그래. 네가 한 짓을 다 내가 일러바쳤어. 그리고 막사에서 일어나는 일도 전부."

"왜 그랬는데?"

"그렇게 하고 싶었으니까."

"좋아, 네가 진짜 남자인지 한번 보자고." 재규어가 일어나면서 말했다.

제7장

감보아 중위는 대령의 사무실에서 나와 민간인에게 목례를 했고, 잠시 엘리베이터를 기다렸다. 하지만 시간이 걸리자 그는 계단으로 향했다. 그리고 계단을 한꺼번에 두 개씩 내려갔다. 소운동장에서 그는 이미 아침이 밝았다는 것을 알았다. 하늘은 환하게 빛나고 있었다. 수평선 너머로 하얀 구름이 몇 개 떠 있었다. 구름은 반짝이는 바다 수면 위에서 움직이지 않았다. 그는 빠른 걸음으로 5학년 막사 건물로 가서 5학년 교무실 문을 열었다. 가리도 대위는 호저처럼 등을 구부린 채 책상에 앉아 있었다. 감보아는 문가에서 경례했다.

"무슨 일인가?" 대위가 벌떡 일어나면서 말했다.

"대령님께서 제가 제출한 보고서를 목록에서 삭제하라고 말씀하셨습니다."

대위의 얼굴에서 긴장이 풀어졌고, 그때까지만 해도 언짢은 기색이었던 그의 눈은 안도하면서 미소 지었다.

"물론이지." 그는 책상을 탁 치면서 말했다. "난 그걸 기록하지도 않았네. 이미 그럴 거라 알고 있었으니까. 그런데 무슨 일이 있었지, 감보아?"

"생도가 고발을 취하했습니다. 대령님은 보고서를 찢어버리셨습니다. 이제 우리는 모든 걸, 그러니까 살인 혐의와 관련된 것을 잊어야 합니다, 대위님. 그리고 나머지 사항과 관련하여, 대령님은 보다 엄격하게 규율을 준수하라고 지시하셨습니다."

"더 엄격하게 하라고?" 대위는 활짝 웃으면서 말했다. "감보아, 이리 와서 이걸 보게."

그는 숫자와 이름이 가득 적힌 서류 한 묶음을 내밀었다.

"이게 보이나? 지난 사흘 동안의 서류 작업이 지난달 전체보다 더 많아. 육십 명 외출금지, 이건 거의 한 학년의 삼분의 일에 해당하는 숫자야. 대령님은 걱정하실 필요가 없네. 모든 생도가 우리의 통제 아래 있게 될 테니까. 시험지에 관해서 말하자면, 이미 필요한 조치가 취해졌어. 시험시간이 될 때까지 내가 직접 내 방에 보관할 거야. 무모하다면 시험지를 훔치러 올 수도 있겠지. 그래서 생도 보초병과 순찰병을 두 배로 늘렸네. 부사관들은 보초들에게 매 시간마다 보고하라고 요구할 것이네. 그리고 매주 두 번씩 물품검열을 실시할 걸세. 병기검열도 마찬가지고. 이래도 생도들이 계속 장난칠 수 있으리라고 생각하나?"

"그렇지 않기를 바랍니다, 대위님."

"누구 말이 맞았지?" 대위는 의기양양한 미소를 지었고, 앞으로 약간 몸을 숙이면서 물었다. "나인가, 아니면 자네인가?"

"저는 제가 해야 할 일을 했을 뿐입니다." 감보아가 말했다.

"자네는 규정에 얽매여 너무 까다롭게 굴어." 대위가 말했다. "난 자네를 비판하는 게 아닐세, 감보아. 하지만 세상을 살아나가려면 종종 실용적으로 처신해야 하네. 가끔은 규정은 잊고 상식적 차원에서 행동할 필요가 있어."

"저는 규정을 믿습니다." 감보아가 말했다. "대위님께 솔직히 말씀드리자면, 저는 규정을 암기하고 있습니다. 그리고 제가 한 일을 전혀후회하지 않는다는 걸 알아주시길 바랍니다."

"담배 태우겠나?" 대위가 물었다. 감보아는 담배를 받았다. 대위는 수입 담배를 피웠다. 불이 붙자 고약한 냄새를 풍기는 진한 연기 구름이 뿜어져나왔다. 중위는 담배를 입으로 가져가기 전에 잠시 어루만졌다.

"모두가 규정을 믿네." 대위가 말했다. "하지만 문제는 그걸 해석할줄 알아야 한다는 거야. 군인들은 무엇보다 현실주의자가 되어야 하고, 우리는 상황에 따라 행동해야만 하네. 억지로 상황을 법에 꿰맞춰서는 안 돼. 감보아, 오히려 거꾸로 되어야 하는 거야. 그러니까 상황에 맞게 법을 적용해야 하는 거지." 가리도 대위의 손이 공중에서 원을그렸다. 무언가 영감을 받은 게 분명했다. "그렇지 않다면, 도저히 살수 없는 세상이 될 거야. 완고함은 좋지 않은 동반자라네. 그건 좋을때도 있지만 나쁠 때가 더 많아. 그 생도 편을 들어서 얻을 수 있는 게뭐지? 아무것도 없네. 절대적으로 아무것도 없어. 단지 피해만 볼 뿐이야. 자네가 내 말을 들었다면, 결과는 마찬가지여도 많은 문제가 야기되지 않았을 거 아닌가. 내가 자네에게 일어났던 일을 즐거워한다고는 생각하지 말게. 자네는 내가 얼마나 자네를 높이 평가하는지 알고 있어. 그러나 소령님은 잔뜩 화가 나셨고, 그러니 자네를 질책할 걸세. 대령님 역시 몹시 못마땅하게 생각하실 거고."

"흥." 감보아가 마지못해 경멸하듯이 말했다. "그래봤자 저를 어떻게 할 수 있겠습니까? 게다가 저는 두 분이 어떻게 하시든 아무 관심도 없습니다. 제 양심은 깨끗합니다."

"깨끗한 양심이 있는 사람은 천국을 얻은 것이나 마찬가지지." 대위가 다정한 목소리로 말했다. "하지만 항상 계급장을 얻는 건 아니잖나. 어쨌거나 나는 이 일이 자네에게 나쁜 영향을 끼치지 않도록 최선을 다하겠네. 그건 그렇고, 두 생도에 대해서는 어떤 결정이 내려졌나?"

"대령님은 막사로 돌려보내라고 지시하셨습니다."

"그럼 가서 그들을 만나게. 그리고 충고를 약간 해주게. 조용히 살고 싶으면 입다물고 있으라고. 그렇게 말해도 문제는 생기지 않을 걸세. 그들이야말로 누구보다 이 이야기를 잊고 싶을 테니까. 그러나 자네가 보호해온 생도에게는 조심하게. 매우 무례하더군."

"제가 보호해온 생도라고요?" 감보아가 말했다. "일주일 전만 해도 저는 그가 존재하는지도 몰랐습니다."

중위는 대위에게 나가도 되는지 묻지도 않고 그곳에서 나갔다. 막사 앞의 소운동장은 텅 비어 있었다. 하지만 곧 정오가 될 것이고, 그러면 생도들은 마치 물이 불어 요란한 소리를 내며 넘쳐흐르는 강처럼 강의실에서 돌아올 것이고, 소운동장은 소란스러운 개미집처럼 변할 것이었다. 감보아는 지갑에 넣어둔 편지를 꺼내 잠시 손에 들고 있다가 펼쳐보지도 않고 다시 지갑에 넣었다. 그는 생각했다. '그가 진정한 남자라면 군인이 되지는 않을 거야.'

위병소에서 당직 장교는 신문을 읽고 있었고, 병사들은 벤치에 앉아 멍한 눈으로 서로 쳐다보고 있었다. 감보아가 들어가자 그들은 로봇처럼 벌떡 일어났다.

"아무 일 없지?"

"예, 이상 없습니다. 중위님."

감보아는 젊은 중위에게 격의 없는 말투로 말을 건넸지만, 그의 밑에서 복무했던 젊은 중위는 그를 깍듯이 대했다.

"5학년의 두 생도 때문에 왔어."

"예." 중위가 말했다. 환한 미소를 지었지만, 그의 얼굴에는 야간 당직으로 인한 피로가 배어 있었다. "그들 중 한 명이 감방에서 나가려고 했지만, 석방 명령서가 없었습니다. 두 사람을 데려올까요? 그 생도들은 오른쪽 감방에 있습니다."

"함께 있다고?" 감보아가 물었다.

"예. 감방 하나가 필요했습니다. 몇몇 병사가 징계를 받았습니다. 떼어놨어야 했습니까?"

"열쇠를 주게. 가서 그 친구들과 할 얘기가 있어."

감보아는 천천히 감방 문을 열었지만, 맹수 우리를 여는 조련사처럼 단걸음에 감방 안으로 들어갔다. 그는 창문으로 들어오는 원추형의 햇빛 속에서 덜렁거리는 두 쌍의 다리를 보았고, 두 생도가 심하게 씩씩거리는 소리를 들었다. 그의 눈은 어둠에 익숙해지지 않아서 그들의 희미한 모습과 얼굴 윤곽만 간신히 구분할 수 있었다. 그는 그들 쪽으로 한 발짝 내디디면서 소리쳤다.

"차렷!"

두 사람은 별로 서두르지 않으면서 일어났다.

"상관이 들어오면," 감보아가 말했다. "부하들은 차려 자세를 취한다. 잊었나? 각자 벌점 6점을 부과한다. 얼굴에서 손을 떼고 차렷하라, 생도!"

"저 생도는 그럴 수가 없습니다, 중위님." 재규어가 말했다.

알베르토는 얼굴에서 손을 뗐지만, 곧바로 손바닥을 뺨에 갖다댔다. 감보아는 그를 햇빛이 들어오는 방향으로 부드럽게 밀었다. 광대뼈가 퉁퉁 부어 있었고, 코와 입에는 피가 말라붙어 있었다.

"손 치워." 감보아가 말했다. "내가 얼굴을 살펴보겠다."

알베르토는 손을 내렸고, 그의 입이 경련을 일으켰다. 커다란 보라색 멍이 눈 주변을 에워쌌고, 아래로 축 늘어진 눈꺼풀은 부어 있었다. 마치 그슬린 것 같았다. 감보아는 또한 그의 셔츠에 묻은 핏자국도 보았다. 알베르토의 머리카락은 먼지와 땀으로 뒤엉켜 있었다.

"이리 와."

재규어는 그의 말에 복종했다. 재규어의 얼굴에는 싸움의 흔적이 거의 없었지만, 콧구멍은 벌렁거렸고, 입술 주변에는 침이 말라붙어 있었다.

"두 사람 모두 의무실로 가라." 감보아가 말했다. "그런 다음 내 방으로 와라. 두 사람과 할말이 있다."

알베르토와 재규어는 그곳에서 나갔다. 그들의 발소리를 듣자 당직 중위가 고개를 돌려 뒤를 바라보았다. 그의 얼굴에 희미하게 번져 있던 미소는 갑자기 경악스러운 표정으로 변했다.

"거기 서!" 그가 어리둥절해서 소리쳤다. "무슨 일인가? 움직이지 마."

병사들은 이미 생도들을 향해 달려나가서 그들을 노려보고 있었다.

"놔둬." 감보아가 말했다. 그리고 생도들을 쳐다보면서 명령했다. "어서 가."

알베르토와 재규어는 위병소를 떠났다. 두 중위와 병사들은 그들이 화창한 아침햇살 속으로 멀어져가는 모습을 보았다. 두 생도는 어깨를 나란히 하고 좋은 사이인 양 걸어갔지만 머리는 움직이지 않았다. 서로 말도 하지 않았고 쳐다보지도 않았다.

"저애 얼굴을 박살냈군요." 젊은 중위가 말했다. "이해가 안 됩니다."

"아무것도 눈치 못 챘나?" 감보아가 물었다.

"예." 젊은 중위가 어리둥절하면서 대답했다. "저는 줄곧 이곳에 있었습니다." 그는 병사들을 쳐다보았다. "너희는 무슨 소리 들었나?"

병사 네 명이 시커먼 머리를 가로저었다.

"아무 소리도 내지 않고 싸웠습니다." 중위가 말했다. 그는 이제 그다지 놀라지 않은 얼굴로 무슨 일이 있었는지 생각하고 있었다. 심지어 그의 말은 스포츠 애호가의 것처럼 들렸다. "싸우는 소리가 들렸다면, 무슨 상황인지 알아챘을 겁니다. 기가 막힌 두 마리 싸움닭이네요! 저 녀석들, 싸우는 방식이 놀랍기 짝이 없군요. 저 얼굴이 제 상태로 돌아오려면 시간이 제법 걸릴 것 같습니다. 그런데 왜 싸운 겁니까?"

"하찮은 문제 때문이야." 감보아가 말했다. "전혀 심각하지 않은 문제지."

"그런데 저 생도는 소리도 지르지 않고 어떻게 참았을까요?" 젊은 중위가 말했다. "얼굴이 뭉개졌는데요. 저 금발 생도를 학교 권투 팀에 넣었으면 좋았을 겁니다. 아니면 이미 권투 팀에 들어가 있습니까?"

"아니야." 감보아가 말했다. "아마 아닐 거야. 하지만 자네 말이 맞아. 어딘가에 처넣었어야 했어."

그날 나는 우리집 주변을 배회했어. 그런데 어느 여자가 내게 빵과 약간의 우유를 주더라고. 어두워지자 나는 프로그레소 대로 근처에 있는 어느 도랑에서 다시 잠을 청했어. 이번에는 정말로 잠들었지. 그리고 태양이 중천에 떠 있을 때 비로소 눈을 떴어. 근처에는 아무도 없었어. 하지만 대로로 지나가는 자동차 소리가 들렸어. 몹시 배가 고팠어. 독감에 걸리기 직전처럼 머리가 아팠고, 계속해서 오한도 느껴졌어. 나는 리마까지 걸어서 갔고, 열두시경에 알폰소 우가르테 거리에 도착했어. 학생들이 나왔지만, 테레사는 없더라고. 나는 시내를 배회했어. 사람들이 많은 산마르틴광장, 우니온 거리, 그라우 대로 같은 장소를 거닐었어. 그리고 오후에 피로에 지쳐 죽을 것 같은 몸을 이끌고 레세르바공원에 도착했지. 공원 수돗물을 마셨지만, 그 물 때문에 토하고 말았어. 나는 잔디밭에 드러누웠고, 잠시 후 멀리서부터 나를 가리키면서 다가오는 경찰을 보았어. 나는 재빨리 일어나 거기서 줄행랑쳤지만, 그는 나를 쫓아오진 않더라고. 내가 프란시스코 피사로 대로에 있는 대부의 집에 도착했을 때는 이미 밤이 되었어. 머리가 깨질 것 같았고, 겨울이 아닌데도 온몸이 덜덜 떨렸지. 그러자 나는 "병에 걸린 거야"라고 혼잣말로 되뇌었어. 문을 두드리기 전에 나는 생각했어. '대부의 아내가 나오면 그가 없다고 말할 테지. 그러면 경찰서로 가야겠어. 적어도 그곳에서는 먹을 것을 줄 테니까.' 하지만 그 여자가 아니라 내 대부가 나온 거야. 그는 문을 열어주었지만, 내가 누구인지 알아보지 못한 채 문가에 서서 나를 우두커니 쳐다보았어. 나를 못 본 지 이 년밖에 되지 않았는데 말이야. 나는 그에게 내 이름을 말했어. 그는 몸으로 문을 막았어. 안에는 불빛이 있어서 그의 벗어진 둥근 머리가 보였어. "너라고?" 그가 물었어. "믿을 수가 없구나, 대자야. 난 너도 죽었다고 생각했다." 그는 내게 집안으로 들어오라고 했고, 집안에서 내게 물었어. "어떻게 된 거냐? 무슨 문제가 있었던 거지?" 나는 그에게 말했어. "대부님, 죄송해요. 그런데 이틀 전부터 아무것도 먹지 못해서요." 그는 내 팔을 잡더니 아내를 불렀어. 그들은 내게 수프와 스테이크, 콩 요리, 그리고 디저트를 주었어. 그러고 나서 두 사람은 내게 많은 질문을 했어. 나는 그들에게 이야기를 지어내서 들려주었지. "저는 집에서 나와 어떤 사람과 밀림으로 일하러 가서, 그곳에 이 년 동안 있었어요. 커피 농장이었어요. 그런데 농장이 잘 안 되자 주인이 저를 해고했고, 돈 한푼 없이 리마로 온 거예요." 그러고서 우리 어머니에 관해 물었어. 그는 그녀가 육 개월 전에 심장마비로 세상을 떠났다고 말해주었어. "내가 장례 비용을 지불했다. 걱정하지 말거라, 아무 일 없이 장례를 치렀으니까." 그러고서 덧붙였어. "아마 오늘밤은 뒷마당에서 잠을 자야 할 것 같구나. 네 문제는 내일 생각하자." 대부의 아내는 내게 담요 하나와 매트리스를 주었어. 다음날 대부는 나를 자기 가게로 데려가서 카운터 뒤에서 일하게 했어. 그곳에서 일하는 사람은 그와 나뿐이었어. 그는 내게 한 푼도 주지 않았지만, 적어도 잘 곳과 먹을 것은 걱정할 필요가 없었지. 그들은 나에게 잘 대해줬는데, 그래도 나는 하루종일 열심히 일해야만 했어. 나는 여섯시가 되기 전에 일어났고, 온 집을 청소했고, 아침식사를 준비했고, 그들의 침대로 아침식사를 가져갔어. 또 대부의 아내가 주는 목록을 들고 장을 보았고, 그런 다음에는 가게로 갔어. 그리고 그곳에서 하루종일 손님들을 기다렸지. 처음에 대부는 나처럼 하루종일 창고에 있었지만, 나중에는 나를 혼자 남겨두고 밤에 장부만 검사하더라고. 집에 돌아오면 나는 그들을 위해 저녁식사를 준비했고, 그의 아내는 내게 음식 만드는 법을 가르쳐주었어. 그러고는 잠을 자러 갔지. 내 수중에 돈 한푼 없다는 사실이 넌더리 났지만, 그래도 나는 그 집을 떠나야겠다는 생각은 하지 않았어. 나는 요령껏 손님들의 돈을 훔쳐야 했어. 가격을 올리거나 잔돈을 덜 주거나 하면서 그 돈으로 나시오날 담배를 사서 몰래 피우곤 했지. 게다가 나는 어디든 가리지 않고 외출하고 싶긴 했지만, 경찰이 무서워 그 가게를 떠날 엄두가 안 나더라고. 하지만 그후 사정이 나아졌어. 대부는 산지로 출장을 가야 해서 자기 딸을 함께 데려갔어. 그가 출장을 간다는 사실을 알고 걱정됐어. 그의 아내가 나를 싫어한다는 것을 떠올렸거든. 그러나 함께 살게 된 후, 그녀는 나를 못살게 굴진 않았어. 단지 이래라저래라 하고 지시하기만 했고. 그런데 내 대부가 떠난 날 이후 그녀가 달라진 거야. 나한테 다정하게 굴었고, 내게 이런저런 말을 하면서 웃었지. 밤에 그녀가 가게로 오면 나는 그녀에게 장부를 보여주기 시작했고, 그러면 그녀는 이렇게 말했어. "그만해, 난 네가 도둑질할 사람이 아니라는 걸 알아." 어느 날 밤 그녀는 밤 아홉시가 되기도 전에 가게에 모습을 드러냈어. 아주 설렌 듯한 표정이더라고. 그녀가 들어오는 것을 보자마자, 나는 그녀의 의도를 눈치챘어. 그녀는 술에 취해 섹스하고 싶어서 안달하는 카야오 지역의 갈보집 창녀들처럼 온갖 몸짓을 하고 표정을 지으면서 웃었어. 나는 예전에 대부를 만나러 왔을 때마다 쫓겨났다는 것을 기억하고는 '이제 복수의 시간이 왔어'라고 생각했어. 그녀는 못생겼고 뚱뚱했으며, 나보다도 더 키가 컸지. 그녀가 말했어. "얘, 가게문 닫고 영화관에 가자. 내가 보여줄게." 우리는 시내에 있는 영화관으로 갔어. 그곳에서 아주 좋은 영화를 상영하고 있다고 하더라고. 하지만 나는 그녀가 동네 영화관에 가면 동네 사람들이 나와 함께 있는 것을 볼지도 몰라 두려워한다는 사실을 알고 있었지. 대부는 질투심 많기로 유명한 사람이었거든. 공포영화였기 때문에 영화관에서 그녀는 깜짝 놀란 척하면서 내 손을 잡았고, 내게 바짝 몸을 갖다대고는 무릎으로 나를 건드렸어. 그리고 가끔씩 실수인 것처럼 손을 내 허벅지에 얹고서, 잠시 그 손을 그렇게 놔두었어. 나는 웃고 싶었지. 하지만 나는 바보 멍청이인 것처럼 행동했고, 그녀의 수작에 아무 반응을 보이지 않았어. 아마 매우 화가 났을 거야. 영화가 끝난 다음 우리는 걸어서 집으로 돌아왔고, 그녀는 내게 여자들에 관해 말하기 시작하면서, 상스러운 단어를 사용하지 않으면서도 추잡한 이야기를 들려주었어. 그러고는 내게 사랑해본 적이 있느냐고 묻더라고. 내가 아니라고 대답하자 그녀는 이렇게 말했어. "거짓말. 남자는 다 똑같아." 그녀는 자기가 나를 남자로 대하고 있다는 것을 알리기 위해서 애를 썼어. 나는 이렇게 말하고 싶었지. '댁은 해피랜드에서 일하는 엠마라는 창녀 같거든요.' 집에서 나는 그녀에게 내가 저녁을 준비할지 물었고, 그녀는 말했어. "아니야. 차라리 재미있는 시간을 보내는 게 좋을 것 같아. 이 집에서는 그 어떤 재미나 즐거움도 찾아볼 수 없거든. 맥주병 하나 따도록 해.” 그러고는 대부가 얼마나 나쁜 사람인지 말하기 시작했어. 그녀는 남편을 증오하고 있었어. 그가 구두쇠이고 멍청한 늙은이라는 것을 비롯해, 지금은 내가 기억하지도 못하는 여러 가지를 말했거든. 그녀는 내게 맥주 한 병을 모두 마시게 했어. 나를 술에 취하게 만들어 그녀의 의도에 순순히 따르게 할 작정이었지. 그런 다음 라디오를 켜고 그러더라고. “춤추는 법을 가르쳐줄게.” 그녀는 온 힘을 다해 나를 껴안았고, 나는 그녀가 나를 리드하도록 놔두면서, 계속해서 아무것도 모르는 척했어. 마침내 그녀가 말했어. “여자한테 키스해본 적 한 번도 없어?” 나는 그렇다고 대답했어. “키스가 어떤 건지 한번 해볼래?” 그녀는 나를 붙잡더니 입에 키스를 하기 시작했어. 그녀는 완전히 흥분해 있었어. 역겨운 혀를 내 편도선이 있는 곳까지 집어넣었고, 나를 여기저기 마구 더듬었지. 그러고는 내 손을 잡아끌어 자기 침실로 가더니 옷을 벗었어. 벌거벗은 몸은 그다지 추해 보이지 않더라고. 그녀의 육체는 아직도 탱탱했어. 내가 가까이 가지 않고 쳐다만 보자, 그녀는 다소 당황한 눈치였지. 그러고는 불을 껐어. 그녀는 대부가 없는 날마다 자기와 자게 하면서, 내게 이렇게 말했어. “사랑해. 넌 나를 아주 행복하게 해줘.” 그리고 온종일 대부의 험담을 했어. 그녀는 내게 용돈을 주고, 옷도 사줬고, 매주 대부와 함께 영화관에 데려갔어. 그리고 어둠 속에서 대부가 눈치채지 못하게 내 손을 잡았지. 내가 레온시오 프라도 군사고등학교에 들어가고 싶으니 남편을 설득해 등록금을 내달라고 부탁하자, 그녀는 거의 미쳐버렸어. 자기 머리카락을 쥐어뜯으면서 내게 배은망덕한 놈이라고 했지. 그렇게 해주지 않으면 떠나겠다고 말하자, 그녀는 하는 수 없이 내 부탁을 들어주더라고. 어느 날 아침 대부가 말했어. "네가 알고 있는지 모르겠구나. 우리는 너를 훌륭한 진짜 남자로 만들기로 결심했다. 네가 군사고등학교 생도가 되도록 원서를 낼 거다."

"따가워도 움직이지 마." 남자 간호사가 말했다. "눈으로 들어가면 말도 못할 통증을 느끼게 될 거야."

알베르토는 시뻘건 요오드가 묻은 거즈 뭉치가 자기 얼굴로 다가오는 것을 보고 이를 악물었다. 몸서리칠 때처럼 온몸으로 격심한 통증이 흘러내렸다. 그는 입을 벌리고 신음을 내뱉었다. 잠시 후 통증은 얼굴에서만 느껴졌다. 다치지 않은 눈으로 그는 간호사의 어깨 너머로 재규어를 보았다. 그는 방안 반대쪽 끝에 있는 의자에 앉아 무심하게 이쪽을 쳐다보았다. 알베르토는 코로 알코올과 요오드 냄새를 들이마셨고, 그러자 머리가 어지러워졌다. 토할 것만 같았다. 의무실은 온통 흰색이었고, 타일 바닥은 형광등의 파란 불빛을 천장으로 반사했다. 간호사는 이미 거즈 하나를 던져버리고는 잇새로 휘파람을 불면서 다른 거즈를 적시고 있었다. 이번에도 그토록 아플까? 아무 소리도 내지 않고 싸우는 동안, 그는 감방 바닥에 쓰러져 재규어에게 마구 맞았다. 하지만 심한 통증 대신 굴욕감만 느꼈다. 싸움이 시작되고 몇 분 되지도 않아서 자기가 졌다고 느꼈기 때문이다. 그의 주먹과 발은 거의 재규어에게 닿지 않았다. 그는 재규어의 멱살을 잡았지만, 단단하고 놀라울 정도로 날쌘 그의 몸은 순식간에 알베르토의 손아귀에서 벗어났다. 재규어는 공격하고서 뒤로 물러섰고, 눈앞에 있으면서도 잡히지 않았으며, 가까이 있는 듯하다가 어느새 보이지 않곤 했다. 최악의 순간은 재규어가 박치기를 할 때였다. 알베르토는 양팔꿈치를 들어 얼굴을 가리고 무릎으로 가격하면서 몸을 웅크렸다. 하지만 그 모든 게 하나도 소용이 없었다. 재규어가 경주용 자동차처럼 재빠르게 머리로 그의 팔을 들이박아 양팔을 벌어지게 만들고는 그의 얼굴로 직행할 수 있는 길을 열었기 때문이다. 알베르토는 당황한 채, 망치에 얻어맞는 모루를 떠올렸다. 그렇게 그는 바닥으로 쓰러졌고, 잠시 숨을 돌리려고 했다. 하지만 재규어는 그가 일어나기를 기다리지 않았고, 공격을 멈추고 자기가 이미 이겼다는 것을 확인하지도 않았다. 재규어는 그의 몸을 덮치고서 지칠 줄 모르고 쉴새없이 주먹으로 때렸다. 알베르토는 천신만고 끝에 간신히 일어나 감방의 한쪽 구석으로 도망쳤다. 그러나 불과 몇 초 후에 그는 다시 바닥으로 나뒹굴었다. 재규어는 또다시 알베르토의 위에 걸터앉아 주먹으로 그의 몸을 마구 강타해 의식을 잃게 만들었다. 눈을 떴을 때 그는 재규어 옆의 침대에 앉아 단조롭게 씩씩거리는 자신의 숨소리를 들었다. 그가 제정신으로 돌아오자, 바로 감보아의 목소리가 감방에서 울려퍼졌다.

"이제 됐어." 간호사가 말했다. "이제는 마를 때까지 기다려야 해. 그러면 붕대를 감아줄게. 가만히 있어. 더러운 손으로 만지면 안 돼."

잇새로 계속해서 휘파람을 불면서 간호사는 방에서 나갔다. 재규어와 알베르토는 서로 쳐다보았다. 그는 이상하게도 자기가 침착하다는 걸 깨달았다. 통증이 사라졌고, 마찬가지로 분노도 이미 사라져버렸던 것이다. 그러나 그는 모욕적인 말투로 말하려고 했다.

"왜 쳐다봐?"

"넌 밀고자야." 재규어가 말했다. 그의 파란 눈이 아무런 감정도 없이 알베르토를 노려보았다. "남자가 할 수 있는 가장 더럽고 치사한 행위지. 그보다 더 비열하고 역겨운 짓은 없어. 밀고자! 너를 보니까 토할 것 같다."

"언젠가 네게 복수하고 말 거야." 알베르토가 말했다. "넌 네가 진짜 힘센 놈이라고 생각하지, 그렇지? 맹세하는데, 네가 내 발밑에 무릎을 꿇을 날이 올 거야. 너는 네가 어떤 놈인지 알아? 넌 범죄자야. 네가 있을 장소는 교도소라고."

"너 같은 밀고자는 말이야," 재규어는 알베르토의 말에 전혀 개의치 않고 말을 이었다. "이 세상에 태어나지 말아야 하는 놈이야. 어쩌면 네가 불어버린 것 때문에 나는 골치 아픈 일을 당할 수도 있겠어. 그래도 우리 반 모두에게, 아니 학교의 모든 생도에게 네가 어떤 놈인지 말할 거야. 너는 네가 한 일 때문에 얼굴도 못 들고 다니게 될걸."

"나는 하나도 안 창피해." 알베르토가 말했다. "내가 학교에서 나가게 되면, 경찰서에 가서 네가 살인자라고 말할 거야."

"미쳤군." 그는 전혀 흥분하지 않고 말했다. "넌 내가 아무도 안 죽였다는 걸 아주 잘 알고 있어. 모두가 노예는 사고로 자신에게 총을 쐈다는 걸 알아. 너도 이 모든 걸 잘 알잖아, 이 더러운 밀고자야."

"넌 지금 하나도 걱정 안 되지, 그렇지? 대령과 대위, 그리고 이곳에 있는 모두가 너랑 똑같은 작자들이야. 모두 네 공범이고 개자식들이라고. 그 인간들은 무슨 일이 일어났는지 말하고 싶어하지 않아. 하지만 나는 모든 사람에게 네가 노예를 죽였다고 말할 거야."

방문이 열렸다. 간호사는 양손에 새로운 붕대와 접착테이프 한 롤을 들고 왔다. 그는 알베르토의 얼굴 전체를 붕대로 감았다. 단지 한쪽 눈과 입만 드러났다. 재규어는 씩 웃었다.

"무슨 일이지?" 간호사가 물었다. "왜 웃어?"

"아무것도 아니에요." 재규어가 말했다.

"아무것도 아니라고? 정신병자들만 아무 이유 없이 웃는다는 거 알아?"

"정말이에요?" 재규어가 물었다. "몰랐어요."

"이제 됐어." 간호사가 알베르토에게 말했다. "이제 네 차례야."

알베르토가 앉았던 의자에 재규어가 앉았다. 더 열심히 휘파람을 불면서 간호사는 솜을 요오드에 적셨다. 재규어의 이마에는 몇 군데 긁힌 자국만 있었고, 목 부분만 약간 부어 있을 뿐이었다. 간호사는 아주 조심스럽게 그의 얼굴을 닦았다. 이제는 화가 치민 듯이 휘파람을 불었다.

"씨팔!" 재규어는 소리치면서 간호사를 두 손으로 밀어버렸다. "이 멍청아! 이 개좆 같은 놈아!"

알베르토와 간호사는 웃었다.

"일부러 그랬지?" 재규어는 한 손으로 눈을 덮으면서 말했다. "젠장!"

"그러니까 왜 머리를 움직여?" 간호사가 가까이 다가오면서 말했다. "내가 미리 경고했잖아. 요오드가 눈에 들어가면 눈이 타는 것처럼 아프다고." 그는 강제로 얼굴을 들게 했다. "손 치워! 그래야 눈이 공기에 닿지. 그러면 통증이 금방 가실 거야."

재규어는 손을 치웠다. 벌게진 눈은 눈물이 가득했다. 간호사는 부드럽게 치료해주었다. 그는 이제 휘파람을 불지 않았지만, 혀끝은 마치 분홍 뱀처럼 입술 사이로 나와 있었다. 그는 요오드를 발라준 다음, 조그만 붕대를 감아주었다. 그러고는 손을 씻고 말했다.

"다 끝났어. 이제 이 서류에 서명해."

알베르토와 재규어는 서류에 서명했다. 아침은 아직 화창했고, 들판 위로 불어오는 산들바람만 아니라면 이제는 완연한 여름이라고 말할 수 있는 날씨였다. 맑은 하늘은 짙은 파란색을 띠었다. 두 사람은 연병장으로 걸어갔다. 그곳에서 아무도 볼 수 없었지만, 식당 앞을 지나자 생도들의 목소리와 페루식 왈츠 음악을 들을 수 있었다. 장교 건물에서 그들은 우아리나 중위와 마주쳤다.

"거기 서." 중위가 그들에게 명령했다. "왜 이렇게 된 거지?"

"넘어졌습니다. 중위님." 알베르토가 대답했다.

"그런 얼굴로는 최소한 한 달은 외출하지 못할 거다."

그들은 말없이 막사 쪽으로 나아갔다. 감보아의 방은 열려 있었지만 그들은 바로 들어가지 않았다. 문 앞에 서서 서로 얼굴을 쳐다보기만 했다.

"왜 안 두드려? 뭘 기다리는데?" 마침내 재규어가 말했다. "감보아는 네 편이잖아."

알베르토는 문을 딱 한 번 두드렸다.

"들어와." 감보아가 말했다.

중위는 앉아 있었고, 양손으로 편지 한 통을 들고 있다가 그들을 보자 황급히 집어넣었다. 그는 자리에서 일어나 문 쪽으로 가서 문을 닫았다. 그리고 무뚝뚝한 몸짓으로 그들에게 침대를 가리켰다.

"앉아."

알베르토와 재규어는 침대 모서리에 앉았다. 감보아는 의자를 끌고 와서 그들 앞에 놓았다. 그리고 의자에 거꾸로 앉아서 의자 등에 팔을 올려놓고 그들을 마주보았다. 그의 얼굴은 방금 세수한 것처럼 축축 했다. 눈은 피로에 지쳤고, 신발은 더러웠고, 셔츠는 단추가 풀려 있었 다. 한 손으로는 뺨을 괴고 다른 손으로는 무릎을 툭툭 치면서 그들을 자세히 쳐다보았다.

"좋아." 그는 잠시 후 초조한 표정을 지으며 말했다. "너희는 내가 왜 불렀는지 알고 있을 것이다. 너희가 무엇을 해야 하는지 내가 구태 여 설명할 필요는 없을 것 같다."

피곤하고 지친 기색이 역력했다. 그의 눈은 흐리멍덩했고 목소리에 는 힘이 없었다.

"저는 아무것도 모릅니다, 중위님." 재규어가 말했다. "중위님이 어 제 말씀해주신 것 이외에는 아무것도 모릅니다."

중위는 알베르토에게 눈으로 질문했다.

"저는 아무것도 말하지 않았습니다, 중위님."

감보아는 일어났다. 기분이 언짢으며 이 면담을 그리 내키지 않게 여기는 것이 분명했다.

"페르난데스 생도가 널 고발했다. 무엇을 고발했는지는 이미 알고 있을 것이다. 학교 당국은 그 고발이 충분한 근거에 바탕을 두고 있지 않다고 여긴다." 그는 감정이 섞이지 않은 말을 찾아 간략하게 설명하 기 위해 천천히 말했다. 순간적으로 그의 입은 오므라들어 쓴웃음을 지었고, 입술을 늘어뜨리면서 인중을 찡그렸다. "너희는 더이상 이 문제를 언급해서는 안 된다. 여기서는 물론이고 학교 밖에서도 마찬가지다. 그것은 우리 학교에 폐가 되고 해를 끼치는 행동이다. 이 문제는 이미 종결되었기 때문에 너희는 지금부터 너희가 소속된 반으로 돌아가지만, 최대한 신중하게 행동해야 한다. 사소한 규정을 위반해도 엄한 처벌을 받게 될 것이다. 대령님은 내게 그 어떤 비밀을 누설하든 결과는 너희의 몫이 될 것임을 경고하라고 당부하셨다."

재규어는 고개를 숙인 채 감보아의 말을 들었다. 그러나 중위가 말을 끝내자, 그를 향해 눈을 들었다.

"이제 아시겠습니까, 중위님? 저는 중위님에게 그렇게 말씀드렸습니다. 이 고자질쟁이의 중상모략이었다고요." 그러면서 경멸하듯이 알베르토를 가리켰다.

"중상모략이 아니었어." 알베르토가 말했다. "네가 죽였잖아."

"조용히 해!" 감보아가 말했다. "입다물어, 개자식들아!"

알베르토와 재규어는 반사적으로 차려 자세를 취했다.

"페르난데스 생도." 감보아가 말했다. "불과 두 시간 전에 생도는 내 앞에서 동료에 대한 고발을 철회했다. 다시는 그 문제를 입에 올리지 마라. 그러지 않으면 매우 엄한 처벌을 받게 될 것이다. 내가 직접 처벌하도록 하겠다. 나는 이미 모든 걸 분명하게 말했다고 생각한다."

"중위님." 알베르토가 말을 더듬었다. "대령님 앞에서 저는 어떻게 해야 할지 몰랐습니다. 더 정확히 말하면 다른 대답을 할 수가 없었습니다. 제게 그 무엇도 할 기회를 안 주셨습니다. 게다가……"

"게다가라니?" 감보아가 그의 말을 끊었다. "생도는 그 누구도 고발할 수 없으며, 그 누구도 심판할 수 없다. 내가 교장이었다면, 넌 이미 거리로 나가 있을 것이다. 무사히 학교를 끝마치고 싶으면 지금부터 포르노 이야기로 장사하는 건 그만둬라."

"예, 중위님. 하지만 그건 이 문제와 아무런 관련이 없습니다. 저는……"

"생도는 대령님 앞에서 고발을 철회했다. 다시는 그 문제에 관해 입을 열지 마라." 감보아는 재규어를 향해 고개를 돌렸다. "생도는 아라나 생도의 죽음과 아무런 관련이 없을 수도 있다. 그러나 생도의 교칙 위반은 매우 중대한 사항이다. 지금 생도에게 말해두는데, 앞으로는 장교들 앞에서 절대로 웃지 않도록 하라. 내가 책임지고 너를 지켜볼 것이다. 이제 두 사람 모두 여기서 나가고, 내가 한 말을 잊지 않도록 하라."

알베르토와 재규어는 그의 방에서 나왔다. 그들이 나가자 감보아는 문을 닫았다. 복도에서 그들은 식당에서 들려오는 희미한 목소리와 음악소리를 들었다. 이제는 왈츠가 아니라 마리네라*가 들려왔다. 그들은 연병장을 지났다. 이제 바람은 불지 않았다. 들판의 풀들은 움직임 없이 꼿꼿하게 서 있었다. 그들은 천천히 막사로 걸어갔다.

"장교들은 개자식들이야." 알베르토가 재규어를 쳐다보지 않고 말했다. "전부 다 그래. 감보아까지도. 그놈은 다른 줄 알았는데."

"네가 쓴 이야기를 찾아냈어?" 재규어가 물었다.

"응."

"혼났구나."

---

* 페루 해안지방의 춤곡으로, '페루의 국민 춤곡'이라고 불린다.

"아니야." 알베르토가 말했다. "날 협박했어. 나는 너에 대한 고발을 취하하고, 그들은 내가 쓴 이야기를 잊기로 했지. 대령 말을 난 그렇게 이해했어. 그놈들 다 그토록 비열하다니, 믿을 수가 없어."

재규어는 웃었다.

"말도 안 돼." 그가 말했다. "언제부터 장교들이 내 편을 들었어?"

"네 편을 든 게 아니야. 자기들을 보호하려는 거지. 문제가 생기길 바라지 않거든. 비겁한 자식들이야. 노예가 죽은 일에는 아무런 관심도 없고."

"그건 사실이야." 재규어가 동의했다. "그 녀석이 의무실에 있을 때 가족에게 면회도 허락하지 않았다고 하더라고. 죽어가는데 중위들과 의사들밖에 볼 수 없다니 어떤 심정이었겠어. 정말 빌어먹을 놈들이야."

"너도 그애 죽음에 관심 없잖아." 알베르토가 말했다. "카바를 밀고했다고 오로지 복수하려고만 했지."

"뭐라고?" 재규어는 이렇게 묻더니, 발걸음을 멈추고 알베르토를 노려보았다. "그게 무슨 소리지?"

"뭐가 무슨 소리야?"

"노예가 산골 촌놈 카바를 밀고했다고?" 붕대 아래로 재규어의 눈동자가 번쩍였다.

"개소리하지 마." 알베르토가 말했다. "모르는 척하지 말라고."

"젠장, 모르는 척하는 게 아니란 말이야. 그놈이 카바를 고자질한지 몰랐어. 그랬다면 죽어 마땅하지. 밀고자는 다 죽어야만 해."

한쪽 눈이 붕대로 가려졌기 때문에 알베르토는 그를 잘 볼 수 없었고, 그래서 거리도 잴 수 없었다. 그는 손을 뻗어 멱살을 잡으려고 했지만, 헛손질만 했다.

"노예가 카바를 고발한 걸 몰랐다고 맹세해. 네 어머니를 두고 맹세하라고. 그걸 알았다면 네 어머니가 죽어도 좋다고 말하란 말이야. 맹세해."

"우리 어머니는 이미 돌아가셨어." 재규어가 말했다. "하지만 난 몰랐어."

"네가 남자라면 맹세해."

"맹세컨대 정말 몰랐다고."

"난 네가 안다고 생각했어, 그래서 네가 그애를 죽였다고 믿은 거야." 알베르토가 말했다. "정말로 네가 몰랐다면, 내가 실수했어. 미안해, 재규어."

"미안하다고 해봤자 너무 늦었어." 재규어가 말했다. "하지만 더이상 고자질 따위는 하지 마. 그건 이 세상에서 그 무엇보다 비열하고 천한 짓거리야."

제8장

　점심식사가 끝나자 생도들은 물밀듯이 막사로 돌아왔다. 알베르토
는 그들이 가까이 오는 걸 느꼈다. 그들이 빈 들판을 가로지르자, 그들
의 발밑에 짓밟히는 풀은 바스락거리는 소리를 냈다. 그들은 미친듯
이 울리는 북처럼 소란스러운 소리를 내며 연병장을 지났다. 5학년 소
운동장에서는 갑자기 귀를 멍하게 할 정도의 소리가 터져나왔다. 공포
에 질린 수백 개의 군화가 아스팔트에 탕탕 부딪히는 소리였다. 그 소
리가 발작하듯 극에 이르자, 갑자기 문 양쪽이 활짝 열렸고, 막사 문가
에서 익히 아는 몸들과 얼굴들이 나타났다. 알베르토는 여러 목소리
가 순간적으로 그와 재규어의 이름을 부르는 소리를 들었다. 생도들이
급류처럼 막사로 물밀듯이 밀어닥쳐 두 갈래로 갈라졌다. 하나는 그
를 향해 밀려왔고, 다른 하나는 막사 안쪽으로, 그러니까 재규어가 있

는 쪽으로 향했다. 바야노는 알베르토에게 다가오는 생도 무리의 선두에 있었다. 모두가 호기심으로 눈을 빛내며 손짓을 했다. 그는 수많은 시선이 자기를 바라보고 동시에 질문을 던지자 전기에 감전된 것처럼 얼떨떨해졌다. 순간적으로 그는 그들이 자기에게 린치를 가할 것 같은 인상을 받았다. 그는 웃으려고 했지만, 그건 무의미한 행동이었다. 붕대가 거의 얼굴 전체를 덮어서 그의 미소를 눈치채지 못할 것이기 때문이다. 그들은 그에게 "드라큘라" "괴물" "프랑켄슈타인" "리타 헤이워스"*라고 불렀다. 그런 다음 더 많은 질문이 쏟아졌다. 그는 마치 붕대 때문에 숨이 막힌 것처럼 쉰 목소리로 작게 말했다. "사고를 당했거든." 그는 중얼거렸다. "오늘 아침에서야 퇴원했어." 그러자 바야노가 다정하게 말했다. "그렇지 않아도 못생긴 얼굴이 더 못생겨질 것 같아." 한편 다른 생도들은 "한쪽 눈을 잃게 될 거야. 그러면 시인 대신 애꾸라고 부를게"라고 예언했다. 그들은 그에게 무슨 사고였는지 묻지 않았고, 그 누구도 어떻게 사고를 당했는지 자세하게 말해달라고 요구하지도 않았다. 이미 무언의 시합이 벌어지고 있었다. 모두가 그에게 걸맞은 웃기고 잔인한 별명을 찾는 데 혈안이 되었다. "자동차에 치였어." 알베르토가 말했다. "5월 2일 거리 바닥에 얼굴을 박아버렸지." 이제 그를 에워싼 무리는 움직이고 있었다. 몇몇은 자기 침대로 갔고, 다른 몇몇은 그에게 다가와 붕대를 보고는 배꼽을 잡고 웃었다. 그때 갑자기 누군가가 소리쳤다. "내기라도 하겠는데, 저 말은 모두 거짓말이야. 재규어와 시인은 서로 치고받은 거야." 요란한 웃음소리가 막사

---

* 1940~1950년대에 큰 인기를 끈 미국배우. 히스패닉이었으나 배우가 되기 위해 여러 번 성형수술을 받아, 백인에 가까운 외모가 되었다.

를 뒤흔들었다. 알베르토는 간호사에게 고마웠다. 그의 얼굴을 가린 붕대는 완벽한 가면이었고, 아무도 그의 표정에서 진실을 읽을 수 없었던 것이다. 그는 침대에 앉았다. 그리고 그의 앞에 선 바야노와 아로스피데, 몬테스를 하나뿐인 눈으로 쳐다보았다. 마치 안개 속에서 보는 것처럼 희미했다. 그러나 장난기가 잔뜩 담긴 말로 그와 재규어에 대해 농담하는 목소리를 들으면서, 다른 생도들이 무엇을 하고 있는지 짐작할 수 있었다. 비록 확신할 수는 없었지만 말이다. "재규어, 시인에게 무슨 짓을 한 거야?"라고 어떤 생도가 물었다. 다른 생도는 그에게 "시인, 그러니까 여자처럼 손톱으로 할퀴면서 싸운 거야?"라고 물었다. 알베르토는 이제 왁자지껄한 소리 속에서 재규어의 목소리를 구별해내려고 했지만, 그의 목소리를 들을 수 없었다. 그리고 그의 모습을 볼 수도 없었다. 사물함과 침대들, 그리고 동료들의 몸이 시야를 가로막고 있었던 것이다. 농담은 계속되었다. 그중에서도 특히 독사처럼 쉿쉿 바람 새는 소리를 내고 음정이 불안한 바야노의 목소리가 두드러졌다. 검둥이는 영감을 받은 것처럼 빈정대면서 장난기 섞인 말을 마구 내뱉고 있었다.

갑자기 재규어의 목소리가 막사를 억눌렀다. "그만해! 괴롭히지 마!" 그러자 즉시 소란스럽고 시끄러운 목소리들이 잠잠해졌고, 킥킥거리며 비아냥대는 작은 웃음소리만 들렸다. 눈꺼풀이 현기증날 정도로 쉴새없이 닫혔다가 열리는 한쪽 눈을 통해, 알베르토는 바야노의 침대 옆에서 움직이는 어느 생도의 육체를 발견했다. 그 생도가 이층침대를 팔로 잡고 힘껏 잡아당기자 그의 가슴과 엉덩이와 다리는 쉽게 올라갔다. 그의 몸은 어느 사물함 위로 기어올라갔고, 곧 알베르토의 시야에서 사라졌다. 알베르토는 그의 긴 다리와 사물함 목재 색깔과 유사한 초콜릿색 군화 위로 무질서하게 흘러내리는 파란색 양말만 볼 수 있었다. 다른 생도들은 아직 아무것도 눈치채지 못했다. 손을 입으로 가린 채 숨죽이며 킥킥대는 웃음소리는 계속됐다. 아로스피데의 우레와 같은 말을 들었지만, 알베르토는 여느 때와 다른 일이 벌어지고 있다고 생각하지 못했다. 하지만 그의 몸은 그 말의 의미를 깨닫고 있었다. 몸은 갑자기 긴장했고, 그의 어깨는 아플 정도로 벽에 밀착했다. 아로스피데는 다시 큰 소리로 말했다. "그만, 재규어! 소리지르지 마, 재규어. 잠깐 기다려." 이제는 절대적인 침묵이 흘렀다. 1반 전체가 소대장을 향해 눈을 돌렸지만, 알베르토는 그의 얼굴을 볼 수 없었다. 붕대 때문에 머리를 들기 힘들었고, 그의 애꾸눈은 고작 움직이지 않는 한 짝의 군화만 볼 수 있었다. 그런데 눈꺼풀 뒤로 어둠이 밀려왔고, 그 어둠이 지나가자 다시 군화가 보였다. 아로스피데는 계속해서 화가 난 듯이 소리쳤다. "거기 멈춰, 재규어! 잠깐만 멈추라고, 재규어." 알베르토는 몸들이 맞부딪치는 소리를 들었다. 침대에 누워 있던 생도들이 일어나서 바야노의 사물함을 향해 목을 길게 뺐다.

"무슨 일이야?" 마침내 재규어가 말했다. "왜 그래, 아로스피데? 무슨 생각을 하는 건데?"

알베르토는 자기 자리에서 움직이지 않은 채 가장 가까이에 있는 생도들을 쳐다보았다. 그들의 눈은 두 개의 흔들리는 추 같았다. 좌우로 움직이면서 막사의 한쪽 끝에서 다른 쪽, 그러니까 아로스피데와 재규어를 번갈아가면서 쳐다보았다.

"할말이 있어." 아로스피데가 소리쳤다. "너한테 하고 싶은 말이 많

아. 우선 소리지르지 마. 알아들었어, 재규어? 감보아가 너를 감방에 보낸 후 막사에서는 많은 일이 있었다고."

"그런 말투로 말하는 사람들과는 대화하고 싶지 않아." 재규어는 냉정하게 말했지만, 목소리는 작았다. 만일 다른 생도들이 조용히 있지 않았다면, 그의 말은 거의 들리지 않았을 것이다. "나와 이야기하고 싶으면, 사물함에서 내려와 이곳으로 와. 교양 있는 사람답게 말이야."

"난 교양 있는 신사가 아니야." 아로스피테가 외쳤다.

'화가 나 있어'라고 알베르토는 생각했다. '화가 나 죽을 지경이네. 재규어와 싸우려는 게 아니라, 모든 생도 앞에서 그를 창피하게 만들려는 거야.'

"아니, 너는 교양 있는 신사야." 재규어가 말했다. "당연히 신사지. 너처럼 미라플로레스에 사는 사람들은 모두 신사잖아."

"나는 지금 소대장 자격으로 말하는 거야, 재규어. 싸움을 일으키려고 하지 마. 비겁한 사람은 되지 말라고, 재규어. 그런 다음에 하고 싶은 게 있으면 뭐든 해. 하지만 지금은 우리가 말할 거야. 이곳에서는 아주 이상한 일들이 벌어졌어. 내 말 듣고 있어? 네가 감방에 수감되자마자 무슨 일이 있었는지 알아? 여기 있는 그 누구든 너한테 그 얘길 해줄 수 있어. 갑자기 중위들하고 부사관들이 엄청나게 성질을 냈어. 막사로 와서 사물함을 열고 카드와 술병, 주사위와 곁쇠 들을 압수했다고. 그리고 외출금지와 규정 준수 명령이 비 오듯이 떨어졌어. 우리 반 대부분이 외출을 하려면 상당 기간 기다려야 할 처지가 된 거야, 재규어."

"그래서?" 재규어가 물었다. "그게 나와 무슨 관련이 있다는 건데?"

"아직도 몰라서 묻는 거야?"

"그래." 재규어가 차분하게 대답했다. "몰라서 묻는 거야."

"넌 왕뱀하고 곱슬머리에게 만일 네가 무슨 일을 당하면 우리 반 모두 좆되게 할 거라고 했었지. 그리고 넌 그렇게 한 거야, 재규어. 이제 네가 어떤 놈인지 알겠냐? 밀고자야. 넌 우리 모두에게 피해를 줬지. 넌 배신자에 비겁한 놈이야. 우리 모두를 대표해서 내가 말하는데, 넌 우리가 두들겨팰 가치도 없는 놈이야. 개똥만도 못한 놈이라고, 재규어. 이제 그 누구도 너를 무서워하지 않아. 내 말 들었어?"

알베르토는 몸을 약간 기울여서 고개를 뒤로 젖혔다. 이런 자세를 취하자 아로스피데가 눈에 들어왔다. 사물함 위에 있는 그는 더욱 키가 커 보였다. 머리카락은 헝클어졌고, 팔과 다리는 아주 길어서 더 가늘어 보였다. 그는 다리를 벌린 채 흥분하여 눈을 부릅뜨고서 두 주먹을 굳게 쥐고 있었다. 재규어는 뭘 기다리는 것일까? 다시 알베르토는 점멸하듯 밀려오는 안개를 통해 그의 모습을 보았다. 그의 눈이 쉴새없이 깜빡거리고 있었기 때문이다.

"그러니까 내가 고자질했다는 말이네." 재규어가 말했다. "그렇지 않아? 말해봐, 아로스피데. 내가 밀고자라고, 바로 그 말을 하려는 거 아니냐고?"

"그래, 그렇게 말했어." 아로스피데가 소리쳤다. "나뿐만이 아니야. 모두가, 우리 반 모두가 그렇게 말한 거야, 재규어. 넌 더러운 밀고자야."

바로 그때 쿵쾅쿵쾅거리는 발소리가 들렸다. 누군가가 막사 중앙으로, 그러니까 사물함과 꼼짝하지 않는 생도들 사이로 뛰어오더니, 바로 알베르토의 눈에 들어오는 각도에서 멈추었다. 왕뱀이었다.

"내려와, 이 겁쟁이야." 왕뱀이 소리쳤다. "내려오라고."

그는 사물함 옆에 섰고, 헝클어지고 뒤엉킨 그의 머리카락은 파란색 양말로 반쯤 뒤덮인 아로스피데의 군화로부터 불과 몇 센티미터 떨어진 곳에서 마치 투구의 깃장식처럼 흔들리고 있었다. 그러자 알베르토는 생각했다. '이제 곧 일이 벌어지겠군. 다리를 붙잡아 바닥으로 끌어내릴 거야.' 하지만 왕뱀은 손을 들지 않고 말로만 도전했다.

"내려와, 내려오라니까."

"여기서 꺼져, 왕뱀." 아로스피데가 그를 쳐다보지 않으면서 말했다. "난 지금 너랑 얘기하는 거 아니야. 꺼지란 말이야. 너도 재규어를 의심했다는 사실 잊지 마."

"재규어." 왕뱀은 시뻘겋게 달아오른 작은 눈으로 아로스피데를 바라보며 말했다. "저놈 말 믿지 마. 순간적으로 너를 의심하긴 했지만, 이제는 아니야. 저 새끼에게 모든 게 거짓말이라고, 저 자식을 죽여버리겠다고 해. 네가 남자라면 거기서 내려와, 아로스피데."

'왕뱀은 재규어의 친구구나.' 알베르토는 생각했다. '난 결코 저렇게 노예를 지켜줄 용기를 내지 못했는데.'

"넌 밀고자야, 재규어." 아로스피데가 또다시 말했다. "원한다면 얼마든지 다시 말해줄 수 있어. 넌 더럽고 비겁한 밀고자야."

"저 새끼만의 생각일 뿐이야, 재규어." 왕뱀이 소리쳤다. "저놈 말 믿지 마. 아무도 네가 고자질했다고 생각하지 않아. 단 한 사람도 그런 말은 안 할 거야. 저 새끼한테 거짓말이라고 말하고, 얼굴을 박살내버려."

알베르토는 이미 침대에 앉아 있었다. 그는 머리를 침대의 안전가드에 기댔다. 눈이 불덩이 같았다. 계속 감고 있어야만 할 것 같았다. 눈을 뜨면 아로스피데의 발과 왕뱀의 곤두선 머리카락이 아주 가까이에서 나타났다.

"놔둬, 왕뱀." 재규어가 말했다. 그는 계속해서 차분하고 침착한 목소리로 천천히 말하고 있었다. "내 편 안 들어도 괜찮아."

"생도들!" 아로스피데가 말했다. "제군은 지금 보고 있다. 바로 저 자였다. 그는 자기가 아니라고 부정하지도 못한다. 그는 밀고자이고 겁쟁이다. 내 말 듣고 있나, 재규어? 나는 지금 너에게 밀고자이고 겁쟁이라고 말했다."

'뭘 기다리는 거지?' 알베르토는 생각했다. 몇 분 전부터 그의 얼굴 전체가 붕대 아래서 욱신욱신 쑤셨다. 하지만 아픔은 거의 느껴지지 않았다. 그는 체념한 채 재규어의 입이 열리고 마치 개에게 던져주는 찌꺼기처럼 그의 이름을 말하기를, 그리고 모두가 놀라고 화난 표정으로 그에게 고개를 돌리기를 애타게 기다리고 있었다. 하지만 재규어는 이제 비아냥거리듯이 말했다.

"또 누가 저 미라플로레스에 사는 신사 편이지? 씨팔, 비겁하게 행동하지 마, 난 누가 나한테 맞설 생각인지 알고 싶단 말이야."

"아무도 없어, 재규어." 왕뱀이 소리쳤다. "저놈 말에 신경쓰지 마. 저 새끼는 염병할 겁쟁이라는 걸 모르겠어?"

"모두가 그래." 아로스피데가 말했다. "우리 반 생도들 얼굴을 봐. 그럼 알게 될 거야, 재규어. 모두가 너를 경멸하고 있다고."

"나한텐 겁쟁이들 얼굴만 보이는데." 재규어가 말했다. "그것밖에 안 보여. 계집년들처럼 겁에 질린 얼굴만."

'차마 말을 못하는구나.' 알베르토는 생각했다. '내가 고자질했다고 말하는 게 무서운 거야.'

"밀고자!" 아로스피데가 말했다. "밀고자! 고자질쟁이!"

"그래, 좋아." 재규어가 말했다. "난 이 모든 겁쟁이들 때문에 토할 것 같아. 왜 더이상 아무도 소리지르지 않는 거지? 너무 겁먹지 마."

"소리쳐, 생도들." 아로스피데가 말했다. "저놈 면전에서 저놈이 어떤 놈이지 말해주자고. 어서 말해."

'아무도 소리치지 않을걸' 하고 알베르토는 생각했다. '아무도 그럴 용기를 내지 못할 거야.' 아로스피데는 미친듯이 "밀고자! 배신자!"라고 노래했고, 막사의 여러 지점에서 익명의 동조자들이 가세해 그 말을 되풀이했지만, 그들은 거의 입도 열지 않은 채 쥐새끼만한 목소리로 거들었다. 그 두런거림은 프랑스어 수업시간처럼 번져나갔고, 알베르토는 몇몇의 억양을 확인하기 시작했다. 바야노의 가냘프고 달콤한 목소리, 치클라요 출신 키뇨네스의 노래하는 듯한 목소리를 비롯해 다른 몇몇의 목소리가 이제는 모두가 부르는 커다란 합창 속에서 두드러졌다. 그는 일어나 주변을 둘러보았다. 생도들의 입은 똑같이 열렸다가 닫히고 있었다. 그 광경을 보자 그는 매료되었고, 막사 안의 공기를 타고서 자기 이름이 터져나올지도 모르고 그러면 생도들이 재규어에게 퍼붓던 증오심이 그 순간 자기를 향하게 될지도 모른다는 두려움이 갑자기 사라졌다. 겹겹이 두른 붕대 뒤에 있는 그의 입도 아주 조그만 소리로 "밀고자, 밀고자"라고 중얼거리기 시작했다. 그런 다음 눈을 감았다. 이제는 불에 덴 물집처럼 화끈거렸던 것이다. 그는 무슨 일이 벌어지는지 보지 않다가, 소동이 정점에 이르렀을 때야 비로소 눈을 떴다. 서로 부딪치고 밀치고 있었다. 사물함들은 덜걱덜걱 소리를 냈으며, 침대는 삐걱거렸고, 험한 말들이 합창 리듬에 맞추어 터져나왔다. 그러나 싸움을 시작한 사람은 재규어가 아니었다. 나중에 알게 된 사실이지만, 왕뱀이었다. 왕뱀이 아로스피데의 다리를 붙잡아 바닥으로 내동댕이친 것이다. 그제야 재규어가 개입했다. 재규어는 막사 끝에서부터 벌컥 달려왔지만, 아무도 그를 제지하지 않았다. 그러나 모두가 후렴구를 반복했고, 그가 생도들을 노려보면 그 합창소리는 더욱더 커졌다. 생도들은 그가 아로스피데와 왕뱀이 있는 곳에 다다르게 놔두었다. 두 사람은 몬테스의 침대 아래로 몸을 반쯤 들여놓은 채 바닥에서 엎치락뒤치락하면서 싸우고 있었다. 심지어 생도들은 재규어가 몸을 숙이지도 않고 마치 모래주머니를 발로 차듯이 소대장에게 무자비한 발길질을 퍼부을 때도 꼼짝하지 않았다. 바로 그때 알베르토는 수많은 고함소리를 들었고, 갑자기 달리기시합 같은 것이 시작되었음을 알았다. 생도들이 모든 곳에서 막사 중앙을 향해 달려나온 것이다. 알베르토는 맞지 않기 위해 방패처럼 팔을 올려 얼굴을 보호하고 침대에 드러누웠다. 그는 자기 침대에 숨어서, 생도들이 서로 재규어에게 달려들고 여러 손이 재규어를 끌어당겨 아로스피데와 왕뱀에게서 떼어놓은 다음 그를 복도 한가운데 바닥으로 내동댕이치는 장면을 얼굴을 가린 양팔 사이로 보았다. 동시에 아우성은 갈수록 커졌다. 알베르토는 몰린 생도들 속에서 바야노와 메사, 그리고 발디비아와 로메로의 얼굴을 알아보았고, 그들이 서로 부추기는 소리를 들었다. "세게 쳐!" "더럽고 추잡한 밀고자!" "죽도록 패!" "저 새끼는 자기가 용감하다고 믿지만 가장 비겁한 놈이야." 그 말에 알베르토는 '재규어를 죽여버릴 테세야. 왕뱀도 마찬가지고'라고 생각했다. 하지만 그 소란은 오래 지속되지 않았다. 잠시 후 호각소리가 막사 건물에 울려퍼졌고, 각 반에서 가장 늦게 나오는 세 명의 이름을 적으라는 부사관의 목소리가 들리자, 마치 마법처럼 소란과 싸움이 멈춘 것이다. 알베르토는 뛰어나갔고, 몇몇 생도와 함께 가장 빨리 도착해 정렬했다. 그런 후 그는 고개를 뒤로 돌려 아로스피데와 재규어, 그리고 왕뱀이 어디에 있는지 확인하려고 했지만, 그들은 대열에 없었다. 누군가가 말했다. "화장실로 갔어. 세수를 할 때까지 얼굴을 안 보이는 편이 차라리 낫지. 이제 더이상 싸움은 없을 거야."

감보아 중위는 방에서 나가 잠시 복도에서 발을 멈추고 손수건으로 이마를 닦았다. 그는 방금 전에 아내에게 편지를 썼고, 지금은 위병소로 가고 있었다. 당일우편으로 발송하도록 당직 중위에게 건네주기 위해서였다. 그는 연병장에 도착했다. 그리고 별생각 없이 라페를리타를 향해 걸어갔다. 들판에서 그는 파울리노가 쉬는 시간에 소시지를 넣어서 팔던 빵 봉지를 더러운 손가락으로 여는 걸 보았다. 그는 파울리노가 생도들에게 담배와 술을 몰래 판매한다고 보고서에 지적했었다. 그런데 왜 그 혼혈에 대한 조치를 취하지 않는 것일까? 파울리노가 라페를리타의 진짜 소유자일까, 아니면 이름만 주인일까? 하지만 짜증이 난 나머지 그는 이런 생각을 떨쳐버리고 시계를 보았다. 두 시간 후면 근무가 끝날 것이고, 그러면 이십사 시간 동안 쉴 수 있었다. 어디로 갈까? 바랑코의 아무도 없는 집에 처박혀 보내고 싶지는 않았다. 그러면 걱정에 사로잡힌 채 따분하게 보낼 수밖에 없을 터였다. 친척을 방문할 수도 있었다. 친척들은 항상 그를 반갑게 맞이했고, 자주 찾아오지 않는다고 나무라곤 했으니까. 밤에는 아마도 영화를 보러 갈 것이었다. 바랑코에 있는 영화관은 항상 전쟁영화나 갱영화를 상영했다. 생도였을 때 그와 로사는 매주 일요일 오후와 저녁에 영화관에 갔고, 종종 보았던 영화를 또다시 보곤 했다. 그는 그녀를 놀리곤 했다. 그녀는 멕시코 멜로영화를 보다가 놀라면 그에게 자기를 지켜달라고 애원하듯 어둠 속에서 그의 손을 찾곤 했다. 그러나 그런 갑작스러운 신체 접촉은 사실 그의 피를 끓어오르게 했고, 남모르게 그는 흥분하곤 했다. 이미 거의 팔 년이란 세월이 흘렀다. 몇 주 전까지만 해도 그는 비번일 때는 미래에 대한 계획을 세우느라 과거를 전혀 떠올리지 않았다. 지금까지 그의 목표는 계획대로 이루어졌고, 그 누구도 그가 군사학교를 졸업했을 때 받은 자리를 빼앗지 못했다. 그런데 최근 이런 문제가 불거지면서부터 왜 자꾸만 씁쓸한 마음으로 젊었을 때를 생각하게 되는 것일까?

"뭘 드릴까요, 중위님?" 파울리노가 경례를 하면서 말했다.

"콜라."

달콤하고 미적지근한 탄산음료를 마시자 토할 것만 같았다. 그토록 많은 시간을 바쳐서 아무짝에도 쓸모없는 그런 내용들을 외울 가치가 있을까? 전술과 병참, 지리를 공부할 때처럼 규정과 규칙을 열심히 공부해야 할 필요가 있을까? "정의는 질서와 규율로 이루어진다." 감보아는 입술에 씁쓸한 미소를 지으며 암송했다. "그것들은 합리적인 집단생활을 하는 데 필수불가결한 도구이다. 질서와 규율은 현실을 법과 조화시키면서 얻어진다." 몬테로 대위는 그들에게 규정집의 서문까지 모조리 머릿속에 집어넣도록 했다. 그는 광적일 정도로 법을 인용한 까닭에 '법쟁이'라는 별명을 얻었다. 감보아는 생각했다. '훌륭한 교수였고 뛰어난 장교였어. 계속 보르하 수비대에서 썩고 있을까?' 초리요스 군사학교를 떠나자 감보아는 몬테로 대위의 태도와 행동을 그대로 따라 했다. 첫번째 부임지는 아야쿠초였는데, 그는 그곳에서도 두각을 나타냈으며 이내 엄하기 그지없다는 명성을 얻었다. 장교들은 그에게 '검사'라는 별명을 붙여주었고, 부대원들은 그를 '채찍'이라고 불렀다. 병사들은 그의 엄격함에 관해 농담했지만, 그는 그들이 마음속으로 자기를 존중하고 심지어는 존경하기까지 한다는 사실을 알고 있었다. 그가 지휘하는 중대는 가장 잘 훈련되었고 가장 규율을 잘 지키는 중대였다. 사실 그는 병사들을 징계할 필요도 없었다. 그들을 엄격하게 훈련시키고 그들에게 바라는 것이 무엇인지 정확하게 말해주고서 때때로 그걸 상기시켜주자, 모든 게 원활하게 돌아가기 시작했던 것이다. 지금까지 감보아에게 규율을 강요하는 것은 스스로 그것을 준수하는 것만큼 쉬웠다. 그는 군사고등학교에서도 마찬가지이리라고 생각했다. 하지만 이제는 그걸 의심하게 됐다. 이런 사건 후에 어떻게 그가 맹목적으로 군 당국을 믿을 수 있을까? 아마도 가장 현명한 방법은 나머지 사람들의 생각을 따르는 것이리라. 의심의 여지 없이 규정이란 현재 상황에 따라 머리로 해석해야 하며, 무엇보다 자신의 안전과 미래를 염두에 두어야만 한다는 가리도 대위의 말은 일리가 있었다. 그는 레온시오 프라도 학교에 부임하고 얼마 안 되어 벌어진 어느 병장과의 사건을 떠올렸다. 그 병장은 산지 출신으로 무례했고, 그가 질책하자 그의 면전에서 실실 웃었다. 감보아는 세게 그의 따귀를 올려붙였고, 병장은 이렇게 중얼거렸다. "내가 생도였다면, 나를 때리지 않았을 겁니다, 중위님." 어쨌거나 그 병장은 아주 멍청한 병사는 아니었다.

그는 음룟값을 지불하고 연병장으로 되돌아왔다. 그날 아침 그는 네 개의 보고서를 제출했었다. 시험지 절도, 술병 반입, 막사에서 벌어지는 노름, 그리고 월담에 관한 것이었다. 이론적으로 생각한다면, 1반 생도의 반 이상은 장교위원회에 회부되어야만 했다. 모두가 심한 처벌을 받을 만했고, 몇몇은 퇴학 조치까지 받을 수도 있었다. 그의 보고서는 단지 1반에 관해서만 언급했다. 다른 반 막사를 검열하는 것은 아무 의미가 없었다. 이미 생도들에게는 카드를 찢거나 술병을 숨길 수 있는 시간이 충분히 있었기 때문이다. 보고서에서 감보아는 다른 중대를 언급하지도 않았다. 그것은 담당 장교가 알아서 하면 되는 일이었다. 가리도 대위는 그의 앞에서 마지못해 산만하게 보고서를 읽고 나서 그에게 물었다.

"왜 이 보고서를 제출하는 것인가, 감보아?"

"왜냐고 하셨습니까? 대위님의 질문을 이해하지 못하겠습니다."

"이 사건은 이미 종결되었어. 이미 이 사건에 필요한 모든 조치가 취해졌잖나."

"페르난데스 생도의 사건은 종결되었습니다, 대위님. 하지만 나머지는 그렇지 않습니다."

대위는 지겹고 못마땅하다는 표정을 지었다. 그는 다시 보고서를 들고 대충 살펴보았다. 그의 턱 근육은 지치지 않고 움직였다. 그가 아무

런 이유도 없이 입술을 깨물고 턱을 움직이는 모습은 한마디로 장관이
었다.

"감보아, 내 말은 이런 보고서가 무슨 소용이 있느냐는 거야. 이미
내게 구두로 보고했지 않나? 그런데 뭣 때문에 이런 보고서를 작성했
지? 이미 1반 생도 대부분에게 외출금지 징계가 내려졌어. 도대체 무
엇을 더 원하는 건가?"

"장교위원회가 소집되면, 문서로 된 보고서를 요구할 것입니다, 대
위님."

"아!" 대위가 말했다. "자네는 머리에서 장교위원회 생각을 떨쳐버
리지 못하는군. 자네는 우리가 5학년 전체 생도를 처벌하길 바라나?"

"저는 제 중대에 관한 보고서만 드리는 겁니다, 대위님. 다른 중대는
제 소관이 아닙니다."

"좋아." 대위가 말했다. "자네는 이미 내게 보고서를 제출했어. 그러
니 이 문제는 잊어버리고 내 손에 맡겨두게. 내가 모든 걸 알아서 처리
하겠네."

감보아는 그곳에서 나왔다. 계속해서 그를 괴롭히던 무력감과 실망
감은 그 순간부터 더욱 커졌다. 이번에 그는 더이상 그 이야기에 관심
을 두지 않고, 그 어떤 주도적 발언도 하지 않기로 결심했다. 그러면서
그는 생각했다. '오늘밤 내가 할 수 있는 최고의 일은 술에 진탕 취하
는 거야.' 그는 위병소로 가서 당직 장교에게 편지를 건네주었다. 그리
고 등기우편으로 발송해달라고 부탁했다. 그는 위병소를 나왔고, 행정
본관 문 앞에서 알투나 사령관을 만났다. 사령관은 그에게 가까이 오
라는 신호를 보냈다.

"별일 없나, 감보아?" 그가 말했다. "자, 나와 함께 가지."

사령관은 감보아를 항상 정중하고 다정하게 대했다. 하지만 그들의 관계는 직장 상사와 부하의 관계로 엄격하게 국한되어 있었다. 두 사람은 장교식당으로 걸어갔다.

"자네에게 좋지 않은 소식을 전해야겠네, 감보아." 사령관은 뒷짐을 지고 걸어갔다. "이건 내가 자네를 특별하게 생각하기에 알려주는 비밀 정보야. 내 말이 무슨 뜻인지 알겠지, 그렇지?"

"예, 사령관님."

"소령은 자네에게 몹시 화가 났어, 감보아. 대령님 역시 마찬가지야. 하기야 그럴 만도 하지. 하지만 그건 또다른 문제야. 충고하는데, 가능한 한 빨리 국방부에 알아보도록 하게. 그들은 지금 자네를 즉시 다른 곳으로 발령하라고 요청했거든. 난 그 일이 상당히 진행되었을까봐 걱정되네. 시간이 많지 않아. 자네의 훌륭한 복무 기록이 자네를 보호해줄 걸세. 그러나 이런 경우 가장 효과적이고 유용한 것은 연줄이야. 그건 자네도 알고 있을 거야."

'아내는 지금 리마를 떠나는 것을 결코 반기지 않을 거야.' 감보아는 생각했다. '어쨌거나 아내를 잠시 여기에 남겨두고 친정 식구들과 함께 지내게 해야겠군. 살 집과 식모를 구할 때까지는.'

"감사합니다, 사령관님." 감보아가 말했다. "제가 어디로 발령날지 아십니까?"

"밀림에 주둔한 수비대가 된다고 해도 난 전혀 놀라지 않을 걸세. 아니면 안데스 산지의 수비대가 될 수도 있겠지. 지금은 인사 이동이 없는 시기야. 어렵고 힘든 수비대의 직책만 공석으로 남아 있지. 어쩌

552

면 대도시, 그러니까 아레키파나 트루히요로 부임할 수도 있겠지만. 아, 그리고 이것은 기밀 사항에 속한다는 걸 잊지 말게. 난 자네를 친구로 생각해서 말해주는 거니까. 난 이 일로 힘든 상황에 처하고 싶지 않네."

"걱정 마십시오, 사령관님." 감보아가 그의 말을 끊었다. "다시 한번 감사드립니다."

알베르토는 막사에서 나오는 그를 보았다. 재규어는 복도를 지나갔다. 생도들의 증오에 차거나 비아냥거리는 시선 따위에는 아랑곳하지 않았다. 생도들은 침대에서 담배를 피우면서 재를 종잇조각이나 빈 성냥갑에 떨고 있었다. 재규어는 아무도 쳐다보지 않았지만 시선을 떨구지 않고 정면을 응시한 채 천천히 문으로 걸어가서 한 손으로 문을 열고는 세게 닫아버렸다. 두 개의 사물함 사이에서 재규어의 얼굴을 보자, 알베르토는 다시 한번 그가 생도들에게 그런 일을 당하고서 어떻게 얼굴에 상처 하나도 나지 않았는지 의아해했다. 그러나 아직도 그는 약간 절룩거리며 걷고 있었다. 사건이 일어났던 날, 우리오스테는 식당에서 "내가 그놈을 절룩거리게 만들었어"라고 주장했다. 그러나 다음날 아침에 바야노는 그렇게 만든 사람이 자기라고 말했고, 누녜스와 레비야도 마찬가지였다. 심지어 약골인 가르시아도 그랬다. 그들은 재규어가 그곳에 없는 사람인 양 취급하면서, 그의 면전에서 소리 높여 그 문제에 관해 말다툼을 했다. 반면에 왕뱀의 입은 퉁퉁 부었고, 목 주변 깊게 할퀴인 자국에는 피가 맺혀 있었다. 알베르토는 왕뱀이 어디에 있는지 눈으로 찾았다. 그는 자기 침대에 누워 있었고, 그의 몸

위에 누운 절름발이년은 크고 붉은 혓바닥으로 그의 상처를 핥고 있었다.

'이상해.' 알베르토는 생각했다. '재규어가 왕뱀하고도 이야기를 안해. 곱슬머리와 만나지 않는 것은 충분히 이해할 수 있어. 그놈은 그날 도망쳐버렸으니까. 하지만 왕뱀은 그의 편을 들어줬고, 그 때문에 엄청나게 두들겨맞았잖아. 정말 배은망덕한 놈이야.' 게다가 생도들도 왕뱀이 개입했다는 사실을 완전히 잊어버린 듯했다. 그들은 그와 이야기했고, 예전과 마찬가지로 농담을 주고받았으며, 모여서 담배를 피울 때는 그에게 담배를 주기도 했다. '정말 이상해.' 알베르토는 생각했다. '아무도 재규어를 따돌리자고 말을 맞추지 않았어. 차라리 말을 맞추었다면 더 나았을 거야.' 그날 알베르토는 쉬는 시간에 멀리서 그를 지켜보았다. 재규어는 강의동 소운동장을 벗어나 주머니에 손을 넣고 발로 돌을 차면서 들판으로 걸어가고 있었다. 왕뱀이 그에게 다가가서 함께 걷기 시작했다. 그러나 그들은 곧 말다툼을 했다. 왕뱀은 고개를 움직이면서 주먹을 흔들었다. 그러고는 그에게서 멀어졌다. 두번째 쉬는 시간에도 재규어는 똑같이 했다. 이번에는 곱슬머리가 다가갔지만, 그와 함께 걷지도 못했다. 재규어가 그를 밀어버렸고, 곱슬머리는 얼굴이 새빨개져서 강의실로 돌아왔다. 강의실에서 생도들은 떠들면서 서로 욕했고, 서로 침을 뱉었으며, 종이를 뭉쳐서 서로 던져댔다. 그리고 히히힝거리거나 으르렁대면서, 혹은 꿀꿀대거나 야옹거리거나 멍멍 짖어대면서 선생님들의 수업을 방해했다. 하지만 모두가 자기들 사이에 추방된 사람이 있다는 걸 알고 있었다. 그는 책상 앞에 앉아 팔짱을 끼고 있었고, 파란 눈은 칠판을 뚫어지게 바라보고 있었다. 재규어는 입을 열지도 않고, 필기를 하지도 않고, 동료에게 고개를 돌리지도 않으면서 수업시간을 보냈다. '재규어가 우리를 따돌리는 것 같아.' 알베르토는 생각했다. '오히려 그쪽에서 우리 반 모두를 응징하는 것 같아.' 그날 이후 알베르토는 재규어가 다가와서 자기에게 설명을 요구하기를, 그리고 무슨 일이 있었는지 나머지 생도들에게 밝히라고 강요하기를 기다렸다. 심지어 자기의 고발을 합리화하기 위해 반 학생들에게 무슨 말을 해야 할지도 생각했다. 하지만 재규어는 다른 생도들과 마찬가지로 그도 무시해버렸다. 결국 알베르토는 재규어가 끔찍한 복수를 준비하고 있다고 추측했다.

알베르토는 일어나서 막사를 나왔다. 소운동장은 생도들로 가득했다. 오후와 밤이 균형을 이루고 서로 상대방에게 적응하는 모호하고 또렷하지 않은 시간이었다. 희미한 그림자들이 막사 건물의 모습을 망쳐놓고 있었다. 두꺼운 재킷을 걸친 생도들의 윤곽은 어느 정도 선명하게 유지됐지만, 그들의 얼굴은 흐리고 어두운 색을 띠었다. 밝은 회색인 소운동장과 벽, 거의 흰색인 연병장, 황량한 들판도 모두 똑같이 잿빛이었다. 이런 위선적인 빛은 움직임과 소리까지 날조했다. 그 죽어가는 햇빛 속에서는 모두가 평소보다 빠르거나 늦게 걷는 것처럼 보였고, 모두가 입을 다물고서 말하거나 속삭이거나 비명을 지르는 것처럼 보였다. 두 생도의 몸이 만나면 서로 애무하거나 싸우는 것처럼 보였다. 알베르토는 재킷 칼라를 세우면서 들판 쪽으로 걸어갔다. 파도 소리가 들리지 않았다. 그는 바다가 아주 잔잔하기 때문이라고 생각했다. 그리고 풀밭에 누워 있는 생도를 만나면 "재규어야?"라고 물었다. 그들은 아무 대답도 하지 않거나 욕을 퍼부었다. "난 재규어 아니야. 하지만 단단하고 긴 자지를 찾는 거라면, 그게 바로 나지. 자, 이리 와." 그는 강의동 화장실까지 갔다. 어둠에 묻힌 화장실 변기 위로 몇 개의 빨간 점이 반짝거리고 있었다. 그곳 문가에서 그는 외쳤다. "재규어!" 아무도 대답하지 않았지만, 그는 모두가 자기를 쳐다보고 있다는 것을 알 수 있었다. 담배의 빨간 불꽃이 움직이지 않았던 것이다. 그는 들판으로 돌아왔고, 라페를리타 근처의 화장실로 향했다. 쥐들이 들끓어서 밤에는 아무도 사용하지 않는 화장실이었다. 그는 문에서 반짝이는 점 한 개와 희미한 그림자를 보았다.

"재규어?"

"뭐야?"

알베르토는 들어가 성냥에 불을 붙였다. 재규어는 서서 허리띠를 조이고 있었다. 재규어 이외에는 아무도 없었다. 그는 타버린 성냥을 던져버렸다.

"너랑 할말이 있어."

"우리는 더이상 할말 없어." 재규어가 말했다. "꺼져."

"왜 감보아에게 일러바친 사람이 나라고 말 안 했어?"

재규어는 음울하고 경멸이 담긴 미소를 지으며 웃음을 터뜨렸다. 이 모든 일이 일어난 후부터 알베르토가 들어보지 못한 웃음소리였다. 어둠 속에서 작은 발들이 놀라서 전속력으로 도망치는 소리가 들렸다. '재규어의 웃음소리는 쥐들까지 놀라게 하는군.' 그는 생각했다.

"모두가 너 같다고 생각하냐?" 재규어가 말했다. "잘못 생각한 거야. 나는 고자질 같은 거 안 해. 그리고 밀고한 놈하고도 대화 안 하고. 여기서 나가."

"우리 반 애들에게 네가 그랬다고 계속 믿게 할 작정이야?" 알베르토는 자기가 예의바르게, 아주 정중하게 말하고 있다는 것을 깨달았다. "왜 그러는 거야?"

"나는 모두에게 남자가 되는 법을 가르쳐준 거야." 재규어가 말했다. "내가 그놈들을 신경쓸 것 같아? 모두 뭐라고 지껄이든 난 상관없어. 그놈들이 뭐라고 생각하는지 따위에는 관심 없다고. 너도 마찬가지고. 어서 꺼져."

"재규어." 알베르토가 말했다. "너한테 미안하다고, 우리 반에서 일어난 일에 대해 미안하다고 말하려고 너를 찾아온 거야. 정말 미안해."

"울기라도 하려는 거야?" 재규어가 물었다. "나한테 다시는 말 안거는 게 좋을 거야. 이미 말했듯이, 난 너에 대해서 뭐든 알고 싶은 맘 없어."

"그러지 마." 알베르토가 말했다. "난 네 친구가 되고 싶어. 우리 반 애들에게 네가 아니라 나였다고 말할게. 그러니 친구가 되자."

"난 네 친구가 될 맘 없어." 재규어가 말했다. "넌 추잡한 밀고자고, 너만 보면 토할 것 같으니까. 어서 여기서 나가."

이번에는 알베르토는 그의 말을 따랐다. 하지만 막사로 돌아가지 않았다. 그는 식당으로 가라는 호각이 울릴 때까지 들판의 풀 위에 드러누워 있었다.

에필로그

…… 각각의 혈통에 퇴보가 지배하고

카를로스 헤르만 베이*

* 페루 시인.

감보아 중위가 5학년 교무실 문 앞에 도착했을 때, 가리도 대위는 사물함에 공책을 넣고 있었다. 그는 감보아에게 등을 돌리고 있었는데, 감보아는 그가 넥타이를 너무 꽉 조여매서 칼라에 주름이 가득 잡혔다는 것을 눈치챘다. 감보아가 "안녕하십니까?"라고 인사하자, 대위가 고개를 돌렸다.

"잘 지냈나, 감보아?" 그는 웃으면서 말했다. "출발 준비는 다 됐나?"

"예, 대위님." 중위는 방으로 들어갔다. 그는 외출용 정복을 입고 있었다. 그는 군모를 벗었다. 그의 이마와 관자놀이를 빙 두르는 가느다란 자국이 남아 있었다. "방금 전에 대령님과 사령관님, 그리고 소령님께 이임 인사를 했습니다. 대위님만 남았습니다."

"여행이 언제지?"

"내일 아침 일찍 떠납니다. 하지만 아직도 해야 할 일이 많습니다."

"벌써 더워지는군." 대위가 말했다. "올여름은 몹시 더울 것 같네. 찜통더위가 될 것 같아." 그가 웃었다. "어쨌거나 자네와는 상관없는 일이지. 여름이건 겨울이건 산에 있으면 똑같으니까."

"더운 게 싫으시면," 감보아가 농담했다. "서로 자리를 바꾸도록 하지요. 제가 여기 있을 테니 대위님이 훌리아카로 가십시오."

"이 세상의 금을 모두 준다고 해도 싫어." 대위가 감보아의 팔을 잡으면서 말했다. "자, 가지. 내가 살 테니 술 한잔하게."

그들은 나갔다. 어느 막사 입구에서 자주색 보초 완장을 찬 생도가 수북이 쌓인 군복 숫자를 세고 있었다.

"저 생도는 왜 강의실로 가지 않은 겁니까?" 감보아가 물었다.

"자네 기질은 어쩔 수가 없군." 대위가 싱글벙글 웃으며 말했다. "생도들이 뭘 하건 자네가 왜 신경을 쓰나?"

"대위님 말씀이 맞습니다. 아주 나쁜 버릇입니다."

그들은 장교 클럽으로 들어갔고, 대위는 맥주 한 병을 시켰다. 그리고 손수 잔 두 개에 맥주를 따랐다. 두 사람은 건배를 했다.

"난 푸노에 가본 적이 없어." 대위가 말했다. "하지만 그리 나쁜 도시는 아니라고 들었네. 훌리아카에서 기차나 자동차를 타면 갈 수 있을 거야. 또한 가끔씩 아레키파에서도 휴가를 보낼 수 있겠지."

"예." 감보아가 말했다. "곧 익숙해질 겁니다."

"자네한테 정말 미안하네." 대위가 말했다. "자네가 믿을지는 모르겠지만, 난 자네를 높이 평가하네, 감보아. 내가 자네에게 해준 '코흘리개와 함께 자는 사람은 똥에 묻어 잠에서 깬다'라는 조언을 잊지 말

게. 그리고 지금부터는 군대에서는 부하들에게 규정을 가르치는 것이
지 상관들에게 가르치는 게 아니라는 걸 명심하게."

"저는 동정받고 싶지 않습니다, 대위님. 저는 편안하게 살기 위해 군
인이 된 게 아닙니다. 홀리아카 수비대건 군사고등학교건 제겐 똑같습
니다."

"그래, 그렇게 생각하는 게 더 좋아. 그래, 그 얘기는 그만하지.
건배."

그들은 각자의 잔에 남은 맥주를 들이켰고, 대위는 다시 맥주잔을
채웠다. 창문으로 들판이 보였다. 풀은 더 크게 자랐고 더 밝은 색을
띤 것 같았다. 비쿠냐는 여러 번 창가를 지나갔다. 아주 똑똑한 눈으로
사방을 둘러보면서 매우 빠른 속도로 달리고 있었다.

"더워서 그래." 대위가 손가락으로 비쿠냐를 가리키면서 말했다.
"더위에 익숙해지지 않은 거야. 지난여름에는 거의 미친 것처럼 뛰어
다니더군."

"저는 비쿠냐를 많이 보게 될 겁니다." 감보아가 말했다. "어쩌면 케
추아어를 배우게 될지도 모르고요."

"홀리아카에 자네 동기들이 있나?"

"무뇨스가 있습니다. 제 동기로는 유일합니다."

"바보 무뇨스 말인가? 좋은 사람이지. 끝내주는 주정뱅이야!"

"한 가지 부탁을 드리고 싶습니다, 대위님."

"물론이지. 얼른 말해보게."

"어느 생도에 관한 겁니다. 학교 밖에서 그와 단둘이 이야기하고 싶
습니다. 허락해주실 수 있습니까?"

"얼마나?"

"길어도 반시간이면 됩니다."

"아!" 대위는 짓궂은 미소를 지으며 말했다. "아, 알겠네."

"개인적인 문제입니다."

"알 것 같아. 때릴 셈인가?"

"모르겠습니다." 감보아가 웃으면서 대답했다. "아마 그럴지도 모르지요."

"페르난데스인가?" 대위가 조그만 목소리로 물었다. "그렇다면 시간 낭비야. 그를 괴롭힐 수 있는 최고의 방법이 있거든. 그건 내가 알아서 하겠네."

"그가 아닙니다." 감보아가 말했다. "다른 생도입니다. 어쨌거나 대위님은 그에게 아무것도 못하실 겁니다."

"못한다고?" 대위는 아주 심각한 표정으로 물었다. "유급시키면 어떨까? 그게 아무것도 아니라고 생각하나?"

"늦었습니다." 감보아가 말했다. "시험이 어제 모두 끝났습니다."

"젠장." 대위가 말했다. "하지만 그건 중요하지 않아. 아직 성적표가 작성되지 않았으니까."

"정말 그럴 생각이십니까?"

대위는 갑자기 즐거운 표정으로 돌아왔다.

"농담하는 거야, 감보아." 그가 웃으면서 말했다. "너무 놀라지 말게. 난 절대 부당하고 불공평한 일은 하지 않을 거야. 그 생도를 데려가서, 자네가 하고 싶은 대로 하게. 하지만 한 가지만 명심해. 절대 얼굴은 건드리지 마. 나는 더이상 문제를 원하지 않으니까."

"감사합니다, 대위님." 감보아는 모자를 썼다. "저는 지금 가야 합니다. 그럼 나중에 뵙겠습니다. 아니, 그렇게 되길 희망합니다."

그들은 악수했다. 감보아는 강의실로 가서 어느 부사관과 이야기했고, 자기 가방을 놔두었던 위병소로 돌아왔다. 당직 중위는 나와서 그를 맞이했다.

"전보가 하나 왔어, 감보아."

그는 전보를 펼쳐서 급히 읽은 다음 주머니에 넣었다. 그는 벤치에 앉았다. 그러자 병사들은 벌떡 일어나 그가 혼자 앉아 있도록 해주었다. 그는 멍한 시선으로 가만히 앉아 있었다.

"나쁜 소식이야?" 당직 장교가 물었다.

"아니, 아니야." 감보아가 대답했다. "가족 문제야."

당직 중위는 한 병사에게 커피를 준비하라고 지시했고, 감보아에게 한 잔 마시겠느냐고 물었다. 감보아는 고개를 끄덕였다. 잠시 후 재규어가 위병소 문 앞에 모습을 보였다. 감보아는 커피를 딱 한 모금만 마시고서 일어났다.

"저 생도는 나와 잠깐 나갔다 올 거야." 그가 당직 장교에게 말했다. "대위님이 허락하셨어."

그는 가방을 들고 코스타네라 대로로 나갔다. 그리고 절벽 언저리의 평평한 흙길로 걸어갔다. 재규어는 몇 발짝 사이를 두고 그를 따라왔다. 두 사람은 팔메라스 대로까지 걸었다. 학교가 시야에서 사라지자, 감보아는 바닥에 가방을 놓았다. 그리고 주머니에서 종이 한 장을 꺼냈다.

"이 쪽지가 무슨 의미지?" 감보아가 물었다.

"거기 모든 게 아주 명확하게 적혀 있습니다, 중위님." 재규어가 대답했다. "더이상 할말이 없습니다."

"나는 이제 학교 장교가 아니야." 감보아가 말했다. "그런데 왜 나한테 보낸 거지? 왜 5학년 담당 대위에게 제출하지 않았나?"

"대위님과는 아무것도 하고 싶지 않습니다." 재규어가 말했다. 그는 약간 창백했고, 그의 파란 눈은 감보아의 시선을 피하고 있었다. 주변에는 아무도 없었다. 바닷소리가 아주 가까이서 들려왔다. 감보아는 모자를 조금 더 위로 올리고 이마의 땀을 닦았다. 모자챙 아래로 가느다란 선이 나타났다. 이마의 다른 주름보다 더 빨갛고 더 깊이 패여 있었다.

"왜 이런 걸 썼지?" 그가 다시 물었다. "왜 그런 거야?"

"그건 중요하지 않습니다." 재규어가 부드럽고 유순한 목소리로 말했다. "대위님은 저를 대령님에게 데려가시기만 하면 됩니다. 그게 전부입니다."

"넌 처음처럼 쉽게 해결될 거라고 생각하는 거냐?" 감보아가 물었다. "그렇게 믿는 거야? 아니면 나를 희생양 삼아서 즐기기라도 하려고?"

"저는 그런 못된 놈이 아닙니다." 재규어는 이렇게 말하고는 경멸에 찬 표정을 지었다. "저는 아무도 두려워하지 않습니다, 중위님. 이것만은 알아두십시오. 저는 대령님이나 그 누구도 무서워하지 않습니다. 저는 우리가 입학했을 때 4학년 생도들에 맞서 우리 학년 생도들을 보호했습니다. 그 녀석들은 신고식을 죽을 정도로 두려워했습니다. 여자들처럼 벌벌 떨었습니다. 저는 그놈들이 남자가 되도록 가르쳤습니다.

그런데 1반 생도들은 이제 저에게 등을 돌렸습니다. 그놈들이 어떤 놈들인지 아십니까? 빌어먹을 놈들이고 배신자들입니다. 그게 그놈들입니다. 모두가 그렇습니다. 저는 이 학교가 지겹습니다, 중위님."

"네 이야기는 그만해." 감보아가 말했다. "솔직하게 말해. 왜 이 쪽지를 쓴 거지?"

"그놈들은 제가 밀고자라고 생각합니다." 재규어가 말했다. "지금 제가 하는 말이 무슨 의미인지 아시겠습니까? 진실을 확인해보려고 하지도 않았습니다. 그런 건 전혀 없었단 말입니다. 사물함 조사를 받자, 그 염병할 놈들은 제게 등을 돌렸습니다. 화장실 벽을 보셨습니까? '재규어, 밀고자' '재규어, 겁쟁이'라는 말이 사방에 적혀 있습니다. 저는 그 녀석들을 지키려고 그렇게 했습니다. 그런데 최악의 악수였던 겁니다. 그렇게 한다고 제게 이득이 되는 게 뭐란 말입니까? 자, 중위님, 말씀해보세요. 아무것도 없습니다, 그렇지 않습니까? 제가 했던 행동은 모두 저희 반을 위해서였는데요. 저는 이제 단 일 분도 그놈들과 함께 있고 싶지 않습니다. 예전에 그 녀석들은 제 가족과 같았고, 그래서 저는 지금 더 배신감을 느끼고 더 그놈들이 역겹습니다."

"그건 사실이 아니야." 감보아가 말했다. "너는 지금 거짓말을 하고 있어. 네 동료들의 생각을 그토록 중요하게 여기는데도, 네가 살인자라는 걸 그들에게 알리길 바란다고?"

"저는 그놈들이 뭐라고 생각하는지는 관심 없습니다." 재규어가 조용히 말했다. "저를 괴롭히는 것은 놈들이 배은망덕하다는 사실입니다. 그게 전부입니다."

"그게 전부라고?" 감보아가 비아냥거리는 미소를 지으며 말했다.

"마지막으로 네게 솔직하게 말하라고 요구하겠다. 왜 고발한 사람이 페르난데스 생도라고 말하지 않았지?"

순간적으로 배에서 찌르는 듯한 심한 통증을 느끼기라도 한 양, 재규어의 온몸이 움츠러드는 것 같았다.

"하지만 그의 경우는 다릅니다." 재규어가 쉰 목소리로 힘들게 말했다. "같지 않습니다, 중위님. 다른 생도들은 철저하게 비겁했기 때문에 저를 배신했습니다. 반면에 그는 노예의 원수를 갚고자 했습니다. 그 녀석은 밀고자고, 그건 남자에게 영원한 형벌과 같습니다. 하지만 그는 친구의 복수를 위해 그랬던 것입니다. 차이점을 모르시겠습니까, 중위님?"

"이제 그만 가." 감보아가 말했다. "난 더이상 너와 시간을 낭비하고 싶지 않아. 의리와 복수에 관한 네 생각에는 관심이 없어."

"잠을 이룰 수가 없습니다." 재규어가 더듬거리며 말했다. "사실입니다, 중위님. 하느님을 두고 맹세합니다. 저는 모두에게 따돌림을 당하며 산다는 게 어떤 일인지 몰랐습니다. 화내지 마시고 저를 이해해주세요. 제가 지금 커다란 부탁을 하는 건 아니잖습니까. 모두가 '감보아 중위님은 장교들 중에서 가장 엄하지만 유일하게 공정한 사람이야'라고 말합니다. 그런데 왜 제 말을 들으려고 하지 않으십니까?"

"그래, 좋아." 감보아가 말했다. "이제는 듣겠다. 왜 그 아이를 죽였나? 왜 내게 이 종이쪽지를 쓴 거지?"

"제가 다른 생도들을 잘못 판단했기 때문입니다, 중위님. 저는 그런 놈에게서 우리 반을 해방시키고 싶었습니다. 무슨 일이 일어났는지 생각해보시면, 모든 사람이 속을 수 있다는 걸 아실 겁니다. 그는 몇 시간 외출하기 위해 카바를 퇴학시켰습니다. 외출허가를 받기 위해 한 동료를 파멸시키는 것을 서슴지 않았습니다. 그 누구라도 그 사실을 알았다면 그를 역겨워했을 겁니다."

"그런데 왜 지금은 생각을 바꾼 거지?" 중위가 물었다. "위병소에서 널 심문했을 때, 왜 내게 사실대로 말하지 않았어?"

"저는 생각을 바꾸지 않았습니다." 재규어가 말했다. 그러고서 잠시 주저하다가 고개를 끄덕였다. 마치 자기 자신에게 그러는 것 같았다. "단지 지금은 노예를 보다 잘 이해할 뿐입니다. 그에게 우리는 동료가 아니라 적이었습니다. 제가 따돌림을 당하며 사는 게 어떤 일인지 몰랐다고 말씀드리지 않았습니까? 우리 모두가 그를 못살게 굴었습니다. 이건 사실입니다. 그를 괴롭히다가 저희가 지칠 정도였습니다. 특히 다른 생도들보다 제가 가장 많이 못살게 굴었습니다. 저는 그의 얼굴을 잊을 수가 없습니다, 중위님. 맹세하는데, 제가 어떻게 그렇게 했는지 저 자신도 모르겠습니다. 그를 패버리고 겁줄 생각이었습니다. 그러나 그날 아침 그가 고개를 들고 제 앞에 있는 게 보이더군요. 저는 그를 겨냥하고서 방아쇠를 당겼습니다. 저는 우리 반 모두의 복수를 하고 싶었습니다. 나머지 생도들이 그보다 더 나쁜 놈들이라는 걸 제가 어떻게 알 수 있었겠습니까, 중위님? 저는 제가 감옥에 가는 게 가장 좋다고 생각합니다. 모두가 그곳이 제가 갈 곳이라고 말했습니다. 우리 어머니도, 중위님도 마찬가지로 그러셨죠. 이제 중위님이 바라던 대로 하실 수 있습니다."

"나는 그를 기억 못해." 감보아가 말했고, 재규어는 놀라고 당황한 눈으로 그를 쳐다보았다. "그러니까 생도로서 어떻게 살았는지 모르겠다는 말이야. 다른 생도들은 모두 잘 기억하고 있어. 그들이 훈련을 받을 때 태도가 어땠는지, 어떻게 군복을 입고 다녔는지 말이야. 하지만 아라나는 기억이 나지 않더군. 내 중대에 삼 년이나 있었는데."

"제게 충고는 하지 마십시오." 재규어가 어리둥절해서 말했다. "부탁드리는데, 아무 말도 하지 말아주십시오. 저는……"

"네게 말하는 게 아니야." 감보아가 말했다. "걱정하지 마. 난 네게 조언할 생각은 추호도 없으니까. 자, 어서 가라. 학교로 돌아가. 넌 삼십 분만 외출을 허락받았어."

"중위님." 재규어가 말했다. 그는 잠시 입을 벌린 채 그대로 있다가 다시 반복했다. "중위님."

"아라나와 관련된 일은 이미 끝났어." 감보아가 말했다. "군부는 그 사건에 대해 더이상 한마디도 알고 싶어하지 않아. 그 무엇도 군부의 생각을 바꿀 수는 없어. 실수를 했다고 군부를 설득하는 것보다 죽은 아라나 생도를 부활시키는 게 더 쉬울 거야."

"저를 대령님에게 안 데려가실 겁니까?" 재규어가 물었다. "그럼 중위님을 훌리아카로 보내지 않을 겁니다. 그런 얼굴 하지 마십시오. 이 문제로 중위님도 피해를 입었다는 걸 제가 모른다고 생각하십니까? 저를 대령님에게 데려가십시오."

"쓸모없는 목표물이 무엇인지 아나?" 감보아가 물었고, 재규어는 우물대면서 중얼거렸다. "뭐라고 말씀하셨습니까?" "잘 들어. 적군이 무기를 버리고 항복하면, 적을 무장해제시킨 병사는 그에게 총을 쏠 수 없어. 그건 도덕적 이유뿐만 아니라 경제적이자 군사적인 이유 때문이기도 하지. 전쟁터에서도 공연히 죽일 수는 없는 거야. 내 말 알아들었지. 그러니 학교로 가서 앞으로는 아라나 생도의 죽음이 헛되지 않도록 노력해."

그는 손에 들고 있던 종이를 찢어버리고서 바닥에 던졌다.

"어서 가." 그가 덧붙였다. "곧 점심시간이 될 거야."

"중위님은 안 돌아가십니까?"

"그래." 감보아가 말했다. "언젠가 만날 기회가 있을 것이다. 그럼 이만."

그는 가방을 들고 팔메라스 대로를 걸어 베야비스타 방향으로 향했다. 재규어는 잠시 그곳에 서서 그를 바라보았다. 그러다가 자기 발밑에 흩어져 있는 찢어진 종잇조각들을 주웠다. 쪽지는 반으로 찢겨 있었다. 두 조각을 합치니 별다른 어려움 없이 읽을 수 있었다. 그는 자기가 공책을 뜯어 쓴 종이 이외에도 다른 두 개의 종잇조각이 있는 걸 보고 놀랐다. "감보아 중위님. 제가 노예를 죽였습니다. 중위님께서는 보고서를 작성하시고 저를 대령님에게 데려가십시오." 다른 두 조각은 전보였다. "두 시간 전 여자아이 태어남. 로사 매우 건강. 축하. 편지 보냄. 안드레스." 그는 종잇조각 네 개를 더 잘게 찢고는, 절벽을 따라 걸어가면서 바닥에 흩뿌렸다. 어느 집 앞을 지나가다가 그는 발길을 멈추었다. 외부에 넓은 정원이 있는 커다란 저택이었다. 처음으로 그가 턴 집이었다. 그는 계속 걸어서 코스타네라 대로에 도착했다. 그는 자기 발밑에 있는 바다를 내려다보았다. 평소보다 더 환한 회색을 띠었다. 파도는 해변에 부딪히자마자 산산이 부서지고 있었다.

따갑고 하얀 햇빛이었다. 그 빛은 집들의 지붕에서 솟아나와 구름

한 점 없는 하늘을 향해 수직으로 올라가는 듯했다. 알베르토는 여러 색깔의 스펀지처럼 햇빛을 흡수하여 방출하는 그런 집들의 커다란 창문을 뚫어지게 바라본다면, 그 반사광 때문에 눈이 폭발하고 말 것 같다는 느낌을 받았다. 얇은 실크셔츠 아래서 그의 몸은 비지땀을 흘렸다. 그는 연신 수건으로 얼굴을 닦아야만 했다. 평소라면 해변으로 향하는 자동차 행렬이 시작하는 시간이었지만 이상하게도 거리는 텅 비어 있었다. 그는 시계를 보았다. 하지만 시간을 볼 수 없었다. 그의 눈은 시곗바늘과 눈금판, 뒷덮개와 금색 시곗줄에 홀려 있었다. 순금으로 제작된 아주 예쁜 시계였다. 전날 밤 플루토는 살라사르공원에서 "스톱워치 같아"라고 그에게 말했다. 그러자 그는 대답했다. "이건 스톱워치야! 왜 바늘이 네 개나 있고 눈금판이 두 개 있다고 생각하는데? 게다가 방수이고 충격에 강해." 하지만 그들이 그의 말을 믿으려고 하지 않자, 알베르토는 시계를 빼서 마르셀라에게 말했다. "바닥에 떨어뜨려봐, 그럼 알게 될 거야." 그녀는 그럴 용기를 내지 못하고, 짧고 날카로운 신음소리를 냈다. 플루토와 엘레나, 에밀리오, 베베, 파코는 모두 그녀에게 던지라고 부추겼다. "정말로, 정말 던져도 돼?" "그래. 자, 지금 당장 던져봐." 알베르토는 대답했다. 그녀가 손에서 시계를 놓자, 모두 침묵을 지켰다. 일곱 쌍의 간절한 눈동자는 시계가 산산조각나길 애타게 기다리고 있었다. 그러나 시계는 약간만 튀어올랐을 뿐이다. 알베르토는 시계를 주웠고, 시계는 단 하나의 긁힌 자국도 없이 온전하게 작동했다. 그다음에 그는 시계가 방수라는 걸 보여주기 위해 공원의 조그만 분수에 넣었다. 알베르토는 빙긋이 미소 지으면서 생각했다. '오늘 에라두라에서 시계를 차고 수영을 해야겠어.' 아버지는 크리스마스에 그 시계를 선물해주면서 이렇게 말했었다. "시험 성적이 좋아서 주는 선물이다. 너도 마침내 우리 가족의 명성에 부끄럽지 않은 삶을 살게 되었구나. 네 친구 중에서 이런 시계를 가지고 있는 사람은 없을 거야. 그러니 마음껏 뽐내도록 해." 실제로 전날 밤 시계는 공원에 모인 친구들의 주요 대화 주제였다. '우리 아버지는 삶이 어떤 건지 잘 알고 있어.' 알베르토는 생각했다.

그는 프리마베라 대로로 돌았다. 행복하고 명랑하게 화사한 햇빛을 받으면서, 보도 양쪽으로 늘어선 저택 사이로 걸었다. 모두 울창하고 세심하게 손질된 정원이 있는 집들이었다. 그는 나무 몸통을 기어오르거나 나뭇가지 사이로 휘어지면서 엉켜 있는 빛과 그림자가 자아내는 장관을 만끽했다. '정말 멋진 여름이야.' 그는 생각했다. '내일은 월요일이지만, 내게는 오늘과 똑같을 거야. 아홉시에 일어나 마르셀라를 만나 해변으로 가야지. 오후에는 영화관에 가고, 밤에는 공원에 가는 거야. 화요일, 수요일, 목요일도 모두 일요일 같겠지. 여름이 끝날 때까지 매일매일이 그럴 거야. 그런 다음에는 이제 학교로 갈 필요가 없어. 대신 나는 가방을 꾸리게 되겠지. 틀림없이 미국은 내 마음에 쏙 들 거야.' 다시 한번 그는 시계를 쳐다보았다. 아홉시 반이었다. 이 시간에 이미 햇빛이 저토록 밝다면, 열두시쯤에는 어떨까? '오늘은 해변으로 가기에 안성맞춤이야'라고 그는 생각했다. 그는 오른손에 수영복을 들고 있었다. 돌돌 말린 수영복은 흰색 테가 둘린 초록색 수건에 싸여 있었다. 플루토와는 열시에 만나기로 했으니 아직 시간이 남아 있었다. 군사고등학교에 들어가기 전에 그는 항상 동네 친구들과의 모임에 늦곤 했다. 그러나 이제는 오히려 정반대로 마치 잃어버린 시간을 되찾으려는 것처럼 행동했다. 그 누구도 만나지 못한 채 집에 틀어박혀 두 번의 여름을 보냈다는 걸 생각하면 더욱 그랬다. 하지만 친구들이 주로 찾는 장소는 아주 가까워서 그는 아무 날 아침에나 집을 나와서 콜론 거리와 디에고 페레 거리가 만나는 모퉁이에 도착해 단지 몇 마디만 해도 옛친구들을 되찾을 수 있었다. "안녕, 올해는 기숙학교에 있는 바람에 너희를 못 만났어. 방학이 석 달이야. 외출금지나 군인, 막사 같은 건 생각 안 하고 너희와 지내고 싶어." 하지만 지금 과거가 무슨 상관이람! 이제 아침은 그의 앞에 화사하고 안전한 현실로 펼쳐져 있었다. 그리고 그의 불행한 기억은 황금빛 햇살을 받으면 순식간에 녹아버릴 눈과 같았다.

하지만 이건 거짓말이었다. 군사학교에 대한 기억은 아직도 피하려야 피할 수 없는 어둡고 불쾌한 느낌을 불러일으켰고, 그 느낌이 엄습하면 그의 가슴은 인간의 피부와 접촉한 미모사처럼 움츠러들었다. 그래도 그런 역겨운 시간은 갈수록 짧아져서 이제는 모래시계의 모래알만큼 작아졌다. 그러니까 몇 분만 지나면 다시 괜찮아졌던 것이다. 두달 전만 해도 레온시오 프라도 학교가 기억 속에서 되살아나면 불쾌한 기분이 오래 지속되었고, 낙담하고 당황한 채로 하루종일 고통받았다. 이제 그는 많은 것을 영화 속 장면처럼 떠올릴 수 있게 됐다. 그리고 노예의 얼굴을 생각하지 않은 채 며칠을 보낼 수 있었다.

그는 프티투아르 대로를 건너 두번째 집에서 발걸음을 멈추고 휘파람을 불었다. 입구의 정원은 꽃으로 가득했고, 축축한 풀이 햇빛을 받아 반짝이고 있었다. "금방 내려갈게!"라고 외치는 어느 여자아이의 목소리가 들렸다. 그는 사방을 둘러보았다. 아무도 없었다. 마르셀라는 계단에서 말한 게 틀림없었다. 그에게 집안으로 들어오라고 할까? 알베르토는 열시까지 산책하자고 제안할 생각이었다. 그러고서 대로의 가로수 아래로 천천히 걸으면서 전찻길이 있는 곳으로 갈 작정이었다. 그러면 아마도 그녀에게 키스를 할 수도 있을 듯했다. 마르셀라는 정원 뒤쪽에서 모습을 드러냈다. 편안한 바지와 검고 빨간 줄이 그려진 헐렁한 블라우스를 입고 있었다. 그녀는 웃으면서 그에게 다가왔고, 알베르토는 '너무 사랑스럽고 예뻐!'라고 생각했다. 그녀의 검은 눈과 머리카락은 희디흰 피부와 대조를 이뤘다.

"안녕." 마르셀라가 말했다. "약속시간보다 일찍 왔네."

"싫으면 나중에 올게." 그가 말했다. 그는 이제 자신감으로 가득차 있었다. 처음에, 특히 마르셀라에게 사랑을 고백했던 파티가 열린 후 며칠 동안 그는 어린 시절의 세상에서처럼 약간 겁을 먹고 수줍어했다. 아름다운 것을 그에게서 모두 앗아간 삼 년이라는 어두운 세월 때문이었다. 그러나 이제는 항상 자신만만했고, 언제든지 농담을 할 수 있었으며, 다른 사람들과 자신이 동등하다고, 그리고 종종 더 잘났다고 여길 수도 있었다.

"바보." 그녀가 말했다.

"산책하지 않을래? 삼십 분은 지나야 플루토가 올 테니까."

"그래." 마르셀라가 말했다. "가자." 그녀는 둘째손가락을 관자놀이까지 올렸다. 저 몸짓은 무슨 의미일까? "우리 부모님은 주무셔. 어젯밤에 앙콘에서 열린 파티에 가셨거든. 아주 늦게 돌아오셨어. 난 아홉시가 되기도 전에 공원에서 돌아왔지만."

집에서 몇 미터 떨어지자, 알베르토는 그녀의 손을 잡았다.

"오늘 햇빛이 어떤지 봤어?" 그가 물었다. "해변에 가기에 더할 나위 없는 날씨야."

"너한테 할말이 있어." 마르셀라가 말했다. 알베르토는 그녀를 쳐다보았다. 얼굴에는 짓궂은 미소가 매혹적으로 새겨져 있었고, 코는 작지만 당당했다. 그는 '정말 예뻐'라고 생각했다.

"뭔데?"

"어젯밤에 네 애인을 만났어."

농담하는 것일까? 아직도 그는 그 패거리에 완전히 적응하지 못했다. 종종 누군가가 동네 사람들만 이해하는 말을 하면, 그는 막연히 자기만 이방인인 것처럼 느꼈다. 어떻게 그걸 만회해야 할까? 어떻게 그들에게 막사에서 지껄였던 농담을 할 수 있을까? 그런 생각을 하자 갑자기 부끄럽고 추잡한 모습이 그를 엄습했다. 재규어와 왕뱀이 노예를 침대에 묶어놓고 침을 뱉는 모습이었다.

"그게 누군데?" 그가 조심스럽게 물었다.

"테레사." 마르셀라가 말했다. "린세에 사는 여자애."

그전까지 그는 더위를 새까맣게 잊고 있었다. 하지만 지금은 불현듯 더위가 공격적이고 강력하며 압도적인 힘으로 자기를 덮친다는 느낌이 들었다. 숨이 막힐 것만 같았다.

"테레사라고 했어?"

마르셀라가 웃었다.

"내가 왜 그애가 어디 사는지 말했다고 생각해?" 그녀는 자신의 업적을 자랑하듯이 의기양양한 말투로 말했다. "공원에서 헤어진 다음 플루토가 자기 자동차로 나를 데려갔어."

"그애 집으로?" 알베르토는 말을 더듬었다.

"응." 마르셀라가 대답했다. 그녀의 검은 눈은 반짝거리고 있었다. "내가 어떻게 했는지 알아? 문을 두드렸더니 그 여자애가 나오더라. 나는 그곳에 그레요트 부인이 사느냐고 물었어. 누구인지 알지? 이웃에 살던 부인 말이야." 그녀는 잠시 입을 다물었다. "그 여자애를 잘 살펴볼 수 있었어."

그는 최선을 다해 미소를 지었고, 조그만 소리로 말했다. "미쳤구나." 그러나 이미 다시 한번 불쾌한 느낌이 그를 엄습한 상태였다. 굴욕적인 느낌이었다.

"말해봐." 마르셀라가 아주 달콤하면서도 여전히 짓궂은 말투로 말했다. "그 여자아이를 많이 사랑했지?"

"아니." 알베르토가 말했다. "결코 아니야. 그건 내가 군사고등학교에 있었을 때 일이지."

"못생겼던데." 마르셀라가 갑자기 화를 내면서 소리쳤다. "못생긴 가난뱅이야."

혼란스러웠지만, 알베르토는 다소 기분이 좋았다. '넌 내게 미쳐 있는 거야'라고 그는 생각했다. '질투가 나서 죽을 지경이구나.'

"내가 너만 사랑한다는 건 너도 알잖아. 내가 지금 너를 사랑하듯이 사랑했던 여자는 없어."

마르셀라는 손을 꼭 쥐었고 그는 발걸음을 멈추었다. 그리고 한쪽 팔을 뻗어 그녀의 어깨를 감싸고서 자기 쪽으로 끌어당겼지만, 그녀는 끌려오지 않았다. 그녀는 얼굴을 돌리더니 불안한 눈으로 주변을 살펴보았다. 아무도 없었다. 알베르토는 자기 입술로 그녀의 입술을 가볍게 스쳤다. 그리고 두 사람은 계속 걸었다.

"너한테 뭐랬어?" 알베르토가 물었다.

"그 여자애가 말이야?" 마르셀라는 부드럽고 우아한 미소를 지었다. "아무 말도 하지 않았어. 내게 그곳에 어떤 부인이 산다고 말했는데, 누군지 모르겠어. 아주 이상한 이름이라서 기억조차 안 나. 플루토는 배꼽을 잡고 웃었고. 걔가 차에서 뭐라고 말을 시작하니까, 여자애가 문을 닫아버리더라고. 그게 전부야. 그 여자애 다시 만난 적 없어?"

"응." 알베르토가 말했다. "당연히 만난 적 없지."

"말해봐. 그애랑 살라사르공원에서 데이트했지?"

"그럴 시간도 없었어. 단지 그애 집이나 리마에서 몇 번 만났을 뿐이야. 미라플로레스에서는 만나지 않았어."

"왜 그애랑 헤어진 거야?" 마르셀라가 물었다.

예상하지 못한 질문이었다. 알베르토는 입을 열었지만, 아무 말도 하지 못했다. 그 자신도 제대로 이해하지 못하는데 어떻게 그걸 마르셀라에게 설명할 수 있을까? 테레사는 군사고등학교 삼 년의 일부였고, 부활하지 않는 게 차라리 나은 시체 중 하나였다.

"음……" 알베르토가 말했다. "고등학교를 졸업하자, 내가 그애를 별로 좋아하지 않는다는 것을 깨달았어. 그래서 다시 만나지 않았고."

그들은 이미 전찻길에 도착해 있었다. 두 사람은 레둑토 대로로 내려갔다. 그는 한쪽 팔로 그녀의 어깨를 감쌌다. 그의 손 아래로 따스하고 부드러운 피부의 감촉이 느껴졌다. 너무나 연약해 금방이라도 부서질 것 같아 아주 조심스럽게 만져야 할 것만 같았다. 왜 그는 마르셀라에게 테레사 이야기를 했을까? 동네의 모든 또래 남자아이들이 애인에 관해 말했고, 마르셀라도 산이시드로에 사는 어느 남자와 사귄 적이 있었다. 그는 자기가 초심자라고 여겨지지 않기를 바랐던 것이다. 레온시오 프라도 군사고등학교를 졸업했다는 사실 때문에 그는 동네에서 어느 정도 특권을 누릴 수 있었다. 모두가 그를 대단한 모험을 하고 집으로 돌아온 사람, 그러니까 돌아온 탕아로 보았다. 그날 밤 디에고 페레 거리의 길모퉁이에서 그 동네 아이들을 만나지 않았다면 어떤 일이 일어났을까?

"유령이야." 플루토가 말했다. "유령! 그래, 그거야!"

베베는 그를 얼싸안았고, 엘레나는 그에게 빙긋이 웃었으며, 티코는 그를 모르는 사람들에게 소개했고, 몰리는 "우리가 만난 지 삼 년이나 지났어. 우리를 잊어버린 거야"라고 말했으며, 에밀리오는 그를 '배은 망덕한 놈'이라고 부르면서 다정하게 그의 등을 툭툭 쳤다.

"유령이야." 플루토가 다시 말했다. "너희 무섭지 않아?"

그는 민간인 복장이었다. 군복은 방안 의자 위에 놓여 있었고, 모자는 바닥에 떨어져 있었다. 어머니는 외출했다. 텅 빈 집을 보자 그는 화가 치밀었고 담배를 피우고 싶어졌다. 겨우 두 시간 전에 자유의 몸이 되었지만, 그는 자기 앞에 펼쳐진 시간을 보낼 방법이 수없이 많다는 사실에 어쩔 줄 몰랐다. '담배를 사러 나가야겠어. 그러고서 테레사 집으로 가야지.' 그는 생각했다. 그러나 집에서 나가 담배를 산 다음, 그는 직행버스에 올라타지 않았다. 대신 관광객이나 거지처럼 오랫동안 미라플로레스 거리들을 배회했다. 라르코 대로, 방파제 거리, 디아고날, 살라사르공원을 걸었다. 그런데 그 공원에 베베와 플루토와 엘레나를 비롯해 여러 명이 모여 있던 것이다. 그들은 얼굴에 환한 미소를 지으며 그를 환영했다.

"때마침 왔네." 몰리가 말했다. "초시카로 놀러갈 건데, 남자가 한 명 필요했거든. 이제 다 해결되었어. 여덟 커플이야."

그들은 그곳에 남아 해질녘까지 대화를 하고는, 다음날 모여 해변으로 가기로 합의했다. 그들과 헤어진 다음 알베르토는 천천히 걸어서 집으로 돌아왔다. 그는 새롭게 들은 소식만 생각하고 있었다. 마르셀라는—그런데 성이 뭘까? 그는 그녀를 한 번도 본 적이 없었다. 그녀는 미라플로레스에 새롭게 생긴 프리마베라 대로에 살고 있었다—그에게 이렇게 물었다. "무슨 일이 있어도 올 거지, 그렇지?" 그의 수영복은 낡았고, 그래서 어머니를 설득해 다른 수영복을 사달라고 해야만 했다. 바로 그날 아침, 가게가 열리자마자 그는 수영복을 구입하고는 에라두라 해변에서 첫선을 보였다.

"멋있는데." 플루토가 말했다. "살과 뼈가 있는 살아 있는 유령이야!"

"그래, 알았다." 우아리나 중위가 말했다. "하지만 대위님에게 빨리 가도록 해."

'이제는 내게 아무 짓도 할 수 없어'라고 알베르토는 생각했다. '이미 성적표를 줬으니까. 나는 그 자식 면전에서 자기가 어떤 작자인지 말해줄 거야.' 하지만 그는 그렇게 말하지 않았다. 그는 차려 자세를 하고 정중하게 경례했다. 대위는 그에게 미소 지었다. 그의 눈은 정장 군복을 꼼꼼하게 살펴보았다. '내가 이 옷을 입는 건 이번이 마지막이야'라고 알베르토는 생각했다. 하지만 영원히 군사고등학교를 떠날 것이라는 생각에도 그는 환호하지 않았다.

"좋아." 대위가 말했다. "신발 먼지를 떨어라. 그리고 지금 당장 대령님의 사무실로 출두하라."

그는 재앙이 일어날 듯한 조짐을 느끼며 계단을 올라갔다. 민간인이 그에게 이름을 물어보고서 급히 문을 열었다. 대령은 책상 앞에 앉아 있었다. 이번에도 그는 바닥과 벽과 물건들이 반짝거리는 데 깊은 인상을 받았다. 심지어 대령의 피부와 머리카락까지도 왁스칠을 한 것 같았다.

"들어오게, 들어와, 생도." 대령이 말했다.

알베르토는 아직 불안했다. 저 부드러운 말투와 저 다정한 시선 뒤에 무엇이 숨겨져 있을까? "이제 알았나?" 그가 말했다. "조금만 더 노력하면 커다란 보상을 받는다는 걸. 생도의 성적은 아주 뛰어났다." 알베르토는 아무 말도 하지 않았다. 그는 부동자세로 칭찬을 받으면서 다른 말이 나오길 기다렸다. "군대에서는 말이다." 대령이 말했다. "조금 이르거나 조금 늦거나 차이는 있을지언정, 정의는 항상 승리하게 되어 있다. 그건 군대 체제가 지닌 고유의 속성이다. 생도는 실제 경험으로 그걸 깨달았을 것이다. 그럼 한번 살펴보지. 생도는 자신의 일생을 망치고, 훌륭한 가문의 전통과 명예로운 이름을 더럽힐 뻔했다. 그러나 군대는 생도에게 마지막 기회를 부여했다. 나는 생도를 믿은 것을 후회하지 않는다. 나는 생도와 악수하고 싶다." 알베르토는 부드럽고 스펀지 같은 살덩이를 만졌다. 대령은 이렇게 덧붙였다. "생도는 새 출발을 했고, 새롭게 태어났다. 그래서 이리로 부른 것이다. 생도의 미래 계획이 뭔지 말해봐라." 알베르토는 기술자가 되겠다고 말했다. 그러자 대령은 말했다. "좋다. 아주 좋다. 조국은 기술자를 필요로 한다.

생도는 올바른 길을 택하고 있다. 아주 유용한 전문인이 될 것이다. 행운이 따르길 빈다." 그제야 알베르토는 수줍게 미소 짓고서 말했다. "어떻게 감사를 드려야 할지 모르겠습니다, 대령님." "이제 그만 가도 좋다." 대령이 말했다. "아참, 동문회에 가입하는 걸 잊지 마라. 생도들이 학교와 긴밀한 관계를 유지하는 건 꼭 필요한 일이다. 우리 모두가 하나의 커다란 가족이니까." 교장은 자리에서 일어나더니 그를 문까지 배웅하다가, 문가에서 비로소 무언가를 떠올렸다. "그래, 맞아!" 그는 허공에서 손을 흔들며 말했다. "한 가지 잊은 게 있군." 알베르토는 다시 차려 자세를 취했다.

"생도가 쓴 종이를 기억하나? 내가 무엇을 말하는지 알 것이다. 아주 불쾌한 문제 말이다."

알베르토는 고개를 숙이고 쥐새끼만한 목소리로 말했다.

"예, 대령님."

"나는 약속을 지켰다." 대령이 말했다. "나는 약속을 하면 반드시 지키는 사람이다. 그 무엇도 생도의 미래에 오점이 되지 않을 것이다. 난 그 서류를 찢어버렸다."

알베르토는 과장된 말투로 감사를 표하고는 다시 경례를 하고 그곳을 떠났다. 대령은 사무실 문가에서 흐뭇한 미소를 지었다.

"유령이야." 플루토가 계속 말했다. "살아 있으면서 죽은 놈 말이야."

"이제 그만해." 베베가 말했다. "우리 다 알베르토가 여기 있어서 기쁘고 당연히 환영해. 하지만 우리도 말 좀 하자."

"우리 함께 놀러가기로 합의했어." 몰리가 말했다.

"물론이지." 에밀리오가 거들었다. "지금 당장."

"유령과의 산책." 플루토가 말했다. "정말 끝내주네!"

알베르토는 생각에 잠겨 멍한 표정으로 집으로 걸어왔다. 사라져가는 겨울이 갑작스러운 안개로 미라플로레스에게 작별을 고하고 있었다. 그 안개는 라르코 대로의 가로수 우듬지와 바닥 사이 중간쯤 되는 높이에 자리잡고 있었다. 라르코 대로를 건너자 가로수 불빛이 약해졌고, 이제 안개는 사방으로 번져 사람과 사물과 기억을 휘감아서 희석했다. 아라나와 재규어의 얼굴, 막사, 외출금지, 이런 것들은 모두 현실성을 상실해갔다. 반면에 그가 잊어버렸던 남자애들과 여자애들은 그의 기억으로 되돌아오고 있었다. 그는 디에고 페레 거리의 길모퉁이에 있는 조그만 사각형 풀밭에서 그런 꿈속의 이미지와 대화를 나누고 있었다. 아무것도 바뀌지 않은 듯했다. 그들의 언어와 몸동작은 익히 눈에 익은 것이었고, 그들의 삶은 정답고 명랑했으며, 시간은 부드럽고 평탄하게, 그리고 달콤하고 흥분되게 흘러가고 있었다. 마치 그와 예의바르게 농담을 주고받은 처음 본 여자아이, 그러니까 차분하고 사랑스러운 목소리에 검은 머리카락을 지닌 그 여자아이의 검은 눈과도 같았다. 이제 어엿한 성인이 되어 다시 그곳에 나타난 그를 보고 아무도 놀라지 않았다. 모두가 다 자라서 이제는 남자와 여자가 되어 있었다. 그들은 그보다 세상에 더 잘 적응하는 듯했다. 하지만 그들의 분위기는 전혀 바뀌지 않았고, 알베르토는 예전의 관심사와 대화 주제도 그대로라는 걸 눈치챘다. 스포츠, 파티, 영화관, 해변, 사랑, 점잖은 유머, 세련된 교활함 등. 그의 방은 어둠에 묻혀 있었다. 침대에 누워 알베르토는 눈을 감지 않고 꿈을 꾸었다. 몇 초도 지나지 않아서 그가 버

려두었던 세계가 문을 활짝 열고는 두말할 필요 없이 또다시 그를 품
안에 받아들였다. 마치 한때 그들 사이에서 그가 차지했던 자리가 지
난 삼 년 동안 고이 보관되어 있었던 듯했다. 그는 이미 자신의 미래를
되찾고 있었다.

"창피하지 않았어?" 마르셀라가 물었다.

"뭐가?"

"그 여자애랑 거리에서 함께 다니는 게."

그는 피가 얼굴로 솟구치는 것을 느꼈다. 창피하지 않았을 뿐만 아
니라, 세상 사람들 앞에 테레사와 함께 있는 걸 자랑스러워했다는 걸
어떻게 설명해야 할까? 그 당시 그가 창피하게 여겼던 유일한 것은 자
기가 테레사처럼 린세나 바호 엘 푸엔테에 사는 사람이 아니라는 점이
었음을 어떻게 설명해야 할까? 미라플로레스에 산다는 것은 레온시오
프라도 학교에서 창피하고 불명예스러운 일이었음을 어떻게 설명할
수 있을까?

"아니." 그가 말했다. "창피하지 않았어."

"그렇다면 그 여자애를 사랑했던 거구나." 마르셀라가 말했다. "네
가 미워."

그는 손을 꼭 잡았다. 여자아이의 엉덩이가 그의 엉덩이에 닿았고,
알베르토는 그 짧은 접촉을 통해 갑작스럽게 분출하는 욕망을 느꼈다.
그는 발걸음을 멈추었다.

"안 돼." 그녀가 말했다. "알베르토, 여기서는 안 돼."

그러나 그녀는 그다지 저항하지 않았고, 그는 오랫동안 그녀의 입에
키스할 수 있었다. 입을 뗐을 때, 마르셀라의 얼굴은 시뻘겋게 달아올

랐고 눈은 활활 타오르고 있었다.

"네 부모님은?" 그녀가 물었다.

"우리 부모님?"

"그애를 어떻게 생각하셨어?"

"아무것도. 내가 사귀는 것도 모르셨어."

그들은 리카르도 팔마 공원에 있었다. 그들은 산책길을 그림자로 점점이 아로새긴 높은 나무들 아래를 걸으며 공원 중앙을 가로질렀다. 몇몇 사람이 공원을 산책하고 있었고, 차일 아래에서는 어느 여자가 꽃을 팔고 있었다. 알베르토는 마르셀라의 어깨에서 손을 내려 그녀의 손을 잡았다. 멀리서 끊임없는 자동차 행렬이 라르코 대로로 들어가고 있었다. '해변으로 가는 차들이군.' 알베르토는 생각했다.

"그럼 나에 대해서는 알고 계셔?" 마르셀라가 물었다.

"응." 그가 대답했다. "몹시 좋아하셔. 우리 아버지는 네가 아주 예쁘다고 말씀하셨어."

"그럼 네 어머니는?"

"마찬가지야."

"정말?"

"그럼, 물론 정말이지. 지난번에 우리 아버지가 뭐라고 말씀하셨는지 알아? 내가 떠나기 전에 너를 초대해서 남쪽 해변으로 놀러가자고, 함께 일요일을 보내자고 하셨어. 우리 부모님하고 너와 나만."

"나도 알아." 그녀가 말했다. "전번에 말해줬잖아."

"아, 그랬지! 그래도 나는 매년 방학마다 여기로 올 거야. 매년 삼 개월씩 여기에 있을 거고. 게다가 그 학부과정은 아주 짧아. 미국은 여기와 다르거든. 그곳에서는 모든 게 더 빠르게 진행되고, 더 효율적이야."

"그 일 얘기는 안 하기로 약속했잖아, 알베르토." 그녀는 투덜댔다. "미워."

"미안해." 그가 말했다. "나도 모르게 말이 나와버렸네. 그런데 우리 부모님이 요즘 사이가 아주 좋다는 거 알아?"

"응, 네가 말해줬어. 네 아버지도 이제 집에 함께 계시지? 모든 게 네 아버지 잘못 때문이야. 네 어머니가 어떻게 참고 견디셨는지 모르겠더라."

"어머니는 이제 훨씬 마음 편히 지내셔." 알베르토가 말했다. "좀더 편안하게 지낼 수 있는 다른 집을 찾는 중이야. 하지만 우리 아버지는 가끔씩 외박하고 다음날에야 들어오시지. 구제불능이라니까."

"너는 네 아버지와 다르지, 그렇지?"

"당연하지." 알베르토가 말했다. "난 순수하고 진지해."

그녀는 그를 애정어린 눈으로 바라보았다. 알베르토는 생각했다. '열심히 공부해서 훌륭한 기술자가 될 거야. 돌아오면 아버지와 함께 일하고, 오픈카와 수영장이 있는 커다란 집을 사야지. 마르셀라와 결혼하고 돈 후안이 될 거야. 그리고 토요일마다 '그릴 볼리바르'에 가서 춤을 추고 여행도 많이 다녀야지. 몇 년만 지나면 내가 레온시오 프라도 군사학교에 있었다는 사실조차 기억하지 않게 될 거야.'

"왜 그래?" 마르셀라가 물었다. "무슨 생각을 하는 거야?"

그들은 라르코 대로의 길모퉁이에 있었다. 주변에는 사람들이 있었다. 여자들은 밝은색 블라우스와 치마를 입고 하얀 신발을 신고 밀짚 모자를 썼으며, 선글라스를 끼고 있었다. 오픈카에는 수영복을 입고 대화를 하며 웃는 남녀들이 타고 있었다.

"아무것도 아니야." 알베르토가 말했다. "난 군사고등학교를 기억하고 싶지 않아."

"왜?"

"벌만 받으면서 보냈거든. 그리 재미있는 곳이 아니야."

그러자 그녀가 말했다. "언젠가 우리 아버지가 왜 네 부모님이 너를 그 학교에 보냈느냐고 물었는데."

"내 행동을 고치기 위해서였어." 알베르토가 말했다. "우리 아버지는 내가 신부들을 비웃을 수는 있어도 군인에게는 그렇게 할 수 없다고 말씀하셨지."

"네 아버지는 종교를 안 믿으시는구나."

그들은 아레키파 대로로 올라갔다. 5월 2일 거리에 도착하자, 빨간 자동차에서 누군가가 그들에게 소리쳤다. "야, 멋져, 알베르토, 마르셀라." 그들은 손을 흔들며 인사하는 남자아이를 보았고, 그에게 잘 가라면서 손을 흔들었다.

"너 알아?" 마르셀라가 말했다. "쟤랑 우르술라 깨졌어."

"아, 그래? 몰랐네."

마르셀라는 그에게 왜 두 사람의 관계가 깨졌는지 자세하게 들려주었다. 그는 그 얘길 흘려들었다. 자기도 모르게 감보아 중위를 생각하기 시작했기 때문이다. '그는 계속 산지에 주둔해야 할 거야. 나한테 잘 대해줬는데. 그래서 그를 리마에서 다른 곳으로 보낸 거야. 그 모든 게 내가 배짱이 없었고 남자답지 못했기 때문이야. 아마도 진급 기회

를 잃고 오랫동안 중위로만 머물게 될지도 몰라. 단지 내 말을 믿었다는 이유로.'

"내 말 듣고 있어?" 마르셀라가 물었다.

"물론이지." 알베르토가 대답했다. "그래서 어떻게 됐어?"

"걔가 우르술라에게 열 번도 넘게 전화했는데, 우르술라는 걔 목소리를 듣자마자 끊어버렸어. 아주 잘했다고 생각하지 않아?"

"맞아." 그가 말했다. "아주 잘했어."

"너도 개처럼 할 거야?"

"아니." 알베르토가 말했다. "절대 그런 일은 없을 거야."

"네 말 못 믿겠다." 마르셀라가 말했다. "남자는 다 도둑놈이거든."

그들은 프리마베라 대로에 있었다. 멀리서 플루토의 자동차가 보였다. 플루토는 도로에서 그들을 향해 주먹을 휘둘렀다. 그는 화사한 노란색 셔츠와 발목까지 접어 올린 카키색 바지를 입고, 모카신과 크림색 양말을 신고 있었다.

"진짜 역겨운 커플이야!" 그가 소리쳤다. "마음에 안 드는 커플이라니까."

"플루토 너무 멋지지 않아?" 마르셀라가 말했다. "마음에 들어."

그녀는 그에게 달려갔고, 그는 연극을 하듯이 그녀의 목을 조르는 시늉을 했다. 마르셀라는 웃었고, 그녀의 웃음은 뜨거운 아침을 시원하게 식혀주는 한줄기 샘물 같았다. 알베르토는 플루토를 보고 미소지었다. 그러자 플루토는 그의 어깨를 주먹으로 다정하게 툭툭 쳤다.

"마르셀라와 몰래 도망쳤을 거라고 생각했어." 플루토가 말했다.

"잠깐만." 마르셀라가 말했다. "집에 가서 수영복을 가져와야겠어."

"서둘러. 아니면 그냥 갈 거야." 플루토가 말했다.

"그래." 알베르토가 말했다. "어서 서둘러. 아니면 널 떼어놓고 갈 거야."

"그래서 그 여자애가 너한테 뭐랬는데?" 말라깽이 이게라스가 물었다.

그녀는 깜짝 놀라 어리병병해서 우두커니 있었다. 그는 자기가 당황했다는 사실도 잊고서, '아직 기억하고 있구나'라고 생각했다. 안개비 같은 희뿌연 햇빛이 넓고 곧은 린세 거리까지 내려왔다. 모든 게 잿빛을 띤 것 같았다. 오후, 오래된 집, 천천히 다가왔다가 멀어져가는 보행자들, 똑같이 생긴 전봇대들, 울퉁불퉁한 보도들, 공중에 떠다니는 먼지들, 모두 잿빛이었다.

"아무 말도 안 했어. 놀란 나머지 커다란 눈을 휘둥그레 뜨고서 나를 쳐다보기만 하고. 꼭 내가 그애에게 두려움의 대상인 것처럼 말이야."

"말도 안 돼." 말라깽이 이게라스가 말했다. "그건 못 믿겠다. 그애는 너한테 무슨 말이든 했어야지. 최소한 안녕이라든지, 아니면 어떻게 지냈느냐, 혹은 잘 있었느냐 같은 거 있잖아. 어쨌거나 무슨 말이라도 말이야."

하지만 아니었다. 그녀는 그가 다시 말할 때까지 아무 말도 하지 않았다. 그가 그녀에게 다가가면서 던진 첫마디는 갑작스럽고 성급했다. "테레사, 나 기억하지? 어떻게 지냈어?" 재규어는 미소를 지었다. 그는 그녀에게 그 만남이 전혀 놀라울 것 없으며, 천편일률적이고 평범하고 신기할 것 없는 일화에 불과한 거라고 보여주고 싶었다. 하지만 그런 미소를 짓기 위해 그는 엄청난 노력을 기울여야만 했다. 그러자 축축한 나무에서 갑자기 솟아나는 노란 모자를 쓴 하얀 버섯이 뱃속에서 돋아나기라도 한 것처럼 이상스러운 메스꺼움이 느껴졌다. 그런 불쾌감은 곧 그의 다리와 손으로 번져갔다. 다리는 뒷걸음질치거나 앞으로 나아가거나 옆으로 내디디고 싶어 안달했고, 손은 주머니 속으로 들어가거나 얼굴을 만지고 싶어했다. 그리고 이상하게도 그의 마음은 맹목적인 두려움으로 가득차 있었다. 마치 그런 충동 중 하나가 실제 행위로 옮겨져 재앙을 불러올 수도 있을 것 같았다.

"넌 어떻게 했어?" 말라깽이 이게라스가 말했다.

"다시 말했어. 안녕, 테레사. 나 기억 못하겠어?"

그러자 그녀가 말했다.

"물론 기억하지. 처음에는 못 알아봤어."

그는 안도의 한숨을 내쉬었다. 테레사는 빙긋이 웃으면서 그에게 손을 내밀었다. 아주 짧은 악수였다. 그의 손가락이 그녀의 손가락을 간신히 스칠 정도밖에 되지 않았다. 하지만 그것만으로도 그의 온몸이 편안해졌고, 두려움과 불쾌감, 초조함은 일시에 손발에서 사라졌다.

"끝내주게 긴장되네!" 말라깽이 이게라스가 말했다.

그는 길모퉁이에 서서 주변을 멍하니 바라보았다. 그러는 동안 아이스크림 장수는 초콜릿과 바닐라 더블콘을 뜨고 있었다. 몇 발짝 떨어진 곳에 리마와 초리요스를 오가는 전차가 나무로 만든 대합실 앞에 짧게 끽 소리를 내며 멈췄다. 시멘트 플랫폼에서 기다리던 사람들이 전차의 철문 앞으로 와르르 몰려드는 바람에 출구가 막혀버렸다. 그래서 전차에서 내리는 승객들은 사람들을 밀면서 길을 터야만 했다.

그때 테레사가 전차 계단 위에 모습을 드러냈다. 그녀 앞에는 꾸러미를 든 두 여자가 있었다. 서로 밀치는 사람들 속에서 그녀는 위험에 처한 여자아이처럼 보였다. 아이스크림 장수는 그에게 더블콘을 건넸고, 그는 손을 내밀어 아이스크림을 잡았다. 그런데 무언가가 미끄러졌다. 그가 시선을 아래로 돌리자 아이스크림 한 덩이가 신발에 떨어져 있었다. "빌어먹을!" 아이스크림 장수가 말했다. "하지만 이건 손님이 잘못한 거예요. 다른 콘은 못 줘요." 그는 발길질을 했고, 아이스크림 덩어리는 공중을 가로질러 몇 미터를 날아갔다. 그는 뒤로 돌아 골목길로 들어갔지만, 얼마 후 발길을 멈추고 고개를 뒤로 돌렸다. 길모퉁이에서 전차의 마지막 칸이 모습을 감추고 있었다. 그는 전차 정류장으로 뛰었고, 멀리서 혼자 걸어가는 테레사를 보았다. 그는 행인들 틈에 숨어 그녀를 뒤쫓았다. 그러면서 생각했다. '이제 집으로 들어갈 테고, 그러면 나는 다시는 테레사를 못 볼 거야.' 그러자 결심이 섰다. '이 블록을 한 바퀴 돌아야겠어. 그리고 길모퉁이에서 테레사를 만나게 되면 그애한테 다가가야지.' 그는 달리기 시작했다. 처음에는 천천히, 그런 다음에는 마치 악마에 홀린 사람처럼 뛰었다. 길모퉁이를 돌다가 그는 어떤 사람과 부딪혔고, 그 사람은 넘어지더니 그에게 개새끼, 소새끼 하고 욕을 내뱉었다. 걸음을 멈추었을 때, 그는 헉헉거리며 땀을 흘리고 있었다. 그는 손으로 이마의 땀을 닦으면서, 손가락 사이로 테레사가 자기를 향해 오고 있다는 것을 확인했다.

"그래서 어떻게 됐어?" 말라깽이 이게라스가 물었다.

"대화를 나눴어." 재규어가 말했다. "우리는 대화를 했어."

"한참 동안?" 말라깽이 이게라스가 말했다. "얼마나 오래?"

"모르겠어." 재규어가 말했다. "아마 얼마 안 되었을 거야. 그애를 집까지 데려다주었어."

그녀는 보도 안쪽으로 걸었고, 그는 보도 바깥쪽으로, 그러니까 도로변으로 걸었다. 테레사는 천천히 걸으면서 종종 고개를 돌려 그를 쳐다보았다. 그는 그녀의 시선이 예전보다 더, 가끔씩은 대담할 정도로 자신감에 넘쳐 있으며, 눈은 더욱 반짝인다는 것을 깨달았다.

"오 년 정도 지났지, 그렇지?" 테레사가 말했다. "아마 더 오래됐는지도 모르겠네."

"육 년이야." 재규어가 말했다. 그는 목소리를 약간 낮추었다. "그리고 삼 개월."

"세월이 참 빠르게 흐른다." 테레사가 말했다. "얼마 안 있으면 우리는 노인이 될 거야."

그녀는 웃었고, 재규어는 '이제 어엿한 여자가 됐구나'라고 생각했다.

"네 어머니는?" 그녀가 물었다.

"몰랐어? 돌아가셨어."

"그거 아주 훌륭한 기회네." 말라깽이 이게라스가 말했다. "그애가 어떻게 했어?"

"멈춰 섰어." 재규어가 대답했다. 그는 입술에 담배를 물고서 자기가 뿜어낸 진한 연기가 도넛 모양을 이루는 걸 보았다. 그의 한 손은 더러운 테이블을 탁탁 치고 있었다. "'안됐어! 불쌍해라!'라고 하더라고."

"바로 그때 여자애한테 키스하고 뭐든 말했어야지." 말라깽이 이게라스가 말했다. "그때가 딱 적절한 순간이었는데."

"맞아." 재규어가 말했다. "불쌍한 우리 어머니."

그들은 입을 다물었다. 그러고서 계속 걸어갔다. 그는 주머니에 손을 넣고 그녀를 곁눈으로 쳐다보았다. 그러다 불쑥 말했다.

"너를 만나고 싶었어. 그러니까, 오래전에 말이야. 하지만 네가 어디에 있는지 모르겠더라고."

"아!" 말라깽이 이게라스가 말했다. "마침내 용기를 냈군!"

"응." 재규어가 말했다. 그는 사납게 담배 연기를 쳐다보았다. "그래."

"그랬구나." 테레사가 말했다. "이사한 후로 난 베야비스타에 발을 딛지 않았거든. 아주 오래전부터."

"네게 용서를 빌고 싶었어." 재규어가 말했다. "그러니까 그때 해변에서 있었던 일 말이야."

그녀는 아무 말도 하지 않았지만, 놀란 표정으로 그의 눈을 쳐다보았다. 재규어는 시선을 떨어뜨리고는 속삭였다.

"그러니까 너한테 욕했던 거 용서해줘."

"난 이미 오래전에 잊었어." 테레사가 말했다. "남자애들의 부질없는 행동이었지. 기억하지 않는 편이 더 나아. 게다가 경찰이 너를 데려간 다음, 나는 너무 슬프고 괴로웠어. 그래, 정말이야." 그녀는 그의 이마를 쳐다보았지만, 재규어는 그녀가 이미 과거를 보고 있다는 것을, 그리고 그녀의 기억 속에서 마치 부채처럼 그 과거가 펼쳐지고 있다는 것을 눈치챘다. "그날 저녁에 너희 집에 가서 너희 어머니에게 다 말씀드렸어. 경찰서로 너를 찾으러 갔는데, 경찰은 이미 너를 풀어줬다고 하더라. 나는 밤새 집에서 울었어. 무슨 일이 있었던 거야? 왜 안 돌아온 건데?"

"그 순간도 역시 키스하기에 알맞은 때였네." 말라깽이 이게라스가 말했다. 그는 자기 술잔에 담긴 피스코를 마시고서 두 손가락으로 그 잔을 들어 입술에 대고 있었다. "내가 보기에, 정말로 감정에 약해질 수 있는 시간이었어."

"테레사한테 다 말해주었어." 재규어가 말했다.

"다라니 뭐?" 말라깽이 이게라스가 물었다. "두들겨맞은 개 같은 얼굴로 나를 찾아왔다고 말했어? 네가 도둑놈이 되었고 매음굴을 드나드는 놈이 되었다고 말한 거야?"

"그래." 재규어가 말했다. "나는 내가 도둑질한 집이 어딘지도 다 말했어. 적어도 내가 기억하는 집들은 말이야. 선물 얘기는 안 했지만, 그애는 바로 그걸 짐작하더라고."

"너였구나." 테레사가 말했다. "그 모든 꾸러미를 보낸 사람이 너였어."

"아, 그래!" 말라깽이 이게라스가 말했다. "너는 수익 절반을 창녀들에게 쓰고, 나머지 반은 선물 사는 데 썼지. 정말 황당한 녀석!"

"아니야." 재규어가 말했다. "사창가에서는 거의 돈을 쓰지 않았어. 창녀들은 내게 돈을 안 받았거든."

"왜 그랬어?" 테레사가 물었다.

재규어는 대답하지 않았다. 그저 주머니에서 손을 꺼내 손가락을 만지작거렸다.

"나를 사랑했지?" 테레사가 말했다. 그는 그녀를 쳐다보았지만, 그녀의 얼굴은 빨개지지 않았다. 그녀는 차분하면서도 약간 궁금하다는 표정을 짓고 있었다.

"그래." 재규어가 말했다. "그래서 해변에서 녀석과 싸운 거야."

"질투났어?" 테레사가 물었다. 지금 그녀의 목소리에는 그를 당황하게 만드는 무언가가 있었다. 뭐라고 정확하게 말할 수 없는, 점잖으면서도 오만한, 예상치 못했던 힘이 서려 있던 것이다.

"그래." 재규어가 말했다. "그래서 너에게 입에 담지 못할 말을 했던 거고. 나를 용서해줘."

"그래." 테레사가 말했다. "하지만 넌 돌아와야 했어. 왜 나를 찾지 않았어?"

"창피했어." 재규어가 말했다. "하지만 한 번 돌아갔었어. 말라깽이가 경찰에게 잡혔을 때."

"내 얘기도 했단 말이야!" 말라깽이 이게라스는 자랑스러워했다. "정말 전부 다 얘기했구나."

"하지만 너는 없더라." 재규어가 말했다. "네 집에 다른 사람이 있었어. 그리고 우리집에도 다른 사람이 살고 있었고."

"난 항상 너를 생각했어." 테레사가 말했다. 그러고는 다 안다는 듯이 덧붙였다. "그 아이 기억나? 우리가 해변에 있었을 때 네가 때렸던 아이. 난 다시는 그 남자애를 만나지 않았어."

"한 번도?" 재규어가 물었다.

"응, 한 번도 안 만났어." 테레사가 대답했다. "그애는 더이상 해변으로 가지도 않더라." 그녀는 깔깔대며 웃었다. 도둑과 갈보집 이야기를 새까맣게 잊어버린 듯했다. 그녀의 눈은 아무런 근심 걱정도 없이 재미있다는 듯이 웃고 있었다. "겁먹은 게 분명해. 네가 다시 때릴 거라고 생각했을 거야."

"난 그놈을 죽도록 미워했는데." 재규어가 말했다.

"네가 학교 정문 앞에 와서 나를 기다렸을 때 기억나?" 테레사가 말했다.

재규어는 고개를 끄덕였다. 그는 그녀와 아주 가깝게 걷고 있었고, 가끔씩 그녀와 팔과 그의 팔이 스치곤 했다.

"여자애들은 네가 내 애인이라고 믿었어." 테레사가 말했다. "너를 내 '여보'라고 불렀지. 네가 항상 심각한 얼굴을 해서……"

"그럼 너는 어떻게 지냈어?" 재규어가 말했다.

"그래, 그거야." 말라깽이 이게라스가 말했다. "그 싸움 이후 그 여자애는 뭘 했대?"

"학교를 끝마치지 못했어." 재규어가 말했다. "사무실에서 비서로 일하게 되었어. 아직도 거기서 일해."

"그리고 또 뭘 했는데?" 말라깽이 이게라스가 물었다. "그동안 남자친구가 몇 명이나 있었어? 몇 번이나 연애했대?"

"남자친구가 한 명 있었어." 테레사가 말했다. "아마도 너는 그 사람한테 가서 마찬가지로 두들겨패겠지."

두 사람은 웃었다. 이미 그 블록을 여러 번 돌고 있었다. 그들은 잠시 길모퉁이에서 걸음을 멈추었고, 아무도 제안하지 않았는데 다시 돌기 시작했다.

"좋아!" 말라깽이가 말했다. "음, 잘 풀리고 있군. 또다른 이야기도 해주었어?"

"그 새끼가 그애를 차버렸어." 재규어가 말했다. "데이트 약속을 깨고는 그후로 다시는 안 찾아왔대. 그러다 어느 날 테레사는 그 새끼가 돈 많은 여자아이, 진짜 상류층 여자아이의 손을 잡고 걸어가는 걸 본 거야. 내 말이 무슨 의미인지 알지? 그애는 그날 밤 한숨도 못 잤대. 심지어 수녀가 되려고도 생각했다나."

말라깽이 이게라스는 배꼽을 잡고 웃었다. 그는 피스코 잔을 또 비우고서 종업원에게 또다시 잔을 채워달라고 손짓했다.

"그 여자애도 너를 사랑하고 있었어. 틀림없어." 말라깽이 이게라스가 말했다. "그렇지 않았다면, 너한테 절대 그런 이야기를 하지 않았을 거야. 여자들은 자존심이 엄청나게 세거든. 그래서 너는 어떻게 했는데?"

"그놈이 널 버렸다니 기뻐." 재규어가 말했다. "아주 잘된 일이야. 이제 너도 네가 내가 때린 놈과 함께 해변에 갔을 때, 내 심정이 어땠을지 알았을 테니까."

"그래서? 그러니까 여자애가 뭐래?" 말라깽이가 물었다.

"넌 복수만 생각하는구나." 테레사가 말했다.

그녀는 짐짓 그를 때릴 것처럼 굴다가 비아냥거리며 올렸던 손을 내리지 않고서 공중에 그대로 두었다. 그녀는 갑자기 수다스러워지더니 행복하면서도 허물없는 표정으로 그를 마주보았다. 재규어는 그를 때리려고 하던 그녀의 손을 잡았다. 테레사는 그가 그녀의 손을 잡아당기게 놔두고는 그의 가슴에 얼굴을 기댔다. 그리고 나머지 한 손으로 그를 껴안았다.

"그때 처음으로 그녀에게 키스했어." 재규어가 말했다. "여러 번. 그러니까 그녀의 입에 내 입을 맞췄다고. 그애도 나한테 키스했고."

"물론 그랬겠지." 말라깽이가 말했다. "그건 당연한 거야. 그러고서 언제 결혼했어?"

"얼마 후에." 재규어가 말했다. "보름 후였어."

"그렇게 빨리?" 말라깽이가 말했다. 다시 그는 피스코 잔을 손에 들고 노련하게 흔들었다. 투명한 술은 술잔 모서리까지 왔다가 되돌아가기를 반복했다.

"테레사가 다음날 은행 밖에서 나를 기다렸어. 우리는 잠시 산책을 하고 영화관에 갔어. 그날 밤 그애는 모든 걸 이모에게 말했고, 이모는 화를 냈다더군. 그애 이모는 나를 더이상 보고 싶어하지 않았거든."

"정말 대담하군!" 말라깽이 이게라스가 말했다. 그는 라임오렌지 반 조각을 빨아먹고서 이제 탐욕스럽고 열정에 사로잡힌 눈을 하고는 피스코 술잔을 입으로 가져가고 있었다. "그래서 넌 어떻게 했는데?"

"은행에 가불을 요청했어. 지점장은 좋은 사람이야. 내게 일주일 휴가를 주더라고. 그러면서 이렇게 말했어. '나는 사람들이 스스로 올가미에 머리를 집어넣는 모습을 보면서 즐거워하지. 자, 원한다면 어서 결혼해. 그리고 다음주 월요일 아침 여덟시 정각에는 출근하게.'

"그 염병할 이모 얘기 좀더 해봐." 말라깽이 이게라스가 말했다. "그 이모를 만나러 갔어?"

"그러고는 말이야." 재규어가 말했다. "바로 그날 밤에, 그러니까 테레사가 자기 이모 얘기를 해주었던 그날 밤에, 나는 테레사에게 나와 결혼하겠느냐고 물었어."

"그래." 테레사가 말했다. "나는 그러고 싶어. 그런데 우리 이모는?"

"지랄하려면 지랄하라고 해." 재규어가 말했다.

"정말 '지랄'이라고 말했다고 맹세할 수 있어?" 말라깽이 이게라스가 물었다.

"그래." 재규어가 대답했다.

"내 앞에서 그런 식으로 말하지 마." 테레사가 말했다.

"착하고 좋은 여자아이군." 말라깽이 이게라스가 말했다. "네 이야기로 보건대, 상냥하고 다정한 것 같아. 그 여자애네 이모에 대해 그렇게 말하지 말았어야지."

"이제는 그 이모와 잘 지내." 재규어가 말했다. "하지만 우리가 결혼하고서 찾아갔더니, 내 따귀를 때리더라고."

"성질이 대단한 여자군." 말라깽이 이게라스가 말했다. "어디서 결혼했어?"

"우아초에서 했어. 신부는 우리에게 혼인성사를 거행해주지 않으려고 했어. 혼인공시*를 비롯해 다른 절차가 제대로 이루어지지 않았다는 거야. 다른 절차가 어떤 건지는 나도 모르겠어. 덕분에 곤경에 처했지."

"익히 짐작이 되는구먼. 상상이 돼." 말라깽이 이게라스가 말했다.

"우리가 도망쳤다는 거 모르겠어요?" 재규어가 말했다. "지금 수중에 있는 돈도 다 떨어져간다는 걸 모르겠냐고요? 그런데 어떻게 일주일을 더 기다립니까?"

성물실 문이 열렸고, 재규어는 신부의 대머리 뒤로 교회 측벽 일부

---

* 결혼하는 신랑 신부에게 알려지지 않은 혼인장애가 있는지 알기 위해, 혼인하기 이 주 전에 본당에 게시하는 일.

분을 보았다. 은으로 만든 봉헌물들이 더럽고 금이 간 하얀 벽을 뒤덮고 있었다. 신부는 팔짱을 꼈는데, 겨드랑이가 둥지라도 되는 양 손을 넣어 온기를 느끼고 있었다. 그의 눈은 짓궂으면서도 다정해 보였다. 테레사는 재규어와 함께 있었다. 그녀의 입은 실룩거렸고, 눈은 두려움에 사로잡혀 있었다. 그러더니 갑자기 흐느꼈다.

"테레사가 우는 모습을 보자 화가 치밀어오르는 거야!" 재규어가 말했다. "나는 신부 멱살을 잡았지."

"안 돼!" 말라깽이가 말했다. "멱살을 잡았다고?"

"그래." 재규어가 대답했다. "숨이 막혀 신부 눈알이 튀어나오려고 하더라."

"얼마나 드는지 알아요?" 신부가 목을 비비면서 말했다.

"감사합니다, 신부님." 테레사가 말했다. "정말 고맙습니다, 신부님."

"얼마인가요?" 재규어가 말했다.

"얼마나 갖고 있지요?" 신부가 물었다.

"300솔이요."

"반만 내세요." 신부가 말했다. "내가 아니라 가난한 사람들을 위해 헌금하는 겁니다."

"그러고서 우리는 혼인성사를 받았어." 재규어가 말했다. "좋은 사람이었어. 자기 돈으로 와인 한 병을 사줬고, 우리는 성물실에서 와인을 마셨어. 테레사는 약간 취했지."

"그럼 이모는?" 말라깽이가 물었다. "괜찮다면 이모 이야기를 들려줘."

"우리는 다음날 리마로 돌아가서 이모를 만나러 갔어. 나는 우리가 결혼했다고 말하고 신부가 준 서류를 보여주었어. 바로 그때 내 따귀를 때렸지. 그러자 테레사가 화를 벌컥 내면서, 이모는 이기적이에요, 바보, 나쁜 사람, 하고 말했어. 결국 여자 둘이 울음을 터뜨렸고. 이모는 우리가 그녀를 버릴 거고, 그러면 자기는 개처럼 비참하게 죽게 될 거라고 하더라고. 우리와 함께 살게 될 거라고 약속했지. 그랬더니 마음을 가라앉히고서 이웃사람들을 불러다가 결혼을 축하해야 한다고 하더라. 약간 심술궂긴 하지만 그다지 나쁜 사람은 아니야. 이제는 날 못살게 굴지도 않고."

"나 같으면 그런 여자랑은 못 살 것 같아." 말라깽이 이게라스가 말했다. 그러고는 갑자기 재규어의 이야기에 관심을 잃은 듯 보였다. "나는 어렸을 때 할머니와 살았어. 미친 여자였지. 하루종일 혼잣말을 했고, 있지도 않은 암탉들을 쫓아다녔다니까. 그리고 나를 놀라게 했어. 늙은 여자를 볼 때마다, 우리 할머니가 떠올라. 난 늙은 여자와는 같이 못 살 거야. 다들 약간 미쳤거든."

"이제는 뭐할 거야?" 재규어가 물었다.

"나 말이야?" 말라깽이 이게라스가 놀라서 물었다. "모르겠어. 지금은 술을 마셔야겠어. 그런 다음에 결정할 거야. 좀 걷고 싶어. 거리에 나가본 지 꽤 되었거든."

"괜찮다면 우리집에서 머물러도 돼." 재규어가 말했다. "일자리를 찾을 때까지."

"고마워." 말라깽이 이게라스가 웃으면서 말했다. "그런데 생각해보니 그건 아닌 것 같아. 아까 말한 것처럼, 나는 늙은 여자들이랑은 못

살아. 게다가 네 아내는 나를 싫어할 게 분명해. 아마 내가 출옥했다는 것도 알리지 않는 게 나을 거야. 언제 한번 네가 일하는 은행으로 찾아갈 테니까 술이나 한잔 마시자. 나는 친구들과 대화하는 게 좋더라. 하지만 우리가 자주 만날 수는 없을 거야. 네가 느닷없이 남부끄럽지 않은 사람이 됐잖아. 나는 그런 사람들과 어울리는 거 별로 안 좋아해."

"계속 예전처럼 살 거야?" 재규어가 말했다.

"도둑질을 말하는 거야?" 말라깽이 이게라스는 이맛살을 찌푸렸다. "아마 그럴 거야. 왜 그런지 알아? 속담에서 말하듯이 제 버릇 개 못 준다잖아? 하지만 지금은 잠시 리마를 떠나고 싶어."

"난 네 친구야." 재규어가 말했다. "내 도움이 필요하면 언제든지 알려줘."

"그래, 그렇게 할게." 말라깽이가 말했다. "내가 마신 술값 좀 내 줘. 난 한 푼도 없거든."

해설 ▍

바르가스 요사의 첫번째 소설이 매력적인 이유

1. 작품의 출간 과정

『도시와 개들』은 2010년 노벨문학상을 받은 페루 작가 마리오 바르가스 요사의 첫번째 장편소설이자, 동시에 '붐 소설'로 알려진 라틴아메리카 현대소설이 유럽에 본격적으로 알려지게 만든 첫 작품이다. 그러니까 유럽과 미국 중심으로 이루어졌던 세계문학의 지각을 뒤흔든 최초의 현대 라틴아메리카 소설인 셈이다. 이 작품을 시작으로 미국과 유럽은 보르헤스와 가르시아 마르케스 등을 발굴하게 된다. 바르가스 요사는 『도시와 개들』을 1958년 가을에 마드리드에서 쓰기 시작해서 1961년 파리의 다락방에서 탈고했다. 이 소설은 출간되지 않은 혁신적인 소설에 수여하는 스페인의 비블리오테카 브레베 상을 1962년에 수상했으며, 1963년에 출간되자마자 스페인 비평상을 받았다.

페루의 리마에 있는 레온시오 프라도 군사고등학교를 배경으로 전개되는 『도시와 개들』은 작가가 1950년부터 이 년 동안 그곳에서 공부하며 겪었던 경험에 바탕을 두고 있다. 1956년 무렵 바르가스 요사는 작가가 되기로 마음먹으면서, 첫번째 소설은 그 학교의 경험을 쓴 글이어야 한다고 생각했다. 이 작품을 쓰고 수정하는 과정은 힘들었다고 한다. 바르가스 요사는 1959년에 페루의 비평가 아벨라르도 오켄도에게 쓴 편지에서 이렇게 고백했다. "나는 앞으로 나아갔다가 뒤로 물러섭니다. 정말 힘겨운 일입니다…… 나는 한 페이지를 수정하거나 대화를 마무리하면서 여러 시간을 보내고는, 이내 쉬지 않고 열두어 페이지를 써내려갑니다. 이 작품이 어떻게 마무리될지는 모르지만, 나는 이 작품에 푹 빠진 것 같습니다."

바르가스 요사는 『도시와 개들』 초고를 스페인어권의 여러 출판사에 보내지만, 모두가 출판을 거부했다. 1959년에 출간한 단편집 『두목들』로 스페인에서 레오폴도 알라스 문학상을 받았지만, 그는 여전히 세상에 알려지지 않은 작가였다. 그러다 이 작품을 스페인어 문학 연구자이자 비평가인 클로드 쿠퐁에게 보여줄 기회를 얻게 되고, 쿠퐁은 이 작품에 매료된다. 쿠퐁은 바르셀로나에 있는 세익스 바랄 출판사의 카를로스 바랄에게 이 작품의 출간을 의뢰한다. 그 사람만이 당시 프랑코 체제의 검열을 피할 방법을 찾아낼 수 있는 유일한 출판인이라고 생각했기 때문이다.

사실 카를로스 바랄은 『도시와 개들』의 원고를 읽기 전에 자문위원들로부터 이 작품에 대해 매우 부정적인 보고서를 받았다. 하지만 지루하고 따분했던 어느 날, 그는 출판사 사무실의 책상 서랍에 보관했던 원고를 발견하고서 그것을 읽는다. 그는 첫 장면부터 흠뻑 빠지고, 그 작품을 널리 알리기 위해 모든 수단을 동원하겠다고 마음먹는다. 그리고 바르가스 요사에게 비블리오테카 브레베 상에 응모하라고 제안하고, 예상대로 이 소설은 상을 탄다. 심사위원 중 한 사람인 유명한 문학비평가 호세 마리아 발베르데는 심사평에서 이 작품을 이렇게 평가했다. "나는 이론적으로 소설이라는 장르는 죽었다고 확신했으나, 지금 이토록 예외적인 작품을 마주하고 있다는 분명한 진실 앞에서 그 생각을 접어야만 했다. 심사위원 만장일치로 1962년 비블리오테카 브레베 상을 수여하면서, 나는 기자에게 이 작품은 『돈 세군도 솜브라』 이후 스페인어권 최고의 소설이라고 말했다."

이후 프랑코 체제의 검열을 피하기 위한 협상이 진행된 끝에, 마침내 이 작품은 1963년에 출간된다. 전하는 말에 따르면, 프랑코 정권의 검열관들은 도저히 수용 불가능한 몇몇 단어를 수정하라고 지시했다. 가령 대령이 '고래 같은 배'를 가졌다는 말은 군 기관을 조롱하는 표현이니, 다른 말을 사용하라고 지시한 것이다. 군사고등학교의 군종신부가 창녀촌을 어슬렁대는 대목에서는 '창녀촌' 대신 '사창가'라는 단어로 대체하여 검열을 피했다고 한다.

2. 제목에 관하여: '도시와 개들'의 의미

바르가스 요사는 원래 이 작품의 제목을 '영웅의 거처'라고 붙이려고 생각했다. 이후 '사기꾼들'이라고 바꾸었지만, 이 제목에도 그리 만족하지 않았다. 그러던 중 리마에서 비평가 호세 미겔 오비에도를 만난다. 그의 작품을 읽은 오비에도는 군사고등학교가 있는 해안 지역이 항상 안개에 덮여 있으며 작품 속에서 안개가 자주 언급된다는 점에 착안하여, '도시와 안개'라는 제목을 제안한다. 그러나 바르가스 요사가 이 제목도 탐탁지 않게 여기자, 신입생들을 지칭하는 '개'라는 은어를 사용하여 '도시와 개들'이라는 제목을 다시 추천한다. 바르가스 요사는 기뻐하면서 "이게 바로 내가 찾던 제목이에요!"라고 외쳤고, 그렇게 그의 첫번째 소설 제목이 붙여진다.

이 일화는 바르가스 요사가 작품의 제목을 얼마나 오랫동안 사색하고 고심했는지 잘 보여준다. 작품의 제목을 가장 먼저 정한 것이 아니라, 마지막 단계에 이르러 결정된 제목은 작품의 의미를 함축적으로 보여주는 것이자, 작품의 일부이기도 하다.

바르가스 요사가 처음 생각한 제목 '영웅의 거처'는 이 소설의 무대가 되는 레온시오 프라도 군사고등학교를 지칭한다. 레온시오 프라도는 페루의 해군 장교로, 쿠바와 필리핀에서 여러 차례 스페인에 맞서 싸운 전쟁 영웅이다. 레온시오 프라도 군사고등학교의 운동장에는 그의 동상이 세워져 있다. 그야말로 '영웅의 거처'인 것이다. 또다른 제목인 '사기꾼들'은 이 작품의 등장인물들이 지닌 특성과 밀접한 관련이 있는 제목이다. 바르가스 요사가 제사로 사르트르의 『킨』을 인용했다는 사실을 생각하면 쉽게 이해가 된다.

그렇다면 바르가스 요사는 왜 '도시와 개들'이라는 제목에 환호했을까? 앞서 말한 것처럼 '개'는 신입생들이다. 그리고 '도시'는 레온시오 프라도 군사고등학교가 있는 리마를 지칭한다. 제목에서는 '와'라는 접속조사가 '도시'와 '개들'을 서로 연결하고 있다. 다시 말해, 학교 생도들과 리마의 관계가 암시되어 있는 제목인 것이다. 기묘하게도 영어 판은 '영웅의 시대'라고 번역되면서, 바르가스 요사가 처음 생각했던 제목을 충실하게 따른다. 그러나 원제목에 함축된 의미는 제거되어 있다. 이 점에 대해 바르가스 요사는 이렇게 말한다.

"내 소설『도시와 개들』영역본의 제목은 '영웅의 시대'입니다. 나는 여기서 그 제목이 마음에 들지 않았다는 사실을 지적하고 싶습니다. '영웅의 시대'에는 '도시와 개들'에 담긴 의미가 드러나지 않습니다. 하지만 출판인은 그 제목을 선택했습니다. 나는 '도시와 개들'로 하자고 제안했지만, 그는 그 제목이 전혀 매력적이지 않다고 하더군요, 그래서 보다 독자들의 이목을 끌 수 있는 제목이 선택되었지요."

그렇다면 레온시오 프라도 군사고등학교는 리마를 의미하는 소우주일까? 페루의 모든 인종과 사회계층이 한데 어우러져 있으며, 불평등, 범죄와 약탈, 허위고발과 부패, 체념과 마초이즘이 횡행하는 곳이라는 점에서 군사학교는 리마의 소우주라고 볼 수 있다. 또한 사회계층 간의 계급이 존재한다는 면에서도 그렇다. 즉, 이 소설의 주요 무대가 되는 레온시오 프라도 군사고등학교는 학교라는 공간만을 의미하는 것이 아니라 또하나의 리마로서 작용하는 것이다. 이 공간은 리마, 아니이 세상의 그 어떤 도시도 폭력으로 점철되지 않은 곳이 없으며, 편안하고 안락한 삶을 살 수 있는 곳 또한 없음을 보여준다. 가령『도시와 개들』의 생도들은 주말에 학교를 벗어나면 '정상적인' 사람으로 행동하려고 애쓰지만, 그들이 사는 가정과 공동체의 현실은 학교 내에 존

재하는 권력구조를 그대로 드러내며 학교와 같은 사회구조를 재확인
시켜준다. 이런 폭력 이외에도, 사회적·인종적 편견과 다양한 이해관
계로 생겨난 악습이 지배하는 사회라는 점에서도 어느 정도 일치한다.

　이 작품에서 군사고등학교는 학생들을 훌륭하게 가르쳐 페루 사회
에 진출시키려는 목적을 지닌 교육기관이다. 그러나 학생들은 그곳에
서 '복종과 노력과 용기'라는 미덕이 아니라, 그것을 위반하는 방법을
배운다. 그런 점에서 학교는 바로 겉으로는 훌륭한 품행과 도덕성을
강조하지만 실제로는 부정과 악덕에 지배되는 사회이다. 기숙생들은
무차별적으로 학교의 규정을 위반하면서 선생님들의 감시를 비웃는
다. 페루 사회에서 말하는 도덕성이란 타락하고 야비하며 파렴치한 상
태를 위장하는 허울에 불과하다는 점에 비춰보면, 이것은 학교와 사회
가 그리 다르지 않다는 사실을 보여준다.

3. 작품의 구조와 문학 기법

　『도시와 개들』에서 산골 촌놈, 왕뱀, 곱슬머리, 그리고 재규어는 '왕
초 그룹'이라고 불리는 비밀그룹을 이루는 단원들이다. 어느 날 밤 그
들은 화학시험지를 훔치기로 계획한다. 보초를 서던 '노예' 리카르도
아라나는 '산골 촌놈' 카바가 학교 강의실로 가는 모습을 본다. 카바는
시험지를 훔치고, 이후 시험지가 도난당했다는 사실이 드러난다. 그러
나 학교는 범인을 찾지 못하고, 그에 대한 처벌로 생도 전원에게 외출
금지 명령이 내려진다. '노예'는 사랑하는 테레사를 만나고 싶은 마음

을 참지 못해 카바가 훔쳤다는 사실을 학교 당국에 밀고하고, 카바는 퇴학당한다. 얼마 후 군사훈련 도중 노예는 총탄에 맞아 죽는다. '시인' 알베르토 페르난데스는 그를 죽인 범인이 재규어라고 고발하지만, 학교 당국은 학교의 명예가 실추될 것이 두려워 자살이라고 발표하면서 사건을 은폐한다.

이 이야기는 여러 복잡한 구조와 문학 기법을 통해 구현된다. 이 문학기법의 의미에 관해 바르가스 요사는 이렇게 말했다. "1960년대부터 나는 문학이란 기본적으로 형식이라고, 그 어떤 이야기든 위대해질 수도 엉망진창이 될 수도 있다고, 모든 것은 이야기 자체가 아니라 그것을 이야기하는 방식에 달려 있다고 굳게 믿어왔습니다." 그는 형식의 혁신을 강조했고, 이 신념은 일회적이 아니라 그의 기나긴 항적에 중요한 좌표가 된다.

그럼 우선 구조를 살펴보자. 이 소설은 제1부와 제2부, 그리고 에필로그로 구성되어 있다. 제1부에는 사르트르의 『킨』에서 인용한 "우리는 겁쟁이라서 영웅 역할을 하고, 사악하기에 성인 역할을 합니다. 우리는 이웃을 죽이려 안달하기에 살인자 역할을 하고, 선천적으로 거짓말쟁이라서 연기를 합니다"라는 제사가 실려 있다. 제2부에서는 폴 니장의 "나는 스무 살이다. 그 누구도 스무 살이 인생에서 가장 아름다운 나이라고 말하지 못하게 할 작정이다"라는 문구를 인용했는데, 이는 청소년기에서 어른으로 옮겨가는 과정의 어려움을 암시한다. 제1부와 제2부는 각각 8개의 장으로 구분되어 있으며, 각 장은 한 개부터 열 개까지의 일화로 이루어져 있다. 이를 좀더 자세하게 살펴보면 다음과 같다.

	제1부	제2부
제1장	5개 일화	10개 일화
제2장	6개 일화	4개 일화
제3장	5개 일화	6개 일화
제4장	10개 일화	5개 일화
제5장	6개 일화	4개 일화
제6장	2개 일화	3개 일화
제7장	5개 일화	3개 일화
제8장	1개 일화	3개 일화
에필로그	3개 일화	
총 일화 수	81개	

이 구조에서 볼 수 있는 작품의 파편화 현상은 공간뿐만 아니라 시간적 차원으로 확대되면서, 현재와 과거, 리마와 군사고등학교를 오가게 만든다. 이 구조는 다양한 문학 기법과 함께 더욱 복잡해지면서, 문학비평가와 연구자에게 일종의 도전이 된다. 이런 작품 중에는 골치 아프고 따분한 글도 있지만, 『도시와 개들』은 긴장과 극적인 요소로 가득하여 독자를 완전히 몰입하게 만드는 힘있는 작품이다. 그것은 바르가스 요사가 이 작품에서 완전히 혁신적인 기법을 사용하는 것이 아니라, 전통적 소설 기법과 혁신적 문학 기법의 대화적 관계를 모색하기 때문이다. 그는 직선적 시간, 일관된 관점, 전지적 시점이나 혹은 일인칭 서술, 작중 인물을 분명하게 묘사하는 사실주의와 맞선다. 즉, 사실

주의의 본질적 범주를 어우르면서도 다양한 관점과 모호한 서술, 그리고 시간 순서를 따르지 않는 서술, 회상 기법을 사용하면서 사실주의 너머의 공간을 정복하는 모험을 감행하는 것이다.

이런 이유로 독자들은 작품에 몰입하면서도 몇몇 화자의 신원을 바로 파악하지 못한다. 대표적인 경우가 에필로그가 나타날 때까지 드러나지 않는 내면 독백의 화자이다. 그 화자는 말라깽이 이게라스의 친구로 항상 베야비스타광장 근처를 배회한다. 이 일인칭 화자는 제1부 제3장에서 처음 모습을 보인다. 여기에서 나타나는 그에 대한 정보는 형제가 한 명 있으며, 그의 아버지가 죽었고, 테레사라고 불리는 친구와 함께 공부한다는 것이다. 얼마간은 그 화자의 신원에 대한 정보를 더는 알 수 없다. 그래서 그 순간까지 모습을 드러낸 인물들을 기반으로, 독자는 그가 왕뱀이나 재규어라고 추측할 수밖에 없다.

하지만 이후 '시인' 알베르토가 주요 인물 중 하나라는 사실이 분명하게 드러나면서, 신원을 알 수 없는 화자의 내면 독백이 알베르토의 유년 시절에 관한 또다른 관점이 될 수도 있다는 의혹이 생겨난다. 그러다 제1부 제4장에서 알베르토의 아버지는 죽지 않았다는 정보가 나오는 것이다. 한편 알베르토와 테레사와의 관계는 혼란을 가중시킨다. 리카르도 아라나와 알베르토의 어린 시절 이야기는 삼인칭 시점으로 서술되지만, 마지막 화자는 제2부가 상당히 진행될 때까지 밝혀지지 않는다. 제2부 제7장에 이르러 마지막 회상 장면이 나오면서 독자는 마침내 그 화자의 신원이 밝혀질 것이라고 기대하게 되지만, 이 일화 역시 다른 두 화자의 일화와 마찬가지로 화자가 레온시오 프라도에 입학하면서 끝날 뿐이다. 이 의문은 에필로그에 이르러서야 해결된다.

재규어와 말라깽이 이게라스는 다시 한번 만나, 각자의 경험을 되짚는다. 이번에는 드디어 서술이 일인칭 대신 삼인칭으로 이루어지며, 그동안 밝혀지지 않은 화자가 재규어라는 사실이 이 부분에서 언급된다. 소설의 마지막에서 마침내 조각들이 맞춰지는 것이다.

전체적인 작품의 흐름을 살펴보면, 이 작품은 어느 사건의 한가운데에서 시작한다. 바로 화학시험지를 훔치는 사건이다. 그러면서 이후의 상황을 시간 순서에 따라 전개하지 않고, 과거의 이야기들을 서로 엇갈려 삽입한다. 이 일화들은 중심인물들('노예' 리카르도 아라나, '시인' 알베르토 페르난데스, 그리고 서술 순간에는 확인되지 않지만, 나중에 재규어로 밝혀지는 제삼자)의 삶과 연결된다. 서로 평행적으로 서술되는 이 일화들은 생도들이 군사고등학교에 처음 입학하는 시기, 혹은 그들의 어린 시절이나 고등학교 입학 전 시기로 되돌아가곤 한다. 이런 플래시백 서술 기법은 독자에게 등장인물들과 그들이 자라난 장소와 환경에 대해 보다 많은 정보를 제공한다. 이야기는 전체적으로 여러 시간과 장소에서 전개되면서, 함께 앞으로 나아간다. 여러 사건들이 복잡하게 전개되면서, 이야기를 시작한 사건이 어떤 의미를 갖는지가 서서히 밝혀진다.

4. 바르가스 요사, 사르트르, 플로베르, 포크너

『도시와 개들』의 내용과 형식을 이야기할 때면 사르트르와 플로베르, 그리고 포크너의 영향을 빼놓을 수 없다. 바르가스 요사는 2010년 노벨문학상 수상 연설문에서 이렇게 말한다. "플로베르는 내게 재능이란 집요한 훈련과 깊은 인내심이라는 사실을 가르쳐주었고, 포크너는 주제의 가치를 높이는 것도 망치는 것도 모두 형식, 즉 문체와 구조라는 사실을 가르쳐주었습니다. (…) 사르트르에게서는 단어란 행위이며, 지금 현재와 최선의 선택지에 관여한 소설, 희곡, 혹은 수필은 역사의 흐름을 바꿀 수 있다는 것을 배웠습니다."

이중에서도 가장 눈에 띄는 것은 사르트르이다. 이 소설은 사르트르의 작품을 제사로 쓰고 있으며, '서문'에서 바르가스 요사는 자신이 참여문학에 관한 사르트르의 주장을 믿었다고 언급한다. 그러나 그 외에도, 사르트르의 독자라면 존재론적 불안감, 인간 행위에 대한 도덕적 의문, 개인의 자유와 사회적 책무 사이의 모호한 관계를 보여주는 상황이 곳곳에 있다는 것을 알 수 있으리라.

사르트르의 영향은 바르가스 요사가 제1회 로물로 가예고스 국제문학상을 타면서 발표한 연설문 「문학은 불」에서 잘 나타난다. "저는 그런 사회에 문학은 불이라고, 문학은 반체제와 반항을 의미하며, 작가의 존재 이유는 항변과 반대와 비판이라는 것을 알려주고자 합니다. (…) 문학적 소명 의식은 사람이 세상과 불화를 이루는 데서, 즉 자기 주변의 결함과 틈과 찌꺼기를 직관하는 데서 탄생합니다. 문학은 영원한 반란의 형식이며 구속이나 속박을 허용하지 않습니다." 인간의 자유와 존엄성의 가치를 파괴하려는 정치적·사회적 억압에 대한 투쟁에 참여하는 것이 문학과 작가의 진정한 임무이자 책임이라는 참여문학 사상을 엿볼 수 있는 대목이다.

그러나 바르가스 요사는 사회적 결점을 직관하여 저항하는 데 그치지 않고, 작품 속에서 기존 세상을 수정하면서 새로운 현실을 구성한다. 소설을 통해 자신을 둘러싼 내부와 외부의 세상에 도전하는 것이다. 이런 개념에 바탕을 두고 바르가스 요사는 자신이 레온시오 프라도 군사고등학교에서 보낸 경험을 바탕으로 페루 사회의 혼란스러운 사회를 재창조한다. 그리고 페루의 정치사회적 부패를 날카롭게 비판한다. 이것은 바르가스 요사가 사르트르의 문학 개념을 받아들였다고는 하나, 그의 작품은 사르트르가 말하는 실존주의 문학과는 상당한 차이가 있음을 의미한다. 그는 선전활동을 위해 의식적으로 만들어진 참여문학은 형편없는 작품이 된다는 것을, 작가의 가장 중요한 의무는 잘 쓰는 것이며 문학 창작과 정치적 열정은 창작 과정을 통해 분리된다는 것을 보여준다.

한편 문학 기법 면에서 바르가스 요사는 플로베르와 포크너에게 많은 빚을 진 것으로 보인다. 그가 1975년에 출간한 플로베르에 관한 비평서 『영원한 향연』에는 이런 대목이 있다. "눈에 보이지 않는 화자란 플로베르가 주창한 몰개성 이론의 축이며, 그 생각을 실천에 옮길 수 있도록 해주는 도구이다. 플로베르는 『마담 보바리』를 쓰면서, 예술작품은 자족적이라는 인상을 주어야 하며 이를 위해서는 불가피하게 화자가 사라져야 한다고 확신하기에 이르렀다."

바르가스 요사는 플로베르의 이런 생각을 휘저어서 현실을 예술적이며 세련된 소설로 변화시킨다. 그는 작중 인물들에게 화자의 역할을 배분하지만, 때로는 화자가 대화 속에 숨어서 레온시오 프라도 학교의 이야기와 사회적 배경을 형성하는 리마의 환경과 상황을 들려주기도 한다. 사건은 인과관계에 따라 일어나는 게 아니라, 무질서하고 생생하게 움직여 독자를 당황스럽게 만든다. 여러 화자가 존재한다는 사실은 이 작품이 다양한 관점에서 표현된다는 인상을 준다. 재규어의 목소리를 끝까지 숨기는 것 또한 플로베르의 영향으로 보인다.

이후 포크너의 방식이 아주 선명하게 드러난다. 바로 소설의 구조적 도안, 즉 이야기를 파편화시키면서 이야기하는 방식이다. 바르가스 요사의 대표적 비평가인 에프라인 크리스탈은 "『도시와 개들』은 윌리엄 포크너의 소설 『8월의 빛』에 분명한 빚을 지고 있다. 실제로 바르가스 요사는 『도시와 개들』을 작업할 때 이 작품을 열심히 읽었다"라고 밝힌다. 실제로 두 소설에서 사용된 문학 기법은 매우 유사하다. 이야기는 범죄 수사를 중심으로 전개되고, 핵심 용의자는 주변 상황 때문에 범죄를 저지르는 인물이라는 점이 일치한다. 그리고 포크너의 작품은 아흐레간 일어난 일을 다루고 바르가스 요사의 작품에서 사건은 삼 년에 걸쳐 일어나지만, 주요 인물 세 명의 과거가 모두 플래시백을 통해 표현된다는 점도 같다. 또한 포크너처럼 바르가스 요사 역시 리카르도 아라나가 살해당한 것인지 자살한 것인지 혹은 사고로 죽은 것인지를 분명하게 밝히지 않으면서 이야기를 더욱 복잡하게 만든다.

5. 인종 간의 계급과 사회계층

『도시와 개들』을 이해하기 위해서는 페루에 존재하는 다양한 인종들과 그들 사이의 관계를 알 필요가 있다. 주로 해안지방에 사는 백인 주민은 '흰둥이'라고 언급된다. 경멸의 뜻을 지닌 호칭이다. 또다른 그룹은 '촐로'로, 외모 혹은 생활 습관이 원주민과 유사한 혼혈을 지칭하는 용어이다. 알베르토는 레온시오 프라도 군사고등학교를 '혼혈들로 가득한 학교'라는 이유로 멸시한다.

이 혼혈 아래에는 '산골 촌놈'이 위치한다. 이들은 안데스산맥의 원주민 혈통에 속하며 외양은 '혼혈'과 비슷하게 생겼지만, 아직 페루의 도시 사회에 덜 흡수된 사람들이다. 레온시오 프라도 학교의 혼혈 생도인 왕뱀은 산골 촌놈들을 툭하면 멸시한다. 그는 그들을 멍청이에 고집쟁이, 겁쟁이, 악취 풍기는 위선자라고 여긴다. 심지어 같은 왕초 그룹의 일원인 카바를 두고도 이렇게 묘사한다. "정말 끝내주는 머리카락이야! 난 어떻게 머리카락이 그토록 빳빳할 수 있는지 이해가 안 돼. 난 그가 그 머리카락을 부끄러워한다는 사실을 알고 있어. 그는 머리카락을 눕히려고 애를 쓰고, 도통 정체를 알 수 없는 머릿기름을 사서는, 그 기름을 잔뜩 발라서 머리카락이 일어나지 못하게 해. (…) 하나, 둘, 셋, 넷. 그리고 열을 세기 전에 이미 머리카락이 곤두섰고, 그의 얼굴은 창백해졌어. (…) 그것, 그러니까 머리카락이 바로 산골 촌놈들을 가장 괴롭혔던 거야." 지독한 인종주의자인 왕뱀은 털북숭이 카바가 이마를 면도하는 모습을 발견하고 괴롭힌 일을 떠올리며 즐거워하기도 한다. '산골 촌놈'에게는 다른 생도들도 마찬가지로 잔인하다. 알베르토마저도 비밀 포커게임에 초대를 받자 거부하면서, "난 산골에서 온 촌놈들하고 카드놀이는 안 해"라고 말한다.

소설 안에서 흑인과 삼보(원주민과 흑인의 혼혈)는 함께 묶여 '검둥이'라는 멸칭으로 불린다. 그들은 '산골 촌놈'보다 더 못한 대접을 받는다. 알베르토는 이렇게 말한다. "어떻게 검둥이를 믿을 수 있겠어."

"바야노의 눈을 보면 그가 모든 검둥이처럼 겁쟁이라는 게 읽혀." 그래서 검둥이 바야노는 종종 학급 동료들 사이에서 비웃음과 비아냥거림의 대상이 되며, '검둥이'가 그들을 침묵시키기 위해서는 힘을 휘두르는 수밖에 없다.

바르가스 요사는 『도시와 개들』에서 사회계층의 문제도 다룬다. 미국에 가서 공부할 수 있는 상류층부터 군대 아니면 거리로 나서야 하는 하류층까지 다양하게 모여 있는 레온시오 프라도 군사고등학교에서도 눈에 띄는 관계는 바로 두 백인(엄격히 말하면 혼혈 백인)인 알베르토와 재규어다.

알베르토는 미라플로레스라는 비교적 부유한 동네 출신이며, 그의 부모는 경제적으로 안락한 중산층이다. 그의 어린 시절은 축구, 해변에서의 방학, 여자아이들과의 데이트, 시험 등등으로 가득하다. 그는 레온시오 프라도라는 새로운 세계로 들어가지만, 그곳에서 다른 동료들과 뒤섞이지 않는다. 알베르토가 레온시오 프라도에서 소외되지 않고 어느 정도의 위치를 차지하는 방법 역시 부유한 계층의 특권인 글이다. 그의 뿌리는 계속 미라플로레스이며, 그곳에서 그는 편안한 느낌을 받는다. "그들은 주변을 둘러보고 자신에게 미소 짓는 얼굴과 자신들의 언어로 말하는 목소리를 찾는다. 그것은 테라사스 클럽의 수영장이나 미라플로레스의 해변, 에라두라 해변, 레가타스 클럽, 리카르도 팔마나 레우로 혹은 몬테카를로 영화관에서 수없이 보았던 그 얼굴들이다. 토요일 파티에서 그들이 보았던 바로 그 얼굴들이다. 그러나 그들은 단지 살라사르공원에서 일요일 데이트를 즐기기 위해 도착하는 자신과 같은 젊은이들의 외모나 피부색 혹은 언행만 알고 있는 게 아니다. 또한 그들의 삶과 그들의 문제와 그들의 야심도 익히 알고 있다." 결국 알베르토는 레온시오 프라도 학교에서 나와 자기가 편안하게 느끼는 세상으로 되돌아간다.

반면 재규어는 백인이면서도 계급의 경계선에 있는 사람이다. 그의 형은 도둑이었으며 재규어 역시 돈을 벌기 위해 도둑질에 가담한다. 레온시오 프라도에 들어와서는 폭력을 통해 빠르게 조직의 두목이 되지만, 결국 그는 어디에도 속하지 못한 채 다른 생도들에게 비난을 받으며 소외되고 만다. "저는 그놈들이 남자가 되도록 가르쳤습니다. 그런데 1반 생도들은 이제 저에게 등을 돌렸습니다. (…) 빌어먹을 놈들이고 배신자들입니다."

테레사 역시 사회계층의 차이를 잘 보여주는 인물이다. 알베르토는 친구 리카르도 아라나가 그녀와의 약속에 갈 수 없게 되자, 그 소식을 전해주러 갔다가 그녀와 처음 만난다. 그런데 알베르토가 레온시오 프라도 군사고등학교 교복을 입은 모습을 보고, 테레사의 이모는 리카르도 때문에 약속해놓은 시간에 알베르토와 데이트할 것을 적극적으로 권한다. 알베르토에게 레온시오 프라도 학교는 자기보다 열악한 계층의 또래를 처음으로 만나게 된 곳이지만, 테레사와 그녀의 이모가 사는 세계에서 보면 매우 훌륭한 교육기관인 것이다. 페루 사회에서 이런 사회계층의 차이를 뛰어넘을 수 있는 가장 손쉬운 수단은 바로 '결혼'이다. 재규어는 테레사보다 더 가난하고 낮은 계층의 사람이다. 테레사의 이모가 알베르토는 반기면서도 재규어는 꺼리는 것은 이 때문이다.

6. 새로운 독자와 현대의 고전

1963년에 출간된 『도시와 개들』은 기존의 전통과 단절하고 이야기 쓰는 방식을 바꾼 대표적인 작품이다. 이런 작품은 어떻게 만들어질 수 있을까? 의심의 여지 없이, 그것은 모험정신에 바탕을 두면서도 매력적이고 탄탄한 이야기를 지니고 있어야 하고, 혁신적인 문학 기법의 도움도 받아야 한다. 거기에 더해 창의적 협력자, 즉 새로운 독자의 존재도 중요하다. 조이스와 포크너, 플로베르와 사르트르의 열렬 독자였던 마리오 바르가스 요사는 잘 훈련되고 근면한 작가다. 그는 조숙했고 성실했으며, 많이 읽고 그만큼 많이 썼다. 거기에 더해 살면서 수많은 역경을 견뎌내기도 했다. 그리고 이런 경험을 바탕으로 탄탄한 줄거리를 구성한다.

『도시와 개들』은 조이스와 포크너, 혹은 플로베르의 문학 기법을 발전시켰거나 재정리한 혹은 다시 무질서하게 만든 라틴아메리카 소설의 대표작이다. 그래서 소설적 시간과 공간은 교차하고, 서로 대립하는 관점이 나타나면서 여러 인물의 내면과 외면의 목소리를 보여준다. 겉으로 보기에는 무질서하고 혼란스럽지만, 거기에는 하나의 목표가 있다. 그렇게 혁신적인 기법과 탄탄한 줄거리를 통해 독자들을 작품에 몰입하게 만들면서, 작품 속에서 일어나는 일을 읽게 하고 그 의미를 스스로 깨닫게 하는 것이다.

예를 들어 『도시와 개들』을 읽고 독자는 이런 의문을 가질 수 있다. 과연 재규어가 노예를 죽인 범인일까? 아니면 학생들 사이에서 지배력을 되찾기 위해 허위로 자백한 것일까? 바르가스 요사는 독자의 진실이 작가의 진실보다 더 중요하다고 여기며, 여기서 새로운 독자가 탄생한다고 생각한다. 즉, 작가는 자기가 쓴 작품에 이건 이렇고 저건 저렇다고 설명을 붙이지 않아야 하며, 자기 작품이라 해도 작가의 의견이 가장 올바른 것은 아니라고 주장하는 것이다. 이와 관련한 일화가 있다.

"나는 위대한 프랑스 비평가를 만나러 유네스코에 있던 그의 사무실로 갔습니다. 당시 갈리마르 출판사에서 문학위원회를 이끌고 있던 사람이죠. 그는 내 소설을 읽었다면서, 재규어라는 인물이 마음에 든다고 했습니다. 동료들 사이에서 권위를 되찾기 위해 저지르지도 않은 범죄를 저질렀다고 자백하는 인물이라면서요. 내가 이렇게 말했죠. '재규어가 한 짓이 맞는데요.' 그랬더니 그가 나를 쳐다보고는 이러는 겁니다. '당신이 잘못 알고 있는 겁니다. 당신은 당신 소설을 이해 못하는군요. 재규어에게 지배력을 상실한 일은 범죄자 취급을 받는 일보다 훨씬 더 큰 비극이에요.' 소설을 쓸 때는 재규어가 노예를 살해했다고 생각했는데, 그가 한 말에 설득되었지요."

그렇다면 지금 『도시와 개들』은 현재의 독자에게 무엇을 말해줄 수 있을까? 폐쇄적인 사회의 부패와 위선, 인종과 사회계층 간에 존재하는 계급과 권력 차이, 만연한 폭력과 사실 조작 및 은폐는 야만적인 페루의 영원한 역사이다. 레온시오 프라도의 모습은 페루에 국한되는 것이 아니라 라틴아메리카, 그리고 전 세계의 메타포라고 말할 수 있는 것이다. 이 소설을 페루나 라틴아메리카만의 작품이 아니라, 지금 우리의 현실로도 읽을 수 있는 이유가 바로 여기에 있다. 게다가 주제의 보편성을 넘어, 이 작품은 초기 독자들을 열광시켰던 비밀의 매력을 아직도 간직하고 있다. 출간된 지 거의 육십 년이 지났지만, 이후 세대의 독자들이 계속해서 독서의 기쁨을 느끼고 세상의 비밀을 발견할 수 있는 작품이다. 즉, 여러 번 읽어도 항상 새롭게 다가오는 소설이며, 평생 가장 아끼는 책 중 하나로 고르게 될 작품이라는 이야기다. 이것이 바로 고전의 속성이며, 『도시와 개들』을 현대의 고전이라고 일컫는 이유이다.

송병선

1936년 3월 28일 페루의 아레키파에서 에르네스토 바르가스와 도라 요사
       사이에서 태어남. 부모는 그가 태어나기 전에 헤어짐. 어머니의 친
       척집에서 어머니와 함께 살게 됨.

1937년 할아버지가 영사로 있던 볼리비아의 코차밤바로 어머니와 함께
       이사함.

1945년 페루 북부의 피우라로 거처를 옮김.

1946년 부모의 불화가 해결되어 페루의 리마로 이사함.

1950년 레온시오 프라도 군사학교에 입학함.

1951년 리마 지역 신문 〈크로니카〉에서 작가로 일함.

1952년 군사학교를 중퇴하고 피우라로 돌아와 고등학교를 마치고 문학
       경력을 쌓기 시작함. 지방 신문에서 칼럼니스트로 활동. 일 년 전
       리마에서 썼던 희곡 「잉카의 도주 *La huida del Inca*」를 무대에 올
       리고 시를 출판함.

1953년 산마르코스대학에서 문학과 법학을 공부함.

1955년 열세 살 연상의 숙모 훌리아 우르키디와 결혼함.

1957년 뉴스 진행자, 도서관 사서로 일하며 문학잡지에 글을 기고함. 두
       개의 단편 「두목들 *Los jefes*」과 「할아버지 *El abuelo*」를 페루 신문
       〈메르쿠리오〉와 〈코메르시오〉에 발표함. 대학을 졸업함.

1958년 단편 「도전 *El desafío*」으로 프랑스의 문학잡지 『르뷔 프랑세즈』의
       단편소설 공모에 당선되어 잠시 파리를 방문함. 마드리드대학에
       서 장학금을 받아 박사논문을 완성함. 민속 모임 '잉카 춤꾼들'을
       만들어 경연대회에서 1등을 차지하고 스페인 순회공연을 함.

1959년   단편집『두목들Los jefes』로 레오폴도 알라스 문학상 수상. 파리로 옮겨가 유럽에서 몇 년간 자진 망명생활을 함.

1960년   파리에서 경제적으로 불안한 삶을 영위함. 베를리츠 학교에서 스페인어를 가르치고, AFP 통신과 프랑스 라디오 텔레비전 네트워크에서 근무함. 중요한 라틴아메리카 작가들을 만남.

1961년   첫 장편소설『도시와 개들La ciudad y los perros』을 탈고함.

1962년   쿠바의 미사일 위기를 취재함. 잠시 페루를 방문하고 파리로 돌아옴. 카를로스 바랄의 권유로『도시와 개들』을 세익스 바랄 출판사의 비블리오테카 브레베 상에 응모하여 수상함.

1963년   『도시와 개들』출간, 스페인 비평상을 수상함. 포르멘토르상에서 2등을 차지함.

1964년   페루 밀림 지역을 다시 방문하고 두번째 소설의 자료를 준비함. 훌리아 우르키디와 이혼함.

1965년   쿠바의 문화기관 '아메리카의 집'의 문학상 심사위원으로 임명되고, 그 기관의 잡지 편집위원으로 활동함. 사촌인 파트리시아 요사와 결혼함.

1966년   소설『녹색의 집La casa verde』을 출간함. 뉴욕에서 열린 국제 펜클럽에 초청받음. 리마의『카레타스』잡지에 글을 씀. 큰아들 알바로 태어남. 부에노스아이레스 문학상 심사위원으로 위촉됨. 거처를 런던으로 옮기고 퀸 메리 칼리지에서 강의함.

1967년   소설집『애송이들Los cachorros』출간.『녹색의 집』이 페루 국가소설상, 스페인 비평상, 로물로 가예고스 상을 수상함. 로물로 가예고스 상 시상식에서「문학은 불」을 발표함. 세바스티안 살라사르 본디의『전집Obras completas』서문에서 작가의 소명의식에 대해 논함. 둘째 아들 곤살로 태어남.

1969년   소설『카테드랄 주점에서의 대화Conversación en La Catedral』출간. 푸에르토리코대학에서 강의함.

1970년 훌리오 코르타사르와 오스카르 코야소스와 함께 문학 에세이
집 『혁명의 문학과 문학의 혁명*Literature en la revolución y
revolución en la literatura*』을 출간. 바르셀로나로 거처를 옮김.
가브리엘 가르시아 마르케스에 관한 박사논문을 쓰고, 「오늘날의
라틴아메리카 문학」이라는 글을 발표함.

1971년 문학 비평서 『가르시아 마르케스: 아버지 죽이기의 역사*García
Márquez: Historia de un deicidio*』, 문학 에세이 『어느 소설의 비
밀 역사*Historia secreta de una novela*』 출간.

1973년 소설 『판탈레온과 특별봉사대*Pantaleón y las visitadoras*』 출간.

1974년 자발적 망명에 종지부를 찍고 페루에 영주하기로 함. 딸 모라가나
태어남.

1975년 문학 에세이 『영원한 향연: 플로베르와 마담 보바리*La orgía
perpetua: Flaubert y 〈Madame Bovary〉*』 출간.

1976년 국제 펜클럽 회장으로 선출됨. 예루살렘대학에서 강연하고, 『판탈
레온과 특별봉사대』 영화 제작에 참여함.

1977년 소설 『나는 훌리아 아주머니와 결혼했다*La tía Julia y el
escribidor*』 출간. 국제 펜클럽 회장으로 유럽과 러시아, 미국을 여
행함. 오클라호마대학에서 개최된 제6회 스페인어권 작가대회에
서 주빈으로 선정됨. 케임브리지대학에서 강의함.

1978년 〈오늘의 세계문학〉에서 바르가스 요사 특집호 발행.

1979년 스미스소니언 재단의 레지던스 작가로 선정됨.

1980년 일본을 여행함.

1981년 희곡 『타크나의 아가씨*La señorita de Tacna*』와 역사소설 『세상
종말 전쟁*La guerra del fin del mundo*』, 에세이 모음집 『사르트
르와 카뮈*Sartre y Camus*』 출간.

1982년 『나는 훌리아 아주머니와 결혼했다』로 이탈리아 라틴아메리카 재
단의 릴라상 수상.

1983년　희곡『카티와 물소*Kathie y el hipopótamo*』출간. 학술지 〈심포지엄〉에서 바르가스 요사 특집호를 발행함.

1984년　에세이 모음집『역경을 무릅쓰고*Contra viento y marea*』, 소설『마이타의 이야기*Historia de Mayta*』출간.

1985년　프랑스 정부가 수여하는 레지옹 도뇌르 훈장 수훈.

1986년　소설『누가 팔로미노 몰레로를 죽였는가?*Quién mató Palomino Molero?*』, 희곡『충가*La Chunga*』출간. 스페인 아스투리아스 왕자상 수상.

1987년　소설『이야기꾼*El hablador*』출간. 미국 현대언어협회 명예회원이 됨.

1988년　소설『새엄마 찬양*Elogio de la madrastra*』출간.

1990년　페루 대통령 후보로 출마했으나 알베르토 후지모리에게 패배함. 플로리다 인터내셔널 대학에서 명예박사 학위를 받음.

1991년　잉거솔 재단의 록펠러 연구소가 주는 T. S. 엘리엇상 수상.

1992년　보스턴대학과 제노바대학에서 명예박사 학위를 받음.

1993년　소설『안데스의 리투마*Lituma en los Andes*』로 플라네타상 수상. 대통령 선거전 회고담이라고 볼 수 있는 자서전『물속의 물고기*El pez en el agua*』출간.

1994년　조지타운대학과 예일대학에서 명예박사 학위를 받음. 세르반테스상 수상.

1995년　예루살렘상 수상. 무르시아대학과 바야돌리드대학에서 명예박사 학위를 받음.

1997년　소설『리고베르토 씨의 비밀 노트*Los cuadernos de don Rigoberto*』출간. 리마대학에서 명예박사 학위를 받음.

1999년　호르헤 이삭스 상 수상. 메넨데스 펠라요 국제상 수상. 하버드대학에서 명예박사 학위를 받음.

2000년　소설『염소의 축제*La fiesta del chivo*』출간. 산마르코스대학에서 명예졸업장을 받음.

2001년   스위스 다보스 세계경제포럼이 수여하는 크리스털상을 받음. 산
        마르코스대학에서 명예박사 학위를 받음.

2003년   소설 『천국은 다른 곳에 *El paraíso en la otra esquina*』 출간. 부
        다페스트상 수상. 옥스퍼드대학에서 명예박사 학위를 받음. 베를
        린에 있는 세르반테스 연구소에서 '바르가스 요사 도서관' 개관.

2005년   소르본대학에서 명예박사 학위를 받음. 미국의 〈포린폴리시〉와
        영국의 〈프로스펙스〉가 선정한 '가장 영향력 있는 지식인 100명'
        에 선정됨.

2006년   소설 『나쁜 소녀의 짓궂음 *Travesuras de la niña mala*』 출간. 니
        카라과 정부가 수여하는 루벤 다리오 훈장 수훈.

2007년   희곡 『오디세이와 페넬로페 *Odiseo y penélope*』 출간. 말라가대학
        과 라리오하대학, 랭스대학에서 명예박사 학위를 받음.

2008년   알리칸테대학과 시몬 볼리바르 대학, 가톨릭대학에서 명예박사
        학위를 받음. 우루과이 소설가 후안 카를로스 오네티에 관한 비평
        서 『소설 여행 *El viaje a la ficción*』 출간.

2009년   에세이집 『칼과 유토피아 *Sables y utopías*』 출간. 돈키호테 국제문
        학상 수상. 그라나다대학에서 명예박사 학위를 받음.

2010년   노벨문학상 수상. 소설 『켈트의 꿈 *El sueño del celta*』과 동화 『폰
        치토와 달 *Fonchito y la luna*』 출간.

2012년   비평서 『스펙터클의 문명 *La civilización del espectáculo*』 출간.

2013년   소설 『생각 깊은 영웅 *El héroe discreto*』 출간.

2014년   동화 『아이들의 배 *El barco de los niños*』를 발표함.

2015년   파트리시아 요사와 오십 년의 결혼생활을 청산하고 이사벨 프레
        이슬레르와 결혼함.

2016년   소설 『이웃들 *Cinco esquinas*』 출간.

2018년   에세이집 『부족의 부름 *La llamada de la tribu*』 출간.

2019년 소설『험난한 시절*Tiempos recios*』출간.

2020년 문학 비평서『보르헤스와 반세기*Medio siglo con Borges*』, 에세이

집『작가의 현실*La realidad de un escritor*』출간.

문학동네 세계문학전집 발간에 부쳐

세계문학은 국민문학 혹은 지역문학을 떠나 존재하는 문학이 아니지만 그것들의 총합도 아니다. 세계문학이라는 용어에는 그 나름의 언어와 전통을 갖고 있는 국민문학이나 지역문학의 존재를 인정하면서 그것을 넘어서는 문학의 보편적 질서에 대한 관념이 새겨져 있다. 그 용어를 처음 고안한 19세기 유럽인들은 유럽문학을 중심으로 그 질서를 구축했지만 풍부한 국민문학의 전통을 가지고 있는 현대의 문학 강국들은 나름의 방식으로 세계문학을 이해하면서 정전(正典)의 목록을 작성하고 또 수정한다.

한국에서도 세계문학 관념은 우리 사회와 문화의 변화 속에서 거듭 수정돼왔다. 어느 시기에는 제국 일본의 교양주의를 반영한 세계문학 관념이, 어느 시기에는 제3세계 민족주의에 동조한 세계문학 관념이 출현했고, 그러한 관념을 실천한 전집물이 출판됐다. 21세기 한국에 새로운 세계문학전집이 필요하다는 것은 명백하다. 우리의 지성과 감성의 기준에 부합하는 세계문학을 다시 구상할 때가 되었다.

문학동네 세계문학전집은 범세계적으로 통용되는 고전에 대한 상식을 존중하면서도 지난 반세기 동안 해외 주요 언어권에서 창작과 연구의 진전에 따라 일어난 정전의 변동을 고려하여 편성되었다. 그래서 불멸의 명작은 물론 동시대 세계의 중요한 정치·문화적 실천에 영감을 준 새로운 작품들을 두루 포함시켰다.

창립 이후 지금까지 한국문학 및 번역문학 출판에서 가장 전문적이고 생산적인 그룹을 대표해온 문학동네가 그간 축적한 문학 출판 경험을 바탕으로 새로운 세계문학전집을 펴낸다. 인류가 무지와 몽매의 어둠 속을 방황하면서도 끝내 길을 잃지 않은 것은 세계문학사의 하늘에 떠 있는 빛나는 별들이 길잡이가 되어주었기 때문이다. 우리가 자부심과 사명감 속에서 그리게 될 이 새로운 별자리가 독자들의 관심과 애정에 힘입어 우리 모두의 뿌듯한 자산이 되기를 소망한다.

문학동네 세계문학전집 편집위원
민은경, 박유하, 변현태, 송병선, 이재룡, 홍길표, 남진우, 황종연

지은이 **마리오 바르가스 요사**

1936년 페루에서 태어났다. 1952년 레온시도 프라도 군사학교를 중퇴한 후 신문과 잡지에 글을 썼다. 1963년 군사학교 시절의 경험을 바탕으로 쓴 첫 장편소설 『도시와 개들』을 발표하며 주목받는 작가로 떠올랐고, 『녹색의 집』으로 세계적인 명성을 얻었다. 1990년 페루 대통령 선거에 출마했다 낙선했으나, 그후로도 사회활동에 적극적으로 참여하고 있다. 대표작으로 『새엄마 찬양』 『나쁜 소녀의 짓궂음』 『판탈레온과 특별봉사대』 등이 있다. 로물로 가예고스 상, 세르반테스 상 등 다수의 문학상을 받았으며 2010년 노벨문학상을 수상했다.

옮긴이 **송병선**

한국외국어대학교 스페인어과를 졸업하고, 콜롬비아의 카로 이 쿠에르보 연구소에서 석사학위를, 하베리아나 대학교에서 박사학위를 취득했다. 지은 책으로 『영화 속의 문학 읽기』 『보르헤스의 미로에 빠지기』 『봄 소설'을 넘어서』 등이 있으며, 옮긴 책으로 『거미여인의 키스』 『콜레라 시대의 사랑』 『염소의 축제』 『판탈레온과 특별봉사대』 『마크롤 가비에로의 모험』 『맘브루』 『이 글을 읽는 사람에게 영원한 저주를』 등이 있다.

세계문학전집 202
도시와 개들

초판 인쇄 2021년 9월 6일
초판 발행 2021년 9월 23일

지은이 마리오 바르가스 요사 | 옮긴이 송병선

책임편집 박신양 | 편집 이미영 이희연 김경은
디자인 신선아 최미영 | 저작권 김지영 이영은 김하림
마케팅 정민호 정진아 김지연 정유선
홍보 김희숙 함유지 김현지 이소정 이미희 박지원
제작 강신은 김동욱 임현식 | 제작처 영신사

펴낸곳 (주)문학동네 | 펴낸이 염현숙
출판등록 1993년 10월 22일 제406-2003-000045호
주소 10881 경기도 파주시 회동길 210
전자우편 editor@munhak.com | 대표전화 031)955-8888 | 팩스 031)955-8855
문의전화 031)955-8869(마케팅), 031)955-1916(편집)
문학동네카페 http://cafe.naver.com/mhdn
문학동네트위터 http://twitter.com/munhakdongne
북클럽문학동네 http://bookclubmunhak.com

ISBN 978-89-546-8235-0 04870
     978-89-546-0901-2 (세트)

www.munhak.com

문학동네 세계문학전집

● 문학동네 세계문학전집은 계속 출간됩니다